KB123910

무연 장편소설

꽃잎이
흩날리다

❊ 上 ❊

꽃잎이 흩날리다 上

2020년 11월 09일 초판 1쇄 인쇄
2020년 11월 12일 초판 1쇄 발행

지은이 무연
발행인 이종주

기획 편집 정시연 주종숙 송영경 이해인
경영 지원 배진경
마케팅 김정수

발행처 (주)로크미디어
출판등록 2003년 3월 24일
주소 서울시 마포구 성암로 330(상암동) DMC첨단산업센터 3층 18호
편집 문의 (070)7860-2771 **구입 문의** (02)3273-5135
홈페이지 rokmedia.blog.me
E-mail romance@rokmedia.com

ⓒ 무연, 2020

값 10,000원

ISBN 979-11-354-8963-1 04810 (1권)
ISBN 979-11-354-8962-4 04810 (세트)

이 책의 모든 내용에 대한 편집권은 저자와의 계약에 의해
(주)로크미디어에 있으므로 무단 복제, 수정, 배포 행위를 금합니다.

작가와의 협의에 의해 인지는 생략합니다.
잘못된 책은 구입처에서 바꾸어 드립니다.

무연 장편소설

꽃잎이 흩날리다

上

ROCOCO

목차

序章

아직 어린 티를 채 벗지 못한 청년이 제 키보다도 반이나 작은 여자아이를 안고 정신없이 뛰었다. 비명이 들리고 코가 아리도록 타는 냄새와 피 냄새가 역겹게 퍼져 나갔지만, 청년은 뒤 한 번 돌아보지 않았다.

"오라버니."

"쉿! 거의 다 왔다."

당장에라도 울음을 터트리려는 여자아이에게 어색한 미소를 지은 청년이 주변을 살피고는 방으로 들어갔다. 방문이 닫히자마자 병사들의 요란한 발소리가 가까이 다가왔다.

"황명이다! 한 명도 빠짐없이 모두 잡아들여야 한다! 샅샅이 뒤져라!"

고함이 끝나자마자 물건을 부수고 문을 열어젖히는 소리가 다시 울렸다. 그 소란에 청년이 안고 있던 여자아이를 내려놓고는 커다란 장을 옆으로 밀었다. 그러자 몸을 웅크리면 겨우 어린아이 한 명 정도 들어갈 수 있는 공간이 드러났다. 얼른 청년이 아이를 그 안으로 들여보냈다.

"오라버니. 무서워."

"아무 일도 없을 거야."

하얗고 작은 손이 불안한 듯 청년의 옷깃을 붙잡고 떨고 있었다. 불안해하는 동생을 바라보며 청년이 최선을 다해 미소 지었다. 여기서 동생을 지킬 사람은 자신뿐이었다. 떨고 있는 여동생을 진정시키듯 작은 손을 꼭 붙잡았다.

"이제부터 이 오라비와 숨바꼭질을 하는 거야. 누가 불러도 나가면 안 되고, 작은 소리도 나지 않을 때까지 다른 사람에게 들키지 않으면 돼. 알았지?"

걱정하지 말라며 웃고 있었지만 동생의 손을 감싸고 있는 그의 손은 유난히 차갑고 떨렸다. 아이는 가지 말라며 붙잡고 싶었지만 공포에 막혀 버려 목소리가 선뜻 나오지 않았다.

"비설아. 오라비와 약속하자."

"……."

"이번 숨바꼭질은 네가 꼭 이겼으면 싶구나. 그리해 줄 수 있느냐?"

어둡고 좁은 장 뒤에서 혼자 있고 싶지 않았다. 조금만 더 몸을 웅크린다면 그녀의 오라버니도 함께 숨을 수 있을 것이다.

손을 놓으려는 청년을 비설이 힘껏 붙잡았다. 같이 들어가자는 듯이 비설이 손을 끌어당기자 미소를 짓던 청년이 날카로운 목소리로 말했다.

"오라비의 말을 어찌 알아들은 것이냐! 정녕 내 말을 듣지 않겠다는 것이냐!"

청년의 다그침에 화들짝 놀란 비설이 냉큼 손을 놓았다. 당장에라도 맑은 눈물을 뚝뚝 흘릴 것 같은 동생을 미안한 듯 바라보던 청년이 바로 앞까지 들려오는 소리에 마음을 단단히 먹었다. 이곳을 나가면 어찌 될지 알았지만 더는 무섭지 않았다.

"오라비와 약조한 것이다. 어떤 소리가 나도 절대 밖으로 나와서는 안 된다. 알았지?"

눈에 맺혀 있던 눈물이 얼굴을 타고 떨어졌다.

"그리하겠습니다. 오라버니 말씀대로 절대 나오지 않겠습니다."

아이의 눈물을 닦아 준 청년이 작은 이마에 입술을 맞추었다. 그러고는 밀어 놓았던 장을 다시 원래대로 돌려놓았다.

이마에 맺힌 땀을 닦아 낸 청년이 닫혀 있던 문을 활짝 열었다.

"저기다!"

"유가의 장남이다! 죽여라!"

병사들의 외침이 들리자 몸을 웅크린 비설이 귀를 막고 눈을 감았다. 약속한 대로 아무 소리도 나지 않을 때까지 절대 나가지 않을 것이다.

숨소리가 거칠어지자 아이의 손이 입을 틀어막았다.

'무서워.'

밀려오는 매운 내가 코를 찌르자 입을 틀어막았던 아이가 코까지 막았다. 매운 내를 참는 아이의 눈에 맑은 눈물이 그렁그렁 맺혔다.

온몸이 떨리고 비 오듯 땀이 쏟아졌지만 아이는 통통 부을 정도로 입술을 질끈 깨물며 공포를 참았다. 눈을 감으니 빛이 들어오지 않는 방도 그나마 버틸 만했다.

'안 무서워.'

어머니도, 아버지도, 오라버니도 볼 수 없다는 것을 알면서도 너무나도 보고 싶었다. 괜찮다며 자신을 다독여도 공포는 쉽게 사라지지 않았다.

당장에라도 나가서 오라버니가 어떻게 되었는지 보고 싶었지만, 마지막으로 한 약조를 그녀는 잊지 않았다.

비설은 착하고 똑똑한 아이였으니까. 한번 한 약속은 꼭 지켰으니까. 이번에도 잘 이겨 낼 수 있을 것이다.

사람들의 비명 소리도, 코를 찌르는 매캐한 냄새도 사라졌지만, 오라버니와 약속했던 상황이 올 때까지 비설은 작은 공간에서 끈기 있게 기다렸다.

시체가 썩으면서 나는 역겨운 냄새는 더는 비설을 괴롭히지 못했다. 아무것도 먹지 못한 채 내내 숨어 있었던 좁은 공간에서 간신히 빠져나온 비설이 썩은 시체를 지나 굳게 닫힌 문을 열었다.

"아……."

노을이 무척이나 붉었지만, 그보다 더 붉은 참상이 저택에 드리워져 있었다. 한 걸음, 한 걸음 발걸음을 뗄 때마다 바닥에 엉겨 붙은 피가 작은 신에 묻어 나왔다. 죽은 시종과 병사들 사이를 지나가던 비설의 걸음이 멈추었다.

'이번 숨바꼭질은 네가 꼭 이겼으면 싶구나.'

형체를 알 수 없게 망가져 버린 시신 앞에서 비설이 주저앉았다. 아무리 꼭꼭 숨어도 그녀의 오라버니는 언제나 그녀를 찾아내고는 했었다. 또 들켰다며 분해하는 그녀를 하나뿐인 오라버니는 오랫동안 미안하다며 달래 주었었다.

"이번 숨바꼭질은 제가 이겼어요. 오라버니."

시신 위에 내려앉아 있는 벌레를 작은 손이 바쁘게 쳐 냈다. 도망가는 것도 찰나, 썩은 시신에 다시 벌레가 앉았다.

자신은 너무나도 어리다. 이런 일을 겪기에는 너무나도 약하고 무지했다. 이렇게 전부를 잃고 혼자 남은 것이 너무나도 슬프고 화가 났다.

"그러니 이제 일어나세요. 오라버니."

꼬리를 물고 이어지는 의문에 답을 해 줄 사람은 아무도 없었다.

붉은 꽃이 길게 드리워져 있는 것 같다고 말했던 노을을 보며 비설은 더는 곱다는 말을 할 수 없었다.

부모님이, 하나뿐인 오라버니가, 셀 수 없이 많은 시종이 있었던 집에서 살아남은 사람은 어린 그녀뿐이었다.

❈❈❈

말이 달리면서 일으키는 흙먼지가 길을 메웠다. 얼마 전의 참사로 개미 새끼 한 마리 얼씬대지 않는 저택 앞에 사람들 무리가 멈추었다.

시종의 도움을 받아 말에서 내린 중년 남자가 저택의 부실한 모습에 눈살을 찌푸렸다. 걸치고 있는 귀한 옷만큼이나 날카로운 인상이 도드라지는 이였다. 그리고 곧 사내와 비슷한 용모의 청년이 뒤이어 말에서 내려 그의 곁에 섰다.

"이곳인가?"

"네. 대인."

"누구도 들어가지 못하게 잘 막았는가?"

"그날 이후로 드나드는 사람은 아무도 없었다고 합니다."

시종의 말을 듣던 중년 남자가 피로 얼룩진 계단을 올라갔다. 점점 위로 올라갈수록 피 냄새가 진하게 맡아졌다.

모두들 자신에게 손해를 줄지 모른다는 두려움에 가까이 오지도 않는다고 했다. 그들도 여기 오기까지 많은 고민을 했지만 이대로 두고 볼 수도 없는 일이었다.

"문을 열어라."

굳게 닫혔던 문이 열리고, 곧 눈앞에 펼쳐진 광경에 중년 남자는 물론이고 문을 열던 시종들까지도 놀라 쳐다보았다.

곳곳에 어설프게 쌓인 흙더미가 무덤처럼 보였다.

"이, 이것이……."

그 모습에 당황한 시종들이 말을 삼켰으나 남자의 눈은 차분히 무덤으로 보이는 흙더미를 하나씩 살폈다. 딱딱하게 굳은 땅을 피해서 만든 봉분의 주변에는 흙을 다독인 듯 작은 손자국과 발자국이 찍혀 있었다.

"대인. 사람을 시켜 주변을 둘러보게 하겠습니다. 그 이후에 움직이시는 것이 좋지 않을까 싶습니다."

"자객은 아닌 것 같구나."

어설프게 만들어진 무덤을 보는 중년 남자의 눈이 가라앉았다. 분명 확실하게 정리한 일이라고 생각했건만 생각지 못한 변수가 일어난 듯싶었다. 여기서 손을 떼고 물러날지 아니면 좀 더 가 볼지 고민하던 중년 남자가 곁에 서 있는 청년에게 물었다.

"운형아. 너라면 어찌하겠느냐?"

청년은 감정을 알 수 없는 눈으로 무덤을 보았다. 겉보기에도 조악하고 엉망인 무덤이었다. 하물며 멀쩡한 저택 앞에 무덤이라니. 해가 진 후에 봤다면 소름 끼쳤을 광경이었다.

하지만 이 허술한 무덤들을 누가 만들었는지 궁금해지는 것도 사실이었다.

"우선은 가 보시는 게 어떻겠습니까?"

자신의 생각과 똑같은 답을 들은 중년 남자가 입꼬리를 올렸다. 뒤를 따르려는 시종을 물린 사내가 몸을 돌렸다.

"운형만 따라오거라."

중년 남자의 뒤를 따르는 운형이 곳곳에 만들어 놓은 무덤에 하나씩 시선을 주었다. 묘비조차 제대로 세워지지 않았지만, 곳곳에 나 있는 손자국을 보아 신경을 쓴 기색은 있었다.

무너진 가문 따위 관심은 없었지만 자신의 아버지는 이곳에서 찾아야 할 것이 있다고 했다.

"아버지. 이곳에서 무엇을……."

"원하는 것만 가져올 생각이었는데 말이지."

중년 남자의 말에 고개를 갸웃대던 운형이 앞서 보이는 광경에 숨을 삼켰다.

띄엄띄엄 떨어져 있던 무덤들의 가장 끝에 세 개의 무덤이 모여 있었다. 그리고 그 앞에 운형의 몸의 반밖에 되지 않는 어린 여자아이가 앉아 있었다. 지는 해를 등지고 앉아 있는 아이의 모습은 절로 미간이 찌푸려질 정도로 엉망이었다.

온몸에 뒤집어쓴 흙보다도 운형의 시선을 사로잡은 것은 여자아이의 작은 손이었다. 피부가 완전히 벗겨진 손가락에는 흙이 엉겨 붙어 있었다.

"네가 이들의 무덤을 전부 만든 것이냐?"

묘지를 보던 아이의 눈이 운형을 향하는 순간, 심장이 내려앉았다. 엉망인 모습과는 달리 운형을 향한 눈은 무척이나 맑았다.

자신도 모르게 아이를 향해 손을 뻗으려던 운형이 서둘러 정신을 차렸다.

"너의 가족들이냐?"

"아니요."

"……."

"가족이 아닙니다."

아이의 답에 중년 남자가 옅게 입꼬리를 올렸다. 가족이 아니었다면 굳이 다른 무덤들과 따로 떨어뜨려 만들지 않았을 것이다. 하물며 앞에 놓인 무덤은 유난히 더 정성을 쏟은 흔적이 있었다. 뻔히 보이는 거짓말이었지만 어린아이치고는 당찬 대답이었다.

"현명하구나."

멸문을 당한 가문의 가솔이면 당장 목숨을 잃을 수 있었다. 곧 드러날 거짓말이었대도 어린 나이에 거기까지 생각한 것은 의외였다.

운형을 잠시 보던 남자가 여자아이의 옆에 털썩 앉았다.

"도망을 가지 왜 무덤을 만들었느냐? 이 상황에선 네가 이들의 가족이 아니라고 말해도 아무도 믿지 않을 것이다."

"적어도 어제까지는 아무도 오지 않았습니다. 그리고 무덤을 만들 사람이 저밖에 없었습니다."

여자아이의 목소리는 지친 듯 작고 가라앉아 있었지만 당찼다. 아이의 모습이 너무 더러워 손을 대는 것도 꺼려질 정도였지만, 중년 남자는 싫다는 내색 하나도 없이 아이의 머리를 쓰다듬었다.

"유 낭관의 여식이냐?"

"……."

"네가 비설이구나."

"어떻게 아셨습니까?"

신중해도 아이는 아이인지 제 이름이 나오자마자 경계를 풀고 바로 물었다. 그 모습에 남자는 미소를 머금었다.

그저 원하는 것을 찾으러 온 걸음이었지만 남자는 마음을 바꾸었다. 피부가 벗겨지도록 땅을 파고 무덤을 만들 정도로 인내하면서도 무섭다고 울음을 터트리거나 도망가지도 않았다.

사내아이였다면 그 모습조차 경계해야 할 것이었지만, 그의 옆에 있는 아이는 손만 대도 바스러질 정도로 약하고 작은 여자아이일 뿐이었다.

"황명으로 멸문된 곳이기에 이 이상 손을 쓰지는 못할 것이다. 하지만 네가 어찌하느냐에 따라 내가 힘을 써 줄 수도 있겠지."

"아버지!"

"나와 같이 가겠느냐?"

놀란 운형이 남자를 만류했지만 생각은 변함없었다. 중년 남자를 보던 비설의 시선이 운형을 향했다.

비설과 눈을 마주한 운형이 말을 삼켰다. 이상하게도 저 눈만 마주하면 이성적으로 판단하던 생각은 멈추었다. 뭐라 하려던 운형이 고개를 돌렸다.

"왜 제가 대인을 따라가야 하는데요?"

"이곳에 계속 있을 수는 없지 않느냐? 이것도 인연인지도 모르지."

"……."

"물론 나를 따라간다 해도 삶이 그리 쉽지는 않을 것이다. 난 이루어야 할 일이 있고, 그 일에 널 이용할 수도 있으니 말이다."

남자의 말을 천천히 생각하며 비설이 오랫동안 고민했다. 쉽지는 않을 거라는 말이 마음에 걸리지는 않았다. 오히려 걸리는 것은 남자의 눈이었다. 부드럽고 인자한 목소리였지만 비설을 보는 남자의 눈은 냉정했고 분노가 엿보였다. 그녀를 데려가고자 하는 남자의 본질은 절대 너그럽지 않을 것이다.

그리고 그 뒤에 있는 청년은…….

한참을 바라보던 비설이 중년 남자의 손을 붙잡았다.

❋❋❋

일곱 살이었던 비설이 열일곱 살이 되고 그녀는 황궁 앞에 섰다.

'정녕 황궁에 들어갈 것이냐?'

인자하고 사려 깊은 운형은 비설의 결정을 탐탁지 않아 했다. 황궁은 녹록지 않은 곳이라 버텨 내기도 쉽지 않으니 다른 방법을 찾자며 비설을 만류하였다.

'예전의 황궁과 지금은 완전히 다르단다. 도리어 네가 위험해질 수도 있음이다.'
'제 가문이 왜 멸문되었는지 정도는 알 수 있지 않겠습니까?'

10년이 지난 일이었지만 눈을 감으면 아직도 머릿속에 또렷이 떠올랐다. 어떻게든 잊어버리려, 외면하려 했지만 지독하게 자리 잡은 기억을 잊는 것은 불가능했다.

답을 찾고자 하면 도와주겠다며 운형이 손을 내밀었지만, 비설은 거절했다. 십여 년을 괴롭힌 답이라면 저 스스로 찾아야 한다.

'나는 네가 황궁에 가지 않았으면 싶구나.'

'제 가문에 일어난 일은 제가 알아내야지요.'

운형의 말대로 그 길이 쉽지는 않겠지만 비설에게 과거나 지금이나 삶은 절대 호락호락하지 않았다.

결국은 그녀가 알아내야 할 일, 비설이 황궁 안으로 주저 없이 걸음을 옮겼다.

一章. 붉은 하늘

감았던 눈을 뜨고 낯선 천장을 보던 비설이 숨을 길게 내쉬었다. 잠기운을 물리치려는 듯 고개를 저은 그녀가 침상에서 몸을 일으켰다.

최고의 실력을 가진 화공이 그린 수묵화처럼 윤기를 품은 머리카락이 그녀의 움직임을 따라 물처럼 흘러내렸다. 생기가 가득한 입술이 지켜보는 것만으로도 피가 마를 것처럼 고왔고, 하얀 피부는 고요한 분위기만큼이나 매끄러웠다.

"후우."

남은 잠을 몰아내려는 것처럼 비설이 연거푸 숨을 몰아 내쉬었다. 아직 해가 떠오르지도 않았지만 누군가가 오기 전에 준비를 끝내야 했다.

가슴을 단단히 감은 붕대부터 확인을 끝낸 비설이 길게 늘어뜨린 머리 정리를 시작했다. 길고 탐스러웠던 머리카락은 야무진 손

19

길에 정리되어 동곳으로 고정되었다. 가슴을 단단하게 감은 것만으로는 불안한지 여인의 선이 보일 만한 부분에는 어김없이 붕대가 감기었다.

"유 호위님. 들어가겠습니다."

조심스럽게 문을 열고 들어온 내관이 이미 준비를 마친 비설을 놀란 듯 보았다.

"호위님은 엄청 부지런하시네요. 이 시간에는 다들 주무시는데 말이에요."

어린 내관을 보며 비설이 미소 지었다.

어린 나이래도 산전수전을 다 겪은 내관이다. 그런데도 최근에 들어온 호위가 보여 주는 미소에는 좀처럼 적응할 수 없었다. 무슨 사내가 저리도 고운지 그저 입꼬리를 올린 작은 미소에도 괜히 심장이 떨리고 고개가 절로 숙여졌다.

"스스로 준비하는 일에 익숙해서 그렇습니다. 내관님은 무리해서 일찍 오지 않으셔도 됩니다."

선이 가는 만큼이나 목소리도 다른 사내들보다는 미성이었다. 얼핏 여인으로 오해받을 수 있었으나, 지문이 거의 보이지 않을 정도로 거칠어진 손이나 날카로운 눈매를 보면 여인의 몸으로 이 거친 일을 설마, 하며 의심을 내려놓게 되었다.

"호위님은 말씀 놓으세요. 어린 소인에게 그렇게 말을 높이셨다가는 제가 혼이 납니다."

비설의 호의가 부담이었는지 내관이 그럴 수 없다며 고개를 저었다. 존대를 해도 불편한 일은 없었지만 또 저리 기함하며 안 된다고 하니 억지를 부릴 수도 없었다.

"내 아침잠이 없어서 일찍 준비하는 것이니 무리해서 일찍 올 필요는 없단다. 저것만 부탁하마."

비설이 말을 놓자 내관이 다행이라는 듯이 숨을 골랐다.

옷을 갖춰 입은 비설의 옆으로 쪼르르 다가온 내관이 초록색 비단 띠를 들어 비설의 팔에 능숙하게 달아 주었다. 고급 비단에 금실로 수놓아져 있는 용이 당장에라도 살아 움직일 것처럼 생생했다. 황궁, 그것도 황제의 직속 호위라는 표식을 비설이 어색한 눈으로 바라봤다.

비설의 시선을 아는지 모르는지 내관이 마무리를 도우며 부지런히 말을 이었다.

"팔의 표식이 신분을 증명하는 것이니 황궁 내에서는 굳이 옥패를 꺼내실 필요가 없습니다. 준비가 끝나시는 대로 군장님께 인사를 드리러 가실 거예요."

아직 황궁이 낯선 비설을 위해 내관이 하나하나 꼼꼼하게 설명을 붙였다. 그의 설명을 침착하게 들으며 비설이 머릿속의 생각을 정리했다.

이미 황궁에는 들어왔고, 답을 얻을 때까지는 절대 돌아가지 않겠다는 선언도 하였다. 그러니 목적을 이룰 때까지는 황궁에서 버텨 낼 것이다.

"끝났습니다. 호위님."

"고맙구나."

준비를 끝낸 비설이 침상에 내려놓은 검을 잡았다. 곁에서 지켜보던 내관이 눈치를 보는 듯하더니 조심스럽게 물었다.

"죄송하지만 호위님의 성함을 다시 여쭤봐도 될는지요? 다른 내관님이 알려 주셨는데 소인이 들은 것과는 달라서요."

일주일 전에 들어온 그에게 다시 이름을 물어보는 건 예의가 아니었지만, 실수를 해서 크게 혼나느니 한 번 더 물어보는 게 나을 듯싶었다.

불호령이 떨어질지도 모른다는 생각 때문인지 물음을 던져 놓고도 눈치를 보는 어린 내관을 향해 비설이 담담한 목소리로 답을 했다.

"유비현이라고 한다."

본래 주나라의 황궁 호위 체계는 10단계로 나뉜 데다 지위에 따라 호칭을 달리했다 했다.

누가 황제의 자리에 올라도 이상하지 않았던 혼란기.

복잡한 체계에 황궁의 호위들은 상대의 호칭조차 제대로 외우지 못할 정도로 나라 안은 정리되지 않았었다.

그런 주나라에 새로운 황제가 즉위해 무모하리만큼 과감한 개혁을 감행하여, 수를 세기도 어려웠던 직위 체계를 간단하게 정리해 버렸다.

녹. 홍. 청. 백. 흑.

호위의 팔에 다는 비단의 색으로 호위를 재분배한 황제는 각각의 군의 군장과 부군장 외에는 모두 호위로 통일시켰다.

실력 때문인지, 권력 때문인지, 아니면 가문의 배경 때문인지는 알 수 없었지만, 이번 비설이 들어간 곳은 다섯 색의 호위군 중 가장 낮은 곳에 속하는 녹의였다.

"형주에서 온 유비현이라고 합니다."

남장을 하고 황궁에 들어온 이상 본래의 이름을 쓸 수 없었다. 가뜩이나 선이 가늘고 고운 외모를 가진 그녀였기에 사내의 모습으로 녹의군에 들어오는 일도 쉽지는 않았다.

다행히 어려서부터 사내의 모습으로 다녔기에 남장이 익숙했다. 유비현이라는 이름을 쓰기 시작한 것도 남장을 하면서부터였다.

"녹의군 군장 조규한이라고 한다."

간단해진 것은 직위뿐, 황궁에 들어오고 군장에게 인사하기까지는 혀를 내두를 정도로 꼼꼼한 조사가 이루어졌다. 때문에 일주일이 지난 지금에야 그녀는 상관인 규한을 만날 수 있었다.

"이거 호위가 들어온 건가? 궁녀가 들어온 건가?"

규한의 옆에 선 사내가 비설을 보며 실소를 터트렸다. 운형의 저택에서도 언제나 감당하던 일이었다. 여인 중에서도 비설의 외모는 단연 돋보일 정도였으니 그것이 남장 따위로 가려질 리 없었다.

"어떻게 들어왔는지 궁금하시면 검을 뽑으시지요."

담담하다 못해 정적이던 비설의 분위기가 섬뜩하리만큼 날카롭게 변했다.

살벌하게 변해 버린 기색에 표정을 굳힌 사내가 검에 손을 가져가자, 비설 또한 주먹을 쥐고 있던 손을 풀었다.

"둘 다 그 정도로 해라."

일촉즉발의 상황을 말린 사람은 규한이었다. 규한의 제재에 사내가 다시 실소를 뱉으며 검에서 손을 뗐다. 여전히 차가운 표정의 비설을 보며 진정하라는 듯이 사내가 손을 들었다.

"부군장인 이채현이라고 한다. 부군장님이라는 낯간지러운 호칭은 됐고 이름을 부르도록. 그리고 솔직히 자네 얼굴을 보며 한마디 않을 사람이 어디 있겠는가?"

"그게 소인에게는……."

짜증이라는 말이 목 끝까지 치밀었지만 말해 봤자 그다음 반응

23

을 알기에 비설은 입을 꾹 다물었다.

비설의 입에서 나오던 말에 귀를 기울이던 채현이 다시 입꼬리를 올렸다. 말을 하지 않았을 뿐, 무슨 이야기였을지 눈에 선했다.

"생각보다 재미있는 막내가 들어온 것 같네요."

언제 또 심각했느냐는 듯이 채현이 실실 쪼갰다. 정체를 속이고 숨어든 상황이기에 저가 예민한 것일 수도 있었지만 채현의 미소가 거슬리는 건 어쩔 수 없었다.

둘의 불편한 분위기를 보던 규한이 말을 마무리했다.

"원나라의 원정으로 폐하께서 황궁에 없으신 것은 너도 잘 알고 있을 것이다. 전령이 대승이라는 말을 전해 왔으니 2주 안에는 황궁으로 돌아오실 터, 폐하께 인사를 드리기 전까지 황궁의 지리와 필요한 사항은 미리 익혀 두거라."

자신의 말은 다 끝났다는 듯이 규한이 몸을 돌리자 비설을 보던 채현도 몸을 돌렸다.

두 사람이 완전히 사라진 후, 비설이 긴장이 풀린 듯 숨을 내쉬었다. 녹의군 정도면 사람들의 시선을 어느 정도는 피할 수 있을 것이다.

'후회할 것이다.'

황궁으로 떠나는 날까지 운형은 그녀를 걱정했다. 가지 말라며 붙잡은 손을 떼어 내는 그녀를 향해 운형이 꺼냈던 말이 다시 흘러나왔다.

"후회하지 않을 것입니다."

❋

"죄송합니다. 호위님!"

오늘만 세 번째, 있는 힘껏 달려오는 궁녀를 억지로 받아 낸 비설이 어색한 미소를 지었다. 정면에서 비설을 보던 여인의 얼굴이 금세 붉게 달아올랐다.

궁녀들에게 자신이 여인이라는 말을 할 수 없는 비설로서는 조금은 억울한 점도 없지 않았다.

형원공 연윤천.

윤천이 그녀를 어찌할지 결정을 내리기 전에 비설이 먼저 윤천의 앞에 검을 내밀었다. 사내들이 우선인 세상에서 여인인 그녀가 할 수 있는 선택은 많지 않았다. 거죽만 고운 꽃은 결국 힘에 꺾이고 밟힐 뿐이었다.

그녀의 선택에 그 또한 나쁘지 않다며 윤천은 비설에게 검을 가르치고 사내처럼 보이는 법을 배우게 했다.

"후우."

궁녀가 사라지자 비설이 다시 숨을 몰아 내쉬었다.

낯선 곳에 적응하는 건 생각보다도 힘들었다. 가문을 잃고 윤천에게 거두어져 길러진 그녀에게 삶은 언제나 시험이었다. 곱상한 외모에 호리호리한 사내는 다른 사내들의 표적이 되기 쉬웠다.

비설은 그들에게 밟히지 않으려 더 이를 악물었다. 그 때문에 그나마 희미하게 남아 있던 지문은 굳은살과 함께 거의 보이지 않게 되었다.

"경원궁."

황제의 침소와 집무실이 있는 궁 앞에서 비설은 걸음을 멈추었다. 무슨 일이냐며 눈을 좁히는 황군을 향해 비설이 팔의 표식을 보였다. 녹의군의 표식에 움직이려던 이들이 멈추었다.

어린 내관이 말한 것처럼 팔에 채워져 있는 호위군의 표식은 무척이나 유용했다. 넓은 황궁에서 표식은 쉽사리 그녀에게 길을 열어 주었다.

"녹의군이셔도 이 안으로는 들어가실 수 없으십니다."

"들어가려는 걸음은 아니었습니다. 그저 군장님의 명령으로 황궁을 둘러보고 있었을 뿐입니다."

황제를 마주하게 된다면 가문에 관해 물어보고 싶었다. 얼마나 큰 죄를 지었기에 가솔은 물론이고, 일하던 사람들까지 모두 죽어야 했느냐고. 그렇게 모든 삶을 버려야 할 정도로 그녀의 부모와 오라버니는 악인이 아니었다.

문 앞에 계속 서 있을 수는 없는 일이라 비설이 황군을 피해 담의 구석으로 걸음을 옮겼다.

'이번 숨바꼭질은 네가 꼭 이겼으면 싶구나.'

숨바꼭질에서 이기라는 약속의 말이 머릿속을 채웠다. 다른 이들에게 들키지 말라는 비현의 마지막 당부가 비설에게는 어떻게든 살아남으라는 외침으로 들렸다.

'황제께선 제대로 된 답을 내놓으셔야 할 것입니다. 그리고 그 답의 대가도 반드시 내놓으셔야 할 것입니다.'

황제에게 대가를 받아 내는 대신 목숨으로 그 값을 치러야 한다면, 운형이 알면 기함할 일이겠지만 비설은 이미 전부 각오한 후였다.

자신이 죽어야 한다면 황제 또한 목숨을 내놓아야 할 것이다.

"후우."

눈을 감고 있던 비설의 머릿속으로 그날의 비명이 계속 떠올랐다.

살려 달라는 비명이 들리고, 이미 죽은 이에게서 나는 썩은 냄새가 떠오르자 코가 아렸다.

10년이나 지났어도 비설에게는 바로 어제 일어난 일처럼 그녀를 끊임없이 괴롭혔다. 아무리 검을 익히고 자신의 몸을 지킬 수 있게 되었어도 그때의 기억은 지독하게 그녀를 놔주지 않았다.

과거의 참상을 떠올린 비설이 내내 억눌렀던 살기를 터트렸다. 눈앞에 황제가 있었다면 당장에라도 검을 뽑아 목을 베어 버릴 것처럼 비설의 살기는 날카롭고 서슬 퍼렜다.

그때였다.

"어이쿠. 무서워라."

과거에서 허덕대는 비설의 정신을 깨우듯 어디선가 사내의 목소리가 들렸다. 그제야 상념에서 벗어난 비설이 소리가 나는 방향으로 고개를 돌렸다.

인기척이 느껴지지 않았기에 괜찮다고 생각했건만, 언제 나타난 것인지 그녀가 서 있는 담 위로 사내가 편안하게 앉아 있었다.

"자네는 누구인가?"

"음. 그건 내가 꺼내야 할 물음 같군. 자네는 누구인가?"

눈웃음만큼이나 약 올리는 듯한 말투가 비설의 신경을 살살 건드렸다. 마음 같아서는 무시하고 싶었지만, 황궁에 들어오자마자 문제를 일으키는 짓만큼은 피해야 했다.

"내가 먼저 물었네."

"모습을 보니 황궁에 들어온 지 얼마 되지 않은 것 같군. 그렇다면 황궁에 먼저 들어온 내가 자네에 대해 알아야 할 것 같지 않은가?"

억지도 저런 억지가 없었지만, 반박하자니 그리 틀린 말도 아니었다.

"이번에 녹의로 들어온 유비현이라고 하네."

"유비현이라……."

"그건 그렇고 지금 어디에 앉아 있는 것인가?"

지금까지 봐 온 이들과는 확연히 다른 사내였다. 황궁에서 보았던 수많은 이들 중에서도 사내의 이목구비는 단연 시선을 끌었다. 또렷한 외모만큼이나 비설의 눈을 사로잡은 것은 사내가 짓고 있는 환한 미소였다.

하지만 무엇보다도 예민한 그녀가 그의 기척을 전혀 읽지 못했다는 것이 가장 수상했다.

허리에 찬 검에 손을 댄 비설이 사내를 향해 눈을 찌푸렸다.

"어디긴, 담에 앉아 있지 않은가?"

"그 담이 경원궁 담이라는 것은 알고 있는가?"

"황제 본인도 아니고, 담에까지 몸을 숙일 이유가 있던가?"

힘든 과거를 가진 그녀와는 달리 구김이라고는 전혀 없어 보이는 미소가 보고 있는 그녀의 무언가를 툭 건드렸다.

비설의 눈이 사내의 팔로 향했다. 황궁의 호위라면 누구든 차고 있어야 할 비단 장식이 없었다. 게다가 사내를 마주하고 있는 지금도 비설은 그의 기척을 전혀 느낄 수 없었다.

"다른 이가 보기 전에 내려오는 게 좋겠군."

"담이 저 궁의 주인에게 고자질이라도 하는가? 뭐가 그리 무서워서 벌벌 떠는 건가?"

"뭐?"

"아! 혹 호위가 아니라 궁녀로 들어온 건가? 내가 실수한 것일 수도…… 으아악!"

말이 끝나기도 전에 비설의 검이 사내를 향해 움직였다. 바람을 가르는 소리와 함께 짧은 섬광이 사내가 앉아 있던 자리에 퍼졌다.

"검 끝이 매섭군. 죽을 뻔하지 않았는가?"

어느새 담 아래로 내려온 사내가 전혀 무섭지 않다는 얼굴로 무섭다는 듯이 몸을 떨었다. 비설의 속을 뒤집을 속셈이었다면 사내는 완벽하게 성공했다.

"하지만 검은 좀 얇은 걸 써야겠군. 그 체구에 그런 검은 너무 무겁지 않은가? 그런 걸 계속 휘두르다가는 손목이 나가 버릴 걸세."

사내를 보며 이를 갈던 비설이 그를 지나치려 걸음을 빨리했다. 악의를 갖지 않았다면 누구인지 모르는 사내 따위 잊어버리면 그만이다. 하지만 안타깝게도 비설의 생각과 사내의 생각은 완전히 다른 듯했다.

"무슨 사내가 말을 하다 말고 이리 가 버리는 건가? 내 나름 조언이라고 해 주고 있는 것인데 말일세."

"오랫동안 써 온 검이고 아주 편하게 쓰고 있네. 그리고 좀 따라오지 말게! 왜 따라오는 건가! 난 그대와 할 말이 없으니 이만 각자 갈 길 가세!"

"뭐 꼭 할 말이 있어서 대화를 하는 건가? 딱딱한 사내일세."

"글쎄 따라오지 말래도!"

비설의 걸음도 빨랐지만, 따라오는 사내의 걸음은 더 빨랐다. 숨이 가쁘도록 뛰듯이 걸어갔건만 그녀를 따라오는 사내는 숨소리하나 흐트러지지 않았다.

담의 모퉁이를 돌자마자 참았던 화를 터트리는 비설을 보며 사내가 이죽댔다.

"나라고 자네같이 고운 사내와 대화하는 게 쉬운 일인 줄 아는가? 검은 맵고 입은 더 매우니 놀리는 재미가 있단 말일세."

"어디 한번 그 잘난 혓바닥을 더 놀려 보게."

"그게…… 자네가 뛰어나다는 소리일세."

목에 닿은 검을 보며 사내가 다시 무서운 척만 했다. 과거를 회상하다가 이상한 찰거머리가 붙어 버렸다.

뽑았던 검을 회수하는 비설의 눈이 연신 사내를 살폈다. 아무리 살펴도 사내의 신분을 나타낼 만한 표식이나 증좌는 없었다.

"그렇게 쳐다보다니, 그래도 내게 자네의 시선을 끌 만한 무언가라도 있나 보네."

"자객이면 죽여 버리려 보고 있었네."

"자객이 이렇게 날 밝은 때 나타나겠는가. 자객들은 대체로 어둡고 사람이 없고 결정적으로 폐하께서 계시는 날 나타난다네. 역시 황궁에 온 지 얼마 안 되는 티를 내는군."

"그럼 온 지 얼마 안 되는 티를 다시 내겠네. 자네는 누구인가?"

비설의 물음에 사내의 눈이 부드럽게 휘었다. 조금 전과는 사뭇 다른 미소에 비설의 눈이 옅게 꿈틀댔다.

"내 물음이 그리 어려웠는가?"

"아니 또 그렇게 돌직구로 물어보니 말문이 막히는군. 그런데 그거 아는가?"

정체를 물어봤더니 또 다른 물음이 날아왔다. 그리고 곧 부드러웠던 미소가 장난기 어린 그것으로 바뀌는 순간, 비설의 불안한 예

30

감은 정확히 적중했다.

"그렇게 물어보면 대답하기 싫어지네."

그 순간 검집에 넣어 놓았던 비설의 검이 다시 빛을 냈다.

갑자기 나타나서는 그녀의 앞에서 실실 쪼개고 장난질이었다. 긴장을 늦춰선 안 되는 황궁에서 이런 대화는 사치였다.

아슬아슬하게 검을 피한 사내가 재미있다는 듯이 웃음을 터트리자 비설의 인내는 끊어졌다.

"그 나불대는 혓바닥부터 베어 버리겠다."

"이번 호위님은 입보다도 손이 먼저 움직이는군."

"이 인간이 어디 해보자는 건가!"

비설의 빠른 검이 사내의 허상을 찍었다. 속도에 있어서는 누구에게도 지지 않을 자신이 있었건만 저 능구렁이 같은 사내의 옷깃 하나 제대로 잡지 못했다.

분노는 오기로 바뀌고, 위협으로 시작된 행동은 진심으로 바뀌었다.

"자네와 노는 게 재미나긴 하지만 오늘은 여기까지 해야겠군."

"누구 마음대로!"

"저, 저 호위님."

사내를 향해 달려들려던 비설의 걸음을 내관이 붙잡았다. 당황한 듯한 작은 목소리에 비설의 움직임이 그 자리에서 멈추었다. 분노와 살기를 억지로 가라앉히며 비설이 몸을 돌렸다.

"폐하께서 돌아오셨다고 합니다. 녹의군장님께서 바로 군으로 돌아오시라는 말씀을 전하셨습니다."

내관의 말을 듣던 비설이 사내가 있던 방향으로 고개를 돌렸다. 어느새 사라져 버린 사내에 비설이 이를 갈았다.

"혹 여기에 있었던 사내를 본 적이 있는가?"

"네? 소인. 호위님께 말씀을 전해 드리느라 그자의 얼굴을 제대로 보지 못했습니다."

내관의 말에 비설이 쓴물을 억지로 삼켰다. 분하지만 분명 사내는 그녀보다도 한 수 위였다. 황궁에서 답을 찾아야 하는 비설에게 더 우위의 실력자가 있다는 것은 그다지 반갑지 않았다.

"호위님?"

"곧 돌아가겠다. 걱정하지 말고 가 있어라."

비설의 말을 들은 내관이 종종걸음으로 사라졌다.

작고 하얀 손에 핏줄이 도드라지도록 주먹을 쥔 비설이 화를 삼키듯 입술을 깨물었다.

✻✻✻

규한의 뒤에 선 비설이 황제를 선두로 들어오는 주의 군대를 조용히 응시했다.

혼란스러운 주나라의 군사들은 작은 도시의 병사만도 못하다는 조롱과 멸시를 당했었다.

때문에 선대의 황제들은 주변국에 머리를 조아리는 것으로 자비를 구했고, 그로 인해 얻은 울화를 사치로 풀었다.

누가 제위에 올라도 이상하지 않을 시기.

나라라고 부르는 것도 억지라고 할 만큼 조롱을 받던 주였는데, 연도윤이 황제 자리에 오르면서 상황은 완전히 뒤집혔다.

'저자가 황제군.'

선두에 선 황금 갑옷을 입은 사내를 보며 비설이 눈을 좁혔다.

광기와 피에 미친 황제, 광황.

살육에 미쳐 주나라는 물론이고, 타국에게까지 적의를 드러내고 전쟁을 일으킨다는 그가 비설의 바로 앞까지 와 있었다.

'황제가 맞는가?'

운형에게 들었던 황제의 모습과는 완전히 달랐다. 나라를 바꾼 피의 황제에게 할 말은 아니었지만 너무나도 평범했다.

"저분이 폐하십니까?"

"군의 가장 앞에 계신 분이 폐하가 아니라면 누가 폐하시란 말인가?"

비설의 물음에 옆에 있는 호위가 실소를 터트렸다. 조소에 가까운 웃음에도 그녀는 기분이 나쁠 틈도 없었다.

그녀의 가문을 멸문시키고 가족을 전부 몰살시킨 황제라기엔 선두에 선 사내는 눈을 씻고 다시 보아도 그저 필부에 지나지 않았다.

저런 이에게 과연 원하는 대답을, 가족을 왜 죽였느냐는 답을 들을 수 있을 것인가?

"이번에 원나라의 왕에게서 다시는 주에 이를 드러내지 않겠다는 선언을 받아 내셨다고 하더군."

"이미 정해진 일이 아니었나? 원나라 따위가 감히 우리에게 이를 드러내다니, 있을 수 없는 일이지."

"다만 고개를 숙인 이들을 검증 없이 폐하께서 데리고 오셨다고 하더군. 그 안에 첩자나 자객이 있을 수 있으니 조심하라는 부군장의 명령이 있었네."

호위들의 이야기를 들으며 비설이 다시 황제를 향해 눈을 돌렸다. 여전히 그에게선 아무것도 느낄 수 없다. 너무나도 뛰어나기에

33

느낄 수 없었다? 절대 그건 아니었다.

'혹 곁을 지키고 있는 이들이 뛰어나다는 것인가?'

그 순간 좀 전에 만났던 사내가 머릿속을 스쳤다.

뭐가 그렇게도 즐거운지 내내 미소를 띤 채 그녀의 약을 올리던 사내는 상당한 실력자였다.

만약 그가 황제의 곁을 직접 지키고 있는 것이라면.

꼬리에 꼬리를 무는 생각에 비설이 고개를 저었다.

'이제 시작이야. 속단할 필요는 없어.'

황제를 만나 왜 자신의 가족이 전부 죽어야 했는지 들어야 한다. 궁극적으로는 가족을 몰살하라는 명을 내린 황제에게 복수하면 그뿐이었다.

말에서 내려서 궁으로 들어가는 황제를 보는 비설의 눈에 고요한 살기가 맺혔다.

❋❋❋

"오늘은 고단하니 다음에 인사시키도록 하라."

굳게 닫힌 문 안에서 들리는 낮은 소리에 비설이 소리 없이 숨을 내쉬었다.

벌써 일주일째, 황제는 피곤하다는 말로 비설과의 첫 대면을 미루고 있었다. 황제의 거부에 난감한 듯 규한이 비설을 향했다.

"내일 다시 인사 와야겠다."

"그래야겠습니다."

규한에게 뭐라 할 문제는 아니었다. 황궁의 주인인 황제가 만나지 않겠다는데 불만을 보일 수는 없었다. 그저 필부일 뿐이라 생각했지만 어쩌면 그녀가 사람을 잘못 판단한 것인지도 모르는 일이었다.

"내일부터는 소인이 혼자 오겠습니다. 군장님께 계속 피해를 끼칠 수는 없습니다."

"처음 인사를 드리는 것이라 따라왔을 뿐이네. 하지만 이런 경우는 또 처음이군."

황제의 변덕이 아무리 심해도 사흘을 넘기지 않았는데 말이다. 하물며 다른 군장들의 신입은 이미 인사를 마쳤건만, 이상하리만큼 황제는 유 호위를 보려 하지 않았다.

비설이 혹여 황제께 실수라도 했나 생각하던 규한은 곧 고개를 저었다. 이자를 알게 된 지 얼마 되지 않았지만 겉으로 보이는 외모와는 다르게 행동이 신중하다는 것은 누구보다도 그가 더 잘 알고 있었다.

"연이은 원정에 고단하신 거겠지. 번거롭겠지만 내일 다시 오지."

괜찮다는 말에도 규한은 고집을 꺾지 않았다.

황제가 인사를 받지 않는다는 사실을 제외하면 황궁은 있을 만했다. 황제의 호위라고 해 봤자 최측근에서 그를 모시는 것은 흑의이고, 나머지 호위들은 황궁에서 각자 맡은 지역을 책임지면 될 뿐이었다.

그렇게 또 하루가 지나가는 듯했다.

오늘의 황궁은 해가 저물고 난 이후가 더 부산했다. 황궁으로 들어오는 수많은 마차와 가마가 줄을 이어서 누가 누구인지 확인하는 일로 관문은 연신 분주했다.

그리고 그 이름도 직위도 모르는 귀족의 옆에는 여지없이 혼기가 다 된 여인이 함께했다.

"폐하께서 황후도, 후궁도 들이시지 않았으니 더더욱 저러는 것이겠지."

아직도 길게 늘어서 있는 마차들을 보며 질린 호위가 낮게 말을 이었다.

어린 나이에 권좌에 오른 황제는 귀족과 손을 잡아 외척을 만들어 힘을 키우는 대신, 군대를 키우고 주변국을 제압하는 것으로 혼란스러웠던 나라를 장악했다.

황후 자리의 주인이 정해지지 않자 딸을 가진 귀족들의 탐욕이 비어 있는 자리를 노리기 시작했다.

"자네는 이만 연회장으로 가게. 여기는 내가 알아서 하지."

"그럼 부탁드리겠습니다."

호위의 말에 고개를 끄덕인 비설이 자신이 맡은 지역으로 걸어갔다. 다행히 그녀가 맡은 곳은 연회장에서 제법 떨어져 있는 곳이었다.

연회장의 시끄러운 소리가 멀어지자 비설이 피곤한 숨을 내쉬었다. 황제에게 인사를 드린다며 일찍 나온 탓인지 몸이 천근만근이었다. 내일 또 문안 인사를 드리러 가야 했지만, 솔직히 내내 거부를 당해서인지 그녀 또한 내키지 않는 것도 사실이었다.

"황제만 아니었으면 신경도 안 썼을 것을……."

자신도 모르게 튀어나온 속마음에 비설이 입술을 깨물었다. 마음처럼 되지 않는 일에 자신도 모르게 조급해진 듯했다. 하루라도 빨리 일을 끝내고 운형의 궁으로 돌아가고 싶었다.

이룰 수 없는 바람이라는 것을 알면서도, 비설에게 그나마 마음을 놓고 쉴 만한 곳은 그곳뿐이었다.

"후우."

피곤한 숨을 몰아쉬던 비설이 인기척이 거의 없는 담 앞에서 걸음을 멈추었다. 황궁은 넓었기에 사람의 눈을 피해 쉴 만한 곳이 제법 있었다. 주변을 걸어 다녀 봤자 같은 호위나 내관만 만나게 될 터, 담으로 올라간 비설이 편하게 앉았다.

"담에 올라갈 만했네."

걸으면서 봤던 황궁과 담 위에서 보는 황궁은 달랐다. 사내가 누구인지는 알 수 없었지만, 눈높이가 다른 곳에서 보는 황궁의 모습이 새삼 새로웠다.

연회장의 시끄러운 소리도, 지나다니는 사람도 없으니 시간을 보내기에는 적당했다.

"오늘은 이곳인가?"

편안한 표정이었던 비설의 입가가 순식간에 딱딱하게 굳었다. 설마 하는 눈으로 고개를 돌린 비설의 미간이 단숨에 찌푸려졌다.

비설이 어떻게 쳐다보는지 관심조차 없는지 담 아래서 쳐다보던 사내가 주변을 둘러보았다.

"자네도 어지간히 미움받는군. 여기가 황궁에서 가장 구석진 곳인 건 아는가? 여기에 있다가는 연회가 끝났는지 안 끝났는지 알 수 없을 걸세."

그렇게 찾아도 찾을 수 없었던 사내가 언제 도망갔었느냐는 듯이 그녀가 앉아 있는 담 아래에서 싱글벙글 웃고 있었다. 좋은 경치를 홀로 즐기고 있었는데 사내의 등장이 완전히 망쳐 버렸다.

"그쪽은 연회장에 있어야 하지 않나?"

비설의 물음에 무슨 소리냐는 듯이 사내가 눈을 좁혔다. 잠시 후 비설의 팔에 있는 녹색 비단을 보던 사내가 자신의 팔을 보았다.

비설의 팔과는 다르게 사내의 팔에는 아무런 장식이나 비단도 없었다.

"왜 나를 황궁 호위로 보는 건가?"

"지난번에 자객은 아니라고 했으니 황궁 호위겠지. 그것도 아니면 자네가 직접 누구인지 말하고 사라지게. 난 할 말 없으니."

하나를 던지면 꼭 하나는 반드시 되돌아왔다.

날은 바짝 세우면서도 물음에 착실하게 대답해 주는 성실함이라니. 저러니 연회장과 그 주변을 다 뒤져서 이리 그대를 찾아낸 것이 아닌가?

"박하기는. 자네는 무엇을 먹어서 그리 미운 소리만 해 대는 건가?"

"일하는 데 방해가 되니 이러는 것이 아닌가? 당장 제자리로 가게!"

"담에 앉아서 달을 보는 게 일하는 건가?"

"……."

"나 하나 빠진다고 뭐라 할 사람 없다네. 그리고……."

말이 끝나기도 전에 몸을 날린 사내가 비설이 앉은 담에 앉았다. 너무나도 태연한 그를 보며 비설이 피곤한 듯 숨을 깊게 내쉬었다.

"이런 날은 달구경이 훨씬 재미나지 않은가?"

제멋대로에 능구렁이 같은 사내였지만 지금의 말은 부정할 수 없었다. 사내를 흘겨보던 눈을 다시 달을 향한 순간, 달큰한 향이 코끝을 간질였다. 향의 정체가 무엇인지 확인한 비설이 비명을 삼켰다.

"지금 무엇을 가져온 건가!"

"음? 자네도 마시겠나?"

"근무시간에 술을 마시는 이가 어디에 있는가!"

"뭐 어떤가? 여기까지 올 사람도 없는데. 같이 마십세."

달을 보며 좋았던 기분은 사내가 나타난 시점부터 점점 가라앉았다. 간신히 잡은 중심을 사내는 아무렇지도 않게 흔들었다.

무엇보다도 화가 나는 것은 자신이 누구인지 아는 사내와는 달리, 저는 이 사내에 대한 정보를 전혀 알지 못한다는 것이었다.

"혼자 마시게."

"그건 싫은데?"

이 망나니 같은 인간!

목 끝까지 치미는 욕지거리를 비설은 억지로 참았다.

어떻게 들어온 황궁인데 근무 중에 술을 먹어서 경을 칠 일을 하겠는가? 하물며 황제가 인사를 받아 주지 않자 점점 호위들은 물론이고 궁녀와 내관들의 시선까지 비설을 향하고 있었다.

그런 상황에서 술이라니, 간신히 잡은 기회를 날리는 것이나 다름없지 않은가!

"조용히 술만 마시고 사라지게. 난 다른 곳으로 가겠네."

비설이 담을 내려가려는 순간 사내의 손이 그녀의 옷을 붙잡았다. 얼마나 세게 붙잡았는지 내려가려던 비설의 몸이 뒤로 훅 끌려갔다.

뒤로 당겨진 옷 때문에 목이 당겨진 비설이 고개를 뒤로 획 돌렸다. 침착하고 조용했던 그녀는 실실 쪼개는 사내를 마주하는 순간 완전히 사라졌다.

"야!"

비설의 손이 검에 닿은 것과 동시에 사내의 자리에 섬광이 일었다. 거리를 벌리며 미소를 짓던 사내가 연이어 들어오는 검에 담

아래로 몸을 뺐다.

"그게 좀 급하게 잡느라 그렇긴 했는데, 화가 많이 났는가? 검을 좀 내려놓고 대화를……."

사내의 말이 끝나기도 전에 비설의 검이 사내의 목을 찔러 왔다. 사내가 외치는 말엔 대답조차 하지 않은 채 그녀의 검이 사내의 다음 움직임을 따라 움직였다.

어깨를 베려는 검을 오른쪽으로 피한 사내가 미소를 지으려는 순간, 같이 따라온 비설의 검이 사내의 눈을 향했다.

"으악!"

사내에게서 사라지지 않았던 여유로운 표정이 처음으로 사라졌다. 사내의 움직임을 전혀 따라오지 못하던 비설이 점점 그의 움직임과 검의 속도를 맞춰 갔다.

'이 이상 기어오르는 것은 곤란하지.'

모처럼의 재미를 어이없이 손에서 놓을 정도로 사내는 바보가 아니었다.

손에 들고 있던 술병을 내려놓은 사내가 비설의 검을 비끼며 옆으로 파고들었다. 거리를 좁히며 다가온 사내에게서 몸을 지키듯 찌르며 내질렀던 검을 비설이 자신에게로 끌어왔다.

공격도, 방어도 흠잡을 데라고는 하나도 없는 절제된 동작이었다. 어느 정도 경지에 오른 이라도 비설을 상대하기는 쉽지 않을 터.

하지만 그 모든 경우에서 사내는 예외였다.

검으로 앞을 막으려는 비설의 손목을 사내가 붙잡았다. 비설의 몸이 비틀거리는 짧은 틈을 노린 사내의 주먹이 그녀의 복부를 향해 힘껏 내질러졌다.

"컥!"

검을 떨어뜨린 비설이 배를 붙잡은 채 땅에 주저앉았다. 거친 기침을 내뱉는 비설을 보던 사내가 손목에서 느껴지는 서늘한 감각에 눈을 돌렸다.

"음?"

분명 스치지 않고 그녀를 제압했다고 생각했건만, 막판에 아슬아슬하게 검에 베인 듯싶었다.

너덜너덜해진 소매를 보는 사내의 눈매가 부드럽게 휘었다.

"자네는 진짜 날 즐겁게 하는군."

"콜록콜록."

실실 웃는 사내와는 달리 복부에서 느껴지는 통증에 비설은 정신을 차릴 수가 없었다.

검을 익히고 어느 정도 경지에 오른 이후로 이런 식으로 당한 적은 없었다. 하물며 사내의 공격은 매서운 만큼이나 힘 또한 그녀가 생각한 수준, 그 이상이었다.

"……"

"그렇게 노려본다고 내가 돌아갈 거라고는 생각하지 말게. 그리고 뭐, 내가 이겼으니 내가 하자는 대로 해야 하지 않겠나?"

바닥에 내려놓은 술병을 든 사내가 비설을 향해 병을 흔들었다.

복부를 감싸며 일어난 비설이 이를 갈았지만 철저히 그녀의 패배였다. 담에 다시 올라간 사내가 어서 오라는 듯이 옆자리를 가리켰다.

"하아."

깊은 한숨이 치밀었지만 이미 끝난 일이었다.

비설이 담을 다시 올라갔다.

사내가 가져온 술은 달큼한 향만큼이나 무척이나 맛있었다. 홧김에 검을 뽑았지만, 사내의 실력을 직접 마주할수록 오기가 치밀었다. 결국 그러면 안 된다는 것을 잊고는 전력으로 사내에게 달려들었다.

"자네의 실력이면 홍의나 청의도 가능할 것인데 왜 녹의로 들어왔는가?"

맛있는 술에 맑은 달은 더할 나위 없이 좋았지만, 마냥 분위기에 취하기에는 같이 술을 마시는 사내가 문제였다.

잔에 남아 있는 술을 마저 비운 비설이 술맛을 느끼듯 눈을 감았다. 더없이 맛있는 술이다. 하지만 이성이 흐려지면 실수를 한다. 근무시간에 술을 먹게 된 것만으로도 실수는 충분했다.

"배경이 되어 줄 귀족 양반의 이름을 적지 않았더니 남은 자리가 녹의뿐이더군."

"배경이 되어 줄 귀족? 그런 것을 써서 내라고 했단 말인가?"

"자네는 그렇게 들어오지 않았나 보군."

대수롭지 않게 꺼내는 말에도 사내의 굳은 표정은 풀리지 않았다.

"난 분명 그렇게 만들지 않았는데……."

"뭐라고 했는가?"

"음. 아니네."

자신에 대한 것은 집요하게 물으면서 정작 본인에 관한 이야기는 하나도 털어놓지 않았다.

"그러는 자네는 정확히 황궁에서 무엇을 하는 자인가?"

"나? 난 흑의라네!"

"쓸데없는 농 그만 던지고 제대로 말하게."

"진짜인데 자네는 영 사람을 믿지 못하는군. 실력을 보면 딱 나오지 않는가?"

"황제의 최측근에 있어야 할 사내가 여기서 술이나 마시고 있었군."

"연회장 안이야 호위들이 넘치도록 많지 않은가? 나 하나 정도는 빠져도 충분하다네."

누가 봐도 사내의 행동은 거짓이었다. 그럼에도 거짓말하지 말라며 파고들 수 없는 것은 사내의 실력과 은연중에 보여 주는 기운 때문이었다.

사내를 마주하는 시간이 길어질수록 비설의 감각이 보내는 경고는 점점 커졌다. 이제 겨우 두 번째 만남인데 더는 자신을 찾지 말라 자르고 싶을 정도였다.

"자네 대답에 내가 대답을 했으니 이제 내 차례군. 왜 황궁에 들어왔나?"

"지금 그 대충 얼버무린 것을 대답이라고 우기는 건가?"

"마음에 안 들면 검을 다시 뽑아 보든가?"

망할 인간이라는 말이 목 끝까지 치밀었다. 그럴듯해 보이는 것은 사내의 외모뿐, 나오는 말 하나하나가 전부 사람의 심기를 건드는 것뿐이었다.

결국 사내의 빈 잔에 술을 채운 비설이 자신의 잔에도 술을 채웠다. 찰랑찰랑 잔에 가득 차 있는 술을 단숨에 비우며 비설이 눈을 좁혔다.

"돈 벌러 들어왔네."

"그렇다기엔 쓸데없이 여유로운데 말이지."

"나도 대답은 했네."

사내가 했던 그대로 비설이 따라 했다.

정말로 질린다는 눈으로 비설이 사내를 보고 있었지만, 사내는 나름 꽉 막힌 눈앞의 호위와 대화를 하는 게 즐거웠다. 그것이 얼굴에 드러났다가도, 언제 그랬느냐는 듯이 자신을 감추었다.

"그거 아는가?"

"무엇을 말인가?"

평온했던 비설의 눈에 다시 힘이 들어갔다.

상대할수록 흥미로운 이였다. 목적 없는 걸음은 있을 수 없다. 하지만 그것을 어떻게 보이느냐에 따라 사람의 모습은 달라지는 것이었다.

"여인을 찾으러 왔는가? 아니면 누구에게 사정을 물어보러 들어온 건가? 그것도 아니라면……."

"……."

"복수인가?"

"그 정도 선에서 멈추는 게 좋을 것 같군. 난 폐하를 뵙고 호위로 인정만 받으면 되네."

더는 말하지 않겠다는 듯이 비설이 사내의 말을 잘랐다.

비설을 보며 답을 기다리던 사내의 눈이 달을 향했다. 구름 한 점 없는 어두운 밤인데도 환하게 뜬 달 때문인지 어둡다는 생각은 들지 않았다.

"작금의 폐하는 적이 많지. 황족의 피 위에 앉은 이라 광기에 자신을 놓았다는 말도 있더군. 쉽지 않을 걸세."

사내의 말에 비설이 숨을 삼켰다.

혼란의 시기를 정리한 황제였다. 쉽지 않은 상대여도 비설은 피할 생각이 없었다.

"이미 각오한 일이네."

"흐음."

물음을 더 파고드는 대신 사내가 잔의 술을 비웠다. 밤바람이 쌀쌀했지만 술기운 때문인지 춥다는 생각은 들지 않았다.

"이곳에서 보는 달이 제법 괜찮지 않은가?"

강제로 시작된 이야기였지만, 달을 평가하는 사내의 말을 부정하고 싶은 생각은 없었다.

분위기가 무르익은 연회장에서 나는 소리가 종종 들려오기는 했지만 그다지 신경이 쓰이지는 않았다.

사내의 말에 사로잡혔는지, 아니면 시간이 지나도 그대로인 달에 묶인 것인지, 사내가 떠난 후에도 비설은 그 자리에서 오랫동안 머물렀다.

소소한 바람일 수도 있었지만, 황궁에서의 삶이 조금이나마 수월하기를, 그래서 무사히 되돌아갈 수 있기를 비설은 맑은 달을 보며 마음속으로 빌었다.

❋❋❋

담장의 사내는 이후로 다시 만나지 못했다.

그리고 여전히 황제는 그녀의 문안 인사를 받지 않았다. 어차피 황궁 호위의 가장 아래 서열인 녹의이니 적당히 기회를 봐서 인사를 드리자는 의견에 비설이 그리하겠다며 몸을 숙였다.

"후우."

비설은 최근에 들어온 만큼 낮보다는 밤 근무가 주였다.

낮과 밤이 바뀐 생활은 피곤했지만, 그렇게 됨으로써 하나 좋은

45

점은 있었다.

고개를 들자 구름 속에서 모습을 드러낸 달이 환하게 떠 있었다. 사람의 기척도 없으니 달구경 하기에는 이만한 곳이 없었다.

하지만 오늘은 비설 혼자가 아니었다.

"오늘이야말로 연도윤을 죽일 절호의 기회다."

온몸을 검은 옷으로 감싼 사내들을 보던 비설이 몸을 숨겼다. 그리고 그중 선두에 선 사내를 보며 눈을 좁혔다. 비설을 보지 못했는지 선두의 사내가 모여 있는 이들을 보며 검을 들었다.

"호위를 모두 내보낸 지금이야말로 황제 연도윤을 죽일 유일한 기회다! 반드시 그 목을 베어 폐하의 복수를 해야 한다!"

비설의 기억이 잘못되지 않은 한, 황제를 죽여야 한다며 명령하고 있는 이는 홍의군장이었다.

홍의라면 황제에게서 스무 걸음 떨어진 곳에서 호위하는 이들이었다.

측근이라고 할 수 있는 홍의군장이 실은 황제에게 적의를 가지고 있었다니, 믿기 힘들었다.

"연도윤은 죽은 자를 절대 생각하지 않는다."

수많은 이들이 흘린 피 위의 권좌에 앉은 황제. 그에게 비설의 가족은 기억에조차 남지 않았는지도 모른다.

권좌에 오르기 위해 형제조차 주저 없이 목숨을 거두었다는 사내. 심지어 제 몸의 광기를 이기지 못하여 주변 나라에 피에 젖은 이를 드러내고 있는 사내가 황제, 연도윤이었다.

"작금의 황제는 양날의 검이다. 저 방향을 잃은 검이 다시 제국을 노리기 전에 반드시 연도윤의 목을 베어야 한다."

"그리하겠습니다."

"움직여라!"

연도윤을 직접 보지는 못했지만, 홍의군장의 말은 사실일지도 모른다는 생각이 들었다. 그럼에도 지금은 저들은 그냥 보내 줄 수 없었다. 그녀는 아직 황제가 어떤 사람인지 제 눈으로 확인하지 못했다.

차라리 저들을 보지 않았다면 무시하고 넘어갔을 것을, 하지만 이미 제 눈으로 목격한 후였다.

"누구냐!"

답을 하는 대신 비설이 가장 가까운 자객을 향해 검을 휘둘렀다. 이미 저들은 황제의 호위라고 할 수 없었다.

앞을 막는 검을 비끼듯이 밀어낸 비설이 단숨에 자객의 목에 검을 찔렀다.

"킥!"

쓰러지는 사내의 몸을 지지대 삼아 다음 자객을 향해 움직인 비설이 무릎을 굽혀 머리를 향하는 검을 아슬아슬하게 피했다.

검을 피하자마자 자객의 몸으로 파고든 비설의 검이 주저 없이 갑옷 사이를 찔렀다.

'주나라에서 네 움직임과 속도를 따라갈 사람은 많아 봤자 다섯 정도밖에 되지 않을 것이다.'

발바닥의 물집이 터지고, 굳은살이 박일 때까지 비설은 검을 잡고 휘두르며 움직이는 연습을 하고 또 했었다.

"잡아!"

두 명의 자객이 비명조차 지르지 못하고 당하자 나머지 자객들 또한 검을 꺼냈다. 동시에 선두에 서 있는 홍의군장이 황제가 있는 경원궁을 가리켰다.

앞을 가로막은 다섯의 사내를 보던 비설이 검을 잡은 손에 힘을 주었다.

"죽어라!"

동시에 달려드는 자객을 보던 비설이 가장 오른쪽의 자객을 향해 검을 움직였다. 나머지 자객들이 경원궁으로 향했다면 그녀 또한 그리로 가야 했다. 강제든, 강제가 아니든 황제를 직접 마주할 기회를 놓칠 수 없다.

머리 위로 내려치는 검을 막은 비설이 다시 자객의 검을 타고 움직였다. 미끄러지듯 검신을 타고 파고든 비설의 검이 자객의 다리를 찔렀다.

"컥!"

다리에서 뿜어져 나온 피가 비설의 얼굴을 붉게 물들였다. 검을 뽑자 비틀거리는 자객의 다리를 비설이 있는 힘껏 걷어찼다. 그때 눈에 피가 튀었는지 그녀의 시야에 들어온 세상의 반이 붉었다.

"네 이놈!"

저를 해치러 곳곳에서 찔러 들어오는 흉기들을 비설이 침착하게 받아 내었다.

분과 비녀가 아니라 검을 쥐었을 때부터, 고운 비단 옷이 아니라 질기고 거친 무복을 입었을 때부터 선택한 삶이었다. 향긋한 분내가 아닌, 비릿한 피 향에 익숙해졌고, 여인의 웃음소리보다 적이 내지르는 고함과 비명에 더 익숙해졌다.

가족이 모두 죽고 가문이 멸문된 그날부터 그녀가 직접 선택한 인생이었다.

"핫!"

짧은 기합과 함께 사내들을 파고든 비설의 검이 호를 그렸다. 비명을 지를 틈도 없이 사내 넷 중에 셋이 피를 뿜으며 쓰러졌다.

살아남았지만 옆구리를 베인 사내가 몸을 날려 그녀와의 거리를 벌렸다.

"네놈이…… 겨우 녹의…… 주제에. 감히!"

검을 양손으로 붙잡은 자객이 그녀를 향해 발을 내디뎠다. 동시에 비설 또한 자객을 향해 검을 찔러 들어갔다.

사내의 검과 비설의 검이 맞닿은 순간, 그녀의 예상과 다르게 자객의 검이 방향을 틀었다.

"큭."

자객의 검이 비설의 어깨를 파고들었지만, 피하는 대신 자객의 품으로 달려들었다. 자객이 뒤늦게 검을 자신에게로 끌어오려 했지만, 그보다도 먼저 그녀의 검이 움직였다.

"컥!"

잠시 하늘을 보던 자객의 몸이 쿵, 바닥에 쓰러졌다.

얼굴에 묻은 피를 옷소매로 닦으며 비설이 가쁜 숨을 내쉬었다. 어깨에서 나는 피가 검은 무복을 붉게 물들였지만, 심하지는 않았다.

"후우."

남아 있던 긴장을 몰아내듯 숨을 내쉰 비설이 자객의 몸에 박힌 검을 뽑았다. 검이 평소보다 더 무겁게 느껴졌지만 지금은 멈춰 있을 틈이 없었다.

날렵한 발걸음이 나머지 자객들의 흔적을 찾아 바쁘게 움직였다.

❋ ❋ ❋

"가, 감사합니다."

위협에서 벗어난 내관의 인사를 받는 둥 마는 둥 얼굴에 튄 피를 닦아 낸 비설이 움직였다.

황제의 호위였던 홍의군이 실제 반역을 꾀했다는 것 때문인지 경원궁의 곳곳은 그들이 남긴 흔적으로 너덜너덜해져 있었다.

"후우."

얼마나 오랫동안 준비했던 것인지 죽여도 죽여도 자객은 끊임없이 튀어나왔다. 죽은 병사들 사이에 섞여 있는 궁녀와 내관의 시신을 보는 비설의 눈이 옅게 떨렸다.

"까아악!"

황제의 침실로 달려가던 비설의 귀에 날카로운 여인의 목소리가 울렸다. 쓰러진 궁녀의 머리 위로 내려앉는 검을 보는 순간 비설이 주저 없이 그 사이에 끼어들었다.

"큭!"

쥐고 있는 검 위로 사내의 검이 내려앉자 짓눌리는 무게에 입술을 깨물었다. 터진 입술에서 나온 피 맛이 비릿했지만 찡그릴 여유조차 없었다.

있는 힘껏 사내의 검을 쳐 낸 비설이 어깨로 사내의 몸을 밀었다. 그리고 비틀거리는 사내의 몸 위로 올라타선 버둥거리는 그의 목을 검으로 베었다.

"가, 감사합니다."

궁녀의 인사를 넘긴 비설이 시야를 가리는 피를 소매로 닦아 냈다.

이상하리만큼 경원궁을 지키는 호위가 없었다. 뒤늦게 소란을 감지한 이들이 들어오고 있었지만, 평소에 봐 왔던 병력 자체가 없었다.

마치 황제가 자신을 미끼로 자객을 유인한 것처럼.

보이지 않던 장기판의 결과가 보이자 비설은 식은땀을 흘렸다.

'미친놈은 미친놈인가 보네.'

홍의군장에게 오늘은 황제를 죽이기 위한 최적의 날이었지만, 동시에 황제에게는 황궁 내에 깊숙하게 스며들었던 자객을 모두 제거할 최적의 날이었다.

결국 오늘 일은 황제가 계획한 일일 뿐이었다.

'황제가 어떤 자인지 봐야 한다.'

그녀에게도 오늘은 기회일지도 모른다. 문안 인사조차 거부하는 황제의 얼굴을 직접 볼 기회, 오늘이 아니면 또 얼마나 오랜 시간을 초조히 기다릴지 알 수 없었다.

"죽어…… 컥!"

당장에 검을 들고 달려오는 자객을 보지도 않은 채 비설이 검을 휘둘렀다. 팔에 생긴 얇은 실선에서 연이어 붉은 피가 터져 나왔다.

'비설아.'

황제의 침실에 가까워져 갈수록 내관과 궁녀를 공격하던 자객이 비설을 향해 무기를 휘두르는 빈도가 높아졌다.

'네가 황제의 관심을 받는 것은 어렵지 않을 것이다. 하지만 황제

51

의 관심은 네 목을 조르게 될 것이다.'

정확히 목과 허리로 들어오는 무기를 몸을 굴려 피한 비설이 몸을 일으키며 검을 휘둘렀다.

한 치의 오차도 없이 비설의 검이 달려오는 자객의 무릎을 베었다. 비틀거리며 쓰러지는 자객의 목을 정확히 노려 검으로 벤 그녀가 다시 검의 방향을 바꾸었다.

비명 대신 뜨거운 피가 온몸에 튀었다. 거듭 이어진 격한 움직임에 항상 써 왔던 검도 천근만근이었다.

'나는 네가 황궁으로 가지 않았으면 싶구나.'

"이미 선택한 일을 어찌 되돌리겠습니까?"

자객을 찌른 검에 힘을 주는 비설의 눈에 분노가 엿보였다.

비설이 검의 방향을 바꾸어 휘두르자 자객이 서둘러 무기를 비틀어 그녀의 검을 막았다. 검을 비스듬히 밀어내며 들어오는 비설의 검에 자객은 피하는 대신 그녀와 똑같이 검을 타고 공격해 들어왔다. 바로 앞까지 밀고 들어오는 검에 비설이 몸을 돌렸다.

"큭!"

느껴지지 않던 어깨의 상처가 왜 이제야 신경이 쓰이는지 미칠 노릇이었다.

비설이 흔들리는 것을 눈치챈 자객이 있는 힘껏 그녀를 극으로 몰아갔다. 매섭게 몰아치는 공격을 아슬아슬하게 비껴 냈지만 그 사이 자객의 날카로운 검이 비설의 얼굴과 목에 날카로운 자상을 만들어 냈다. 비설이 조금만 늦게 움직이거나 방향을 잘못 잡았다면 곧바로 죽었을 치명상이었다.

"얌전히 죽으란 말이다!"

베일 듯하면서도 버텨 내는 비설이 귀찮았는지 거리를 벌린 자객이 이를 갈았다. 가쁜 숨을 내쉬며 검을 다잡은 비설이 자객 너머의 침실을 보았다.

'이제 열 걸음.'

자신을 다잡은 비설이 숨을 골랐다. 자신이 언제 숨을 내쉬고 어떻게 움직일지 보려는 자객이 그녀에게 시선을 집중하고 있었다.

가쁜 숨을 진정시키려는 것처럼 길게 숨을 내쉬던 비설이 자객을 향해 몸을 날렸다.

자객의 동공이 커지고, 그녀의 공격을 막으려 움직이는 순간, 검을 들지 않았던 다른 손에서 손바닥만 한 작은 단검이 모습을 드러냈다.

검과 검이 마주하자 힘에서 밀린 비설이 비틀거렸지만, 단검을 쥐고 있던 손은 약간의 주저도 없었다.

"컥!"

목을 찌르지는 못했지만 갑옷 사이의 틈을 노린 검이 사내의 옆구리를 찔렀다. 날카롭게 파고드는 단검에 피를 토한 사내가 있는 힘껏 비설의 검을 밀어냈다.

둘의 검이 바닥에 떨어진 것과 동시에 비설을 붙잡은 사내가 힘으로 그녀를 집어 던졌다.

"크윽."

사내의 힘에 휩쓸린 비설이 굳게 닫혀 있던 침소의 문을 부수고 바닥에 나뒹굴었다.

눈앞이 깜깜해지고, 숨이 목 끝까지 차올랐지만, 남은 힘을 쥐어짜며 일어났다. 바닥이 피투성이라는 생각도, 이곳이 황제가 머무는 침소라는 자각도 들지도 않았다.

우연처럼 바닥에 떨어진 검을 잡은 그녀가 자객을 향해 몸을 날렸다. 죽이지 않으면 그녀가 죽는다. 경험이라는 이름 아래 그녀가 겪어 온 모든 일의 결론은 그뿐이었다.

사내의 다리를 지지대 삼아 어깨 위로 올라간 비설이 날카로운 검 끝을 자객에게로 향했다.

"하앗!"

비설의 검이 자객의 목을 그대로 꿰뚫었다. 자객에게서 느껴지는 미약한 생명력조차 철저히 빼앗고 짓밟을 기세로 비설이 검을 박은 손에서 힘을 빼지 않았다.

쿵!

커다란 소리와 함께 자객의 몸이 바닥에 떨어지고, 그를 붙잡고 있던 비설 또한 다시 바닥을 굴렀다.

비설은 온몸이 찢기는 듯한 고통에 숨을 고르려 힘겹게 기침을 내뱉었다. 그리고 입안에 고인 피도 뱉어 냈다. 어느새 상처가 났는지 오른쪽 소매는 붉은 피에 흠뻑 젖어 있었다.

"하아."

고통을 억지로 억누르며 비설이 간신히 중심을 잡았다. 그제야 주변이 하나씩 눈에 들어왔다.

누가 누구인지 알 수 없는 수많은 시신과 그 시신에서 흐르는 피가 곳곳에 웅덩이를 만들어 내고 있었다. 공포에 질린 내관과 궁녀의 시선이 비설을 향하고 비설의 시선이 그들에게서 가장 상석에 있는 황제에게로 향했다.

"아……."

눈에 피가 들어가서 잘못 본 것인가?

설마 하는 마음에 비설이 옷소매로 눈의 피를 다시 닦아 냈다.

비설만큼이나 상석의 그도 온몸에 피를 뒤집어쓰고 있었다. 하지만 비설과는 다르게 그는 상처는커녕 옷에 베인 흔적조차 없었다. 조각처럼 흠 하나 없는 이목구비도, 철저히 단련한 무인의 기색도 비설을 흔들지 못했다.

그녀를 흔들고 있는 것은, 눈앞에 펼쳐진 끔찍한 참사조차 기억에서 날려 버릴 정도로 그녀를 완전히 사로잡은 것은…….

'……웃었다?'

소리 없이 올라간 그 입꼬리가 너무나도 익숙했다.

그를 본 것은 고작 두 번이었지만, 저 미소만큼은 절대로 잊을 수가 없었다.

이제야 그를 볼 때마다 머릿속에서 경고가 울렸는지 알 것 같았다. 사내의 미소에는 다른 사람에게서는 볼 수 없는 광기가 보였다.

주나라의 미친 황제. 연도윤.

그가 비설의 앞에 서 있었다.

二章. 탐색

　도윤의 머리카락에 맺혀 있던 피가 툭, 바닥의 피 웅덩이 위로 떨어졌다. 온몸에 피를 뒤집어썼지만, 그가 가진 분위기는 전혀 바뀌지 않았다.

　피를 흘리며 쓰러져 있는 시신을 보는 눈에는 아무런 감정도 담겨 있지 않지만, 비설을 보는 순간 무표정했던 도윤의 입꼬리가 옅게 올라갔다.

　"다쳤네?"

　도윤의 말에 비설이 상념에서 벗어났다.

　지금은 도윤을 보며 당황할 때가 아니었다. 어깨에서 심장까지 내려오는 긴 검상에도 불구하고 몸을 일으킨 홍의군장의 핏발 서린 눈이 도윤을 노려보고 있었다.

　"네…… 이놈."

　손이 떨리고 눈앞이 깜깜했지만 이미 자신의 계획은 실패했다.

도윤을 없앨 최적의 날이라고 생각했던 오늘이 실은 도윤이 만든 함정이었다. 회심의 일격을 꿈꾸며 준비했던 병력의 절반도 이곳으로 오지 못했다.

"네놈 때문에…… 가족의 복수를…… 반드시……."

말이 끝나기도 전에 남은 힘으로 검을 움켜쥔 홍의군장이 도윤에게 달려들었다. 군장의 검은 정확히 도윤의 심장을 향해 움직였지만 갑자기 나타난 검에 의해 완전히 막혀 버렸다.

"감히! 너 따위가!"

자신을 막은 비설을 보며 홍의군장이 고함을 질렀다.

그가 지르는 고함에 귀가 따갑고 검에 베인 어깨 상처에서 느껴지는 통증이 시간이 지날수록 고통스러웠지만 지금 그녀에게는 앞의 사내를 막아야 한다는 생각뿐이었다.

"모두 끝났습니다. 검을 내려놓으십시오!"

"비켜라!"

비설만 밀어내면 연도윤이었다. 원수를 바로 앞에 두고 이대로 무너질 수는 없다.

있는 힘껏 비설을 밀어내자 작은 체구의 그녀가 몸을 비틀거렸다. 비설을 밀어내고 군장이 도윤과의 거리를 좁히려는 것과 동시에 그녀의 검이 군장의 허벅지를 베었다.

"이게 감히!"

"윽!"

홍의군장의 몸이 비설에게로 완전히 돌아섰다. 그리고 비설이 숨을 고르기도 전에 그녀의 심장을 향해 군장의 검이 날아들었다.

검과 검이 부딪치고 밀려오는 여파에 비설이 피가 고이도록 입술을 깨물었다.

"하앗!"

낮은 기합과 동시에 비설이 군장의 검을 비껴 밀어냈다. 거리를 좁혀 오는 비설의 검을 군장의 몸이 방향을 틀어 막으려는 순간, 그녀가 방향을 바꾸었다.

그녀의 빠른 움직임을 군장이 미처 따라가지 못한 사이, 그녀의 검이 상처가 없는 반대편 다리를 베었다.

"이놈!"

홍의군장이 주저앉자 비설이 검을 다잡았다. 이번 기회를 놓치면 그를 막을 방법이 없다.

홍의군장을 완전히 제압하기 위해 비설이 검을 휘두르려는 순간, 그녀의 허리를 누군가가 붙잡았다. 누구인지 확인을 하기도 전에 비설이 바닥에 처박혔다.

"윽."

눈앞이 깜깜해지도록 고통스러웠지만, 검을 붙잡고 일어나야 했다.

검을 지지대 삼아 몸을 일으키려는 순간, 어깨에서 느껴지는 고통에 비설이 숨을 삼켰다. 던져지면서 팔이 부딪혀 부러지기라도 한 것인지 힘이 들어가지 않았다.

비설이 흔들리는 틈을 타 몸을 일으킨 홍의군장이 도윤에게 향하고, 그녀를 집어 던졌던 사내는 머리 위로 검을 치켜세우고 있었다.

머리 위로 바로 떨어지는 검을 막기 위해 검을 들려 했지만, 손에 힘이 들어가지 않았다.

검을 피하고자 몸을 날리려던 비설을 누군가의 손이 잡아끌었다.

"아!"

"이건 좀 곤란하지."

가쁘게 차오르는 숨을 내쉴 생각조차 하지 못했다. 한 손에는 비설을, 다른 한 손에는 그녀에게 달려들던 자객의 목을 붙잡은 도윤이 불쾌한 듯 미간을 꿈틀댔다.

"아무리 급하다고 둘이서 하나를 상대하려 하다니 좀 치사하지 않나?"

"컥!"

어떻게든 벗어나려 자객이 몸부림을 쳤지만, 도윤의 손을 떼어 낼 수 없었다.

차분하다 못해 싸늘한 눈이 비설의 어깨와 몸에 나 있는 상처를 향했다. 여유로웠던 도윤의 눈에 살기가 맺혔다.

"내 것을 더 잃을 수는 없지."

뚜둑!

기분 나쁜 소리와 함께 반항하던 자객의 몸이 축 늘어졌다. 늘어진 자객의 시체를 더는 볼 필요 없다는 듯이 도윤이 손을 놓았다. 힘없이 쓰러지는 자객을 보던 비설이 뒤에서 느껴지는 움직임에 고개를 돌렸다.

"연도윤!"

악착같이 핏대를 세우는 홍의군장을 보며 도윤이 입꼬리를 올렸다. 저를 일부러 죽이지 않았다는 것을 알면서도 미련을 놓지 못하고 또 날뛰고 있었다.

몇 번이고 기어오르면 다시 밟아 버리면 그만, 도윤이 달려오는 홍의군장을 향해 손을 뻗었다.

"컥!"

당장에라도 도윤에게 닿을 것 같았던 홍의군장은 다리에서 느껴지는 고통에 고개를 숙였다. 언제 끼어들었는지 홍의군장의 다리에 비설이 검을 박은 것이다. 다리에서 느껴지는 통증이 온몸으로 밀려오고, 홍의군장의 커다란 몸이 쿵 무너졌다.

"하아. 하아."

이마에 난 상처에서 흐르는 피가 눈을 찌르자 비설이 소매로 피를 닦았다. 그리고 간신히 몸을 일으킨 순간, 도윤과 눈이 마주쳤다. 마주친 그의 입가에 미소가 감돌자 굳었던 머리가 빠르게 돌아갔다.

"폐, 폐하!"

입안이 바짝바짝 마르고 눈앞이 캄캄하다 못해 하얘졌다.

황제에게 반말을 쓴 것도 모자라 검을 휘둘렀다. 하물며 사근사근 건네는 말에도 독설을 담아 답하기까지 하지 않았는가? 상처에서 나오는 것은 피였지만, 이상하리만큼 피보다 땀이 더 많이 나는 기분이었다.

눈을 질끈 감은 비설이 최대한 깊숙이 머리를 조아렸다.

"이번에 들어온 호위가 자네인가 보군. 첫 만남에 무례를 저질렀어."

모든 것을 알고 있으면서도 도윤은 비설에게 모르는 척 말을 던졌다. 그가 어떤 표정을 짓고 있을지 눈에 선했지만 그 모습을 보지 못해서 다행이었다.

도윤이 모르는 척 말을 건넸다면 그녀 또한 처음인 척하면 그만이지 않은가?

그랬던 생각은 이어서 나오는 말에 산산조각이 나 버렸다.

"아! 이게 처음은 아니었던가?"

뱀의 혀, 여우의 머리, 맹수의 몸을 가졌다고 하는 주의 황제, 연도윤에게 단단히 걸려 버렸다.

❋❋❋

"폐하. 용안의 피부터 닦으시지요."

내시감이 내미는 손수건을 받아 든 도윤이 얼굴에 묻어 있는 피를 닦아 냈다.

제 손으로 죽인 이들과 고통스러워하는 홍의군장은 보이지도 않는지 피를 전부 닦아 낸 손수건을 내시감에게 다시 내밀었다.

"고생 많았다."

도윤의 수건을 받아 든 내시감이 깊게 몸을 숙였다.

"침소를 치울 동안 잠시 성안궁으로 옮겨 가 계시는 게 낫지 않겠습니까?"

"적당히 치우고 누우면 그만이지. 짐은 신경 쓰지 마라. 대신 이번 일로 죽은 이들에겐 예우를 다해야 할 것이다."

미리 대비하고 움직였지만 그럼에도 불구하고 희생이 제법 컸다.

뒤늦게 주변을 정리하고 온 각각의 군장들이 도윤의 앞에 무릎을 꿇었다. 그런 군장들 사이에서 규한은 먼저 무릎을 꿇고 있는 비설을 놀란 눈으로 바라보다 서둘러 몸을 숙였다.

내시감의 도움을 받으며 피에 젖은 겉옷을 갈아입은 도윤의 시선이 규한을 향했다.

"이번에 들어온 황궁 호위 중 으뜸은 녹의였구나. 덕분에 목숨을 건졌다."

"황공하옵니다. 폐하."

도윤의 말을 듣던 비설이 엎드린 상태에서 입술을 깨물었다.

그녀가 없었어도 도윤은 충분히 혼자 이들을 제압하고 살아남았을 것이다. 그에게는 그럴 실력과 힘이 있었고, 그 수준은 분명 비설을 가볍게 뛰어넘는 것이었다.

"긴장을 풀지 않고 휘두르는 검이 빠르고 날카롭더군. 잘못 도발했다면 짐이 그 검을 맞았을지도 모르겠어."

톡.

비설의 이마에 맺혀 있던 땀방울이 바닥에 떨어졌다.

어느 정도 충격에서 벗어나자 머리가 지끈거렸다. 역시 감이 주는 경고를 무시하면 안 되는 일이었다. 그저 고위직 인물이라 생각하고 넘어간 안일했던 자신을 탓하며 비설은 입술을 질끈 깨물었다.

'음?'

한편 도윤의 이야기를 듣던 규한이 유 호위를 쳐다보았다.

가벼운 말투와 달리, 도윤은 절대 말을 함부로 내뱉는 이가 아니었다. 그런 도윤이 마치 인사시킨 적도 없는 신입 호위를 이미 알고 있는 것처럼 행동했다.

"혹 유 호위를 만난 적 있으십니까?"

규한의 물음에 답을 하는 대신 도윤이 아직도 목숨이 붙어 있는 홍의군장의 앞으로 걸어갔다.

온몸의 상처로 고통스러워하는 그를 관찰하듯 도윤이 냉철한 눈으로 보았다. 한 움큼 피를 쏟아 낸 그가 도윤을 노려보며 힘겹게 입을 열었다.

"내가…… 내가 왜 너를 죽이려 했……."

뒤에 서 있는 호위의 검을 도윤이 뽑은 것과 동시에 홍의군장의 목에 생긴 실금에서 피가 뿜어져 나왔다. 눈조차 감지 못한 채 목이 베인 군장을 무심히 보던 도윤이 호위에게 검을 돌려주었다.

"내 것도 아닌 것이 떠드는 걸 굳이 들을 필요가 없지."

거짓된 충성이었지만 그럼에도 오랜 시간 그에게 충성했던 이의 목을 거두면서도 도윤은 일말의 감정도 보이지 않았다.

마치 어린아이가 가지고 놀던 장난감이 질려서 버리는 것처럼 홍의군장의 목을 거둔 후에는 그쪽으로는 시선조차 돌리지 않았다.

"내시감."

"예, 폐하."

"치워라."

도윤의 명령이 끝나기가 무섭게 대기하던 내관이 홍의군장의 시신을 수습하고 피를 닦아 냈다. 마치 처음부터 그 자리에 없었던 것처럼 흔적을 지우는 이들을 보는 비설의 눈이 옅게 떨렸다.

얼마 전에 보았었던 사내와 지금의 사내는 너무나도 달랐다.

감히 다가갈 수 없는 분위기와 갑옷처럼 온몸을 휘감고 있는 광기는 가까이 있는 것만으로도 베이고 찢길 것처럼 날카로웠다.

"유 호위 외에는 모두 나가라."

불안하던 심장이 도윤의 한마디에 여러 조각으로 갈기갈기 찢겼다. 당장에라도 도망가고 싶은 감정을 억누르며 비설이 더욱 깊게 얼굴을 숙였다.

단둘이 남은 침전에서 도윤이 새로 마련된 자리에 털썩 앉았다.

"누가 보면 짐에게 씻을 수 없는 죄라도 지은 줄 알겠다."

"송구하옵니다. 폐하."

"속으로는 이 망나니 같은 인간, 하며 욕하고 있는 것은 아니고?"

긴장도 잠시, 치미는 욕을 비설이 억눌렀다.

황궁에 있는 내내 도윤은 이 과거를 붙잡고 괴롭힐 것 같았다. 불길할 정도로 이런 느낌은 언제나 정확했다.

하지만 도윤과의 관계에서 비설은 철저히 약자였다.

"소인이 어찌 그런 생각을 품겠습니까? 폐하."

도윤은 피식 웃음을 보였다.

가리고 있는 본모습만큼 제 속도 쉽게 보이지 않는 이였다. 아등바등 제 모습을 숨기려는 이의 본모습을 억지로 드러내게 하는 것도 재미라면 재미였다. 지루했던 황궁이라는 호수에 한 방울 떨어진 검은 먹물처럼 눈길을 끄는 존재.

"그럼 다시 물어봐도 되겠군. 왜 호위로 황궁에 들어왔나?"

엎드리고 있던 비설의 눈에 복잡한 감정이 엉컸다가 사라졌다. 짧은 순간 혼자 살아남은 과거가 머릿속을 채웠던 것이다. 그러나 그뿐이었다. 과거의 원한을 억누르고 감추는 일은 그녀에게는 익숙한 일이었다.

"전에 말씀드린 것처럼 돈이옵니다. 폐하."

누가 들어도 거짓인 대답이 그녀의 입에서 태연하게 나왔다. 내내 여유로웠던 도윤의 눈에 처음으로 분노가 엿보였다.

도윤이 황제라는 것을 알면서도 비설은 진실 대신 거짓을 말했다.

"이만 돌아가라."

도윤의 명령에 비설이 몸을 일으켰다. 내내 고개를 숙이고 있던 비설은 침전을 나오자마자 고개를 들었다.

문이 닫히는 틈으로 보인 그녀의 눈빛에 도윤의 미간이 옅게 꿈틀댔다.

질리도록 봤었던 눈빛이다. 저런 눈빛을 한 이의 절반은 도윤을 죽이려다가 목숨을 잃었고, 절반은 살아남아 그의 곁을 지키고 있었다.

"당분간 재미있겠군."

추궁한다면 이유를 들을 수 있겠지만 그러고 싶지 않았다. 말없이 상념에 빠진 도윤의 입가에 언제나 그렇듯 잘 만들어진 미소가 다시 자리 잡았다.

❀❀❀

"소인 억울하옵니다! 폐하!"

황제를 시해하려 했던 홍의군장의 계획이 무산되고 황궁은 어느 때보다도 어수선해졌다. 그리고 조금이라도 그와 연관이 있는 사람들이라면 줄줄이 끌려갔다.

그렇게 조용했던 황궁엔 다시 피바람이 몰아쳤다.

"살려 주십시오! 폐하!"

곳곳에서 비명과 신음이 울렸지만 정작 당사자인 도윤은 의뭉스러운 미소만 지을 뿐이었다.

"오셨습니까? 호위님."

규한의 부름에 집무실로 오자 문 앞을 지키던 내관이 몸을 숙였다. 문을 열어 주겠다는 내관을 말리고 스스로 문을 열고 비설이 안으로 들어갔다.

자객의 존재를 깨닫고 황제의 침전을 먼저 들어가 지킨 공이 있었지만 그뿐일 뿐, 그녀의 상황은 바뀌지 않았다.

"부르셨습니까?"

규한이 비설을 보자마자 자리에서 일어났다. 나가자는 손짓에 고개를 끄덕인 그녀가 규한의 뒤를 따랐다.

규한의 팔에 있는 문양과 비설의 것은 똑같았지만, 일반 호위인 그녀와는 달리 군장인 그는 도윤이 직접 뽑아서 자리에 앉힌 이였다.

도윤과는 또 다르게 조심해야 할 존재.

비설이 떨리는 마음을 감추고 자신을 다잡았다.

"상처는 어떠한가?"

"많이 좋아졌습니다. 어깨는 시일이 좀 걸리겠지만 다시 검을 잡는 데는 문제없다고 하셨습니다."

대부분의 상처는 아물었지만, 다친 상태로 무리하게 검을 휘둘렀던 어깨는 좀처럼 낫지 않았다.

다행히 어깨의 상처만 아물면 전처럼 검을 쓸 수 있다는 황궁 의원의 말에 그나마 안심할 수 있었다.

"홍의군이 없어진다는 이야기는 들었는가?"

"오늘 채현 부군장님께 들었습니다."

"호위군 전체가 재배치될 것이네."

채현에게 이미 다 들은 말이지만 비설은 모르는 척 규한의 말에 귀를 기울였다.

한편 앞서 걸어가던 규한이 말없이 따라오는 그를 보며 숨을 골랐다.

황궁의 상황을 안정시켜야 할 시기에 도윤은 혼란을 선택했다. 홍의군장의 주변만 연관되었다고 생각했었는데, 백의나 청의는 물론 녹의 내에도 간자가 숨어 있었다. 결국 전체 호의군의 3할이나 되는 인력이 옷을 벗거나 목숨이 거두어졌다.

그런 상황에서 날아 들어온 황명은 의외였다. 하지만 규한은 거부할 수 없었다.

"알다시피 자네는 솔직히 생김새만으로도 주변의 시선을 끄는 사람일세. 그러니 다른 이들보다도 몇 배는 더 몸을 숙이고 행실을 조심하게."

"명심하겠습니다."

말이 없던 이가 핵심을 찔러 말하니 다가오는 느낌이 날카롭고 까다로웠다. 어설픈 미사여구의 칭찬보다 차라리 핵심을 말해 주는 규한 같은 사람이 비설은 상대하기가 훨씬 수월했다. 거슬릴 짓을 저지른 것도 아니고, 시선이 모이니 조심하라는 조언 정도야 마음에 새기고 들으면 될 터였다.

"말씀 감사합니다. 조심하겠습니다."

"그럼 이제 경원궁으로 가세."

"네…… 네?"

진지하게 이어지던 이야기가 왜 그렇게 진행되는가?

자신이 잘못 들었다고 생각한 비설이 규한을 보며 미간을 좁혔다. 규한에게 가 보라던 채현의 미소가 의미심장하기는 했었다. 그저 기분 탓이라고 생각했건만, 불길한 기분이 그녀를 휘감았다.

"폐하의 주변을 지킬 호위를 뽑을 것이네. 폐하께서 직접 호위들을 보고 선택하신다고 하니 아까 말한 대로 행실을 조심하게."

먼저 걷던 규한이 뒤에서 저를 따르는 기척이 없자 뒤를 돌아보았다. 비설이 무서운 것이라도 본 것처럼 하얗다 못해 창백한 얼굴을 하고 멈춰 서 있었다. 유난히 작은 체구가 쓰러질 것처럼 위태로웠다.

"군장님."

어지간한 일에는 반응조차 않던 이가 진지하게 규한을 불렀다.

"저는 황궁에 들어온 지 얼마 되지 않았는데 자격을 논하기는 어렵지 않겠습니까? 군장님이 다른 이를 뽑아서 가심이 어떠하신지요?"

한 번도 아니고 두 번이나 도윤에게 검을 휘둘렀다. 이미 그에게 찍힐 대로 찍힌 상황에서 그의 주변을 지키는 호위라니, 아무리 목적이 있다 해도 이건 아니었다.

그녀가 믿을 수 있는 유일한 방법은 규한뿐, 다급하다 못해 간절한 시선으로 비설이 규한을 보았다.

"따라오게."

그러나 그녀가 생각한 것보다 규한은 융통성이 없는 사내였다. 결국 제대로 된 반항조차 못 한 채, 비설이 규한을 따라갔다.

"이런 곳에 녹의까지 부르시다니, 폐하께서는 무척이나 자비로운 분이 아니신가?"

규한을 따라 경원궁에 온 비설을 맞이한 사람은 먼저 와 있던 채현이었다.

비설은 모르는 무언가를 채현은 이미 알고 있는지 하얗게 질려서 다가오는 비설을 보며 재밌는 일이라도 벌어졌다는 듯 웃음 지을 뿐이었다.

채현을 따라 도윤이 머무는 규정전까지 들어간 비설이 마주한 이들은 홍의를 제외한 다른 곳에서 뽑혀 온 호위들이었다.

"사내인지 계집인지 알 수 없는 이가 무슨 재주로 검을 잡고 폐

69

하를 호위하겠다는 건지 알 수가 없군. 자칫 누군가의 무능으로 우리는 물론이고, 폐하까지 위험해지는 것이 아닌가 모르겠단 말일세."

황궁이나 황궁 밖이나 상황은 똑같았다. 새삼 신기할 일도 없었고, 그렇다고 열을 내며 받아칠 정도로 여유로운 상황도 아니었다.

그러나 그녀와 생각이 다른지 상황을 보고 있던 채현이 모르는 척 기다리는 비설의 옆구리를 툭툭 쳤다.

"열 안 나는가?"

"네?"

무슨 소리냐는 듯이 보는 비설을 향해 채현이 대담하게도 그녀의 험담을 해 댔던 사내들을 손가락으로 가리켰다. 노골적인 손가락질에 욕하던 이들의 말문이 막혔지만, 정작 답을 하는 비설은 태연했다.

"말 같지 않게 짖는 소리에 일일이 반응할 만큼 제가 요즘 평온한 게 아니라서 말입니다."

비설의 말에 비웃음을 지으며 험담을 하던 이들의 눈이 매서워졌다.

하지만 규정전까지 끌려온 비설에게는 그들의 시선은 물론이고 살기조차 제대로 느껴지지 않았다. 이미 뭣도 모르고 열을 냈다가 연도윤이라는 가장 피곤하고 까다로운 이와 얽혀서 여기까지 오지 않았는가? 연도윤에 비하면 저기서 실실 쪼개며 자신을 비웃고 있는 이들은 눈에 보이지도 않았다.

"뭐 짖는다고 아픈 것도 아니고 말입니다."

너무 태연하게 답을 하니 도리어 장난스럽게 운을 띄운 채현이 더 어이없는 표정을 하였다. 잠시 비설의 말을 곱씹던 채현이 웃음을 터트렸다. 여인보다도 더 고운 얼굴에서 나오는 독설이 장난이 아니었다.

"자네들은 상대조차 되지 않는다는데?"

비아냥대던 말이 사라진 대신 살기가 무겁게 내려앉았다. 살의를 가지고 보는 시선에도 비설은 눈 하나 깜짝이지 않았고, 채현은 재미있다는 듯이 그들을 비웃었다.

비설을 노려보던 이들의 시선이 웃고 있는 채현에게로 옮겨 갔다.

"샌님같이 생긴 게 뭐가 그렇게 즐거워서 웃어 대?"

"그냥 재미있잖아. 상대는 대꾸도 안 하는데 뭐가 그리 마음에 안 들어서 이를 가는지…… 이 녀석 말마따나 아프게 짖는 것도 아니고 말이지."

"겨우 녹의 주제에!"

"어이구. 무서워라. 나한테도 덤비게?"

"저게!"

실실 웃는 채현을 향해 달려드는 호위를 다른 이가 막았다.

숨이 막히는 분위기 속에서도 정작 당사자인 채현이나 그 뒤에 있는 비설이나 그저 태연했다.

"그놈은 건들면 안 돼."

"이보게!"

"그놈만 아니면 되네."

연이은 만류에 모두의 시선이 채현이 아니라 뒤의 비설에게로 모였다. 하지만 비설의 눈은 이미 그들이 아닌 채현에게 쏠리고 있었다.

채현이 녹의에 어울리지 않는 이라는 것은 느낌으로 어렴풋이 알고 있었다. 수많은 사람이 모여 있는 황궁이니 저마다의 사연이 있으리라 생각하고 넘겼을 뿐이었다.

"왜? 내가 그리 무서워 보이는가?"

"솔직하게 말씀드리자면 폐하보다는 무섭지 않습니다."

차분한 대답에 채현의 입꼬리가 옅게 올라갔다.

간섭하고 싶지 않을 뿐, 비설은 단숨에 상황을 익히고 제 나름대로 파악을 끝냈다.

"폐하 같은 사람이 황궁에 한 명 더 있었으면 살아남은 사람이 없었을 걸세."

"……."

"그걸 알면 저들에게 좀 예쁘게 말해 주지 그랬나? 덕분에 나까지 못된 놈이 될 뻔하지 않았는가?"

"아마 그 순간 저에게 전부 떠넘기셨겠지요."

"내가 그렇게 잘 보이는가?"

"부군장님보다 능구렁이 같은 분에게 당한 게 얼마 전이라 그렇습니다."

"하긴 폐하께 한번 걸리면 고생 좀 심하게 하지. 혹…… 진행형인가?"

물음에 답을 하기도 전에 비설의 몸이 앞으로 훅 쏠렸다. 채현에게 화풀이를 하지 못하니 원흉인 비설에게 다시 와 공격을 한 것이다.

도윤이 오고 있는 상황에서 이런 시비라니 멍청한 건지 무모한 건지, 그마저도 아니면 믿는 뒷배가 든든한 것인지 비설은 신기할 따름이었다.

"지금 여기가 어디인지는 알고 이러시는 것입니까?"

"너야말로 여기가 어디라고 감히 그 낯짝을 들이대는 것이냐?"

오고 싶어서 온 게 아니라고 말하려는 순간 도윤이 도착했다는 내관의 목소리가 울렸다.

멱살을 잡은 손을 뗀 비설이 거리를 벌렸고, 그런 그녀를 못 볼 것을 본 것처럼 노려보던 호위들조차 제자리로 돌아갔다.

문이 열리고 안으로 들어온 도윤의 뒤로 각각의 군장과 부군장들이 따라 들어왔다.

"오느라 고생이 많았다."

도윤의 시선이 모인 호위들을 둘러보다 비설에게서 멈추었다. 비설은 그 시선을 애써 무시하려는 듯 고개를 숙였다.

보여 줄 건 다 보여 준 주제에 자꾸 도망가려는 비설을 보던 도윤의 눈썹이 옅게 꿈틀댔다.

이미 저질러 놓고는 모른 척이라니, 순진한 것인지 아니면 순진한 척하는 건지 웃음만 나왔다.

"어설픈 설명은 귀찮고, 세상은 험하고 홍의군장이 배신하니 무서워서 곁을 지킬 호위를 뽑으려 한다. 그런데 소란스럽게 하기는 귀찮고, 많이 데리고 다녀 봤자 힘만 드니 각각의 군장들이 뽑은 이들 중 추려서 고르려 한다."

말이 끝나는 것과 동시에 군장과 부군장이 검을 뽑았다. 경원궁으로 들어오느라 가져온 무기를 모두 반납했던 이들 사이에 작은 파란이 일었다.

"상황을 만들 것이니 알아서 정리해라."

말이 끝나는 것과 동시에 군장과 부군장이 호위를 향해 검을 휘둘렀다.

옆에서 웃던 채현이 언제 그랬느냐는 듯이 비설의 목을 베고자

73

달려들었다. 비설이 몸을 비틀어 공격을 피하자마자 이번에는 규한의 검이 그녀의 목숨을 노렸다.

규한의 검을 피하고 나니 이번에는 무기를 들지 않은 손이 그녀를 붙잡으려 다가왔다.

'망할!'

군장과 부군장의 공격에 속수무책으로 당한 호위의 피가 바닥을 붉게 적셨다. 진심으로 죽일 생각인지 공격 하나하나가 피하지 못하면 전부 치명적이었다.

하물며 좀 전의 일 때문인지 같이 상황을 해결해도 모자랄 이들까지 비설에게 이를 세우고 있었다.

"호락호락하게 죽어 줄 줄 아는가!"

비설이 어깨의 상처를 공격하려는 사내의 멱살을 붙잡아 자신에게로 끌었다. 동시에 사내의 등에 긴 검상이 생겨났다.

"컥!"

사내가 토해 낸 피가 얼굴에 묻었지만, 머뭇거릴 틈이 없었다.

등에 검을 맞은 채 쓰러지는 사내를 지지대 삼아 몸을 날린 비설이 등을 벤 부군장의 몸에 올라탔다.

사내의 몸에 올라탄 비설이 그대로 중심을 비틀었다.

중심을 잃고 쓰러지는 사내에게서 검을 빼앗은 비설이 바로 앞까지 밀려온 검을 막았다.

"속도 하나는 기가 막히네."

비설과 검을 마주한 채현이 빙긋 미소를 지었다. 검으로 막았지만, 목에 닿은 부분에서 가는 핏줄기가 흘러내렸다.

있는 힘껏 채현의 검을 밀어낸 비설이 방향을 바꾸어 어깨를 향해 검을 찔렀다. 흐트러짐 없이 다가오는 검을 비껴 막은 채현이 입꼬리를 올리려는 순간, 비설의 검이 방향을 바꾸었다.

"윽!"

"다 죽일 생각입니까?"

쓰러져 있는 이들 중 몇몇은 당장 치료하지 않으면 위험한 수준이었다.

어깨로 밀고 들어오는 비설의 검을 아슬아슬하게 막은 채현이 식은땀을 흘렸다. 조금만 반응이 늦었어도 쓰러져 있는 사람은 자신이었을 거다.

"폐하께서 그만하라고 할 때까지 해야지."

채현의 대답에 비설이 입술을 깨물었다. 채현과의 거리를 벌린 비설이 상석에 앉아 있는 도윤을 흘깃 보았다. 사람이 죽어 나가는 상황을 만들어 놓고도 그 혼자만이 평온했다.

'상황을 만들 것이니 알아서 정리해라.'

일이 일어나기 전에 도윤이 꺼냈던 말이 머릿속을 스쳤다. 도윤이 멈추지 않으면 멈추지 않겠다는 채현의 말을 되새긴 비설이 검을 붙잡았다. 앞을 가로막은 호위의 다리를 벤 비설이 몸의 방향을 틀었다.

서로가 서로에게 난전이었지만, 이 상황에서 유일하게 가장 평온하고 안전한 곳. 그리고 이 상황을 단번에 끝낼 방법을 가진 사람은 하나뿐이었다.

앞을 가로막는 호위를 밀어낸 비설이 도윤을 향해 달려들었다.

"폐하!"

바로 앞까지 다가온 비설이 앞을 가로막는 호위를 검 대신 몸으로 밀었다. 쓰러지면서 생기는 틈으로 작은 몸이 빠르게 움직였다.

그림을 보듯 다가오는 비설을 보던 도윤이 움직이려던 손을 멈추었다.

동시에 비설의 검이 도윤의 목에 닿았다.

"이게 무슨 짓인가!"

도윤의 목에 비설이 검을 대자 놀란 규한이 고함을 질렀다. 황제의 목에 검을 겨눈 건 경악할 일이었지만 비설은 그 어느 때보다도 냉정하고 침착했다.

"모두 멈추라는 명령을 내려 주십시오."

"상황을 정리하라고 했지. 죽을 짓을 하라고는 안 했는데?"

"상황을 정리하라는 명령을 내리셨지만 이렇게 하지 말라는 명령은 내리지 않으셨습니다."

죽을 각오로 달려드는 군장과 부군장을 진정시킬 방법과 그 와중에 적의를 갖고 공격하는 다른 호위를 피할 방법은 하나뿐이었다.

"황명을 내려 주십시오."

"짐이 널 제압할 수도 있는데?"

"호위를 추리기 위함이지 모두가 죽기 위함은 아니지 않습니까?"

전쟁터였다면 주저 없이 도윤의 목을 베어야겠지만 지금 이 상황은 그저 곁에 있을 호위를 추리기 위해 치러진 시험일 뿐이었다.

물론 시험의 대가는 목숨이었지만 여기 있는 이를 전부 죽일 정도로 도윤이 무모하지 않기를 바랄 뿐이었다.

호위를 보던 도윤의 시선이 목을 겨누고 있는 비설에게로 향했다.

비설은 지금까지 사람의 눈을 보면 대충 어떤 사람인지 파악할 수 있었다. 그런데, 이상하게도 도윤만큼은 그게 되지 않았다. 아무리 보아도 그의 그 무엇도 보이지 않았다.

"이번에는 영 수확이 없어서 짐은 전부 죽어도 상관없을 것 같은데 말이다."

"……."

"왜 짐을 이용하려는 호위까지 너그럽게 봐줘야 한다는 말인가?"

평온한 얼굴로 목숨을 거두겠다는 말을 대수롭지 않게 꺼냈다. 그저 시험이니 이 정도 선에서 넘길 것이라 여겼던 건 비설의 철저한 오판이었다.

전부 죽여도 도윤은 흔들리지 않을 것이다. 살아날 방법이라 생각했던 일이 결국 제 목을 위태롭게 하였다.

"잘못했습니다. 폐하."

도윤의 목에 겨누었던 검을 내려놓은 비설이 몸을 숙였다. 유일한 방법이라고 생각한 것조차 아무렇지도 않게 막혀 버렸다. 하지만 아직 아무것도 얻지 못한 상황에서 이대로 죽을 수 없다.

"자비를 내려 주십시오. 폐하."

참 다양한 모습을 보여 주는 이였다. 감춰야 할 게 산더미인 주제에 이 상황을 정리해 보겠다며 도윤에게 검을 대다니, 그래 놓고는 그랬느냐는 듯이 자비를 구걸하며 몸을 숙였다.

'멍청한 것인지. 둔한 것인지.'

아니면 영악한 것인지.

단순한 호기심이 점점 뒤틀리며 위험한 것으로 바뀌고 있었다.

감추려는 것을 억지로 드러내게 한다면? 그러면 저 맹랑한 것은 또 어떤 반응을 보여 줄 것인가?

"폐하?"

도윤의 표정이 바뀌자 채현이 낮게 그를 불렀다. 다른 이의 시선은 보이지도 않는지 도윤의 눈이 몸을 숙인 비설에게로 향했다.

"적어도 유 호위는 빌기라도 하는군?"

도윤의 독설에 멀뚱히 있던 이들이 그제야 무릎을 꿇었다. 나름대로 제대로 뽑았다고 생각한 호위들의 멍청한 행동에 절로 한숨이 나왔다.

그나마 마음에 드는 호위는 지금까지 받아들였던 이들과는 사뭇달랐다.

'이게 나한테 이득인가? 아니면 문제가 될 것인가?'

"폐하."

"사라진 홍의군의 자리에 녹의를 세우겠다. 그리고 녹의군 호위 유비현은 이제부터 다섯 보 떨어진 곳에서 짐을 지켜라."

파격적인 선언에 호위들은 물론이고 군장과 부군장 또한 놀란 눈으로 보았다.

황제로부터 다섯 보 떨어진 곳에서의 호위는 군장과 황제가 직접 지목한 흑의뿐이었다. 흑의로 올리지는 않았지만 대우는 흑의 군에 버금가는 것이었다.

비설 또한 말문이 막혀 도윤을 볼 뿐이었다.

"폐, 폐하. 소인은……."

"집무실로 가겠다."

자리에서 일어난 도윤이 미련 없이 밖으로 빠져나갔다.

도윤이 사라진 자리에서 당혹스러운 비설이 규한과 채현을 울 것 같은 표정으로 쳐다봤다. 황궁에서 답을 찾을 때까지 조용히 있겠다던 그녀의 결심을 비웃듯이 점점 그녀에게 시선들이 모아졌다.

"축하하네. 내 자네가 그 정도는 될 줄 알았지."

비설을 약 올리듯 채현이 모르는 척 축하를 건넸다.

다른 호위의 시샘 어린 시선을 한 몸에 받으며 비설은 속으로 치미는 비명을 억지로 삼켰다. 살기 위해 궁여지책으로 저지른 일의 결과가 참으로 참혹했다.

✹✹✹

황궁에 들어온 지 고작 한 달 만에 그녀의 의지와는 다르게 일은 진행되었다.

어린 나이에 녹의로 들어온 호위가 황제의 바로 곁을 지키게 되었다는 소문은 도윤이 그를 남총으로 가까이 두려 한다는 것으로 바뀌기 시작했다. 대꾸할 가치도 없는 소문에 답할 이유가 없기에 비설은 들은 척도 하지 않았다.

"폐하. 유 호위께서 오셨습니다."

용포가 구겨지든 말든 개의치 않고 담에 앉아 있는 도윤을 본 비설이 몸을 숙였다.

내관의 말에도 담 밖으로 시선을 고정하고 있던 도윤이 느릿하게 입을 열었다.

"올라오겠나?"

"소인이 어찌 그리하겠습니까?"

"황명이다."

거부할 수 없는 명령에 비설이 한숨을 내쉬었다. 결국 비설은 도윤의 옆으로 올라갔다.

"아……."

붉은 비단이 물결치듯 새빨간 노을이 길게 드리워져 있었다. 실력 좋은 화공이 그린 것과는 비교조차 되지 않는 정경에 비설은 도윤의 앞이라는 것도 잊고 노을에 시선을 빼앗겼다.

"곱네."

들려온 목소리에 노을에서 시선을 돌린 비설이 숨을 삼켰다.

분명 같이 노을을 보고 있다고 생각했건만 어느새 도윤은 노을이 아니라 비설을 보며 곱다 하고 있었다.

"시선을 못 떼겠네."

노을에 비친 비설은 그가 생각한 것보다도 훨씬 선이 고왔다. 꾹 다문 입술이나 매서운 눈빛이 무인임을 드러내고 있었지만 말이다. 충동은 점점 흥미로 바뀌어 갔다.

"……무슨 말씀을 하시는 것입니까?"

"노을 말이야. 곱지 않나?"

"네?"

"설마 너인 줄 알고 설렜던 것이냐?"

노을을 보며 실소를 짓는 도윤을 보며 비설이 고개를 숙였다. 저 말도 안 되는 수작에 제 모습을 보일 뻔했다. 그는 아무것도 알지 못한다.

"송구하옵니다. 폐하."

"그럴 수도 있는 거지. 송구할 것까지야……."

종종 느꼈지만, 도윤은 황제라고 하기에는 너무 자유로워 보였다. 또한 나서서 해결하기보다는 가만히 지켜보는 것을 선호했다.

연도윤이라는 사내에게는 안정보다는 불안정이 먼저 떠올랐지만, 모순되게도 연도윤에게 황제의 자리는 누구보다도 어울렸다.

"어찌하여 소인에게 그러셨습니까?"

비설의 물음에 답을 하는 대신 도윤의 눈이 다시 붉은 노을로 향했다. 그대로 오랫동안 노을을 보던 도윤의 시선이 담 아래에 대기하는 내관과 궁녀를 향했다.

"험한 세상이지 않은가?"

"소인. 황궁에 들어온 지 이제야 한 달이 되었을 뿐입니다. 그런 소인에게 폐하께서 내려 주신 자리는 과분하옵니다."

"왜 짐이 그날 경원궁을 비워 놓고 자객을 맞이했을 것 같은가?"

예상하지 못한 물음이 툭 튀어나왔다.

그의 물음에 잠시 고민하던 비설이 얕게 입술을 깨물었다. 자신이 생각하는 것과 도윤의 생각이 다르면 어찌할 것인가? 하지만 이미 떠오른 생각을 회피할 수도 없었다.

"반란군 몇몇을 도려내는 것은 어렵지 않으나 그 몇몇이 모여 만들어진 병력을 쳐 내는 일은 많은 희생이 필요하지 않겠습니까?"

"그래서?"

"최소한의 호위조차 두지 않은 폐하께서 황궁에 홀로 계신다면 그들에게는 최소한의 희생으로 목표를 이룰 기회이지 않았겠습니까? 정예 중의 정예를 골라 움직일 것이니 그들만 확실히 잡을 수 있다면 자잘한 병력을 치는 일이야 무척이나 쉬운 일이었겠지요."

자신의 목숨을 노리려 했던 자객의 목과 사지를 자른 도윤은 보란 듯이 도성 곳곳에 매달아 놓았다.

자비라고는 조금도 없는 그의 잔인한 명령에 곳곳에서 다시 병력이 일어났지만, 제대로 움직여 보기도 전에 미리 준비하고 있던 황군에게 반항조차 못 하고 사그라졌다.

"흐음."

도윤의 반응에 고개를 숙이고 있던 비설이 자신도 모르게 그와 눈을 마주쳤다. 뒤늦게 자신이 저지른 잘못에 놀란 비설이 얼굴을 가리려는 순간, 도윤의 목소리가 귓가에 울렸다.

"그런 건 좀 속여서 말해도 되지 않나?"

"네?"

"모르겠다고 말하면 설명이라도 해 줄까 했더니만…… 재미없는 놈 같으니."

말해 보라고 할 때는 언제고 이제 와서 속이지 않냐니. 도대체 어느 박자에 맞추라는 것인지, 느는 것은 소리 없이 내쉬는 한숨뿐이었다.

"소인, 거짓말은 그다지 잘하지 못합니다. 그러니 솔직히 말씀을 드리거나……."

"대답을 회피하겠지."

이미 알고 있다는 듯이 도윤이 비설의 말을 잘랐다. 부정할 일은 아니었기에 비설이 눈을 감았다.

"누가 황제여도 상관없는 세상이지. 누가 죽어도 상관없는 세상이고."

"……."

"그래서 짐은 죽을 수 없다. 개죽음을 당하려 권좌에 앉은 것이 아니니 말이다."

담담하게 이어지던 말이 독설로 바뀌는 순간 죽은 가족의 마지막 모습이 머리를 스쳐 갔다.

황제인 그는 개죽음을 당할 수 없지만, 그녀의 가족은 그렇게 해도 된다는 말인가? 무척이나 이기적인 생각이고 욕심이지 않은가?

"송구하오나 모두에게 목숨은 귀한 것이지 않습니까? 누구는 개죽음을 당해도 상관이 없고, 폐하는 그러면 안 된다는 말씀은 옳지 않은 것 같사옵니다. 폐하."

비설의 날 선 대답에 도윤의 눈이 커졌다.

노을을 보며 던진 농에 흐트러졌던 것도 찰나, 자신을 다잡고는 도윤에게 그건 아니라며 쓴 말을 내뱉었다.

역시 재미있다. 저런 모습을 보이니 더욱더 도발하고 싶어지는 것이다.

"꼭 짐이 누군가를 개죽음시켰다는 말로 들리는군. 그게 아니면."

"……."

"그 개죽음 속에서 자네가 살아남았다는 것이거나?"

꺼낸 말에 부정하는 대신 비설이 도윤을 향해 숙였던 고개를 들었다. 시선과 시선이 마주하고 비설의 눈에서 보이는 익숙한 감정에 도윤의 미간이 보일 듯 말듯 꿈틀거렸다.

제 표정도 잘 숨기지 못하는 순진한 얼굴에 드리워진 살기를 마주한 순간 예민한 감각이 도윤에게 행동하라며 채근했다.

끝없이 신경을 거슬리게 하는 저 호위는 결국 도윤의 목에 검을 드리울 것이다. 지독히도 정확한 감은 원하든 원하지 않든 막연한 예감을 현실로 다가오게 했다.

그러니 언제나처럼 감에 따라 행동해야 함이 맞았으나 도윤은 조용히 자신의 감을 무시했다.

"이기적이더라도 짐은 살아야 한다. 넌 짐의 호위로 들어왔으니 짐을 지켜야 할 터……."

처음 눈에 들어올 때부터 이상하리만큼 그를 거슬리게 한 호위,

비록 제 목숨을 노릴 수 있는 호위여도 도윤은 위험을 감수해 볼 생각이었다.

"뭐, 다른 목적으로 온 건 아닌 것 같으니 말이다."

도윤이 말한 '목적'이 무엇인지 고민하던 비설이 자신도 모르게 숨을 삼켰다.

처음 생각한 목적은 복수였다. 하지만 도윤의 어감이 복수로 치부하기는 무언가 부족했다.

꼬리를 물고 이어지던 생각의 마지막은 '여인'이었다.

"폐하, 혹……."

"내려가자."

당황하며 물으려는 비설을 뒤로한 채, 도윤이 담에서 내려갔다.

온몸에 식은땀이 흘렀지만, 애써 비설은 상황을 외면했다. 그저 그녀를 떠보려는 도윤의 수작질일 뿐이다. 그 수에 넘어가서 자신을 드러내면 순식간에 황궁에서 사라지게 될 것이다.

'아무것도 아니야.'

도윤은 아무것도 모를 것이다. 놀란 심장을 가라앉히며 비설이 그의 뒤를 따랐다.

❀ ❀ ❀

집무실로 돌아온 도윤을 맞이한 사람은 규한과 나이가 지긋한 중년 남성이었다.

몸을 숙인 그들을 지나쳐 자리에 앉은 도윤이 손으로 턱을 괴었다.

"고개를 들라."

그제야 몸을 일으킨 이들이 잠시 서로의 눈치를 보듯이 시선을 마주 보았다.

"폐하. 유 호위는 녹의에 그대로 두심이 어떠하신지요? 그이는 곁에 두시기엔 많이 부족하옵니다."

"부족한가? 아니면 불길한가?"

허를 찌르는 물음에 규한이 말을 잇지 못했다.

커다란 황궁 안의 모든 걸 도윤은 제 눈으로 본 것처럼 말한다. 편안한 미소와 가벼운 말투에 방심하는 순간 목숨을 잃는 건 자신이다.

"네 손아귀에 있다가 짐이 데리고 가니 그렇게나 내키지 아니한가?"

"아니옵니다. 폐하. 하지만……."

"슬슬 남아 있는 고인 물은 버려야지. 설마 홍의군장을 도려냈다고 전부 끝났다고 믿고 있는가?"

도윤은 본인의 손아귀에서 벗어나는 패를 싫어했다.

그를 모르는 이들은 중구난방으로 날뛴다는 오해를 하곤 했지만, 언제나 결과는 도윤의 의도대로 이루어졌다.

하지만 그것은 그것이고, 비설의 존재를 그대로 받아들이기에는 걸리는 것이 너무나도 많았다.

"그런 얼굴에 그 정도 실력이면 눈에 띄겠지."

"너무 도드라져서 드러나 버리면 어려워지지 않겠습니까? 폐하."

그저 숨기기만 했다면 관심을 주지 않았을 것이다.

비설은 몸을 사리려 했지만 상황은 그녀를 숨게 두지 않았다. 머리가 없고 행동이 경솔했다면 그 흐름에 진즉 목숨을 놓았을 터,

안타까운 일인지 아니면 영악한 것인지 비설은 요령 좋게 그 상황에서 살아남았다.

"운형이라……."

"폐하에게 몸을 숙이고, 아버지인 연윤천을 넘겼기에 살아남은 자가 운정공 연운형이지 않습니까? 운정공이 보낸 첩자일 수도 있습니다."

이곳으로 오기 직전 비설이 보인 표정이 머릿속에서 사라지지 않았다.

비설은 답을 들었으면 했지만, 안타깝게도 도윤은 그런 재미를 쉽게 놓을 생각 따위 없었다.

"내 목을 노릴 생각으로 보낼 첩자였으면 다르게 보냈겠지."

"무슨 말씀을 하시는 것인지요?"

"유비현이라…… 내가 무엇을 놓쳤을까?"

어린 도윤에게서 권좌를 빼앗으려 했던 윤천과 다른 길을 걸은 대신, 운형은 목숨과 본인의 지위를 지켜 냈다.

조금씩 제 흔적을 드러내다가 목숨을 잃은 다른 황족과 달리 운형은 죽은 듯 몸을 숙이며 살았다.

비설을 곁에 두는 일에 주저는 없으나 수에 당해 줄 생각은 없었다.

들고 있던 서신에 불을 붙여 완전히 태운 도윤이 규한을 보며 말했다.

"이후에 명을 내릴 터이니 규한은 나가 보라."

명령을 받은 규한이 밖으로 나가고, 그의 기척이 완전히 사라진 이후에나 옆에 앉아 있는 중년 남자가 몸을 일으켰다.

도윤과 세 걸음 거리까지 다가간 사내가 고개를 숙였다. 주나라의 재상이자 도윤의 스승인 조정한이었다. 신뢰하는 스승이자 믿을 만한 신하인 정한을 도윤은 가까이 두었다.

"그렇게 도려냈으면 알아서 가만히 있을 것이지. 기회라는 듯이 달려드는군. 이를 어찌한다?"

도윤이 손가락으로 경상을 톡톡 두드렸다.

수없이 권좌의 주인이 바뀌던 예전보다는 안정되었지만, 그건 겉으로 보이는 모습일 뿐이었다. 여전히 도윤의 틈을 노리는 이들은 안팎으로 즐비했고, 도윤은 지금의 영토에 만족할 수 없었다.

이곳에서 어리석은 이들에게 발목을 잡혀 아까운 시간을 버릴 수 없었다.

"황후와 후궁을 들이시지요."

"왜 이야기가 그렇게 가는 거지?"

"주나라는 단기간에 엄청난 영토와 힘을 키운 나라입니다. 역사 속 그 어느 나라도 이런 업적을 이루지는 못하였습니다. 모든 것이 폐하께서 이루신 결과이고, 장차 주나라가 최강국이 될 것은 자명하다 합니다."

연도윤은 안정보다는 혼란 속에서 원하는 것을 찾은 사내였다. 그렇기에 내부를 끊임없이 흔들면서도 공격의 방향을 나라 밖으로 돌려 주변국을 하나씩 삼키는 것으로 주를 키워 왔다.

그런데 도윤이 만든 혼돈에 당했던 자들이 다시 이를 세우며 주를 향해 살기를 드러내고 있었다. 이런 상황에서 혼돈은 독이 되어 도윤의 목을 조를 터였다.

"저잣거리보다도 무서운 곳이 황궁이라 하지 않습니까? 우선 황궁의 안정을 도모하신 후 황궁 밖으로, 이후에는 주나라 밖으로 눈을 돌리셔도 폐하께서는 얼마든지 대업을 이루실 능력이 있으시옵니다.”

“…….”

“폐하께서 어디까지 보시는지 소견이 좁은 소인이 어찌 알겠느냐마는 베고 또 베어도 다시 나타날 이들이라면, 차라리 그런 생각조차 품지 못하게 안정적인 주를 만드시는 것도 하나의 방법이라 생각되옵니다. 늙은이의 잔소리 같아도 한 번은 귀를 기울여 주시옵소서. 폐하.”

정한의 말에도 도윤은 답하지 않았다.

모르는 사람들은 정한만이 도윤의 심중을 알아차린다고 했지만 실제로는 정한은 도윤이 무슨 생각을 하고 있는지 알지 못했다.

직접 정치를 가르친 제자였지만, 제자였을 때에도 정한은 도윤을 전혀 이해하지 못했다.

도윤의 본심을 볼 수 있는 사람이 얼마나 되겠는가? 솔직히 정한은 그런 사람은 없을 거라 생각했다.

“소인. 이만 물러나겠습니다.”

생각에 빠졌는지 정한의 인사에도 도윤은 시선조차 주지 않았다. 고민하는 도윤을 더는 방해할 수 없었기에 발걸음조차 조심하며 정한이 밖으로 나갔다.

불렀던 이들이 모두 사라진 집무실에서 도윤은 해가 완전히 지고, 깊은 밤이 올 때까지 한 마디의 말도 없이 생각에 빠져 있었다.

“폐하. 밤이 깊었사옵니다. 이만 침소에 드심이 어떠하신지요?”

“내시감.”

“말씀하시지요. 폐하.”

“네 목에 검이 들어온다면 어찌하겠느냐?”

“피해야 하지 않겠습니까?”

"그래. 피해야지. 피하는 게 당연하지."

황후와 후궁을 이야기하는 순간 문득 스친 생각은 비설이었다.

"내 목으로 들어오려는 검을 피하기 싫으니 이를 어찌한다."

도윤의 혼잣말을 듣던 내시감이 최대한 조용히 뒤로 물러났다.

새벽 해가 떠오를 때까지 집무실의 불은 꺼지지 않았다.

❋ ❋ ❋

"역적들의 처리는 끝났고, 곳곳에서 일어나던 반란은 모두 잠재워졌습니다. 역모의 싹을 확실히 도려내야 함이 맞으나 오랜 혼란에 불안한 백성들의 목소리가 점점 높아지고 있으니 이만 이번 일을 마무리하심이 어떠하신지요?"

"어찌 주나라의 근간을 뒤흔드는 역적을 그대로 둔단 말이오! 마지막 한 명까지 찾아내어 위협이 될 만한 이들을 모두 없애야 하오."

"오랜 분란은 결국 또 다른 역적들의 불씨가 될 것이오!"

대전에 살벌하게 드리워진 분위기를 느끼던 비설이 눈을 흘낏 돌렸다. 숨조차 잘못 내쉬면 안 될 것 같은 분위기 속에서 도윤은 권좌에 팔을 기댄 채 눈을 감고 있었다. 이 상황에서 저렇게 태연할 수 있을까?

조심스럽게 엿보던 비설이 잠시 후 믿을 수 없다는 눈으로 그를 쳐다보았다.

밤을 새웠다는 말을 들었지만 설마 이 상황에서 잠을 자는 것일까?

조용한 도윤을 대신 몇몇이 흘낏 쳐다봤지만, 깊게 잠든 그는 미

89

동조차 없었다. 진지하게 깨워야 할지 어찌해야 할지 고민하던 찰나, 뒤를 지키던 내시감이 몸을 숙여 도윤의 귀에 속삭였다.

"후우."

눈을 뜬 도윤이 피곤한 듯 손가락으로 미간을 눌렀다. 이윽고 시선을 돌려 물끄러미 자신을 보던 도윤이 오라는 듯 손가락을 움직였다.

그의 명령에 가까이 다가가자 제 귀에 도윤이 작게 속삭였다.

"무슨 이야기까지 갔나?"

"네?"

"저 늙은 잔소리쟁이들이 어디까지 이야기했느냔 말이다."

이제는 새삼 놀라지도 않았다. 한두 번도 아니고, 어떨 때는 저런 도윤을 보면 황제의 자리에 앉아 있어도 참 편해 보일 정도였다.

도윤의 옆으로 고개를 숙인 비설이 낮게 속삭였다.

"반란이 정리되었으니 병력을 물리자는 의견과 아직은 안심할 수 없으니 그러면 안 된다는 의견이 계속 이어지고 있었습니다."

비설의 말을 듣던 도윤이 미간을 찌푸렸다. 그 표정이 너무나도 노골적이어서 연유를 묻지 않아도 알 수 있었다.

"처음 나왔던 주제의 진전을 물어보신다면 전혀 없었습니다."

말을 듣던 도윤의 표정이 점점 더 찡그려졌다. 노골적으로 귀찮아하는 그를 보며 비설이 고개를 저었다.

"모두가 폐하의 답을 기다리고 있습니다. 귀찮으시다면 차라리 답을 주시지요."

"흐음."

도윤과 비설의 대화를 듣고 있던 내시감의 눈이 커졌다.

아무리 말을 가볍게 해도 도윤이 말을 꺼내지 않은 한 심중을 읽는 이는 많지 않았다. 설령 도윤의 마음을 읽었더라도 저리 연이어서 잡아내는 사람은 거의 없었다.

내시감이 어떤 눈으로 보고 있는지 관심조차 없는 도윤이 알겠다는 듯이 손을 저었다. 그의 손짓에 비설이 자리에서 물러났다.

답을 기다리는 대신을 보던 도윤이 느릿하게 권좌에서 일어났다.

"죄인을 들라 하라."

도윤의 말이 끝나는 것과 동시에 황군에 끌려온 허름한 사내가 무릎을 꿇었다. 주변을 보며 눈치를 보던 사내가 도윤을 보는 순간 언제 그랬느냐는 듯이 벌떡 몸을 일으켰다.

"폐하! 소인. 죽을죄를 지었습니다!"

"무엇 하는 것이냐! 어서 죄인을 막지 않고!"

"소인. 잠시 눈이 멀어 씻을 수 없는 큰 죄를 지었습니다. 그 죄의 대가 목숨으로 치르겠습니다. 다만! 소인의 가족만큼은! 소인의 자식들만큼은 살려 주십시오! 폐하!"

"죄인은 원국에 주국의 병력과 정보를 넘겼다. 죄를 인정하느냐?"

살려 달라는 말을 하며 손을 비비는 사내에게서는 더는 반항하거나 해명할 의지는 보이지 않았다. 그저 가족에게 자비를 내려 달라며 몸을 숙이는 사내의 모습이 이상하리만큼 눈에 박혔다.

이유도 알지 못한 채, 죄인이 된 비설의 가족은 해명은커녕 살려 달라는 말도 꺼내지 못한 채 죽었다.

"폐하. 살려 주십시오. 가족만이라도 살려 주십시오. 폐하."

나른하고 피곤해 보이던 눈빛은 완전히 사라져 있었다. 조금 전까지는 어떤 생각인지 알 수 있었던 도윤을 지금은 전혀 읽을 수 없었다.

이상하리만큼 불길한 기분, 나서면 안 되는 상황이라는 것을 알면서도 무리해서 나서려는 순간 도윤의 시선이 사내에게서 비설로 향했다.

'아!'

나서지 말라는 무언의 명령, 자신도 모르게 비설의 걸음이 멈추었다.

"나라를 팔아 사사로이 이득을 챙겼으니 이제는 그 대가를 치러야겠지."

"폐하!"

"죄인과 죄인의 가문을 포함한 구족을 능지처참하여 도성 곳곳에 일주일간 매달겠다. 백성들은 물론이고 대신들 또한 죄인을 보며 생각을 다잡아야 할 것이다!"

"폐하! 소인의 아들은…… 이제 겨우 일곱 살이옵니다. 제발 그 어린것만이라도 좀 살려 주십시오!"

"이번 일은 여기서 마무리 지을 것이나, 추후 이런 일이 또 일어난다면 죄인의 길을 똑같이 밟게 될 것을 널리 밝혀라."

절박하다 못해 처참한 외침이었지만 말을 끝낸 도윤은 이미 사내에게 관심을 완전히 접은 후였다. 병사들에게 끌려가던 사내가 빠져나와 도윤에게 매달리려 했지만, 그마저도 무산되었다.

일곱 살 어린 남자아이가 사지가 잘리고 목에 베여 도성에 걸리게 된다. 그날 오라버니가 그녀를 숨기지 않았다면 그녀가 겪었을 일이었다.

"이번 일은 이 정도 선에서 넘기겠다. 다음."

자신이 만든 피 웅덩이에서 발버둥을 친 사내의 흔적이 대전의 바닥을 엉망으로 만들었다.

조금 전 수많은 이들의 목숨을 말 한마디로 없앤 도윤의 얼굴에는 감정 한 자락도 보이지 않았다.

그 이후 몇몇 안건이 다시 나왔지만, 모두가 대전에 널브러진 핏자국에 시선을 빼앗긴 터라 제대로 된 이야기는 없었다.

"오늘은 이만하자."

도윤이 자리에서 일어나자 눈치를 보던 귀족들이 동시에 몸을 숙였다.

정적에 휩싸인 대전을 빠져나가는 도윤에게서 조금의 주저도 보이지 않았다. 피로 엉망이 된 대전 바닥을 잠시 보던 비설이 다급히 그의 뒤를 쫓았다.

✼✼✼

나서면 안 된다.

연도윤이라는 사내는 자기만 알 뿐이고, 제 기준에서 벗어나는 일에는 조금의 자비도 없는 사내라는 것 정도는 알고 있었다.

그럼에도 사내의 아들이 일곱 살이라는 말이 머릿속에서 사라지지 않았다.

비설이 오라버니의 희생으로 살아남았을 때도 같은 나이였다. 숨바꼭질에서 이겼으니 이제는 일어나시라는 말에도 죽은 가족들은 움직이지 않았다.

어린 사내아이는 무슨 상황인지도 모른 채 목숨을 잃고 농락당할 것이다.

"어린아이에게 자비를 주실 수는 없으십니까?"

"무엄하다! 어찌 폐하께 그런 말씀을 올리는 것이냐?"

호통을 치는 다른 호위를 도윤이 막았다. 더 말해 보라는 도윤의 시선을 받으며 비설이 옅게 입술을 깨물었다. 자신은 너무 속을 숨기지 못한다.

"아이는 죄가 없습니다."

도윤은 목소리를 높이지도 않았고, 감정을 드러내지 않아도 맑은 눈을 보는 것만으로도 비설이 무슨 이야기를 하고 싶어 하는지 눈치챘다.

거짓말을 못 하는 대신 비설은 말을 아꼈다. 황제인 그에게 무조건 고개를 숙이는 대신 비설은 스스로가 얻은 물음의 답을 해 달라며 물어보았다.

아슬아슬하게 붙잡고 있던 인내가 다시 흔들렸다.

"유 호위 외에 모두 물러나라."

도윤의 명령에 주변을 지키던 호위와 내관이 뒤로 물러났다. 둘만이 남은 상황에서도 비설은 흔들리지 않고 차분히 도윤의 답을 기다렸다.

비설의 존재가 자신에게 해가 될 수 있다는 것을 알면서도 저런 모습에 놓을 수 없다.

"혹 좀 전의 그이와 개인적인 친분이라도 있는가?"

"친분은 없습니다. 죄인에게 자비를 내려 달라는 것은 아닙니다. 타국에 정보를 넘긴 죄는 죽어 마땅한 대역죄이고, 그 대가를 목숨으로 치르는 것은 당연한 일입니다. 하지만 아무것도 모르는 아이까지 목을 베고 그 시신을 욕보이는 것은 과하다고 생각합니다."

"후환을 확실히 제거해야 나라의 기반이 굳게 세워지는 것이다.

죄인의 가문이 참혹하게 멸문되어야 그들을 본 이들이 쓸데없는 짓을 하지 않겠지.”

도윤의 말에 비설의 미간이 딱딱해졌다. 그의 말이 틀린 것은 아니다. 잔인한 본보기를 만들어 놓으면 얼마간은 몸을 숙이고 도윤의 뜻을 따를 것이다.

그렇게 시간이 흐를 것이고, 무뎌진 공포만큼이나 다시 이런 일은 일어날 것이다. 결국 아무것도 모르는 아이들만이 제 부모의 죄로 죽을 뿐이었다.

“죄인의 일곱 살 아들은 아무것도 모르는 채, 없는 죄에 대한 책임으로 죽어야 합니까?”

숨기지는 않았지만 꺼내지도 않았던 비설의 상처가 보였다.

그럴듯한 말로 도윤은 얼마든지 비설을 설득할 수 있다. 곁에 두면 재미를 주는 이니 달콤한 말로 속삭이고 이해시켜 다신 이런 말을 못 하게 하는 것쯤 도윤에게는 일도 아니었다.

“군주는 선택을 해야 한다.”

그렇게 하기 싫다. 저 시선이 거짓 없이 자신에게 향하는 만큼 자신 또한 저이를 어설프게 속일 생각 따위 없었다.

“그 선택의 결과가 또 다른 피와 희생을 낳게 되더라도 짐은 언제든지 같은 선택을 할 것이다. 흘려야 할 피라면 짐의 선에서 전부 흘리는 것이 낫지 않는가?”

“욕심은 사라지는 것이 아닙니다. 폐하께서 수많은 피와 희생으로 모든 것을 이루셨더라도 결국 욕심을 가진 자가 나타날 것이고 또 같은 일이 반복될 것입니다. 그것을 비판하는 것은 아닙니다.”

“……”

“폐하의 힘이시라면 적어도 한 번의 자비는 내려 주실 수 있지 않습니까? 살아남은 아이는 폐하의 자비에 감사하며 살 수 있지 않겠습니까?"

"그리해서 짐은 무엇을 얻지?"

"네?"

"그렇게 한다면 자비로운 군주가 될 수 있겠지. 하지만 그 전에 약하고 여지를 남기는 군주가 될 것이다. 왜 짐이 그런 멍청한 선택을 해야 하는가?"

"고작 일곱 살 아이에게 자비를 내리시는 일이 어리석은 선택이라고 하시는 것입니까?"

큰마음을 먹고 먼저 말을 꺼냈지만, 비설과 도윤의 대화는 처음부터 그 방향이 달랐다.

비설이 일곱 살 남자아이에게 초점을 맞추었다면 도윤은 아이보다는 반역을 저지른 가문의 처벌이 우선이었고, 권좌라는 자신의 자리가 최선이었다. 서로의 중심이 다른 상황에서 무슨 대화를 한단 말인가.

"네 물음에 대답을 했으니 이제는 짐이 물어봐도 되겠군. 그 일곱 살 아이의 이야기가 너인가?"

생각 없이 물어봤던 도윤은 비설의 눈을 보자마자 숨을 삼켰다.

담담히 자신의 말을 하거나 옅게 화를 내던 것이 감정의 전부였던 비설의 눈이 처음으로 젖어 있었다.

차라리 터트리듯 감정을 내비쳤다면 나았을 것이었지만 무엇이 그리도 그녀를 인내하게 하는지 이 상황에서조차 비설은 참고 있었다.

"제 이야기였다면 이곳에 있었을 리가 없었겠지요. 하지만……."

거짓을 전혀 말하지 못하는 눈이 거짓을 말하고 있었다. 그걸 알면서도 평소처럼 꼬투리를 잡을 수 없었다.

다가가면 안 되는 무언가를 마주한 기분, 문제는 그 무언가가 자신과 깊게 연관이 되어 있을 것 같다는 감이 문제였다.

"소인. 폐하께 여쭤볼 것이 있었습니다만 그러지 않겠습니다."

생각은 하고 있었지만 현실은 더욱 처참했다.

비설의 가족이 왜 죽었는지 물을 이유가 없었다. 그저 주국의 상황과 각각의 이득에 따라 죽은 것뿐이었다. 개죽음에 이유를 찾는 일도 우스운 일이지 않은가?

"짐이 안다면 대답해 줄 수 있다."

"아닙니다. 이미 그 답은 찾았습니다."

죄인의 일곱 살 사내아이는 죽겠지만, 비설은 죽지 않았다. 그 차이만이 있을 뿐이었다.

답을 얻기 위해 황궁으로 들어오고 호위가 되었지만, 찾아내기도 전에 알게 된 답은 마음속 깊이 감춰 놓았던 상처를 찢고 뜯어냈다.

"폐하께서 말씀하신 선택을 후회해 보신 적은 있으십니까?"

감정이 드러나 있던 얼굴이 다시 원래의 담담한 표정으로 돌아왔다. 지금이라도 비설의 목을 베어야 한다는 생각이 불쑥 치밀어 올랐지만 도윤은 억눌렀다.

'그러기에는 아직 재미있거든.'

지루하던 황궁에서 비설만이 도윤의 관심을 끌어냈다.

예민한 촉이 비설의 변화에 경고를 울렸지만, 도윤은 멈추는 대신 비설을 자극하는 방향을 선택했다. 이대로 멈추기에는 처음 느껴 보는 이 감정이 미치도록 끌렸다.

"단 한 번도 후회해 본 적이 없다."

갈기갈기 찢기고 문드러졌던 마음의 상처가 쓰리고 아팠지만, 주저앉는 대신 비설은 자신을 다잡았다. 겨우 이 정도로 무너질 수 없다.

하물며 내내 찾았던 대답을 마주한 지금 그녀가 할 수 있는 선택은 하나였다.

'제가 그렇게 만들어 드리겠습니다.'

꺼낼 수 없는 말을 삼키며 비설이 도윤 앞에 몸을 숙였다. 도윤이 얼굴을 볼 수 없을 정도로 몸을 숙인 비설의 눈에 어느 때보다도 강렬한 살기가 스며들었다.

'내 반드시 당신의 목을 벨 것입니다.'

사람의 목숨을 가볍게 여긴 도윤에게 그 대가를 받게 할 것이다. 그리하여 생의 마지막 순간 자신의 선택을 후회하며 비참하게 죽게 할 것이다.

그것이 가족을 허망하게 보낸 그녀가 할 수 있는 최선의 선택. 오랫동안 선택하지 못한 채 방황하던 그녀가 찾아낸 마지막 답이었다.

三章. 변화

주저하던 선택을 결심으로 바꾸는 것은 어렵지 않았지만 안타깝
게도 현실의 상황은 그녀의 바람과는 다르게 흘러갔다.

"폐하께 가는 길인가?"

각각의 호위군에서 차출된 이들이 황제의 곁을 지키기 시작했
다. 가볍게 여기면 승진이었지만 자칫 원래 소속이었던 호위군의
명예를 실추시킬 수도 있었기에 개개인이 짊어지게 된 책임은 무
거워졌다.

"부군장께서는 일찍 나오셨습니다."

"요즘같이 평화로운 시기에 부군장이 할 일이 무엇이 있겠나?
산책이나 할까 해서 나왔지."

말을 꺼내자마자 바뀌는 비설의 표정을 보며 채현이 웃음을 삼
켰다.

멀리서 봐도 비설의 얼굴은 피곤해 보였다. 눈 밑에 검게 드리워

진 그늘하며 하얀 피부는 쓰러질 것처럼 창백했다.

눕기만 하면 바로 잠들어 버릴 것 같은 지친 모습에 채현이 노골적으로 혀를 찼다.

"피곤해 보이는군."

"피곤해 보이는 게 아니라 피곤해 죽겠습니다."

전생에 눈물 바람으로 매달리는 첩을 내쫓은 못난 지아비도 아니고, 조금이라도 쉬려고 하면 불러 대니 하루 이틀 밤을 새우는 것은 일도 아니었다.

여인의 몸이었어도 사내처럼 살아왔기에 어지간한 일에는 힘든 내색조차 하지 않았지만, 그 하루 이틀이 일주일이 되고 2주가 되어 가자 비설도 슬슬 한계였다.

"부군장님은 이런 적이 있으셨습니까?"

"글쎄?"

답을 회피하는 채현을 보던 비설이 더더욱 무거운 한숨을 내쉬었다.

침상에 눕기만 하면 바로 잠드는 도윤과는 달리 비설은 잠들 때까지 꽤 오랜 시간이 걸렸다. 뒤척이다가 간신히 잠들려 하면 이미 푹 숙면하고 일어난 도윤이 불러 대니 오던 잠도 전부 달아날 판이었다.

"폐하께 아침 문안을 드리는 날이던가?"

"네. 하루에 한 명씩 드린다고 하는데 오늘은 소인의 차례입니다."

"진귀한 구경을 하겠군."

"네?"

이건 또 무슨 소리인가?

황궁에 머물게 된 지 석 달이 다 되어 가고 있었지만 무언가를 알기보다는 도대체 여기가 뭐 하는 곳인지 의문만 늘어 갔다.

이 모든 일이 황궁의 주인인 도윤 때문인 것 같다는 느낌이 자꾸 들었지만, 누구에게 하소연할 수도 없는 상황이었다.

"이만 가 보겠습니다."

도윤도 도윤이었지만 채현도 자신의 마음을 겉으로 드러내는 이는 절대 아니었다.

인사를 한 비설이 몸을 돌리자마자 채현이 이어 말했다.

"폐하께서는 마음에 드는 이에게는 과하게 관심을 주시지. 그 관심을 버티지 못하면 죽는 건 자네가 될 것이네."

"……."

"아! 오늘 사도가 여식과 함께 입궁한다고 했으니 조심하고, 오늘 하루도 고생하게나."

자기 할 말만 쏟아 내고 가는 채현을 보며 비설이 눈을 좁혔다. 아무래도 자신의 삶에 마가 끼어도 단단히 끼어 버린 것 같았다.

주변에 모이는 사람마다 저리 의뭉스럽고 제멋대로고 제 말만 하고 사라지니 결국 남는 것은 격한 피로감뿐이었다.

"좀 쉽게 알려 주시면 입에 뭐라도 납니까?"

안타깝게도 답을 해 줄 채현은 기척조차 완전히 사라진 후였다.

하소연해 봤자 결국 자신이 만든 팔자, 길게 한숨을 내쉬며 비설이 무거운 걸음을 옮겼다.

✻✻✻

"유 호위님. 오셨습니까?"

나이가 지긋한 내시감이 비설을 향해 먼저 몸을 숙였다. 내시감의 인사에 화들짝 놀란 비설이 한달음에 다가가 몸을 숙였다.

"저에게 이리 인사를 하지 않으셔도 됩니다. 다음에는 이러지 마십시오."

당황하는 비설을 보며 내시감이 옅은 미소를 지었다.

보면 볼수록 여인보다도 고운 청년이었다. 황궁에 들어온 지 얼마 안 된 호위였지만 내시감은 조용하면서도 중심을 지키려 하는 비설을 마음에 들어 했다.

"오늘따라 궁녀와 상궁들이 굳이 이쪽으로 오고 가기에 무슨 일이 있나 싶었는데 유 호위 때문인 듯합니다."

"농이 너무 과하십니다. 소인을 너무 곤혹스럽게 만들지 마십시오."

본인은 아니라며 고개를 젓지만 혼란스러운 황궁에서 비설에 대한 관심은 날이 갈수록 커져 갔다.

좋든, 싫든 도윤의 곁을 지키는 호위가 여인보다도 더 고운 외모를 가진 것도 모자라 실력 또한 출중한지라 도윤이 총애하여 곁에 두고 있다는 소문이 살을 더하고 더해서 퍼지고 있었다.

"유 호위께서는 아침에 폐하의 침소에 드시는 일은 처음이시지요?"

"아침에 들어가는 것은 처음입니다."

"내관과 궁인들을 생각해 주시는 폐하의 배려이십니다만 매번 호위분들께 이리 위험한 일을 맡기니 죄송할 따름입니다."

"네?"

"조심하십시오."

저렇게 말하니 더더욱 알 수 없었다. 그사이 문이 열리고, 잠시

102

고민하던 비설이 침소로 들어갔다.

"아!"

침소에 드리워진 모습에 비설이 숨을 삼켰다.

피투성이로 죽은 자객들이 침소 곳곳에 쓰러져 있었다. 수를 대충 세기만 해도 다섯이 넘는 상황에서 유일하게 평온한 사람은 머리끝까지 이불을 뒤집어쓴 채 누워 있는 도윤이었다.

황당한 상황에 비설이 문밖의 내시감을 보았다. 비설의 반응을 이미 예상했는지 내시감이 다시 몸을 숙였다.

'참 진귀한 풍경이 해괴하기도 합니다.'

당장 도윤에게 가는 대신 비설의 눈이 시신을 살폈다.

단칼에 당했는지 방어나 반항을 한 흔적이 전혀 없었다. 개중에는 자기가 베였는지도 알지 못한 시신도 있었다.

죽지 않은 몇몇의 상태까지 확인한 비설이 조심스럽게 침상으로 다가갔다. 피 냄새가 진동하는 침소가 불편하지도 않은지 이불을 뒤집어쓴 그는 너무나도 평온했다.

'평온한 건지…… 둔한 건지…… 아니면…….'

미친 건지.

꼬리를 물며 이어지던 생각을 멈추듯 비설이 고개를 저었다. 그를 죽여야 하는 비설의 입장에서 마지막은 절대 생각하고 싶지 않았다.

"폐하."

이불이 작게 꿈틀대기는 했지만, 다시 움직임이 멈추었다. 하도 시도 때도 없이 불러 젖히는 터라 자신은 잠도 제대로 못 잤건만 그는 너무나도 푹 자고 있었다. 울컥 치미는 억울함을 억지로 삼키며 비설이 목소리를 높였다.

"폐하. 일어나셔야 합니다."

잠시 이불이 부스럭거리더니만 도윤의 헝클어진 머리카락과 눈이 빼꼼 나왔다. 눈을 깜빡거리며 주변을 노려보는 그를 보며 비설이 말을 이었다.

"폐하. 아침입니다."

"네, 네 이놈."

비설의 목소리 뒤로 낯선 목소리가 들렸다.

도윤을 보던 비설이 고개를 돌렸다. 정신을 차렸는지 죽지 않았던 자객이 검을 붙잡은 채, 이쪽을 노려보고 있었다.

"죽어라!"

검을 휘두르며 간격을 줄이는 자객을 보며 비설이 자세를 잡았다. 무기 따위 없어도 자객 정도는 충분히 상대할 수 있다.

휘두르는 검을 피해 자세를 바꾼 비설이 자객의 멱살을 잡았다. 그 순간, 절대 불 리가 없는 바람이 불었다.

"컥!"

훅 밀려오는 바람에 자객의 멱살을 놓치는 순간, 바람에 밀려 날아간 자객의 몸에서 피가 후드득 떨어졌다. 당황할 틈도 없이 삽시간에 벌어진 일이다.

비명 한번 지르지 못하고 죽은 자객을 보던 비설이 고개를 돌리자 미간을 찌푸릴 대로 찌푸린 도윤이 신경질적으로 머리를 긁었다.

"잠 좀 자자. 이 배려 없는 것들아."

눈까지 내려왔던 이불이 다시 머리끝까지 올라갔다.

자객도 자객이었지만 연도윤도 진짜 대단했다. 함부로 다가갔다면 자객이 아니라 저가 죽었을지도 모르는 상황에 비설이 식은땀을 흘렸다. 참 하루하루가 신기하다 못해 기가 막힌 일상이었다.

도윤이 날리는 칼침에 맞아 죽고 싶은 생각은 없다. 그를 깨우는 대신 주변을 살핀 비설이 내시감을 향해 몸을 숙였다.

"침소를 먼저 치우시는 것이 좋겠습니다."

"폐하를 먼저 깨우시는 게 낫지 않겠습니까?"

"괜히 그러시다가 휘두르는 검에 맞습니다. 폐하의 기척은 제가 살필 터이니 우선 피 냄새부터 없애는 것이 좋겠습니다. 어차피 주무신 지 얼마 되지 않으셨을 것이 아닙니까? 좀 더 주무시게 두시지요."

대부분의 호위는 안절부절못하며 어떻게든 도윤부터 깨우려 했지만, 비설의 선택은 달랐다. 건드리면 위험하니 차라리 건들지 말자는 말을 꺼낼 이가 몇이나 있겠는가?

하물며 그 건드리는 위험한 사람이 황제인 경우에서 그녀의 대처는 새롭다 못해 신기하기까지 했다.

"폐하께서 왜 유 호위를 재미나다고 하시는지 조금은 알 것 같습니다."

"그런 재미는 찾지 않으셔도 되지 않을까 싶습니다."

곧바로 나오는 대답에 표정을 드러내지 않던 내시감조차 터져 나오려는 웃음을 억지로 참았다. 감정을 드러내지 않으려 하면서도 툭툭 던지는 말에 뼈가 담겨 있었다.

비설이 안으로 들어가고, 내관과 궁인이 침소로 들어갔다. 발걸음조차 조심스럽게 들어온 이들이 능숙하게 시신을 밖으로 꺼내고, 바닥에 남은 핏자국을 닦아 냈다.

"하아."

도윤의 침상 옆에서 그들을 지켜보던 비설이 몰려오는 피로에 작게 한숨을 내쉬었다. 아침부터 시작된 피 냄새도 그렇고, 옆에서 꿀잠을 자는 도윤은 부럽다 못해 얄미울 정도였다.

'음?'

옆에서 느껴지는 시선에 내관을 보던 비설의 눈이 침소로 향했다. 언제부터 깨어 있었는지 조금 전처럼 눈만 빼꼼 내민 도윤이 비설을 보고 있었다.

"깨셨습니까? 폐하."

비설의 물음에도 눈만 깜빡일 뿐, 답은 나오지 않았다.

이번에는 또 왜 이러는 것인가? 혹 더 잠들 것을 내관이 왔다 갔다 해서 깨 버린 것일까? 어차피 일어날 때이니 저리 뚱하게 자신을 쳐다볼 이유가 없었다.

정리를 끝낸 내관이 고개를 숙이자 나가 보라는 듯이 비설이 손을 저었다.

내관과 궁인이 전부 나간 후, 머리만 내밀고 있는 도윤을 향해 비설이 다가갔다.

"무슨 문제라도 있으십니까?"

보기만 할 뿐, 말을 꺼내지 않자 호기심은 걱정으로 변했다. 혹 다쳤거나 위험한 상황에서 방치한 게 된다면…… 복수고 뭐고 목숨이 날아갈 것이었다.

"폐하. 혹 몸이 불편하시면 태의를 부르겠습니……."

"졸리지 않나?"

"네?"

"짐은 졸려 죽을 것 같은데 넌 아무렇지도 않으냐 말이다."

"소인은 괜찮습니다. 그리고 조례 시간이 다가오니 폐하께서도 일어나셔야……."

말이 끝나기도 전에 도윤이 비설의 팔을 붙잡았다. 곧 도윤의 힘에 끌려 비설이 그가 누워 있던 침상에 어영부영 끌려 들어갔다.

황제가 누운 침상이 무척이나 부드럽고 푹신하다는 생각을 하기도 전에 온몸을 휘감는 열기에 비설이 터지려는 비명을 억지로 삼켰다.

"폐, 폐하!"

"네놈만 잡고 있으면 깨우러 안 오겠지."

정수리로 느껴지는 도윤의 숨결에 그나마 남아 있던 핏기가 완전히 사라졌다.

외모가 문제여도 분명 비설은 사내의 행색을 하고 있었다. 사내의 행색이 아니더라도 비설은 평생 누군가에게 이렇게 안겨 본 일따위 절대 없었다.

발등에 불이 떨어지다 못해 타오르고 있었다. 그 어느 때보다도 다급하고 초조했지만, 목소리를 높일 수도 없었다.

"소인이 침상 밖에서 지키고 있겠습니다. 누구도 못 들어오게 할 터이니 일어나겠습니……."

낮게 속삭이던 목소리는 물론이고 그에게 안겨 있던 몸에 힘이 들어가지 않았다. 그가 비설의 혈을 짚은 것이다. 도윤이 어림없다는 듯이 입꼬리를 올렸다.

"너도 졸리고 짐도 졸리니 푹 자자."

주의 황제 연도윤은 미친놈이다.

인정하고 싶지 않았지만 인정할 수밖에 없었다.

온전한 정신의 황제를 노려도 힘든 상황에서 그녀의 이성으로는 도저히 따라갈 수 없는 정신의 소유자를 노려야 할 판이다.

왜 자신의 삶은 언제나 이렇게 시험의 연속이란 말인가!

이제야 간신히 목표에 다다랐다고 생각했건만 실상은 시작조차 제대로 하지 못했다. 울컥 치미는 서러움에 비설의 눈앞이 뿌예졌다.

"흐음."

언제부터 보고 있었는지 눈가에 그렁그렁 눈물이 맺혀 있는 비설을 도윤이 바라보고 있었다.

복수를 해야 할 사내에게 속수무책으로 휘둘리고 엉망으로 농락당했다. 너무나도 화가 나고, 무척이나 억울한데도 그녀는 할 수 있는 게 없었다.

"이것 참……."

도윤의 손가락이 비설의 눈에 그렁그렁 맺힌 눈물을 닦아 냈다.

원수의 손길이 왜 이리도 보드랍고 조심스럽단 말인가. 애써 참으려 했건만 이미 터져 버린 감정이 쉽게 가라앉지 않았다.

"네 반응이 재미있어서 좀 몰아붙였기로서니 이렇게 나와 버리면 짐이 널 또 어찌해야 하는 것이냐?"

입에서 나오는 말 한마디, 한마디가 속을 뒤집었건만, 모순되게도 다독여 주는 손길은 무척이나 다정했다. 달래 주는 손길에 위로를 받느라 비설은 짚였던 혈이 풀린 것도 알지 못했다.

비설은 얌전히 안겨 있었다. 거듭 다독이는 손길에도 서러움이 가시지 않았는지 맑은 눈에서 눈물이 뚝뚝 흘러내렸다.

"열흘은 제대로 잠들지 못했을 것이니."

품에 안겨 있는 비설의 작은 등을 부드럽게 어루만졌다. 소리 없이 눈물을 흘리던 비설의 몸에서 천천히 힘이 빠졌다.

잠이 든 비설의 눈에 남아 있는 눈물에 도윤이 입술을 갖다 댔다. 눈에 맺힌 눈물은 짭짤했지만 싫기는커녕 이상하리만큼 욕심이 앞섰다. 하지만 이 이상 더 나가면 이 작은 호위는 다시 이를 세우며 도망갈 것이다.

"우선은 자고 나서 이야기하자."

지쳐 잠드는 비설을 품에 안은 채, 도윤이 다시 눈을 감았다.

✶✶✶

"제가 전부 떠안고 가겠습니다."

도윤이 앉아 있는 자리의 작은 등불 외에는 어둠이 깊게 내려앉은 방에서 중년 남자의 목소리가 들렸다.

"혹 소인의 자식이 목숨을 건진다면 폐하께서 거둬 주십시오."

권좌에 오를 때까지 도윤이 걸어온 길은 피의 길이었다. 누구인지 기억조차 안 나는 신하부터 가까이는 피를 나눈 혈육까지. 그의 검은 목적을 위해서라면 무엇도 가리지 않았다.

살린 이보다도 목숨을 거둔 이가 더 많았기에 그들의 목소리를 전부 듣고 답을 해 줄 수 없었다.

대업을 위해 목숨을 버리는 자를 위한 최소한의 예의나 의리가 있어야 하지 않겠느냐는 사람도 있었지만 그런 것을 전부 가져가기에는 도윤은 손에 쥐고 있는 것이 너무나도 많았다.

"짐의 무엇을 믿고 그런 대책 없는 바람을 늘어놓는 건가?"

중년 남자의 웃음이 허망하게 들리는 것은 순전히 도윤만의 착각이었을지도 모른다. 무모한 짓이었어도 남자에게 차마 그러지 말라는 말은 도저히 꺼낼 수 없었다.

지금은 누구 하나가 전부를 책임지고 사라져야 할 상황이었다. 비록 남자의 직위는 하급 관리일 뿐이었지만, 이번 일을 묻기에는 남자만 한 이가 없었다.

"폐하께서는 그리 말씀하시면서도 약조를 지켜 주실 것입니다."

"그 전에 네 자식이 먼저 살아남아야겠지."

남자가 숙였던 몸을 들어 도윤과 눈을 마주했다. 모든 것을 내려 놓은 남자는 편안해 보였지만, 도윤에게는 마주하기 부담스러울 정도로 처절하게 다가왔다.

아무리 타인에게 쉽게 마음을 주지 않는 도윤이어도 생의 마지 막을 자신을 위해 내려놓는 남자의 끝을 보지 않을 수는 없었다.

"식견이 좁고, 무능한 소인과는 다를 것입니다. 소인의 아들은 어렵겠지만……."

"무엇인가?"

"아닙니다. 이 자리에서 꺼낼 이야기는 아닌 것 같습니다."

말을 끝낸 중년 남자가 자리에서 일어나 도윤을 향해 세 번 절을 올렸다.

삶의 마지막을 보는 기분은 언제나 좋지 않았다.

모든 마무리를 끝낸 남자가 방 밖을 나가기 직전, 창을 보는 도 윤에게서 낮은 목소리가 들려왔다.

"사흘 안에 황군을 보낼 것이다. 네 가문의 누구도 살리지 않을 것이다."

눈을 뜬 도윤의 얼굴에 짜증이 깃들었다.

먼저 떠나 버린 사람이 남긴 잔영은 살아남은 도윤을 괴롭혔다. 고작 꿈일 뿐이었지만 이후의 여파는 생각보다도 오랫동안 그에게 남아 있었다.

그들의 생명으로 여기까지 왔으니 도윤이 마땅히 감당할 책임이었지만 최소한의 자는 시간조차 방해받는 것은 그다지 좋지 않았다.

"흐음."

짜증에 구겨진 얼굴이 잠든 비설을 보는 순간 옅게 풀어졌다.

꿈에 나왔던 일이 언제였는지는 솔직히 제대로 기억하지 못했다. 도윤에게 지나간 일은 그저 그대로 끝난 일일 뿐이었다.

잠이 든 비설을 보던 도윤이 이불 위에 힘없이 놓인 손을 붙잡았다. 한 손에 폭 들어올 정도로 작은 손은 거칠다 못해 다른 사람에게는 다 있는 지문조차 거의 보이지 않을 정도였다.

"유비현이라……."

자신을 비현이라 소개하는 사람을 보며 그날 도윤은 생전 처음 자신의 눈을 의심했다. 혹시 하는 마음으로 먼저 다가갔고, 확인하기 위해 그를 도발했다.

도윤의 거듭된 시비에 화가 난 자가 검을 휘두르는 순간 도윤의 의심은 확신으로 바꾸었다.

"비현일 리가 없지."

도윤의 기억에 있는 그는 검보다는 서책을 잡았고, 도윤의 시비에도 사람 좋게 웃으면서 넘기던 이였다. 비현은 검술에 전혀 재능이 없었다. 그랬던 이가 고작 몇 년 만에 이 정도 수준의 무인이 될 리가 없다.

결국 생각할 사람은 한 명뿐, 하지만 그마저도 속단할 수 없었다.

"거두기는 했지만 내 사람은 아니니 이를 어찌해야 하나?"

잡은 손에 얼굴을 묻으니 체향이 훅 밀려왔다. 타인의 체향이나 존재에 관심조차 없었지만, 손안에 이의 체향이나 촉감은 그가 생

111

각한 것보다도 훨씬 더 괜찮았다.

여인에 욕심이 없었기에 색에 관심조차 없었지만, 제 품에서 정신을 놓은 작은 호위는 그의 신경을 자꾸 건드렸다.

'괜찮기보다는 좀 위험하네.'

이를 세워 깨물면 달금한 향이 훅 밀려올 것 같다. 손목에 코를 갖다 대니 달금한 향은 좀 더 강해졌다.

피가 배어 나오도록 깨물면 이 작은 호위는 또 무슨 반응을 보일까? 반응을 보는 것도 재미날 것이다.

'네 존재가 나한테 이득이 될 리가 없을 텐데.'

이 존재가 자신의 발목을 잡을지도 모른다는 생각이 문득 들었다.

주변을 둘러싼 나라를 집어삼키는 것만으로는 그가 생각하는 강건한 주나라를 만들 순 없다. 춥고 추운 연국을 삼키고, 서문을 둘러싼 두 개의 나라를 삼킬 수 있다면, 대륙에서 가장 큰 서문까지도 노릴 수 있다.

'곤란해.'

대업을 이루어야 할 그에게 연모는 물론이고 과거의 흔적 따위 필요 없다.

얼굴을 향해 다가가던 손이 비설의 목을 붙잡았다. 이대로 약간의 힘만 주면 비설의 목숨을 거두는 일 따위 아무것도 아니다.

제 삶의 위협이 될 여인 하나 없애는 것은 일도 아니다. 도윤의 손에 힘이 들어가는 순간, 긴 눈썹이 파르르 움직이면서 비설이 눈을 떴다.

"음."

눈을 마주치는 순간 손의 힘이 거짓말처럼 풀렸다. 살의를 띠고 있던 눈이 거짓말처럼 온기를 담고 부드럽게 바라보았다.

잠에 취해 있던 눈이 초점을 맞춰 갈수록 동공은 커졌고 편안하게 내쉬던 숨이 멈추었다.

"폐, 폐하!"

"잘 잤는가?"

침상에서 도윤을 마주하자 무섭다 못해 눈앞이 하얘졌다.

잠이 완전히 깬 도윤을 마주하고, 잠들기 직전의 상황이 아주 천천히 상기되자 입이 마르고 피가 식었다.

"어찌나 잘 자는지 깨울 생각도 못 하겠더군."

"그게 말입니다."

이 상황을 모면하기 위해 방법을 찾던 비설이 머리를 스치는 생각에 미간을 옅게 좁혔다.

어찌 되었든 도윤과 단둘이 있는 상황이었다. 잠들기 전까지는 이 사내를 죽일 방법이 너무나도 아득해서 울음을 터트렸었다. 바로 전까지 그랬건만 기회는 또 이렇게 바로 왔다.

"소인이 잘못했습니다."

도윤이 아주 잠시만 방심하면 된다.

비설의 손이 허리에서 허벅지로 천천히 움직였다. 허벅지에 숨겨 놓았던 단검이 손에 닿는 순간 주저는 결심이 되었다.

"잠들기 전의 일은 잊어 주십시오. 이만 일어나겠습니다."

"그거 알고 있나?"

이불 속에서 단검을 붙잡고 있는 비설의 손을 도윤이 붙잡았다. 살의라고는 전혀 담기지 않은 눈이었지만, 그 순간 온몸이 언 것처럼 움직일 수 없었다.

"무엇을 말입니까? 폐하."

잡았던 단검을 놓은 비설이 도윤을 보며 침착하게 되물었다. 심장이 터질 것처럼 뛰었지만, 다행히 입 밖으로 나오는 목소리는 차분했다. 이번에도 잘 넘길 수 있다.

"이만 일어나겠습니다. 놓아주십시오."

"넌 너무 쉽게 보여."

담담해 보이려 애쓰는 것과는 달리 내쉬는 숨은 흐트러져 있었다. 다른 이였다면 비설의 변화를 전혀 눈치채지 못했을 것이다. 권좌에 오를 때까지 그가 익혀 온 것은 전부 이런 것뿐이었다.

'곤란하네.'

사내의 껍데기를 뒤집어쓰고 있어도 여인은 여인이었다. 손목에서 느꼈던 체향이, 도윤을 보며 흔들리는 눈동자가 아슬아슬하게 붙잡고 있던 이성을 건드렸다.

한없이 얌전히 있으려 하다가도 이를 드러내다니, 순간순간 바뀌는 모습에 눈을 뗄 수 없었다.

'네가 날 죽이게 될지 내가 널 죽이게 될지는 모르겠지만······.'

저 순수한 얼굴에 파문이 이는 걸 보고 싶다.

충동을 인내하는 데 익숙한 도윤이었지만, 지금만큼은 그다지 참고 싶은 생각이 없었다.

그는 손의 힘을 푸는 대신 비설의 다른 손까지도 붙잡았다. 옆에 누워 있던 도윤이 비설의 몸 위를 올라탔다. 비설이 미간을 찌푸렸다. 마주 보는 입술에서 긴장한 숨이 흘러나왔다.

'파문을 일게 하려면 제대로 해야지.'

입술을 깨물고 빨아들인다면 손목에서 맡았던 달금한 향이 느껴질까?

한번 머리에 떠오른 생각은 도윤을 끊임없이 괴롭혔다.

"폐하. 무슨⋯⋯."

이어지던 말은 입술을 덮는 도윤의 더운 입술에 막혔다. 언제나 침착하게 상황에 대처하려 했던 비설의 머릿속이 그 순간 완전히 멈추었다.

놀란 나머지 딱딱하게 굳은 비설과는 달리 열린 입술로 거침없이 들어온 도윤은 입의 여린 내벽을 희롱하고 작은 혀를 채 감았다.

"흐읍."

뒤늦게 상황을 깨달은 비설이 반항하려 했지만, 그마저도 도윤에게 제압당해 버렸다. 치미는 갈증을 해결하려는 것처럼 엉킨 혀에서 섞이는 타액을 도윤이 거듭 삼키고 또 삼켰다.

비설의 숨이 점점 가빠지자 그제야 도윤이 입술을 떼고 내려다보았다.

"달다."

힘겹게 토해 내는 숨소리가 미치도록 달았다. 입맞춤 한 번으로 끝내기에는 너무나도 매혹적이었다.

하물며 저 당황하는 표정이라니. 저러니 더 괴롭히고 싶지 않은가?

"하아. 하아."

무언가 말을 꺼내야 하는데 비설은 억지로 참았던 숨을 삼키느라 말조차 제대로 꺼내지 못했다.

핏기라고는 하나도 없는 창백한 얼굴을 마주하는 순간 도윤이 마음에 안 든다는 듯 미간을 찌푸렸다.

"이건 네 탓 같아."

"무슨⋯⋯."

"안 알려 줄래. 그럼 재미가 없잖아."

흐트러진 표정으로 바라보는 시선에 도윤이 입술을 깨물었다. 지금 제 머릿속에 떠오르는 행동을 옮겨 버린다면 이자가 어떻게 행동할지 궁금했다.

주의 모든 것이 자신의 것이니, 결국 이자도 자신의 것이 아닌가? 비설의 한계가 느껴졌지만, 그렇기에 더더욱 도윤은 그 한계를 부숴 버리고 싶었다.

"고작 한 번 즐기자고 망가트리는 바보짓은 안 하는 게 좋으니까."

"폐하, 이게…… 흐읏."

힘겹게 내쉬는 숨조차 소유하려는 것처럼 도윤이 다시 비설의 입술에 입을 맞추었다. 힘겹게 내쉬는 숨도, 어떻게든 빠져나오려 했던 발버둥도 의미가 없었다. 엉킨 혀에 담뿍 섞인 타액을 삼키고 붉게 부어오른 입술을 빨아들였다. 더운 숨이 작게 열린 입술에서 힘겹게 흘러나왔지만 그마저도 다시 덮인 입술에 막혔다.

"짐은 보기보다 착하거든."

비설의 반항이 완전히 무너질 때까지 입맞춤은 거듭 이어졌다.

❀❀❀

세 걸음을 가기도 전에 비설의 걸음이 멈추었다.

입술을 질끈 깨물려다 상처에 이가 닿자 비설이 눈을 찌푸렸다. 어떻게든 기억에서 지우려 했지만 그럴수록 아침의 기억은 더욱 선명하고 또렷해졌다.

"망할 인간."

쌓여 있던 긴장이 왜 하필이면 도윤의 앞에서 풀어졌으며, 하필이면 죽여야 할 도윤의 앞에서 서러움이 밀려왔으며, 마지막으로 왜 하필 도윤의 앞에서 쓸데없는 짓을 하려 했단 말인가.

다른 일은 다 넘기고 잊을 수 있다. 문제는…… 입술의 상처를 만든 입맞춤이었다.

온몸으로 반항했지만 도윤에게 조금의 영향도 주지 못했다. 비설을 보던 도윤의 시선이 숨 막히도록 뜨거웠다.

사내에게 안긴 것도 모자라 입맞춤이라니. 온몸이 떨리고, 머릿속이 하얗게 비었다. 굶주린 맹수에게 잡힌 초식동물처럼 놓아 달라는 몸부림에도 도윤은 그녀를 오랫동안 풀어 주지 않았다.

끝을 알 수 없을 정도로 길게 이어지던 입맞춤은 비설이 지쳐 침상에 늘어진 후에나 끝이 났다.

"망할."

싫은 기억이 떠오르자 상처에도 상관없이 비설이 입술을 깨물었다. 상처에서 다시 비릿한 피 맛이 느껴졌다.

갈증을 어느 정도 해소한 도윤이 비설을 내려다보며 입꼬리를 올렸지만, 충격에 이성이 멈춘 비설은 그 자리를 빠져나가야 한다는 생각뿐이었다.

"놓아주십시오. 폐하."

나오지 않는 목소리를 간신히 쥐어짠 비설이 도윤을 보며 힘겹게 부탁했다. 그 순간 부드럽게 미소를 짓고 있던 도윤의 미간이 딱딱하게 굳었다.

지독히도 좋은 감이 신호를 보냈지만, 비설은 그 상황을 지켜보고 싶은 마음도, 도윤을 마주하고 싶지도 않았다.

"내 고지식한 호위는 하나는 알고 둘은 모르나 보네."

조금은 풀어졌던 도윤의 손에 다시 힘이 들어갔다. 도윤의 눈에 조금 전까지 자리 잡았던 열기가 다시 스미자 비설이 숨을 삼켰다.

"그렇게 말하면 더 하기 싫어지거든."

다시 다가오는 도윤을 밀어낼 생각조차 하지 못했다. 입술과 입술이 닿고 타액과 타액이 섞이면서 느껴지는 야릇한 열기에 그나마 붙잡고 있던 생각조차 완전히 무너졌다.

도망가려던 몸짓이 멈추자 도윤의 손이 보드라운 얼굴을 감싸고 가는 목을 부드럽게 어루만졌다.

마치 꿀이라도 발라 놓은 듯 도윤은 비설에게서 좀체 손을 떼어낼 생각을 하지 않았다.

"하아."

가쁘게 내쉬는 숨이 도윤의 뺨에 닿았다. 더는 반항할 힘도 남아 있지 않았다.

도망가야 한다는 생각과 여기서 또 어떻게 도망가느냐는 자포자기가 치열하게 그녀의 머릿속에서 대립했다.

"여기서 더 가도 짐은 상관은 없지만……."

흔들리는 눈에 입술을 맞추고 가는 목에 입술을 묻었다.

"그럼 너는 진짜 도망갈 테니까."

목을 살짝 깨문 도윤이 비설을 보며 빙긋 웃었다. 제멋대로 희롱을 해 놓고는 전혀 미안해하지 않은 표정으로 비설을 내려다보고 있었다. 그제야 단단하게 붙잡고 있던 손이 풀렸다.

"그 재미를 버리기에는 넌 좀 아깝거든."

달아올랐던 열기가 차갑게 식었다. 그녀의 평온한 삶에 아무렇지도 않게 돌을 던져 놓고는 도윤은 미안해하기는커녕 재미라고 했다.

"일어나셨으니 나가 보겠습니다."

흐트러졌던 비설이 다시 자신을 추스르자 도윤의 눈썹이 옅게 꿈틀거렸다. 그사이 도윤에게서 빠져나온 비설이 침상에서 잠시 몸을 휘청거렸다. 더러운 일 따위 이곳을 나가면 잊어버릴 것이다.

침상에서 비설이 일어나려는 것과 동시에 도윤이 팔을 붙잡았다. 어느새 차가워진 도윤의 눈을 보던 비설이 어디 해볼 테면 해보라는 듯이 그를 노려보았다.

"잊어버릴 생각이네?"

"……."

"짐은 네 기억에서 쉽게 잊히고 싶지 않거든."

빠져나오려는 비설의 몸부림 따위 도윤에게는 의미가 없었다.

다시 침상으로 끌려간 비설의 입술을 도윤이 피가 배도록 질끈 깨물었다.

"미친놈."

목 끝까지 맴돌 뿐 차마 내뱉지 못했던 속마음을 결국 비설이 입 밖으로 토해 냈다.

차라리 연모라며 다가왔다면 흔들리기라도 했을 것이다. 그러나 도윤은 비설을 연모의 대상으로 보지 않았다.

그저 악착같이 중심을 잡으려는 비설을 흔들고 싶을 뿐이었다.

도윤의 충동적인 입맞춤에 비설이 무너지자 그가 지었던 미소가 아직도 머릿속에 생생했다.

"어찌 사내가 사내에게 그럴 수 있단 말인가!"

아무리 비설이 남장으로 제 모습을 감추고 있어도, 어쨌든 도윤에게 비설은 여인이 아니라 사내였다. 사내가 사내에게 입맞춤이라니, 비설의 머리로는 도저히 받아들일 수 없는 일이었다.

'설마 진짜 남색인가?'

황권을 유지하느라 황후와 후궁을 들이지 않는다고 알고 있었던 사실이 만약 거짓이라면, 진짜 황제가 사내를 총애하여 비설을 가까이 두는 것일지도 모른다는 생각이 들자, 하얀 얼굴이 더욱 창백해졌다.

'그건 그거대로 곤란하단 말이다.'

남총으로 오해받다가 여인이라는 것을 들키기라도 한다면 비설의 계획은 해 보기도 전에 물거품이 되어 버릴 것이었다.

그런 일은 절대 일어나면 안 된다.

'누가 그 수작질에 말려들 줄 알고.'

얼굴이 화끈거리고 속이 부글부글 끓었지만, 누구에게 꺼낼 수도 없는 속마음이었다.

결국 억지로 걷던 걸음을 멈춘 비설이 상처에도 불구하고 옷소매로 입술을 닦았다. 아무리 닦고 씻어도 도윤의 흔적이 남아 있는 것 같은 불쾌감이 내내 머물렀다.

잊히고 싶지 않다는 도윤의 말대로 확실히 성공하긴 했다. 다만 비설이 그 꼴을 보기 싫을 뿐이었다.

"잊어버릴 테다."

무슨 수를 쓰더라도 지우고 또 지워서 생각조차 떠올리지 않을 것이다.

그렇게 결심하며 내딛던 걸음이 몇 걸음 더 가지 못하고 멈추었다. 애써 화를 삼키던 비설의 눈에 그렁그렁 눈물이 맺혔다. 이런 식으로 농락당하고 밟히는 것이 싫어서 검을 잡았다.

운형은 비설이 여인이라는 것을 알면서도 그녀를 함부로 대하지 않았었다. 운형이 떠오르자 맺혔던 눈물이 더욱 진해졌다. 호기롭게 나온 지 이제 겨우 몇 달밖에 안 되었건만, 벌써 운형의 궁이 그리웠다.

"이게 누구인가? 폐하의 총애를 받으시는 호위님이 아니신가?"

바닥을 기던 더러운 기분은 연이어 들리는 목소리에 극을 찍었다. 소리가 들려오는 방향으로 고개를 돌린 비설의 눈에 노골적인 거부가 보였다. 도윤의 곁을 반강제로 지키게 된 이후로 소위 귀족 출신으로 호위에 오른 이들의 노골적인 시샘을 받았다.

비설의 속마음에야 그딴 자리 제발 대신 가져가라며 기꺼이 넘겨줄 수 있었지만, 그렇다고 그걸 이들에게 표현할 정도로 그녀는 바보가 아니었다.

그들을 무시하고 비설이 지나가려던 찰나, 또 다른 무리가 그녀의 앞을 막았다.

"바쁘니 이만 비키게."

"우리는 바쁘지 않아서 말이야. 이야기 좀 했으면 싶은데 말이지. 그렇게 바쁘면 뚫고 가 보든가?"

"……."

"그나저나 입술을 누구에게 깨물린 건가? 궁녀를 겁간하려다 물렸는가? 아니면 혹 다른 사내에게 물리기라도 했는가?"

마가 껴도 단단히 꼈는지 아침부터 화가 나다 못해 피곤했다. 마음 같아서는 전부 때려치우고 궁에서부터 도망가고 싶었지만, 현실은 참 녹록지 않았다.

"난 분명 바쁘다고 했네. 비키게."

"출신이 낮은 것들은 높은 분들의 말을 제대로 알아듣지 못하는군. 우리는 네놈이 더는 폐하의 옆에 서 있는 모습을 보고 싶지 않다는 말이다."

"……."

"하긴…… 실력으로 옆에 있는 것인지 다른 이유로 있는 것인지는 아무도 모르는 일이지만 말이야."

호위의 비아냥에 주변을 둘러싼 이들이 동조하듯 비웃음을 터트렸다. 참으로 즐거워하는 그들과는 달리 비설은 진심으로 짜증이 머리끝까지 치달은 후였다. 정면을 막은 이를 향해 비설이 입꼬리를 올렸다.

"나는 남첩으로라도 폐하의 곁에 있다만 네놈들은 왜 그것도 못하는 건가?"

"뭐?"

"아! 실수했네. 그 얼굴로 어디를 들이대겠는가? 네놈들이 가진 거야 그 잘난 배경 말고 없다는 것을 내 잊고 있었네."

"네 이놈…… 악!"

정강이를 찬 비설이 쓰러지는 사내의 뺨을 향해 주먹을 휘둘렀다. 비설에게 제대로 맞은 사내가 바닥에 쿵 주저앉았다.

바로 옆에서 실실거리는 이들이 검을 뽑기도 전에 비설의 검이 먼저 움직였다. 둔탁한 소리가 나면서 사내의 옆에 있던 이들 또한 무릎을 꿇었다.

"출신이 낮은 호위 앞에서 무릎을 꿇다니 높으신 분께서 이리 배려 넘치시는지 몰랐군."

"네놈이!"

평소였다면 이 정도 선에서 경고하는 것으로 물러났을 것이다.

하지만 아침 내내 있었던 일로 치민 짜증에 인내는 바닥이 난 후였다.

뒤늦게 상황을 파악한 이들이 비설에게 달려들었지만 이미 그들의 동선을 모두 파악한 후였다.

검집을 무기로 휘두른 비설과는 달리 검을 뽑은 사내가 급소를 향해 찔러 들어왔다. 몸을 틀어 검을 피한 비설이 사내의 무릎을 지지대 삼아 어깨로 올라탔다. 비설이 몸을 틀자 그녀의 힘에 휩쓸린 사내가 바닥을 굴렀다.

"아악!"

사내가 쓰러지면서 바닥에 닿기 전 몸을 옆으로 뺀 비설이 그 자세 그대로 검집을 휘둘렀다. 검집에 느껴지는 진동과 동시에 달려오던 사내가 다리를 붙잡은 채 몸을 굴렀다. 주변을 둘러쌌던 사내의 삼분지 이가 쓰러지자 다가오던 이들이 주춤거렸다.

"지금부터는 검을 뽑고 상대하겠네. 죽지 않을 자신이 있으면 덤비게나. 자네도 알다시피 난 출신이 낮아서 적당히 하는 법을 모르니 그 정도는 높으신 분이 생각해 주게."

담담히 말하는 비설을 보며 처음 땅에 쓰러졌던 사내가 이를 갈았다. 바로 앞에 버려진 검을 향해 손을 뻗는 순간 비설의 검 끝이 사내의 손등에 닿았다.

"생각을 좀 하라고."

사내들의 뒷배경만 아니었다면 당장에라도 손을 날렸을 것이다. 하지만 아무리 화가 났어도 이 이상은 아니었다.

"이게 무슨 짓인가?"

규한의 호통에 비설이 검을 다시 검집에 넣었다. 비설의 인사를 받던 규한이 널브러져 있는 사내를 보며 미간을 좁혔다.

"개개인의 행실이 황궁 호위의 명예와 직결된다는 것을 아직도 모르는가?"

"죄, 죄송합니다!"

"비현을 빼고 모두 물러나라."

비틀거리며 몸을 일으킨 호위들이 규한의 눈을 피해 도망갔다. 홀로 남은 비설이 다시 몸을 숙였다.

"사도와 여식인 세화 아가씨께서 궁에 드셨네."

"가 보겠습니다."

"자네는 여러모로 이목을 끄네. 그럴수록 조심해야 하는 건 저들이 아니라 자네가 될 것이네."

그의 말이 틀리기라도 했다면 억울하다며 소리라도 높였을 것이지만, 화가 나게도 규한의 말에는 잘못된 점이라고는 하나도 없었다.

"조심하겠습니다."

좀 전에 보였던 사나운 기색은 온데간데없이 사라진 비설이 몸을 숙였다. 비설에게 주의를 주어 봤자 어차피 시비는 그녀가 아니라 상대방이 거는 것이었다.

"오늘 하루가 길겠지만, 우선 같이 가세."

하루가 길어진다는 말에 비설의 걸음이 잠시 멈추었다. 채현도 그렇고, 규한까지도 사도와 사도의 여식이 온 일로 부담스러워하고 있었다.

길지 않은 시간을 황궁에 머물면서 느끼게 된 것은 궁금한 일은 물어보기보다는 스스로 알아내야 한다는 것이었다. 앞서가는 규한을 따라 비설이 걸음을 옮겼다.

✿✿✿

아침에 한 일은 기억조차 나지 않는 것처럼 태연한 도윤을 마주한 비설이 자신도 모르게 치미는 화를 삼켰다. 그를 향한 화를 억누르는 대신 비설이 사도와 사도의 여식을 바라보았다.

'곱네.'

여인이 여인에 대한 평을 하는 것이 우습기는 했지만 사도의 여식이라는 세화는 무척이나 고왔다.

또렷한 이목구비에 흠 하나 없는 하얀 피부가 눈을 뗄 수 없을 정도로 깨끗했다. 고운 외모만큼이나 짓고 있는 환한 미소가 무척이나 잘 어울렸다.

'속이 너무 훤히 보이는 것이 문제라면 문제겠지만.'

사람의 눈을 보면 그 사람이 어떤 욕심을 가졌는지 조금이나마 보이는 게 있었다. 그녀의 오라버니에게서는 삶의 포기를 봤었고, 윤천에게서는 권좌를 향한 욕심을 보았었다.

눈을 마주하고도 그 속내를 제대로 보지 못한 사람은 은인이라고 생각한 운형과 원수인 도윤뿐이었다.

"폐하! 못 보던 사이에 안색이 많이 안 좋아지셨습니다. 힘든 일이라도 있으셨습니까?"

"짐이 힘든 일이 무엇이 있겠느냐? 그러는 세화야말로 안색이 좋지 않구나. 사도를 따라 태완을 갔다고 들었다만, 많이 힘들었던 것 같구나."

"소녀가 힘든 일이 무엇이 있겠습니까? 다만 태완은 주에 비해 부족한 것이 많은 곳이라 적응하는 데 조금 시간이 걸렸을 뿐입니다. 덕분에 주가 얼마나 좋은 곳인지 배울 수 있었습니다. 모두 폐하의 은덕이옵니다."

간드러지듯 나오는 목소리에서 교태가 뚝뚝 떨어졌다. 도윤을 보는 시선이 부담스러울 정도였지만, 사내들은 아닌지 무뚝뚝한 호위들조차 그녀의 애교에 얼굴을 붉혔다.

"유 호위는 죄라도 지었는가? 왜 그리 멀리 서 있지?"

이런 상황에서는 자신을 좀 빼 주었으면 싶었지만 저 눈치 없는 척만 해 대는 능구렁이는 그녀의 삶을 무척이나 피곤하게 했다.

비설이 서 있어야 할 자리에 세화가 있는데 어찌 저곳으로 갈 수 있단 말인가. 하물며 비설을 노골적으로 꺼리는 세화를 무시하고 가까이 갈 생각은 조금도, 아니 전혀 없었다.

"세화야. 네가 서 있는 곳이 원래는 저 호위의 자리란다. 오랜만에 짐을 봐서 기뻐하는 모습은 보기 좋으나 지킬 것은 지켜야 하지 않겠느냐?"

죽일 놈.

입 밖으로 꺼낼 수 없는 욕이 연거푸 마음속에서 쏟아지듯 터져 나왔다.

사근사근한 목소리와 나긋한 행동으로 도윤에게 찰싹 붙어 있던 세화가 비설을 노려봤다. 그녀의 시선은 물론이고 주변의 시선까지 한 몸에 받던 비설이 조용히 몸을 숙였다.

"소인. 얼마든지 이곳에서 폐하를 호위할 준비가 되어 있습니다. 어찌 폐하를 호위하는 데 자리 탓을 할 수 있겠습니까? 이곳에 있겠습니다."

"황명이다."

입 바로 앞까지 튀어나오려 했던 욕을 다시 꾹 집어넣었다. 마음에 들지 않으면 차라리 앞선 호위들처럼 시비를 걸면 그만이었다.

적의를 품고 다가오면 차라리 대응하기도 수월했다. 하지만 저 원수 같은 황명은 거절할 방법 자체가 없다.

"세화야. 유 호위에게 자리를 비켜 줘야 하지 않겠느냐?"

도윤의 협박 아닌 협박에 비설을 노려보던 세화가 아주 조금 옆으로 물러났다. 자리 같지도 않은 자리를 보며 자신도 모르게 한숨을 내쉰 비설이 몸을 옮겼다. 세화에게는 제대로 눈길조차 주지 않던 도윤이 비설은 부담스러우리만큼 뚫어지게 쳐다보았다.

"소인에게 물어보실 말씀이라도 있으십니까?"

"입술을 좀 더 세게 물 걸 그랬네."

비설에게만 들리는 작은 목소리에 열기가 훅 끼쳤다.

이 정신 줄을 놓은 사내가 지금 무슨 소리를 지껄이는 건가!

자신도 모르게 검에 손이 가려는 것을 비설이 인내로 억눌렀다.

"소인을 곤혹스럽게 하는 것이 그리도 재미나십니까?"

"글쎄?"

둘의 이야기를 들으려 세화가 귀를 세웠지만 도윤은 물론이고 더는 누구와도 엮이고 싶은 마음 따위 없었다.

도윤이 황제만 아니었다면 그 입 닥치라는 말이 먼저 나왔을 것이다. 수많은 자리 중에 왜 하필 황제의 바로 옆자리인지 속이 터질 노릇이었다. 이대로 그냥 넘기기에는 부글부글 끓는 속이 가라앉지 않을 것이다.

자신은 잊고 싶은 기억이었지만, 도윤에게는 아닌 듯 먼저 말을 꺼내는 그에게서는 조금의 미안한 흔적도 없었다.

"호위의 입술을 깨무는 취미라도 있으셨습니까?"

"숨길 게 많은 놈을 흔드는 재미는 있더군."

"소인이 폐하께 또 무엇을 숨기겠습니까?"

"들킨 걸 모르는 걸까? 아니면 알고도 버텨 보려는 걸까?"

"……."

"궁금하면 계속 숨겨 봐."

자신을 외면한 채, 호위와 속삭이듯 대화를 하자 세화의 얼굴에 노골적으로 불만의 빛이 서렸다. 어떻게 얻게 된 입궁의 기회인데 이대로 아무것도 못 한 채 끝낼 수는 없었다.

그를 밀어내고 말을 꺼내려던 세화가 갑작스러운 호위의 반응에 행동을 멈추었다. 생긴 것은 자신보다도 더 곱게 생긴 주제에 무슨 대화를 저리도 재미있게 하는지 낮은 목소리로 두 사람은 끊임없이 대화를 나누었다.

그것만으로도 나빴던 기분은 갑자기 굳어 버리는 호위의 모습에 바닥을 쳤다.

'저 모습은 무엇이란 말인가?'

마치 고백이라도 받은 계집처럼 호위의 얼굴이 새빨개졌다.

너무나도 거슬린다.

사내라는 것을 알면서도 저 고운 얼굴이 거슬렸고, 호위를 보는 도윤의 눈이 미치도록 신경 쓰였다.

"폐하. 소녀가 태완에서 귀한 영물을 가져왔습니다. 한번 보시겠습니까?"

재미있어 죽겠다는 눈으로 제 호위를 보던 도윤이 영물이라는 말에 다시 세화를 향해 눈을 돌렸다.

다시 향한 시선에 세화가 떨리는 숨을 억지로 삼켰다.

처음 도윤이 권좌에 오를 때부터 차근차근 좁혀 온 거리였다. 어설프게 접근하는 가문의 계집들을 제거하면서 도윤이 그녀의 이름을 불러 줄 때까지 인내를 갖고 버텨 왔다.

이제야 누구보다도 황후의 자리에 가까이 다가왔건만, 이번엔 어디서 계집보다도 더 고운 호위가 들어와서는 그녀의 앞을 가로막고 있었다.

"태완에는 검은 얼룩을 가진 하얀 곰을 웅묘라고 하여 영물처럼 여기고 있답니다. 마침 아버지께서 태완에 많은 도움을 주시어 영물을 선물로 받아 오셨던 터라 폐하께 제일 먼저 보여 드리고 싶었습니다."

세화가 눈을 돌리자 대기하던 이들이 천을 뒤집어씌운 상자를 낑낑거리며 가져왔다.

호기심에 웅성거리는 사람들의 반응을 보던 이들이 세화의 손짓에 천을 걷어 내자 그녀의 말대로 하얀 털 곳곳에 검은 얼룩을 가진 곰이 불안한 듯 주변을 맴돌았다.

"오오!"

신기한 듯 주변에서 나오는 환호성에 고개를 숙인 세화가 입꼬리를 올렸다.

하얀 털과는 달리 눈과 다리는 검은 털로 되어 있었다. 귀여운 외관만큼이나 사람의 시선을 끄는 것은 곰의 맑은 눈망울이었다.

주국의 붉은 곰과는 다르게 순하고 귀여운 모습에 모두의 시선이 웅묘를 향했다.

"와아!"

내어 줄 수 없다는 것을 도윤의 이름으로 억지로 빼앗아 온 보람이 있었다. 다른 사람은 물론이고 도윤조차 믿을 수 없다는 눈으로 바라보니 더더욱 가져온 보람이 있었다.

"태완의 영물이라고 합니다만 귀엽게 생기지 않았습니까? 볼수록 신기하여 가져오게 되었습니다."

"크큭."

도윤에게서 이상한, 그렇게밖에 표현할 수 없는 소리가 들렸다.

웅묘를 자랑스럽게 보던 세화가 미심쩍은 듯 도윤을 보았다.

있는 힘껏 입을 틀어막은 도윤이 웅묘와 호위를 번갈아 가며 보고 있었다.

"하하하핫!"

웅묘를 신기하게 보던 도윤이 자지러지듯 웃음을 터트렸다. 어찌나 화통하게 웃던지 세화는 물론이고 주변의 호위들조차 놀란 눈으로 도윤을 보고 있었다.

숨이 넘어가듯이 웃음을 터트리던 도윤이 눈가에 맺힌 눈물까지 훔쳤다.

"내시감."

"폐하."

"닮지 않았느냐?"

도윤의 화법이 종잡을 수 없다는 것은 알았지만, 이번에는 더더욱 알 수 없었다. 무엇이 그리도 재미난지 몸을 숙인 도윤은 다시 웃음을 터트린 후였다.

"똑같다, 똑같아."

도대체 무엇이 그리 똑같단 말인가. 정작 대답해 줄 도윤은 웃다 못해 앉아 있는 자리에서 거의 주저앉을 기세였다.

웅묘에 대한 관심은 이미 상석의 도윤에게로 옮겨 간 후였다. 결국 주변의 압박을 견디지 못한 비설이 도윤에게 몸을 숙였다.

"폐하. 무슨 일이라도……."

"너이지 않으냐?"

익숙한 감이 경고를 울렸다. 불안감에 얼굴이 딱딱하게 굳은 비설과 웅묘를 같이 보던 도윤의 입가에 다시 미소가 생겼다.

"내시감. 저 웅묘와 유 호위가 똑같지 않으냐?"

"폐하. 무슨 말씀이신지……."

"딱 유 호위구나. 너 하나도 재미있는데 저기 네가 또 있구나."

도윤이 박장대소하며 웃었지만 비설은 도저히 표정 관리가 되지 않았다. 의심스러운 눈이 다시 웅묘로 향했다.

"하하핫."

"폐하. 진정하시지요. 그러다 다치기라도 하시면……."

"잘 보아라. 너와 똑같지 않으냐?"

미친놈.

하루하루가 갈수록 느는 것은 속에서 진심으로 튀어나오는 욕이었다.

어디를 봐서 저 곰과 자신이 닮았다는 것인가?

무인에게 저런 순한 눈은 상대에게 방심만 불러일으킬 뿐이었고, 결정적으로 비설의 눈은 저리 순해 빠지지 않았다. 하물며 저 웅묘처럼 털이 있는 것도 아니었고, 더더욱 웅묘의 몸매는 아니었다.

인내를 가지고 곱씹어 봐도 웅묘와 자신이 닮은 점은 단 하나도 없었다.

"폐하. 소인이 저 곰처럼 둔하다는 말씀입니까?"

"네가 찾은 같은 점이 둔한 것이냐?"

얄밉다 못해 화가 날 정도로 도윤은 재미있어 죽겠다는 얼굴을 하고 있었다. 황궁에 들어온 이후로 내내 죽겠는 사람은 자신뿐이었다.

부글부글 끓는 표정으로 도윤을 노려보니, 도윤의 웃음이 다시 터져 나왔다.

도윤에게는 겁에 질려 몸을 움츠리고 있는 곰이나 분노에 제 감정을 다 보여 주는 비설이나 너무나도 똑같았다. 눈망울도 순해서는 저리 바짝 독을 세우려는 모습이라니, 저러니 자꾸 괴롭히고 싶어졌다.

"크읍."

다시 터지려는 웃음을 도윤이 억지로 참았다. 여기서 더 웃어 버리면 감정도 잘 못 숨기는 여린 호위는 또 울상이 될 것이다.

단둘이 있을 때야 얼마든지 울려도 상관없었지만 저 얼굴로 이곳에서 울어 버리면 또 흔들리는 놈이 있을 터였다.

'그 꼴을 보고 싶지는 않거든.'

약 올리고 시선을 끄는 사내는 자신이면 충분했다. 연모라고는 할 수 없지만, 이미 제 손안의 호위가 아니던가?

"저 웅묘에게 비현이라는 이름을 지어 주고 짐의 손아귀에 넣는 것도 좋으나⋯⋯."

"폐, 폐하?"

"태완의 영물을 충분히 보았으니 되었다. 이제 그만 태완에 돌려주거라."

"폐하. 웅묘는 태완의 왕이 폐하께 드리는 선물이라⋯⋯."

"그래? 그럴 리가 없는데 말이다. 태완에 저 웅묘가 어떤 존재인지 아직 세화가 잘 모르는 것 같구나."

"네?"

"웅묘를 가져가느니 자신의 목을 베라는 사내가 그였단다. 그랬던 이가 짐을 위해 웅묘를 내놓았다? 생각할 수 있는 것은 하나지. 주에게 위협당할 태완을 위해 목숨을 내놓았다는 것이 아니냐?"

웅묘를 가져올 때만 해도 세화의 계획은 이렇지 않았다. 영물로 폐하의 눈에 들고, 오늘이야말로 도윤에게서 확실한 답을 받을 생각이었다.

그런데 저 원수 같은 호위 때문에 시작조차 제대로 하지 못하고 일이 뭉개졌다. 어떻게 빼앗아 온 영물인데 이대로 활용도 못 하고 버릴 수는 없었다.

눈치를 보던 세화가 큰맘을 먹고 도윤에게 가까이 다가왔다.

"도윤 오라버니! 영물을 돌려주는 것은 어렵지 않으나 소녀 무척이나 서운합니다."

폐하에서 오라버니로 바뀌자 도윤의 눈이 부드럽게 휘었다.

저런 표정도 지을 수 있는 사내였던가?

모든 것을 다 내어 줄 것 같은 얼굴로 세화를 바라보자 그녀의 얼굴에 홍조가 일었다.

"귀한 영물을 가져오느라 네가 고생이 많았을 것인데, 이 오라버니가 세화에게 큰 실수를 할 뻔했구나. 이 오라버니가 무엇을 줘야 세화가 좋아할까?"

자신을 약 올릴 때와는 전혀 다른 목소리가 이상하리만큼 거슬렸다.

조금 전까지 그녀를 뒤집고 흔들었던 목소리와는 완전히 달랐다. 평소에도 알 수 없던 감정이 지금은 더 읽히지 않았다.

'위험해.'

저 상태의 도윤에게는 말 한 마디도 먼저 건네고 싶지 않다. 같이 있는 지금도 목숨을 위협당하는 기분이었다.

하지만 비설과는 다르게 세화는 도윤의 시선에 완전히 넘어간 후였다. 세화의 눈이 사도와 마주치자, 사도가 허락의 의미로 고개를 끄덕였다.

"오라버니. 영남의 남부 땅을 선물로 주실 수 있으신지요? 지난 홍수의 피해로 그곳의 상황이 아주 좋지 않다는 이야기를 들었습니다. 폐하께서 기회를 주신다면 아버지와 소녀가 그곳을 하나씩 되살려 보겠습니다."

영물을 보인 대가치고 너무나도 소박한 바람이었다. 영남의 남부 땅은 강이 대부분이었고, 그마저도 연이은 재해에 엉망이 된 곳이었다.

소박한 바람에 주변의 귀족들은 연신 세화를 칭찬하며 고개를 끄덕였다.

"영남의 땅이라……."

의자의 팔걸이를 손가락으로 두드리던 도윤이 곁눈질로 비설을 보았다. 제 감정이 너무나도 잘 보이는 나이 어린 호위는 귀족들과는 사뭇 다른 생각을 하고 있었다.

물어보지는 않았지만, 도윤이 생각한 그것을 똑같이 생각하고 있을 터, 바로 옆에 있는 세화만 아니면 비설에게 먼저 운을 띄웠을 것이다.

"세화야."

"네. 오라버니."

"네가 황후의 자리에 앉고 싶은가 보구나. 그게 아니면 짐을 죽이고 싶은 것이냐?"

입이 마르도록 이어지던 칭찬이 순식간에 멈추었다. 모두가 당황한 순간 얼굴색이 변하지 않은 사람은 비설뿐이었다.

모두의 반응을 지켜보던 도윤이 세화를 향해 빙긋 미소를 지었다.

"영남의 땅이 홍수가 난 이유는 강을 관리하라고 보낸 관리가 사사로이 이득을 취할 뿐, 홍수에 대비를 하지 않았기 때문이 아니냐? 피해가 컸던 만큼 큰돈과 시간이 들기는 하겠지만 충분히 짐이 할 수 있단다. 결정적으로 영남 남부의 강은 서쪽의 후연강과 연결이 된 곳이 아니냐?"

"오라버니! 아니, 폐하!"

"사도가 그럴 리 없지만 만약 그 맥을 끊어 서쪽에 들어와야 할 강물이 들어오지 못하게 된다면…… 그 상황을 해결하려 짐이 움직이려면 사도에게 큰 값을 치러야 할 것이고, 그 값이라면 무엇이 있겠느냐?"

"폐하. 그럼 당연히 소녀가 넘기려……."

"그럴까?"

"……."

"신하의 충성을 의심하지는 않지만 힘의 불균형에서 오는 거래의 불공평함을 짐은 누구보다도 잘 안단다. 후연강은 작게는 남부로 연결된 강이지만 넓게 보았을 때는 주국 농수의 절반을 담당하는 강이지 않으냐?"

자신만만하던 세화의 얼굴이 창백해졌다.

황제의 자리에 앉은 지 십여 년이 넘었지만 도윤은 절대 황후와 후궁을 들이려 하지 않았다. 그러니 방법은 결국 힘뿐이었다. 권력을 최우선으로 생각하는 도윤이니 힘으로 거래를 한다면 충분히 승산이 있다는 계획이었다.

"세화야. 네가 짐에게는 아무리 귀한 동생이어도 해야 할 일과 해서는 안 되는 일이 있단다."

"……."

"짐이 어떻게 이 자리까지 올랐는지 잊은 거니?"

135

아무리 부드럽고 다정한 얼굴로 속삭여도 미친놈은 미친놈이었다. 모든 것을 다 내어 줄 것처럼 속삭이는 말조차도 결국은 상대를 찍어 누르기 위함일 뿐이다.

비설의 시선이 움츠린 세화를 향했다.

경솔한 행동으로 인해 일어난 일이었기에 동정할 생각은 없었지만, 모두의 시선이 모인 상황에서 저런 무안을 당하는 것이 조금은 안타깝게 보이기는 했다.

"폐하."

삭막해진 분위기에 상황을 지켜보던 사도가 도윤의 앞에 나섰다.

차이라면 무슨 생각을 하는지 그대로 보이는 세화와는 달리 사도에게서는 보이는 것이라고는 탐욕뿐이었다.

"소인의 여식이 큰 실수를 저질렀습니다. 어찌 소인 따위가 폐하께 무례를 저지를 수 있겠습니까? 용서하여 주시옵소서. 폐하."

엄청난 기세로 이마를 땅에 박은 사도가 꿈적하지도 않았다. 사도의 반응을 보던 도윤의 눈썹이 옅게 꿈틀댔다.

딸에게 의중을 떠보게 하면서도 아니다 싶을 때는 스스로 나서서 상황을 정리한다. 하급 병사로 시작해 사도의 자리까지 오른 그는 넘치는 재력과 권력만큼이나 상대하기 불편한 이였다.

"용서라 할 것이 무엇이 있는가? 사람이 실수도 하고 그런 것이지. 이만 일어나라. 그리고 세화야."

"마, 말씀하십시오. 폐하."

"전에 태완의 왕이 웅묘는 영물이라 절대 타국으로 보낼 수 없다는 말을 했었단다. 그랬던 왕이 영물을 내주었을 때는 말할 수 없는 고민을 한 후에 보낸 것이겠지. 짐이 생각할 수 있는 왕이 했을 고민은 하나뿐이구나."

"……."

"사도께서 책임지고 웅묘를 태완에 돌려주셨으면 하오. 귀한 영물을 보았으니 짐 또한 태완에 보답해야 할 터, 황금 한 궤면 되지 않을까 싶소만?"

세화는 물론이고 이야기를 듣던 사도의 이마에서도 땀 한 방울이 뚝 떨어져 내렸다.

겉으로 들었을 때는 황제가 신하의 잘못을 감싸고 해결하는 것으로 보였으나 달리 말하자면 사도와 세화에게 정리를 하라는 협박이었다.

"소인. 책임지고 정리하겠습니다."

화기애애했던 분위기가 어느새 숨을 내쉬는 것조차도 무섭게 바뀌었다. 이런 숨 막히고 살벌한 곳에서 다들 어찌 버티는지 대단하다 느낄 정도였다.

"짐에게 웅묘는 한 마리만 있으면 될 것 같구나."

심각했던 분위기에 얌전히 있던 비설이 눈썹을 꿈틀댔다. 도윤의 눈을 마주하는 순간 심각한 분위기는 그녀의 착각이라는 것을 깨달았다.

"소인, 웅묘와 전. 혀. 닮지 않았습니다. 폐하."

"글쎄?"

"……."

"태완을 다시 갈 일이 생긴다면 저 영물의 이름을 비현이라고 짓게 해야겠다."

"폐하!"

참다못한 비설이 자신도 모르게 도윤을 불렀다. 그 날카로운 외침에 도윤이 박장대소를 터트렸다.

좀 전까지 무겁게 내려앉았던 분위기는 온데간데없이 사라졌다.

진심으로 즐거운 듯 한참을 웃음을 터트린 도윤이 눈치를 보는 세화를 향해 미소를 지었다.

"세화 덕분에 오늘은 즐거웠다. 오늘 일은 잊어버리고, 후에 다시 부를 터이니 짐의 말 상대나 되어 주거라."

"황공하옵니다. 폐하."

"그때는 폐하가 아니라 오라버니일 테니 마음 편히 입궁하거라. 오늘은 유 호위와 똑같이 생긴 웅묘 덕분에 즐거웠다."

도윤이 자리에서 일어나자 모두가 고개를 숙였다.

도윤을 따라가려던 비설이 멀찌감치 떨어진 채현과 시선이 마주쳤다. 입꼬리를 올린 채현이 아직도 있는 웅묘를 손가락으로 가리켰다.

'망할.'

하루하루가 지날수록 자신을 가리기는커녕 주변의 시선이 오히려 집중되는 것 같았다. 더 기가 막히는 것은 이 모든 원흉이 도윤이라는 것이 문제라면 문제였다.

"유 호위님."

낮게 들리는 부름에 비설이 상념에서 벗어났다. 생각에 빠져 있느라 도윤을 따라가는 것조차 잊어버리고 있었다.

원수를 보듯 겁에 질린 웅묘를 보던 비설이 저 멀리 사라지는 도윤을 따라 움직였다.

❊❊❊

오늘이야말로 원하는 것을 쟁취하려 했던 세화가 분노에 몸을 떨었다.

웅묘로 도윤의 시선을 사로잡은 후, 황후 자리까진 아니더라도 최소한 남부 지역의 소유권만이라도 받아 내려 했다.

사는 사람들조차 거의 없는 그 땅을 키워 도윤에게 능력을 인정받고, 당당히 황후의 자리를 얻을 생각이었다.

"그 계집같이 생긴 호위 때문에……."

조금이나마 이야기를 진행하려 하면 유 호위라는 건방진 자가 대화에 끼어들었다. 사내라면서 계집보다도 더 고운 얼굴이라니, 생긴 것부터 전부 마음에 들지 않았다.

"아가씨. 그래 봤자 사내가 아닙니까? 오늘은 그저 시기가 맞지 않아서 그런 것이니 마음을 푸시지요."

"사내라……. 사내를 보는 폐하의 눈이 왜 그렇단 말인가?"

도윤이 권좌에 올랐던 그날, 세화의 인생은 완전히 바뀌었다. 권좌에 오른 도윤에게 아버지를 포함한 모든 이가 몸을 숙이는 순간 세화는 운명처럼 자신의 자리가 어디여야 하는지 깨달았다.

'누가 감히 내 앞을 막는단 말인가!'

권력자였던 아버지 덕분에 세화는 원하는 것을 제 손아귀에 쥐는 데 어려움이 없었다. 그런 그녀에게 황후의 자리는 처음으로 마음대로 얻어지지 않는 것이었다.

당장에라도 손에 잡힐 것처럼 놓여 있어도 도윤은 약간의 틈도 그녀에게 내주지 않았다.

'내가 가질 수 없다면 누구도 가질 수 없다.'

신경 쓰지 않으려 했지만, 도윤이 호위에게 보인 시선이, 호위가 도윤을 보며 당황해하던 눈이 머릿속에서 사라지지 않았다.

많은 이들에게 여유롭고 너그러운 모습을 보여도 도윤은 자신의 것을 건드는 순간 광기를 숨기지 않았다.

'처음이었다.'

전부를 드러내는 것처럼 보여도 도윤은 단 하나도 본모습을 보여 주지 않았다. 그런 도윤이 세화도 알지 못하는 표정으로 호위를 보며 대화를 나누었다.

사내는 물론이고 여인에게조차도 관심이 없던 도윤이다. 이제 와서 사내에게 무언가를 느껴 가까이 두었을 리가 없다.

"아버지는 어디에 계시지?"

"재상께 인사를 드린 후, 퇴궁 하신다고 하셨습니다."

"지난번에 만난 상궁과 연락은 되느냐?"

"당연하지요. 지금이라도 부르면 당장 달려올 것입니다."

도윤에게 당한 무안 따위야 얼마든지 잊어버릴 수 있다. 무모한 욕심이어도 세화에게 황후의 자리는 오랜 바람이었다.

하지만 오랫동안 염원해 온 그 자리를 위협할 존재라면 여인이든 사내든 상관없다.

호위가 어떤 존재인지 하나도 남김없이 알아보고, 움직일 것이다.

※※※

"폐하께서는 여인이 아니라 사내에게 마음이 끌리시는 분입니까?"

생글생글 웃으며 약 올리기만 하는 도윤에게 비설은 머릿속에서 떠오른 말을 툭 던졌다. 누군가가 들었다면 무엄하다며 목소리를 올렸겠지만, 가까이에서 말을 나누는 만큼 이야기를 듣는 사람은 없었다.

"진심 사내가 취향이시라면 소인이 아니라……."

"사내라…… 사내란 말이지?"

"……."

"유 호위와 걷겠다. 모두 물러나라."

뒤를 따라오던 내관과 궁녀가 도윤의 말에 물러났다. 황제의 걸음을 멈추게 한 불경스러운 짓이었지만 도윤의 얼굴에는 불쾌한 것보다도 흥미가 인 표정이었다. 여유로운 도윤을 보며 비설이 마음을 다잡았다.

그리고 그 결심은 곧이어 나오는 도윤의 말에 완전히 무너져 내렸다.

"사내가 아니지 않나?"

피가 식고 머리가 울렸다. 무언가 말을 해야 하는데 너무나도 놀라서인지 말은커녕 생각조차 나지 않았다.

"숨 쉬어."

"……."

"네 멱살을 잡고 숨 쉬게 하기 전에 숨 쉬어."

협박에 가까운 말을 들은 다음에나 멈췄던 숨을 간신히 몰아 내쉬었다. 그 이후로 간신히 정신을 차리고 상황을 지켜보았지만, 머릿속에서는 내내 도윤의 말이 사라지지 않았다.

언제부터 알고 있었을까?

"아시면서도 소인을 왜 그대로 두셨습니까?"

"원래 그런 것을 물어볼 때는 언제 알았느냐고 묻거나 무엇을 아시냐는 말부터 하지 않나?"

"시기는 중요한 게 아니고, 폐하의 말씀만으로도 무엇인지는 충분히 알 수 있습니다."

"글쎄. 짐은 네가 무슨 소리를 하는 건지 도통 알 수가 없어서 말이지."

도윤의 화법은 비설로서는 따라가는 것조차 벅찼다.

반드시 죽여야 할 사내이기는 했지만, 비설이 지금까지 만났던 사내 중 가장 버겁고 힘든 사내 또한 도윤이었다.

"짐은 알지 못하니 무엇을 알게 되었는지 직접 말해 보는 것은 어떠한가?"

능청스러운 물음에 비설의 눈에 분노가 스몄다. 이미 모든 것을 알고 있었으면서 아닌 척 비설을 우롱했다.

"아무것도 알지 못하셨다는 분께서 어찌 아침에 소인에게 그러셨습니까?"

도윤의 화법에 넘어가지 않겠다는 것처럼 물음에 물음으로 답했다.

어설프게 눈치를 봐 가며 원하는 것을 얻으려는 놈들과는 달리 비설은 직설적이고 적극적이었다. 저 작은 머리가 지금 얼마나 부지런하게 움직이고 있을지 상상하는 것만으로도 즐겁다.

"사람이 사람에게 끌리는 데 특별한 이유가 필요한가?"

"소인, 사내이옵니다."

"짐이 너에게 연모로 끌렸을 수도 있는 것이 아닌가? 그게 여인이든 사내든 짐은 아무런 상관이 없다만?"

"폐하께서는 누군가를 연모하실 분이 아닙니다."

비설에게서 나온 의외의 답에 도윤의 눈 끝이 옅게 떨렸다.

비설에게 가볍게 던졌던 돌이 그녀에 의해 되돌아왔다.

답을 기다리는 도윤을 향해 비설이 차분히 답했다.

"소인 연모를 알지는 못하지만, 길지 않은 삶에서 제가 보고 받은 관심과 애정은 폐하께서 보여 주시는 것과는 완전히 달랐습니다."

그의 품에서 흐트러졌을 때 보였던 여인의 모습이 지금 비설에게서 보였다. 아무리 남복으로 자신을 가렸어도 여인은 여인이라는 것일까?

그녀의 애정이라는 방향이 도윤은 아니라는 점에서 느껴지는 묘한 심술과 그의 속마음을 꿰뚫어 본 그녀에 대한 흥미가 양면적으로 도윤을 흔들었다.

"연모는 황제에게는 가장 쓸모없고 필요 없는 감정이지."

사람의 가치를 깨닫고 능력 있는 신하를 주로 데려오는 일에 도윤은 얼마든지 움직일 수 있었지만, 연모는 절대 아니었다.

비설에게 관심이 있기는 했지만, 그녀와 무언가를 하겠다는 생각도, 하물며 연모로 끌리는 것도 아니었다.

쓸데없는 감정에 시간을 소모하기에는 도윤은 해야 할 일이 너무나도 많았다.

"하지만 재미있는 호위를 짐의 곁에 두는 일 따위 어려운 일은 아니지 않나?"

"소인을 남첩으로 두시겠다는 것입니까?"

물음을 던진 비설의 안색이 창백해졌다.

도윤은 황후든 후궁이든 남첩이든 관심이 없다. 모든 것을 알고 있으면서도 도윤은 모르는 척하고 있었다.

생각할 수 있는 것은 하나.

도윤은 그녀를 흔들어 그녀가 직접 자신은 사내가 아니라 여인이라는 답을 듣고 싶은 것이었다.

인내로 참고 있던 비설의 눈에 오기가 서렸다. 힘으로도, 실력으로도 도윤이 그녀보다 몇 배는 위라는 것은 알고 있다.

하지만 이런 식으로 사람을 짓누르려 한다면 그녀는 그의 뜻대로 따를 생각이 없다.

"폐하께서 원하시는 그 답을 소인은 하지 않을 것입니다."

도윤이 모르는 척하는 것이라면 똑같이 그리할 것이다. 아직 그녀는 자신의 목적을 제대로 시작조차 하지 못했다.

"답을 하지 않아도 상관없다. 짐은 충분히 이 상황이 재미있으니 말이다."

발끈한 비설은 절대 알지 못하겠지만, 도윤은 제 속마음을 처음으로 여인에게 꺼낸 것이었다.

약간의 유희를 위해 싫다는 비설을 억지로 끌어왔다. 황제인 도윤이 놓지 않는 한, 비설은 도망조차 갈 수 없다.

쉽게 굽혀지지도 않을 것이고, 타협은 더더욱 하지 않을 것이다. 제 목에 검을 들이대는 순간 밟으면 그만, 그때까지는 이 약한 호위가 주는 어설픈 긴장감을 즐겨 볼 생각이었다.

결국 부질없는 발버둥이 되겠지만, 그 정도야 도윤은 얼마든지 감당할 수 있었다.

"지금의 폐하는 전부 갖고 계시지요. 소인이 아무리 발버둥을 쳐도 얻을 수 있는 것이라고는 하나도 없을 것입니다."

도윤에게 무기가 없는 지금도 비설은 그를 죽일 엄두조차 나지 않았다. 그런데도 포기보다는 오기가 더 생겼다. 저 여유 만만하고 모든 것을 가진 사내에게서 하나 정도는 확실히 빼앗고 싶었다.

자신이 여인이라는 것을 알고 있다면, 이미 그녀가 왜 황궁에 들어왔는지도 알고 있을 것이다.

"폐하께서는 소인의 가족을 죽이셨습니다."

"그런가?"

"제 전부를 폐하께 빼앗기더라도 반드시 폐하의 심장에 검을 꽂을 것입니다. 그것 하나만큼은 반드시 이루겠습니다."

듣고 싶었던 대답과는 전혀 다른 답이 나왔지만, 도윤은 기뻐하는 대신 미간을 꿈틀거렸다.

언제나 원하는 답을 듣고 뜻대로 살았던 그의 삶에 조금씩 균열이 일었다. 크지는 않았지만, 조금씩 생겨나는 금의 원인은 언제든지 목숨을 거둘 수 있는 힘없는 여인이었다.

'분명 네 검이 내 목의 바로 앞까지 오게 될 터.'

그럼에도 저 작은 여인이 하는 위험한 도발이 전혀 싫지 않았다.

삶은 시험이다. 그 시험을 끝낸 후에 들어오는 포상이 저 여인이라면 제 목숨이 위험해도 한 번은 해볼 만하지 않겠는가?

완전히 무너지는 모습을 보고자 시작한 대화였지만, 흔들리는 사람은 그녀가 아니라 자신이었다.

四章. 서신

쟁반에 찻잔을 받친 궁녀가 내관과 내시감을 지나 황제의 집무실 앞에 섰다. 모든 검사를 끝낸 후 내시감까지 고개를 끄덕이자 쟁반을 다시 든 궁녀가 집무실 안으로 들어갔다.

걷는 걸음조차 조용했던 것도 잠시, 약간의 소란과 함께 여인의 비명이 들렸다.

"이거 놔! 아악!"

집무실 밖에 서 있던 호위가 안으로 들어가려는 것과 동시에 문이 열리며 궁녀가 바닥을 굴렀다.

조용히 들어갔었던 처음과는 달리 자리에서 벌떡 일어난 궁녀가 비설에게 달려들었지만, 몸에 닿기도 전에 그녀의 손에 바닥을 다시 굴렀다.

"컥!"

발버둥 치는 궁녀를 호위들이 붙잡고, 다시 집무실 안으로 들어간 비설이 쟁반의 차를 들고 나왔다.

내시감의 눈짓에 뒤에 서 있던 내관이 비설에게서 쟁반을 받아들었다.

"독이 들었습니다. 폐하께서 드시지는 않았으니 조심히 처리하시면 될 듯하옵니다."

"네 이놈!"

"감사합니다. 유 호위님. 뭐 하는 것이냐? 어서 끌고 가지 않고."

내시감의 호통에 궁녀를 붙잡은 이들이 발버둥 치는 그녀를 끌고 갔다.

소란스러웠던 집무실이 조용해지고, 쟁반을 든 내관이 사라지자 비설이 다시 집무실 안으로 들어갔다. 잠시 후, 그녀의 손에 서책 몇 권이 들려 나왔다.

"이리 주시지요. 유 호위님."

"오늘 일은 여기서 끝입니다. 돌아가는 길에 소인이 가져다 놓겠습니다."

길었던 하루가 끝나서인지 내시감에게 말하는 비설의 얼굴에 화색이 돌았다.

특히 도윤에게서 다섯 보 떨어져서 지키는 호위들은 교대로 곁을 지키더라도 다른 곳을 지키는 호위들보다도 긴장을 더 해야 했다.

"아! 오늘 낮에 유 호위님께 서신이 왔었습니다. 직접 드리려 가지고 있었는데 소인이 잊고 있었습니다."

"서신이요?"

눈을 동그랗게 뜬 비설을 향해 내시감이 부드러운 눈웃음을 지었다.

눈앞의 어린 호위는 나이 든 이들보다도 더 중심을 잡으려 했지만, 종종 감추려 했던 속마음이 드러나면서 보이는 표정은 무척이나 생기 있고 활기가 느껴졌다.

"가족에게서 온 서신입니다."

"가족……이요?"

"무슨 문제라도 있으십니까?"

"아니요. 아닙니다."

거듭 부정한 비설이 내시감에게서 서신을 받았다. 당황했던 표정은 서신 앞에 쓰여 있는 서체를 보는 순간 환한 미소로 바뀌었다.

"그리도 좋으십니까?"

"실은 생각지도 못한 서신인지라…… 당황했습니다."

비설이 웃을 때마다 그녀를 흘깃거리던 궁녀의 얼굴에도 붉은 홍조가 일었다. 보기 드물게 제 감정을 다 보이는 모습이 늙은이의 시선도 빼앗는데 어린 궁녀들이야 말할 것도 없었다.

"어서 가서 서신부터 보시지요."

"아! 죄송합니다. 이만 가 보겠습니다."

고개를 꾸벅 숙인 비설이 바쁜 걸음으로 규정전을 나갔다.

그녀의 기척이 전혀 들리지 않을 때까지 보던 내시감이 빙긋 입꼬리를 올렸다.

"내시감은 들어오라."

도윤의 갑작스러운 명령에 표정을 원래대로 돌린 내시감이 집무실 안으로 들어왔다.

좀 전의 궁녀가 난리를 치는 상황에서조차 일에 빠져 있던 도윤이 지금은 보던 문서를 모두 내려놓은 채 의자에 몸을 맡기고 있었다.

"유 호위의 서신이 가족에게서 왔다고 했느냐?"

"예, 폐하. 분명 형님에게서 온 서신이라고 했습니다."

단순히 기분 탓일 수 있었지만, 형님이라는 말에 도윤의 눈매가 날카로워졌다.

자신이 잘못한 말이라도 있는 것일까? 대화를 되짚어 봐도 도윤의 심기를 거스를 만한 말은 하지 않았다.

"폐하. 소인이 무슨 실수라도 하였는지요."

"아니다. 이만 물러가라."

뒷걸음질로 내시감이 밖으로 나가자 열렸던 문이 다시 굳게 닫았다.

홀로 남은 집무실에서 도윤의 눈이 조금 전보다도 더욱 날카로워졌다.

"형님이라……."

죽은 형님이 무슨 수로 서신을 보낸단 말인가!

하물며 문밖에서 들리는 내용으로 보아 저 딱딱하고 재미없는 비설이 연신 미소를 지었다고 했다.

"흐음."

비설과 교대한 호위가 들어와 도윤의 앞에 몸을 숙였지만, 이미 도윤의 관심은 산더미처럼 쌓여 있는 일도, 새로 들어온 호위도 아니었다.

❋❋❋

"항상 신중하라 하지 않았느냐?! 어찌해서 그런 실수를 해!"

서가에 도착한 비설이 처음 본 장면은 아직 어린 티도 제대로 못

벗은 내관이 혼나는 장면이었다.

"자리를 비울 수 없는데 그런 사고를 치면 어쩌라는 것이냐?"

"죄, 죄송합니다."

서책만 두고 갈 수도 없는 노릇이었던지라 서가로 들어온 비설이 인기척을 냈다.

비설의 인기척에 목소리를 높이던 내관이 몸을 숙였다.

"호위님."

"무슨 일인가?"

"그것이 별일이 아니오라…… 실은 지하 서고를 청소하라고 보내 놓았더니만 실수로 서가의 책장을 무너뜨렸다지 뭡니까?"

지하 서가를 가 보지 않았으니 알 수는 없었지만 이 밤에 책장이 무너진 건 일이라면 일이었다. 내시감이나 다른 이가 알면 한 소리 들을 터, 사고를 친 어린 내관의 안색도 어두웠지만, 혼을 내는 내관의 안색도 좋지 않았다.

"내가 여기에 있을 것이니 갔다 오거라."

"그래도 어찌 그러겠습니까? 혹 이 사실을 내시감이나 다른 분들이 아시면…….'

"내가 말하지 않으면 어찌 알게 된단 말이냐? 그리고 알게 되더라도 내가 있겠다고 한 것인데 더 무엇을 말하겠느냐? 다녀오거라."

"그래도…….'

"그리 발만 동동 구르고 있다고 무너진 책장이 다시 세워지는 건 아니다."

"그럼 금방 다녀오겠습니다. 감사합니다. 호위님."

비설의 허락에 내관이 몸을 꾸벅 숙였다.

어린 내관을 채근하며 내관이 사라지고, 작은 등잔불을 든 채 비설이 황궁 서가를 걸었다. 몇 권인지 알 수 없을 정도로 무수히 많은 서책이 빼곡하게 꽂혀 있는 서가를 보던 비설이 손에 들고 있던 등잔을 내려놓았다.

약한 등불에 의존하며 서책을 보던 비설이 품에 넣어 놓았던 서신을 꺼냈다.

유비현이라는 이름이 단정히 적힌 봉투에서 꺼내자마자 적혀 있는 글씨에 비설의 입가에 미소가 생겼다.

[놀랐느냐? 내 그래도 네 오라버니는 되지 않을까 싶어 가족의 자격으로 서신을 보낸단다. 혹 마음의 상처를 건드는 일이 아니었으면 좋겠구나.]

순간 비설의 입가에 미소가 감돌았다. 미소가 진해질수록 눈가의 물기도 촉촉해졌다.

가족을 모두 잃은 후 윤천의 고된 훈련 속에서도 악착같이 버틸 수 있었던 것은 과거의 억울함과 운형의 보호 덕분이었다.

특히 운형은 종종 비설에게 새로운 이야기를 해 주거나 서책을 읽어 주며 잠시나마 쉴 시간을 마련해 줬다.

죽은 오라버니를 떠올리게 하는 사내, 비설에게 운형은 특별한 이였다.

[잘 지내고 있는 것이냐? 황궁의 삶이 생각보다도 고단…….]

서신을 읽던 비설이 멀지 않은 곳에서 느껴지는 기척에 서신을 다시 품에 넣었다.

기척이 느껴지는 곳으로 천천히 향한 비설의 걸음이 창가에서 우뚝 멈추었다.

"집무실에 계시지 않았습니까?"

"글쎄."

창을 등지고 있어서인지 도윤의 표정이 어떤지 보이지 않았다. 언제부터 보고 있었는지, 몰래 서신을 보고 있던 비설이 조금은 긴장한 듯 도윤과 거리를 두었다.

"가족의 서신을 연서 보듯이 하더군."

"……."

"짐에게 모두 죽었다고 하지 않았나?"

"필요한 서책이 있다면 말씀하십시오. 소인이 찾아 드리겠습니다."

대답을 노골적으로 회피한 비설이 답을 기다리듯 제자리에서 물끄러미 바라보았다. 제 속을 제대로 감추지도 못하면서 또다시 이미 알고 있는 답을 외면했다.

"필요한 서책은 있어. 대신 하나가 없지."

그게 무엇이냐는 말이 나오기도 전에 거리를 좁힌 도윤이 비설의 허리를 붙잡고 들어 어깨에 들쳐 메었다.

터지려는 비명을 간신히 참은 비설이 도윤의 어깨를 힘껏 쳤지만, 벽을 친 것처럼 도윤은 꿈적도 안 했다.

"폐하! 아앗!"

도윤이 서가의 한편에 마련되어 있던 커다란 창 앞의 작은 공간에 비설을 앉혔다. 엉거주춤 앉아 있던 비설이 몸을 일으키기도 전에 도윤이 그녀의 무릎 위에 벌렁 누워 버렸다.

"베개가 없어."

태연한 답에 비설이 어이없다는 듯 헛웃음을 터트렸다.

도무지 종잡을 수 없는 도윤이었다. 저런 사내라는 것을 알면서도 또 어영부영 그의 거침없는 행동에 휘둘렸다.

자신은 숨을 내쉬는 것도 힘든 상황이건만, 정작 이 상황을 만든 도윤은 너무나도 편하게 있었다.

"차라리 후궁을 들이시는 게 어떠십니까?"

비설의 무릎에 누운 채, 서책을 보던 도윤이 무슨 소리냐는 듯이 고개를 내밀었다.

황후와 후궁의 일에 관심이라고는 조금도 없었지만, 이렇게 애매하게 도윤과 자꾸 충돌하는 상황을 해결하기 위해서는 없는 관심이라도 끌고 와야 했다

"폐하께서 손만 내미시면 붙잡을 여인들이 황궁 안팎에 줄 서 있지 않습니까?"

"그건 그거대로 귀찮군."

"신하에게 미움받는 것보다는 낫지 않습니까?"

물끄러미 보던 도윤이 피식 실소를 지으며 서책으로 다시 눈을 돌렸다. 사위가 조용해서인지 숨소리조차 크게 들렸다.

결국 몇 줄 읽지 못하고 서책을 내려놓은 도윤이 딱딱하게 굳은 비설과 눈을 마주했다.

"짐이 미움을 받아도 단단히 받았나 보네."

부정하지 않겠다는 듯이 비설이 입을 굳게 다물었다. 그녀의 답을 기대하지도 않은 듯이 도윤이 비설의 다리를 벤 채로 눈을 감았다.

언제나 그렇듯 바로 잠드는 도윤을 보며 비설이 고개를 설레설

레 저었다.

'한 나라의 황제라는 자가 이리…….'

미친 자라니, 비설이 마음속 깊숙이 하고 싶은 말을 삼켰다.

단순한 기분 탓일 수도 있겠지만, 꼭 이렇게 생각하면 어떻게 된 일인지 도윤은 속마음을 바로바로 알아맞혔다.

걸려서 시달린 것도 한두 번이 아니고, 더는 그러고 싶지 않았다.

'싫다는 사람에게 매달릴 정도로 고립되어 있는 것은 아닐까?'

꼬리를 물고 이어지는 생각에 비설이 고개를 저었다.

천하의 연도윤이 고립되어 있다는 말은 어울리지 않았다. 마음을 단단히 먹으려 해도 이러고 쉬고 있는 모습을 보면 또 괜히 마음이 약해졌다.

'내가 지금 무슨 말도 안 되는 생각을 하는 것이냐?'

그는 그녀의 가족을 전부 죽인 원수다.

그녀가 반드시 목숨을 거두어야 하는 이에게 안타까움이라니 말도 안 되었다.

'괜한 생각이다.'

도윤이 어떤 사람인지 알아야 목숨을 거둘 수 있다.

차라리 고립되어 있는 이라면 그녀가 복수하기도 훨씬 나을 것이다.

남은 감정을 모두 지우려는 것처럼 비설이 도윤에게서 눈을 돌렸다.

그것도 찰나, 흔들리던 눈이 다시 도윤을 향했다. 슬슬 다리가 아파 왔지만, 달게 잠든 그를 차마 깨울 엄두가 나지 않았다.

몸을 약간 뒤척이자 도윤의 머리카락이 이마를 가렸다. 달빛에 옅게 비치는 도윤을 보던 비설이 이마를 가린 머리카락을 옆으로 젖혀 줬다.

"아!"

편하게 자라며 보고 있던 서책을 치워 주려 했던 비설이 맨 앞에 쓰여 있는 제목에 손이 멈추었다.

허공에서 멈춘 손에 생긴 옅은 떨림이 좀처럼 사라지지 않았다.

"오라버니 졸려요."

감기려는 눈을 억지로 비비며 비설이 억지로 잠을 쫓았다.

비현은 좋아했지만, 그가 항상 읽는 서책은 너무나도 졸렸다. 좋은 내용이라며 항상 읽어 주었으나 언제나 내용을 제대로 알지 못한 채 잠들었다.

그녀를 무릎에 앉힌 비현이 서책을 읽던 것을 멈추고는 저보다도 작은 동생을 바라보았다.

"오라버니의 몸에 기대거라."

무거워진 고개가 꾸벅꾸벅 점점 아래로 내려가자 비현의 손이 비설의 이마를 잡아 그의 몸에 기대게 했다.

비현의 몸에 머리를 기댄 비설의 눈이 점점 더 무겁게 내려앉았다.

비설의 눈이 완전히 감기기 직전, 문이 열리며 들어온 시종이 몸을 숙였다.

"도련님. 폐하께서……."

"폐하? 오라버니. 폐하가 누구야?"

"아니다. 비설아, 다시 기대거라."

"오라버니. 가야 하는 거야?"

졸린 눈에 물기가 그렁그렁 맺혔다.

비설을 자신에게 기대게 한 비현이 하나로 땋아 내린 머리카락을 어루만졌다.

"오라버니가 같이 있을 테니 눈 감고 자자."

"응."

잊고 있었던 기억 하나가 서책의 제목과 함께 떠올랐다.

처음에는 몰랐을지 몰라도 도윤은 결국 알 수밖에 없었다. 도윤은 비현을 알고 있었으니.

하급 관리인 아버지였지만, 종종 중요하다며 극진하게 모셨던 손님이 이제는 누구였는지 알게 되었다.

비설의 눈이 비현이 좋아했던 책에서 떨어지지 않았다. 적어도 그때만 해도 그녀의 평온한 삶이 이렇게 사라져 버릴 거라고는 생각하지 못했다.

허공에 멈춰 있던 손길을 멈추는 순간 익숙한 시선에 눈이 아래로 향했다.

"누굴 죽일 마음을 가진 사내가 이리 마음이 약해서야……."

이건 또 무슨 소리일까?

답을 하는 대신 어서 말해 보라는 것처럼 비설의 눈이 그에게 향했다.

겉모습은 사내였지만, 이 상황에서 더는 비설에게 사내의 모습은 없었다. 고운 얼굴에 떨어질 듯이 매달려 있는 눈물에 도윤의 시선이 닿았다.

"이런 때 검을 뽑아서 짐의 목을 찍어야지."

도윤은 비설의 눈가에 매달린 눈물을 제 혀로 핥아 직접 맛보고 싶다는 생각을 했다.

자신의 생각을 비설이 알면 당장 몸을 뺄 거였기에 도윤은 치미는 충동을 이성으로 억눌렀다.

고요한 것을 그다지 좋아하지는 않았지만, 이상하게도 이 어린 호위와 있으면 이런 상황조차 나름 편안했다.

"소인이 검을 뽑으면 죽어 주실 것입니까?"

"그럴 리가."

기대하며 던진 물음은 아니었다. 어차피 도윤의 생각을 그녀가 전부 따라갈 수는 없다. 도윤이 몸을 일으켜 앉았다.

"네 오라비가 살아 있었다면."

"……."

"짐이 네 오라비를 죽이지 않았다면 짐의 곁에 있었을 사람은 네가 아니라 네 오라비였겠지."

"그런데 왜 죽이셨습니까?"

"네 가문이 멸문되지 않았다면 더 많은 사람이 죽었을 테니까. 그리고……."

흔들리지 않는 눈이 도윤만을 보고 있었다. 저 눈을 보며 더는 거짓을 말하고 싶지도 않았고, 돌려 말하고 싶지도 않았다.

"네 아버지나 네 오라버니는 짐을 위해 충분히 희생해 줄 각오가 된 이들이었다."

"그 희생을 저는 원하지 않았습니다."

"알아. 그러니 짐의 앞에 왔겠지."

도윤의 손이 비설의 손을 붙잡았다. 지문조차 남지 않은 거친 손가락을 익히듯 그의 손이 부드럽게 비설의 손가락을 어루만졌다.

"그때의 일을 지금까지 품고 있었을 테니……. 누구에게 터놓을 수도 없는 일이고 말이지."

아슬아슬하게 맺혀 있던 눈물이 뺨을 타고 손등에 뚝 떨어졌다.

그저 상황을 덮기 위한 희생이었다. 도윤이 하고자 하는 말은 그게 전부였다.

그런데도 받아들여지지 않았다. 무덤을 만드느라 전부 까졌던 살가죽이 검을 잡으면서 지문조차 사라졌다. 몸의 상처는 시간이 지날수록 가라앉았지만, 마음의 상처는 무뎌진 지문처럼 아픈 흔적을 남겨 버렸다.

"그저 일을 덮기 위한 희생이었을 뿐입니까?"

"궤변일 수도 있으나 더 많은 것을 지키기 위한 희생이었다. 물론…… 죽으라고 명령한 건 짐이었지만……."

"……."

"명쾌한 답을 바랐을 텐데, 짐이 해 줄 수 있는 답은 이 정도밖에 안 돼……. 네가 죽도록 힘들었다는 것을 알면서도 말이야."

너무나도 억울하고 답답한데도 더는 물어볼 자신이 없었다.

복받쳐 오르는 감정을 억지로 억누르려 했지만, 이미 맑게 고여 버린 눈물은 의지와 상관없이 다시 차올랐다.

참으로 잔인하리만큼 모순적인 감정이었다.

그녀의 가족을 모두 죽음으로 몰아붙인 이에게서 숨기기만 할 뿐, 차마 꺼내지 못했던 상처를 위로받고 있었다.

"울릴 생각은 없었는데."

"……."

"내 마음에 드는 존재들은 하나같이 이리 무모하고 약한지…… 그래서 난 너를 가까이 둘 수밖에 없어."

분명 웃는 표정이었지만, 웃는다는 느낌은 들지 않았다.

159

마치 자신의 감정을 숨기는 두꺼운 가면을 쓴 것처럼 달빛에 보이는 도윤의 표정은 비설에게는 무척이나 낯설었다.

모든 것을 숨기고 가리려는 도윤의 모습에서 비설은 자신을 보았다.

"저는 아버지나 오라버니와는 다릅니다. 폐하께 그런 희생은 하지 않아요."

이제 그만 그에게서 벗어나야 한다는 것을 알면서도 단단히 묶여 버린 것처럼 움직일 수 없었다. 심장이 뛰고 숨이 가빠 왔다.

어쩌면 아무런 상황도 모른 채 황궁에 왔을 때부터 모든 것이 정해져 버렸는지도 모른다. 그녀가 원수라고 생각했던 사내는 예상보다도 더 깊고 어두운 존재였다.

"저는 약하지 않습니다."

"내가 아는 너라면 적어도 먼저 죽겠다고 하지는 않겠지. 그래서 다행이라고 생각해."

도윤의 손이 눈물로 젖은 비설의 뺨을 지나 단단하게 묶여 있던 머리끈으로 향했다.

뚝 소리와 함께 머리끈이 끊어지자 어깨의 고운 선을 가리듯 긴 머리카락이 흘러내렸다. 흘러내린 긴 머리카락만으로 비현과는 제법 다른 모습이 되어 있었다.

"전부를 빼앗겨도 하나만큼은 이룬다 했지?"

머리카락을 파고든 도윤의 손길이 느껴졌지만, 하지 말라는 말조차 떠올릴 수 없었다. 여유로운 표정과 화사한 미소로 자신을 가린 도윤이 처음으로 제대로 보였다. 그 순간부터 비설의 현재에는 도윤밖에 보이지 않았다.

"그럼 그때까지는 내가 네 전부를 가지고 있을게."

대답해야 하는데도 막혀 버린 말문이 좀처럼 열리지 않았다. 도윤의 고개가 숙여지고 열기에 찬 입술이 차가운 목에 닿았다.

목을 파고드는 입술에 비설이 몸을 빼려 했지만, 도윤의 손이 비설의 손을 붙잡고 다른 팔이 허리를 감았다.

목에 닿았던 감촉이 점점 위로 올라오고, 한기에 차가워진 입술에 도윤의 입술이 짧게 닿았다.

"……폐하."

웃음으로 가려져 있던 눈매에 담긴 열망에 숨이 막혔다. 조금의 틈도 없이 맞닿아 있는 몸에서 느껴지는 온기에 그녀도 모르게 옅게 떨었다. 이 사내의 앞에만 서면 악착같이 붙잡고 있었던 전부가 힘없이 사그라졌다.

잘못되었다는 것을 알면서도 빠져나올 수 없었다. 머릿속에서 끊임없이 경보음이 울리고 있음에도 비설은 점점 더 수렁에 빠져드는 기분이었다.

"입술 다 아물어 가네."

도윤의 온기와는 다르게 등이 맞닿아 있는 벽의 한기는 서늘하다 못해 소름이 끼쳤다.

밀어내야 한다는 판단을 하기도 전에 도윤의 입술이 비설을 덮었다. 일시적인 충동일 수도. 아니, 어쩌면 밀어낼 의지가 없었는지도 모른다.

"흐읏."

알싸한 통증이 입술에서 느껴지고, 비릿한 피맛이 엉킨 혀로 느껴졌다.

"하아."

가쁜 숨을 내쉬며 바동거리는 비설의 팔을 도윤이 붙잡았다.

연모도 아니고, 마음이 흔들린 것도 아닌데…….

이 어린 여인이 주는 촉감과 온기가 미치도록 달콤했다.

＊＊＊

기녀들의 웃음소리와 나지막이 들리는 거문고의 고운 음색에도 자리에 앉은 이들의 어두워진 안색은 풀어지지 않았다.

"도대체 폐하께서는 왜 그리 어린놈을 아끼시는지 모르겠네! 이제 고작 몇 달 되지 않은 어린놈을 흑의와 똑같이 대접해 줘야 한다니, 잘못되어도 단단히 잘못되었단 말일세."

"그 계집 같은 놈이 폐하를 현혹한 것이 분명하네! 그러지 않고서야 그런 놈이 어찌 그 자리까지 올라간단 말인가!"

한번 시작된 말은 점점 기세가 늘어 갔다. 최근 도윤의 곁을 제일 오래 지키는 호위가 내세울 가문도 없는 평민에 여인처럼 호리호리한 사내란 사실을 도저히 받아들일 수 없었다.

"그렇다고 할 수 있는 일이 있는가? 자칫 폐하께서 아시면 그놈이 사라지기 전에 우리가 죽을 수 있네."

"이대로 둘 수는 없지! 가문의 명예가 있는데! 우리가 공을 세울 기회를 그것이 전부 빼앗고 있지 않은가?"

"그럼 어찌해야 하는가?"

"문제가 된다면 치우면 되지 않겠나?"

나지막이 나오던 말에 시끄러웠던 방이 일순간 정적에 휩싸였다.

사내들의 시선이 가장 아랫자리에 앉아 있는 이를 향했다. 들어온 시기는 비설과 차이가 없었지만, 배경은 여기에 앉아 있는 이들과 견줄 만했다.

대장군의 추천으로 들어온 사내.

자신을 드러내는 이는 아니었지만, 말을 꺼낼 때마다 누구보다도 압도적으로 분위기를 휘어잡는 이였다.

주변의 반응을 보던 사내가 손을 들자 옆에 앉아 있던 기녀들이 일어나 방을 나갔다.

"나이도 어린 이가 제 주제도 모르고 날뛰니 황궁 호위는 물론이고 궁 안의 분위기도 흐리는 게 아닌가? 사사로운 일이었다면 넘어갈 것이나 나날이 그이가 하는 건방진 행동이 눈에 보이니 이대로 둘 수는 없는 노릇이지."

"하지만 폐하께서 아시면 크게 경을 칠 것이네."

"그 정도의 능력도 없는가?"

"무엇이!"

사내의 조롱을 정면으로 받은 남자가 자리를 박차고 일어났다. 일촉즉발의 상황을 만들고도 사내가 태연히 잔에 남아 있는 술을 단번에 들이켰다.

"황궁 호위의 흔적 하나 지우는 일이 그렇게 어려울 정도로 자네들의 능력이 없느냐는 말일세. 난 여기 있는 이들이 손만 잡으면 그 정도 일 처리야 우습다고 생각했네만, 아닌가?"

"……."

"그 잘난 녀석을 끌어내는 건 내가 하지, 봐 둔 사람이 있네."

뜨거웠던 분위기가 누가 숨을 내쉬는지 눈치를 봐야 할 정도로 고요하게 변했다.

황제가 총애하는 호위를 없앤다. 위험이 따를 일이었지만 사내의 말대로 못 할 것도 아니었다.

"폐하께서 고작 평민 호위 하나 때문에 귀족인 우리와 척을 지시겠나?"

"나는 하겠네. 이번에야말로 그 건방진 호위를 내 가만히 두지 않을 것이네."

"나도 하겠네!"

"이번 기회에 황궁에 겁 없이 들어온 평민들에게 누가 우위에 있는지 확실히 보여 주세!"

밀물이 들이닥치듯 하겠다는 이들이 줄을 이었다. 순서를 다투듯 나서는 이들을 사내가 하나씩 눈에 담았다.

"판은 내가 준비하겠네."

다시 흥겨운 술자리가 이어지고, 흥건하게 취한 이들이 즐거운 걸음으로 기루를 나왔다.

마지막까지 자리를 지키며 남았던 이들을 전부 배웅한 사내가 주변을 흘깃거리며 다른 길로 걸어갔다. 골목과 골목 사이를 걸어가던 사내가 길의 끝에 놓여 있는 검은 가마를 보며 몸을 숙였다.

"아가씨."

검은 가마의 작은 창이 열리자 너울로 얼굴을 완전히 가린 세화가 정면에 시선을 둔 채 입을 열었다.

"기루에서는 잘 해 주었다."

세화의 손짓에 가마 밖에서 기다리던 여인이 사내의 앞에 작은 병을 내려놓았다.

상황을 보던 사내가 앞에 놓인 병을 받아 들었다.

"실력이 남다르다고 했다. 평민이라고 얕보다가 일을 그르치는 날엔 각오해야 할 것이다."

"명심하겠습니다. 아가씨."

병을 받아 든 사내가 사라진 후, 열었던 창문을 닫은 여인이 가마꾼을 재촉했다.

가마 안에 탄 세화가 차가운 손을 데우듯 입김을 불었다. 호위의 존재가 거슬린다는 세화의 말도 사도는 기우라고 했지만, 도저히 그냥 넘어갈 수 없었다.

'분명 남다르다고 했어.'

거금을 들여 매수해 놓은 궁녀와 내관의 말은 한결같았다.

아무 일도 없었다는 것을 알면서도 불안은 세화를 끊임없이 흔들었다.

'깨끗한 손으로 황후의 자리에 오를 생각 따위 없어.'

화가 될 불안 따위 없애 버리면 될 일이었다. 평민 호위 따위 없애는 일이야 사도의 도움이 없어도 충분히 이룰 수 있는 일이었다.

떨리는 손을 움켜쥐며 세화가 입술을 질끈 깨물었다.

❋❋❋

"없어."

창백한 얼굴로 비설이 벌써 세 번은 더 뒤집었을 베개와 이불을 다시 걷어 냈다. 하얀 얼굴에 그나마 남아 있던 핏기조차 완전히 사라졌다.

다급한 손이 책상 위의 서책을 뒤지고, 애먼 서랍을 열었다. 분명 운형의 서신을 품에 잘 간직하고 있었다. 그런데 서신에 발이 달린 것도 아니고, 하루아침에 사라졌다.

"이게 어디 간 거지?"

"호위님. 무슨 일이라도 있으십니까?"

안이 소란스럽자 밖을 지키던 어린 내관이 들어왔다.

그녀의 눈치를 보는 내관에게는 미안했지만 지금은 그를 상대할 때가 아니었다.

다른 것도 아니고, 운형의 서신이었다. 읽고 보관을 해도 모자랄 것을, 심지어 채 석 줄도 제대로 읽지 못하고 가지고 있었던 것이다.

"아니다. 아! 잠시만!"

"네?"

"혹 이곳에서 서신이나 빈 봉투 같은 것을 치우거나 보지 않았느냐?"

"그런 것은 없었습니다. 혹시 잃어버리셨습니까?"

혹 자신이 잃어버렸을지도 모른다는 생각에 어린 내관의 얼굴이 하얗게 질렸다.

내관을 탓할 게 아니었다. 분명 어딘가에 떨어뜨렸거나 생각하지 못한 곳에 둔 것이 틀림없었다.

서신을 받고, 서가에 가고, 거기서 도윤을 만났다. 서가에서 있었던 일에 잠조차 제대로 들지 못하고 새벽녘에 도윤의 집무실로 갔다. 연이어 일이 있었던 터라 서신은 꺼내 보지도 못하고 밤이 되었다.

'설마?'

그녀의 손이 입술에 내려앉은 딱지를 짧게 스쳤다.

생각할 수 있는 것이라고는 지난밤 서가에서 있었던 일뿐이다.

맞닿아 있는 체온이 너무나도 따뜻해서, 숨결조차 너무 삼켜 버릴 기세로 다가오는 그의 입술이 너무나도 뜨거웠기에 밀어내지도 못하고 그대로 받아들였다.

그 결과 거의 아물었던 입술의 상처가 다시 터졌지만, 스스로 선택했기에 후회는 없었다.

'가족의 서신을 연서 보듯이 하더군.'

그때의 도윤이 무슨 표정을 지었는지는 알 수 없었지만, 분명 서신을 이야기하는 그의 목소리는 가라앉아 있었다.

만약 도윤이 서신을 빼돌린 것이라면.

그때 이후로 서신에는 손도 대지 못했다.

"이 망할 인사가!"

"네?"

"아니다. 이만 가 봐도 된다. 내 잠시 폐하께 다녀오겠다."

"이 시간에 어디를 가신단 말입니까?"

내관이 다시 물었지만, 지금은 답을 할 여유가 없었다.

입안이 마르고 피가 식었다. 도윤이 서신을 없애기 전에 다시 빼앗아 와야 했다.

"죄송해요. 호위님."

옷을 갖춰 입고 나가려는 비설의 뒤로 내관의 시무룩한 목소리가 들렸다. 무슨 일인가 싶어 고개를 돌리는 순간, 하얀 가루가 비설의 얼굴에 훅 뿌려졌다.

"아!"

"이러지 않으면 소인이 죽습니다. 죄송합니다. 호위님! 죄송합니다."

죄송하다는 말이 머릿속에 윙윙 울렸다. 이게 무슨 짓이냐며 말을 꺼내려는 순간 방 안으로 들어온 이들이 그녀의 목 뒤를 짧게 내려쳤다.

생각이 멈추고, 눈앞이 깜깜해졌다.

쓰러지는 비설을 낯선 사내들이 어깨에 들쳐 메고 빠르게 방을 나갔다.

❊ ❊ ❊

정신을 차리자마자 느껴지는 것은 이마의 고통과 뺨과 맞닿은 차가운 바닥이었다. 몸을 일으키려 했던 비설은 온몸을 관통하는 고통에 숨을 삼켰다.

"이보게! 놈이 깨어났네."

무엇이 그리도 즐거운지 낄낄거리던 사내가 비설의 몸을 다리로 짓눌렀다. 몸을 짓누르는 힘에 흐릿했던 정신이 그나마 맑아졌다.

"야! 정신 차려!"

퍽!

"쿨럭."

사내가 발로 몸을 차자 비설이 고통에 숨을 토해 냈다. 거친 기침을 내뱉을 때마다 붉은 피가 바닥에 떨어졌다.

약에 기절해 있는 동안 해코지라도 했는지 온몸이 욱신거렸다. 그사이 다가온 사내들이 낄낄거리며 비설의 주변을 에워쌌다.

"그러게 적당히 나대지 그랬어."

기분 나쁜 웃음소리를 내던 사내가 뱉은 침이 비설의 뺨에 묻었다.

그의 조롱에도 상관없이 비설이 묶인 손을 이리저리 움직였다. 약간의 틈이라도 있었으면 했지만, 안타깝게도 손은 발만큼이나

168

단단하게 묶여 있었다.

"어디 한눈을 팔아!"

"컥!"

복부로 꽂히는 발길질에 비설이 자신도 모르게 입술을 깨물었다. 내상이라도 입었는지 발길질을 당할 때마다 목으로 피가 역류했다.

"이놈 보게. 어디로 비명을 삼켜."

"살려 달라고 빌어도 모자랄 판에 어디서 자존심을 지키려 해!"

고통을 참는 비설의 행동에 더 화가 난 사내들이 연신 발을 차 댔다.

힘이 실린 발길질을 버티기는 쉽지 않았지만, 그들이 원하는 대로 하고 싶지는 않았다. 도리어 해볼 테면 해보라는 듯이 사내를 노려보았다.

"허! 이 망할 것이!"

쓰러져 있는 비설을 억지로 세운 사내가 뺨을 때렸다. 오른뺨의 고통이 사라지기도 전에 왼뺨이 불에 닿은 것처럼 화끈거렸다.

머리가 울리고 숨을 쉬는 것도 고통스러웠다. 코에서 흐르는 피가 입안으로 들어가면서 느껴지는 비릿한 맛에 미간이 찌푸려졌다.

"이게 어디서 눈을 찌푸리고 있어! 감히!"

"이러고 살 수 있다고 생각하는가? 이 일을……."

폐하께서 아시면, 이라는 말을 하려던 비설이 입을 다물었다. 아무리 힘들어도 그 연도윤은 오늘 일은 몰랐으면 했다. 얼마든지 스스로 해결할 수 있는 일이었다.

"왜? 폐하께서 아시면 널 지켜 주시기라도 할 것 같으냐?"

"낄낄. 이게 관심을 좀 받았다고 한없이 기어오르려 하네. 이래서 평민은 안 된다는 말이 나오는 거야."

눈을 치켜뜨는 것조차 힘든데도 이를 악물고 비설이 고개를 들었다. 올라가지 않는 입꼬리까지 억지로 올린 그녀가 도발하듯 말을 토해 냈다.

"무능한 네놈들과 나의 일에 왜 폐하까지 끌어들이려 하는 건가?"

"무, 무엇이?"

"실은 네놈이 겁이 나서 그러는 것이 아닌가? 아! 이미 되돌리기에는 늦었나?"

짝!

뺨에 다시 불이 일었다. 매달려 있던 몸이 바닥에 떨어지자마자 발길질이 다시 이어졌다. 몸을 웅크리는 것으로 고통을 참던 비설이 다시 손을 움직였다. 손을 묶고 있던 밧줄이 비설이 몸부림을 치면서 조금이나마 틈이 생겼다.

비설의 손가락이 손목을 단단하게 묶어 놓은 보호대 사이에 숨겨 놓은 작은 쇳조각을 꺼냈다. 쇳조각에 손이 베여 피가 흘렀지만, 부지런히 밧줄을 끊어 내려 움직였다.

"사내인지 계집인지 모를 놈이 말이야."

"그러게. 데리고 오는데 무슨 계집을 만지는 기분이었다니까. 더러운 자식!"

침을 뱉었던 사내가 비설을 향해 몸을 숙였다. 목에 닿는 사내의 촉감에 소름이 훅 끼쳤다.

"이거 반응 봤어? 제가 진짜 계집이라도 되는 것처럼 호들갑이냐?"

몸을 비트는 것으로 사내의 손길에서 빠져나온 비설이 그를 향해 침을 뱉었다.

"이 망할 자식이!"

몇 번이고 또 맞은 뺨에 다시 불이 일었다. 그것만으로도 화가 풀리지 않는지 사내의 발이 비설의 목을 찍었다.

"윽."

억지로 참았던 신음이 결국 터져 나왔다.

"이 새끼를 어떻게 죽여 버린다?"

이제 조금만 더 주의를 분산시키면 밧줄을 끊을 수 있다. 다급한 손길에 상처가 생겼지만, 부지런히 밧줄을 끊어 냈다.

"내가 죽은 후에 이 일이 그냥 묻힐 거라고 생각하는가?"

"이 멍청한 것이 살려고 발악을 하는군. 우리가 그것도 생각 못하고 이런다고 생각하는가?"

비설의 질문이 멍청하다는 듯 사내가 그녀의 몸에 올린 발에 힘껏 힘을 실었다. 벌레가 터져 죽는 것처럼 발로 밟힐 때마다 비설에게서 고통스러운 숨이 터져 나왔다.

"네가 말한 그 잘난 배경으로는 벌레 같은 네놈 하나 정도는 확실히 처리할 수 있단 말이지. 벌레를 죽인다고 누가 관심을 두냐?"

"네놈이 그러니 그 정도밖에 안 되는 거…… 컥!"

말이 끝나기도 전에 다시 발길질이 이어졌다. 한참을 비설을 때리던 사내가 질린다는 듯이 고개를 저었다.

"퉤!"

고통스럽게 몸을 비트는 비설에게 침을 뱉은 사내가 분노에 이를 갈았다.

속이 풀릴 때까지 팬 후 죽일 생각이었지만 이대로 쉽게 목숨을 거두기에는 이미 치밀 대로 치민 화에 이성이 완전히 사라진 후였다.

"이제 슬슬 죽이세."

"아니. 그럴 수 없네."

"더는 시간을 끌 수 없네. 어서 처리해야 해."

"정말 사내인지 계집인지 알 수 없으니 이번 기회에 제대로 확인해 보자는 말일세."

사내의 선언에 주변은 물론이고, 발버둥을 치던 비설까지도 놀란 눈이 되었다.

비설의 반응에 사내가 비릿한 미소를 지었다.

"전부 벗겨서 사내인지 본 후에 죽여서 매달아 놓으면 이보다 더 좋은 본보기가 어디에 있겠는가?"

"하지만 그러면 조용히 처리한다는 계획이……."

"무슨 상관인가? 범인은 절대 잡히지 않을 것인데 말이야."

당황하던 사내들의 눈빛이 바뀌었다.

서로 눈치를 보던 사내 중 하나가 비설에게 다가오고, 그녀의 어깨에 손이 닿는 순간 사내의 무릎에서 피가 터져 나왔다.

"악!"

날카로운 쇳조각에 손을 다쳐도 상관없다. 가까이 다가온 사내의 무릎에 쇳조각을 찌른 비설이 쓰러지는 사내에게서 검을 빼앗았다.

온몸을 발길질 당했다는 사람인지 의심스러울 속도로 비설이 잡은 검을 휘둘렀다.

"아악!"

비설의 검에 쓰러진 이들이 고통에 몸부림을 쳤다.

시간을 번 비설이 다리를 묶은 밧줄을 끊어 냈다.

"잡아!"

머리를 지배하는 생각은 하나뿐이었다.

여기서 도망가야 한다.

몸도 정상이 아닌 상황에서 무모한 짓을 할 여유가 없다.

"비켜!"

황궁의 호위로 뽑힌 자들답게 상처에도 불구하고 빠르게 전열을 가다듬었다.

길을 막는 자를 향해 비설이 검을 휘둘렀다. 달빛에 비친 검에서 짧은 섬광이 일고, 그녀의 공격에 대비하던 사내의 목에서 피가 뿜어져 나왔다.

"막아!"

"저놈이 나가면 우리는 전부 죽어!"

상황이 전환되려 하자 놀란 사내들이 그녀를 포위했다. 이마에서 흐르는 피가 시야를 막자 비설이 소맷자락으로 피를 닦아 냈다. 벌벌 떠는 손으로 검을 억지로 붙잡은 비설이 고개를 저었다.

여기서 정신을 놓으면 진짜 죽는다.

"하앗!"

상황 판단은 빨랐고, 행동은 그보다도 빨랐다. 가장 가까이에 있어 다리에 크게 다친 사내를 향해 비설이 몸을 날렸다. 사내의 검이 비설의 목을 향해 공격해 왔지만, 몸을 숙여 검을 피한 그녀의 검이 사내보다도 빨랐다.

"컥!"

사내의 몸에서 나는 피가 얼굴을 적셨지만, 피할 겨를조차 없었다.

쓰러진 사내를 확인하는 대신 비설의 검이 방향을 바꾸었다. 가까이 온 사내가 공격에서 방어로 돌아서기도 전에 쓰러졌다.

"아!"

연이어 사내를 제압한 비설이 순간 휘청거렸다. 비설에게 틈이 보이자 상황을 보던 사내가 검을 버리고는 그녀의 양어깨를 붙잡았다.

한 번이라도 사내들의 손에 잡히면 죽는다.

다급해진 비설이 사내의 손을 반대로 꺾었다.

"아아악!"

찌이익!

사내의 손에 붙잡혀 있던 비설의 옷이 쭉 찢어졌다. 얼마나 힘껏 움켜잡고 있었는지 겉옷은 물론이고 몸을 가리고 있던 하얀 속옷까지도 뜯어지듯 떨어져 나갔다.

"뭐, 뭐야?"

"진짜 계집이었어?"

가슴을 가리는 붕대가 보이고, 곳곳에 감춰 놓았던 여인의 선이 보이자 살의가 팽팽했던 곳의 분위기가 술렁거렸다.

찢긴 옷으로 드러난 본모습에 비설의 눈빛이 바뀌었다. 아슬아슬하게 매달려 있는 옷을 찢은 비설이 검을 잡은 손을 묶었다.

그녀의 행동에 사내들이 가소롭다는 듯이 비웃음을 터트렸다.

"계집 주제에 감히 폐하의 곁에 있었단 말인가? 하!"

"이번에야말로 제대로 본때를 보여 주겠군. 절대 죽이지 말게."

"생각지 못한 포상이 아닌가?"

여인의 뽀얀 살을 보는 사내의 눈에 깃드는 음욕에 비설의 입술이 삐뚜름해졌다. 저들의 생각이 죽이는 것에서 다른 것으로 바뀌었다면 그녀에게는 기회였다.

"네놈들은 보면 안 되는 것을 봤으니 죽어야겠다."

"웃기고 있네. 네년이나 마음을 먹고 준비……."

말을 꺼냈던 사내의 얼굴에 피가 훅 뛰었다. 그게 본인의 몸에서 나오는 피라는 것을 깨닫기도 전에 바닥에 쿵 쓰러졌다.

조금 전까지 문으로 도망가려 했던 비설이 도리어 그 앞을 막았다.

"여기서 아무도 못 나가."

여인의 몸이란 게 밝혀진 순간 비설의 눈에 살기가 맺혔다.

밝혀져서는 안 되는 비밀이 드러난 이상, 살겠다는 생각은 더는 들지 않았다. 그녀의 존재가 드러나면 자칫 운형까지도 피해를 볼 수 있다. 그것만큼은 그녀가 죽는 한이 있더라도 절대 막아야 한다.

"저년이 미쳤네."

"잡아!"

구타를 당하면서도 느끼지 못했던 두려움이 처음 그녀를 휘감았다. 다만 두려움의 근원이 여기서 죽을지도 모른다는 것이 아니라 그녀가 여인이라는 것이 밝혀졌을 때 일어날 일에 대한 것이었다.

선두로 오는 사내의 다리 상처를 지지대 삼아 사내의 어깨를 타고 올라간 비설이 사내의 목을 검으로 베었다. 다른 사내에게 검 끝을 들이대는 순간 그녀의 몸이 뒤로 훅 밀렸다.

"내가 잡았네! 내가! 아악!"

비설의 검이 방향을 바꾸어 움직이고 바닥에 툭 떨어지는 소리가 들렸다. 사내의 비명과 동시에 피가 흥건히 바닥을 적셨다.

사내를 힘껏 밀어낸 비설이 몸을 일으키는 순간 섬광이 일며 뺨에 서늘한 감각이 느껴졌다. 뺨에서 주르륵 피가 흐르고 그녀에게 상처를 낸 이의 눈에 광기가 스몄다.

"망할 년이! 얌전히 있어!"

우왕좌왕 흔들리던 이들이 진열을 가다듬고 비설을 압박했다. 여기저기 맞았던 그녀의 몸에 생채기처럼 검상이 생겨났다.

지금 그녀에게 몸의 상처는 중요하지 않았다.

열이었던 사내가 다섯으로, 상처를 하나 내어 주는 대신 하나씩 목숨을 거두었더니 세 명으로 줄었다.

"하아. 하아."

"저, 저 지독한 년."

목 끝까지 숨이 차올랐지만, 주저앉기에는 아직 세 명이나 남아 있었다. 계집이라며 비설을 어떻게 해보려 달려들었던 이들이 모두 죽자, 살아남은 이들이 눈치만 볼 뿐 나서지 않았다.

흐려지는 정신을 부여잡으며 비설이 길게 숨을 몰아쉬었다. 차가운 밤공기와 더운 숨이 만나면서 하얀 김을 만들어 냈다.

그녀가 달려들까 주시하던 사내가 바로 앞까지 나타난 비설을 보며 검을 휘둘렀다.

챙!

비설의 목을 향해 정확히 휘둘렀음에도 그녀의 검에 막혔다. 이제는 비설을 가지고 무언가를 해 보겠다는 생각조차도 들지 않았다.

"그냥 좀 죽어!"

사내가 힘을 실어 검을 밀어내자 비설이 몸을 비틀거렸다. 계집이 아무리 빠르다 한들 사내의 힘을 이길 수 없다.

밀어낸 비설을 향해 사내가 힘껏 검을 휘둘렀다. 때리듯이 내려치는 검을 막은 비설의 몸이 충격으로 비틀거렸다.

"하앗!"

완전히 끝낼 기세로 사내가 위에서 아래로 힘껏 검을 내려쳤다. 살이 잘리고, 뼈가 갈리는 느낌이 검을 통해 느껴졌지만, 사내의 얼굴에는 미소 대신 공포가 어렸다.

"아!"

사내의 검이 박힌 것은 비설이 아니라 좀 전에 쓰러진 동료의 시신이었다. 있는 힘껏 뼈에 박힌 검을 빼려는 순간, 옆구리가 화끈거렸다.

스윽.

옆구리를 찔렀던 검을 뺀 비설이 주저 없이 사내의 목을 베었다.

이제 몸을 적신 피가 자신의 것인지 다른 누구의 것인지 알 수 없을 정도였다. 목 끝까지 숨이 차오르고 눈앞이 흐릿해졌지만, 비설은 굽힌 무릎을 억지로 폈다.

"이제 두 명."

"막게."

비설을 보던 사내가 옆에 있는 이에게 낮게 말했다. 이번 일을 저지르자고 했던 사내가 말을 바꾸자 옆에 있는 이가 숨을 삼켰다.

"미쳤나? 이래 놓고 혼자 도망가겠다는 건가!"

"이대로 다 죽는 것보다는 하나라도 살아남아야 이 상황을 알리지 않겠나?"

말을 하던 사내가 검을 세웠다. 쇠와 쇠가 부딪치는 소리와 함께 비설의 검이 사내의 심장을 노렸다.

엉망인 주제에 속도 하나는 인정할 만했다. 만약 다치지 않았다면 자신조차 목숨을 장담하지 못했을 것이다.

비설의 검을 밀어낸 사내가 스스로 거리를 좁혔다. 그대로 심장을 노리는 검을 비설이 막았다.

"네가 이럴 줄 알았지."

사내의 속삭임에 비설이 눈을 좁히는 순간, 사내가 숨겨 놓았던 단검이 비설의 어깨를 향해 움직였다.

거리를 벌리는 것으로 단검을 피하려 했지만, 지친 몸은 생각보다 늦게 움직였다.

"으윽!"

사내의 단검이 비설의 어깨를 베자 긴 자상에서 피가 흘러내렸다. 원하는 상처를 만든 사내가 옆에 굳어 있던 남자를 끌어당겨 앞을 막았다.

사내와 비설의 사이로 졸지에 끼어든 남자가 피하기도 전에 그녀의 검이 어깨를 찔렀다.

"아악!"

남자를 자신의 방패로 세운 사내가 문으로 달려갔다. 도망가려는 사내를 보던 비설이 바닥에 뒹굴고 있던 검을 들어 힘껏 던졌다.

"큭!"

어깨를 살짝 베인 비설과는 달리 사내의 등에 그녀가 던진 검이 정확히 박혔다. 어깨의 통증에 사내가 비틀거렸지만, 간신히 문을 열고는 도망쳤다.

사내가 사라지자 비설이 앞에 쓰러진 남자에게 고개를 돌렸다.

비설과 눈을 마주친 남자가 무릎으로 기어 와 매달렸다.

"살려 주게!"

"……."

"맹세하겠네! 내 가문을……. 아니, 나를 걸고 맹세하네! 난 아무것도 보지 못했네. 자네가 여인, 아니 자네와 아무런 상관도 없네. 내가……."

다급하게 이어지던 말은 심장에 꽂힌 검에 의해 멈추었다. 입에서 울컥 피를 토해 낸 사내가 시체가 쌓여 있는 바닥에 툭 쓰러졌다.

"……한 명."

흐릿했던 앞이 급격히 보이지 않았다. 검을 묶은 천이 피에 젖어 너덜너덜해지자 비설이 그것을 떼어 냈다. 세차게 고개를 젓자 그제야 어두워진 시야가 조금이나마 돌아왔다. 비설의 눈이 사내가 도망가면서 흘린 핏자국을 따라갔다.

"죽여야……."

무슨 말을 하고 있는지도 제대로 들리지도 않았다.

미끄러지는 검을 다잡은 비설이 사내의 흔적을 따라 무거운 발걸음을 재촉했다.

"크윽."

힘겹게 걸어가던 사내가 바닥에 주저앉았다. 급한 대로 옷을 찢어 상처를 막았지만, 피는 멈추지 않았다.

"계집이라니!"

어떻게든 세화에게 알려야 한다.

황제가 아끼는 호위가 계집이라니.

이 일만 공론화를 시킨다면 사도가 도윤을 공략할 틈이 만들어지는 것이고, 그리하면 자신의 앞길도 탄탄해질 것이었다.

"어서 알려야 해."

"그건 좀 곤란한데."

등 뒤에서 들리는 소리에 몸을 돌린 사내의 눈이 커졌다. 그리고 곧 몸에 깊숙이 박힌 검을 경악하며 보았다.

검을 보았던 눈이 정면의 이를 향하자 미소를 지은 이가 사내를 붙잡고 검을 힘껏 밀어 넣었다.

"컥!"

사내에게 관심 없다는 듯이 잡고 있던 손을 놓았다.

"폐, 폐하."

나오지 않는 목소리를 간신히 쥐어짰지만 정작 부름을 받은 도윤은 사내가 아닌 정면을 보고 있었다. 살아 보려 꿈틀거리던 사내의 움직임이 허무하리만큼 빠르게 멈추었다.

"알아서 잘하기는 했는데…… 그 꼴은 도대체 무엇이냐?"

비틀거리며 걸어온 비설이 고개를 다시 저었다.

눈이 잘 보이지 않는지 몇 번이고 머리를 흔들고 소매로 눈에 묻어 있는 피를 닦아 낸 후 비설이 도윤을 보며 이를 갈았다.

비틀거리는 몸의 중심을 잡으려는 듯 비설이 잡고 있던 검을 땅에 박았다. 검에 의지해 힘겹게 버틴 비설이 도윤을 보며 이맛살을 찌푸렸다.

"어디에 두셨습니까?"

"무엇을 말하는지 알려 주지 않고 다짜고짜 취조인 것이냐?"

"서신! 서신을 어디에 두셨느냐고 물었습니다!"

모순되게도, 흐릿한 주변과는 달리 도윤만큼은 또렷하게 보였다. 서신이라는 단어에 잠시 얼굴이 굳었던 것도 찰나 입꼬리를 올린 도윤이 평소의 여유로운 표정을 지었다.

"무슨 소리를 하는지 도통 모르겠군."

180

거짓말이다.

설마설마하던 생각은 확신이 되었다.

상처와 뒤집어쓴 피로 엉망인 그녀를 보면서도 도윤은 진실을 말하는 대신 또다시 거짓으로 그녀를 우롱했다.

본래 연도윤이 저런 사람이라는 것을 알았으면서도 의심하며 붙잡고 있었던 약간의 믿음이 그대로 무너졌다.

"서신…… 당신이 내 서신을 가져갔잖아."

"지금 화풀이를 짐에게 하는 건가? 좀 억울해지려 하는데?"

도윤이 황제라는 사실은 이미 머릿속에서 지워져 있었다.

점점 흐려지는 머릿속에 남아 있는 것이라고는 도윤을 향한 적의와 서신을 찾아야 한다는 것뿐이었다.

그가 모르는 척한다면 자신이 찾으면 그만이다.

"당장 내놓……."

이어서 나와야 할 말은 토해 내는 검붉은 핏덩이에 묻혔다. 거짓 미소로 자신을 가리고 있던 도윤의 입가가 그 상태 그대로 굳었다.

입에서 흐르는 검붉은 피를 소매로 닦았지만 다시 검붉은 피가 입에서 흘러내렸다.

"당신이……."

비설이 도윤을 향해 달려드는 순간 앞에 서 있던 도윤이 사라졌다. 비설의 뒤로 나타난 도윤이 비설을 뒤에서 안았다.

등에서 느껴지는 도윤의 체온에 비설이 발버둥을 쳤다.

"이거 놔!"

"움직이지 마라."

"이 나쁜 새끼가…… 서신이나 내놓으라고! 쿨럭!"

발버둥을 치자 조금 전보다도 더 많은 피를 토해 냈다.

도윤의 시선이 비설의 어깨로 향했다. 다른 상처는 그대로였지만, 어깨의 상처는 점점 더 검붉게 변하고 있었다.

"이거 놓으라고! 나쁜 놈아!"

어디서 이런 힘이 나오는지 당장 쓰러질 것 같은 상황에서도 비설은 온 힘을 다해 발버둥을 쳤다. 그녀가 흘린 피로 바닥은 이미 흥건했다.

그깟 서신이 뭐라고 이리도 발버둥을 쳐 댄단 말인가!

"폐하!"

"오지 마라!"

여유롭고 가벼웠던 말투가 무겁고 차가운 말투로 바뀌어 있었다. 짧지만 거역할 수 없는 목소리에 급하게 달려오던 이들이 걸음이 멈추었다.

동시에 빠져나가려는 비설의 혈을 짚자 그녀가 맥없이 안겼다. 늘어지는 비설을 급한 대로 바닥에 눕혔다.

"폐하."

아무도 오지 말라는 명령에도 채현이 가까이 다가왔다. 채현이 고개를 깊숙이 숙여 비설과 도윤을 보지 않는 상태로 가져온 모포를 그에게 내밀었다.

채현에게는 눈길조차 주지 않은 도윤이 모포를 받아 들어 비설의 몸에 감았다. 손에 닿은 살결이 얼음장처럼 차가웠다.

몸 안의 피를 전부 쏟아 낸 사람처럼 정신을 놓은 그녀에게서는 체온은 물론이고 핏기조차 보이지 않았다.

"피를 따라가면 시신이 있을 것이다. 정리해라."

정리라는 말에 채현의 눈매가 옅게 떨렸다.

화가 났을 때의 도윤은 길게 말하지 않았다. 도윤이 말한 정리가 고작 시신 처리가 아님을 누구보다도 채현이 잘 알고 있었다.

황제는 제 소유를 건드는 것을 절대 용납하지 않는다. 평민 출신 호위 하나를 건든 일의 대가가 가문의 멸문과 죽음이라는 것을 그들은 오늘 해가 떠오르기도 전에 처절하게 느끼게 될 것이다.

"정리해 놓겠습니다. 폐하."

숙였던 고개를 들자 조금 전까지 있었던 도윤과 비설이 온데간데없이 사라졌다. 남은 것이라고는 식은 피 웅덩이와 시체뿐이었다.

만족할 만한 결과를 만들지 못하면 저기 쓰러진 사내와 자신은 같은 꼴이 될 것이다.

굳은 얼굴로 몸을 일으킨 채현이 대기하는 호위를 향해 부지런히 걸어갔다.

❀❀❀

비설을 안은 도윤이 향한 곳은 황궁에서도 가장 북쪽에 있는 숙연궁이었다.

선대의 황제와는 다르게 도윤은 자신에게 필요 이상으로 들어가는 돈을 그다지 좋아하지 않았다.

그런 도윤이 유일하게 자신을 위해 만든 곳이 숙연궁이었다. 숙연궁에 배치되어 있는 궁녀와 내관은 사사로이 궁 밖으로 나갈 수도 없었고, 하물며 다른 곳의 궁녀나 내관들과의 교류조차 없었다.

소문으로는 내시감이 직접 고아들을 데리고 와 교육을 했다는 이야기도 있었고, 노예 중에서 고르고 골라 교육을 했다는 말도 있었다.

"폐하."

굳게 닫혔던 문이 열리고, 선두에서 선 내시감이 도윤에게 몸을 숙였다. 내시감의 인사를 받는 둥 마는 둥 열린 문으로 들어가는 도윤의 얼굴에 감정의 조각은 하나도 찾아볼 수 없었다.

"준비해 놓았습니다. 안으로 드시지요."

마련된 침상에 비설을 눕힌 도윤이 몸을 감쌌던 모포를 풀었다. 급한 대로 어깨에 모여 있던 독은 입으로 빼냈지만, 이미 온몸에 독이 퍼져 돌고 있었다. 결국 기를 이용해서 제거하는 것이 최선이었지만 그러기에는 그녀의 몸이 위태로웠다.

"태의감을 데려오겠습니다."

"태의소감을 데려오라."

도윤의 명령에 몸을 숙인 내시감이 방을 나가고 잠시 후, 눈을 가리고 방 안으로 들어온 태의소감이 몸을 숙였다.

그를 데리고 온 내관이 소감의 눈을 가린 천을 천천히 떼어 냈다.

"폐하! 헉!"

태의감이 아니라 자신이 불려 왔다는 사실에 의아해한 것도 잠시, 도윤의 옆에 누워 있는 비설을 보며 숨을 삼켰다.

도윤이 어린 호위를 총애하여 곁에 둔다는 이야기에 도성은 물론이고 지방의 세를 가진 귀족들조차도 황궁의 상황에 눈과 귀를 기울이고 있었다.

'여, 여인이었다니!'

놀란 눈으로 비설을 보던 태의소감이 가까이에서 느껴지는 시선에 숨을 삼켰다. 오랜 시간 가까이에서 도윤을 봐 왔지만 저런 살기 어린 시선은 처음이었다.

"죄송합니다. 폐하."

몸을 깊게 숙인 태의소감이 비설의 상태를 천천히 보기 시작했다. 하지만 부지런한 손길만큼이나 머리 또한 빠르게 돌아가고 있었다.

'이건 기회다.'

도윤이 권좌에 오르고 얼마 지나지 않은 무렵 저질렀던 잘못으로 지금의 태의감에게 자리를 내어 준 그였다.

도윤의 눈 밖에 났기에 기회만을 엿볼 뿐 행동에 옮기지 못하고 있던 상황에서 기회는 다시 찾아왔다. 하늘의 선택처럼 돌아온 기회에 웃음이 나오려던 태의소감이 헛기침으로 감정을 억눌렀다.

"흐윽."

태의소감의 손이 상처에 닿자 고통스러운 듯 비설이 몸을 비틀었다.

상처를 만지는 그에게서 도망치려는 비설을 도윤이 붙잡았다. 도윤의 손길조차도 참기 힘들었는지 신음을 참는 비설의 눈가에 물기가 어렸다.

"……아파."

"괜찮아질 거다."

"아파."

비설의 눈에 맺혀 있는 눈물에 도윤이 입술을 맞추었다. 고통스러워하는 그녀를 달래듯 도윤이 비설의 얼굴에 차례로 입술을 맞추었다.

끊임없이 그녀의 몸에 자신의 기를 전해 주면서 도윤이 온기를 나누듯 비설을 달래고 또 달랬다.

"아악!"

독에 중독된 상처를 건들자 입술을 깨물며 참았던 비명이 터져 나왔다.

제 감정을 가감 없이 드러내기는 했지만, 힘들거나 아픈 기색은 전혀 보이지 않았었다. 그랬던 비설이 눈물까지 흘리며 아프다고 몸부림을 치니 피가 말랐다.

"괜찮아. 괜찮아질 거야."

"흐윽."

고통스러운 비설을 보며 도윤이 말했다.

"아직 먼 것이냐?"

"거, 거의 다 끝났사옵니다. 폐하."

도윤의 채근에 태의소감의 이마에 맺힌 땀이 침소에 뚝 흘러내렸다. 어느 때보다도 정성스럽게 최선을 다해 상처를 치료했다. 피와 약초의 냄새가 코를 얼얼하게 했지만 상처를 치료하는 손은 멈추지 않았다.

모든 치료가 끝난 후, 침상에서 내려온 태의소감이 도윤 앞에 몸을 숙였다.

"상처는 모두 치료하였으나 독이 문제입니다. 급한 대로 독이 퍼지는 것은 막았으나 해독제는……."

"짐이 알아서 하겠다. 나가 보라."

"소인은 아무것도 보지 못했습니다!"

"그런가?"

"이만 물러나겠습니다."

태의소감이 나가고, 방에 정적이 찾아왔다.

고통에 다시 몸부림치는 비설의 몸에 도윤이 자신의 기를 흘려보냈다. 품에 쏙 들어올 정도로 작은 여체가 지금은 사그라질 것처럼 위태로웠다.

"커억."

온몸을 비틀던 비설의 입에서 다시 핏덩이가 쏟아졌다. 비설의 뺨을 감싸는 도윤의 손등에 그녀의 피가 흥건히 흘렀다.

힘들어하는 비설의 머리 앞으로 자리를 옮긴 도윤이 그녀를 뒤에서부터 안아 들었다.

지금은 어설픈 해독제보다는 남은 독을 모아 한꺼번에 빼내는 것이 나았다. 몸에 기를 흘려보내 독만 억지로 모으는 일이라 그녀에게 부담이 되겠지만, 시간이 없었다.

"아파도 참아."

온몸이 땀투성이인 비설이 눈을 떴지만 뒤에 있는 도윤을 볼 힘도, 눈에 초점도 없었다. 늘어지는 작은 몸에서 나오는 것이라고는 끊어질 것처럼 아슬아슬한 숨뿐이었다.

어설프게 남아 있는 옷가지를 전부 뜯어낸 도윤이 비설의 배에 손을 갖다 댔다. 밤의 냉기에 차가웠던 손이 붉게 달아오르고, 늘어져 있던 비설의 몸에 다시 힘이 들어갔다.

"아악!"

비설의 기에 도윤의 기가 섞이고 그녀의 몸 곳곳에 남아 있는 독이 그의 기운을 따라 움직이기 시작하면서 비설의 고통 또한 다시 심해졌다.

어떻게든 고통을 피해 도망가고 싶었지만, 단단하게 붙잡은 손이 놓아주지를 않았다.

"조금만 참아."

싫은 목소리가 들렸다. 그녀의 삶이 힘들 때마다 그의 목소리가 들렸다. 너무나도 아프고 힘든데도 그는 그녀를 놔주지 않았다.

새하얀 피부에 지렁이처럼 모인 독이 꿈틀거리자 비설의 비명이 더욱 커졌다.

"아파…… 아프다고!"

"참아."

"흐윽. 아파."

날카로운 칼이 온몸을 헤집고 난도질을 하는 것 같았다. 간신히 쥐어짜서 아프다고 말했건만 도윤은 놓아주기는커녕 참으라는 독한 말만 퍼붓고 있었다.

비설의 손톱이 도윤의 손등을 긁고 파고들었다. 손등에 붉은 상처가 생기고 피가 흘러내렸지만, 정작 당사자인 도윤은 얼굴을 찡그리지도 않았다.

"놔…… 아악!"

복부에서 어깨로 한꺼번에 밀려드는 통증에 비설의 눈에 매달려 있던 눈물이 뚝뚝 떨어졌다.

곳곳에 퍼져 있는 독을 어깨로 억지로 끌어모으고 있었으니 아프지 않을 리가 없었다. 독이 정확히 무엇인지 알 수 없는 상황에서 약초로 하는 해독은 무인으로서의 그녀를 망칠 수 있다.

자칫 흐트러지면 모았던 독을 놓칠 수 있었기에 지금은 최대한 그녀의 몸에 보낸 기에 집중해야 했다.

"……조금만 더 참아."

여유로운 미소는 이제 조금도 남아 있지 않았다. 도윤의 이마에 맺혀 있던 땀방울이 얼굴을 타고 흘렀다.

비명을 지를 힘조차도 없는지 가쁜 숨만 토해 내는 그녀를 침상에 다시 눕혔다. 사내조차도 고통스럽다며 힘들어할 상황에서도 잘 버티는 비설이 기특하기까지 했다.

어깨로 독을 모두 모은 도윤이 비설의 이마에 입술을 맞추었다.

"흐웃."

날카로운 단검이 어깨를 베자 붉은 기라고는 하나도 없는 검은 피가 침상을 적셨다.

그녀를 달래듯이 도윤이 창백한 얼굴에 자잘하게 입술을 맞추었지만, 그녀를 붙잡은 손에는 단단히 힘이 들어가 있었다.

"……아파."

"다 했어."

남아 있는 독까지 전부 몸 밖으로 빼낸 도윤이 비설의 상처에 입을 갖다 댔다. 어깨 주변에 뭉쳐 있는 검붉은 피를 도윤이 빨아내고 뱉어 냈다.

검붉었던 피가 완전히 붉은빛이 돈 후에나 도윤이 몸을 일으켰다.

젖은 눈이 도윤을 향해 있었지만, 초점은 없었다.

새로 어깨에 난 상처를 꼼꼼히 치료한 도윤이 자신의 입술에 묻어 있는 검붉은 피를 닦아 냈다.

"폐하."

문을 열고 들어온 내시감이 도윤을 향해 깨끗한 명주를 내밀었다. 받아 든 명주로 얼굴에 묻은 피와 땀을 닦아 낸 도윤이 엉망인 침상을 보며 눈을 찌푸렸다.

"방을 준비했습니다. 폐하. 유 호위님은 내관들이 옮길 터이니……."

내시감의 말을 자른 도윤이 비설을 다시 안아 들었다.

피로 엉망이 된 방을 지나 깨끗한 방으로 들어선 도윤이 침상에 비설을 눕혔다.

"궁인을 들이겠습니다."

"짐이 할 터이니 모두 나가라. 그리고 채현이 돌아오면 들여라."

도윤의 명령에 상황을 지켜보던 내시감이 주변에 시선을 주었다. 부산한 발걸음과 함께 곧 정적이 찾아오자 상황을 지켜보던 도윤이 준비된 명주를 물에 적셨다. 그리고 비설의 몸에 굳어 있는 피를 닦아 냈다.

몇 번이고 힘으로 붙잡았던 손목이 새삼 무척이나 가늘었다. 티끌 하나 없이 하얗다고 생각했던 피부에는 혀를 내두를 정도로 자잘한 흉터가 많이 보였다.

온몸이 상처에 멍투성이여서인지 상처를 감싼 붕대 외에는 나신임에도 여인으로 느껴지기보다는 안쓰러움이 더했다.

'이러니 눈에 더 띄었겠지만…….'

조금만 힘을 줘도 부서질 것처럼 약한 몸으로 잘도 검을 휘두르고, 적의를 드러내는 사내에게 이를 드러내며 자신을 지켰다.

악착같이 버티면서도 힘들다는 말 대신 아무렇지도 않다며 검을 잡은 손에 더 힘을 주었다.

"흐읏."

비설이 신음을 삼키자 피를 닦아 주던 도윤의 손이 멈추었다. 그의 손이 딱딱하게 굳은 비설의 미간을 펴 주었다.

긴 눈썹이 파르르 떨리며 감겼던 눈이 작게 떠졌다.

"음?"

살려 달라는 애원에도, 죽이겠다며 저주를 퍼붓는 날카로운 시선도 도윤을 흔들지는 못했다. 어차피 세상에는 자신만 있을 뿐이다.

그의 미래에 필요한 이들에게는 얼마든지 자비와 기회를 줄 수 있지만, 결국 그들은 목표를 이루기 위한 수단일 뿐이었다.

그런 자신이 겨우 상처에 흐트러진 여인이 보여 주는 눈길에 흔들릴 리가 없다.

"참지 말고, 소리를 질러."

눈에 맺혀 있던 눈물이 뺨을 타고 흘러내리고, 길게 내쉬는 숨이 하얀 김을 토해 냈다.

도윤을 보던 눈이 감기더니 곧 늘어지듯 비설이 정신을 놓았다.

제 목적을 위해 본모습을 감추고 술수를 쓰는 이가 즐비한 황궁에서 곰처럼 제 표정도 감추지 못하는 어린 호위가 마음에 들 뿐이었다. 죽이기에는 아까우니 직접 나선 것뿐이다.

그렇게 생각하고 있었을 뿐이다.

"짜증이 나네."

제 소유였다.

그녀를 가진 것도 그였고, 설령 무너트리거나 부서트리게 된다면 그것을 결정할 사람도 그였다.

감히 제 발아래에 무릎을 꿇고 머리를 숙인 것이 자신의 소유를 탐하려 했다는 말인가!

비설을 향했던 시선은 어느새 광기를 품고 허공을 향했다. 비틀린 심보에 치미는 분노가 쉽게 가라앉지 않았다.

"음?"

도윤의 손을 덮는 손길에 그의 시선이 허공에서 비설을 향해 옮겨 갔다.

까무러쳤다가 다시 깨어나기를 몇 번이고 하던 그녀가 제법 또렷한 눈으로 도윤을 보고 있었다. 물끄러미 보던 비설이 힘없이 미소를 지었다.

낯선 감정이 그를 흔든다.

정체를 알 수 없는 감정을 잠시 고민했지만, 답은 나오지 않았다.

"……공."

사그라지듯 약한 목소리였지만 또렷이 들렸다. 가까이 다가간 도윤이 얼굴을 숙이자 비설의 입가에 생기던 미소가 더욱 진해졌다.

힘겹게 올린 손이 도윤의 뺨을 감쌌다.

비설을 진정시켜야 했지만, 지금은 그러고 싶지 않았다. 검을 잡아 손은 거칠었지만, 지금 도윤의 뺨을 어루만지는 손길은 따듯하고 보드라웠다. 그는 저도 모르게 뺨을 만지는 비설의 손을 감쌌다.

"……힘들었어요."

고백하듯 속삭이는 목소리가 듣기 좋았다.

비설의 손을 끌고 와 손바닥에 짧게 입술을 맞추니 사라졌던 미소가 다시 생겼다. 그만이 보게 된 모습에 왠지 모를 쾌감이 일었다.

"곧…… 돌아갈게요."

"뭐?"

"……운정공."

쾌감이 차갑게 식어 내렸다.

미소가 사라지고, 차갑게 식은 얼굴에 감정이 알 수 없는 시선이 다시 정신을 놓은 비설을 향했다. 도윤이 손을 놓자 힘이 빠진 비설의 손이 툭 떨어졌다.

"……내가 무엇이 아쉬워서 다른 사내를 부르는 여인을 데리고 이 고생을 하고 있나."

비설의 뺨을 어루만지던 손이 목으로 내려왔다. 손가락에서 느

192

껴지는 그녀의 맥이 억눌러 왔던 살의를 불러일으켰다.

아무것도 모른다는 시선으로 바라보던 행동이 거짓이라면, 그녀가 품은 진심의 끝에 서 있는 사람이 운형이라면.

한번 시작된 의심이 물이 스미듯 머릿속으로 스미는 순간, 도윤이 입꼬리를 올렸다.

"그게 무슨 상관인가? 이미 내 손아귀에 있는데 말이야."

"돌아가야……."

"그렇게는 좀 어렵단다. 내 약한 호위야."

따뜻한 방과는 달리 손에 닿는 비설의 피부는 얼음장처럼 차가웠다. 옅은 떨림이 느껴지는 나신을 천천히 만지던 도윤이 입고 있던 옷을 벗었다. 약해질 대로 약해진 몸이 도윤의 온기를 느끼고는 품을 파고들었다.

흐트러진 비설의 기를 바로잡으려 끊임없이 기를 보내며 도윤이 작은 여체를 부드럽게 어루만졌다.

"지금은 많이 아프겠지만 자고 일어나면 나아질 거야."

"하아."

힘든 숨을 토해 내는 비설을 달래듯 도윤이 얼굴에 자잘하게 입맞춤을 하였다. 도윤의 더운 숨에 고통스러워하던 비설의 얼굴이 천천히 편안해졌다.

안정을 느낀 비설이 기절하듯 잠든 후에도 오랫동안 도윤이 그녀를 다독였다.

❋❋❋

숙연궁으로 들어선 채현을 궁인이나 내관은 물론이고 내시감조차 제지하지 않았다.

고하려는 내시감을 만류한 채현이 고개를 숙였다.

"폐하. 채현입니다."

들어오라는 말도 없는데 문을 연 채현이 내시감을 지나 방 안으로 들어왔다.

오는 내내 맡았던 혈향이 이곳에서도 깊게 퍼져 있었다. 차이라면 혈향 사이에 독한 약초 향이 섞여 있다는 것뿐이었다.

"폐하. 이번 일을 주도했던 가문은 모두 처리하였고, 가주는 모든 책임을 지겠다는 유서를 쓰고 자결했습니다."

매달리면서 살려 달라던 고함이 아직도 귓가에 어른거렸지만 이미 죽은 자들을 위한 변명은 이 자리에 어울리지 않았다.

마음에 드는 자와 눈 밖에 난 자.

도윤이 사람을 나누는 기준은 누구보다도 단호했고, 누구보다도 단순했다.

자리에 누워 있던 도윤이 천천히 몸을 일으켰다. 검은 물론이고 옷조차 입지 않은 무방비였지만 다가갈 엄두조차 나지 않았다.

한숨이 나오도록 느릿한 손길로 비설의 뺨과 머리카락을 어루만졌다. 그 모습조차 날카롭고 섬뜩했다. 마치 제 손에 잡힌 목숨을 가지고 노는 맹수처럼 비설을 내려다보는 도윤에게 표정은 전혀 없었다.

'죽겠군.'

지위의 문제가 아니다.

도윤의 앞에 서 있노라면 맹수에게 목을 내밀고 있는 초식동물이 된 기분이었다. 방심하는 순간 채현은 자기의 목에 무엇이 들어왔는지도 모른 채 죽을 것이다.

연도윤의 강점은 본인의 강함이었다.

무심하게 비설에게서 몸을 일으킨 도윤이 바닥에 내려놓았던 검은 침의를 집어 들었다. 사각거리는 소리를 내며 옷을 입은 도윤이 닫혀 있던 창문을 열자 그 사이로 달빛이 들어왔다. 그러나 도윤은 달빛보다도 더 시리고 날카로운 기운이었다.

지금까지 보여 주었던 여유로웠던 모습은 전부 거짓이었던 것처럼 달빛에 비치는 그의 모습은 숨 막히도록 바라보는 사람의 목숨을 갉아먹었다.

"짐의 몸 상태가 좋지 않아 당분간 숙연궁에서 쉴 것이다. 그런 짐의 곁은 유 호위가 지킬 것이고, 오늘 밤에 있었던 일의 마무리는 재상이 해 놓을 것이다."

이번 일의 주모자가 누구의 아들이고, 어느 직위의 귀족인지는 중요하지 않다. 아무리 혈육의 정이 중요하다 한들 제 목숨보다 중요한 것은 없었다.

작게는 황제의 호위를 제거하려 한 일이었지만, 크게는 황제의 호위가 황제에게 반기를 든 것이었다.

그 사실만으로도 일을 크게 벌이기보다는 은밀히 정리하는 것을 선택할 이들이었다.

"각 군장들에게 말을 전하겠습니다."

"태의감이었다가 태의소감으로 내려놓았던 놈이 그랬지. 자신은 아무것도 보지 못했다고 말이다."

"……."

"짐이 말을 꺼내지도 않았는데 보지 못했다면, 짐이 무언가를 주지 않는다면 본 게 되겠지."

나라 같지도 않았던 주가 영토를 넓히고 힘을 얻게 되면서 개개인의 욕심은 더욱 짙어졌다.

어설픈 욕심을 가진 황제가 권좌에 올랐다면 채 3년이 되기도 전에 주는 무너졌겠지만, 안타깝게도 현재 권좌를 잡은 도윤은 어설프지도, 그렇다고 정상적인 범주의 사내도 아니었다.

"처리하겠습니다."

채현에게는 시선조차 주지 않던 도윤이 문득 잠들어 있는 비설을 보며 부드러운 미소를 지어 보였다.

연도윤에게 타인을 향한 감정이나 배려 따위는 없다.

약간의 흥미도 결국 떨어지면 도윤은 또다시 그의 기준에서 사람을 나누었다.

도윤을 어떻게 생각하느냐는 채현의 물음에 비설은 버겁다며 고개를 설레설레 저었었다. 안타깝게도 비설의 바람과는 다르게 도윤은 아직 그녀를 향한 충동적인 관심을 놓지 않았다.

'네 의지와는 다르게 잡힌 것 같구나.'

모두에게 관대하고 여유로운 황제였어도, 도윤은 자신의 선 안으로 타인을 들이지 않았다. 그랬던 그가 먼저 제 손으로, 그것도 여인을 곁에 두고 있었다.

"흐읏."

굳게 다물었던 입에서 옅은 신음이 터져 나오자 침상에 앉은 도윤이 그녀의 뺨을 손으로 감쌌다. 있는 듯 없는 듯 했던 도윤의 기운이 폭발하듯 강하게 느껴진 순간 힘들어하던 비설의 신음이 멈추었다.

동시에 채현의 이마에 맺혀 있던 땀방울이 바닥에 뚝 떨어졌다. 상황이 저러한데 멍청한 것들이 제대로 파악도 않고 나서 버렸다. 그저 잠깐의 기운과 손길이었지만 거기에서 도윤이 말하고자 하는 바는 확실했다.

"정리를 끝낸 후, 다시 인사드리겠습니다."

새벽 해가 뜨기 전에 정리할 일이 많았다.

숙연궁에서 도윤이 나왔을 때 완벽히 정리가 되어 있지 않는다면 도윤이 직접 나서게 될 터, 그렇게 되면 지금의 피바람은 아무것도 아니었다.

✽✽✽

가쁘게 뛰는 숨을 삼키며 태의소감이 흥분한 감정을 억지로 가라앉혔다.

"여인이라니."

황후도, 후궁도 들이지 않는 황제가 여인인 호위를 곁에 두고 있다. 치료할 때 호위를 달래는 모습이 정인을 지키는 사내의 모습이지 않았던가?

"이것을 누구에게 말해야 하는가?"

이건 하늘이 그에게 준 절호의 기회였다.

"재상에게? 아니지. 그는 폐하의 사람이지. 사도에게 말해야 하나? 그런 식이라면 황후의 자리에 가장 가까이 가 있는 사도가 낫지."

가지고 있는 패가 너무나도 좋고 큰 것이라, 말하는 내내 미소가 사라지지 않았다. 왜 이리 시간이 더디게 가는지 입이 바짝바짝 마르고 손이 떨렸다.

"역시 사도가 좋겠어."

새벽 해가 뜨는 대로 뒤도 돌아보지 않고 달려갈 것이다. 지금까지의 고생을 보답받듯 태의감 자리를 약속받고 거래를 할 것이다.

"태의소감."

"아이고머니나! 누, 누구인가?"

어두운 방에서 들리는 타인의 목소리에 태의소감이 놀라 자리에서 일어났다.

얼굴을 보이지 않는 사내의 모습에 태의소감이 한 걸음 더 다가간 것과 동시에 날카로운 빛을 내며 나타난 검이 그의 심장을 뚫었다.

"컥!"

"너무 억울해하지는 마시지요. 각자의 일이라는 게 있지 않겠습니까?"

"이, 이 무슨…… 쿨럭."

"폐하께서 본인의 손으로 끌어내린 소감을 왜 다시 부르셨겠습니까?"

태의소감의 손이 자신을 찌른 이의 멱살을 붙잡았다. 그 손을 다른 손으로 붙잡은 채현이 빙긋 미소를 지었다.

"오늘 제가 좀 급합니다. 폐하께서 화가 아주 많이 나셨거든요."

"사, 살려…… 으읍."

경악에 찬 눈이 채현을 보는 것도 찰나, 태의소감의 몸이 바닥에 쓰러졌다.

구겨진 옷을 탁탁 털어 낸 채현이 들어왔을 때와 마찬가지로 누구의 제지도 없이 밖으로 나왔다.

"하루가 끔찍하게도 길군."

상황은 어느 정도 정리가 되어 있었지만, 아직 해야 할 일이 하나 더 남아 있었다.

따라온 이들을 모두 보낸 채현이 어디론가 걸어갔다.

채현뿐이었던 발걸음에 다른 사람의 발걸음이 섞여 들었다. 인적이 없는 새벽길을 어느새 두 사람이 걷고 있었다.

"사도께 오늘 밤 안으로 흔적을 지우시라고 전해라. 세화 아가씨 단속도 단단히 해 놓으시라고 전해 드리고. 오늘을 넘기시면 사도께서도 위험해지신다."

"그리하겠습니다."

같이 걷던 사내가 사라지고, 채현이 피곤한 듯 길게 기지개를 켰다.

방금까지 살인을 한 사람답지 않게 콧노래를 부르며 채현이 황궁으로 느릿하게 걸어갔다.

그리고 오십 보 떨어진 곳에서 규한이 그 모습을 날카롭게 지켜보고 있었다.

五章. 족쇄

숙연궁 밖은 조용했지만, 그 안을 좀 더 깊숙이 살펴보면 도윤이 휘두른 칼날에 황궁이 어수선하였다. 서로 눈치를 보며 말을 아꼈지만 며칠 전까지만 해도 황궁에서 일을 하던 이들이 흔적도 없이 사라졌다.

하지만 모두 살벌한 분위기에 서로 눈치를 볼 뿐, 사라진 자를 찾으려 하지 않았다.

"으음."

비설이 뻑뻑한 눈꺼풀을 힘겹게 들어 올리자 보이는 천장이 낯설었다. 코로 맡아지는 약의 향은 독했고, 몸을 일으키려 했지만 단번에 밀려드는 고통에 자신도 모르게 눈을 질끈 감았다.

침상에서 일어나는 대신 비설이 눈을 굴러 주변을 천천히 보았다.

'여기가 어디지?'

여인인 것을 숨기기 위해 죽자 사자 사내를 따라간 기억까지는 있었다. 그곳에서 연도윤을 만났고, 그 이후로는 뒤죽박죽이었다.

얼핏 운형의 목소리를 들은 것 같기도 했고, 도윤의 목소리가 섞여 들리기도 했다.

"후우."

가라앉지 않는 통증에 비설이 숨을 길게 몰아쉬었다. 사내에게 여러 번 발길질을 당했으니 바로 회복하는 건 무리일 듯싶었다.

"음?"

침상의 옆자리에 잠들어 있는 도윤을 보던 비설이 눈을 깜빡였다.

꿈이다.

분명 정신을 차리면 사라질 것이다.

하지만 아무리 눈을 깜박이고, 오랫동안 감았다가 떠도 옆에 잠든 도윤은 그대로였다. 분명 정신을 잃은 중간중간 도윤의 목소리를 들었다.

꿈이 아니다.

"서신!"

몸의 고통도 잊은 채 비설이 도윤의 멱살을 붙잡았다. 잠결에 당한 봉변에 무슨 일이냐는 듯이 도윤이 눈을 좁혔다.

"깨어났어?"

"서신 어디에 두셨습니까?"

"박하네. 살려 줘서 감사하다는 말은 없는 건가?"

화가 단단히 났는지 도윤의 몸에 올라타고 있으면서도 부끄러워하는 기색 따위 조금도 없었다.

알고서 저러는 건지, 아니면 서신에 정신이 팔려서 모르고 있는지 알 수 없었지만, 그래도 다 죽어 갈 때보다는 나은 얼굴이었다.

"윽!"

도윤의 말이 끝나기가 무섭게 밀려드는 통증에 비설이 미간을 찌푸렸다. 머리가 울리고, 온몸이 아팠다. 미처 잊고 있었던 통증에 비설이 몸을 휘청거렸지만, 도윤의 멱살을 잡은 손은 절대 놓지 않았다.

"서신은 어디에 숨기셨습니까?"

"무슨 소리를 하는지 모르겠네."

"폐하!"

툭 건들면 무너질 듯한 모습으로 참 잘도 저렇게 버티고 있었다. 길게 늘어뜨린 머리카락에 흐트러진 옷 사이로 보이는 하얀 피부가 영락없이 여인이었다. 피부 사이사이로 보이는 피멍과 상처만 아니었다면 영락없이 사내를 유혹하는 여인의 모습이었을 것이다.

진심으로 모르겠다는 얼굴을 한 도윤에 비설이 눈을 좁혔다. 도윤을 노려보던 눈이 자신의 팔목에 매여 있는 붕대로 향했다.

"폐하께서 치료하셨습니까?"

"그럼 짐 말고 누가 했겠는가? 너 죽을 뻔했어."

누워 있던 도윤이 비설의 허리를 잡고는 몸을 일으켰다. 그제야 자신이 앉아 있는 곳이 도윤의 다리 위라는 것을 깨달았다.

부끄러움에 얼굴이 붉어지고 입이 말랐지만, 도윤을 잡은 손을 놓지 않았다. 비설에게 그 서신은 반드시 확인해야 하는 것이었다. 다른 사람이 보낸 것도 아닌 운형이 보낸 것이었다.

"날 앞에 두고 누구 생각을 하는 거지?"

"그게 아니라…… 말 돌리지 마십시오! 어디에 두셨습니까?"

다른 것은 몰라도 운형의 서신만큼은 돌려받아야 했다. 운형이 무슨 말을 써 놓았을지 걱정하는 게 아니었다.

몸이 좋지 않은 운형이 일부러 시간을 내서 쓴 서신이었다. 그녀의 삶에서 운형은 누구와도 비교할 수 없는 이였다.

"폐하!"

"무슨 서신인지는 모르나 그렇게 중요했으면 알아서 잘 지켰어야지. 왜 나에게 책임을 전가하는 거지?"

이미 전부 알고 있으면서도 모르는 척하였다. 아무리 애원해도 도윤은 자신에게 서신을 주지 않을 것이다.

상처에 지쳐 버린 몸으로 피로가 한꺼번에 몰려왔다. 버틸 수 있다며 몇 번이고 자신을 추스르고, 채근했지만 운형의 서신과 도저히 받아들일 수 없는 도윤의 행동이 전부 싫어졌다.

"살려 주셔서 감사합니다."

"감사치고 참 살벌하다?"

"죄송하지만 폐하는 최악이십니다."

눈을 껌벅이며 당황하던 도윤이 크게 웃음을 터트렸다.

자신은 속이 뒤집히고 화가 나는데 그는 무엇이 또 그렇게 즐겁다며 저러는지 화가 치밀었다. 언제나 자신만 당하고, 언제나 자신만 속을 끓였다. 이 상태면 가족의 복수는 물론이고 자신을 지킬 자신조차 없었다.

황제의 감투를 쓴 저 사내가 문제다.

자신도 모르게 주먹을 쥔 비설이 있는 힘껏 도윤을 쳤다.

퍽!

상처투성이에 아직 몸도 성하지 않은 여인의 주먹질이야 아프지 않았다.

아닌가?

"엄청 아픈데?"

누군가에게 주먹으로 맞아 보기는 처음이다.

황족으로 태어났고, 황제로 권좌에 앉은 후에 그는 더더욱 그러한 위험에서 벗어나 있었다. 그의 행동에 분노할망정 누가 황제인 그에게 주먹을 날린단 말인가?

뺨이 얼얼하고 쓰리다.

"나쁜 놈."

뺨을 감쌀 생각조차 하지 못했다.

아픈 뺨만큼이나 노려보는 시선이 따가웠다. 몇 번이고 약을 올려 댔으니 충분히 화가 났을 테지만, 지금 시선은 평소와는 확실히 달랐다.

무서운 것이라고는 전혀 없는 도윤에게 지금 그녀의 눈은 약간은 불편했다.

비설을 달랠 생각으로 도윤이 손을 내밀었지만, 그보다도 먼저 그녀가 도윤의 몸에서 내려왔다.

몸의 고통에 비틀거린 것도 찰나, 힘겹게 몸을 일으킨 비설이 문을 향해 걸어갔다. 비설의 돌발 행동에 멍한 것도 잠시, 놀란 도윤이 한걸음에 그녀의 앞까지 달려갔다.

"너 그렇게 나갔다가는 여인이라는 거 바로 걸려."

"그게 무슨 상관입니까?"

"뭐?"

정말 생각 외의 행동을 보여 줬지만, 이번에는 진심으로 생각 이상의 행동이었다. 황궁을 나가겠다니, 몸 상태도 문제였지만 현재 모습은 영락없는 여인이지 않은가?

악착같이 숨기려 할 때는 언제고, 본모습을 드러내려 하는 비설을 도윤이 다급하게 말렸다.

"우선은 진정해라! 그 모습으로 무엇을 하겠다는 것이냐?"

"어차피 나갈 황궁입니다. 이제 당신은 꼴도 보기 싫습니다."

"지금 네가 말하는 당신이 황제라는 건 아는 것이냐?"

고작 서신 몇 장일 뿐이다. 없어져도 그만인 것 따위로 저리 쓸모없는 화를 내고 있었다. 하물며 황궁을 나가겠다니, 황제인 그에게 감히 꼴도 보기 싫다고 해 대다니, 하극상도 이런 하극상이 없었다.

원래부터 꼬여 있던 심술이 극을 찍었다.

어렸을 때부터 도움을 주었던 운형이니 각별할 수 있다. 하지만 황궁에 온 이상, 운형보다는 도윤을 우선으로 생각해야 하는 것이 아닌가?

아직 맛도 제대로 보지 못했는데 도망가게 둘 것 같은가!

"무슨 상관입니까? 이제 나가면 다시는 안 볼 사람인데 말이죠."

"너 나 죽인다며?"

당장에라도 나가려는 비설의 몸이 멈추었다.

그제야 대화가 가능해진 도윤이 부지런히 머리를 굴렸다. 우선은 어디로 튈지 모르는 그녀부터 진정시켜야 했다.

비설을 설득하기 위해 말을 꺼내려는 순간 그녀가 먼저 도윤을 노려보았다.

"꼭 황궁에 있어야 폐하를 죽일 수 있는 것은 아니지요."

그 기세가 무척이나 살벌하여 도윤은 그 순간 생각하고 있던 것을 전부 잊어버렸다. 말문이 막힌 도윤이 드물게 당황하고 있었지만, 안타깝게도 그의 변화를 살피기에는 비설의 상태는 좋지 않았다.

“다른 방법을 찾겠습니다!”

비설이 약간이라도 주저했다면 그 틈을 파고들었을 것이나 지금의 그녀에게서 그런 모습은 조금도 없었다.

여인임을 들키든 뭐든 비설은 황궁을 나갈 것이다.

저 지독한 고집에 방향이 잡히자 생전 처음으로 도윤은 다급해졌다.

“문을 잠가라!”

“이게 무슨 짓입니까?”

“짐의 허락이 떨어지기 전까지는 절대 문을 열어서는 안 된다.”

“이거 놓으십시오!”

문을 열고 나가려는 비설을 붙잡은 도윤이 그녀를 들어 어깨에 둘러멨다. 발버둥 치는 비설의 허리를 단단히 붙잡은 도윤이 침상으로 그녀를 데리고 갔다.

이미 붙잡혀 있으면서도 왜 이리 또 무모한지 바동거리느라 간신히 아물었던 상처에서 다시 피가 새어 나왔다.

“그 모습으로 문제를 일으키면 운형을 어찌 볼 것이냐?”

마치 주술처럼 운형이라는 단어에 비설의 발버둥이 멈추었다.

그녀의 발버둥이 멈춰서 다행이라는 생각만큼이나 운형이라는 이름에 반응하는 비설의 모습에 입안이 썼다.

다른 여인들은 도윤과 같은 곳에 있으면 그를 눕히지 못해서 안달이 나 있건만, 이 무뚝뚝하고 고집이 센 곰 같은 여인은 죽어도 도윤은 싫다며 적의를 드러냈다.

“널 보낸 사람이 운형이라는 것을 알게 된다면 귀족들이 그를 가만히 둘 것 같으냐? 그걸 알면서도 네가 그 모습으로 나가겠다는 것이냐?”

비설의 움직임이 완전히 멈추자 그제야 도윤이 안도한 듯 숨을 내쉬었다.

그러나 그녀를 잡는 것만 생각한 나머지 도윤이 간과한 것이 있었다.

"왜 제가 황궁을 나가 공께 돌아가리라 생각하십니까?"

"뭐?"

"황궁에서 사람들 눈을 피해 나가는 것은 일도 아니고, 설령 돌아가더라도 공에게 돌아가지는 않습니다. 왜 제가 그런 바보짓을 해서 공에게 피해를 드린단 말씀입니까?"

"……."

"제 몸 하나 숨기는 일은 어렵지 않습니다! 평생을 해 온 일인데 못 할 것은 또 무엇이 있겠습니까?"

이제는 놀랄 기운조차 없었다. 마냥 순진하고 외골수인 줄만 알았더니만 작정하고 머리를 굴리니 당해 낼 재간이 없었다.

그의 생에 신하에게, 그것도 여인에게 이렇게까지 말문이 막힐 줄, 진심으로 생각은 물론이고 상상조차 한 적 없었다.

"이제 어설프게 걱정해 주시는 척 따위 하지 않으셔도 됩니다. 사람을 흥밋거리로 생각하시는 당신에게 매번 당하는 것도 질립니다!"

도윤의 손을 뿌리친 비설이 침상에서 내려오려 했다.

복잡하게 엉킨 생각을 정리할 여유 따위 없었다. 지금 머릿속을 채운 생각은 단 하나뿐, 비설이 이 방을 나가면 그녀를 다시는 볼 수 없다는 것이었다.

비틀거리며 일어나는 비설을 붙잡은 도윤이 혈을 찍었다. 잠시 몸을 비틀거리던 비설이 힘없이 도윤의 품에 다시 안겼다.

힘없이 늘어진 비설을 물끄러미 바라보았다. 손에 힘을 주기만 해도 사라질 것처럼 약한 주제에 정신을 잃은 얼굴에서 좀 전의 고집이 남아 있었다.

"비현아."

작정하고 고집을 부리니 도윤의 방식이 단 하나도 통하지 않았다.

"네 동생은 너와 왜 이리 다른 것이냐?"

고개를 저으면서도 비설을 붙잡은 손에는 힘이 잔뜩 들어가 있었다.

정신을 차린 비설이 뻑뻑한 눈을 다시 깜박였다.

'망할 자식!'

이 원수 같은 사내는 말이 안 통하면 꼭 혈을 짚어 정신을 잃게 했다.

가장 많이 화가 나는 것은 도윤의 방식을 알면서도 어영부영 당하는 자신이었다.

'차라리 실력이나 없으면 이러지도 않지.'

고개를 옆으로 돌린 비설이 도윤의 모습에 눈을 좁혔다. 자신의 속은 부글부글 끓고 있건만 저 사내는 무엇이 그리도 행복한지 곱게 휜 눈매에 입꼬리까지 올린 채 그녀의 옆에서 잠들어 있었다.

'차라리 잘되었어.'

잠들었을 때 도망가는 편이 나았다. 분명 깨기는 하겠지만 이번만큼은 그리 호락호락하게 당하지 않을 것이다.

철컹.

이불을 걷고 나가려던 비설이 발에 느껴지는 이질감에 몸을 멈추었다.

설마 하는 눈으로 다리를 내려다본 비설의 미간에 핏줄이 도드 라졌다.

침상의 끝에 걸려 있는 족쇄가 비설의 오른발에도 연결되어 단단히 묶여 있었다.

"이게…… 이게 무슨?"

"일어났는가?"

황당한 상황에 말문이 막힌 비설과는 달리 도윤은 너무나도 편안한 표정으로 배시시 웃고 있었다.

저 황제가 웃었다.

평소보다도 더 환하고 즐겁다는 듯이 웃었다.

"이게 무엇입니까?"

"그래야 못 도망가니까. 제법 괜찮은 생각 같지 않은가?"

미친놈! 죽일 놈! 철천지원수 같은 놈!

목 끝까지, 아니 입술 바로 앞까지 치미는 욕을 억지로 참았다. 지금은 도윤을 자극할 때가 아니라 잘 설득을 해서 이 족쇄를 풀어야 했다.

진심으로 나오지 않는 미소를 간신히 만들어 낸 비설이 차분하게 도윤을 향해 입을 열었다.

"이거 풀어 주시지요. 폐하."

"싫은데."

"폐하!"

무엇이 그리도 재미난지 도윤이 몸을 웅크려 가며 웃음을 터트렸다.

혈을 찍혀서 기절한 것으로도 모자라 이제는 발에 족쇄까지 차게 되었다. 어찌 된 것이 하나를 해결하기도 전에 하나가 더 생겼다.

이 상황을 어떻게 빠져나갈 것인가?

고민하려던 순간 누워 있던 도윤이 그녀의 앞까지 다가왔다.

"이대로 도망가면 네가 여인인지 알면서도 황궁으로 보낸 운형을 처벌할 거다."

놀란 눈으로 보던 비설이 도윤을 노려보았다.

어찌 된 인사가 사람의 약점을 붙잡고 흔드는 일을 저리 숨 쉬듯이 가볍게 해 댄단 말인가? 황제라는 자가 자비, 배려는커녕 억압과 협박에 더 능했다.

차라리 죽여야 한다면 이 자리에서 죽여 버리리라.

웃음을 터트리는 도윤의 멱살을 붙잡은 비설이 몸 위로 올라탔다.

"이거 풀란 말입니다!"

온 힘으로 달려들어 봤자 부상자인 그녀의 행동 따위 간지럽지도 않았다.

열쇠를 찾으려는 비설의 허리를 팔로 감싼 도윤이 그녀를 다시 침상에 눕혔다. 바둥거리는 그녀의 손에 도윤이 깍지를 꼈다.

순식간에 움직임을 잡힌 비설이 이를 갈았지만, 정작 그녀를 붙잡은 도윤은 여유로운 손길로 그녀의 머리카락을 쓰다듬었다.

"자. 착하지."

"이거 놓으란 말입니다!"

"내 약한 호위야. 화를 내 봤자 소용이 없단다. 착해지자."

어린아이를 달래는 것 같은 행동에 비설의 눈에 핏줄이 섰다. 이런 상황에서조차 이런 대우라니, 이러니 더욱 화가 나는 것이 아닌가?

무엇보다도 짜증이 나는 것은 진짜 어린아이를 달래듯 머리카락을 쓰다듬는 도윤의 손길이었다. 제멋대로 군 것은 그인데 이 상황은 꼭 심통이 난 어린아이가 투정을 부리는 것을 어른이 달래는 꼬락서니가 아닌가!

"이러지 마시고!"

머리카락을 만지던 손길이 어깨를 감싼 깃에 닿았다. 깃을 어루만지던 손이 점점 아래로 내려왔다.

그의 손을 따라 비설의 눈이 파르르 떨렸다.

다쳤던 터라 몸이나 가슴을 가렸던 붕대는 어디에도 없었다. 그의 손이 쇄골에서 가슴으로 천천히 움직이는 순간 분노는 다시 초조함으로 바뀌었다.

"놓아, 놓아주십시오."

조금만 잘못 움직여도 옷고름이 풀릴 것 같다. 고름이 풀리지 않은 지금도 가슴의 굴곡이 흐트러진 옷 사이로 적나라하게 보였다.

"지금도 보기 좋은데, 난."

하필 아파도 저 돌아 버린 놈 앞에서 아프게 되었는가? 목숨을 구해 준 것은 무척이나 감사한 일이나 솔직히 감사보다도 화가 더 밀려왔다.

감정을 숨기지 않은 채 독한 소리를 내뱉으려던 비설이 문득 깍지 낀 손에서 느껴지는 이질감에 눈을 찡그렸다. 도윤의 손에도 비설과 같은 붕대가 돌돌 감겨 있다.

"제가 그런 것입니까?"

"음? 이거? 그냥 자다가 긁힌 거다. 신경 쓰지 않아도 돼."

도윤은 웃고 있었지만, 비설은 그럴 수 없었다.

비설의 단호한 손이 도윤의 손에 묶여 있는 붕대를 붙잡았다. 비설의 행동에 손을 빼려던 도윤이 무슨 생각인지 곧 얌전히 그녀에게 손을 맡겼다.

붕대를 풀자마자 보이는 상처에 비설이 미간을 찌푸렸다.

"대신들이 이 상처를 보고 아무 말씀도 없으셨습니까?"

"보지 못했는데 무슨 말을 하는가?"

"왜……?"

"나가지 않았으니 그들이 봤을 리가 없지 않으냐? 괜히 짐이 잘못 행동해서 네가 여인인 것을 들키면 곤란하지."

"그럼 폐하께서 제 병간호를 전부 하셨습니까?"

조금 전까지 날을 바짝 세운 것도 잊고, 이제는 또 기가 바짝 가라앉은 응묘처럼 도윤의 상처를 보았다.

자꾸 나가려는 비설에게 일부러 상처를 보여 마음의 짐을 짊어지게 했지만, 저 정도로 눈치를 봐 대니 그도 모르게 입꼬리가 올라갔다.

고작 손등의 상처 따위로 또 저리 미안해하다니 날이 바짝 선 성격과는 달리 참으로 착하지 않은가?

"네가 어떤 마음으로 왔는지 아는데 그걸 멋대로 드러나게 해서는 안 되지."

약해진 마음에 도윤을 거절하지 못하도록 달콤한 말을 속삭였다. 제 손에 들어온 그녀가 도망가지 못하도록 다정하게 다독이면서도 책임감을 느끼도록 압박을 가했다.

"차라리 궁녀나 내관을 시키시지 그러셨습니까?"

"그러기에는 네가 좀 위험했거든."

"……."

"너 죽을 뻔했어."

족쇄로 발을 붙잡고 세 치 혀로 마음을 흔들었다.

다른 이들은 비겁하다며 조롱할지 모르지만, 도윤에게 수단은 원하는 것을 얻는 방법일 뿐이었다.

나름 괜찮은 외모에 부드러운 목소리로 설득하면 아무리 자신을 단단히 무장했던 이라도 도윤에게 원하는 것을 주었다. 그들이 그러했듯이 비설도 도윤에게 원하는 답을 줄 것이다.

"우선은 상처부터 추스르자."

도윤의 설득에 비설이 손등의 상처로 다시 눈을 돌렸다.

그녀가 죽여야 할 사내가 죽을 뻔한 자신을 살려 주었다. 아무리 그녀가 도윤을 죽일 생각이었어도 저렇게까지 그녀를 치료해 준 사내에게 적의를 드러낼 수는 없다.

풀었던 붕대를 다시 든 비설이 말없이 도윤의 상처에 감았다.

"폐하께서 소인에게 진심으로 그런 말을 하시는 게 아니라는 것은 알고 있습니다. 마음을 담지 않은 말임에도 흔들린 것도 사실이지만요."

생각하지 못했던 대답에 도윤의 눈이 커진 것도 잠시, 곧 부드럽게 휘었다.

도윤의 감정을 전부 읽지는 못했지만, 지금 보여 주는 미소는 앞서 설득하려 했었던 거짓과는 달리 진심이 느껴졌다.

거짓말을 들켰어도 당황하는 대신 미소를 보였다. 미안해하기는 커녕 그래서 무엇을 더 어찌하겠느냐는 시선으로 비설에게 답을 요구했다.

처음 만났던 그 순간부터 도윤은 그녀를 놓아줄 생각 따위 없었는지도 모른다.

'마음 같아서는 당장에라도 도망가고 싶지만…….'

황제인 그가 손등에 저런 상처를 남기면서까지 그녀를 간병해 주었다. 온몸의 붕대와 상처만 봐도 상황이 얼마나 좋지 않았는지 어렴풋이 예상할 수 있었다.

도윤이 아니었다면 비설은 죽었을지도 모른다.

"치료받겠습니다. 폐하."

"내 현명한 호위는 판단도 잘하네."

환하게 미소를 짓는 도윤을 보던 비설의 얼굴이 붉어졌다.

비설이 황궁을 떠나지 않는 일이 도윤에게 그리도 기쁜 일이었는지 지금까지 봤었던 표정 중에 가장 안도하고 있었다.

전혀 보이지 않던 도윤의 감정이 좋아하는 표정에서 바로 느껴지자 비설이 숨을 삼켰다. 그저 웃고 있는 얼굴을 마주할 뿐인데도 열기가 훅 치밀었다.

'미쳤어.'

좋지 않은 몸 상태 때문이다.

고작 사내의 미소에 열기가 치밀고 심장이 떨리다니 우스운 일이지 않은가? 하물며 상대는 그녀를 억지로 붙잡고 있는 미친 황제였다.

황궁을 나가지 않겠다는 선언 하나에 저렇게 좋아할 리가 없다.

"대신 의관에게 필요한 치료를 받을 테니 폐하께서는 경원궁으로 돌아가십시오. 지존의 자리를 오래 비우시는 것은 안 될 일입니다."

도윤의 얼굴에 깃들어 있던 미소가 사라졌다. 거리를 두고 비설을 보던 도윤이 단숨에 그녀와의 거리를 바로 앞까지 좁혔다.

바로 앞까지 다가온 도윤의 얼굴에 비설이 어느 때보다도 빠르게 거리를 벌렸다.

한번 뛰기 시작한 심장이 기분 나쁘리만큼 빠르게 뛰었다.

"서운하네."

이 인간이 배려를 해 줘서 돌아가라고 했는데도 또 왜 이러는 것인가?

"지금까지 내가 다 상처 지혈도 해 주고, 치료도 해 주고, 아프다고 우는 것도 달래 주고, 더러워진 몸도⋯⋯."

"그만! 거, 거기까지만 하시란 말입니다!"

치료를 하려면 그럴 수밖에 없다는 것을 알면서도 얼굴이 화끈거리는 것은 어쩔 수 없었다.

사내로 살아왔어도 비설은 여인이었다. 평생을 자신을 숨기고 본모습을 가리고 살았건만, 이 미친 사내에게는 내내 해 왔던 방어는 아무런 쓸모도 없었다.

"진짜 서운하네."

뒤집힐 사람은 비설인데도 세상이 무너진 표정을 짓는 사람은 도윤이었다. 정인에게 이만 끝내자는 말을 들은 사람처럼 세상 시무룩한 표정으로 비설과는 눈도 마주치지 않았다.

어느새 전세는 도윤에게 기울어 있었다.

"이제 저도 정신을 차렸고, 소인이 무엇이라고, 폐하께서 직접 이렇게 하신단 말입니까?"

"내가 너에게 미움을 받잖아. 그러니 상처가 잘 아물 때까지 열심히 하고서 점수를 딸 것이다!"

따 놓은 점수도 다 잃으시겠습니다.

돈을 꾸지도 않았는데 빚을 갚으라는 빚쟁이를 만난 기분이었다.

진심으로 아무것도 하지 않았건만 도윤과 있으면 멱살을 잡힌 채 끌려다니는 것 같은 착각을 일으켰다.

자신의 고집도 상당했지만, 도윤에 비하면 그녀의 고집은 아무것도 아니었다.

"폐하께서 하라는 대로 할 터이니 족쇄는 풀어 주십시오."

"……."

내내 바로바로 나오던 대답이 그 순간 멈추었다.

도윤이 하라는 대로 다 양보한 이상 족쇄만큼은 비설도 물러날 생각이 없었다. 죄인도 아니고 그녀가 발에 족쇄를 찬 채로 이곳에 있을 수 없다.

"폐하. 족쇄는 풀어 주세요."

"음. 열쇠를 어디에다가 뒀는지 기억이 안 나."

"거짓말하지 마시구요. 고작 몇 시진이지 않았습니까?"

"그래도 기억이 안 나는 것을 어쩌겠느냐?"

제멋대로인 인간. 나쁜 놈. 못된 놈. 망할 놈. 망나니 같은 놈. 난봉꾼.

그녀가 아는 몇 안 되는 욕까지 전부 머릿속에서 떠올랐다.

진심으로 도윤이 황제가 아니었으면 당장에라도 최악의 인간이라며 욕설을 토해 냈을 것이다.

왜 하필 저 연도윤이라는 사내가 주나라의 황제란 말인가!

"그럼 한 가지만 솔직히 말해 주십시오. 폐하."

"난 내내 솔직히 말했는데?"

"서신은 어찌하셨습니까?"

도윤이 쥐고 있던 주도권이 단숨에 비설에게로 넘어왔다. 말을 돌리려던 도윤이 비설의 단호한 표정을 보고는 마음을 바꾸었다.

"태웠어."

없앴다는 말에 화를 내려던 비설이 짧게 한숨을 내쉬었다.

"왜 없애셨습니까?"

"짜증 나서."

무슨 심술이냐는 듯한 시선에 도윤의 눈이 부드럽게 휘었다.

가까이에 있으면서도 가졌다는 생각 자체가 들지 않았다. 도윤이 손을 내밀면 당연하게 몸을 숙이며 다가오던 이들과는 확실히 달랐다.

갖고 싶다.

"얌전히 치료받으면 왜 없앴는지 알려 줄게."

이 눈치 좋은 호위는 도윤의 거짓말을 눈치채겠지만, 굳이 그 이유를 알려 줄 생각은 없었다.

그저 그 서신의 존재가 도윤에게 거슬렸을 뿐이다.

화를 참는 비설을 지켜보던 도윤이 충동적으로 그녀의 눈 옆에 입술을 맞추었다. 놀란 비설이 피하려 했지만, 족쇄 때문에 그마저도 쉽지 않았다.

당황하는 비설을 붙잡은 도윤이 딱지가 남아 있는 입술에 입을 맞추었다.

❋❋❋

하루에 두 번씩 태의가 찾아왔다. 태의가 비설을 치료할 때마다 언제나 도윤이 곁에 있었다.

치료를 받고 약 기운에 지쳐 잠들고 나면 하루는 금세 끝이 났다.

그렇게 하루하루가 지나갔다.

218

마음 같아서는 당장에라도 자리에서 떨치고 일어나고 싶었지만 마음처럼 몸이 나아지지는 않았다.

도리어 족쇄에 묶여 아무것도 하지 못하게 되자 평생을 긴장하며 살았던 몸이 더욱 늘어졌다.

"흐윽."

서책을 보던 도윤이 침소에서 들리는 낮은 신음에 자리에서 일어났다.

두 명이 잠을 자도 널찍한 침상에서 몸을 웅크리고 자던 비설의 몸이 옅게 떨리고 있었다.

이마에 맺혀 있는 땀을 보던 도윤이 비설의 옆에 누웠다. 작은 여체를 품으로 이끌자 온기를 찾아 파고들었다.

"과거 따위 잊어버리면 그만인 것을."

현재를 생각하기도 인생은 버거웠다. 그런 그에게 과거를 품고 사는 비설은 낯설었다.

"하긴 네 오라비도 비슷하기는 했었다. 나와 이야기를 하는 건지 너와 이야기를 하는 건지 알 수 없었지."

비현과의 대화의 반은 언제나 동생 비설의 이야기였다. 그렇게도 어여쁜 동생이면 얼굴이라도 보여 달라고 했지만, 비현은 도윤은 비설에게 너무 위험하다며 가까이 오지도 못하게 했었다.

"사실이긴 했네."

도윤의 명령에 비현의 가문은 멸문당했고, 신하로서 거두려고 했던 이들은 제명을 다하기도 전에 목이 떨어졌다.

"하아."

길게 숨을 몰아쉬는 비설의 눈가가 젖어 들었다.

무슨 꿈을 그리도 꾸는지 도윤의 품에 안겨 있으면서도 좀처럼 깨어나지 못했다.

흔들어 깨운다면 정신을 차리겠지만, 이 고집쟁이 호위는 감정을 가라앉히는 대신 도윤에게서 도망치느라 또 쓸데없는 힘을 소모할 것이다.

"나의 어여쁜 호위님."

연모로 끌리는 것은 아니었지만, 도윤은 비설이 마음에 들었다. 제 감정을 제대로 숨기지도 못하면서 자신을 숨기려 아등바등하는 비설이 귀여웠고, 종종 억지로 드러내게 한 감정에 당황하며 허둥대는 모습도 재미있었다.

"……가지 마."

"꿈이다."

"안…… 돼."

"이만 일어나자."

울음을 터트리는 비설의 등을 어루만지고, 눈에 맺혀 있는 눈물을 닦아 냈다.

억지로 일어나기보다는 도윤의 손길에 자연스럽게 잠에서 깰 수 있도록 답답하리만큼 천천히 그녀의 얼굴을 어루만졌다.

흐트러진 비설의 얼굴에 코를 묻자 달금한 체향이 맡아졌다.

그림을 그리듯 비설의 입술을 손가락으로 어루만지자 흐트러진 숨이 힘겹게 토해졌다.

"이만 깨서 나 좀 봐."

"하아."

"일어나자."

몸의 떨림이 사라지고, 감겼던 눈이 떠졌다. 아직 물기가 남아 있는 눈이 저를 품에 안고 있는 도윤을 향했다.

"꿈이야."

도윤의 속삭임에도 완전히 꿈에서 벗어나지 못했는지 비설의 눈이 여전히 허공을 맴돌았다. 도윤의 손이 길고 윤기 있는 머리카락을 어루만지고, 아직 솜털이 사라지지 않은 귓불을 희롱하였다.

"하아."

그의 손길이 뺨을 감싸고 입술에 닿자 비설의 눈에 초점이 돌아오며 긴 한숨을 내쉬었다.

눈을 깜박거리며 정신을 차린 비설이 물끄러미 도윤을 바라보았지만, 정작 시선을 받은 그는 빙긋 입꼬리를 올리며 비설의 마른 입술을 손가락으로 어루만졌다.

손아귀에 전부 들어오는 작은 얼굴이 무척이나 보드랍고 매끄러웠다. 충동적으로 눈가에 맺혀 있는 눈물에 입술을 맞추었다.

짭짤하다. 그리고 달았다.

"꿈이야. 비설아."

현실로 돌아왔지만 꿈에서 느꼈던 두려움이 몸에 남아 있었다. 자신은 이렇게나 힘든데 정작 그는 아무렇지도 않다. 억울하고 화가 났다.

"폐하께서는 소인의 가족을 전부 죽여 놓고도 아무렇지도 않으십니까?"

꿈에 나타난 오라버니는 살이 썩고 흰 뼈를 드러낸 채로 비설을 향해 피눈물을 흘렸다. 다가가기도 끔찍한 모습이었지만, 그녀에게 비현은 지금까지도 마음에 품은 귀한 가족이었다.

과거의 기억은 비설의 마음에 상처를 내고 힘들게 하였다.

"이미 죽은 자를 전부 생각할 수 없지."

"당신이⋯⋯!"

"미친놈이 그런 거까지 생각하게 되면 정말 광인이 될 것인데 그러기에는 내가 짊어진 책임이 너무나도 크니까 말이야. 하지만⋯⋯."

다시 촉촉하게 맺힌 눈물에 도윤이 다시 입술을 맞추었다. 다른 여인들과는 달리 비설은 닿으면 닿을수록 피부에 닿는 느낌도, 그녀만의 체향도 좋았다.

"잘못했다."

놀란 비설을 보며 도윤이 눈을 내렸다.

그의 선택이 언제나 옳을 수는 없다. 그러니 무모한 고집을 부려 제 품에 안겨 있는 이 작은 여인을 놓칠 수는 없었다.

가족의 복수를 위해 도윤을 죽이겠다는 여인임에도 가지고 싶었다. 그러니 그녀를 흔들 방법이라면 도윤은 얼마든지 자신의 잘못을 인정할 수 있다.

"짐이 잘못했다."

전혀 미안하지 않은 얼굴로 잘못했다는 말을 꺼냈다. 화가 날 상황인데도 화가 나기보다는 왠지 모르게 위로가 되었다. 연도윤이라는 사내에게 사과는 저 정도가 최선이었을 것이다.

그를 용서하는 것은 아니었지만, 적어도 내 잘못은 아니라며 외면하는 것보다는 차라리 저렇게라도 인정하는 것이 나았다.

"그러니 안 좋은 꿈은 잊어버려. 어차피 꿈이잖아."

"폐하께서 만드신 꿈이에요."

잘못했다는 말을 들었어도 마음의 상처는 쉽게 사라지지 않았다. 그러면 안 된다는 것을 알면서도 독한 말이 먼저 나왔다.

"짐이 만든 꿈이면 더더욱 짐이 잊게 해 줘야겠네."

무슨 소리냐는 말을 하기도 전에 도윤이 비설을 품에 안았다. 조금의 틈도 없이 도윤에게 안긴 당황한 비설이 그를 붙잡았지만, 밀어낼 수 없었다.

모순도 이런 모순이 없었다.

그녀의 전부를 빼앗아 간 원흉인데도 불구하고 누구보다도 그녀의 상처를 제대로 마주해 주는 유일한 사람이 도윤이었다.

"자고 일어나면 한결 기분이 나아질 거야."

나지막이 내쉬는 숨소리에 천천히 안정을 찾아갔다. 등을 어루만져 주는 손길에 그녀도 모르게 다시 잠이 몰려왔다. 이제 괜찮으니 놓아 달라는 말을 해야 했지만, 차마 입 밖으로 나오지 않았다.

"나의 어여쁘신 호위님."

밀려드는 잠기운에 도윤이 무슨 말을 하는지도 잘 들리지 않았다. 종종 얼굴과 목에 도윤의 촉감이 느껴졌지만, 무거워진 눈꺼풀이 좀처럼 올라가지 않았다.

온기를 찾아 비설이 도윤의 품을 파고들자 낮은 웃음이 그에게서 들려왔다.

타의, 어쩌면 자의였을지도 모른다. 모처럼 모든 경계를 내려놓은 비설이 꿈도 꾸지 않은 채 다시 잠들었다.

❖❖❖

이제는 화도 나지 않았다.

잠깐이나마 위로를 받았던 상황은 손목에 잠긴 족쇄를 보는 순간 빠르게 식었다.

"이건 또 무엇입니까? 폐하."

부글부글 끓는 그녀와는 달리 무엇이 또 그리도 신나고 즐겁고 재미난지 도윤이 빙그레 미소 지었다.

"진지하게 생각해 봤는데 말이지."

"……."

"왠지 네가 진짜 짐을 죽일지도 모른다는 생각이 들어서 말이야."

미친놈은 그냥 미친놈일 뿐이었다. 풀어 달라고 말해 봤자 귓등으로도 들어 처먹지 않을 것이다.

이제는 누구를 탓할 기운도 없었다. 아무것도 모르는 채로 순진하게 황궁에 들어온 자신의 탓이었다.

"족쇄를 푸는 일은 폐하께서 하지 않으시는 게 좋겠습니다."

"왜?"

"진짜 죽여 버리고 싶거든요."

표정 없이 건네는 말에도 도윤은 또다시 미소 지었다. 저 모습을 보며 살의를 드러내는 것도 우스웠다.

고개를 젓는 것으로 도윤의 시선을 피한 비설이 팔의 족쇄를 보며 한숨을 내쉬었다.

"족쇄부터 풀려면 어서 나아야겠네요."

비설은 자각하지 못하는 것 같았지만 방에 온 이후부터 미성은 풀려 있었다. 여인의 목소리에도 딱딱한 말투는 그대로였지만, 그녀의 목소리는 가희보다도 듣기 좋았다.

이기적일지 몰라도 좀 더 그녀의 목소리를 듣고 싶다.

"운형의 이야기를 해 봐."

"네?"

"정확히는 운형에게서 네가 어떻게 자랐는지 이야기해 봐."

"왜 해야 하는데요?"

"짐이 궁금하거든."

잊으려고 하면 나오는 짐이라는 말에 비설이 눈을 좁혔다.

어차피 숨길 이유도 없었고, 못 할 이야기도 아니었기에 비설이 잠시 생각을 정리했다.

"형원공의 은혜로 검을 배우기는 했지만, 그분은 제가 검 이외의 것을 배우는 것은 용납하지 않으셨습니다. 그런 저에게 가르침이 주신 분이 운정공이십니다."

비현과 있을 때는 그렇게도 하기 싫었던 공부가 어느 순간 필요한 것이 되어 있었다.

윤천은 비설을 가르치면서도 이용하려고만 했었다. 사내라고 하기에는 작은 체구인 주제에 운형의 곁을 지키는 비설을 탐탁지 않아 하는 이들의 시기를 이겨 내며 살아남아야 했다.

"운정공께서는 건강은 좋지 않으셨지만 현명하셨고, 귀찮다며 넘기셔도 됐을 일을 자신의 책임이라며 하나씩 가르쳐 주셨습니다."

"운형이 널 아꼈다면 검이 아니라 편안하게 살 길을 마련해 주었어야지."

"검을 잡은 건 제 선택이었으니까요. 그리고 그 선택을 후회하지는 않습니다."

"온몸에 흉터는 다 만들어 놓고 말인가?"

"선택에는 대가가 따르니까요. 조건 없는 가르침에 많은 것을 배우고, 지금까지 살아남았습니다. 저에게는 은인이시지요."

조곤조곤 말을 잇는 비설의 목소리는 듣기 좋았지만 운형을 생각하며 말하는 그녀의 얼굴은 보고 싶지 않았다.

황제인 그에게는 조금만 다가서도 날카롭게 이를 세우면서, 이곳에 없는 운형에 대해 말하는 비설은 그야말로 연모에 빠진 여인이었다.

'은인을 정인처럼 말하네.'

불쑥불쑥 치미는 짜증이 다시 일었다.

자신이 운형이었다면 비설을 황궁에 들일 생각조차 하지 않았을 것이다. 도윤의 성격을 알고 있으면서도 황궁에 그녀를 보낸 것 자체가 운형에게 비설은 아무것도 아니라는 증좌가 아닌가?

도윤에게 보내도 비설은 똑같을 것이라는 자신감이었던가? 아니면 도윤이 비설에게 무슨 짓을 해도 상관없다는 것인가?

어느 쪽이든 생각하면 할수록 기분은 더더욱 나빠졌다.

'왜 내가 내 욕을 하고 있나.'

꼬리를 물고 이어지는 생각을 멈춘 도윤이 허공에 시선을 둔 비설을 바라보았다.

이 방에는 없는 운형이 비설에게는 바로 앞에 있는 것처럼 느껴졌다. 정작 앞에 있는 도윤은 이미 그녀의 시야에 없었다.

"먼 곳에 있는 놈이 무엇이 그리도 고맙다고."

도윤의 독설에 비설의 말문이 막혔다. 말을 해도 어찌나 독하게 하는지 이해할 수 없었다. 먼저 이야기를 꺼내 보라고 하고서는 마무리는 꼭 이런 식이었다.

다른 사람도 아니고 운형이다.

한 소리를 하려는 순간, 도윤이 침상 가운데에 벌러덩 누웠다.

"폐, 폐하."

"왜?"

"제가 누워야 할 침상인데요?"

"알고 있어."

알고 있는 인간이 지금 그렇게 누워 있습니까?

물론 잠결에 그의 품에서 잠든 기억은 있었다. 하지만 그것은 순수하게 이성적인 판단을 할 수 없을 때 저지른, 그야말로 충동적인 행동이었다.

지금은 가슴이나 몸을 가리는 붕대도 없었고 그야말로 얇은 자리옷이 전부였다.

"저 누울 건데요."

손과 발을 묶인 것도 억울해 죽겠는데 이렇게 되면 침상에 제대로 누울 수도 없다.

푹 쉬어야 한다던 태의의 말을 같이 들었으면서도 도윤은 저러고 있었다.

"좀 멀리 떨어지시든지 비키시란 말입니다."

"……."

"폐하?"

치료를 받는 것인지 화병을 얻어 가는 건지 모르겠다.

'무슨 사내가 눕자마자 잠들어.'

비설은 투덜대면서도 달빛에 비치는 그의 모습을 물끄러미 바라보았다.

죽이겠다는 선언을 한 사내였지만, 지금은 검 들 생각조차 나지 않았다. 발과 손에 묶여 있는 족쇄 때문만은 아니었다.

'무엇을 저리도 많이 짊어지고 있기에 잠도 불편하게 자는가?'

잠들어 있으면서도 도윤은 편안해 보이지 않았다. 원수도 이런 원수가 없었지만, 고작 며칠 밤을 같이 있었다고 이러는 것인지 분노를 느끼기보다는 황당하고 신경이 쓰이고, 괜히 머리에 열이 올랐다.

'나의 어여쁘신 호위님.'

비설의 얼굴이 터질 것처럼 붉어졌다. 천천히 뛰기 시작했던 심장이 이제는 걷잡을 수없이 뛰었다.

지난밤의 기억이 밀물이 들이치듯 떠오르자 감정은 점점 더 날뛰었다.

"미쳤어."

몸이 낫지 않아서 마음까지 약해진 것이 분명했다.

도윤에게서 최대한 떨어진 비설이 이불을 머리끝까지 끌어 올렸다.

"푸흡."

조용했던 도윤이 참지 못하고 실소를 터트렸다. 작은 실소는 어느새 큰 웃음으로 바뀌었다.

"안 답답해?"

"……."

"너 그러다가 상처 건든다고."

대담하다가도 금세 또 몸을 숨겼다.

저러니 이곳에 올 때마다 즐거움이 느는 것이 아닌가.

"악!"

이불을 파고든 도윤이 비설을 뒤에서 껴안았다. 놀란 비설이 몸을 움직이려 했지만, 그마저도 도윤에게 막혔다.

"도대체 왜 매번 이러십니까?"

"그렇게 바동거리면 상처 덧나."

"억지도 그런 억지가 또 어디에 있습니까?"

대답하는 대신 도윤이 비설의 목덜미에 얼굴을 묻었다. 도윤의 움직임이 멈추길 기다리던 비설이 무겁게 한숨을 내쉬었다.

제멋대로 행동하고 남의 말을 제대로 듣지도 않는 사내가 체온은 누구보다도 따뜻했다.

저 체온에 몸을 맡기고 있으면 우습게도 내내 밀려왔던 짜증이 언제 그랬느냐는 듯이 가라앉았다.

"넌 따뜻해서 안고 있으면 편안해져."

저가 속으로 하고 있던 생각과 같은 말이 도윤에게서 나오자 비설이 잠시 숨을 삼켰다. 체온이 따듯하다거나 편안해진다는 말을 해 준 사람은 없었다.

별다른 의미가 없는 말이겠지만, 머릿속에서 사라지지 않았다.

"다른 여인들도 따뜻하기는 마찬가지입니다. 폐하께서 손만 내밀면 받아들일 여인은 황궁에 넘치도록 많지 않습니까?"

"넌 그 다른 여인들과는 달리 짐의 옷을 벗기지는 않잖아."

"무슨! 그런 말도 안 되는!"

"오늘은 이만 자자. 졸립다."

말을 받아 주던 것도 잠시, 도윤이 잠들었다. 이번에는 깊게 잠들었는지 뒤에서 그가 내쉬는 고른 숨소리가 작게 들려왔다.

태의가 그녀를 보고 있어도 내내 간병은 도윤이 도맡다시피 했었다.

아무리 그녀가 도윤에게 복잡한 감정이 있다고 해도 그 사실까지 외면하고 무시할 정도로 뻔뻔한 사람은 아니었다. 조심스럽게 몸을 돌리자 도윤이 비설의 품에 얼굴을 묻었다.

"다시는 다른 놈들에게 다치지 마."

"네?"

"어쭙잖은 놈에게 머리카락 하나라도 상하면 내가 무슨 짓을 할지 몰라."

"……."

"뭐, 보고 싶으면 해 보든가?"

가슴에 느껴지는 숨소리에 솜털이 곤두섰지만 밀어낼 수 없었다.

밀어내려는 생각과는 달리 점점 그에게 옥죄이고 있었다. 살벌한 말을 던져 놓고는 아무것도 모른다는 듯이 도윤이 다시 잠들었다.

'도움을 받았으니까.'

싫든 좋든 도움을 받았으니 이 정도는 감수해야 한다. 협박은 공기 마시듯이 해 대는 사내고, 당장 죽이기에는 몸은 회복되지 않은 상태이니, 지금은 그가 하는 대로 휘둘리는 수밖에 없었다.

좀 전과는 다르게 편안하게 잠든 그를 보며 비설이 긴 한숨을 내쉬었다.

'잠깐일 뿐이야.'

말과는 다르게 비설의 손이 도윤의 머리카락을 오랫동안 쓰다듬었다.

잠시만 더, 조금만 더 비설의 손이 도윤에게 머물렀다.

❋❋❋

시간이 흐르듯 낫지 않을 것 같았던 비설의 상처도 어느덧 거의 다 나아 갔다.

이제는 다시 움직여도 된다는 태의의 허락에 비설의 기분은 무척이나 좋아졌지만, 정작 간병이 끝나는 도윤의 기분은 바닥을 쳤다.

"이제 이거 풀어 주세요."

비설의 말에도 도윤은 족쇄를 노려보기만 할 뿐 내관을 들이지도, 나서지도 않았다.

"……."

"머리 쓰지 마시고요. 안 풀어 주시면 제가 풀고 나가겠습니다."

풀려고 마음먹었다면 못 풀 것도 아니었지만, 차마 도윤이 해 놓은 족쇄였기에 건들지 못한 것도 사실이었다. 나가도 된다는 허락을 받은 이상 방에서의 답답한 생활은 오늘로써 끝이었다.

"폐하."

"지금까지 병간호해 준 값을 받아야겠어."

도윤과의 대화가 어떤지 표현하자면, 방심하면 목에 칼이 들어오는 기분이었다. 말투는 너무나도 가벼웠지만, 그 안에 든 의미를 생각하면 도저히 웃을 수 없었다.

값을 어떻게 받겠다는 건지 고민하던 비설이 화들짝 놀라며 입술을 가렸다.

이제야 간신히 상처가 아물었는데 또 만들고 싶지 않다!

"쯧쯧. 웅묘 아니랄까 봐 발전이 없어."

잊을 때쯤 나오는 웅묘라는 단어가 비설의 신경을 내내 건드렸다. 아무리 생각해도 자신은 그 곰과 비슷한 점이 단 하나도 없었다.

"도대체 제가 그 곰과 무엇이 비슷하다고…… 아앗!"

반항을 시작하기도 전에 도윤에게 손목을 붙잡혔다. 도윤의 힘에 밀려 비설이 침상에 다시 누웠다.

그녀의 위에 올라탄 도윤이 물끄러미 바라보았다. 그의 눈에서 얼핏 비치는 감정에 비설이 마른침을 삼켰다.

"저에게 연모의 감정은 없으시다면서요."

"음. 그렇긴 해."

다만 다른 이들보다 비설을 더 찾는다는 것 또한 부인하지 않는다. 감추려 하지만 결국 제 속을 전부 보여 주는 이 작은 아가씨가 도윤은 마음에 들었다.

누군가에게 제 속을 보여 주기 힘든 자리, 도윤이 먼저 보이지 않아도 종종 저가 숨기는 속마음을 단숨에 파고드는 이 여인에 대한 호기심은 시간이 갈수록 점점 더 짙어졌다.

"그런데 왜 이러시는 것입니까?"

"그냥⋯⋯ 기분이 안 풀려서."

그게 제 탓은 아니지 않습니까?

왜 기분이 나쁜지 이야기나 했으면 이리 억울하거나 기가 막히지 않았을 것이다.

"짐이 손해 보는 기분이야."

"어느 지점에서부터 그리 서운하셨습니까?"

족쇄에 묶여 얌전히 치료도 받았고, 무슨 짓을 해도 다친 자신의 탓이려니 하며 그러려니 넘겼다. 하라는 대로 전부 다 해 줬으면 이제는 좀 얌전히 놓아줄 수 있는 것이 아닌가?

하지만 속마음은 속마음이고, 그것을 말로 꺼내 봤자 도윤에게는 조금도 통하지 않는다는 것 정도는 이제 충분히 알고 있었다.

"연모는 아니지만 너에게 가진 감정은 좋은 편이야. 이대로 바로 안아도 상관없을 정도로 말이야."

놀란 눈이 꼭 토끼 같았다.

손을 내밀어서 안길 여인이었다면 도윤은 이미 그녀를 제 품에 가두었을 것이다.

머릿속에 자신 외에는 누구도 떠올리지 못하고, 저 고운 목소리로 그를 찾을 때까지 몇 번이고 자신을 각인시키고 흔적을 남겼을 것이다.

"그러니까 나가자마자 흔들리지 마."

저 사내에게서 느껴지는 낯선 감정에 숨이 막혔다. 분명 입은 웃고 있었지만, 바라보는 시선에서는 처음 느꼈던 광기가 보였다.

얼굴을 숙인 도윤이 비설의 입술에 짧게 입을 맞추었다. 열기가 느껴지기 전에 떨어진 입술이 턱을 지나 목으로 내려왔다.

"하아."

도윤의 더운 숨이 목을 간질이자 비설이 자신도 모르게 참았던 숨을 길게 내쉬었다. 그의 체온에 안정을 찾았던 몸이 익숙한 열기를 찾아 달아올랐다.

손목을 붙잡았던 도윤의 손이 비설의 손에 깍지를 껴 붙잡았다. 비설은 어떻게든 빠져나오려 했지만 이미 그녀는 도윤에게 단단히 잡힌 후였다.

목에 입술을 깊게 묻자 맥이 뛰는 느낌과 동시에 그녀의 긴장이 묻고 있는 입술로 느껴졌다.

온몸으로 치미는 충동을 삼키며 도윤이 비설의 목을 깊게 빨아들였다.

"흐웃."

물컹한 혀의 감촉에 몸이 떨리는 것도 찰나, 그가 내쉬는 더운 숨이 데일 듯이 뜨거웠다.

"하앗!"

도윤의 이가 느껴지며 알싸한 통증이 목에서부터 퍼져 나갔다. 목에서 느껴지는 고통에 신음을 삼키기도 전에 더운 열기를 가진 부드러운 혀가 상처를 달래듯 핥아 내렸다. 상처의 통증을 느끼기도 전에 말캉한 혀가 집요하게 상처를 핥고 빨아들였다.

"그, 그만!"

상처가 진정되자마자 다시 깨물고, 빨아들이고 핥아 내기를 반복했다. 집요하게 남겨지는 흔적에 고통과는 또 다른 감각이 그녀를 집어삼켰다.

밀어내려던 손이 도윤의 어깨를 붙잡았다.

머리끝까지 치미는 열기에 비설의 눈이 촉촉해졌다.

"하아."

버텨 왔던 숨이 상처를 핥아 내리는 혀의 감촉에 힘겹게 터져 나왔다.

몸에 힘이 빠진 비설이 침상에 늘어진 후에나 목에 거듭 흔적을 남기던 도윤이 얼굴을 들어 그녀와 시선을 맞추었다.

반항할 기색도 없이 혼란스러워하는 그녀를 보며 도윤이 입꼬리를 올렸다.

"내가 미치는 꼴 보고 싶지 않으면 목의 상처 가리지 마."

"……무슨?"

"남은 팔다리도 전부 묶어 버릴까?"

붉게 달아오른 목의 상처를 보는 도윤의 눈이 부드럽게 휘었다.

이대로 보내는 것이 이상하게 너무나도 짜증이 난다. 이제야 제 손에 조금은 들어온 기분이었건만, 이 작은 호위는 또다시 그에게서 도망가려 했다.

"이대로 널 안아도 괜찮을 것 같은데."

목에 닿는 입술의 열기가 뜨겁다 못해 화끈거렸다. 도윤의 손이 작은 어깨를 어루만지고 팔을 감싸고 허리를 붙잡았다.

머리에서 위험하다는 경보음이 계속 울렸지만, 목소리조차 도윤에게 잡힌 것처럼 비명 한 자락도 나오지 않았다.

"나한테 안길래? 아니면 묶일래?"

"……."

"아니면 둘 다 할까?"

너무나도 놀란 나머지 비설의 눈은 커진 채 도윤만을 바라보고 있었다.

이 상황도 제법 괜찮다. 저 작은 머리에 새겨져 있는 운형의 존재 따위 전부 도려내서 흔적조차 남기고 싶지 않았다.

자신이 원하면 그렇게 만들면 될 일이다. 제 손아귀에 갇힌 작은 호위의 목에 남긴 각인이 지워지지 않도록 도윤이 다시 이를 세워 목을 깨물었다.

✳✳✳

걸렸다.

걸려도 하필 제대로 미친놈에게 단단히 걸려 버렸다.

족쇄가 풀리고, 방에서 나왔지만 해방이라는 생각보다는 자각하지 못한 함정에 완전히 빠진 기분이었다.

"입술도 모자라서 목인가."

목의 상처를 가리고 말고를 떠나 내내 쓰라렸다. 약이라도 발라 보려 했지만, 도윤이 무슨 수작을 부렸는지 지금까지 치료해 준 태의는 물론이고 의관들도 안 된다며 고개를 저었다.

가장 이해할 수 없는 것은 도윤에게 반항하지 않는 자신이었다.

"미쳤어."

밀어내야 한다는 생각은 하면서도 도윤을 도저히 피할 수 없었다. 결국 남아 버린 것은 목에 검붉게 새겨진 잇자국이었다.

"황궁에서 도망칠까?"

고민 끝에 나온 결론에 비설이 고개를 저었다.

충동적인 선택에 대한 대가를 치르는 사람은 비설이 아니라 운형이다. 무엇보다도 비설이 아무리 몸을 숨겨도 도윤은 얼마든지 찾아낼 것 같았다.

도망으로 해결될 일이었다면 이미 비설은 저지르고도 남았다.

"하아."

"비설아?"

고민하던 비설의 귀에 익숙한 목소리로 부르는 낯선 이름이 들려왔다. 황궁의 누구도 알지 못하는 그녀의 이름에 비설이 상념에서 벗어나 소리가 들리는 방향으로 고개를 돌렸다.

눈이 커지고 심장이 떨렸다.

믿을 수 없는 이의 모습에 비설이 소매로 눈을 비비고 다시 보았지만, 그녀를 부른 이는 그 자리에 있었다.

"운정공?"

비설의 답에 서 있던 이가 환한 미소를 지었다.

도윤의 미소와는 달리 사내의 미소는 부드럽다 못해 온화하게 다가왔다.

운정공 연운형.

도윤의 친척이자 어린 비설을 거두었던 사내가 그녀의 앞에 와 있었다.

六章. 얽히고 얽히는

　조심스러운 걸음으로 50보 앞까지 걸어온 운형이 몸을 깊게 숙였다.

　내시감과 몇몇 호위만을 두고 귀족들을 물린 도윤이 턱을 손으로 괴었다. 비설에게 보였던 정염에 가득 찼던 눈은 어느새 차갑게 식어 표정을 알 수 없게 변해 있었다.

　"몸은 좀 어떠한가?"

　"소인. 폐하의 은덕으로 잘 지냈습니다."

　운정공 연운형은 도윤과는 다르게 창백한 얼굴에 당장에라도 쓰러질 것 같았다.

　아버지인 형원공 연윤천이 반란을 일으키자 운형은 그와 함께하는 대신 아버지를 도윤에게 넘기는 것으로 살아남았다.

　스스로 하게 된 선택이었어도 그때의 충격이 몸으로 왔는지 운형의 건강은 날로 나빠졌다. 날이 좋지 않거나 조금이라도 무리를

237

하면 정신을 잃거나 며칠을 내내 침상에서 일어나지 못했다.

"그 몸으로 굳이 하지 않아도 될 걸음을 했구나."

"소인 자중했어야 했지만, 실은 소인의 귀한 아이가 어찌 지내는지 보고 싶어 억지를 부렸습니다. 송구하옵니다. 폐하."

살아남는 대신 운형은 윤천의 군사와 재력을 모두 도윤에게 넘겼다. 운정공이라는 작위만 있을 뿐, 다른 황족에 비하면 운형이 가진 것은 거의 없었다.

"다만 폐하께서 은혜롭게도 건네주신 토지에서 소인이 감당하는 것보다도 더 많은 작물을 얻었던 터라 영남의 상황에 도움이 되셨으면 하여 가져왔습니다. 받아 주시옵소서. 폐하."

"풍년이면 좀 더 가질 것이지 무엇을 또 가져오는가? 그대의 성의는 받아들이나 이후에는 나라만큼이나 그대의 건강을 신경 써라."

그의 말에 운형이 말없이 고개를 숙였다.

무표정하게 운형을 보던 도윤의 눈이 권좌 아래에 서 있는 비설로 옮겨졌다.

'얼씨구.'

모르는 사람이 봐도 비설의 얼굴에 생기가 가득했다. 숙연궁에서 도윤에게 적의를 드러냈었던 것과는 달리 지금은 연모가 뚝뚝 떨어졌다.

도윤을 보는 여인들과 똑같아진 비설의 표정에 그의 심술이 덕지덕지 붙기 시작했다.

"왜 귀한 아이를 보증도 없이 보냈는가? 짐을 지키느라 그 아이가 제법 곤혹을 당했단 말이지."

운형을 보며 수줍어하던 눈길은 어느새 매섭게 바뀌어 도윤을 노려보고 있었다. 비설이 노려보나 마나 무서운 것이라고는 하나도 없는 그가 운형에게 답을 요구했다.

"소인은 그 아이가 황궁에 오는 것을 반대했습니다."

"반대하였다?"

"험한 황궁에서 살아남기에는 제 아이는 너무 올곧으니까요."

"……."

당황한 비설이 운형을 보았지만, 그녀에게 눈을 돌리는 대신 운형은 도윤을 마주하였다. 도윤을 마주하는 일은 예전이나 지금이나 쉽지 않았다.

"올곧은 것보다도 짐의 눈에 들어올까 걱정한 것은 아닌가?"

상황을 모르는 사람들은 둘의 대화가 무슨 내용인지 알 수 없겠지만, 상황을 아는 이들에게 둘의 대화는 섬뜩하다 못해 식은땀이 나는 대화였다.

비설이 여인이라는 것을 들키다 못해 도윤의 눈에 들기까지 했다. 아무리 운형이 힘이 없어도 그 정도는 충분히 알 수 있었다.

"소인의 귀한 동생이자 은인입니다. 아들의 배신을 깨달은 아버지가 휘두르는 검을 막은 사람이 그 아이였고, 제 목숨보다도 소인의 목숨을 더 아끼고 지켜 주었던 귀한 은인입니다. 과분한 은혜를 입었고, 때로는 소인보다도 더 날카롭게 상황을 판단하였기에 많은 가르침을 준 아이입니다."

"……."

"그 아이의 선택을 존중해 황궁으로 보냈으나, 소인의 이기적인 욕심으로는 황궁이 아니라 편안한 곳에서 제 삶을 누리길 바랐습니다."

고개를 숙이고 있는 비설을 운형이 부드러운 눈으로 바라보았다. 일부러 얼굴을 쳐다보지 않아도 비설이 어떤 얼굴을 하고 있을지 눈에 선했다.

손에 잡혀 있었던 여인이 언제 그랬느냐는 듯이 공기처럼 사라졌다.

"폐하. 사도께서 오셨다 하옵니다."

내시감의 속삭임에 도윤이 권좌에 몸을 맡겼다.

이유 없는 호의는 없다. 영남에 도움이 될 귀한 작물을 가져왔으니 운형이 무엇을 원하는지도 하나씩 알아봐야 할 터였다.

하물며 제 손에 쥐여 있다는 것을 알면서도 운형은 먼저 비설의 이야기를 꺼냈다.

"당분간 황궁에 일이 많으니 염치없지만, 그대에게 손을 벌리겠다. 따로 자리를 마련할 것이니 그때까지 황궁에서 머물며 지친 몸을 쉬게 하라."

"성은이 망극하옵니다. 폐하."

일어나는 운형을 보던 비설이 도윤을 쳐다보았지만, 그녀의 시선을 도윤은 주저 없이 무시했다. 어차피 널리고 널린 게 내관인데 굳이 비설에게 운형의 호위를 맡길 생각 따위 조금도 없었다.

"유 호위는 짐의 말을 잊지 마라."

대전을 빠져나가는 운형을 보던 비설이 등 뒤에서 들리는 서늘한 속삭임에 몸을 굳혔다. 목에 남은 잇자국이 욱신 아팠다.

그녀의 생각 따위 너무나도 훤하게 아는 듯한 도윤의 행동에 이가 갈렸다.

'망할 인사.'

속에서 천불이 나도 절대 겉으로 드러낼 수 없다.

독대를 청하는 사도의 요청에 비설은 간신히 대전을 빠져나올 수 있었다.

마침 대전에 온 규한의 허락으로 잠깐의 시간이 허락된 비설이 운형을 찾으러 황궁을 바쁘게 걸어 다녔다.

"도대체 어찌 배웠기에 이리 괘씸한 것이냐! 너를 가르친 상궁이 누구인지 내 봐야겠다!"

"살려 주십시오. 아가씨. 잘못하였습니다."

짝!

기대와는 다른 목소리에 비설의 걸음이 멈칫했다. 시간이 많지 않았기에 빨리 운형을 찾아야 했지만 연이어 들려오는 날카로운 소리가 비설의 발길을 붙잡았다.

"회초리를 가져오거라! 내 오늘 황궁의 기강을 다시 세울 것이다."

"살려 주십시오. 아가씨. 제발 살려 주십시오."

외면하며 가려던 걸음이 날카로운 외침에 다시 멈추었다. 저 목소리는 얼마 전 도윤에게 교태를 부렸던 세화였다. 처절한 궁녀의 외침과 세화의 목소리에 결국 비설이 한숨을 내쉬었다.

"어린 궁녀에게 자비를 내려 주시지요. 아가씨."

소리가 들리는 방향으로 가자마자 보이는 것은 살려 달라며 연신 손을 비비는 궁녀와 엉망으로 굴러다니는 쟁반과 찻주전자였다. 그리고 그 앞에 세화의 비단옷에 찻물이 튀어 희미한 얼룩이 진 것이 보였다.

비설의 등장에 궁녀를 향해 다시 손을 들었던 세화가 뒤늦게 흐트러진 자신을 추슬렀다. 사나웠던 표정을 원래대로 돌린 세화가 쓰러진 궁녀를 지나 비설에게 다가왔다.

"유 호위가 아닙니까?"

"뒤늦게 인사드려서 죄송합니다."

"유 호위께서 왜 그러시는지는 알지만 이건 제 일입니다. 이만 물러나시지요."

"아직 어린 궁녀가 저지른 실수입니다. 너그러이 한 번만 용서……."

짝!

말이 끝나기도 전에 비설의 뺨이 화끈거렸다. 주저 없이 비설의 뺨을 때린 세화가 불쾌한 기색을 감추지 않았다.

"어디 평민 호위 따위가 내가 하는 일을 막아서는 것인가? 너 따위가 내 앞을 막는다고 무서워라도 할 줄 알았느냐? 뭐 하는 것이냐? 어서 저 계집을 일으키지 않고!"

"자, 잘못했습니다! 아가씨! 다시는 이런 일이 없게 하겠습니다!"

궁녀의 외침에도 불구하고 달려온 시종이 그녀를 붙잡아 세화의 앞에 다시 세웠다.

비설을 지나친 세화가 궁녀를 향해 손을 들었다. 주저 없이 궁녀를 향해 세화의 손이 내려왔다.

짝!

궁녀의 앞에 끼어든 비설이 세화의 손찌검을 대신 맞았다. 비설의 개입에 세화의 눈이 커진 것도 잠시, 다른 쪽 뺨을 향해 손을 휘둘렀다.

세화의 손바닥이 뺨에 닿을 때마다 날카로운 소리가 연이어 울려 퍼졌다.

궁녀는 물론이고 시종까지도 놀란 눈으로 비설을 보았으나 때리는 세화나 맞는 비설이나 동요라고는 전혀 없었다.

"독한 놈 같으니……."

기운이 전부 빠진 세화가 비설을 보며 이를 갈았다. 피가 터질 것처럼 붉게 달아오른 뺨을 한 채 비설이 세화를 향해 몸을 숙였다.

"이제는…… 보내 주시지요."

그렇게 맞았음에도 흔들림조차 없다. 이 자리에서 죽여 버리고 싶었지만, 황제의 호위를 죽이는 건 문제가 달랐다.

"이만 돌아가라."

"감사합니다! 아가씨! 감사합니다! 호위님!"

그녀를 죽일 것처럼 노려보는 세화와 그녀의 앞을 막은 수려한 호위를 번갈아 보던 궁녀가 도망치듯 둘에게서 멀어졌다.

도망가는 궁녀를 보던 세화가 비설을 보며 이를 갈았다. 방법이 나쁜 것은 아니지만 이대로 넘기면 치민 화가 가라앉지 않을 것 같았다.

"유 호위께서는 황궁의 호위 일 말고도 여러 일에 관심이 많으신가 봅니다."

그사이 말투가 바뀐 세화를 보며 비설이 소리 없이 숨을 내쉬었다. 연이어 맞은 뺨이 화끈하다 못해 따가웠다.

"어찌 소인 따위가 그러겠습니까? 또한 황궁을 누구보다도 잘 아시는 아가씨에 비하면 소인 아는 것이 너무나도 부족합니다. 다만 소문이 퍼진다면 아가씨께 큰 누가 될 거라 생각하여 주제넘게 나섰습니다. 죄송합니다."

분명 사내였건만 여인을 보는 것 같은 착각을 불러일으키는 호위였다. 게다가 아무것도 모른다는 얼굴로 세 치 혀를 놀려 대고 있었다. 그날 일만 성공했어도 보지 않아도 될 이였다.

저 태연함을 가장한 표정을 한번은 무너뜨리고 싶다.

"크게 다치셨다고 들었습니다. 감히 폐하의 호위들이 그런 마음을 먹다니, 큰일을 겪으실 뻔했습니다."

"무슨 말씀을……."

"황궁은 위험한 곳입니다. 이번에는 다행히 잘 넘겼지만 사람의 일이 또 어찌 될지는 아무도 모르는 것이 아니겠습니까?"

비설의 목숨을 노리려 했던 사건은 도윤을 노린 사건으로 바뀌었다. 그것이 숙연궁을 나오기 전 내시감에게 들었던 내용이다. 덕분에 평민 호위 하나 죽어도 상관없다며 조롱해 대던 이들은 황제의 목숨을 노린 역도가 되어 있었다.

소수의 몇몇을 제외하고는 모르는 일을 세화는 당연히 알고 있다는 듯이 말을 꺼냈다.

"혹 이번 일, 아가씨께서 하신 것입니까?"

돌려 말하지 않는 물음에 세화의 눈매가 부드럽게 휘었다. 발뺌하고 무시할 수 있었지만, 검밖에 믿을 것이라고는 없는 평민 호위에게는 때로는 사실을 말해 제 위치를 상기시켜 주는 편이 어떤 면으론 훨씬 이득이었다.

"무슨 소리인지 알 수 없군요. 다만 유 호위가 눈치 있게 도와준다면 지금보다는 나은 관계가 될 수 있지 않을까요? 죽는 것보다는 권세와 힘을 얻는 게 훨씬 더 좋은 일이잖아요."

사람의 뺨에 손을 댈 때는 언제고 또다시 달콤한 말로 비설을 다독였다. 이 극단적인 태도 변화의 원인은 단 하나, 모두 연도윤 때문이었다.

하도 여러 일에 엮이고, 사과를 받기는커녕 도윤에게 또 꼬투리를 잡히는 상황이 이어져서인지 화조차 나지 않았다. 결정적으로 도윤에 비하면 세화의 목적이나 수는 너무나도 훤히 보였다.

"소인이 아무리 폐하의 관심을 받고 있다 한들 폐하의 침상에 아가씨를 넣어 드리지는 못합니다."

"뭐?"

자신만만해하던 세화의 얼굴이 창백하게 질렸지만, 비설은 어느 때보다도 차분했다.

저 노력으로 차라리 도윤의 침상으로 뛰어들었다면, 성공은 못 했더라도 최소한 노력은 인정받았을지도 모른다. 아니 어쩌면 기다렸다는 듯이 그녀의 발에 족쇄를 채웠을지도 모르는 일이다.

"유 호위께서는 말씀을 조심하시지요."

"힘이 없는 호위라도 이유 없는 폭력을 당하며 살아오지는 않았습니다. 이번 일이 아가씨께서 하신 일이라면 소인 또한 아가씨께 경고를 해야 함이 맞지 않겠습니까? 하물며 소인은 이미 억울하게 맞았으니 더더욱 확실히 해야겠지요."

"증좌가 있습니까?"

"……."

"내 사람만 남아 있는 이곳에서 내가 호위님을 죽이려 했다는 것을 말해도 들을 사람도 없고, 믿어 줄 사람도 없습니다. 이런 상황에서의 협박은 별로 좋지 않아요. 결국 호위님이 저를 겁박한 것밖에 되지 않……."

말이 끝나기도 전에 곱게 묶었던 세화의 머리카락이 후드득 어깨를 지나 바닥에 떨어졌다. 머리카락이 떨어지는 것을 감지하기도 전에 서늘한 검 끝이 목에 닿았다.

놀란 세화가 비명을 지르듯 소리를 높였다.

"네가…… 네가 감히! 네가 이러고도 살기를 바란다는 것이냐?"

"아가씨. 이 상황에도 증좌는 없습니다. 그나마 있던 궁녀도 없지 않습니까?"

주는 대로 돌려받는 것을 알려 주듯 좀 전에 세화가 조롱하듯 꺼냈던 말이 되돌아왔다. 상대할수록 가증스럽고 괘씸한 호위였지만 똑똑하지는 않았다.

"내 시종이 이 상황을 전부 지켜보고 있는데 증좌가 무슨 상관이냐? 네가 이러고도 목숨을 부지하리라 생각하느냐?"

"힘없는 제가 아가씨께 직접 검을 겨누었을 때 아가씨의 시종을 생각하지 않고 저질렀겠습니까? 만약 아가씨께서 제 상황이 되신다면, 그리고 이 상황까지 왔을 때는 시종은 물론이고 아가씨의 목숨을 그대로 두시겠습니까?"

"뭐?"

"이곳에 있는 사람은 아가씨의 시종과 아가씨, 저입니다. 이제 소인이 어찌 행동하겠습니까?"

자신도 모르게 세화가 비설에게서 뒷걸음질을 쳤다.

평민 호위 주제에 귀족인 그녀를 죽이겠다는 말을 너무나도 쉽게 꺼냈다. 감히 그럴 수 있겠느냐는 생각도 들었지만 세화를 보는 비설의 눈에 주저라고는 전혀 없었다.

"지금 나, 날 죽이겠다는 건가? 감히 너 따위가!"

표독스럽게 말을 했지만, 세화의 눈은 두려움에 떨리고 있었다.

처음부터 그녀를 죽일 생각 따위 전혀 없었다. 그저 권세로 겁박하려는 여인에게 이런 식의 답을 선택할 수 있다는 것을 보여 주고 싶었을 뿐이었다.

"소인은 그저 폐하의 수많은 호위 중 하나일 뿐입니다. 아가씨께서 소인을 없는 사람처럼 대해 주신다면 소인은 그 자리에 죽은 듯이 지내겠습니다."

도윤도 버거운 그녀에게 세화라는 짐까지 도맡을 생각은 없었다. 하물며 대립해야 할 이유가 도윤이라니 더더욱 가치가 없었다.

"부탁드립니다. 아가씨."

세화의 눈이 땅에 떨어진 머리카락에 향했다.

지금까지 그녀에게 이런 모욕을 준 이는 없었다. 아버지인 사도조차 그녀를 귀히 여기고 아껴 주었거늘 근본도 없는 호위 따위가 그녀의 머리카락을 자른 것도 모자라 쓸데없는 생각조차 하지 말라며 겁박하였다.

장차 주나라의 황후가 될 자신이다.

"네놈이 감히!"

세화의 손이 올라가는 순간, 비설도 손을 올렸다.

"그 정도로 하거라!"

짝!

세화의 손이 비설의 뺨을 때렸다.

있는 힘껏 내리친 손에 비설의 뺨이 붉게 달아올랐지만, 비설은 소리가 난 방향으로 고개를 푹 숙일 뿐이었다.

"운정공."

"어찌 아가씨께 그런 무례한 짓을 저질렀느냐? 당장 사과드려라!"

운형의 모습에 세화가 서둘러 손을 가렸다. 비설을 날카롭게 노려보던 눈은 언제 그랬느냐는 듯이 사라지고 상처를 입은 표정으로 세화가 몸을 돌렸다.

마치 비설에게 겁박을 당하고 상처받은 것처럼 맑은 눈에 눈물이 그렁그렁 맺혔다. 기가 막힌 변화였지만 비설은 대응하는 대신 눈과 귀를 막았다.

"저는 괜찮습니다. 운정공."

"무엇 하는 것이냐? 어서 사과드리지 않고!"

"잠시 오해로 빚어진 일입니다. 저는 진심으로 괜찮습니다."

"죄송합니다. 세화 아가씨. 소인이 무지하여 무례를 저질렀습니다."

비설이 잘못했다며 몸을 숙인 다음에나 세화의 하소연이 멈추었다. 화가 날 정도로 느릿하고 우아하게 눈의 눈물을 닦아 낸 세화가 운형을 향해 몸을 숙였다.

"운정공께서 오시지 않았다면 큰 곤욕을 치를 뻔했습니다."

"지금쯤이면 사도께서 말을 끝내셨을 것입니다. 가 보시지요."

세화의 눈이 비설을 짧게 흘겼다.

하지만 비설은 조심하라는 무언의 경고에 답할 기운조차 없었다.

세화가 사라질 때까지 운형은 비설에게 시선은커녕 눈조차 돌리지 않았다.

"여전하구나."

그녀의 기척이 완전히 사라진 후에나 운형이 비설을 보며 미소 지었다. 본래 운형의 표정에 비설의 굳었던 표정도 풀렸다.

잊고 있었던 긴장이 운형을 보자마자 다시 생겼다. 뺨을 맞아서 인지는 알 수 없었지만 따끔한 뺨에 열기가 차올랐다.

"사도의 여식은 자존심이 강하지만 그만큼 철두철미하단다. 이제 그나마 남은 증좌도 전부 없앨 것인데 어찌하려고 그리 이를 세웠느냐?"

"아무것도 하지 않을 것입니다. 저는 공에게 그렇게 배우지 않았습니다. 그리고…….”

“그리고?”

“아무것도 아닙니다.”

운형에게 말한 대로 비설은 아무것도 하지 않을 것이다. 그럼에도 불구하고 도윤은 오늘의 일을 알게 될 것이다. 황궁의 일을 제 손바닥에 들여다보는 것처럼 훤히 아는 사내가 요즘의 상황을 모를 리가 없다.

그 정도면 충분하다.

“세화 아가씨에게는 다르게 말하기는 했지만 사도와의 대화는 좀 더 길어질 것이다. 잠시 걷겠느냐?”

도윤과 운형은 사소한 것에서부터 달랐다. 멱살을 끌고 억지로 밀어붙이는 도윤과는 달리 운형은 먼저 말을 꺼냈고 허락을 구했다. 멱살을 붙잡혀서 끌려다니던 상황에서 오랜만에 느껴 보는 배려였다.

“앞장서십시오. 따르겠습니다.”

비설이 황궁으로 들어가는 날, 운형은 침소에서 한 걸음도 나오지 않았다. 그렇게라도 비설을 막으려 했었던 운형은 궁에서 봤을 때나 지금이나 똑같았다.

“건강은 괜찮으십니까?”

“폐하도 그렇고, 너도 그렇고 누가 들으면 내가 당장 내일이라도 죽을 사람으로 들리는구나.”

“그게 아닙니다! 어찌 제가…….”

“하하핫. 그 모습조차 똑같구나.”

시원하게 웃는 운형을 보는 순간 비설의 머릿속에 떠오른 사람은 있을 수 없게도 도윤이었다. 황족의 피를 타고났기에 그럴 수도 있었지만 운형이 웃는 모습에서 도윤이 떠올리다니. 아무래도 몇 달 내내 시달려도 단단히 시달린 듯했다.

"어찌 황궁까지 오셨습니까? 영남의 일로 오신 것이라면 다른 이를 보내셨어도 될 일이었습니다."

"서신의 답이 없지 않았느냐?"

"네?"

"잘 지내는지 서신에 답을 달라고 했는데 아무리 기다려도 오지 않더구나. 세화 아가씨의 이야기를 들으니 이제야 왜 그랬는지 이해가 되었다."

차마 도윤이 서신을 없애서 세 줄도 제대로 못 읽었다는 말을 죽어도 할 수는 없었다.

잠시나마 잊고 있었던 도윤의 의기양양한 얼굴이 다시 떠올랐다.

"제 실수입니다. 죄송합니다."

"네가 죄송할 일이 무엇이 있겠느냐? 건강한 모습을 보았으니 되었다."

도윤처럼 파고드는 대신 덮어 주는 운형이 너무나도 좋았다. 미처 자각하지 못했던 심장이 운형의 말 한마디에 빠르게 뛰었다.

"그나저나 목은 어째서 그렇게 된 것이냐?"

운형의 물음이 나오자마자 비설이 목에 나 있는 상처를 손으로 가렸다. 상처에 손이 닿자 무척이나 따가웠지만 목의 상처를 운형에게 보여 주고 싶지 않았다.

"조금 다쳤습니다."

"연모하는 궁녀가 억지로 달려든 것이냐. 그것도 예전과 똑같구나."

범인은 연모하는 궁녀가 아니고 심술궂고 제멋대로인 황제라는 말이 목 끝까지 밀려왔지만 인내로 참아 냈다. 하지만 맹수도 아니고 목덜미에 이를 박아 넣은 자가 도윤이라는 말은 죽어도 할 수 없었다.

"아직 단정할 수는 없지만 그래도 네가 황궁에서 자리를 잡아 가는 것 같아 다행이구나."

상황을 모르는 운형의 칭찬에 비설이 표정을 가리듯 어색한 미소를 지었다.

운형에게서는 죽은 오라버니였던 비현이 느껴졌다. 그런 그에게 자신이 황궁에서 겪고 있는 곤혹스럽고 힘든 일을 말할 수는 없었다.

그녀의 사정을 아는 순간 운형은 어떻게든 비설을 황궁 밖으로 끌어내려 할 것이다. 그로 인해 도윤의 심술이 운형에게 가는 것만큼은 바라지 않는다.

"황궁에는 얼마나 계실 것입니까? 불편하고 피곤한 곳이라 공의 건강에 좋지 않을까 걱정됩니다."

"너는?"

"네?"

"너야말로 이 험한 곳에서 나와야 하지 않겠느냐?"

귀하게 거두지는 않아도 그가 할 수 있는 최선을 다해 가르쳤다. 하나를 가르치면 더 많은 것을 익히려 노력한 아이였기에 운형 또한 곁에 두고 아꼈던 아이였다.

"폐하께서 자객들에게 목숨을 위협당했다는 이야기를 들었단다. 그런데 방금 내 귀로 들은 이야기는 조금 다르지 않느냐."

"그것이 말입니다. 실은……."

"자세히는 듣지 못했지만, 목숨이 위험했다고 들었다. 그 작은 손으로 검을 잡아 그리도 위태롭게……."

"아직은 버틸 만합니다. 운정공. 너무 걱정하지 마세요."

검을 잡은 손은 점점 굳은살로 더욱 엉망이 되어 갔고, 작은 몸에는 운형이 세기에도 겁날 정도로 많은 흉터가 있었다.

여인은 물론이고 사내조차도 힘겨운 삶이었건만, 그의 작은 아이는 일곱 살 때나 지금이나 자신의 기준에 냉정했다.

"여인인 네가 검을 잡고 사내들과 싸우는 것도 어려운 일이란다. 이번에는 잘 넘어갔지만, 또 그러지 말라는 법은 없단다."

"운정공."

"처음부터 검을 잡게 해서는 안 되는 것이었다. 얼마든지 좋은 혼처에 더할 나위 없는 가군을 만날 수 있는 너였단다."

혼처라는 말이 비설을 무겁게 짓눌렀다.

여인의 활동이 어느 나라보다도 제약이 심한 주에서 그녀의 행동 자체가 유난스러워 보일 수 있다. 그걸 알면서도 지금의 삶을 포기할 수 없었다.

사내가 할 수 있는 일을 왜 여인은 하지 못한다고 하는 것일까?

"죄송합니다."

"이 일을 주도한 호위가 대장군이 추천한 인사라더구나. 대장군은 폐하께서 권좌에 오를 때 가장 많은 힘을 실었던 최측근이다. 다른 가문이 모두 멸문된 상황에서 대장군의 가문만 살릴 수는 없을 것이다."

귀족에게만 기회일 리가 없다.

비설이 아는 도윤은 안정보다는 혼란을 자초해서 원하는 것을 얻었다. 상대가 적의를 보이든, 분노하든 도윤은 조금도 신경 쓰지 않았다.

저 상황에서 조금이라도 얻을 것이 있다면 그는 더 일을 키울 이였다.

이미 주범이었던 가문이 멸문되었다는 것 정도는 알고 있다. 그들에게 특별한 안타까움이나 감정은 없다. 하지만 주범이 아닌 사람이 억울하게 죄를 뒤집어쓴다는 생각이 머릿속에서 사라지지 않았다.

"비설아. 난 당분간 황궁에 있을 예정이란다."

세화에게 맞은 뺨에 운형의 손이 닿았다. 뺨에 닿은 온기와 걱정스럽게 바라보는 시선에 잠시나마 멀어졌던 거리가 단숨에 가까워졌다.

"네가 생각을 정리할 시간은 충분히 될 터, 난 네가 더는 사내 행세하며 다치는 모습은 보고 싶지 않구나."

"저는……."

"돌아가자."

말을 잇지 못하는 비설을 보던 운형이 이해한다는 듯이 부드러운 미소를 지었다.

비설에게 검이 어떤 것인지 누구보다도 그가 더 잘 알았다. 그렇기에 이만 그 검을 내려놓게 하고 싶었다. 과거의 책임이라기에는 이미 그녀에게 가족은 없는 존재가 아닌가?

"이제 너도 황궁이 어떤 곳인지 알 것이다. 같이 돌아가자."

✽✽✽

"어찌 이번 일의 원흉을 추천한 대장군을 그대로 두신단 말씀입니까? 확실히 처벌하여 나라의 기강을 세워야 하옵니다!"

"전후 사정을 살핀 후에 처벌하셔도 늦지 않사옵니다! 처벌보다는 이번 일의 상황을 먼저 살펴야 함이 우선이라고 생각하옵니다! 전하!"

아침부터 시작된 대장군의 처벌 문제에 대한 논의는 해가 질 때까지 계속되었다.

하고 싶은 말을 토해 내듯 한꺼번에 꺼내는 모습을 도윤이 대수롭지 않게 내려다보았다. 절대 권력인 황제의 힘을 꺾을 기회였으니 그들이 쉽게 포기할 리가 없었다.

도윤의 시선이 대전 한가운데에 무릎을 꿇고 앉은 중년 남자에게 향했다.

"그대의 해명을 들어야 할 상황이군."

"소인, 이번 일의 죄인을 절대 추천하지 않았습니다. 허나 그렇다고 소인의 필체와 인장이 찍힌 문서를 거짓이라 말할 수는 없는 일입니다. 이번 일의 책임을 소인의 목숨으로 갚겠습니다!"

당장에라도 목을 베는 것처럼 대장군이 고개를 숙였다.

"목숨으로 갚는다?"

바로 옆에 서 있던 규한의 검을 뺀 도윤이 대장군을 향해 던졌다. 회전하며 날아간 검은 정확하게 대장군의 앞에 박혔다.

"그대의 말에 책임을 져라."

상황을 바라보던 비설이 마음에 들지 않는다는 듯이 미간을 좁혔다. 황제의 목숨을 노렸던 혐의를 받는 이상 대장군도 처벌을 피할 수는 없을 것이다.

'어쩔 수 없는 일이지.'

도윤을 죽일 때까지 비설은 버텨야 한다. 이번 일은 비설이 아니

254

라 도윤이 벌인 일이다. 그에게 목숨 빚을 지은 이상 이번만큼은 마음에 들지 않아도 넘겨야 한다. 하물며 그녀가 나서 봤자 연도윤이 바뀔 거라고는 기대조차 않는다.

'음?'

무거운 대전의 분위기와는 다르게 도윤은 심각하기보다는 재미있어 죽겠다는 얼굴이었다.

황궁에 들어온 지 얼마 되지 않았다면 알 수 없겠지만, 몇 달을 그를 곁에서 지켜본 비설의 경험으로 저건 그의 생각대로 진행되고 있어 만족스러울 때 나오는 표정이었다.

'무언가가 있다!'

그사이 검을 뽑은 대장군이 자신의 목에 검을 가져다 댔다. 날카로운 검에 닿은 목에서 얇은 핏줄기가 흘러내렸다.

도윤의 계획에 대장군의 목숨은 없는 것일까? 자신의 복수를 위해 무고한 이의 목숨을 거두는 것이 맞는 일일까?

일곱 살의 비설이, 그때 죽은 비현의 모습이 머리에 차례대로 지나갔다.

자신은 그럴 권리가 있는가?

"폐하! 노여움을 거두어 주시옵소서."

비설이 주저하는 사이, 대장군의 앞에 선 사도가 도윤을 향해 몸을 숙였다. 지금까지 처벌해야 한다는 세력에 서 있던 사도가 안 된다며 몸을 숙이자 대전이 술렁였다.

어수선한 분위기에도 정작 몸을 숙인 사도에게는 미동조차 없었다.

"비록 이번 일의 책임을 대장군이 피할 수는 없겠지만 이대로 그의 목숨을 거두기에는 주나라에 대장군이 세운 공이 너무나도 많습니다. 죄인이기는 하지만 자비를 내려 주시옵소서!"

짧은 말이었지만, 사도가 만든 분위기는 무겁게 대전에 내려앉았다. 돌변한 상황에 모두가 눈치만 볼 뿐 함부로 나서지 못했다.

그 상황에서 대장군과 사도를 보던 도윤이 비설을 바라보았다. 눈과 눈이 마주쳤다.

억울한 사람의 목숨을 발판으로 도윤에게 복수의 칼날을 휘두를 자격이 있는가? 자신은 그럴 자격이 없다.

"오늘은 이만하겠다. 대장군은 아직 짐의 판결을 받지 못했으니 스스로 제 목숨을 끊지 말아야 할 것이다. 그대의 목숨을 거둘 사람은 짐이다."

비설을 지켜보던 도윤이 팽팽했던 대전의 상황을 단칼에 잘랐다. 권좌에 내려온 도윤이 거침없이 대전을 나가고, 대기하던 호위들이 뒤를 따랐다.

❊❊❊

"한번 잡아 봐라."

앞에 놓인 검을 비설이 조심스럽게 받아 들었다.

지난번 일로 오랫동안 아끼던 검을 잃어버렸다. 어떻게든 다시 찾으려 했지만 상황은 커질 대로 커져 버린 터라 납치되었던 곳으로 돌아갈 수 없었다.

임시로 배급받은 검을 쓰고 있었지만, 손에 익지 않아 안 들고 있느니만 못하였다. 하는 수 없이 도성의 대장장이를 찾아가려고 마음먹은 순간, 도윤이 그녀에게 검 한 자루를 내주었다.

"어떠냐?"

좀 전까지 대장군의 목숨을 거두려 해 놓고는 이제는 눈을 빛내며 비설의 반응을 살피고 있었다. 장단을 맞춰 줄 생각은 절대 없었지만 손에 잡히는 검의 촉감이 확실히 전과 달랐다.

꼼꼼히 검을 살피던 비설이 허공을 향해 검을 휘둘렀다. 예전에 쓰던 검과 비교해도 손색이 없을 만큼 뛰어났다.

"소인이 이 검으로 폐하의 목숨을 노릴 수도 있는 것이 아닙니까?"

검이 마음에 드는 만큼 의문도 같이 생겼다. 이 정도 검이라면 전보다도 더 빠르고 정확하게 적의 목숨을 노릴 수 있다.

"뭐 검 하나 바꿔 주었다고 짐이 당장 네 검에 죽는 건 아니거든."

이미 예상했던 대답이 도윤의 입에서 나오자 비설이 말없이 검을 갈무리했다.

"잘 쓰겠습니다."

좋은 검을 얻게 되었으니 감사 인사는 하는 것이 맞았다. 하지만 비설의 감사만으로 만족하기에는 도윤은 욕심이 많은 사내였다.

"칭찬 안 해 주나?"

또 무슨 말도 안 되는 소리를 하는 것인가? 분명 감사하다는 말까지 다 했는데 대뜸 칭찬을 해 달라는 요구가 나왔다.

저 수작질이 하루 이틀 나온 것이 아니라는 걸 알면서도 또 저리 툭 치고 들어오니 긴장부터 되었다.

"무슨 칭찬을 말씀하시는 것입니까?"

"간병도 해 줘, 곤욕을 치를 일도 대신 뒤집어써 줘, 검도 맞춰 줘. 이 정도면 잘했다는 칭찬 정도는 해 주는 게 예가 아니더냐? 박하기는…….”

돈을 꿔 달라고 한 것도 아닌데 돈을 쥐여 주고는 갚으라고 억지를 부리는 사기꾼에게 단단히 걸린 기분이었다.

칭찬이라는 단어가 이렇게도 억울하고 황당한 단어인지 오늘에서야 제대로 알게 되었다.

"제가 검을 만들어 달라고 부탁드린 것도 아니지 않습니까?"

"그럼 죽을 뻔했는데도 네가 살려 달라고 하지 않았으면 살려 주지 말라는 것이냐?"

"그건 아닙니다만, 이미 감사하다는 말씀을 올리지 않았습니까?"

"많이 부족하다는 생각은 안 드는가?"

아무리 원수여도 인정할 건 인정해야 했다. 도윤이 아니었다면 지금 비설은 어떻게 되었을지 상상조차 할 수 없었다.

삶의 방식도, 생각도 너무나도 다른 이였지만 그에게 은혜를 입은 것만큼은 사실이었다.

'아무리 그래도 잘했다고 말할 수는 없잖은가?'

황제에게 잘했다며 칭찬하는 호위라니, 그냥 죽여 달라는 것과 마찬가지이지 않은가?

어떻게든 이 상황을 넘어가려 했지만, 집요한 도윤은 어서 말해 보라는 것처럼 비설을 채근했다. 강제적으로 칭찬을 고민하던 비설이 떠오르는 생각에 소리 없이 한숨을 내쉬었다. 칭찬 대신 꺼낼 말이지만, 오지랖도 이런 오지랖이 없었다.

"여쭤보고 싶은 게 있습니다."

"칭찬은 안 해 주고?"

"대장군은 폐하의 사람이신데 어찌하여 그리 쉽게 그의 목숨을 거두려 하셨습니까?"

평온보다는 혼란을 더 이용하는 도윤이었지만, 비설의 저런 차분한 분위기가 때로는 그를 확 미치게 할 때가 있었다.

"세상에 오롯이 내 편이라고 할 사람은 없어. 지금이야 손을 잡고 같은 목표를 향해 움직이지만 언제 짐의 목을 노릴지 모르는 일이지. 그리고 이번 일의 원흉이 대장군의 추천이라는 사실은 변하지 않고 말이야."

"폐하가 아니라 소인을 죽이려 한 일입니다. 이렇게 키울 일은 아니라고 생각합니다."

"황제의 호위가 흔들리면 그 뒤에 있을 짐의 목숨 또한 위태로운 일이지."

"폐하의 말씀이 사실이기는 하지만 이번 일은 그저 평민인 소인을 노린 일이었을 뿐입니다. 가볍게 넘겨도 될 일을 이리 키우실 것은 아니라고 생각합니다."

"지금 짐을 걱정해 주는 건가?"

도윤의 물음에 비설의 눈이 파르르 떨렸다. 잠시 고민하던 비설이 결심한 듯 도윤을 응시했다.

"저의 복수를 죄 없는 이의 억울한 희생 위에 이루고 싶지 않습니다. 저는 제 오라버니에게 그렇게 배우지 않았습니다."

잔잔한 수면 위에 떨어진 돌이 파문을 일으키는 것처럼 비설의 본심이 장난기에 철저히 가려져 있던 도윤의 본심을 건드렸다.

웅묘처럼 진짜 둔한 것인지 아니면 너무나도 제 마음에 솔직해서 남을 속일 생각조차 못 하는 것인지는 알 수 없었지만, 그녀의 솔직한 속마음이 미치도록 마음에 들었다.

저 솔직하고 올곧은 여인이 자신의 것이 된다면…….

"먼저 칭찬부터 해 주는 게 어때?"

비설과의 대화는 너무나도 즐거웠다.

그러니 더더욱 제 손아귀에 넣어야 했다.

"신하 주제에 어찌 폐하께 그리할 수 있겠습니까?"

거듭 흔들어도 결국 제 자신을 찾는 모습에서 비현이 보였다. 과거에 지워 버렸던 감정이 다시 생명을 얻어 도윤을 괴롭혔다.

이미 죽은 이들이다. 그들이 살아 있었다면 도윤이 생각했던 대업은 좀 더 빨리 다가왔을 수 있었겠지만, 후회해 봤자 흙으로도 남지 않은 이들이 돌아오는 것은 아니었다.

제 마음에 드는 것을 잃는 더러운 기분은 생각보다 오래갔다. 그가 생각한 큰 꿈에 동참했어야 할 자들이 제대로 해 보지도 못하고 사그라지는 것은 짜증이 날 만큼 끔찍한 일이다.

그러니 더더욱 단련시키고 가르쳐서 제 손아귀에 넣을 것이다.

"가까이 와."

"……."

"목이 아프단 말이지."

도윤의 말도 안 되는 명령에 상황을 보던 비설이 조용히 거리를 벌렸다. 그녀다운 행동에 도윤이 피식 실소를 터트렸다.

"나름의 기회인데 판을 흔들어서 기회를 얻어야지. 대장군의 목숨으로 나와 뜻을 다르게 하는 세력의 절반을 칠 수 있다면 해볼 만한 일 아니겠어?"

이번 기회로 애매한 자리에서 이득을 취해 왔던 이들을 단번에 드러낼 수도 있다. 재상은 주에 필요한 것은 안정이라고 했지만, 혼란만큼 적을 식별하는 데 도움이 되는 건 없었다.

대장군 하나로 어설프게 중립을 표하던 이들이 이번에야말로 확실히 방향을 잡을 것이다.

"이 정도면 한번은 해볼 만한 혼란이 아닌가?"

반박할 말을 꺼내고 싶었지만, 머릿속에 잘 떠오르지 않았다. 도윤의 말이 조금이라도 틀리기라도 했다면 아니라는 말부터 나왔겠지만, 혼란 속에서 제 모습을 드러낸다는 말은 비설 또한 공감하는 것이었다.

하지만 이번만큼은 그녀도 대장군이 죽는 일을 막고 싶었다.

'귀엽네.'

고민하는 어린 곰은 제법 귀여웠다. 놀리고 싶은 것을 간신히 억누르며 도윤이 턱을 괴었다.

비설은 아직 손길조차 제대로 닿지 않은 원석이다. 시간이 필요하겠지만 천천히 다듬으면 나중에는 또 어찌 바뀔지 누가 아는가?

"왜 대장군이 자결하려는 것을 사도가 나서서 막았을 것 같아?"

"여식의 치부를 가리기 위함이 아니겠습니다?"

"에이. 그 정도로 움직이는 인사가 아니지. 사도는 그것보다도 훨씬 더 탐욕스럽고, 더 깊은 야망을 품은 사내야. 고작 딸이 치기에 저지른 실수 따위에 흔들릴 이가 아니지."

다른 말을 해 보라는 듯이 도윤이 비설을 채근했다.

도윤의 물음에 답을 고민하느라 비설은 그가 바로 옆까지 온지도 모르고 있었다.

'아. 미치겠네.'

무슨 생각을 저리도 부지런히 하는지 말문을 굳게 닫은 채 생각하는 비설의 얼굴이 창백해졌다가 혈색이 돌아오기를 반복했다.

그게 아니라는 듯이 고개를 저었다가도, 미간을 좁히고 계산을 하듯 마주한 손등에 손가락을 톡톡 두드렸다.

마음 같아선 그녀의 목에 얼굴을 묻고 이를 세우고 싶었지만, 고민하는 그녀를 위해 목을 깨무는 대신 손가락을 잡고 어루만졌다.

무척이나 가늘었지만, 곳곳에 잡힌 굳은살이 도윤의 손가락에 느껴졌다.

"모르겠습니다. 폐하."

거짓말.

그의 약한 호위는 통하지 않는다는 것을 알면서도 어떻게든 생각을 숨기려고 했다.

"설마라는 생각에 넘긴 것은 아니고?"

도윤의 반문에 당황한 비설이 잠시 말을 잃었다.

그녀의 머리로는 도저히 황궁이 돌아가는 상황을 이해할 수 없었다.

"이번 일의 대가로 사도가 무엇을 요구한들 대장군께서 들어줄리가 없지 않습니까? 소인 많은 것을 알지는 못하지만 대장군은 폐하께서 권좌에 오를 때까지 많은 힘을 실어 준 이라는 것 정도는 알고 있습니다."

"날카로운 검이지만 대장군은 답답할 정도로 우직한 사내야. 그와 반대로 사도는 독을 품은 여우이고 말이지. 은혜에 대한 값을 달라는 요구를 사도가 한다면 대장군은 들어줄 이다."

"……."

"동시에 자신은 귀족이라면 누구든지 손을 잡고 포용할 자세가 되어 있는 존재라는 것을 어필하겠지. 제 수족 같은 대장군을 쉽게 버리는 황제와는 다르다는 듯이 말이야."

제 목을 조르는 일인데도 비설에게 상황을 설명하는 도윤은 무척이나 평온했다.

도윤은 이미 사도가 나설 것을 알고 있었음에도 그대로 두었다.

과거를 생각하며 감정적으로 판단하고 있는 사이에 도윤은 냉철히 계산까지 끝내고 움직이고 있었다.

"왜 그런 이를 가까이하십니까?"

"그런 욕심쟁이들이 많은 것을 바꾸거든. 제가 먹고 싶은 게 있는데 그게 너무 형편없으면 곤란하잖아. 그래서 맛있게 먹을 생각에 최선을 다할 것이고. 짐은 그들이 그것을 취하려 할 때쯤 나서면 되지."

"그리 무모하게 움직이시니 목숨이 위험해지시는 것입니다."

"네가 지킬 거잖아."

연도윤은 너무나도 쉽게 타인의 마음을 흔들고 휘둘렀다.

죽이겠다는 선언을 한 그녀를 믿겠다는 것일까? 아니다. 애초에 연모도 쓸데없는 감정이라고 했었던 것처럼, 끝까지 믿을 사람은 없다는 말처럼 도윤은 철저하게 자기중심적인 사내였다.

흔들리면 안 된다. 도윤의 세 치 혀에 넘어가기에는 비설은 아직 아무것도 이루지 못했다.

"폐하의 호위인 소인이 해야 할 일입니다."

흔들리려는 마음을 다잡는 비설을 보며 도윤이 눈을 부드럽게 휘었다. 마음을 내주는 일이 쉬운 게 아니라는 것을 알면서도 종종 자신을 찾는 이 약한 호위를 볼 때마다 초조해지는 것은 어쩔 수 없었다.

손에 잡힐 듯이 가만히 있다가도 팔을 뻗으면 그대로 사라질 것 같은 불안감. 아직 자신은 이 여인을 향한 호기심을 만족시키지도 못했고, 이 여인을 제 손아귀에 넣지도 못했다.

머리끝까지 치미는 불쾌감을 가라앉히듯 비설의 손을 붙잡은 도윤이 무릎에 머리를 대고 누웠다.

263

"폐하."

"요즘엔 황궁도 참 재미나."

"전 힘듭니다만."

"황제가 즐거워지면 신하가 힘들다더군."

일어나라고 해 봤자 일어날 도윤도 아니었기에 비설은 대신 창밖으로 시선을 돌렸다. 어느새 해가 완전히 떨어져 있었다. 오랜 시간의 대화로 피곤이 몰려왔지만, 도윤은 그녀를 순순히 보내 줄 생각 따위 없는 듯싶었다.

"굳이 남복을 하지 않더라도 여인이 관직에 오를 수 있게 된다면 그것도 재미날 것 같지 않으냐?"

눈이 커지고 심장이 뛰었다.

그녀도 모르게 도윤에게 잡힌 손이 옅게 떨렸다.

"진짜 재미있어질 거다. 제 세상인 줄 알았던 사내들은 밥그릇을 지키려고 할 것이고, 기회를 얻은 여인들은 견고하게 만들어 놓았던 판을 흔들 테니 결국에는 능력 있는 이들로 내 나라는 채워지겠지."

"폐하께서 말씀하시는 여인이 주에서 어느 정도의 위치인지는 아시지 않습니까?"

"그 위치를 만든 게 내 앞에, 앞에, 앞에 줄줄이 서 있던 무능한 황제들이지 내가 아니란다. 그리고 인재는 사내와 여인으로 구분 지어 나오는 게 아니지."

"……."

"널 보며 문득 떠올린 생각이지만 제법 괜찮은 것 같다."

"……."

"하아. 할 일이 너무나도 많은데 시간은 왜 이리 빨리 가는지 모르겠다."

비설이 어떻게 보는지 관심조차 없는지 다시 눈을 감은 도윤이 다른 화제로 말을 돌렸다. 알아듣는 것도 있었지만, 어떤 것은 그녀에게는 생소한 내용이었다.

좋은 검을 받았을 때와는 다른 감정에 심장이 뛰었다. 황궁 호위로 마주하고 겪었던 상황과는 다른 이야기가 도윤에게서 나오고 있었다. 그의 이야기를 귀족이 들었다면 황제가 나라를 뒤엎으려 한다며 어떻게든 막으려 할 것이다.

연도윤은 미쳤다.

그 사실을 부정하지는 않았지만 처음으로 연도윤의 광에 물든 기분이었다.

'돌아가자.'

이제는 평범하게 살아도 된다는 운형의 목소리가 떠올랐다. 좋은 가군을 만나 평범하게 사는 것도 삶이니 과거의 원한을 모두 접고 돌아가자고 하였다.

도윤의 눈을 가리는 머리카락을 보던 비설이 자신도 모르게 손을 들었다. 당장에라도 도윤의 머리카락에 닿을 것 같았던 비설의 손가락은 얼마 떨어진 곳에 굳어진 것처럼 멈추었다.

'왜 내가⋯⋯.'

문득 머릿속에 낯선 생각이 떠올랐지만 비설은 무시했다. 도윤의 광은 비설에게 좋지 않다. 그에게 들은 낯선 이야기와 꿈처럼 아늑한 미래가 눈앞에 그림처럼 펼쳐졌다.

'여인이 관직을 얻고 인정을 받는다.'

이룰 수 있을지 없을지 알 수 없으면서도, 적어도 이야기를 듣는 그 순간만큼은 그 미래가 손에 잡힐 듯이 가깝게 느껴졌다.

그저 말로 끝내고 넘길 수 있는 일이었지만, 왠지 도윤이라면 가능할지도 모른다는 생각이 들었다.

허공을 헤매던 비설의 손가락 끝이 도윤의 머리카락에 닿았다.

❋❋❋

감긴 눈을 파고드는 햇빛에 도윤이 무거운 눈꺼풀을 들어 올렸다. 잠깐 눈을 붙인다는 것이 아침이 되도록 잠들어 버렸다. 권좌에 오른 이래 이렇게 무방비하게 잠든 것도 처음이었다.

"흐음."

몸을 일으키려던 도윤이 머리에서 느껴지는 온기와 잠든 얼굴을 발견하고는 입꼬리를 올렸다.

"이러면 심장 떨려서 그냥 못 두는데……."

불편한 자세로 깊게 잠들었는지 고개를 살짝 숙인 비설에게서 작은 숨소리가 들려왔다.

죽여야 할 상대에게 이런 배려라니, 이러니 싫다는 그녀를 더 가까이 둘 수밖에 없지 않나.

고개를 숙인 비설의 앞 머리카락을 도윤의 손가락이 쓸었다. 그의 손가락에 밀려 옆으로 젖혀졌던 머리카락이 다시 원래의 자리로 돌아왔다.

"음."

비설이 눈을 뜨자 도윤이 빙긋 미소를 지었다. 이제 이 정도로는 놀라지도 않는다.

비설이 몸을 빼려 했지만, 도윤의 손이 그녀의 허리를 감쌌다. 도윤의 눈을 외면하며 비설이 다급히 말을 이었다.

"내시감께서 이불을 덮어 주고 가셨습니다."

지난밤의 일이 그저 아무것도 아니라는 것처럼 도윤은 너무나도 평온했지만 그를 지켜보는 비설의 마음은 그렇지 않았다.

도윤을 죽여야 한다. 그녀의 부모를 죽였고, 귀한 오라버니의 목숨을 거둔 자였다.

"소인의 소견이 좁다는 것은 잘 알고 있습니다. 아직 이런 말씀을 올릴 정도로 소인이……."

"상관없어. 그냥 말해 봐."

속삭이듯 들려준 미래가 너무나도 달콤하게 느껴졌다.

복수만을 생각하며 검을 잡았지만, 비설의 삶은 성과에 대한 보답을 얻기보다는 언제나 희생과 인내였다.

꼭 그녀가 그런 삶의 대가를 받고 싶다는 것은 아니었다. 그저 마음속으로만 품었을 뿐, 누구에게도 듣지 못했던 미래를 도윤에게서 처음으로 들었다는 것이 전부였다.

"그들이 노린 사람은 폐하가 아니라 소인입니다. 혹 이번 일로 소인의 비밀이 드러나고, 폐하께서 그 비밀을 알고 계셨다는 상황이 알려지면 일은 더욱 나빠질 것입니다."

"그것을 알아내는 게 쉽지는 않을걸."

"못 알아낼 일도 아닙니다."

"흐음."

그에게 무슨 직언을 더 하게 될지는 알 수 없었지만, 이번만큼은 연도윤이라는 사내를 말릴 생각이었다.

죄가 없는 대장군의 목숨을 구명하기 위해서이기도 했지만, 도

윤이 말하는 미래를 제 눈으로 직접 보고 싶다는 원초적인 욕구를
위해서였기도 했다.

비설의 다리를 베고 있던 도윤이 몸을 일으켰다. 잠이 든 사이에
무슨 감정의 변화가 있었는지는 알 수 없었지만, 적의가 아니면 외
면하던 비설이 처음으로 도윤을 마주 보며 직언을 했다.

'나쁘지 않네.'

지금의 감정을 걱정이라고 할 수 있다면, 비설은 도윤을 걱정해
주고 있었다. 그리고 그 감정을 처음 받아 보는 도윤의 기분은 제
법 즐거웠다.

"네가 그냥 넘겨 달라면 넘겨줄게."

미간을 좁힌 비설이 수작질하지 말라는 듯이 도윤을 노려보았지
만, 정작 도윤은 어느 때보다도 진심이었다.

도윤에게 휘둘리지 않으려 자신을 다잡았던 비설이 숨을 삼켰
다. 운형을 마주할 때와는 다른 열기였다. 장난기로 자신을 가리던
사내가 보여 주는 본심에 이성과는 상관없이 심장이 떨렸다.

이게 전부 지난밤에 들었던 이야기 때문이다. 연도윤이라는 제
멋대로인 광에 이번만큼은 단단히 걸려든 듯했다.

"이번 일은 묻어 주십시오. 부탁……드립니다. 폐하."

나지막이 내뱉었던 미성은 사라졌다.

붉어진 얼굴만큼이나 흐트러진 모습이 도윤의 욕심을 툭 건드렸
다.

"그래."

기회야 얼마든지 오지만 단단히 잠겼던 마음의 문이 열리는 일
은 쉽지 않았다. 약간의 틈이 보였을 뿐이지만 도윤에게는 충분히
기회였다.

"다리 저려서 못 도망가겠지?"

무슨 소리냐는 듯이 비설이 눈을 좁힌 것도 찰나, 상처가 거의 아문 목으로 도윤이 다시 다가왔다. 뜨거운 열기에 숨을 삼키기도 전에 따가운 통증이 한꺼번에 밀려왔다.

"아앗!"

이제 아문 상처에 다시 잇자국이 남을 터였다.

도윤을 밀어내려 어깨를 붙잡았던 비설의 눈이 불안하게 흔들렸다. 아직은 불안한 어린 호위를 달래듯 도윤이 허리를 감쌌다. 비설이 허락을 하든 안 하든 그에게는 아무 문제도 아니었다.

떨림이 느껴지는 목에 도윤이 얼굴을 다시 묻었다.

❋❋❋

"어서 오십시오. 운정공."

시종의 안내를 받으며 들어온 운형을 사도가 버선발로 나와 반 갑게 맞이했다. 그리고 사도의 뒤로 나타난 세화가 운형에게 고개를 숙였다.

과한 환대에도 운형의 굳은 얼굴은 쉽게 풀리지 않았다.

"운정공께서 오시다니!"

"이리 앉으시지요."

연회장에 앉아 있던 이들이 운형을 발견하고는 삼삼오오 그의 앞으로 달려왔다. 경쟁하듯 다가오는 이들을 물린 운형이 자신의 자리에 앉았다.

"어려운 걸음을 해 주셔서 감사합니다. 운정공."

"섣부른 행동으로 문제를 일으키신 분이 연회라니, 대담하신 건지 무모하신 건지 모르겠습니다."

운형의 독설에 연회장의 분위기가 단숨에 무겁게 내려앉았다. 당황한 이들이 사도와 운형을 보며 연신 눈을 굴렸다.

"운정공께서는 증좌가 없는 일을 너무 날카롭게 여기시는 것 같습니다."

"폐하께 그런 사소한 일은 아무 의미가 없소."

운형의 날카로운 답에도 미소를 띤 사도가 손을 들자 대기하던 시종이 운형의 앞에 주안상을 내왔다. 달큼한 술의 향에 이맛살을 찌푸린 운형이 고개를 저었다.

"몸이 좋지 않아 술을 하지는 못하오."

"귀한 약술이 들어와 특별히 운정공을 위해 내온 것입니다. 받으시지요."

"나는 죄인인지라 이런 자리에 낄 자격도 없고, 이런 술을 마실 수도 없소. 용건이 있다 하여 한 걸음이니 본론부터 말씀하시지요."

오랫동안 궁에 틀어박혀 있었던 황족이라고는 생각하기 어려운 기백이었다. 끌어들이기 쉽지 않으리라고 예상했지만 역시나 시작을 하는 것부터가 어려웠다.

사도의 시선이 옆에 앉아 있는 세화에게로 향했다.

"무엇 하는 것이냐? 자리를 마련하지 않았느냐?"

"죄송합니다. 운정공. 공께서 보낸 이라는 것을 알았다면 절대 그러지 않았을 것입니다."

비설에게 손을 휘둘렀던 기세는 온데간데없이 다소곳한 자세로 운형에게 몸을 숙였다. 힘이 필요하면 언제든지 몸을 숙이고 달콤한 말을 속삭일 이들이었다.

간곡하게 드릴 말씀이 있다기에 한 걸음이었지만 보아하니 더는 들을 필요가 없었다.

"내 사람이 아니었어도 그러는 것이 아닙니다. 오늘은 처신을 조심하시라는 말씀을 드리러 온 것뿐입니다. 그러니 더 할 말이 없으시면 이만 일어나겠습니다."

"공의 말씀대로 소인의 여식이 이번에 큰 실수를 저질렀습니다. 저 소소한 투기 때문에 일곱 가문이 밤사이에 멸문이 되었고, 나머지 두 가문은 형체만 있을 뿐 멸문된 것이나 다름없는 상태이지요. 제 여식의 잘못으로 그리된 것을 누구에게 하소연하겠습니까? 운정공. 도와주십시오."

일어났던 운형의 걸음이 멈추었다.

사도가 다시 손을 들자 시종들은 물론이고 연회장에 있던 귀족들까지 물밀듯이 빠져나가 사라졌다. 세화는 자리에 남으려 했지만, 사도의 시선에 어쩔 수 없이 자리에서 일어났다.

둘만이 남은 연회장에서 자리에 다시 앉으라는 듯이 사도가 운형을 향해 손을 내밀었다.

힘과 병력을 잃었어도 윤천의 아들이라는 배경은 쉽게 사라지지 않았다. 권좌를 노렸던 수많은 황족 중 하나로 끝날 수도 있었지만, 오랜 기간 험한 국경을 지키며 주변을 안정시켰던 윤천을 따르던 세력은 상당했다.

"지난날의 과오는 아버지로 충분합니다."

"작금의 폐하께서는 너무 많은 것을 쥐고 계십니다. 그만큼 강하시다는 의미겠지만, 이대로라면 폐하를 따르는 이들이 그 강한 힘에 어영부영 제 목숨을 내려놓게 될 것입니다."

사도의 목적이 무엇인지는 알고 있었다.

황제의 힘을 꺾는 방법. 가장 원초적이지만 효과적인 방법은 외척이 되는 것이었다.

안하무인으로 날뛰는 황제여도 황후와 후궁의 집안을 완전히 무시할 수는 없었다. 그것을 알기에 대신들의 간청에도 도윤은 움직이지 않았다.

"폐하께 약점이 될 사람은 황후와 후궁이 아닐 것이오. 폐하께 약점은 정인일 것이오."

"정인이라…… 그 폐하께 정인을 찾아 드리는 일이 훨씬 더 어렵지 않겠습니까?"

어이없다는 듯이 사도가 웃음을 터트렸지만 굳은 운형은 미동조차 없었다. 정인이라는 단어를 꺼냈을 때 왜 비설이 떠올랐는지 그 자신도 이해할 수 없었다.

원한을 가진 비설이 도윤의 그 어느 것도 흔들 수 있을 거라고는 생각하지 않는다. 고작 몰락 귀족에 배경조차 남지 않은 비설에게 도윤이 흔들릴 리가 없다.

"마음을 준 이에게는 아낌없이 내어 주시는 분이 폐하이십니다. 약점이 될 정인이 생긴다면 귀족들의 의사와는 상관없이 황후에 올릴 분이 그분이시니, 그때를 노려야 사도께서 원하는 것을 얻게 될 것입니다."

"혹 이리 이야기를 하시다 폐하의 눈 밖에 나면 어찌하시려고 이러십니까?"

"난 절대 폐하께 적의를 가졌거나 대립할 생각이 없습니다. 사도와는 다르게 말이지요."

"소인, 폐하께 절대 그런 마음을 품지 않았습니다. 어찌 신하 된 도리로 그리하겠습니까?"

"난 내 아이를 데려가고 싶습니다."

사도의 손끝이 옅게 떨렸다. 아직 그의 감은 늙지 않았다. 운형의 갑작스러운 등장이 분명 그에게 기회가 될 것 같았다.

도윤이 가까이 두는 그 호위의 정체가 무엇인지는 알지 못했지만, 분명 마음처럼 되지 않은 문제를 해결할 수 있는 열쇠가 될 것이었다.

"황궁에 호위는 많고 폐하의 관심이야 멀어지는 만큼 빠르게 사라지겠지요. 운정공께서 얼마든지 하실 수 있는 일이지만 소인이 힘을 조금 보탠다면 그 시기가 더 빨라지지 않겠습니까?"

사도의 이야기를 듣던 운형이 눈을 감았다.

당장에라도 답을 할 것이라 의심하지 않았던 비설은 생각할 시간을 달라며 몸을 숙였다.

그 묘한 이질감이 내내 운형의 머릿속에서 떠나지 않았다.

"이번 일이 폐하를 노리고 움직인 일이 아니라는 것은 사도도 알고 계실 것입니다. 진실에 관심이 없으신 폐하께서는 상관없이 일을 부풀리실 것이니 차라리 상황을 키울 수 있는 만큼 키운 후에 적당한 가문을 앞세워 이번 일을 밝히시지요."

"음."

"사소한 사건을 크게 부풀려 귀족을 흔들려 했다는 것이 밝혀지면 아무리 힘에 억눌려 있는 귀족들이어도 폐하의 전횡이라며 들고 일어나지 않겠습니까?"

그렇게 움직일 능력 정도는 가지고 있느냐?

뒷말은 없었지만 운형의 시선에 담긴 말은 그러했다.

"내가 줄 수 있는 도움은 여기까지요. 사도께서는 내 도움의 대가를 잊지 않으셨으면 합니다."

"공의 호위가 황궁을 나갈 때까지 소인이 책임지고 보호하겠습니다."

말을 끝낸 운형이 몸을 돌려 연회장을 나갔다.

운형까지 사라진 연회장에서 사도가 태연하게 자신의 잔에 술을 채워 단번에 비웠다. 자신은 나서지 않겠다며 선을 그었지만, 그가 말한 호위를 이용한다면 운형을 끌어들이는 일은 어렵지 않았다.

"그나저나 그 호위에게 무엇이 있기라도 있는 것인가?"

황궁에서 들려오는 소식이 분명 예전과 달랐다.

도윤이 유난히 총애하여 밤낮을 가리지 않고 곁에 둔다고 하였다. 혹 남첩인가 싶어 알아보았지만, 살펴보라 시킨 이들마다 그건 아니라며 고개를 저었다.

"약속은 지켜야겠지만."

빈 잔에 다시 술을 채운 사도가 입안에 단숨에 털어 넣었다.

무언가를 놓치고 있다는 기분이 내내 사라지지 않았다.

"확인은 해 봐야겠군."

잘만 이용한다면 도윤은 물론이고 운형까지 잡을 수 있을 것이다.

언제나 그렇듯이 남는 사람은 자신이었다.

❄❄❄

대장군 천보영이 도윤이 서 있는 대전으로 들어갔다.

아직 해도 제대로 뜨지 않은 새벽이었지만, 용포를 갖춰 입은 도윤은 피곤한 기색은커녕 여전히 범접하기 어려운 분위기를 풍기고 있었다.

"폐하."

"죽지 말고 기다리라고 했거늘 그것을 기다리지 못해서 저지르려 했는가?"

도윤의 독설에 보영이 고개를 깊게 숙였다. 그의 목에 지난번보다도 더 깊은 자상이 새겨져 있었다.

"소인이 신중하지 못한 탓입니다. 어찌 책임을 피할 수 있겠습니까?"

"그대가 죽으면 내 검이 사라지니 벼르던 이들은 즐겁다며 짐에게 달려들겠지."

"어찌 그런 무엄한 생각을 가진단 말입니까?! 소인 목숨이 붙어 있는 한 그 모습은 볼 수 없습니다!"

참으로 고집불통이고 그렇기에 더 신뢰할 수 있었다. 설령 이번 일이 도윤이 아니라 비설을 노렸다고 해도, 보영은 자신이 제대로 처신하지 못했다며 모든 책임을 짊어질 이였다.

흑의를 보내 감시하지 않았더라면 도윤은 보영이 자진했다는 소식을 먼저 들었을 것이다.

"연국과 서문의 사정이 여의치 않다고 들었다. 주의 대장군을 고작 그런 전쟁 따위에 보내는 것이 마음에 들지는 않지만 안 그러면 자꾸 자진하겠다고 하니 말이다."

"폐하."

"서문의 그 녀석이 나서게 해 놓았으니 이쪽에서는 적당히 장단에 맞춰 주기만 하면 된다. 그럼 연국의 놈들이 알아서 살려 달라고 할 터, 재량껏 상황을 만들어라."

"이번 일을 그냥 묻으시려는 것입니까?"

보영의 물음에 도윤이 보일 듯 말 듯 한 미소를 지었다. 상황을

275

더 날뛰게 하고 싶었지만, 약속은 약속이었다. 지킬 필요도 없는 약속이야 신경조차 쓰지 않았지만 아직 도윤에게는 쓸데없이 올곧은 웅묘가 필요했다.

'부탁드립니다. 폐하.'

열기에 붉어진 얼굴을 마주하는 순간 자제는 사라졌다. 깨물고 빨았던 목을 지나 입술까지 깨물었다. 변화라고 할 수도 없을 만큼 미미했지만 마주하는 그는 치미는 허기를 참아 내느라 진을 뺐다.

"부탁을 받았으니 들어줘야지."

"무슨 말씀입니까? 폐하."

"다시는 자진하지 마라. 짐이 용서하지 않겠다."

도윤의 말이 끝나는 것과 동시에 보영이 깊게 몸을 숙였다.

머리로는 이 좋은 기회를 버릴 거냐며 도윤을 채근했지만, 감은 비설의 말을 따르라며 다른 말을 꺼내고 있었다.

'평소의 난 절대 안 할 짓이지만……'

그러니 한 번은 해 볼 생각이었다. 어차피 남는 사람은 자신뿐, 이 넓은 곳의 주인은 바로 자신이었다.

❄ ❄ ❄

불처럼 소란스러웠던 일은 함구하라는 도윤의 황명에 빠르게 사그라졌다.

생각하지 못한 행보에 사도는 물론이고 운형조차 당황했지만 공격할 명분 자체가 사라진 상황에서 도윤이 묻은 일을 끌고 올 수 없었다.

"부르셨습니까?"

문을 열고 들어오는 비설을 보며 운형이 자리를 가리켰다. 운형이 가리킨 자리에 앉은 비설이 조용히 답을 기다렸다.

"좀 더 가까이 오거라."

"무슨 안 좋은 일이라도 있으신 것입니까?"

"안 좋은 일이 있기는. 네 목의 상처가 좀처럼 낫지 않아서 말이다. 내 태의에게 부탁드려 약을 좀 받아 왔단다."

부드러운 운형의 미소와는 달리 비설은 진땀을 흘렸다.

물지 못해 죽은 귀신이라도 붙었는지 상처가 나을 때쯤이면 여지없이 잇자국을 남겼다. 양보하고 양보해서, 못 물어서 안달이라도 났으면 차라리 보이지 않는 곳에 물어 달라는 요구를 했더니만 도윤이 꺼낸 답은 가관이었다.

'그런 번거로운 짓을 왜 해?'

정상적인 대답은 기대하지도 않았지만 죄책감이라고는 전혀 없는 태연한 대답에 느는 것은 한숨이었다.

"도대체 누가 이리 매번 상처를 남기는 것이냐? 혹 황궁 호위들이 괴롭히는 것이냐?"

"그들은 아닙니다. 미친…… 장난이 심한 이가 하나 있을 뿐입니다. 신경 쓰지 않으셔도 됩니다."

황궁으로 오기 전의 비설은 큰일이 아니니 걱정하지 말라는 말을 하면서도 숨기거나 거짓을 말하지는 않았다. 일부러 상황을 숨기기 위해 말을 돌리는 것이라는 걸 알면서도 왠지 모르게 입안이 씁쓸했다.

"아얏!"

약을 묻힌 손가락이 상처에 닿자 비설이 몸을 뒤로 뺐다. 애늙은 이처럼 무게를 잡을 때는 언제고 상처가 따갑다며 피하는 행동은 또 예전과 같았다.

"네가 검을 잡고 실력이 늘면서 몸의 상처는 줄어들었었는데 황궁에 들어와서 상처가 전보다 많아졌구나."

"너무 걱정하지 마십시오. 잘 지내고 있습니다."

"아버지는 너를 수단으로 삼아 본인의 욕심을 채우려 했었지만, 나한테 넌 귀한 동생이란다. 그러니 너 혼자만의 몸이라고 생각하지 말고 몸을 좀 아끼거라."

검을 잡고 사내처럼 살아온 비설에게 연심이라는 감정이라는 게 있었다면 그 상대는 운형이었다.

깊었던 연심은 절대 자신의 몫이 될 수 없다는 것을 깨닫는 순간 전부 놓게 되었지만, 그럼에도 불구하고 이렇게 현실을 마주할 때마다 마음 한편이 무거워지는 것은 어쩔 수 없었다.

"조심하겠습니다."

현실과 이상을 구분 못 할 정도로 바보가 아니다. 운형 같은 이에게는 자신보다도 곱고 단단한 배경의 여인이 필요했다. 그러니 가져선 안 되는 감정에 휘둘리지 않는다.

"공의 생각보다도 잘 지내고 있습니다. 공께 누가 되지 않도록 조심할 것이니 너무 마음 쓰지 마십시오."

운형을 안심시키듯 비설이 환한 미소를 지었다. 그 순간 문이 열리고, 비설을 보던 운형이 그녀 너머로 보이는 이를 향해 눈을 돌렸다.

"폐하?"

도윤은 웃고 있었지만 눈은 어느 때보다도 차갑고 날카로웠다. 잠깐이나마 느꼈던 연심이 사라진 자리에 매서운 경고가 느껴졌다.

"폐하!"

운형을 보며 미소 지었던 비설이 도윤을 보자마자 몸을 돌렸다. 언제 그랬느냐는 듯이 비설의 관심은 운형이 아니라 도윤에게 향해 있었다.

도윤이 왔으니 비설이 저렇게 행동하는 것은 당연했다. 그런데도 하얀 종이에 떨어진 먹물처럼 퍼지는 파문은 무엇인가?

"공!"

운형이 비틀거리자 당황한 비설이 다시 몸을 날려 달려왔다. 부축하는 비설의 팔을 운형이 감쌌다.

"잠시 어지러웠던 것뿐이란다. 괜찮다."

도윤의 눈이 팔을 붙잡은 운형의 손에서, 비설을 바라보는 운형의 눈으로, 비설의 목과 입술에 나 있는 상처로, 마지막으로 운형을 바라보는 비설의 눈으로 향했다.

잠깐이나마 느꼈던 만족이 차갑게 식어 내렸다.

"짐이 운정공을 너무 많이 괴롭힌 듯하구나. 무리하지 마라."

"송구하옵니다. 폐하."

"그리고 유 호위는 갈 곳이 있다. 따르라. 내시감."

"예. 폐하."

"태의를 운정공에게 보내라. 그리고 내관들은 운정공을 부축해라."

당황한 비설이 도윤에게 그러지 마시라는 시선을 보냈지만, 지금은 그녀의 간절한 부탁 따위 눈에 들어오지도 않았다. 지금은 정인처럼 구는 저 둘을 떼어 놔야 치미는 분노가 그나마 달래질 듯싶었다.

말없이 도윤이 사라지자 비설이 떨리는 손을 감추려는 듯 주먹을 쥐었다. 도윤을 따라 나가는 대신 비설이 운형을 다시 부축했다.

"소인이 모시겠습니다. 운정공."

"아니다. 폐하께서 일이 있다고 하지 않으셨느냐?"

"항명에 대한 처벌은 나중에 받겠습니다."

비설의 단호한 눈빛에 운형이 눈을 내렸다.

상황에 따라 몸을 굽혀도 한번 저 고집이 틀어져 버리면 비설을 막을 사람은 없었다. 도윤의 명령보다도 자신을 먼저 생각해 주는 비설의 행동에 앙금처럼 남아 있던 감정이 사그라졌다.

비설은 비설일 뿐이다. 자신의 귀한 아이가 도윤에게 험한 꼴을 당하는 모습은 보고 싶지 않다.

"폐하의 노여움을 사지 말거라. 어서 가 보렴."

"공을 모신 후에 폐하를 뵙겠습니다."

"그러지 말거라. 비현아."

"......."

"어서 가 보거라."

비설에게 부축을 받는 운형의 몸이 옅게 떨렸다. 이러다가 자칫 쓰러지기라도 하면 큰일이었다. 한번 정신을 잃으면 몇 날 며칠이고 깨어나지 못했다. 그런 이를 그냥 내관에게 던지듯이 맡긴다니 있을 수 없는 일이었다.

"침소로 모시겠습니다."

"비현아."

운형이 거듭 말렸지만, 이미 결심이 선 비설은 들은 척도 하지 않았다.

운형을 침상에 눕힌 다음에나 비설은 궁을 나왔다. 상황을 지켜보던 내관들은 내내 불안해했지만, 정작 당사자인 비설은 어느 때보다도 차분했다.

불안해하는 내관을 지나 궁을 나오니 먼저 간 줄 알았던 도윤이 비설을 기다리고 있었다.

배려와 자비라고는 지나가는 돌덩이만큼도 없는 인간. 그런 인간을 지키고 싶다고 생각하다니 지난밤에 자신이 잘못 생각해도 단단히 잘못 생각했다.

"늦었습니다."

어느 때보다도 공손하게 비설이 도윤에게 몸을 숙였다. 운형은 물론이고 자신은 아무런 잘못도 하지 않았다. 그러니 그에게 몸을 숙일 이유도 없고 몸을 움츠릴 이유는 더더욱 없었다.

"모두 물러나라."

저 작은 웅묘는 나날이 사람의 신경을 벅벅 긁는 묘한 재주가 있었다. 노골적으로 화가 났다는 것을 숨기지 않으면서도 슬슬 나와야 할 말을 한마디조차 하지 않았다.

변덕에는 지지 않을 자신이 있는 도윤이었지만, 저리 노골적으로 신경을 긁는 행동에는 답도 없었다.

"유 호위는 자리에 남아라."

다른 이들을 따라 움직이려던 비설을 도윤이 막았다. 새삼스러울 것도 없다는 듯이 비설이 도윤의 앞에 섰다.

하실 말씀이 있으면 하시라는 듯이 서 있는 모습이 거슬렸다. 제가 만든 흔적을 하고 있으면서도 비설의 눈은 운형을 볼 때와 도윤을 볼 때가 완전히 달랐다.

"하실 말씀이 있으면 하십…… 무슨 짓이십니까!"

도망가려는 비설의 손을 붙잡은 도윤이 용포로 입술과 목에 발라져 있던 약을 깨끗하게 닦아 냈다. 용포가 더러워지든 약 냄새가 나든 상관없이 운형의 흔적을 깔끔하게 닦아 낸 도윤이 개운하다는 듯이 편하게 몸을 돌렸다.

'뭐 저런 인사…… 아니 미친놈이 다 있나.'

간신히 참고 참았던 분노가 완전히 폭발했다.

상처를 가라앉히라며 운형이 직접 발라 준 약이었다. 다른 의도도 아니고 순수하게 나으라고 발라 준 약을 닦아 내다니 사람이 어찌 저리 모가 나고 제멋대로란 말인가.

최소한 비설이 운형을 어떻게 생각하는지 알고 있다면 도윤은 그 부분에 대해서는 건들면 안 되는 것이었다.

"소인은 폐하께서 다른 분과는 무척이나 다른 분이라는 사실을 알고 있지만 그걸 이용하지도 않았고, 그것을 공개적으로 다른 누구에게 말하지도 않았습니다."

"그래서?"

"제 감정입니다."

그러니 넌 건들 자격이 없다. 접은 연심이었어도 그 감정을 마무리할 사람은 비설이었지 연도윤이 아니었다.

"폐하께서 제 사소한 감정을 아신다 한들 이런 식으로 엉망으로 만들지 마십시오. 소인을 상처 입히는 폐하와는 달리 저분은 소인에게 상처 입지 말라며 걱정해 주시는 분입니다."

"그래서?"

"어쩔 수 없는 감정이라는 것을 알면서도 운정공께 흔들립니다. 그러니 운정공만큼은 건들지 말아 주십시오. 저에게 그분은 특별합니다."

피하고 도망가던 비설이 처음으로 도윤과 마주하는 주제가 운형이었다.

그게 무척이나 기분 나쁘고 짜증이 났다.

운형이 비설을 보는 눈과 비설이 운형을 바라보던 눈은 확실히 달랐다. 도윤의 눈에 보이는 것이 비설의 눈에 보이지 않을 리가 없다. 웅묘라고 불러 댔더니만 진짜 곰처럼 답답하게 굴었다.

"짐도 너에게 흔들린다면?"

"네?"

"네가 운형에게 흔들려 이 바보짓을 하는 것처럼 짐 또한 너한테 흔들려서 이런다면 또 어찌하겠는가?"

단단히 마음먹고 말을 꺼냈어도 제대로 시작조차 하지 못했다. 숨을 쥐어짜듯 간신히 토해 낸 비설이 이성을 붙잡았다.

"연모가 아니라고 하셨습니다. 지금 폐하께서 하시는 행동이 저를 농락하고 계신다는 것을 정녕 모르신다고 말씀하실 것입니까?"

"그럼 내가 연모를 가진다면 다르게 볼 수도 있다는 건가?"

휘몰아치던 분노가 차갑게 가라앉았다.

필요는 없지만, 그에게 필요한 게 연모라면 한번 가져 보기라도 한다는 듯이 던졌다. 타인의 감정을 지켜보는 것처럼 도윤은 자신의 감정을 던지듯 꺼냈다.

한 번도 지켜보지 못했던 본모습을 제대로 마주하는 순간, 비설이 느낀 감정은 공포였다.

"연모가 필요하면 가져 보도록 노력하지."

"그런 것은 연모가 아닙니다."

물건처럼 가졌다가 사라지는 것이 연모일 리가 없다. 사람의 마음이라는 것이 생각대로 되는 것은 절대 아니었다. 그녀가 운형을 생각하는 마음은 그런 것이 아니었다.

"폐하의 감정은 그저 어린아이가 부리는 욕심과 별반 차이가 없습니다."

"어린아이의 욕심이라…… 그럴 수도 있겠네. 그런데 감당은 할 수 있어서 내 앞에서 그렇게 말하는 건가?"

"무슨 소리를……."

"원하는 것을 얻지 못한 아이가 무슨 짓을 할지 아무도 모르는 법이지."

뒷걸음질을 치려 했지만, 언제 잡혔는지 도윤에게 잡힌 손목이 시큰거렸다. 그에게 보이는 광기에 숨이 막혔다.

어떻게든 빠져나가고 싶었지만, 그의 광기에 온몸이 옥죄인 건지 한 걸음도 제대로 움직일 수 없었다.

"어린아이가 투정을 부리면 얼마나 머리 아픈지 모르지?"

연도윤에 대해 이제는 전부는 아니더라도 어느 정도 알고 있다고 생각했었다.

그 생각이 철저히 착각이었다는 것을. 그녀가 생각한 것보다도 훨씬 더 미쳐 있고, 비틀려 있는 자였다.

"아무리 예뻐하는 웅묘여도 다른 놈에게 전부를 주려는 것까지 봐주지는 않아."

"……."

"네가 잘해야 할 거야."

손목을 잡지 않은 다른 손이 비설의 목으로 다가왔다. 운형이 만들어 놓은 흔적 따위 용납하지 않겠다는 듯이 비설의 목에 남아 있던 약간의 약까지도 전부 닦아 냈다.

"그나마 있지도 않은 자비도 이제는 없을 거 같거든."

목에 닿아 있던 손의 온기가 더는 느껴지지 않았다. 손보다도 더 뜨거운 입술이 비설의 상처 난 입술에 닿았다. 뜨거운 온기에 비설이 몸을 떨었지만, 이번에야말로 배려라고는 전혀 없었다.

"흐읏."

입술을 빨아들이고, 엉키는 타액을 삼켰다. 휘몰아치듯 사나운 기세에 놀란 비설이 피하려 하자 목을 감쌌던 손이 뒤통수를 붙잡았다.

먼 곳에서 보았다면 연정이 담겨 있는 연인들의 입맞춤으로 보였겠으나 실제로는 비설의 입술에 남아 있는 약을 집요하리만큼 전부 빨아들이고 있었다.

말랑한 혀가 상처에 닿자 비설의 눈 끝이 통증에 떨렸다. 한계까지 몰아치는 입맞춤에 지친 비설이 도윤의 용포를 붙잡고 힘겹게 매달렸다.

"하아."

붙잡고 있는 비설의 몸에서 힘이 빠져나가자 그제야 도윤이 맞닿았던 입술을 뗐다. 창백했던 얼굴에 핏기가 돌고, 화가 난 비설이 도윤을 향해 손을 올리려 했지만 그마저도 다시 그의 손에 붙잡혔다.

"연정이라는 거 가져 볼까 해. 넌 재미있거든."

"폐하!"

"약 냄새도 전부 없앴으니 이제는 제대로 해도 되겠네."

285

말이 끝나는 것과 동시에 도윤이 다시 다가왔다. 운형이 발랐던 약냄새는 어느새 도윤의 체향으로 바뀌어 있었다.

입술의 열이 가라앉기도 전에 다시 닿은 입술의 열기가 휘몰아쳤다. 강제로 다가간 입맞춤과는 달리 몸의 긴장을 달래는 손길이나 맞닿은 입술은 녹아들듯 부드러웠다. 손목을 붙잡고 있었던 도윤의 손이 비설의 손을 감쌌다.

의지와는 반대되는 상황에 비설의 손에서 힘이 빠져나갔다.

❄❄❄

새벽 해가 떠오를 무렵 기척을 느낀 운형이 침상에서 일어났다.

몸이 좋지 않았기에 깊은 잠에 들기도 쉽지 않았다. 준비한 소세물로 씻은 운형이 의관을 바로잡았다.

시종이 준비한 서책을 펼치려던 운형이 밖에서 느껴지는 기척에 창문을 열었다.

"깨어나셨습니까?"

창문 밖에서 기다리는 비설의 모습에 운형의 눈이 커졌다.

"설마 내내 여기서 기다린 것이냐?"

"혹 소인이 잠을 방해한 것입니까?"

밤이슬을 잔뜩 맞은 비설이 무안한 듯 눈을 내렸다. 도윤 몰래 나왔는지 평소에 입는 호위복이 아니라 흑의였다.

"그렇게 있다가는 감모에 들겠다. 어서 들어오거라."

운형의 말에 비설이 다시 몸을 숙였다.

시종에게서 다과 도구를 가져온 비설이 능숙하게 찻잎을 우리고 차를 잔에 담았다. 김이 모락모락 나는 차를 운형에게 내민 비설이 조용히 다시 자리에 앉았다.

"네 차도 만들지 그러느냐?"

"저는 괜찮습니다."

새벽이슬을 잔뜩 맞아 놓고서는 괜찮다며 비설은 연신 사양했다.

비설이 건넨 차를 마신 운형이 편안한 숨을 내쉬었다.

도윤의 눈을 피해서 온 걸음이었으니 분명 같이 돌아가자는 말에 대한 답을 하려는 것이었다.

"네 더는 말하지 않았지만, 폐하의 관심이 힘들었을 것이다. 아마 네가 누구인지도 알고 계실 테지."

"알고 계십니다."

"널 데려가면 폐하의 진노가 있으시겠지만 감당 못 할 일은 아니란다. 지금이라도 전부 내려놓고 궁으로 돌아가자."

이미 답을 정하고 온 걸음이었지만, 막상 운형에게 다시 들으니 떠오른 사람은 도윤이었다. 그의 제멋대로인 행동이 떠오르고, 이기적인 언행을 되새겼다.

그리고 지난밤, 그에게서 처음 듣게 된 미래가 스쳐 갔다.

"운정공. 하나만 여쭤봐도 되겠습니까?"

"말해 보거라."

"여인의 삶은 무엇입니까?"

생각했던 물음과는 전혀 다른 내용이었기에 운형이 잠시 고개를 갸웃했다.

그냥 넘기기에는 비설의 물음이 너무나도 단호했다.

"좋은 조건의 가군과 혼인을 하고 아이를 가지고 집안을 관리하는 것이 가장 평온한 삶이 아니겠느냐?"

"다른 길도 있지 않겠습니까?"

"없지는 않겠지. 하지만 사내와 겹칠 터, 여인의 몸으로는 쉽지 않을 것이다."

물음에 대한 답을 했을 뿐이었지만, 이상하게도 너는 안 된다는 말로 들렸다.

그녀의 마음이 심란하고 흔들리기에 그렇게 들리는 것이겠지만 그럼에도 한번 물들어 버린 도윤의 광기는 비설의 마음속 깊이 스며들어 다른 생각을 품게 했다.

"그럼 이제 돌아갈 날짜를 정해야겠구나."

"죄송합니다. 운정공. 아직은 좀 더 있어 볼까 합니다."

"비설아."

"그리하도록 해 주십시오. 길지 않을 것입니다."

운형을 연모했다.

그렇지만 모든 것을 포기하기에는 우습게도 도윤에게도 미련이라는 것이 생겨 버렸다.

그녀에게 평안은 운형이다. 그리고 그녀가 보고 싶은 미래를 보여 준 사람은 모순되게도 운형이 아니라 도윤이었다.

평안과 이상.

복수와 타협.

결국 그녀가 선택한 것은 약간의 타협과 꿈같은 이상이었다.

"폐하의 곁에서 확인하고 싶은 게 있습니다."

도윤을 향한 복수심이나 분노보다도 그날 밤 해 주었던 이야기가 각인처럼 머리에 남았다.

연도윤을 이해하지 않는다. 그를 받아들이려 노력하지도 않는다. 그녀에게 연도윤은 내내 받아들일 수 없는 사내일지도 모른다.

그래도 상관없다. 당과를 짧게 맛본 것처럼 느껴지더라도 여인도 제 권리를 찾을 미래를 잠깐이라도 보고 싶었다.

"대신 어느 정도 확신이 들게 된다면, 그리고 공께서 무지한 저의 도움이라도 필요한 날이 온다면 그때는 바로 공에게 돌아가겠습니다. 그때는 이렇게 몰래 공에게 말씀을 드리지 않고 폐하께 직접 허락을 받아 오겠습니다."

연도윤이 저 스스로 비설을 보내 준다.

반문할 가치도 없는 말이었다. 제 손에 쥔 것을, 그것도 마음에 들어 가장 곁에 두고 있는 이를 내어 준다. 차라리 지나가는 고양이를 호랑이라 하는 것이 훨씬 더 믿을 만한 일이었다.

운형이 이렇게 생각하는데 비설이 모를 리가 없다. 결국 도윤이 어떤지 알면서도 비설은 감내하겠다는 말이었다.

"죄송합니다."

"네가 죄송할 것이 무엇이 있느냐? 너의 선택인 것을. 다만……이후에라도 마음이 바뀐다면 언제든지 이야기하거라. 알겠느냐?"

운형의 허락에 불안해하던 비설이 그제야 안도하듯 미소를 지었다.

아침 해가 떠오르고, 짧은 대화를 끝낸 비설이 운형에게 인사를 끝낸 후 제자리로 돌아갔다.

들어오려는 시종을 다시 내보낸 운형이 차갑게 식은 차를 물끄러미 보았다.

"폐하의 무엇을 보았기에 내 아이가 흔들렸을까?"

예전이었다면 운형의 말 한마디에 그러겠다며 몸을 숙였을 비설이었다. 몇 달 전까지 운형만을 보며 그의 생각에 맞추던 아이에게서 낯선 모습이 보였다.

"내 아이가 변했다."

그 변화를 좋아해야 할까? 서운해해야 할까?

항상 가족의 복수만을 생각하며 살아왔던 비설이 다른 방향을 보며 판단하게 된 것은 분명 잘된 일이었다.

그런데도…….

잔잔하게 인 파문은 좀처럼 가라앉지 않았다.

七章. 그 사내의 세상

"사공께서는 언제나 몇 수 앞을 보시니 언제나 감탄만이 나올 뿐입니다."

화기애애한 웃음소리가 방 안을 울렸다. 언제나 입었던 용포와는 달리 최상급 비단으로 만든 흑의에 머리를 하나로 묶어 내린 도윤이 능청스럽게 상대를 대하고 있었다.

그 모습이 처음 만났을 때 흑의처럼 꾸몄던 그를 떠오르게 해 비설은 도저히 저 화기애애한 분위기에 동참할 수 없었다.

"서문에 사공께서 떡 버티고 계시니 주가 방심할 틈이 없습니다. 이렇게 서문과 주가 서로를 도와 가며 힘을 키우니 대륙의 미래가 탄탄합니다."

"이게 전부 주의 사도께서 사공을 도와주시는 덕분이 아닙니까? 저희가 더 감사드려야 하지요."

원수 같은 사도라느니, 탐욕스러운 원수라며 욕하던 도윤은 어디에도 없었다.

주의 황제가 서문의 사공을 칭찬하며 혀를 내두르는 모습이라니 꿈에서조차 상상하지 못했다.

웃음을 터트리는 서문 귀족을 보던 도윤이 준비했던 상자를 꺼내 내밀었다. 상자를 열자 나오는 금괴에 비설은 물론이고 주변의 눈 또한 커졌다.

"이건 사도께서 서문의 사공께 성의의 의미로 드리는 약소한 선물입니다. 받아 주시지요."

"음?"

생각보다 크게 나온 목소리에 비설이 입술을 깨물었다. 당황한 비설이 자신을 가리듯 고개를 푹 숙였다.

다시 부드러운 미소를 지은 도윤이 금을 홀린 듯이 바라보는 이를 향해 작은 상자를 하나 더 내밀었다.

"약소하지만 대인의 것도 따로 준비하였습니다. 받아 주시지요."

"뭐 이런 것을 다 주신단 말입니까? 이거 참 송구스럽습니다."

"서문의 사공과 대인께서 주의 미래에 이렇게도 많은 도움을 주고 계시는데 어찌 가만히 있겠습니까? 그저 감사의 의미이니 부담 없이 받아 주십시오."

"사도께서 든든하게 계시니 주의 미래가 밝은 것이지요. 서로 도와 가며 두 나라가 힘을 쓰고 있으니 앞으로의 서문과 주의 미래는 걱정이 없겠습니다."

"아하하하."

주거니 받거니 하는 말이 미리 연습이라도 한 것처럼 착착 들어맞았다. 도대체 서문에서 무슨 짓을 한 것인지 도윤을 보는 서문 귀족의 눈에는 신뢰가 가득했다.

"그나저나 운정공과의 일은 잘되어 가십니까? 쉽지 않은 인사라고 하던데요."

운정공의 이야기가 나오자 비설의 눈이 커졌다. 생각하지 못한 상황에서 생각하지 않았던 이름이 튀어나왔다. 정작 정면에서 마주하는 도윤은 흔들림조차 없었지만.

"보통내기가 아니더군요. 아직 원하는 답을 얻지는 못했습니다."

"운정공만 넘어오면 이번에야말로 황제를 밀어내고……."

"어찌 신하 된 도리로 거기까지 하겠습니까?"

도윤의 미소에 귀족 또한 웃음을 터트렸다. 화기애애한 대화가 이어졌지만, 비설은 대화에 집중할 수 없었다.

운형이 사도와 연결되어 있다. 운형이 그럴 리가 없다는 것은 믿고 있었지만 다른 사람도 아닌 서문의 사도가 보낸 사람이 알 정도라면 그녀의 생각이 틀렸을지도 모른다.

'그럴 리가 없다.'

그녀가 아는 운형은 윤천과도, 도윤과도 다르다. 비설에게 운형은 절대 그럴 자가 아니었다.

다만 거슬리는 것은 서문 귀족을 상대하는 도윤이었다. 분명 누구도 모르는 사실을 도윤은 알고 있을 것이었다.

"혹 서문의 도움이 필요하시다면 언제든지 연락 주십시오. 다른 사람이면 몰라도 사도의 문제라면 얼마든지 나서 주실 것입니다."

"아! 혹 이번 주의 무기 밀반출은 혹시 사공께서 부탁하신 일이신지요?"

"그건 아닙니다. 밀반출이라니. 무슨 일이 있는 것입니까?"

"흐음. 사도께서야 사공께서 원하시면 아낌없으시지만 생각보다 많은 무기가 나가서 말이지요. 이러다가 황제가 알면 골치가 아파져서 말입니다."

워낙 능청스럽게 연기를 하니 도윤이 본래 황제라는 것조차도 잊어버릴 것 같았다. 분명 황후의 유일한 아들로 황위에 오른 사내라고 알고 있었건만, 옆에서 보는 도윤의 연기는 너무나도 능숙하여 편안하게 지냈다는 생각이 들지 않을 정도였다.

훈훈하게 인사를 주고받은 서문의 귀족이 방을 나가자 좀 전까지 정자세로 앉아 있던 도윤이 피곤한 듯 몸을 길에 늘어뜨렸다.

"서문의 사공이 아니다. 그럼 누가 주의 무기를 잘도 빼내고 있는 것인가?"

"사도와 운정공이 손을 잡았다고 생각하십니까?"

"저 말을 믿는 것이냐?"

"……."

"서문의 사공은 주의 사도와 같은 이란다. 욕심이 많은 자이니 보이는 패도 전부 믿을 수가 없지. 그런 자의 말을 믿느냐는 말이다."

도윤이 그리는 큰 그림을 비설은 가늠조차 할 수 없다. 하물며 무슨 생각으로 도윤이 서문의 사공이라는 이와 위장까지 해 가며 손을 잡는지도 알지 못했다.

제대로 판단하지 못하는 호위에게 도윤은 일부러 그 그림을 알려 줄 이유는 없다. 그저 무시해도 될 일이었지만 도윤은 다시 비설에게 물음을 던졌다.

위험하리만큼 영악하고 영특한 이였지만 누군가를 가르치거나 도움을 줄 때만큼은 조건 없이 편하게 가르쳐 주었다. 좀처럼 오지 않는 기회, 비설이 내내 생각하고 있던 마음속 말을 꺼냈다.

"믿기에는 증좌가 없습니다."

"그래. 그러니까 그냥 듣고 흘려버리면 되는 거야."

마치 그녀에게 제 생각을 따라오라는 것처럼 도윤은 비설에게 작은 여지를 주었다. 그리고 비설은 그 여지를 놓치지 않았다.

"그냥 넘겨도 될 일을 어찌하여 알려 주시는 것입니까?"

"넌 재미있다니까."

저 사내가 대수롭지 않게 내뱉는 말이 사람을 얼마나 흔드는지 알고 있을까? 어쩌면 도윤이라는 사내는 내내 저런 식으로 원하는 것을 얻었을 것이다.

"자. 슬슬 밖으로 나가 보자."

자리에서 일어난 도윤이 비설을 지나 밖으로 나갔다.

그저 도윤이 나갔을 뿐이지만 기분은 이상하리만큼 복잡했다.

도윤은 왜 그녀를 데리고 황궁을 나온 것일까? 어쩌면 그의 약점이 될 만한 상황을 왜 알아서 보여 주는 것일까?

커 가는 의문만큼 호기심이 생겨났다.

❀❀❀

서문의 사공이 보내온 선물은 도윤이 준비한 선물에 못지않게 풍성했다.

'저게 전부 백성을 쥐어짜서 준비한 것이 아닌가!'

좋게 보려 해도 언덕을 만들어 놓은 것처럼 쌓여 있는 선물이 탐탁지 않았다. 도윤의 의도를 생각하려 해도 보면 볼수록 답은 나오지 않았다.

"흐음."

머리가 복잡한 비설과는 달리 꼼꼼히 쌓여 있는 물건을 바라보던 도윤이 작은 함에서 은으로 된 긴 줄을 꺼내 들었다.

답답할 정도로 꼼꼼히 은줄을 살펴보던 도윤이 가지고 있는 줄을 손에 쥐어 들었다. 은줄 외에는 관심조차 없다는 듯이 도윤이 손을 들자 곁에 대기하던 이가 가까이 다가왔다. 속사포처럼 명령을 쏟아 낸 도윤이 비설에게 손짓을 했다.

"부르셨습니까?"

도윤이 꼭 저리 웃으면 불길한 일이 일어난다. 도윤은 무척이나 재미있어했지만 맹세하건대 비설에게는 절대 좋은 일은 아니었다.

이성이 도망가라며 비설을 채근했지만, 여기서 도망갈 곳도 없었다.

"왜 그러십니까?"

거듭된 물음에도 답을 해 주지 않던 도윤이 손가락에 끼고 있던 가락지 중 가장 수수한 것을 빼서 은줄에 감았다.

능숙하게 목걸이를 만든 도윤이 비설에게 내밀었다.

"이게 무엇입니까?"

"이제부터 적당히 화려해야 하거든."

손가락에 끼어 있는 수많은 반지 중 하나 뺐다고 도윤의 화려함이 단번에 수수함으로 바뀔 것 같지는 않았다.

말해 봤자 씨알도 먹히지 않을 도윤이라는 것을 알기에 비설의 눈이 반지가 걸려 있는 은 목걸이를 원수 보듯 쳐다보았다.

황제의 호위가 장신구라니, 하물며 정표도 아니고 사내의 반지가 걸린 목걸이었다.

"폐하. 소인은…… 아!"

거절을 하려는 찰나 다가온 도윤이 비설의 목에 가져온 목걸이를 걸었다.

"흐음. 생각보다 괜찮네."

"폐하. 호위인 제가 이건 아닌 것 같습니다. 죄송합니다만 이번 일은……."

"너도 이제 물리는 거 질리지 않아?"

"……."

"이거 잘 매고 다니면 안 물게."

"지금은 제 상처를 볼 사람이 없어서 안 무시는 것 아니셨습니까?"

"오! 눈치가 좀 늘었네?"

허를 찔린 도윤은 진심으로 감탄했지만 정작 답을 말한 비설의 얼굴은 찌푸려졌다. 원래 저런 사내였지만 참으로 변화라고는 조금도 없었다.

목걸이를 빼 봤자 또 생각하지 못한 수로 결국은 목걸이를 끼게 할 이였다. 옷 밖으로 나온 목걸이를 안으로 집어넣는 것으로 대안을 찾은 비설이 행동을 옮겼다.

"이제는 나도 좀 수수하네."

"이제 황궁으로 돌아가십니까?"

말 같지도 않은 말에 대꾸할 기운도 없다. 흐트러진 옷매무새를 다듬은 비설이 대화의 방향을 바꿀 겸 먼저 말을 꺼냈다.

"오랜만에 나왔으니 못 봤던 사람들부터 만나러 다녀야지."

말을 끝낸 도윤은 무척이나 자유로워 보였다. 황궁에서조차 거리낄 것이라고는 전혀 없는 이라지만, 지금은 사라져 버릴 것처럼 기척조차 느껴지지 않았다.

아직 그에게서 아무것도 얻어 내지 못했다. 이대로 그를 사라지게 하면 안 될 것 같은 불안감에 비설이 자신도 모르게 도윤의 옷을 붙잡았다.

"음?"

자신이 저지른 행동을 마주하는 순간 비설의 얼굴이 화끈거렸다.

놀란 비설이 잡았던 손을 떼고는 거리를 벌렸다.

"실수를 저질렀습니다. 죄송합니다."

"어디 안 가."

"……."

"그러니 그리 울 것 같은 눈으로 보지 마. 나 마음 약해져."

실수도 이런 실수가 없었다.

비설의 속마음을 읽은 것처럼 그는 그녀가 가장 듣고 싶은 말을 먼저 꺼냈다.

자신이 그렇게 쉽게 읽히는 것인가? 본심을 숨겨야 할 그에게 자꾸 속마음을 들키는 것인지 답답할 노릇이었다.

거리를 더 벌린 비설이 외면하듯 시선을 돌렸다.

"주 외의 나라를 본 적이 있느냐?"

"나가 보지 못했습니다."

"진짜 재미없게 살았네."

이번만큼은 도윤의 독설에도 화가 나지 않았다. 그녀에게는 운형의 궁이 전부였고, 열일곱이 되어서 들어온 황궁이 그녀가 아는 세상의 다였다.

복수하겠다는 생각만 했을 뿐, 그 외는 전혀 관심을 가지지도 않았고, 궁금해하지도 않았다.

분명 그렇게 생각하고 있었다.

"이번에 나가 보자."

"네?"

"나름 기회잖아? 주 외의 다른 곳을 볼 기회 말이야."

태연한 목소리로 기함할 말을 꺼낸 도윤이 비설에게 손을 내밀었다. 틀에 묶인 듯 주어진 삶만 겪어 왔던 비설에게 도윤은 기회라며 달콤한 말을 속삭였다.

주 외의 다른 것을 본다.

생각하지 못한 일을 마주하니 과부하되어 멈춘 머리가 더더욱 돌아가지 않았다.

'무슨 꿍꿍이인가?'

다른 것을 보여 주겠다는 말과는 달리 또 그녀에게 수작질을 하려는 목적일 수도 있다. 도윤의 곁을 지키면서 겪었던 곤혹스러운 일을 다시 겪지 않으리라는 법도 없었다. 그런데도 당황스러우리만큼 도윤의 목소리가 뇌리를 가득 채웠다.

'주 외의 다른 곳을 볼 기회.'

머릿속을 복잡하게 채우던 생각이 언제부터인가 아무것도 떠오르지 않았다. 도윤의 옷을 왜 잡았는지 알 수 없었던 좀 전처럼, 도윤의 손을 보는 비설의 머릿속은 하얗게 변해 있었다. 지독히도 충동적이었고, 아무리 고민해도 나오지 않는 대답이었다.

내민 도윤의 손을 비설이 붙잡았다.

❊❊❊

옷을 파고드는 한기에 비설이 두껍게 껴입은 장옷을 더욱 단단히 여미었다. 그럼에도 불구하고 차갑다 못해 시린 바람은 여민 옷 사이를 다시 파고들었다.

"후우."

서문의 사공에게 받았던 뇌물을 생필품으로 바꾼 도윤이 향한 곳은 연국이었다.

따뜻한 주와는 달리 1년의 절반이 추운 겨울이라는 연국은 서책에서 보았던 것보다도 훨씬 춥고 삭막했다.

추운 날씨에도 불구하고 도윤이 편안한 자세로 앉아 있는 집은 솔직히 집이라고 부르기도 미안할 정도로 삭막하고 허름한 곳이었다.

'대충 잡아도 열, 아니 그 이상.'

도윤이 데리고 온 흑의를 제외하고도 주변을 지키는 이들 또한 상당했다. 대략 파악한 기척만 해도 열이 넘는 것은 물론이고 하나하나의 실력 또한 흑의와 비슷하거나 그 이상이었다.

'이곳에 있는 이가 누구인가?'

집을 지키던 남자 시종이 도윤을 발견한 순간 지었던 표정은 비설이 도윤에게 당할 때와 똑같은 표정이었다.

제집에 온 것처럼 차를 달라는 도윤을 상대하던 시종은 주인을 데려오겠다며 도망친 지가 반시진이 넘어가고 있었다. 평소였다면 언제 오냐며 몇 번이고 채근했을 도윤이 지금만큼은 얌전히 기다리고 있었다.

성격 급한 연도윤을 저렇게 기다리게 할 사람은 또 누구란 말인가?

추워지는 날씨만큼 궁금증 또한 커져 갔다.

"어디를 갔다가 이제 오는가?"

앉아 있던 도윤이 벌떡 자리에서 일어나자 비설이 그가 보는 방향으로 고개를 돌렸다.

생각하지 못했다. 아니 생각하지 않았다는 것이 더 정확했다. 흔한 장신구조차 없는 수수한 옷을 입은 젊은 여인이 도윤을 보며 당혹스러워하고 있었다.

"또 어찌 찾아오셨습니까?"

평범한 분위기의 여인이었으나 목소리만큼은 그렇지 않았다. 호위들이 주변을 에워싼 상황에서도 여인의 목소리나 분위기는 전혀 흔들림이 없었다.

깊은 산속에 있는 고요한 호수를 마주하는 기분, 무를 익히고 그 힘으로 강해지려 했던 비설과는 또 다른 강함이 느껴졌다.

"차 마시기에는 이만한 곳이 없어서 말이야."

능청스럽고 제멋대로인 연도윤을 상대하면서 저리 고요한 사람은 또 없을 것이다.

"모두 물러나라."

도윤의 명령에 비설은 물론이고 지키고 있던 호위들조차 목소리가 안 들리는 거리까지 물러났다.

'누구인데 저 인간답지 않게 배려를 하는가?'

확실히 거리가 정해진 후에나 도윤과 여인의 대화가 이어졌다. 도윤의 말에 당황하기도 하고 놀란 나머지 기침을 하기도 했지만 여인은 도윤의 시선을 피하지도 않았고 그의 말을 외면하지도 않았다.

다른 사람도 아니고 도윤이 기다린 여인이니 평범한 사람은 아니라는 것 정도는 알았다. 다만 여인을 상대하는 도윤의 태도는 비설의 예상을 완전히 넘어선 것이었다.

'진심이다.'

도윤을 상대할 때마다 비설은 답을 찾아내기 위해 미간을 찌푸리거나 눈을 좁히며 생각에 빠졌었다.

비설이 도윤에게 보여 줬던 모습을 지금은 그가 여인에게 보여 주고 있었다. 도윤에게 저런 모습은 또 처음이었다.

'……연모인가?'

그럴 리가 없다. 도윤은 연모가 불필요한 것이라고 했다. 그런 그가 갑자기 마음을 바꿔 연모를 말할 리가 없다.

'연도윤의 약점일까?'

연모는 아니더라도 약점은 될 수 있다. 이 상황과 여인을 대하는 도윤의 행동만을 보았을 때 충분히 가능한 일이었다.

도윤이 무슨 말을 꺼냈는지 여인이 고개를 저었다.

황제인 그에게 아니라며 고개를 저을 사람이 몇이나 있겠는가? 하물며 상대는 귀족도, 고관대작도 아닌 그저 허름한 옷을 입은 평범한 여인일 뿐이었다.

그런 여인이 도윤의 고집을 꺾었다.

'저 여인을 약점으로 삼는다면 연도윤을 죽일 수 있을까?'

바쁘게 이어지던 생각은 여인을 보는 순간 멈추었다.

자신이 조금만 영악했다면 얼마나 좋았을까? 하지만 비현에게도, 운형에게도 비설은 그렇게 배우지 않았다.

사연이 있어 힘들게 사는 여인을 흔들 정도로 비설은 독하지 않았다. 설령 저 여인이 연도윤의 약점이어도 그녀를 이용해서 원하는 것을 얻겠다는 마음은 먹고 싶지 않았다.

"이만 가자."

자리에 앉아 있던 연도윤이 일어나자 대기하던 호위들이 가까이

302

다가왔다.

이곳으로 오는 내내 수많은 이들의 눈길을 끌었던 물건들이 여인의 집에 산더미처럼 쌓은 후에나 도윤은 그 집에서 나왔다.

밖으로 나온 도윤은 여인에게 눈길조차 주지 않았지만, 문밖까지 나온 여인은 도윤을 향해 몸을 숙였다.

여인이 완전히 사라질 때까지 비설이 계속 그녀를 살폈다.

"저 여인도 폐하의 계획이십니까?"

"누구? 아, 문원을 말하는 것이냐?"

분위기만큼이나 이름 또한 고운 여인이었다.

새삼 그녀처럼 되고 싶다거나 그녀에게 관심을 가져서 물어보는 것은 절대 아니었다. 그녀와 인연이 있다면 다시 만나게 될 터, 다만 여인의 힘들어하는 모습에서 답을 정하지 못하고 방황할 때의 자신이 겹쳐 보였다.

의지하던 비현도, 가족도 없는 상황에서 살겠다는 일념으로 운형의 궁으로 맨몸으로 들어갔다. 복수조차 생각하지 못한 채 어찌해야 할지 알 수 없었을 때의 자신이 왜 문원과 겹쳐 보이는지 알 수 없었다.

그리고 문원 같은 여인이 왜 도윤과 연관이 되어 있는지 알 수 없었지만, 그마저도 불안하게 다가왔다.

도윤은 혼란을 즐기는 사내였다. 지금도 버거워 보이는 그녀의 삶이 도윤으로 인해서 더 힘들어질 수 있었다.

"연모는 쓸데없는 짓이지만 문원이라면 나쁘지 않지."

항상 생각지 못했던 대답을 하는 이라는 건 알고 있었지만 이번 대답은 정말 예상을 완전히 뒤엎는 대답이었다.

이리 여지를 잘 주는 사내였던가?

황궁에서는 그녀를 저런 식으로 흔들어 대더니만 언제 그랬느냐는 듯이 문원을 보며 연모를 해도 좋을 여인이라는 말을 했다.

비설에게는 관심도 없는 연모라더니만 문원이라면 그것도 괜찮다고 했다. 어디로 튈지 모르는 사내였지만, 이런 사내에게 흔들렸던 자신이 조금은 바보 같았다.

하지만 도윤의 말은 저기서 끝난 것이 아니었다.

"생각해 보면 문원은 너와 많이 비슷해."

"어디가 말씀이십니까?"

"몰라? 내가 항상 이야기했었잖아."

불길한 단어가 머리를 스치고 지나갔다. 설마 싶었지만 도윤의 눈에서 보이는 확신이 보이자 그 단어 외에는 아무 단어도 떠오르지 않았다.

제 입으로 죽어도 꺼내고 싶지 않지만 도윤이 말해 주지 않으니 스스로 말하는 수밖에 없었다.

"설마 웅묘입니까?"

"푸흡."

걸음을 멈춘 도윤이 그 자리에서 자지러지듯 웃음을 터트렸다.

도윤이 웃음을 터트려도 이번에는 그러지 말라며 말릴 수도 없었다. 얼굴이 화끈거리도록 쪽팔리고 부끄러웠지만 참는 수밖에 없었다.

"아하하하. 미치겠다. 진짜!"

참아야 했다. 빌미를 준 사람은 멍청하게도 그녀 자신이었다. 그러니 참아야……

"아하하하."

"좀 그만 웃으시란 말입니다!"

비설의 표독스러운 소리에도 도윤은 몸까지 굽히며 웃음을 멈추지 않았다.

원수 같은 인간. 내가 어쩌다가 왜 저런 사내에게 붙잡혀서 이런 모욕을 당하는가!

하물며 남의 눈치를 볼 필요라고는 조금도 없는 인간인지라 비설이 흘겨보고 있음에도 멈추려 하지 않았다.

사람의 눈이라고는 전혀 없는 지금 한 대 몰래 콱 쥐어박을까 고민하던 비설이 주먹을 쥐자 그제야 도윤이 숙였던 몸을 폈다.

"문원은 곰이라기보다는 대나무지. 대나무는 바람에 흔들리지만 일부러 부러뜨리지 않는 한 굳건하거든."

"대나무 말씀입니까?"

"제 식솔을 살리겠다며 저에게 원한을 가진 사내와 혼인하는 여인이 얼마나 있겠는가? 도망쳐도 뭐라 할 사람도 없는 상황에서 버티고 버티다가 저리되었거든. 여려 보여도 아닌 일에서는 매서운 조언도 거침없이 꺼내니 어설픈 간언이라며 속살거리는 놈들보다 믿을 만해."

"저 여인을 믿으신단 말입니까?"

연도윤의 입에서 누군가를 믿는다는 단어가 나왔다. 빈말이어도 단번에 믿기는 어려웠다.

"문원이라면 믿는다. 거절을 할망정 거짓을 말할 여인은 아니거든."

자신에게는 예쁘다, 곱다 했어도 저런 식의 후한 평가는 해 준 적이 없었다.

인색하다 못해 칭찬이라는 단어가 인생에 없을 것 같은 도윤에

305

게 저런 말을 들으니 비설은 불쑥 평온한 그에게 돌 하나를 던지고 싶었다.

"그리 마음에 드시면 폐하께서 취하시면 될 일이 아닙니까?"

"어? 진짜 받아 주게?"

황후나 후궁이라면 정색부터 하던 도윤이 얼굴을 찌푸리는 대신 영문을 알 수 없는 말을 던졌다.

도윤이 여인을 취하는데 그녀가 무엇을 받아 준다는 말인가?

"네가 어서 들어와야 문원을 두 번째 황후로든 후궁으로든 들일 수 있거든. 그러니 받아 줄 생각이 들었느냐는 것이지."

"컥! 콜록콜록."

저 미친 자가 또 무슨 큰일 날 소리를 아무렇지도 않게 꺼낸단 말인가. 황제의 호위라는 사실조차 잠시나마 잊고 한 방 날리고 싶은 마음뿐이었다.

"도대체 무슨……!"

"내 옆에서 빛날 여인이라면 데려왔겠지. 하지만 문원은 아니야."

"……."

"문원에게는 이미 가군이 있다니까. 그 녀석 곁에서 빛나는 여인이지, 나는 아니거든."

"좀 전에 보았을 때는 혼자였습니다."

"본래대로였다면 서문의 황태자비가 되었을 테지만 서문에는 널리고 널린 게 부패한 귀족과 황족이니까. 황태자가 욕심을 거두지 않은 상태로 가군과 혼인을 했으니 제 존재가 혼인한 가군에게 해가 되었지. 그래서 도망쳤어. 다 놓아 버리고 말이야."

여인의 몸으로 그런 선택을 했다는 것이 비설에게는 쉽지 않게 느껴졌다. 자신은 운형의 보호로 버텨 냈지만, 그녀에게는 그런 사람도 없어 보였다.

고작 지키는 시종이 둘밖에 없는 상황에서도 저런 평온을 유지했다.

자신은 그럴 수 있을까? 비설은 엄두조차 나지 않았다.

"그럼 폐하께서 좀 더 자비를 내려 주시면 되지 않습니까?"

"문원이? 저 정도까지 해 주는 데도 얼마나 많은 시간이 들였는지 모르니까 그런 소리도 나오는 거다. 내가 해 줄 수 있는 건 저 삶을 유지해 주는 정도야. 그 이상으로 움직여 버리면 문원은 더 숨어 버릴걸."

"폐하께서 일부러 그리하실 정도로 저 여인이 그리도 가치가 있는 여인입니까?"

"박하기는. 사람이 좋아서 하는 일에 그렇게 목적만 찾으면 안 되는 거란다. 여인의 가치만을 보고 욕심으로 움직이는 거라면 그거야말로 진짜 미친 거지."

미소를 짓는 도윤에게서 거짓은 없었다. 농담으로 사람을 들었다가 놓을 때는 언제고 저런 식으로 사람을 자신에게로 훅 끌어왔다.

그저 마주하는 것뿐이었지만, 그것만으로도 비설은 도윤에게 사로잡힌 것 같은 기분이었다.

"내가 아무리 한 나라의 황제여도 내 것이 아닌 사람을 욕심내면 안 되지. 그건 황제이기 전에 사람의 도리거든."

그 최소한의 도리조차 하지 않는 이들이 너무나도 많은 세상이었다. 배경이 없고 힘마저 없다면 주에서 여인은 밟히고 빼앗기는 것이 일상이었다.

황궁이라는 거대한 배경이 사라진 후의 연도윤은 좀 더 본심을

307

드러내고 자신의 생각을 먼저 말하기 시작했다. 그 변화가 비설에게는 낯설다는 것이 문제라면 문제였다.

"문원은 참 강해. 그게 참 닮았어."

"누구를……"

물음은 끝까지 이어지지 않았다.

시선이 맞닿은 것만으로도 답은 충분했다. 깊은 강에 던져진 돌덩이가 만든 파문이 가라앉기는커녕 더욱 물결을 치며 제 존재를 알렸다.

"이만 가자."

몸을 돌린 도윤이 주저 없이 제가 갈 방향을 향해 걸어갔다.

검을 쓰면서 강하다는 말은 여러 번 들었었지만, 지금 도윤이 말하고자 했던 강함은 육체보다 내면이 강하다는 의미로 느껴졌다.

'너도 강해.'

말을 하지는 않았지만 도윤은 그렇게 말하는 듯싶었다.

앞서가는 도윤의 등을 보던 비설이 주먹을 쥐었다. 욕심은 또 덩치를 키워 비설에게 달콤한 말을 속삭였다.

복수해야 할 원수에게 강하다는 칭찬을 듣는 삶으로 만족하느냐며, 그를 밟고 무너뜨리고 한 걸음 더 나아갈 수 있지 않으냐는 속삭임에 비설의 눈에 위험한 빛이 감돌았다.

도윤이 지금 보고 있는 그 모습을 자신도 보고 싶었다.

그가 생각하고 판단하는 것을 그녀 또한 할 수 있게 된다면 그건 또 얼마나 짜릿할 것인가?

"나온 김에 녀석도 보러 가야겠다."

"이번에는 누구를 보러 가시는 것입니까?"

"우직하고 미련한 놈이 하나 있어. 슬슬 내 안부를 궁금해할 테니 얼굴이라도 보여야지."

문원을 이야기할 때와는 또 다른 분위기였다.

마치 황궁에서의 도윤을 마주하는 기분. 상대는 생각하지 않은 채 혼자서 즐거워 죽겠다는 표정이었다.

다시 장난기가 가득 찬 얼굴로 도윤을 보며 비설이 자신의 감정을 억눌렀다.

지금은 도윤을 지키는 것이 그녀의 임무였다.

❋ ❋ ❋

도윤의 주위를 지키던 호위들이 하나둘씩 사라지고, 종국에는 비설만이 도윤의 곁을 지키게 되었다.

돌아가라는 명령에 호위들은 익숙한 듯 자취를 감추었지만, 이런 일이 처음인 비설은 연신 도윤을 말렸다.

'네가 날 잘 지키면 될 일이란다. 참 쉽지 않으냐?'

너무나도 쉬워서 두통이 밀려왔지만 도윤의 명령을 들어야 하는 비설의 입장에서 그가 안 된다면 어쩔 수 없는 일이었다.

그렇게 자신을 다독였던 생각은 바로 앞에 보이는 전경에 멈추었다.

"폐하."

"다 왔다! 어서 들어가자."

성큼성큼 들어가려는 도윤을 비설이 온몸으로 붙잡았다.

지금 이 사내가 여기가 어디인 줄 알고 황궁 들어가듯이 발랄하게 걸어 들어가는 것인가?

"소인. 감히 폐하께 이런 물음을 던지면 안 된다는 것은 알고 있습니다만 이번만큼은 꼭 여쭤봐야겠습니다. 미치셨습니까?"

"너…… 아무리 단둘이 있어도 그렇지. 나한테 미쳤냐는 말을 쓰는 건 좀 아니지 않냐?"

"여기는! 서문의 국경이란 말입니다!"

주변을 의식한 비설이 서둘러 목소리를 낮췄다.

주의 확장을 다들 경계했지만 특히 서문은 도윤과 주를 노골적으로 경계했다. 공공연히 연국을 주가 봐주고 있는 상황을 서문이 불쾌해하는 때에 도윤의 비공식적인 방문이라니. 이건 그냥 맹수에게 여기 먹을 것이 있다며 목을 쭉 내밀어 바치는 것과 마찬가지였다.

"그래서 너만 데리고 왔잖아."

"아. 네…… 가 아니라!"

"오셨습니까?"

다시 들어가려는 도윤을 비설이 다시 잡으려는 순간, 서문의 국경에 배치되어 있던 진영에서 나온 중년 남자가 도윤을 향해 몸을 숙였다.

허리춤에 차고 있는 검에 비설이 손을 갖다 댔다. 온전히 빠져나가는 건 어렵겠지만 도윤만 제대로 협조를 하면 국경에서 나갈 수 있다.

자신이 시간을 끌 테니 어서 연국으로 돌아가라는 말을 하려는 순간 도윤이 앞으로 나섰다.

"아! 정환인가?"

"단주께서 어찌 여기까지 오셨습니까?"

"이곳에 온 지도 오래되었으니 놀러 왔지. 잘 지냈는가? 아, 그리고……."

도윤의 시선을 따라 정환의 눈도 같이 움직였다. 졸지에 모두의 시선을 받은 비설이 검의 손잡이에서 손을 뗐다.

"내 이번에 새로 뽑은 신입 호위라네. 어휴. 야무질 줄 알고 뽑았는데 알고 보니 무척이나 어설프더군. 자네가 이해하게."

허술하다는 말에 비설의 눈썹이 꿈틀거렸지만, 이미 모두의 시선이 몰린 상황에서 도망칠 수도 없었다. 하는 수 없이 비설이 정환과 다른 이들을 향해 몸을 숙였다.

"무례를 저질렀습니다. 사과드립니다."

"그나저나 상장군은 안에 계시는가?"

상장군이라면 서문에서도 무패의 장수로 언제나 전쟁의 최전선에 나선다는 이가 아니던가?

서문의 국경을 넘은 것도 모자라 도윤은 이 진영의 책임자를 찾고 있었다. 저 미친 자를 어떻게 말릴지 고민하던 비설과는 달리 듣고 있던 정환이 몸을 숙였다.

"자리를 마련하는 데 시간이 조금 걸릴 것 같습니다. 우선 따로 모시겠습니다."

"뭘 굳이 그러는가? 상장군에게 왔다고만 알려 주게."

걱정이 되다 못해 피가 마르는 비설과는 달리 도윤은 여전히 허허실실 혼자 행복했다.

정환이라는 사람이 사라지자 도윤이 가까운 자리에 털썩 주저앉았다. 병사들의 눈이 전부 이곳으로 향하는 상황에서 태연한 사람은 상장군을 찾고 기다리는 도윤뿐이었다.

"뭐가 그리 무서워서 눈동자를 굴리는 것이냐?"

"아닙니다."

"뭐라고 안 할 테니 그냥 말하거라. 흘겨보는 눈이 무서워서 내 신경이 쓰인다."

"소인의 눈빛이 무섭다는 분께서 서문의 진영에서 상장군을 찾으십니까?"

"설마 죽이기야 하겠느냐?"

"다음에 오실 때는 다른 호위와 오십시오. 폐하와 있다가는 제 명줄이 반은 줄어들 것입니다."

"아직 반이나 남았네. 앓는 척은."

죽어도 자신의 잘못은 하나도 없다고 한다. 워낙 뻔뻔한 인사이니 새삼 놀랍지도 않았지만, 이대로 그냥 넘기기에는 뭔가 너무나도 억울했다.

어떻게 쏴붙여야 저 인사의 말문이 막힐지 고민하던 비설이 갑자기 느껴지는 불쾌한 시선에 도윤을 보던 눈을 돌렸다.

"음?"

보는 순간부터 거부감이 드는 짐승, 아니 사내였다. 어찌나 귀하게 자라고 잘 먹었는지 추운 날씨에도 남자는 푸짐한 외관만큼이나 피부에 기름기가 반질반질 돌았다.

사람의 모습이야 다들 제각각이었기에 편견을 가지면 안 되었지만 좋게 보려 해도 비설을 바라보는 사내의 눈빛이 너무나도 불쾌했다.

비설이 노려보자 흠칫 몸을 떤 사내가 무거운 몸을 이끌고 사람들 사이로 사라졌다.

"서문의 이황자는 여인이고 사내고 고운 사람을 총애하고 귀하게 여긴다고 하더구나."

비설의 얼굴에 드리워진 표정을 마주한 도윤이 터지려는 웃음을 참았다. 저리 솔직하게 반응을 해 대니 더더욱 건들고 싶어지지 않은가!

"소문으로는 총애하는 방법이 사지를 묶고 채찍을 휘두르는 것이라 하더군."

"……요즘 황족들은 그런 걸 다들 좋아하십니까?"

무슨 소리냐며 반문하려던 도윤이 재미있다는 듯이 입꼬리를 올렸다.

도망가려는 비설에게 족쇄를 채워 붙잡은 것이 얼마 전이었다. 그걸 잊지도 않고 기억까지 해 주다니, 저러니 더 설레지 않는가?

"난 그래도 패진 않았잖아."

"대신 물어뜯으셨죠."

"물기만 하지 않았는데?"

"네?"

"물고 핥고 빨……."

당황한 비설이 자신도 모르게 도윤을 향해 달려들었다. 비설의 급습에 도윤이 몸을 뒤로 뺐지만, 이번만큼은 비설이 훨씬 더 간절했다.

도망가려는 도윤을 붙잡은 비설이 다급히 그의 입을 손으로 틀어막았다. 그 와중에 도윤이 손을 빼고 도망가려 하자 바로 앞까지 다가온 비설이 그의 몸 위를 올라탔다.

"이 상황에서 그 무슨 망측한 말씀이십니까!"

입을 단단히 틀어막은 손을 가볍게 뗀 도윤이 조금 전보다도 더 즐거운 듯이 싱글벙글 미소를 지었다. 느낌이 조금, 아니 좀 더 심각하게 불길했다.

"가까이 다가오면 설렌다니까."

도윤의 얼굴을 보던 비설의 눈이 그의 몸을 보았고, 그의 몸에
밀착되어 있는 자신을 발견한 후, 그와 그녀를 바라보는 주변의 시
선을 보았다.

언제나 이 사내가 문제다!

도윤에게 달려들었을 때보다도 빠른 속도로 비설이 그에게서 도
망갔다.

"아! 재미있었다."

얼굴이 붉어지다 못해 터지려는 비설을 보던 도윤이 웃음을 터
트렸다. 도윤의 웃음에 비설이 그를 흘겨보았지만 그는 전혀 개의
치 않았다.

"생각보다도 늦는군."

평소였다면 금방 나왔을 녀석이 무슨 일이라도 있는지 그림자도
보이지 않았다.

기다리는 것을 제일 질색으로 생각하는 그에게 아무 일도 없이
흘러가는 시간은 그저 낭비였다. 지겨운 듯 상황을 보던 도윤이 눈
을 빛내자 비설이 그가 눈을 돌린 방향으로 고개를 돌렸다.

"시간을 보내기에는 아이만 한 게 없지."

전쟁에 휘말린 듯 엉망인 아이가 멀지 않은 곳에서 도윤과 비설
을 보고 있었다.

"단주?"

비설이 도윤을 말리기도 전에, 아이 앞으로 다가간 도윤이 아이
와 눈높이를 맞추었다. 엉망이다 못해 오물로 더러워진 아이였지
만 도윤은 내색은커녕 되레 아이에게 손짓했다.

한 명으로 시작한 아이의 웃음소리가 열 명의 아이들의 웃음소리로 커지는 건 순식간이었다. 도윤의 발에서 굴러다니는 작은 돌이 방향을 바꾸어 움직일 때마다 아이들이 부지런히 도윤에게서 돌을 빼앗으려 달려들었다.

"이래 가지고 돌을 뺏을 수나 있겠느냐? 발을 좀 더 제대로 놀려야지!"

웃다 지친 아이에게서 가쁜 숨이 터져 나왔다. 좀 전까지 짙게 드리워져 있던 어두운 기색은 온데간데없이 사라져 있었다. 아이는 바닥에 넘어져도 다시 일어나 도윤을 향해 달려갔다.

'몰래 들어왔으면서 저러면 어쩌자는 건가?'

가장 걱정해야 할 도윤이 제일 즐거워하고 있었다.

당장이라도 멱살을 잡고 도망가자며 끌어내야 할 상황이었다. 서문의 상장군이 와서 잡으라는 명령을 내리는 순간 비설이나 도윤이나 꼼짝없이 잡힐 것이었다.

'끌어내야 하는데 말이다.'

걱정스러운 눈으로 도윤을 보던 비설이 아이들에게로 방향을 돌렸다. 상처투성이에 더러운 몰골의 아이들이었지만 두려운 눈으로 바라보던 조금 전과는 달리 숨이 가쁘게 웃음을 터트리고 있었다.

도윤의 기행을 이해하지는 못했지만, 어차피 상황이 이렇게 되었으니 모르는 척 넘기고 싶었다.

또르르르. 뚝!

얌전히 서 있던 비설의 발에 도윤의 발에서 놀던 돌이 툭 닿았다.

"너도 뛸래?"

"괜찮습니다."

"에이. 여기 있는 아이들보다도 못하는가 보네."

"……."

"좀 차지?"

"괜찮습니다."

다시 아이들과 놀라는 듯이 비설이 돌을 툭 찼지만, 얼마 지나지 않아 다시 비설에게 굴러왔다.

보내지 말라는 듯이 비설이 도윤을 노려보며 다시 발로 돌을 차 넘겼지만 씨알도 안 먹힌다는 듯이 다시 굴러오기를 수십 번이었다.

"……단주."

"자꾸 돌이 그 방향으로 가네? 진짜 신기한 일이 다 있지 않나?"

자신에게 무슨 끌어당기는 미지의 힘이라도 있어서 돌이 자꾸 이쪽으로 온다는 말인가?

말도 안 되는 핑계 좀 대지 말라며 쏘아붙이고 싶었지만, 그러기에는 어서 돌을 던지라는 시선이 너무나도 많이 몰려 있었다.

"후우."

바로 앞까지 온 돌을 도윤이 아니라 아이를 향해 툭 찼다.

아이의 발에 있던 돌을 도윤이 툭 빼앗고, 또다시 아이들과 도윤 사이에 돌 추격전이 이어졌다.

"거기! 잡아!"

"이쪽으로 온다고!"

아이의 고함에 따라 도윤이 돌의 방향을 달리했다. 아이들이 도윤에게서 돌을 빼앗을 수 있을 리가 없었다.

저러다가 갑자기 돌이 또 툭 튀어나올 터, 하는 걸 지켜보던 비설이 아이들 사이를 파고들어 도윤의 돌을 툭 찼다.

"뺏었어!"

영문도 모르고 돌을 받은 아이가 환호성을 지르며 방향을 바꾸었다. 돌을 가진 아이를 따라 다른 아이들 또한 우르르 따라갔다.

"너 반칙이다?"

불시에 돌을 빼앗긴 도윤이 비설을 보며 눈을 좁혔다. 충동적으로 저질렀지만 무척이나 개운하고 재미있었다.

"어차피 저에게 굴러올 돌 같아서 먼저 선수 좀 쳤습니다."

별것도 아니었지만 한 방 먹인 기분이었다. 새어 나오는 미소를 억지로 참았던 비설이 입꼬리를 살짝 올렸다.

평소에 보여 주었던 힘없던 미소와는 분명 달랐다. 진심으로 기쁘다는 듯이 지어 보이는 미소에 도윤의 눈이 멈추었다.

길지는 않은 시간을 흥미와 재미로 곁에 두기는 했지만 저런 모습은 또 처음이었다.

세상의 모든 생기를 모두 가져간 것처럼 비설만이 빛났다. 수많은 여인을 보았고, 비설 같은 여인 또한 보았지만, 지금 같은 기분도 또 처음이었다.

"잘생겼다."

옆에서 들리는 목소리에 도윤이 눈을 내렸다. 어린 여자아이가 도윤의 손을 붙잡은 채 홀린 듯이 비설을 보고 있었다.

"저 오라버니 잘생겼어."

"잘생겼지?"

"응."

"그런데 욕심내면 안 돼. 저 오라버니는 내 거거든. 그러니까 보기만 하고 가지려 하면 안 된다?"

"아이에게 무슨 말씀을 하시는 것입니까?"

도윤의 쓸데없는 말에 비설이 눈을 좁혔다. 의뭉스러운 눈길로 비설을 보던 도윤이 옆에 서 있는 여자아이의 머리카락을 어루만져 주었다.

날이 선 물음이었지만 도윤을 보는 비설의 눈매는 부드러웠다. 황궁에서는 갑질이란 갑질은 전부 해 대던 이가 밖에서는 그러지 않았다. 황제의 권위를 내세우지 않아도 사람을 스스로 끌어왔고, 명령하기보다는 스스로가 그 중심에 있었다.

편하다는 표현이 우스웠지만, 확실히 황궁 밖의 도윤은 상대하기 편안했다.

"음?"

날카로운 기운에 비설이 고개를 돌린 순간 평온했던 분위기는 단숨에 바뀌었다.

'우직하고 미련한 놈이 있어.'

언제부터 숨을 내쉬기도 어려울 정도로 날카롭고 살벌한 분위기를 우직하고 미련하다고 말했단 말인가?

도윤을 향해 다가오는 사내에게서는 범접할 수 없는 기운과 힘이 느껴졌다. 전력으로 상대한다면 기회가 있을 것이나 장담할 수는 없었다.

서문의 상장군. 이헌.

주가 세력을 넓히면서 가장 충돌하는 나라는 반대편에 있는 서문이었다. 황족과 귀족의 문란한 삶으로 예전 같은 영광을 누리고 있지는 않지만 여전히 서문은 대국으로 위상을 떨치고 있었다.

그리고 그 위상의 중심에는 저 사내가 있었다.

이빨 빠진 호랑이라며 서문을 향해 여러 나라가 이를 드러내며 공격을 했지만, 저 사내 앞에 모두 무릎을 꿇었다.

타국에 무지한 비설조차 상장군 이헌이라는 이름은 들어 봤을 정도로 그는 서문에는 무한한 신뢰를, 타국에는 두려움의 상징이었다.

'막아야 하나?'

잠깐이나마 외면하던 현실을 마주하자 비설이 미간을 좁혔다. 미친 자를 주군으로 모시고 다니니 느끼는 것은 두통과 치열한 선택이었다.

복잡한 상황에서 비설은 하나만을 생각하기로 했다.

'나는 황제의 호위다.'

그녀가 당장 해야 할 일은 도윤을 지키는 것이다.

그가 도윤을 향해 다가가자 비설이 도윤의 앞을 막았다. 비설의 위협에도 헌의 걸음은 조금도 움츠러들지 않았다.

당장에라도 검이 뽑히려는 찰나 도윤의 손이 비설의 손을 붙잡았다.

"오랜만이네. 지냈는가?"

"여기는 또 어찌 오셨습니까?"

얼음보다 차갑고 검보다 날카로운 물음을 받았지만 정작 도윤은 아무렇지도 않다는 듯이 싱글벙글하였다. 비설의 긴장을 풀듯 어깨를 두드린 도윤이 헌에게 다가갔다.

"모시겠습니다."

"내 귀여운 호위는 여기에 있으렴."

따라가려는 비설을 도윤이 막았다. 도윤의 말을 듣자마자 굳은 것처럼 비설의 움직임이 멈추었다. 서문의 상장군에게 홀로 가는 길임에도 도윤의 걸음은 가볍고 경쾌했다.

홀로 그를 보낼 수 없다. 하지만 지금만큼은 한 걸음도 제대로 움직일 수 없었다.

문원과는 다르게 헌과의 대화는 단 한 마디도 들을 수 없었다. 대화가 빨리 끝났는지 도윤은 들어가자마자 나왔다.

"적당히 해."

"……."

"이번 전투에서 이황자가 선두에 선다지? 너무 맡기지 않는 게 좋아. 또 후회할 일이 생기면 안 되잖아?"

도윤의 가벼운 말에도 헌은 답조차 하지 않았다. 도윤이 끝없이 상대를 흔드는 이라면, 헌은 누가 흔들어도 흔들리지 않을 것 같은 단단함이 느껴졌다.

서로 다른 두 사람이 마주하는 상황에서 다행히 적의는 느껴지지 않았다.

"그럼 잘 놀고 간다."

"……잘 지내고 있습니까?"

변화가 없던 헌의 분위기가 그 순간 달라졌다. 흔들렸던 분위기는 다시 돌아왔지만, 내내 찾을 수 없었던 헌의 빈틈이 보였다.

그 순간 머릿속을 스치는 여인의 잔영에 비설의 눈이 커졌다.

'황태자비가 되었을 테지만 서문에는 널리고 널린 게 부패한 귀족과 황족이니까. 황태자가 욕심을 거두지 않은 상태로 가군과 혼인을 했으니 제 존재가 혼인한 가군에게 해가 되었지. 그래서 도망쳤어. 다 놓아 버리고 말이야.'

저에게 원한이 있는 사내와 혼인할 정도로 강한 문원은 제 가군에게 해가 되는 대신 숨는 것을 선택했다. 그 원한이 무엇인지까지는 알 수 없었지만, 헌에게서 느껴지는 감정에 원한은 없었다.

섣불리 짐작해서는 안 되는 일이었지만 한번 생겨 버린 확신은 거둬지지 않았다. 문원이 지키고자 했던 가군은 헌이었다.

"글쎄? 누구를 말하는지 모르겠네."

"……."

"이만 간다."

들어왔을 때처럼 진영을 나갈 때도 도윤은 제멋대로였다.

손을 흔드는 아이들에게 직접 하나씩 인사까지 하며 나가는 도윤을 보던 비설이 헌을 향해 시선을 돌렸다.

지금도 냉정했지만, 처음 느꼈던 두려움과는 다른 감정이 그에게 보였다. 처음 보는 이였지만, 비설은 헌이 보이는 감정이 어떤 것인지 조금은 알 것 같았다.

지독한 상실. 바닥을 알 수 없는 공허함.

죽은 오라버니가 더는 돌아오지 않는다는 것을 깨달은 순간 비설이 느꼈던 감정을 헌에게서 느끼고 있었다.

문원에게서는 과거의 고통을, 헌에게는 과거의 상실감을 느꼈다.

"안 가는가?"

채근하는 목소리가 들린 다음에나 비설은 상념에서 벗어날 수 있었다.

이황자의 사람인지 진영을 빠져나오는 도윤을 따르는 사람들이 있었지만, 그는 물론이고 비설조차 그들을 따돌리는 일은 어렵지 않았다.

"폐하. 한 가지 여쭤봐도 되겠습니까?"

"문원의 가군이지."

비설의 물음이 어떤 것인지 안다는 것처럼 도윤이 선수를 쳤다. 잘 지냈느냐는 물음이 가리키는 사람은 역시 문원이었다.

"우직하고 미련한 놈이라 제 손에서 귀한 걸 놓고 저리 힘들어하지. 쯧쯧."

가벼운 어조였지만 그 안에 깃든 감정은 걱정이었다.

타인의 일에 호기심을 가지는 일은 좋지 않았지만 그냥 넘기기에는 문원의 얼굴이, 헌의 고통이 가시처럼 마음에 남아 있었다.

"왜 상장군에게 부인의 위치를 알려 주지 않으십니까?"

"내 일이 아니거든."

다 받아 줄 것처럼 여지를 보였던 도윤이 언제 그랬느냐는 듯이 선을 그었다.

종잡을 수 없는 도윤의 화법에 비설이 눈을 좁혔다. 도윤이 둘을 도와주려는 건지 둘을 방해하고자 함인지 알 수 없었다.

"머리에서 김 나오겠다."

"그게 아니라!"

"둘의 연모에 내가 끼어 봤자 무엇이 달라질까?"

"……."

"결국 둘이 알아서 해야 할 일이야. 물론 둘 다 잘할 테고 말이지. 결정적으로 내가 아는 저놈은 아둔할망정 제 바람을 포기할 정도로 어리석은 놈은 아니라서 말이야. 내가 해 줄 일은 저기서 더 나빠지지 않게만 조절만 해 주는 거야. 그 정도면 충분하기도 하고."

무척이나 좋은 말솜씨만큼이나 도윤은 문원과 헌의 이야기를 감

질나게 했다. 덕분에 둘이서 걸어가는 길이 꽤 험했지만 그걸 느낄
틈도 없었다.

"상장군의 바람이 무엇입니까?"

"맞춰 볼래?"

"농부터 던지지 마시고 그냥 말씀해 주시지요."

"재미없기는. 그냥 한번 던져 봐라."

대답을 하기 전에는 절대 말해 줄 것 같지 않은 도윤의 엄포에
비설이 눈을 좁혔다. 고민하던 비설이 도윤의 눈치를 보았다.

"권좌……입니까?"

"이야…… 내 웅묘가 야심이 장난 아니었네. 이 기회에 사실대로
말해 봐. 내 목숨을 노린 이유가 권좌 때문이지?"

"그게 아니라 상장군의 바람을 맞추라고 하셨지 않습니까?"

대답하래서 했더니만 본의 아니게 자신이 역모를 꾸미는 것처럼
되어 버렸다. 아무튼 도윤과 엮여 버리면 뭐든 조용히 넘어가는 것
이 하나도 없었다.

왜 매번 도윤이 던져 놓는 덫에 생각 없이 빠지는지 생각할수록
자신이 한심했다.

"그래도 내 앞에서 그렇게 대답한 게 다행이라면 다행이다. 녀석
의 앞이었다면 무슨 끔찍한 소리냐며 검을 휘둘렀을 수도 있거든."

"네?"

"그 녀석은 권력도, 힘도 관심 없어. 그냥 편안하고 조용하게 제
부인과 여생을 사는 게 바람이지."

"…….."

"능력은 나만큼 뛰어난 녀석이 욕심은 없어. 그런 주제에 제 부
인 못지않게 마음 씀씀이는 있어서 사소한 일도 그냥 넘기지도 않

고 말이지."

문원을 말할 때와 같았던 말투가 헌을 말하는 순간에도 나왔다.

"그를 믿으시는 것입니까? 문원의 가군이어도 그는 서문의 상장
군입니다."

"무슨 상관인가? 녀석은 녀석이고, 나는 나인데 말이지."

"상장군이 폐하의 목숨을 노릴 수도 있음입니다."

"그럴 생각이었으면 죽을 뻔한 날 살려 주지는 않았겠지?"

"네?"

"내 그래도 녀석에게 도움을 좀 받아서 말이야. 아둔한 만큼 제
가 생각한 신의를 저버리는 놈은 아니야. 도리어 내 곁에 어설프게
있는 놈들보다는 훨씬 믿을 만할걸."

주와 적대적인 관계인 서문의 상장군이었지만 도윤은 문원만큼
이나 헌을 신뢰하고 있었다. 도윤과 이런 대화를 나누게 될 줄은
몰랐지만, 생각보다도 그와의 대화가 즐거웠다.

"그래도 저놈에게는 좀 욕심이 있긴 하다. 반드시 주로 데려와서
억지로라도 눌러앉혀야지."

"대신들이 가만히 있겠습니까?"

"막아 볼 테면 막아 보라지. 쉽지는 않을 거란다."

"……."

"저 녀석이 주로 오는 순간부터 버티던 서문은 흔들릴 거고, 주
는 더욱 굳건해질 테니 내 시름도 어느 정도 사라지겠지."

"시름이 있으셨습니까?"

"그럼 네가 모르는 시름이 짐에게는 한가득이란다. 내 호위가 좀
알아줬으면 좋겠는데 말이다."

어디까지 보고 있는지 도윤은 연신 싱글벙글하였다.

다른 사람들이라면 다가가기도 어려운 사람들과 도윤은 친분을 만들고 신뢰를 만들었다.

이 사내가 이렇게 만든 인간관계는 어디까지 연결되어 있을까?

무모하리만큼 위험한 상황을 자초하면서도 도윤은 두려워하기보다는 즐거워했다.

"안 힘드십니까?"

무슨 생각을 하다가 저런 물음이 나왔을까? 정작 뜬금없는 물음을 던진 비설은 차분했다.

그녀를 바라보던 도윤의 눈가에 장난기가 사라졌다.

평안한 삶을 바라는 문원과는 달리 비설은 원하는 게 있다면 평온 대신 혼란을 선택할 여인이었다. 그런 여인이 자신에게 힘들지 않느냐는 물음을 먼저 던졌다.

답을 해 주려던 도윤이 답을 해 주는 대신 입꼬리를 올렸다. 얼마든지 말해 줄 수 있지만 지금은 알려 주고 싶지 않다.

"대장군을 보냈으니 연은 정리될 것이고, 서문은 저 녀석이 알아서 할 것이니 당분간 걱정은 안 해도 될 것 같고, 이제는 좀 더 돌아다녀 보자."

기대하지 않았던 대답이었기에 물음에 무시를 당했음에도 비설은 아무렇지도 않았다.

"음?"

앞서 걸어가던 도윤이 방향을 바꾸어 자신에게로 걸어오자 비설이 눈을 좁혔다.

"왜 그러십니까?"

도윤의 긴 손가락이 비설의 머리카락에 닿았다. 바로 앞까지 다가온 도윤이 얼굴을 들이밀자 당황한 비설이 숨을 삼켰다.

만지는 것도 제대로 느껴지지 않는 머리카락인데, 마치 온몸을 붙잡힌 것 같았다.

"폐, 폐하."

차라리 장난기로 가득 찬 도윤의 눈을 마주하는 것이 몇 배는 편했다. 웃음기라고는 전혀 없는 얼굴로 다가오니 도리어 어찌해야 할지 알 수 없었다.

남은 힘을 쥐어짜 비설이 뒷걸음질을 치자 도윤이 팔을 붙잡았다.

"가만히 있어 봐라."

"무슨…… 아!"

비설의 머리카락에 닿았던 도윤의 손가락에 지푸라기가 잡혔다. 도윤의 손에 잡힌 지푸라기가 힘없이 부서졌지만, 비설은 물론이고 도윤조차 웃지 않았다.

'미쳤어.'

운형을 보며 뛰었던 심장이 도윤에게서도 똑같이 뛰자 비설이 속으로 비명을 삼켰다.

도윤은 원수였고, 혼란 속에서 원하는 것을 얻는 불안한 사내였다. 세기도 어려울 정도로 그에게 휘둘려 놓고는 이런 상황에서 흔들리다니, 미쳐도 단단히 미친 듯했다.

'……아니야.'

억지로 부정하려던 생각을 멈추었다. 누군가에게 말을 꺼낼 일도 아니었고, 고작 자신만의 생각이었다.

'이 사람의 다른 모습을 보는 것이 좋았다.'

그저 황궁을 나와 도윤이 아는 사람을 만나는 것일 뿐인 일이었다. 그럼에도 그의 생각을 간접적으로 경험하는 지금이, 또 그와 있을 다른 일을 생각하는 것이 제법 즐거웠다.

사소한 생각일 수도 있었지만, 단단히 다잡았던 마음에 서서히 금이 갔다.

✽✽✽

연국과 맞닿아 있는 진영은 무섭고 엉망인 것과는 달리, 도성으로 향할수록 점점 더 호화롭게 변했다. 마을과 마을을 오가는 거리는 정리되지 않았지만 귀족들이 모이는 곳에는 여지없이 화려한 축제가 벌어졌다.

"자원 소모 산뜻하지 않나?"

"전쟁과 축제를 같이 할 줄은 상상도 하지 못했습니다."

"전쟁은 평민이 하고 축제는 귀족이 하고. 주체가 완전히 다르지."

매서운 독설에도 아니라는 반박은 하고 싶지 않았다.

축제가 한창이었지만 즐기는 사람은 귀족뿐이었다. 그나마 보이는 평민은 축제에서 작은 이득이라도 얻으려 하는 움직임만 보일 뿐이었다.

"철저히 가진 자를 위한 축제군요."

"서문은 본인들이 대륙의 패자라는 것을 보여 주려고 하지. 특히 나한테 말이지. 자신들의 상황을 전혀 인지하지 못하면서 말이야."

"……."

"참 재미있게 놀아. 역겹게 말이지."

숨길 수 없는 경멸의 빛이 도윤의 눈에 서렸다. 서문에서는 언행을 조심해야 한다는 것을 알면서도 지금만큼은 도윤의 의견에 전적으로 동의했다.

전장에서의 아이들은 제대로 먹지도 못한 채로 힘겹게 버텨 내고 있었다. 귀족은 권력을 위해 싸우고 병사들은 귀족의 명령에 싸우지만, 결국 전쟁에 휩쓸린 이들이나 전쟁을 하는 병사들이나 각자의 생활 터전이 있는 평민들이었다.

힘겹게 목숨을 걸고 싸우고 있는 상황에서 호화로운 축제가 좋게 보일 리가 없었다.

"음?"

옷소매를 당기는 느낌에 비설이 고개를 돌렸다. 축제에 어울리지 않는 꼬질꼬질한 아이가 비설을 향해 바구니를 내밀었다.

바구니 안에는 온전하기보다는 썩은 게 더 많은 사과가 가득 담겨 있었다.

자칫 오해할 수 있는 상황이었지만 비설은 화나기보다는 당황스러웠다. 돈은 필요하고, 먹고는 살아야 하니 썩은 사과라도 주워서 사 달라며 매달리는 것이리라.

하물며 아이는 말을 안 하는 게 아니라 못 하는 상황이었다.

돈을 주는 일은 어렵지 않으나 어떻게 해야 아이의 기분을 상하지 않게 할 수 있을지 방법이 떠오르지 않았다.

"흐으음."

어찌할 줄 모르는 비설의 옆으로 도윤이 다가왔다. 팔짱을 낀 채 아이의 사과를 보던 도윤이 아이를 향해 눈을 좁혔다.

"이 많은 걸 언제 팔려고?"

"단주!"

"너 이렇게 썩은 거 팔면 목 날아간다?"

"무슨 말씀을 그리 무섭게 하십니까?"

비설의 외침에도 상관없이 쪼그리고 앉은 도윤이 바구니 사이에서 사과를 이리저리 헤집었다. 손에 사과즙이 묻어도 상관없다는 듯이 바구니를 뒤지던 도윤이 그나마 괜찮은 사과 두 개를 집어 들었다.

"내가 네 목을 날리는 대신 숙제를 줄게. 잘 해결해야 한다."

도윤의 엄포에 놀란 아이가 격하게 고개를 끄덕였다. 바구니를 붙잡은 아이의 손이 파르르 떨리자 더는 볼 수 없다는 듯 비설이 도윤을 붙잡았다.

비설의 만류에도 도윤은 아이의 손에 돈을 쥐여 주고는 과일 가게를 가리켰다.

"저기 가서 내가 사 오라고 했다고 가리킨 후에 네가 가져온 썩은 사과만큼 새 사과를 사 오는 거야. 흠 하나도 없는 싱싱한 거로 말이지. 흠집 난 거 하나라도 사 오면 내가 네 목을 날릴 거다! 알았지?"

무시무시한 내용을 무척이나 발랄하게 말했다.

농담인지 진담인지 알 수 없는 말투로 할 말을 끝낸 도윤이 허리춤에 차고 있는 검을 만졌다. 주저하며 고민하던 아이가 도윤의 행동에 도망치듯 가게로 향했다.

"생각보다 똑똑한 아이네."

"아이에게 무슨 짓을 하시는 것입니까?"

"보기 드물게 좋은 기회 겸 쓸 만한지 확인해 보는 기회."

"네?"

도윤이 손에 들고 있던 사과 중 하나를 비설에게 건네며 말했다.

"날 가리켰으면 그냥 살아 보려고 발악하는 아이였을 텐데, 날 가리키는 대신 제 선에서 해결하려고 하잖아. 작은 아이여도 머리가 잘 돌아가는 아이란다. 저한테 나쁜 기회가 아니라는 걸 머리로 알고 있는 거야."

도윤이 누구인지 모르니 함부로 가리켰다가 도윤은 물론이고 아이도 위험해질 수 있었다. 어린아이의 실수인지, 거기까지 생각했는지는 모르지만 아이는 손짓, 발짓을 해 대더니 가게 주인에게 온전한 사과를 사 왔다.

"잘했다."

도윤의 칭찬에 아이의 입이 헤벌쭉 벌어졌다.

도윤과 비설의 앞까지 달려온 아이가 사 온 사과 중에 가장 큰 것을 꺼내 도윤에게 내밀었다.

"네가 가져온 사과도 맛있겠지만, 지금 내가 들고 있는 게 제일 맛있을걸. 숙제를 잘 해 줬으니 나도 사과값을 제대로 받아야지. 자!"

도윤이 안주머니에 넣어 놓았던 작은 주머니를 꺼내 아이에게 내밀었다. 주머니를 열자 손톱만 한 금덩이가 주머니에 가득 들어 있었다.

"똑똑하니 그걸 어떻게 쓸지는 알아서 잘하겠지? 숙제에 대한 값이다."

아이가 고개를 저으려고 하자 도윤이 다시 검에 손을 대었다. 도윤을 보던 아이가 도망가듯 사람들 사이로 숨어들었다.

아사삭.

아이가 사라진 후, 도윤이 사과를 베어 물었다. 도윤의 사과에서 나는 시원한 소리에, 비설도 손에 들려 있는 사과를 물었다.

"맛있네."

흠집이 나 있어도 사과는 강한 향만큼이나 달았다. 사과를 먹는 도윤과 비설 사이에 한동안 말이 없었다.

"황궁에서의 폐하와 지금은 많이 달라 보이십니다."

"달라 보인다라…… 어디가 그렇게 달라 보여?"

"이제야 좀 사람 같으십니다."

"내가 무슨 괴물이냐?"

"그건 아니지만…… 이제야 그래도 덜 미친 사람으로 보입니다."

칭찬인지 욕인지 알 수 없는 말에 도윤은 실소를 터트렸지만 비설은 솔직한 생각을 말한 것뿐이었다.

정확히 무슨 감정인지는 알 수 없었다. 다만 전보다 도윤의 행동이 시선을 끌었을 뿐이었고, 좀 더 그가 하는 행동을 더 가까이 보고 싶을 뿐이었다.

"조금 정상적인 말로 좀 바꿔 보지 그래. 나 안 미쳤거든."

"황궁에서의 폐하는 죽이고 싶을 만큼 미웠다면 적어도 밖의 폐하는 얄밉지만 봐줄 정도입니다."

"너 그러다가 저 아이보다 먼저 목이 날아간다?"

"아뇨, 되레 재미있다며 웃으실 분이라는 것 정도는 알고 있습니다."

"너에게 너무 많은 걸 보여 줬네. 영 재미가 없어."

축제는 이미 둘에게는 관심 밖이었다. 하물며 모두가 즐기는 축제가 아니라 귀족들만 누리는 여흥은 애초부터 흥미를 끌 만한 것이 아니었다.

운형이 비설에게 기본적인 것을 가르쳤다면 도윤의 방식은 새로운 것을 보여 주고 생각을 하게 했다.

"황궁에서의 폐하와 지금과는 다르게 느껴지는 건 폐하께서 상대하는 사람이 달라서라고 생각해도 되겠습니까?"

고민하던 비설이 조심스럽게 도윤의 본심을 물었다. 무엄하고 불충하다며 한 소리를 들을 수 있는 물음이었지만, 왠지 지금이 아니면 물어보기조차 쉽지 않을 것 같았다.

고작 물음 몇 개에 연도윤의 전부를 알 수 있을 것이라는 생각은 하지도 않는다. 그저 그가 무슨 생각을 하는지 잠깐이나마 알고 싶을 뿐이었다.

"귀족은 가진 자다. 나 또한 가진 자고 말이지. 가진 자끼리는 피가 튀고 눈이 뒤집혀 가며 싸워도 되지만 평민은 아니지."

"이들은 주의 백성이 아닙니다."

"어느 나라나 백성이 가장 중요하지. 서문이 백성을 보듬지 아니한다고 주의 황제가 막 대해서는 안 되는 것이란다. 그리고 또 주의 백성이 될 수도 있는 일이고 말이지."

이 사내의 광은 용암보다도 더 뜨거웠다.

가까이 다가가는 것만으로도 숨이 막히고 열이 차올랐지만, 동시에 그 붉은빛에 매료되어 위험한 것을 알면서도 다가가고 싶었다.

자신의 아버지는, 오라버니는 저 사내의 광에 매료되어 죽음을 택했을까?

타국에 멋대로 들어와서는 제 소유로 만들 거라고 하면서도, 약자에게는 자비로웠고 배려가 넘쳤다.

강자에게 강하고 약자에게는 약한 사내. 미친 자일지 몰라도 도윤의 생각은 누구보다도 황제다웠다.

"폐하의 미래에 소인은 아무 도움이 되지 않습니다. 그런데 어찌 소인을 데리고 다니시는 것입니까?"

"이런 이야기를 나눌 여인은 많지 않아. 사내는 더더욱 없고 말이지."

"……"

"헌 녀석도 그렇지만 문원에게 최선의 삶은 평온이야. 안타깝게도 나한테 필요한 건 평온을 줄 이가 아니라 같이 싸워 줄 사람이 필요하지."

"제가 폐하와 함께 싸울 여인이라고 생각하십니까?"

"싸워 줄래?"

이제는 자신이 무슨 마음을 먹고 있는지 알 수 없었다.

연도윤을 이기고 싶다. 그의 목숨을 거두어서 가족의 원한을 갚고 그녀 또한 편해지고 싶었다.

연도윤이 보는 방향을 자신도 보고 그의 생각을 알고 싶었다. 그리하여 지금보다도 더 강해지기를, 더 나은 사람이 되어 누구보다도 앞서가고 싶었다.

그랬던 바람에 또 다른 바람이 물처럼 스며들고 있었다.

왜 운형을 볼 때마다 느꼈던 감정을 이 상황에서 도윤에게 느끼고 있단 말인가!

말도 안 되는 감정에 기가 막히면서도 슬프게도 부정조차 쉽지 않았다.

"저는……."

"이제 슬슬 판이 마련되어 있겠군. 황궁으로 돌아가자."

아무것도 정해진 것은 없이 짧은 암행은 끝났다.

정리될 줄 알았던 감정은 도리어 몸집만 불려 비설을 더 흔들었다. 이제는 무엇이 무엇인지 그녀조차 알지 못했다.

다만……. 비설은 자신의 삶에 연도윤이라는 사내를 지우는 것도, 외면하는 것도 쉽지 않겠다는 것을 직감했다.

八章. 한 걸음 더

대전 안에 묘한 긴장감이 흘렀다. 이 상황에서 편안하게 있는 사람은 상석의 도윤뿐, 도열해 있는 귀족은 서로의 눈치를 보기에 급급했다.

대부분의 시선이 오가고 상황이 정해진 순간 그들을 느긋하게 보던 도윤이 권좌에서 몸을 일으켰다.

"내 오늘은 그대들에게 조금은 불편한 이야기를 꺼낼까 하오."

오늘에야말로 후궁 문제를 담판 지으려 했던 귀족은 도윤의 선수에 말문이 막혔다. 그들을 보며 눈웃음을 지은 도윤이 의뭉스러운 표정으로 비설을 보았다.

'음?'

불길한 오한이 불쑥 치밀었다. 꼭 저럴 때면 비설의 의사와는 전혀 다른 이야기가 툭 튀어나왔다.

"짐이 암행을 나간 사이 납치를 당했었다오."

주마등처럼 암행의 기억이 비설의 머릿속으로 빠르게 스쳐 갔다. 그 어디에도 납치는커녕 도윤의 옷소매 하나 베인 기억조차 없었다.

무슨 소리냐는 듯이 도윤을 보았지만 시선을 받는 당사자는 신경조차 쓰지 않았다.

"데리고 간 유 호위가 아니었다면 큰 곤욕을 겪었을 것이오. 그런데 말이오. 서문에서 납치를 당했을 때 그곳에서 주의 무기를 보았다오."

암행하는 내내 도윤은 무기의 흐름을 잡으려 했지만 알아내지 못했다. 암행에서 찾지 못한 일의 방법을 알아냈는지 도윤의 방향은 다시 귀족에게 향했다.

"하물며 국경에서는 서문의 귀족과 주의 귀족이 뇌물을 교환하는 일도 비일비재했소. 보지 못했다면 넘어갔을 것이나 짐의 눈으로 본 이상 그대로 넘길 수는 없소."

도윤의 방법이 무엇인지 보려 했던 비설이 소리 없이 실소를 지었다.

어찌 보면 참으로 그다웠다. 본인이 저질러 놓은 일을 귀족들에게 태연히 떠넘겼다. 어차피 말하지 않으면 알 수 없는 일이니 저리 배짱 두둑하게 일을 저지르는 것이겠지만, 결론은 억지일지는 몰라도 효과적인 방법이었다.

"폐하. 소인들은 억울하옵니다. 누가 그런 천인공노할 짓을 저지른단 말입니까!"

"이번 일은 명명백백 밝혀야 하옵니다!"

책임을 피하려 함인지 아니면 진심으로 억울해서 그런 것인지 확실히 조사해야 한다며 귀족들이 목소리를 높였다.

충성심을 보여 주듯 목소리를 높이는 귀족을 보던 비설이 도윤을 보며 혀를 내둘렀다.

공개적으로 조사할 명분이 조금 전까지는 없었다. 자칫 잘못 움직였다면 황제가 귀족에게 전횡을 휘두른다는 빌미를 줄 수 있었다. 이 자리를 준비한 사람은 귀족이었으나 주도권을 잡은 자는 도윤이었다.

"우선 반영, 천주를 시작해서 국경의 조사를 시작하려 하오. 내 그대들의 억울함을 풀어 주기 위해서라도 빠른 시간 안에 감사를 끝내겠소. 이게 모두 그대들의 협조 덕분이오."

상황을 파악한 귀족이 반대하기 전에 도윤은 재빨리 마무리를 지었다. 다만 조사의 시작이 황제의 스승인 재상부터 시작한다는 점, 국경에 한정되어 있다는 말에 씁쓸하지만 동조를 할 수밖에 없었다.

'감사에서 아무것도 얻지 못해도 상관없다.'

증좌가 없던 일조차 스스로 증좌를 만드는 이였다. 국경만 조사를 한다고 했어도 궁극적으로는 몇 가지의 핑계로 그 영역을 넓히게 될 것이다. 도윤의 움직임을 막지 못한 귀족들은 제 손에 쥐고 있던 것을 그에게 내주게 될 것이다.

"그리고 연국과 서문의 전쟁은 조만간 마무리될 것이오. 연국에서 나오는 광물의 절반은 서문이 가져가게 될 것이나 대신 연국의 목재는 주에서 가져오게 될 것이오."

연의 목재는 대륙에서도 손에 꼽힐 정도로 좋은 것으로 유명했다.

암행에서 무기 밀매는 물론이고 연국에서 목재까지 가져온 도윤에게 감히 반대를 하거나 의견에 반할 사람은 누구도 없었다.

"연국의 목재 관리는 이번에 영남에 큰 도움을 준 운정공에게 맡길 것이니 경들도 짐의 뜻에 따라 주셨으면 하오. 그리고 짐이 모처럼 그대들을 위한 연회를 열 것이니 경들은 어려워하지 말고 참여해 주기 바라오."

대전에 폭풍이 휩쓴 것처럼 상황은 단숨에 정리되었다.

할 말을 전부 끝낸 도윤이 대전을 거침없이 빠져나갔다. 도윤이 빠져나간 후에나 귀족들은 자신의 상황을 깨달았지만, 이미 일은 전부 끝난 후였다.

❅❅❅

연회장에서 들리는 웃음소리를 뒤로한 비설이 담을 따라 걸음을 옮겼다. 부지런히 오고 가던 내관과 궁녀의 모습이 점점 사라지고, 화려하게 비추던 빛조차 사그라들 때쯤 그녀의 걸음이 멈추었다.

"폐하."

비설의 부름에 담에 앉아 있던 도윤이 담 아래로 얼굴을 빼꼼 내밀었다.

연회장에는 내시감도, 흑의도 모두 있었지만 도윤의 기척은 느껴지지 않았다. 비설은 도윤이 어디 있는지 알 것 같았다. 그저 기분 탓일 수도 있었지만 비설이 아는 도윤이라면 이곳에 있을 듯싶었다.

"올라오겠느냐?"

왜 여기까지 왔느냐는 물음 대신 도윤이 자리를 내주었다. 비설이 담에 올라섰다. 홀로 시간을 보내고 있었는지 병에서 나는 달금

338

한 향이 코를 찔렀다.

"내시감께서 무리하지 마시라 전해 드리라고 하셨습니다."

"술 몇 잔에 무리라고 할 것까지야."

"……."

"시끄러운 연회장보다는 달구경에 술 한잔이 더 낫지 않은가? 그러니 옆에 앉아라. 목 아프다."

도윤을 보던 비설이 맑은 밤하늘에 떠 있는 달을 물끄러미 바라보았다. 확실히 시끄럽고 사람이 많은 연회장보다야 이곳이 몇 배는 나았다. 하물며 도윤이 가져온 술의 향은 평소보다도 더 달큼한 향을 풍겼다.

"소인 아직 호위 일이 끝나지 않았습니다. 내시감께서 찾으시니 이만……."

"괜찮아. 짐이 허락해 줄 테니 앉아."

"연회가 끝난 후에는 폐하께서 주신 숙제도 해야 합니다."

숙제라는 말에 술잔을 비우던 도윤이 비설을 뚫어지게 바라보았다. 암행을 다녔을 때만도 괜찮았던 얼굴이 지금은 또 피로에 찌들어 있었다.

그녀가 말한 숙제가 무엇인지 아는 도윤이 비설의 앞에 빈 잔을 내려놓았다.

병에서 흘러나오는 맑은 술이 잔에 담기자 조금 전보다 과실주의 향이 진하게 밀려왔다.

"그걸 아직도 못 했느냐?"

도윤의 물음에 비설의 얼굴에 남아 있던 피로감이 더욱 짙어졌다.

암행에 돌아오자마자 비설을 반긴 것은 한쪽 벽의 절반을 차지

하는 두꺼운 서책의 산이었다. 주제도 여러 가지여서 소소하게는 황궁의 예절에 관한 책도 있었지만, 머리 아프게는 정치에 관한 서책도 있었다.

읽으라는 명령이 내려왔으니 하는 수밖에 없었지만, 덕분에 가뜩이나 부족했던 휴식 시간이 더욱 없어져 버렸다.

"지난번 물음에 대답을 못 해서 더 늘어나지 않았습니까?"

시간에 쫓겼던 터라 급한 대로 대충 읽고 넘기려 했지만, 도윤은 그녀의 사정을 꿰뚫어 보기라도 한 것처럼 핵심을 찌르는 질문을 던졌다.

대충 봤으니 답을 하는 것은 무리였고 그 결과는 곧 두 배의 서책으로 돌아왔다.

"흐음."

막상 비설이 옆에 있으니 혼자 술을 마시는 것도 영 재미가 없었다. 자신의 호위는 암행 전이나 지금이나 그가 유혹하는 말에 한 번에 넘어가는 일이 없었다.

혼자보다는 둘이 더 재미있을 것이고, 그의 호위는 단둘이 있을 때 보이는 본심이 유난히 재미있는 존재니 더더욱 옆에 앉게 해야 했다.

"술벗을 해 주면 제왕학은 일주일 뒤로 미뤄 주마."

폐하께서 보시다가 멋대로 넘기신 책 아닙니까라는 말이 다시 나오려고 목 끝에서 간질거리는 것을 인내로 참았다.

황궁 호위에게 제왕학은 왜 필요한지 알 수 없었지만 비설이 봐야 하는 책 중 가장 두껍고 어려운 것이었다.

"빼 주십시오."

"2주."

340

"……."

"싫으면 말든가."

아쉬운 사람은 도윤이 아니라 비설이었다.

잔의 술을 단숨에 비운 비설이 다시 잔을 채운 후 멀찍이 떨어졌다. 뜬금없는 행동에 도윤이 어이없다는 듯이 실소를 터트렸다.

"가까이 있으면 제 정신 건강에 좋지 않습니다."

묻지도 않았는데 비설이 제 본심을 먼저 보였다. 제 본심을 들킬까 이를 바짝 세우며 경계했던 비설도 귀여웠지만, 지금의 비설도 곁에 두는 맛이 있었다.

"달이 맑으니 술맛이 더 각별하네."

부정하지 않는다는 듯이 비설이 고개를 숙였다. 한동안 대화 없이 술잔만 오고 갔다. 연회장의 수선스러운 소리가 들리지 않으니 한결 편안했다.

"지겨운 연회는 아직도 끝나려면 멀었나 보군."

"지겨워하시면서 왜 연회를 여셨습니까?"

"만나게 해야 음모를 꾸미거든."

"네?"

떨어져서 있었던 것도 찰나, 궁금한 비설이 먼저 도윤에게 다가왔다. 아직 가르쳐야 할 것이 많았지만 가르치면 그만큼의 가치가 있을 것이다.

"내 착한 호위는 아직 알지 못하겠지만 음모는 저렇게 모여 있을 때 생기지. 그리고 짐은 그 음모에서 원하는 것을 얻는단다."

"이번에는 무엇을 얻으실 것입니까?"

"글쎄. 우선 하나는 확실히 얻었어."

"무엇을 말입니까?"

도윤의 미소를 마주하는 순간 비설의 심장이 덜컥 내려앉았다. 가까워진 거리에 당황한 비설이 뒤로 물러나려는 순간 도윤의 손이 비설의 손목을 붙잡았다.

말은 없었지만 답은 충분했다. 잡힌 손을 끌자 비설이 도윤에게 힘없이 끌려왔다. 비설의 손등에 도윤의 입술이 짧게 닿자 자신도 모르게 비설이 숨을 삼켰다.

예전에는 도윤을 밀어내거나 화를 냈을 것이지만 지금은 심장만 뛸 뿐 힘이 들어가지 않았다.

"도망 안 가네?"

미치도록 맑은 달빛에 취했는지, 아니면 고작 몇 잔 마신 술 때문인지는 알 수 없었다. 재미로 시작된 일시적인 감정은 종종 도윤을 흔들고 그를 집어삼키려 했다. 저 아무것도 모르는 눈이 그를 향할 때마다 인내는 사라지고 허기가 깊어졌다. 도망가려는 그녀를 막다른 길에 몰아세워 놓고 손가락 하나까지 전부 제 소유로 잘근잘근 씹어 삼키고 싶었다.

"달에 취한 건지, 술에 취한 건지……."

그의 품에서 신음을 터트리며 갈구하는 그녀를 보고 싶었다. 평소의 비설이라면 절대 보여 주지 않을 모습을 이 순간만큼은 억지로라도 보고 싶었다.

갖고 싶다.

손등에 닿았던 입술이 손바닥에 닿고, 손목에서 눈 옆에 닿았다. 당황한 비설을 보는 도윤의 입가가 부드럽게 휘었다.

"너한테 취했나 봐."

"누가 보면 어쩌려고 이러십니까?"

"아무도 안 보잖아."

눈가에 닿았던 입술이 비설의 입술을 덮었다. 몸을 움찔거렸던 것도 찰나 비설이 눈을 감았다. 비설이 허락하자 다가온 도윤이 열린 입안으로 거침없이 자신을 각인시켰다.

열기와 열기가 섞이고 차가운 밤바람보다는 서로의 체온에서 느껴지는 온기가 차올랐다. 여린 속살을 빨아들이고, 치열을 애무하던 혀가 말랑한 혀를 휘감았다. 숨결이 엉키고, 섞인 타액을 삼키고 다시 빨아들였다. 깍지 낀 손에 힘이 들어가고 맞닿은 몸에서 나는 체향이 코끝을 간질였다.

"하아."

긴 입맞춤이 끝난 후, 도윤이 입술을 떼자 비설이 더운 숨을 몰아쉬었다. 얼굴의 홍조만큼이나 붉게 달아오른 입술이 달빛에 고왔다. 자신도 모르게 열기에 찬 입술을 한입 가득 삼켰다.

"너도 취했나 보네."

깊게 숨을 내쉬고 들이마셔도 몸의 열기가 가라앉지 않았다. 도윤과 입술이 떨어진 짧은 순간 몇 번이고 스스로에게 물어봤지만 왜 그랬는지 답을 알 수 없었다.

"모르겠습니다."

그의 말대로 이 상황 자체에 취한 걸지도 모른다. 지금만큼은 다가오는 그가 싫지 않았다. 그의 온기가 손에 닿는 체온과 촉감이 무척이나 좋아서 피하고 싶지 않았다.

"폐하가 싫지 않습니다."

"그 뭔가 미지근한 대답은 뭐지?"

도윤의 낮은 웃음소리가 듣기 좋았다. 지독히도 충동적이지만 피하고 싶지 않았다. 도윤의 손이 열기에 찬 뺨을 감쌌다. 그러자 도윤의 손목을 감싼 비설의 손이 천천히 올라가 손등을 감쌌다.

잠시나마 떨어졌었던 도윤의 입술이 다가왔다.

❈ ❈ ❈

몸을 웅크리고 잠든 비설을 보는 도윤의 얼굴이 무표정했다. 작은 기척도 예민하게 느끼는 비설이었지만 애초에 도윤의 기척을 읽을 수 있을 리가 없었다.

도윤의 손가락이 비설의 이마에 닿았다.

"무슨 꿈을 꾸는데 미간이 이리 딱딱한 것이냐?"

비설의 미간을 손가락으로 눌러 편 도윤이 턱을 기대고 앉았다.

제 목을 조를지도 모르는 여인.

처음 황궁에 들어왔을 때 보여 주었던 살기는 사라져 있었지만 그럼에도 그녀의 안에는 과거의 상처가 흉터처럼 각인되어 있었다.

그 흉터를 만든 사람이 바로 그였다. 그때의 선택을 후회하지는 않았지만 그녀를 향한 감정은 선택처럼 쉽지 않았다.

"내 목을 조를 수도 있지만 내 가장 강한 검도 되겠지."

필요에 의한 끌림이었다면 신하로서, 검으로서 그녀를 주저 없이 취했을 것이다. 하지만 이 감정은 그러한 것과는 분명히 달랐다.

생소한 만큼 위험한 감정. 상황을 흔드는 데 가장 좋은 미끼라는 것을 알면서도 이 작고 약한 호위를 모두의 시선에서 떨어뜨려 놓고 저 혼자만 보고, 만지고 품에 안고 싶었다.

족쇄를 다시 채워 놓을까?

얌전히 있을 그녀가 아니라는 것을 알면서도 지금이라도 당장 그의 견고한 울타리 안에 그녀만 홀로 가둬 놓고 싶은 마음뿐이었다.

"쥐고 있는 검까지도 부숴 버리고 싶으니 이를 어쩌나."

충동적으로 시작된 감정은 도윤조차 알지 못할 정도로 그를 집어삼켰다. 약해 빠진 주제에 무모하리만큼 불안하게 적을 향해 제일 먼저 달려 나갔다. 도윤이 힘을 주면 부러질 것처럼 약한 주제에 언제나 괜찮다는 말을 입에 달고 살았다.

'위험해.'

지금까지 자신만의 선으로 제 모습을 감췄던 그에게 비설은 모든 경우에서 예외였다. 낯선 감정이 도윤을 송두리째 잡고 흔들었다.

어깨를 감쌌던 손이 비설의 목을 붙잡았다. 지금이라도 멈추어야 한다. 도윤이 그렸던 큰 그림에 비설의 존재는 없었다.

'네 존재가 내 목을 조를 수 있을 것 같은데도 버릴 생각보다는 취할 생각만 가득 차 있으니 이를 어찌한다.'

지금이라도 목을 거두든지 아니면 제 손아귀에서 놓아야 한다. 그 순간 운형이 떠오르고, 그의 곁을 지키는 비설이 떠올랐다.

제 마음에 들었던 것을 단 한 번도 빼앗겨 본 적이 없는 도윤이었다. 하물며 비설을 그에게 보내다니 있을 수 없는 일이었다. 도윤의 입술이 삐뚜름해지고, 가라앉았던 눈에 살기가 감돌았다.

"음."

도윤의 살기를 느낀 비설이 눈을 움찔했다. 서둘러 살기를 거둔 도윤이 비설을 달래듯 얼굴을 어루만졌다. 온기를 찾듯 비설이 도윤의 손길을 따라 몸을 움직였다.

다가오는 비설을 보던 도윤이 잠시 후 잠든 그녀의 옆에 몸을 뉘었다. 온기를 찾아 비설이 도윤의 품을 파고들었다.

'연모는 참 필요 없는 감정이지만.'

감정을 따라 움직이는 일 따위 평소라면 절대 하지 않았을 것이었지만, 이번만큼은 감정이 이성을 억눌렀다.

이 감정의 끝이 어떻게 끝나게 될지는 알 수 없었지만 그냥 놓아버리기에는 이 여인이 주는 모든 것이 탐이 났다.

비설을 품에 안은 도윤이 머리에 턱을 기대고는 눈을 감았다.

❋ ❋ ❋

황궁의 연회가 끝난 지 일주일, 도윤은 원했던 다른 것을 얻게되었다.

"폐하."

늦은 밤 궁을 걷는 도윤의 곁으로 채현이 다가왔다. 평소와는 다른 채현의 눈빛에 도윤이 손을 들었다. 동시에 뒤를 따르던 내관과 궁녀가 물러났다.

"태상의 저택에 모두가 모였습니다. 태상의 저택이기는 하지만 모임을 주도한 이는 사도였습니다. 다만 이번에는 재상께서도 참석하셨습니다."

"내 스승께서 이번 일은 마음에 들지 않으셨나 보군."

듣는 것에 따라 심각한 일이 될 수 있는 상황에서도 도윤의 목소리에는 걱정 자체가 없었다.

대장군이 자진을 할 때조차도 미동조차 없었던 그였으니 이번에도 그럴 수도 있었지만, 최측근인 재상이 돌아서는 것은 대장군과는 분명 달랐다.

"좀 더 구석으로 몰아야 여우가 밖으로 나올 텐데 말이지."

"오늘 모임은 폐하께 위험할 수 있습니다."

"고작 쥐 몇 마리를 잡고자 하는 게 아니니 말이다. 여기서 더 위험해져야지. 내가 잡으려는 여우가 워낙 몸을 잘 사려서 말이다."

도윤의 화법은 단번에 이해하기는 어려웠다.

채현이 생각하는 여우가 도윤이 생각하고 있는 자와 맞는지도 알 수 없었고, 도윤이 놓는단 쥐라는 미끼가 채현이 상상하는 이상의 작위를 가진 귀족일 수도 있었다. 적당히 확실한 정보를 가져와야 사도에게 인정을 받을 수 있다.

"쥐를 꺼냈는데 여우의 배가 고프지 않은 것일 수 있겠군."

"여우는 사도를 말씀하시는 것입니까?"

궁금함을 참지 못한 채현이 먼저 물음을 던졌다. 채현의 물음에 도윤이 고개를 들어 짙은 밤하늘을 바라보았다.

얼마 전까지만 해도 맑은 달이 보였던 것과는 달리 오늘은 별 하나 제대로 보이지 않았다.

"글쎄."

예상했던 대로 명쾌한 대답은 나오지 않았다.

모임에 사람을 심어 놓았으니 그 안에서 나온 내용만 도윤에게 보고하면 될 터, 다만 사도의 닦달이 조금은 피곤할 듯싶었다.

"폐하께서는 소인이 어찌했으면 하십니까?"

"평소처럼 움직이거라."

"소인의 행동이 검이 되어 폐하의 목을 노릴 수도 있습니다."

너무나도 느긋하니 파문을 하나 남기고 싶어졌다. 평소였다면 그냥 넘겼을 일이었지만 채현은 약간의 변덕을 도윤에게 시험 삼아 던졌다.

347

"궁금하면 검을 한번 던져 보아라."

반항은 시작하기도 전에 먼지처럼 사라졌다.

채현의 도발 따위 도윤에게는 의미가 없다. 설령 말 그대로 칼을 던져도 도윤은 또 웃으면서 그 칼을 쳐 낼 것이고, 아무렇지도 않다는 듯이 채현을 가까이 둘 것이다.

"물러나겠습니다. 폐하."

몸을 숙인 채현이 순식간에 사라지고, 도윤이 다시 길을 걸으려 하자 내시감이 가까이 다가왔다. 한번 무언가에 빠지면 시간개념이 사라지는 도윤이었기에 이쯤에서 상황을 잘라야 할 듯싶었다.

"폐하. 이만 밤이 깊었으니 침소로 돌아가시지요. 감모라도 드실까 저어되옵니다."

"이 정도 날씨에 감모는 무슨…… 짐은 괜찮으니 정 힘들면 모두 물러나라."

"그게 아니오라!"

말을 이으려는 내시감을 도윤이 손으로 저지했다. 채현과 이야기할 때는 조금의 감정도 느껴지지 않던 도윤의 입가에 미소가 생겨났다.

"저러니 자꾸 눈에 들어오지."

"폐하?"

"모두 물러나라. 혼자 있고 싶다."

내시감이 안 된다며 고개를 저으려 했지만, 이미 도윤의 관심은 하나뿐이었다.

도윤의 시선을 알지도 못하는지 발견한 이의 눈은 서책에만 고정되어 있었다. 달빛에 보이긴 하는 것인지 한 장, 한 장 책장 넘어가는 소리가 듣기 좋았다.

"은근히 좋은 자리는 잘 찾는다니까!"

어설프게 간을 보면 도리어 도망가 버릴 터, 도윤이 사냥감을 향해 몸을 날렸다.

❊❊❊

"하아암."

비설이 감기려는 눈을 억지로 떴다.

등잔불 앞에 앉아만 있어도 잠이 밀려왔다. 이대로라면 책상에 머리를 기대고 잠들 것 같아 읽던 책을 가지고 밖으로 나왔다.

달빛에 서책을 보는 일이 쉬운 것은 아니었지만 오늘 다 읽지 않으면 꾸지도 않은 빚처럼 또 서책이 쌓일 것이었다.

"졸려."

제왕학을 빼 주면 무엇 하는가? 여전히 읽어야 할 서책은 산더미였고, 이제 고작 삼분지 일을 간신히 읽었다. 몸에 피로가 몰려들자 다시 유혹도 밀려왔다. 자꾸 눈꺼풀이 아래로 내려갔다.

"아!"

눈이 완전히 감기기 직전 낯선 기척이 느껴지자 비설이 검을 손에 잡으려 했다. 하지만 검에 손이 닿기도 전에 다가온 이가 뒤에서 그녀를 안았다. 낯설지만 익숙한 체온이 등에 닿자 심장이 미칠 듯이 뛰기 시작했다.

"엄청 뛰네."

"누구라도 뒤에서 그렇게 안으면 뜁니다."

말은 그렇게 했지만, 진정해야 할 박동이 좀처럼 가라앉지 않았다.

그날 이후로 최대한 침착하려 했지만 도윤을 마주할 때마다 머리보다는 몸이 먼저 반응했다. 그녀가 할 수 있는 최선은 어떻게든 눈을 마주치지 않는 것뿐이었으나, 황궁의 호위라는 직업이 그마저도 쉽지 않았다.

"이제 좀 떨어지시죠. 폐하."

"침소로 돌아가려는데 추워서 말이야. 그런데 여기에 네가 딱 있더라고."

"그래서 내시감부터 전부 떼어 놓으셨습니까?"

비설의 취조에 도윤이 입꼬리를 올렸다. 막힌다 싶으면 미소로 얼버무리니 느는 것은 헛웃음뿐이었다. 사람의 마음이 참으로 간사했다.

예전에는 저 인간이 미쳤다고 진저리를 쳤을 것을, 이제는 실소가 나올 뿐 밀어내고 싶지 않았다.

"그나저나 내 호위는 무엇을 그리 열심히 보는 건가?"

"……."

"대답 안 해 주게?"

볼을 꼬집고 목을 깨물어도 얼굴이 붉어질망정 비설은 도윤을 상대하지 않았다. 바스락, 책장이 넘어가는 소리만이 둘 사이에 울렸다.

집중하는 비설을 지켜보는 것도 즐거웠지만, 그래도 제 앞에서 반응하는 그녀를 지켜보는 게 훨씬 즐거웠다. 손가락으로 볼을 어루만지던 도윤이 쭉 비설의 뺨을 늘렸다.

"도대체 숙제는 산더미같이 주시고는 왜 괴롭히십니까?"

"왜 말을 안 해?"

꼬집혀서 붉어진 볼에 도윤이 입술을 맞추었다. 병 주고 약 주고도 아니고 왜 애먼 볼을 가만히 두지 못하는 것인가?

"하지 말라고 말해 봤자 듣는 폐하도 아니시고 자꾸 폐하께 휩쓸리면 휩쓸릴수록 제 인생이 더 고달파서 그렇습니다. 그러니 침소로 가시란 말입니다!"

"침소에 가는 길에 네가 있는데 어찌 그냥 가지? 넌 재미있다니까."

한마디라도 양보라고는 전혀 없었다. 몰아치던 잠은 다 깨 버렸지만, 왠지 도윤과 이러면서 보낸 시간이 무척이나 아까웠다.

"이러다가 누가 보면 어쩌려고 이러십니까?"

"황제가 알고 보니 사내 취향이라 이미 남첩까지 데리고 있다는 소문이 돌겠지."

황제가 사내를 총애한다는 소문이 도는 순간부터 귀족들이 들고 날뛸 것이었지만 정작 말을 꺼낸 당사자는 너무나도 태연했다. 결국 손해를 볼 사람은 남첩으로 오해받을 비설이었다.

펼쳐 놓았던 서책을 비설이 덮었다. 이번 숙제를 제대로 끝내지 못하면 전부 도윤의 탓이었다. 책이 완전히 덮어지기 직전, 비설의 손을 붙잡은 도윤이 그녀가 본 곳까지 쭉 읽었다.

"제법 읽었네. 이거 어려운 책인데."

"지금 그 어려운 책을 소인에게 사흘 안에 읽으라고 하신 것입니까!"

"그래야 빨리 보잖아."

가라앉지 않았던 심장에 분노 또한 빠르게 스며들었다. 연모라는 것을 해 보겠다더니만 이건 연모가 아니라 그녀를 약 올리는 데 최선을 다하고 있었다.

원수 같은 인간.

하필 이런 사내에게 자신은 왜 흔들렸는지 진짜 하늘에 묻고 싶었다.

"폐하께서 침소로 가시지 않으니 소인이 먼저 돌아가겠습니다."

"나 아직 안 졸린데?"

"저는 졸립습니다."

도망가려는 비설을 도윤이 다시 붙잡았다. 화기애애한 분위기도 잠시, 둘의 투덕거리는 소리가 오랫동안 치열하게 들렸다.

그리고 멀지 않은 곳의 어둠 속에서 자신을 숨긴 사내가 그런 둘을 보고 있었다.

＊＊＊

비설이 검을 배우고 어느 경지에 이르자 운형의 호위를 하게 됐다.

활동적인 윤천과는 다르게 운형은 대부분 서책에 읽는 데 하루의 시간을 보냈고, 운형 덕분에 비설은 호위라는 자리에서도 평온한 시간을 보냈다.

서책을 넘기던 운형이 시선이 느껴지는 방향으로 눈을 돌렸다. 운형이 보는 줄도 모르고 비설이 그가 보는 서책에 눈길을 주고 있었다. 워낙 작은 글씨라 비설이 읽기에는 힘들 터, 그렇다고 책의 방향을 바꾸거나 같이 보자고 하면 고집스러운 비설은 그럴 수 없다며 그나마 보던 책에도 눈길조차 주지 않을 것이었다.

책을 제대로 잡은 운형이 나지막한 목소리로 서책을 읽어 내려갔다. 운형의 목소리에 비설이 당황했던 것도 잠시, 그의 목소리에 귀를 기울였다.

평온했던 순간이 꿈처럼 흘러갔다. 조금은 그 평안이 유지될 거라는 생각과 달리 폭풍은 빠르게 운형을 집어삼켰다.

"황제의 군대가 궁을 넘었다고 합니다! 형원공께서 위험하십니다!"

도윤에게 반기를 들었던 윤천은 도리어 허를 찔려 제대로 된 반격조차 하지 못하고 무너지고 있었다. 평온했던 운형의 궁에조차도 윤천의 상황에 휩쓸려 황군이 밀려오고 있었다.

"이대로라면 전부 죽습니다! 서둘러 형원공을 도우셔야 합니다!"

궁문이 부서지고 시종이 지르는 비명이 바로 앞까지 울렸다. 고민하던 운형이 비설을 바라보았다. 흔들림 없는 비설의 눈이 운형을 향했다. 주저하던 결심은 비설을 보자 곧바로 정해졌다.

"폐하께 투항하겠다."

"도련님! 안 됩니다!"

"이대로 투항하면 다 죽습니다!"

"죽지 않기 위함이다!"

이미 궁문이 뚫리고 황군이 밀려오는 상황이었다. 이 상황에서 살아 있는 사람을 살릴 방법은 하나뿐이었다.

"공을 배신하시겠다는 것입니까!"

"아버지를 직접 뵙겠다. 투항하신다면 목숨은 건질 수 있을 것이다!"

"어찌 감히! 도련님께서 공을 저버리신단 말입니까!"

고함을 치던 사내가 검을 꺼내 운형을 향해 휘둘렀다. 운형의 목까지 바로 가던 검은 중간에 끼어든 검에 의해 막혔다.

챙!

검과 검이 부딪치는 소리가 날카롭게 울렸다. 운형과 사내 사이를 막은 비설의 검이 사내의 검을 힘껏 밀어냈다.

"네, 네까짓 게!"

"물러나라."

"감히!"

방향을 바꾸어 다시 다가오는 검을 받아친 비설이 위치를 바꾸어 사내를 향해 휘둘렀다. 피가 튀고 고통에 사내가 고함을 질렀지만, 다시 제자리로 돌아온 비설이 사내의 목을 꿰뚫었다.

"컥!"

"가까이 오면 죽는다."

비설의 개입에 운형에게 다가가려던 사내들의 걸음이 멈추었다. 검을 다시 고쳐 잡은 비설이 운형의 앞에 섰다.

"비설아. 폐하께 가야겠다."

비설이 다시 사내를 향해 달려갔다.

운형의 배신에 윤천은 피를 토하며 그를 저주했지만, 대신 살아남은 이들은 도윤의 자비로 목숨을 구하게 되었다.

윤천이 만들어 놓은 병력마저 도윤에게 바치자 반란은 빠르게 정리되었다. 오랫동안 만들어 놓았던 모든 기반을 도윤에게 넘긴 대신 운형은 운정공이라는 지위와 함께 황족으로의 직위를 인정받았다.

모든 상황이 정리된 후, 황궁으로 들어갈 때까지 운형의 곁에는 비설이 있었다.

책상에 놓인 차에서는 더는 따뜻한 김이 나오지 않았다. 몸이 상한다며 시종이 가져온 차는 최상의 것임에도 불구하고 아무런 향도, 맛도 나지 않았다.

"운정공. 들어가겠습니다."

깊은 밤, 침소의 문이 열리며 들어온 사내가 운형을 향해 몸을 숙였다. 사내가 몸을 숙이고 말을 할 때까지도 운형의 눈은 차갑게 식은 차를 향해 있었다.

"속단할 수는 없지만, 본 것만으로는 이미 많은 진전이 있는 것 같았습니다."

무릎 위에 올려 있던 운형의 손가락이 꿈틀 움직였다.

도윤을 따라 비설이 암행을 나갔었다. 도윤을 조금 더 지켜보고 싶다는 비설의 말을 운형은 막을 수 없었다. 몇 달 만에 돌아온 비설에게서 운형은 예전에 봤었던 모습을 보았었다. 이제 비설이 보는 방향이 바뀌었다는 것이 문제라면 문제였다.

"폐하는 그저 폐하이실 뿐."

사람을 쉽게 바뀌지 않는다. 하물며 연도윤이라는 사내는 주변을 바꿀망정 자신을 바꿀 이가 절대 아니었다.

'변한 건 비설이다.'

비설의 변화를 운형이 간섭할 일은 아니었다. 검과 복수만 알고 살아온 비설에게 더 넓은 세상을 보며 다른 선택을 할 수 있게 된다면 그 또한 반갑고 다행이었다.

지금의 틀에서 비설이 벗어나기를 바란 사람은 누구보다도 운형이었다.

"내 아이의 변화를 즐거워해야겠지."

그런데 어찌하여 이리 불쾌할까?

목에 든 가시가 아니라 독이 든 술을 남김없이 삼킨 기분이었다. 기다려 왔던 변화를 왜 운형은 막아야 한다는 생각뿐이란 말인가!

"앞으로 계속 지켜봐라. 자칫…… 내 아이가……."

"공?"

"아니다. 나가 봐라."

인사를 끝낸 사내가 밖으로 나가고, 운형이 식은 차를 단숨에 들이켰다. 숨을 내쉬기 어려우리만큼 지독한 정적이 방을 휘감았다. 운형의 눈이 허공에서 방향 없이 헤매었다.

'우선 폐하의 곁에 있어 볼까 합니다.'

영남에 막대한 재물을 바친 대신 운형은 허락받지 못했던 권리를 조금씩 돌려받고 있었다. 이번 기회를 기반으로 무너진 궁을 재건할 기회를 드디어 얻게 되었다. 힘들게 찾아온 기회를 고작 개인적인 감정으로 무너뜨릴 수는 없었다.

"이제는 내 아이의 손을 놓아야 하는가?"

복잡해지는 생각을 잊을 겸 운형이 고개를 저었다. 아무것도 하지 못하던 아이가 조금씩 변해 가고 있었다. 분명히 좋은 일이다.

"컥!"

후드득.

운형이 서 있던 바닥에 피가 한 방울씩 떨어졌다. 허공을 향했던 눈이 서서히 감기고, 아슬아슬하게 서 있던 몸이 힘없이 휘청거렸다.

쿵!

바닥에 흥건한 피 위에 운형이 쓰러졌다. 핏기라고는 전혀 없는 창백한 얼굴에 미동조차 없었다.

"운정공!"

뒤늦게 들어온 시종이 운형을 발견하고는 소리를 질렀다.

청량한 향기에 운형이 감고 있던 눈을 떴다.

"깨어나셨습니까?"

낮지만 또렷한 목소리에 흐릿했던 운형의 눈에 초점이 돌아왔다. 운형과 눈을 마주한 비설의 입꼬리가 부드럽게 휘었다. 자연스럽게 운형의 머리에 올려놓았던 천을 잡아 냉수에 담갔다.

"어찌 왔느냐?"

냉수에 차가워진 천의 물기를 짜낸 비설이 운형의 이마에 다시 수건을 올렸다. 이마에 닿은 차가운 천의 감촉보다도 갑작스럽게 나타난 비설의 존재에 더 정신이 또렷해졌다.

"폐하께 하루 허락을 받았습니다. 누워 계십시오."

일어나려는 운형을 비설이 막았다. 비설의 만류에 운형이 다시 자리에 누웠다. 흐트러진 이불을 능숙한 손길로 다듬은 비설이 자리에 앉았다.

"폐하께서 뿔이 단단히 나셨겠구나."

"폐하께서야 조금은 마음에 안 드셨을 수 있겠지만, 이번만큼은 안 보내 주실 수 없게 했습니다. 그러니 너무 신경 쓰지 마십시오."

무슨 소리냐는 듯한 시선에 비설이 밖으로 나갔다. 잠시 후, 쟁반을 들고 나타난 비설이 가져온 것을 탁자에 내려놓았다. 뜨거운 찻잔을 손으로 감싼 비설이 누워 있던 운형을 일으켜 세웠다.

"조금 힘드시겠지만, 천천히 드셔 보시지요. 서문에서 심신 안정에 효과가 좋아서 귀족은 물론이고 서민들도 마시는 차라고 합니다."

"……."

"최근 여러 일에 신경을 쓰시더니 무리하신 듯합니다. 천천히 드시지요."

비설이 건네는 잔을 운형이 조용히 바라보았다. 시종이 가져온 것과 똑같은 차이면서도 향조차 다르게 느껴졌다. 차를 조금씩 마시니 따뜻한 기운이 몸 안으로 흘러 들어왔다. 차의 효과까지는 알 수 없었지만 복잡했던 마음이 천천히 진정되었다.

"한결 낫구나."

편안해하는 운형을 보던 비설이 안도의 숨을 내쉬었다.

운형의 건강이 워낙 좋지 않았기에 그녀가 생각한 것보다도 심할지도 모른다는 걱정을 했었다. 다행히 일시적이었는지 운형은 생각보다도 자신을 잘 추슬렀다.

"최근 폐하께서 산더미처럼 많은 서책을 읽으라는 명령을 내리셨습니다. 워낙 종류가 많기에 대충 읽으려 했지만, 또 읽은 내용을 확인하시겠다며 매서운 질문을 하시는 터라 매번 당하기만 했었습니다."

"……."

"그래서 이번에 모든 숙제를 끝내고 질문까지 전부 대답하면 하루 정도는 제 시간을 달라 했지요."

"폐하께서 그런 일도 하신단 말이냐?"

"소인이 곤혹스러운 게 그렇게 재미난다고 하시더군요."

운형의 손에 있는 빈 잔을 받아 든 비설의 눈이 부드럽게 휘었다. 비설을 보던 운형의 손이 옅게 떨렸다.

"무슨 서책을 읽게 하시느냐?"

"종류가 정해져 있지는 않습니다. 지난번에는 뜬금없이 읽고 계시던 서책을 읽어 보라며 주시더군요."

도윤은 타인에게 관심을 가지는 이가 아니다. 영악하고 교활한 이라 정상적인 사람의 기준에서 자신을 지키려 했으나 본디 필요 이상의 관심이나 신경을 쓰는 이가 아니었다. 그런 이가 비설에게 관심을 보인다.

'그이의 딸이라는 건가? 아니면……'

"공?"

"혹 폐하께서 널 여인으로 보는 것이 아니냐?"

비설의 손이 허공에서 잠시 멈추었다. 잠깐이나마 평온했던 심장이 두근거렸다. 잔을 보던 비설의 눈동자가 흔들렸지만, 곧 평온을 되찾았다. 굳어 있던 입가에 미소가 생기고 경직되었던 표정이 부드럽게 휘었다.

"운정공께서 잘못 생각하셨습니다. 그저 폐하의 심술이실 뿐입니다."

"내가 할 말은 아니다만 가장 높은 자리에 앉아 계신 만큼 위험한 분이란다. 널 아끼거라."

"그렇게 하겠습니다."

홀로 세상에 남겨졌을 때부터 운형의 배려로 살아남았던 비설이었다. 그의 걱정이 어떤 것인지는 누구보다도 비설이 알고 있었다.

분위기가 어색해지자 비설이 운형의 곁으로 다가왔다. 운형에게 비설은 아끼는 동생이자 믿고 맡길 수 있는 신하였다.

"저는 괜찮습니다."

"말랐다."

운형의 손가락이 비설의 앞 머리카락을 쓸었다. 걱정스러운 표정의 운형을 보던 비설이 걱정하지 말라며 고개를 저었다.

"공께서 건강하셔야 저도 마음이 편합니다. 공의 건강부터 지켜주십시오."

"비설아."

"말씀하십시오."

"아버지께서 폐하께 붙잡혔던 그날, 왜 날 지켜 주었느냐?"

윤천을 버린 대신 목숨을 구했지만 배신자의 낙인은 사라지지 않았다. 황족의 지위도, 새 자리도 얻었지만, 아버지를 버린 아들이라는 낙인은 끊임없이 목숨을 위협받게 했다. 그때마다 운형을 지켰던 검은 비설이었다.

"공께서 한다고 하셨으니까요."

이룰 수 없는 연모를 억지로 이루고자 하지는 않았지만 운형을 향한 믿음은 지금도 그대로였다.

도윤을 향한 감정이 혼란이라면, 운형의 감정은 정해져 있었다. 평생을 갚아야 할 은인. 운형에게 도움이 필요하다면 비설은 언제든지 그의 앞에서 검을 뽑을 준비가 되어 있었다.

"소인에게 그 말씀 하나면 충분했습니다."

운형에게 마음을 보여 주는 비설은 분명 그 예전이나 지금이나 똑같았다. 비설은 분명 운형이 마음을 주었던 그 아이가 맞았다. 그런데 어찌하여 안도만큼이나 불쾌한 감정이 점점 확신으로 변해 갔다. 무엇이 문제일까?

"비설아. 내 부탁 하나만 너에게 해도 되겠느냐?"

"말씀하십시오."

"어려운 부탁일지도 모른단다."

갑작스러운 부탁에 비설이 고개를 갸웃했다.

좀처럼 부탁하지 않는 운형이 부탁이라는 단어를 써 가며 비설에게 먼저 말을 꺼냈다. 왠지 모를 불길한 기분이 치밀었지만 비설이 조용히 운형의 다음 말을 기다렸다.

"영남은 연이은 재해로 재상이 직접 관리하는 곳이란다. 폐하께 도움이 되고 싶단다."

"운정공?"

"영남에 가는 물품의 흐름이 쓰여 있는 문서가 폐하께 있단다. 폐하의 허락이 있어야 볼 수 있는 문서이기에 내 조심스럽단다."

체온이라고는 전혀 없는 비설의 차가운 손을 운형이 단단히 붙잡았다.

"그때처럼 날 한 번만 더 도와다오."

그날 이후로 심란한 기분은 좀처럼 사라지지 않았다.

운형의 부탁이라면 무엇이든지 할 수 있다는 생각을 한 것도 순간, 그의 부탁에 차마 하겠다는 말을 꺼낼 수 없었다.

도윤의 허락이 있어야 볼 수 있는 문서를 몰래 건드렸다가는 비설은 물론이고 운형까지도 목숨이 위험했다. 무엇보다도 그날 비설은 운형에게서 반역을 저질렀을 때의 윤천을 느꼈었다.

"후우."

목에 걸린 가시처럼 마음의 짐이 사라지지 않았다.

"오셨습니까?"

비설이 대전으로 들자 내관이 그녀를 향해 고개를 숙였다. 고개를 숙여 내관의 인사를 받은 비설이 굳게 닫힌 집무실을 향해 섰다.

"고해 주십시오."

내관의 고함이 끝나고 닫혀 있던 문이 열렸다. 밀린 일을 하는지 비설이 들어왔음에도 도윤은 문서에 시선을 줄 뿐 가까이 오라는 말조차 없었다.

평생을 제멋대로 살 것처럼 행동해도 일할 때의 그는 비설조차도 혀를 내두를 정도로 집중했다.

조용한 집무실에서 도윤이 움직이는 소리만이 낮게 들렸다. 혼란을 선호하는 그와는 너무나도 다른 평온인데도 제법 어울렸다. 자신도 모르게 숙였던 고개를 든 비설이 조용히 그를 바라보았다.

종잡을 수 없는 사내.

지금도 그가 어떤 사람인지 잘 알지는 못했지만, 예전과는 달리 그에게 들었던 이유 없는 반감은 어느새 사라져 있었다. 마지막 장계를 처리한 도윤이 깍지를 낀 채 비설을 바라보았다.

"부르셨습니까?"

"음."

가까이 다가오라 손짓한 도윤이 비설에게 들고 있던 것을 내밀었다. 도윤에게 문서를 받아 든 비설이 눈을 좁혔다.

운형의 이름부터 몇몇 귀족의 이름이 길게 적혀 있었다. 그리고 다른 장에는 영남 지방에 관한 내용이 적힌 문서의 목록이 쓰여 있었다.

"이것이 무엇입니까?"

"짐에게 영남은 특별한 곳이지. 연이은 재해에 백성의 삶이 가장 피폐해진 곳이기도 하지만…… 내 어머니의 고향이거든."

"네?"

언제나 여유로운 그에게서 처음으로 분노가 느껴졌다.

선제에게 황위를 물려받은 후, 권좌를 노리는 형제와 귀족의 피로 도윤이 황제에 올랐다는 것은 알고 있었지만, 태후가 어떤 사람인지 무슨 일이 있었는지까지 알지 못했다.

"어머니의 고향이셔서 신경을 쓰신단 말입니까?"

"짐은 그러면 안 되는 건가?"

다른 이가 그랬다면 수긍했을 일이지만, 말을 꺼낸 사람이 도윤이라는 것이 문제였다.

"짐에게도 어머니는 특별한 분이란 말이지."

마음속 깊이 들던 의문은 도윤의 말 한마디에 사그라졌다. 도윤에게 그런 사람이 있다는 것 자체가 의아하기는 했지만, 비설에게 비현이 그런 사람인 것처럼 도윤에게도 하나 정도는 그런 이가 있을 것이었다.

"그런데 그 영남에 관심이 많은 이들이 점점 늘어 가니 그대로 둘 수는 없지."

도윤의 말이 허공에 울렸다. 운형이 부탁하자마자 영남의 문서가 비설의 손에 들어왔다.

운명의 장난인가? 아니면 도윤의 의도인가? 그것도 아니라면……. 왜 하필 이 시기에 이게 자신의 손에 들어오는 것일까?

"누가 어떤 문서를 노리는지 알아 와."

목록에는 운형이 말한 문서도 적혀 있었다. 문서를 지키라는 명령은 다른 의미로는 그 문서에 접근할 수도 있다는 것이었다. 운형의 부탁을 들어줄 수 있게 되었다.

"그렇게 하겠습니다."

운형의 말이 가시였다면 도윤이 준 임무는 심장에 내려앉은 무거운 돌덩이였다. 임무를 거부할 권리조차 없지만 이번 일만큼은 시작 전부터 부담이 되었다.

"선물은 잘 전해 주었나?"

"네? 아, 다행히 공께 잘 맞았습니다."

서문에서 주로 돌아가는 날, 비설은 운형에게 줄 선물로 차를 사왔다. 다 큰 어른이 선물이나 사 대냐며 조롱했지만, 도윤의 조롱에도 운형에게 줄 차를 고르던 비설은 진지했다.

"짐에게는 당과 하나 안 주고는……."

고요했던 분위기에 파문이 훅 밀려왔다. 고요는 짧았고 혼란은 다시 빠르게 둘 사이를 파고들었다. 또 시작된 억지에 비설도 지지 않겠다는 듯이 미간을 좁혔다.

"폐하의 암행을 소인이 따라간 것이 아닙니까? 그런데 무슨 선물을 따로 드린다는 말씀입니까?"

"흥."

내내 심란하고 무거웠던 마음에 또 불끈 화가 치밀었다.

억지도 저런 억지가 또 어디에 있는가? 투덜거리는 도윤을 보며 비설이 모르는 척 외면했다.

"언제 줄 건가?"

"무엇을 말씀하시는 것입니까?"

"짐의 선물 말이다."

"그러니 왜 제가 드려야 합니까? 그리고 차를 살 때도 어른이 그런 걸 사느냐며 놀리신 분이 폐하셨습니다!"

투덜거리는 도윤을 비설이 외면했다.

암행을 갔다 오더니만 자신의 어린 호위는 조금이나마 생긴 틈만큼이나 쓸데없는 대처까지도 늘어 버렸다.

다가오지 않으면 자신이 가면 그만.

어느새 자리에서 일어난 도윤이 도망가려는 비설을 어깨에 멨다. 놓아 달라며 소리를 치려던 비설이 밖에서 느껴지는 내관의 기척에 숨을 삼켰다. 내려 달라며 도윤의 등을 두드렸지만, 기어코 제 자리까지 비설을 데리고 온 도윤이 제 무릎에 그녀를 앉혔다.

"진짜 이러다가 누가 들어오기라도 하면 어찌하시려는 것입니까?"

"연모, 너하고 한다고 했잖아."

"아직 전 말씀 안 드렸습니다!"

"답을 안 한 게 동의하는 거 아니었어?"

그런 억지가 어디 있느냐는 말을 하려는 순간 도윤이 품에 안겨 있는 비설의 어깨에 얼굴을 묻었다.

"네 마음대로 해."

발버둥을 치려던 비설이 도윤의 낮은말에 움직임을 멈추었다. 마주하는 시선에서 느껴지는 불같은 감정에 숨이 막혔다. 벗어나려던 움직임은 허리를 붙잡힌 도윤의 팔과 시선에 잡혔다.

"무엇을 말씀하시는 것입니까?"

"이번에 시킨 영남의 일도, 짐에게 줄 선물도, 뭐 그 밖의 등등 말이지. 다만 연모의 정은 안 돼."

"……."

"지금도 난 꽤 아슬아슬하거든."

목에 묻었던 입술이 턱으로 향하고 언제나처럼 입술로 향했다. 아직은 긴장에 굳기는 했지만, 더는 도윤을 밀어내지 않았다. 안 된다며 밀어낸 것도 잠시 도윤의 기세에 비설이 수줍게 입술을 열었다. 달곰한 체향만큼이나 그녀의 타액은 몇번을 삼켜도 달았다. 숨이 한계까지 도달한 비설이 도윤을 밀어냈지만 밀리는 대신 그녀를 잡은 손에 힘을 주었다.

"하아."

"나 외의 다른 놈은 안 돼."

비설에게 남아 있는 운형의 흔적에 짜증이 치밀었지만, 잠시이지만 좀 더 참아 볼 생각이었다.

작은 어깨에 얼굴을 묻는 도윤의 눈에 살기가 맴돌았지만, 곧 눈매를 부드럽게 고친 그가 품으로 비설을 끌어왔다.

❋❋❋

산더미처럼 쌓여 있는 서책에 비하면 문서를 지키는 일은 어렵지 않았다. 몇몇 노골적으로 노리는 이들은 있었지만, 충분히 상대할 만한 이들이었다.

'내일.'

문서를 지키던 비설에게 차를 가져왔다며 다가온 궁녀가 주고 간 쪽지에는 내일이라는 단어만 쓰여 있었다. 몸은 힘들지 않았지만 시간이 흐를수록 마음은 점점 무거워져 갔다.

'그때처럼 날 한 번만 더 도와다오.'

비설에게 운형은 삶의 전부였다.

그가 있기에 힘든 훈련도 이겨 낼 수 있었고, 주저앉을 상황에서도 한 번 더 이를 물고 나아갈 수 있었다. 지금의 그녀가 있는 것은 운형이 있었기에 가능한 일이었다.

하지만…….

'짐에게 영남은 특별한 곳이야.'
'내 어머니의 고향이야.'
'짐에게도 어머니는 특별한 분이란 말이지.'

운형에게는 평생을 희생해도 갚아야 할 것이 많았다. 그런 운형의 부탁이라면 당연히 하겠노라며 앞장서리라 생각했었다. 하지만 막상 기회가 찾아오니 당연히 그렇게 할 줄 알았던 비설은 단 한 걸음도 나설 수 없었다.

손만 뻗어서 문서를 펼쳐 보기만 한다면, 아무도 없는 지금 필사를 한다면 누구에게도 의심받지 않고 운형의 부탁을 이루어 줄 수 있다.

그런데 왜 이 상황에서 운형이 아니라 도윤이 생각나는가?

'네 마음대로 해.'

고요한 방 안에서 고민하던 비설이 감았던 눈을 떴다. 비설이 이어 주저 없이 꺼내 놓은 문서를 잡았다.

❊❊❊

커다란 저택 앞에 화려한 비단과 장신구로 장식한 호화로운 마차가 멈추었다. 마차와 함께 걸어가던 시종이 몸을 숙여 마차의 문을 열었다.

"아가씨. 도착했습니다."

시종의 손을 잡고 내린 세화가 쓰고 있던 너울을 거두었다. 목적지를 확인한 세화가 너울을 내리고는 매무새를 다듬었다. 준비를 끝낸 세화가 손을 내밀자 다가온 시종이 가져온 함을 그녀에게 건네었다.

"올라가자."

세화가 선두로 서서 걸어가자 대기하던 시종이 길게 그 뒤를 따랐다. 돌계단을 오르기도 전에 문이 열리면서 늙은 시종이 돌계단을 내려왔다.

"오셨습니까?"

"길이 좋지 않아 늦었다. 안에 계시는가?"

"올라가시지요."

늙은 시종의 안내에 따라 세화가 저택 안으로 들어갔다.

같은 시각, 비설이 긴 복도를 걸어갔다. 어두운 감정을 지우듯 걸어가던 비설이 불안한 감정을 숨기듯 힘껏 주먹을 쥐었다. 목적지에 가까워지자 일정 간격으로 서 있는 이들이 비설에게 고개를 숙였다.

"기다리고 계십니다. 들어가시지요."

길게 숨을 내쉰 비설이 고개를 세웠다. 거짓말을 잘하지도 못하는 그녀는 속마음도 잘 숨기지 못했다. 제 뜻대로 저질러 놓고는 왜 이리 불안하다는 말인가?

"들어가겠습니다."

이미 결심한 일이다. 되돌리기에는 너무 늦어 있었다.

"아!"

차례대로 열리는 문으로 들어간 비설이 앞에 보이는 정원에 시선을 빼앗겼다. 묵직하게 내려앉는 마음은 잠시 잊고 비설이 실내에 만들어져 있는 광경을 바라보았다.

마치 밖에 만들어 놓은 정원으로 착각할 정도였다. 물 흐르는 소리가 들리고, 보기 좋게 관리된 나무는 한 폭의 그림처럼 곳곳에 놓여 있었다. 어디가 끝인지 알 수 없을 정도로 넓은 정원을 걸어가던 비설이 앞에 놓인 돌계단을 걸어갔다.

'음.'

계단을 내려와 정원을 한참 걸으니 작은 정자에 앉아 있는 도윤이 보였다. 이 좋은 풍경에도 불구하고 도윤의 시선은 가져온 서책에 빠져 있었다. 무슨 생각을 하는 사내인지는 알 수 없었지만, 저럴 때의 그를 보면 그녀도 모르게 빠져들었다.

'기분이 좋은가?'

내내 부딪혀서 그런지는 몰라도 무슨 즐거운 일이 있는지 서책을 보는 도윤은 평소보다도 즐거워 보였다. 편안한 표정의 그를 보던 비설이 조심스럽게 다가갔다.

"폐하."

비설의 목소리에 도윤의 입가가 올라갔다. 가까이 다가오라는 손짓에 비설이 정자 안으로 들어갔다. 정원 안에서 정자를 봤을 때와 정자에서 정원을 볼 때가 달랐다.

"이런 곳이 있는지는 몰랐습니다."

도윤이 어떤 눈으로 보고 있는지 아는지 모르는지 비설의 눈이 바쁘게 주변을 보았다. 황궁은 넓고도 넓어서 그녀의 머리로는 생각하기 어려운 곳이 너무나도 많았다.

인기척이라고는 전혀 느껴지지 않는 고요한 곳에서 흐르는 물소리가 듣기 좋았다. 정원에 시선을 빼앗겼던 비설은 뒤늦게 가까이 다가온 기척에 몸을 돌렸다.

"아! 폐하!"

어느새 거리를 좁히고 다가온 도윤이 비설의 오금과 겨드랑이에 팔을 넣어 그녀를 안아 올렸다. 달라진 높이에 놀란 비설이 그녀도 모르게 도윤의 팔을 붙잡았다.

이렇게 사내에게 안긴 것은 처음이었다. 너무나도 놀라서 소리조차 나오지 않았다. 그사이 도윤이 정자의 담에 비설을 앉혔다.

"왜, 왜 이러십니까?"

"그냥, 오늘따라 유난히 곱네."

비설을 위에 앉힌 도윤이 조금 전까지 앉아 있던 자리에 앉았다. 졸지에 도윤을 내려다보는 자세가 된 비설이 당혹스러운 듯이 얼굴이 붉혔다.

"폐하."

선물이 없다며 투정을 부릴 때는 언제고 또 세상을 전부 다 가진 표정으로 비설을 바라보고 있었다. 보기 좋게 휜 눈매에 부드러운 미소로 바라보는 입이 무척이나 보기 좋았지만, 왠지 모르게 불길했다.

도윤의 손이 비설의 뺨을 감쌌다. 비설의 떨림을 즐기려는 것처럼 도윤의 손이 뺨을 어루만지고 손가락으로 쓸어내렸다. 입을 맞출 때나 목을 물릴 때와는 다른 기분이었다.

손바닥에서 전해져 오는 체온이, 뺨을 쓸어내릴 때마다 손가락에서 맡아지는 도윤의 체향이 미치도록 달금하고 숨 막히도록 강렬했다.

충분히 빠져나올 수 있는 상황에서도 더는 조금도 움직일 수 없었다.

"네가 준 선물에 심장이 떨려서 말이야."

선물이라는 말에 비설의 말문이 다시 막혔다.

잠시나마 잊고 있었던 무거운 돌이 심장을 단단히 억눌렀다. 도윤의 손이 비설의 손을 덮자 그녀도 모르게 있는 힘껏 그의 손을 붙잡았다.

"알고 계셨습니까?"

비설의 물음에 도윤이 입꼬리를 올렸다. 답을 하지는 않았지만 언제나처럼 물음에 대한 답으로는 충분했다.

"일부러 소인에게 지키라 하신 것입니까?"

"응."

"소인이 운정공에게 문서를 가져다 드렸으면 어찌하려 하셨습니까?"

"말했잖아. 마음이 가는 대로 하라고."

운형에게 건네줄 서류를 잡았지만, 결국 내려놓았다.

해야 하는 일과 해서는 안 되는 일.

치열한 고민 속에서 비설이 선택한 사람은 도윤이었다. 운형의 부탁이었지만 그럴 수 없었다. 비설에게 비현이 소중하듯이 도윤에게는 그의 어머니가 소중할 것이다. 그런 그가 특별히 여기는 그 무언가를 비설이 함부로 침범할 수는 없었다.

"실은……."

"운형에게 설명하러 가지 마."

"……."

"이미 그는 다 알고 있을 거야. 나와 가장 비슷한 놈이거든."

도윤과 운형은 다르다. 왜 도윤은 운형과 자신이 가장 비슷하다고 생각하는 것일까? 비설의 생각은 무릎에 머리를 기대는 도윤의 행동에 멈추었다. 도윤에게서 편안한 숨이 흘러나왔다.

콩닥콩닥.

집안이 무너지지 않았다면 운형을 향한 연모를 포기했을까?

답은 아니었다. 집안이 무너지지 않아도 비설의 가문으로 운형은 쳐다볼 수도 없는 사내였다.

"전 폐하의 호위입니다."

"난 네가 지켜야 할 황제지. 그래서?"

"……."

"내가 아는 연모는 그런 자잘한 조건까지 생각할 정도로 섬세하지는 않아."

흔들리면 안 된다며 물음을 던지면 그는 진심으로 아무것도 아니라는 듯이 그녀의 진심을 집어던졌다. 뛰기 시작한 심장이 가라앉지 않는다.

비설의 무릎에 머리를 기댄 채로 도윤이 눈을 마주했다.

"내 마음에 들면 그만이지."

"제 생각은 안 물어보십니까?"

"음. 아직도 안 넘어왔던가? 그럴 리가 없는데."

도윤과 마주 잡은 손이 떨렸다. 따뜻했던 그의 손이 뜨겁게 느껴졌지만 빼고 싶지는 않았다.

"녀석을 보던 눈으로 이제는 날 보고 있거든."

주저하던 비설의 손이 조심스럽게 도윤을 향했다. 닿을 듯 말 듯 머리카락에 손끝이 닿고, 도윤의 뺨을 비설이 감쌌다. 도윤의 손에서 느껴졌던 온기가 손바닥에 느껴졌다.

뺨을 감싼 비설의 손을 감싼 도윤이 그녀의 무릎에 얼굴을 묻었다.

❈❈❈

"아버지께서 운정공께 보내시는 성의입니다."

세화가 함을 내밀자 운형의 옆에 있던 시종이 받은 함을 운형의 앞에 펼쳐 놓았다. 함 안에는 곱게 접힌 종이가 놓여 있었다. 종이를 펴자 영남 지방으로 흘러 들어가는 물자의 내역과 물량이 단정히 쓰여 있었다.

"운정공께서 긴히 찾고 계신 문서라 들었습니다. 아버지와 제가 운정공께 드리는 신뢰의 선물입니다."

운형이 펼쳤던 문서를 접었다. 처음에 받았던 그 모습 그대로 문서를 돌려놓은 운형이 주저 없이 등잔의 불씨에 문서를 갖다 댔다.

"무, 무슨! 운정공! 이게 무슨 짓입니까?"

세화의 비명에도 운형의 눈은 타들어 가는 문서를 향해 있었다.

"이건 저에게 아무 의미도 없습니다."

비설이 아직 제 아이라는 확신이 필요했을 뿐이었다. 운형이 꿈꾸는 미래, 비설이 제 앞에 서서 그때처럼 운형이 보는 방향을 같이 보는 모습을 다시 보고 싶을 뿐이었다. 예전의 비설이었다면 이후에 말을 하지 않았어도 그가 원했던 것을 가져왔을 것이다.

"내 아이가 내 손을 떠나려 하는군요."

"무슨 말씀을 하시는 것입니까? 운정공!"

"폐하를 연모하십니까?"

표독스러웠던 세화의 움직임이 멈추었다. 커진 눈만큼이나 치마를 붙잡고 있던 손이 떨렸다. 불안하게 흔들렸던 표정이 얼마 지나지 않아 원래대로 돌아왔다.

"공이 하고자 하는 말씀의 요지를 모르겠습니다. 이런 식으로 저와 제 아버지의 신뢰를 저버리시고는 왜 그런 말을 꺼내시는 것입니……."

"그럼 제대로 물음을 드리겠습니다. 황후가 되고 싶으십니까?"

운형에게 비설은 여전히 일곱 살의 어린아이였다. 그때보다도 더 강해지고, 현명해졌지만, 운형에게는 단 한 순간도 비설이 변한 적이 없었다. 더 넓은 곳을 보며 변해 가는 비설을 보며 불편했던 이유를 이제는 알 수 있었다.

"황후가…… 황후가 되고 싶습니다."

숨기려 해도 세화의 얼굴에서는 모든 욕심이 전부 보였다. 똑같으면서도 비설과는 너무나도 달랐다. 희생하지 않으면서 전부 얻으려는 세화와는 달리 비설은 자신의 것이 아닌 것에 욕심을 내지 않았다.

비설이 욕심을 냈던 것은 전부 그녀로서는 온 힘을 다해야 이룰 수 있거나 그녀 자신을 전부 희생해서 얻을 수 있는 것이었다.

자신을 위한 선택조차 하지 못했던 비설이 자신의 마음을 따르기 시작했다. 그 변화가 다행이라고 생각하면서도 불쾌했었던 이유는 하나였다.

비설의 변화를 끌어낸 사람은 운형이 아니라 도윤이다.

'제가 십여 년을 해도 할 수 없었던 것을 폐하께서는 고작 몇 달만에 이루셨군요.'

무척이나 오랜만에 느끼는 감정이었다. 대가를 얻을 수 없는 분노라는 것을 알면서도 한번 치미는 분노는 낯선 만큼 강렬했다.

이 감정을 가라앉힐 방법은 하나뿐이라는 것은 안다.

'그럼에도 내 아이인 것을…….'

도윤이 꿈꾸는 미래가 무엇인지는 알지도, 관심조차 없다. 하지만 그가 꿈꾸는 미래에 비설은 꼭 필요한 검이었다. 그 검을 이대로 도윤에게 빼앗길 수는 없었다.

"운정공!"

"유비현은 여인입니다."

자신이 잘못 들은 것이 분명하다.

하지만 말을 고쳐 줄 운형은 변화조차 없었다.

"다시, 다시 말씀해 주시지요."

"내 손에서 벗어나 폐하의 호위가 된 그 아이는 사내가 아니라 여인이란 말입니다."

"……."

"이게 아가씨가 오늘 얻어 가게 될 보답이자 해답입니다."

운형에게서 뒷걸음질을 치던 세화가 치맛자락을 붙잡은 채 정신없이 밖으로 나갔다.

세화가 사라진 후, 운형이 문서가 전부 타고 남은 재를 불었다. 바람을 따라 날아간 재가 흔적도 없이 사라졌다.

휘몰아치던 강에 새 물줄기를 뚫었다. 강물에 휩쓸리든, 단단히 붙잡고 있던 강둑이 무너지든 상관이 없었다. 놓친 상황을 되돌리기 위해서는 때로는 전부 부숴야 할 시기가 있었다.

그리고 지금이 바로 그 시기였다.

❈❈❈

내관을 따라 황궁의 동쪽 숲으로 들어간 비설이 도윤을 보며 고개를 숙였다. 숲 안에 만들어진 작은 궁에서 반쯤 누운 채 술잔을 기울이며 도윤이 들어오라는 듯이 손짓했다. 밖의 정경이 환하게 보이게 열린 문으로 들어간 비설이 도윤의 앞에 무릎을 꿇었다.

"부르셨습니까?"

"음."

홀로 술을 마신 지 꽤 되었는지 흐트러진 침의만큼이나 옆에 널브러진 술병도 상당했다. 물음을 던지는 대신 비설이 처음의 자세 그대로 조용히 기다렸다.

자세를 갈무리하는 비설을 보며 도윤이 피식 실소를 지었다. 제 머릿속을 헤치는 원흉은 처음 만났을 때나 지금이나 무척이나 차분했다. 몇 번이고 흐트러뜨려도 다시 저 자신을 지키려는 여인이었으니 그 인연을 잘라 내야 한다는 생각을 하면서도 놓을 수가 없었다.

"이번 서책은 다 읽었나?"

질문을 던지자마자 엷게 구겨지는 비설의 표정에 도윤이 웃음을 삼켰다. 평생을 도윤을 향한 복수만을 생각하며 검을 잡았으니 신중하고 현명했으나 판단을 도와줄 지식과 경험은 부족했다.

인내가 많고 중심을 잘 잡으니 조금만 잡아 주면 다듬은 원석처럼 빛을 보일 터, 호위 일로도 버거운 비설은 힘들어했지만 도윤은 이제 시작이었다.

"아직 다 보지 못했습니다."

"에잉. 그 정도로 앓는 소리를 해서야 되겠느냐?"

약이 바짝 오른 비설을 보던 도윤이 잔에 남아 있는 술을 삼켰다. 조금만 힘을 줘도 부서질 것처럼 작고 여리면서도 버티기는 또 악착같이 버텨 냈다. 차라리 약한 모습을 보였다면 충동으로 가졌던 관심은 사라졌을 것이었다.

'고민하는 건 내가 할 일이 아니지.'

문제는 도윤이 아닌 비설이었다.

자신이 어떤 상황에 있는지 알게 된다면, 굳건히 잡은 중심도 힘없이 무너져 내릴 것이다. 원래의 목적대로라면 비설은 도윤에게 딱 그 정도의 용도로만 쓰일 뿐이었다.

확실하게 잡아 놓았던 선이 시간이 흐를수록 점점 흔들렸다. 손을 잡으면 입을 맞추고 싶고, 입을 맞추면 제 품에서 가쁜 숨을 내며 흐트러지는 모습을 두 눈으로 확인하고 싶었다.

"이리 와."

도윤의 명령에 비설의 눈이 고뇌하듯 흔들렸다.

저 작은 머리에서 얼마나 많은 생각이 오고 갈지 생각하는 것만으로도 즐거웠다. 허기는 점점 심해지고, 갈증은 남아 있지도 않은 인내의 바닥을 살살 긁었다.

비설이 움직이지 않자 반쯤 누워 있던 도윤이 몸을 일으켰다. 그러자 그의 눈치를 보던 비설이 자리에서 일어나 도윤의 앞까지 다가왔다.

'딱딱하기는.'

정자세로 앉는 비설을 보며 도윤이 쓴물을 억지로 삼켰다. 세화였다면 기다렸다는 듯이 도윤에게 안겨 기회를 달라며 매달렸을 것이다. 굳이 세화가 아니더라도 도윤이 말하는 기회를 저렇게 외면할 여인도 많지 않을 것이다.

"내 딱딱한 호위님."

"하실 말씀이 있다면 제대로 말씀하십시오."

비설의 날이 선 대답에도 상관없이 도윤이 비설을 물끄러미 바라보았다. 평소보다도 많이 마신 술 때문인지 알 수는 없었지만 비설에게서 나는 좋은 향이 코끝을 간질였다. 흐트러진 자신과는 다르게 참으로 반듯한 모습이다.

"폐하. 소인이 무슨 잘못이라도 했습니까?"

너무나도 단정한 것이 문제라면 문제였다. 파문이라고는 전혀 없던 도윤의 머릿속을 제멋대로 헤치고 있는 원인이 눈앞의 여인이었다.

손으로 턱을 받친 채 술상에 몸을 기대자 도윤의 풀어 헤친 머리카락이 침의 위로 미끄러지듯 내려앉았다. 그 모습에 차분히 있던 비설이 외면하듯 시선을 돌렸다.

술잔을 잡았던 손이 비설의 턱에 닿았다. 외면한 고개를 다시 돌린 도윤이 붉게 달아오른 얼굴에 입꼬리를 올렸다.

"폐하."

"곱네."

손에서 느껴지는 옅은 떨림에 몸이 달아올랐다. 그의 사소한 말 한마디에도 반응하는 그녀가 그를 미치게 했다. 연모가 쓸모없는 짓이라는 것을 알면서도 찌꺼기처럼 남아 있던 주저가 사라졌다.

"놓아주십시오."

"음."

"내시감께 말씀드리겠습니다. 침소로 가셔야……."

"지금 일어나면 내가 무슨 생각을 하고 있는지 알게 될 거야."

굳은 비설에게 다가간 도윤이 작은 어깨에 얼굴을 묻었다. 코끝을 간질이기만 하던 체향이 더욱 깊게 느껴졌다.

열기를 억누르며 도윤이 비설과 눈을 마주했다.

"내 어여쁘신 호위님."

토끼처럼 커진 눈으로 보는 비설의 얼굴에 도윤의 손이 닿았다. 그녀가 자신을 위험하게 할 수 있다는 사실을 도윤은 외면했다. 그녀가 목숨을 노리려 한다면, 도윤은 그보다 더 위에서 그녀의 계획을 뭉개 버리면 그만이다.

"나의 고운 호위님."

놀란 비설이 숨을 삼켰지만, 도윤은 미소를 거두지 않았다. 운형을 연모하는 비설의 감정 따위 도윤에게는 아무것도 아니었다. 앞으로 그녀의 전부를 소유할 사람은 자신뿐이다. 이 쓸모없는 감정이 어디까지 사람을 미치게 하는지 직접 경험하고 싶었다.

"내가 연모하는 호위님."

온몸을 휘젓던 취기조차 더는 느껴지지 않았다. 술에 취하는 것보다도 이 여인에게 취하는 것이 더 빨랐다. 숨조차 제대로 못 쉬는 입술에 입술을 맞추자 더운 숨이 훅 밀려왔다.

비설을 곁에 두면 가라앉을 줄 알았던 허기가 깊게 밀려왔다. 술로도 진정되지 않는 열기에 입이 마르고 짜증이 밀려왔다.

"……폐, 폐하."

당황하는 목소리야 한 귀로 흘려들으면 그만, 품으로 끌어온 여체에 도윤이 얼굴을 묻었다. 허기를 달래기에는 같잖을 정도로 부족했지만, 아직 이 작은 호위가 그에게 질려 도망가면 상당히 곤란했다.

얼굴을 묻은 목에서 느껴지는 작은 박동이, 꼭 안고 있는 숨에서 느껴지는 심장박동이 그의 소유욕을 부추겼다.

"족쇄가 필요할 것 같아."

고작 팔다리만 묶는 족쇄로는 어림도 없을 것 같다. 전부 다 묶고 가려서 자신만 가져야 이 끝을 알 수 없는 허기가 조금은 풀리지 않을까?

놓아 달라는 비설의 목소리를 외면하며 도윤이 품에 안은 비설을 놓아주지 않았다.

❋❋❋

일과를 전부 마무리하고 힘겹게 침소로 들어온 비설이 침상의 광경에 눈을 좁혔다. 혹시나 해 눈을 비비고 다시 보았지만, 눈앞에 펼쳐진 정경은 조금도 바뀌지 않았다.

"좀 전까지 술을 드시며 쉬시던 분이 왜 여기에 계십니까?"

저가 쉬어야 할 침상에 도윤이 이불까지 폭 덮고 누워 있었다. 이제 씻고 누워야 하는데 이게 무슨 참사 아닌 참사란 말인가? 아무리 그래도 이건 아니었다.

"폐하."

눈만 빼꼼 내민 채 비설을 보던 도윤의 눈매가 부드럽게 휘었다. 웃었다.

그녀가 아는 아주 익숙한 눈매로 연도윤이 또 웃었다.

"침소가 너무 커서 잠이 안 와."

그건 네 사정입니다만.

지금까지 내내 잘만 자던 침소가 갑자기 커 보인다는 핑계가 이해가 될 리가 없다. 차라리 자객이 들어와서 무서워서 못 자겠다는 핑계가 더 그럴듯했다.

말 같지 않은 말에 따박따박 다 대답하기에는 지금 너무나도 피곤했다.

"저도 자야 합니다. 폐하."

"씻고 와서 자."

"저도 침소에서 편안하게 자고 싶습니다. 폐하."

이만 일어나라는 말을 비설이 어느 때보다도 완곡하게 표현했다. 오늘은 황궁 순찰까지 한 후라 더 피곤했다.

비설을 보던 도윤이 이불로 얼굴을 가리려 하자 그녀의 손이 다급하게 붙잡았다. 다른 건 몰라도 제 침소인 이곳에서 제 침상만큼은 절대 양보할 수 없었다.

"폐하께서 일어나셔야 소인이 잘 수 있습니다."

"이참에 바꿔 잘래?"

야!

튀어나오기 직전의 욕을 간신히 참은 비설이 도윤과 씨름하고 있는 이불을 잡은 손에 힘을 주었다. 비설이 이불을 걷어 내려 하자 도윤 또한 이불을 붙잡았다.

서로의 방향으로 당겨지는 이불에 몸이 휘청거렸다. 그리고 그 반동은 누워 있는 도윤보다도 서 있던 비설에게 더 크게 작용했다.

비틀거리는 비설의 허리를 붙잡은 도윤이 침상으로 그녀를 끌어당겼다.

"아!"

도윤의 품에서 도망치려 바둥거리는 사이 단단하게 묶었던 머리끈이 풀어졌다.

비설을 침상에 눕힌 도윤이 입꼬리를 올렸다. 하루의 일과를 끝내고 편하게 쉬어야 하는 상황에서 이게 무슨 짓이란 말인가!

"폐하!"

"사내는 말이다. 네가 생각하는 것보다도 더 인내가 없단다."

풀어진 머리카락에 흐트러진 매무새가 영락없이 여인의 모습이었다. 좀 전까지 눈에 가득 들어차 있던 장난기조차 정염으로 바뀌어 있었다.

도윤의 눈빛이 바뀌자 비설이 식은땀을 흘렸다. 본의 아니게 맹수에게 다가간 초식동물이 되어 있었다.

"저기…… 폐, 폐하."

"난 오늘 해도 상관없을 것 같아."

도윤의 한 손에 잡혀 있는 손목이 꿈쩍도 하지 않았다. 양손을 전부 잡힌 비설과는 달리 손 하나가 자유로운 도윤이 거침없이 그녀의 몸에 자신의 흔적을 남겼다.

보드라운 뺨에서 오뚝한 코에 닿고, 몇 번이고 빨아들이고 씹었던 붉은 입술에 닿았다. 당황하는 비설을 달래듯 도윤이 보기 좋은 미소를 지었다. 입술과 턱을 만지던 손이 하얀 목으로 다가왔다. 목을 어루만지던 도윤의 손에 차가운 감촉이 느껴졌다.

"음?"

손가락에 걸리는 은줄에 도윤의 눈이 부드럽게 휘었다. 목을 어루만지던 도윤이 새하얀 목에 이를 박았다.

"흐읏."

따가운 감각과 함께 열기가 훅 밀려왔다. 몸을 비틀어 피하려는 비설의 허리를 도윤이 붙잡았다. 깨물려 붉게 달아오른 목덜미를 도윤의 혀가 뜨겁게 닿았다.

"이제…… 안 깨무신다면서요."

맞닿아 있는 몸에서 느껴지는 열기에 델 것 같다. 그의 더운 체온에 비설의 입에서 흘러나오는 숨조차 뜨거워졌다.

건조했던 눈에 물기가 차올랐다. 도윤의 손길이 몇 번이나 닿은 몸이 정신을 차리려는 이성과 치열하게 부딪쳤다. 물기가 고인 눈에 도윤이 입술을 맞추었다.

"이제는 봐줄 사람이 있으니까."

"그럼 목걸이는 빼도 됩니까?"

"궁금하면 빼 봐."

차라리 빼지 말라는 이야기를 하는 게 훨씬 덜 무서웠다. 비설이 목걸이를 빼는 순간 도윤이 어떻게 움직이게 될지 생각하는 것만으로도 식은땀이 흘렀다.

연모를 해 보겠다며 달려드는 도윤을 상대하는 일은 정신이 하나도 없었다. 부모의 복수도, 앞으로의 일도, 도윤에게서 중심을 잡으려 해도 어느새 그 혼란의 한가운데에 있었다. 그녀도 모르는 사이 과거와는 다르게 휩쓸리고 빠져들었다. 이러면 안 된다.

'안 되는 게 맞는 건가?'

"무슨 생각을 그렇게 해?"

뺨에 입술을 맞췄던 도윤이 속마음을 꿰뚫어 보듯 눈을 휘었다. 저 눈을 보면서도 비설은 아무 말도 할 수 없었다. 가족의 목숨으로 살아남은 그녀가 이래서는 안 된다. 아직 연도윤과는 무언가를 해야 하기보다는 과거의 문제를 푸는 것이 먼저였다.

'한 번이라도…….'

비설의 감정은 언제나 상대에게 주었었다. 받은 것이 너무나도 많은 삶이었기에 욕심을 부리기보다는 언제나 주는 선택을 했었다. 그랬던 자신이 처음으로 다른 이에게 연모라는 이름의 감정을 받고 있었다.

'평생의 한 번이라도…….'

작게 생겼던 마음의 틈이 되돌리기에는 너무나도 크게 벌어져 가고 있었다.

九章. 연모

예전에는 당연했던 배경이 눈앞에 펼쳐지자 비설의 심장이 천천히 떨렸다. 당연히 꿈이었지만, 그만큼 보고 싶었던 배경이기도 했다.

서책을 좋아하던 비현의 커다란 책장에, 비현이 항상 앉아 있던 조금은 낡은 책상, 그리고 당연한 듯 앉았었던 비현의 무릎 위.

"또 졸린 것이냐?"

부드러우면서도 낮은 목소리에 담겨 있는 웃음기가 듣기 좋았다. 비현의 목소리를 듣던 비설이 자신을 내려 보았다. 정신은 그대로였지만, 일곱 살 때의 그 모습 그대로 비설이 비현의 무릎에 앉아 있었다.

비현의 손이 비설의 머리카락을 어루만지자 그리운 감촉에 눈을 감았다. 울컥 치밀어 오르는 감정에 눈이 촉촉해지고, 숨이 막혔다.

"비설아."

비현의 목소리가, 다정하게 쓸어 주는 손에 지친 몸을 맡기고 지금까지 잘 버텼다며 위로받고 싶었다. 무척이나 그리웠지만, 아쉽게도 비설에게 이랬던 기억은 너무나도 오래전의 것이었다.

"오라버니."

"내 선택에 후회는 없다."

일곱 살의 모습이지만 비설의 정신은 그렇지 않은 것처럼, 비현 또한 예전과는 다른 기운이었다.

비설이 고개를 돌리자 언제나처럼 자애로운 눈으로 비현이 미소 지었다. 온기가 가득 한 손이 비설의 작은 뺨을 감싸고 이마를 감쌌다. 꿈이라는 것을 알면서도 깨고 싶지 않았다.

"네 선택을 주저하지 말거라. 지금도 충분히 잘하고 있어."

비현의 말에 말을 꺼내고 싶었지만, 꽉 막힌 말문이 마음처럼 열리지 않았다. 말을 하느라 애쓰는 대신 비설이 최대한 비현의 목소리에 귀를 기울였다. 언제 또 듣게 될지 알 수 없는 목소리였다. 들을 수 있는 지금 마음껏 듣고 싶었다.

"다만……."

내내 들리던 비현의 목소리가 희미해졌다. 비설이 몸을 돌리려는 순간 비현의 손이 그녀의 눈을 감겼다.

눈에서 느껴지는 체온과 촉감이 너무나도 좋았다. 감긴 눈 너머로 들리는 비현의 목소리에 귀를 기울이고 싶었지만 또렷했던 정신이 점점 아득해져 갔다.

조금이라도 더, 잠깐이라도 더 비현을 붙잡고 싶은 비설이 손을 뻗었다.

꿈에서 깨니 비현을 붙잡으려 뻗었던 손은 도윤의 옷을 붙잡고 있었다.

'이제 숨바꼭질은 그만해도 된단다.'

바로 옆에서 들은 것처럼 비현의 목소리가 아직도 선명했다. 너무나도 생생한 꿈에 비설이 힘든 숨을 내쉬었다. 꿈이라는 것을 알면서도 깨고 난 후의 묵직한 감정은 좀처럼 사라지지 않았다.

'이 인간이…….'

한번 봐주니 잊을 만하면 그녀의 침소로 잠을 자러 왔다. 혼자자도 좁은 침상에 저 커다란 사내가 밀고 들어오니 잠자리가 편하려야 편할 수가 없었다.

침상 밖으로 밀어 버릴 생각으로 비설이 도윤의 팔을 붙잡았다.

"아!"

꿈에서 느꼈었던 비현의 체온이 똑같이 느껴졌다. 꿈에서조차 놓치고 싶지 않았던 체온이었다. 조금 전까지 생생하게 느껴졌던 감촉이 그대로 느껴지자 비설이 도윤을 미는 대신 잡은 손에 힘을 주었다.

"그렇게 붙잡고 있으면 설렌다니까."

잠에서 깬 도윤이 비설을 보며 눈을 부드럽게 휘었다. 도윤의 시선에도 비설은 잡은 옷자락을 놓지 않았다.

비현에게서 느꼈던 체온이 왜 그에게서 느껴질까?

"폐하께서 제 가문을 멸하지만 않으셨더라면…….."

"응?"

"아닙니다."

"실없기는."

눈을 다시 감은 도윤이 비설의 손을 붙잡고는 느긋하게 희롱했다.

생각해 보면 우스운 일이었다.

지금까지 그의 삶에 권력이나 나라를 위한 욕심은 있었어도 여인을 향한 욕구나 감정은 없었다. 여인을 이렇게까지 곁에 둘 생각따위 없었다.

그나마 머릿속에 남아 있던 여인이라고는 문원뿐, 제 것도 아닌 여인에게 욕심낼 여유조차 없었다.

"난 네가 사내가 아니라 여인으로 머물러도 괜찮을 것 같다."

당황한 비설을 보던 도윤의 눈이 옅게 떨렸다. 전보다는 마음을 연 것 같으면서도 비설은 도윤과의 거리를 줄이려 하지 않았다.

조심스러운 그녀가 귀엽기도 했지만 한편으로는 성격이 급한 도윤에게 인내하고 기다리는 게 쉬운 일은 아니었다.

불안정하기는 했지만 비설은 쉽게 흔들리는 이는 아니었다. 조금은 흔들려도 괜찮은 상황에서조차 비설은 내색하기보다는 자신을 더욱 추슬렀다.

좀 더 몰아붙이면 또 다른 모습을 보여 줄 터, 하지만 그만큼 비설은 도윤에게서 더 도망치려 할 것이었다.

"역시 그러려면 시간이 더 필요하겠지?"

몸을 일으킨 도윤이 비설과 시선을 마주했다. 도윤의 흐트러진 매무새에 그녀도 모르게 비설이 고개를 돌렸다. 처음은 아니었지만, 어색한 것은 어색했다.

"날 봐."

도윤은 피하는 비설의 턱을 붙잡아 자신을 향해 돌렸다. 가까워지지 않는 거리까지는 어쩔 수 없어도 시선까지 피하는 것까지는 넘기고 싶지 않았다.

차분하게 가라앉은 시선을 마주할 때마다 제멋대로 뒤틀리고 날뛰던 감정을 간신히 억누를 수 있었다. 눈을 마주할수록 비설의 얼굴이 붉게 달아올랐다.

"아직도 침상이 크십니까?"

완곡한 돌아가라는 신호에 도윤의 입꼬리가 비틀렸다. 슬슬 자리에서 일어나야 했지만 비설의 물음 하나에 그러고 싶은 마음이 완전히 사라졌다.

눈을 돌리려는 비설을 보던 도윤이 침소에 발라당 누웠다. 그것도 모자라 도망가려는 비설의 허리에 얼굴까지 묻었다.

"둘이 자다가 혼자 자니 더 크게 느껴지네."

뻔뻔한 만큼 넉살도 좋은 사내였다. 도윤에게 매번 당해서 그런지 화도 나지 않았다. 비설의 허리에 얼굴을 묻은 도윤에게서 편한 숨이 흘러나왔다. 도윤에게 다가가려던 손이 허공에서 멈추었다.

역시 그녀의 삶에서 이런 일은 쉽지 않다.

"그 둔한 녀석도 이런 기분이었을까?"

둔한 녀석이 누구냐는 물음을 하려던 비설이 말을 삼켰다.

서문의 이헌.

도윤이 둔하다고 말할 사내는 그밖에 없었다. 눈빛조차 완전히 다른 사내였건만, 왠지 모르게 비슷하게 느껴졌다.

그녀의 품에 도윤이 있었지만, 방금과는 달리 다가가고 싶은 생각조차 들지 않았다. 평안했던 도윤의 눈에 깃든 감정이 두려웠다. 불처럼 뜨겁게 느껴지는 감정에 그녀가 지키고 싶었던 미래가 송두리째 흔들리고 태워질 것 같았다.

누워 있던 도윤이 몸을 일으켜 가까이 다가왔다. 장난기라고는 전혀 없이 다가오는 표정이 무섭기까지 했다. 그녀도 모르게 다가오는 도윤의 어깨를 붙잡았다.

"폐하. 전 아직……."

"그래서 안 잡아먹고 얌전히 기다리고 있잖아. 슬슬 인내의 한계가 오고 있기는 하지만."

'얌전'이라는 단어가 비설이 아는 것과 도윤이 아는 것이 많이 달라진 듯싶었다. 조금이라도 흔들리는 기색을 보이면 도윤은 금세 태도를 바꾸어 비설에게 다가올 것이었다.

작정하고 다가오는 도윤을 피할 수 있을까?

비설의 답은 그럴 수 없다는 것이었다.

"저는 내세울 집안도, 세력도 없는 평민입니다."

"나는 전부를 가진 황제지. 그러니 상관없단다."

"……."

"넘치도록 가졌으니 욕심이 있으면 말하렴."

"그럼 나눠 주실 것입니까?"

"갖고 싶어?"

비설이 악착같이 붙잡고 있었던 고민을 도윤은 아무렇지도 않게 치워 버렸다. 그게 어이가 없으면서도 한편으로는 마음이 편해졌다.

"원하지 않습니다."

"그럴 거 같더라."

제 것이 아닌 삶을 욕심내기에는 그녀는 여유가 없다.

남들은 마음이 가는 대로 했을 연모조차도 비설에게는 너무나도 어려웠다.

그녀에게 힘든 연모가 도윤을 만나자 그녀의 의사와는 상관없이 흔들리고 휘둘렸다.

"손이 추워."

따뜻한 방에서 뜬금없는 말이 나왔다. 시간이라는 것이 참으로 오묘했다. 예전에는 무시했을 말이 지금은 하나도 쉽게 넘겨지지 않았다. 도윤에게 손을 뻗자 기다렸다는 듯이 그가 그녀의 손을 붙잡았다.

체온과 체온이 마주했다. 꿈에서조차 그리워했던 오라버니의 체온을 도윤에게서 느끼고 있었다.

❀❀❀

주에서는 1년에 한 번 황제가 귀족과 함께 사냥을 하는 의례적인 행사가 있었다.

도윤은 쓸데없이 피곤하고 길기만 하다며 없애려고 했지만, 소수의 귀족만이 같이할 수 있는 행사였기에 권세를 가진 귀족들은 어떻게든 참여하려 눈에 불을 켜고 달려드는 행사 중 하나였다.

"아가씨. 힘드시면 마차에라도……."

만류하는 시종에게 손을 들어 저지한 세화가 선두에 있는 도윤과 그 옆에 있는 호위를 바라보았다. 가까이에 있는 재상과 대화를 나누는 도윤에게서는 어떤 감정도 읽히지 않았다.

혼란하던 주를 정리하고 모든 권력을 손아귀에 움켜쥔 황제, 주는 물론이고 대륙의 모든 이들의 시선을 한 몸에 받는 그는 능력만큼이나 사람을 끌어당기는 힘이 있었다.

대륙에서 가장 큰 힘을 가지고 고귀한 대접을 받을 수 있는 여인.

아직은 공석인 황후 자리에만 오를 수 있다면 세화가 꿈꾸는 미래는 바로 앞이었다.

'쉽지 않아.'

자주 만나야 시도라도 해 볼 수 있건만, 요즘에는 그 사소한 기회조차도 쉽지 않았다.

언제든지 툭 자리를 비웠던 도윤이었지만, 최근에는 침소에서조차 잠들지 않는다는 이야기가 있었다.

'유비현은 여인입니다.'

운형의 말을 듣고 따로 알아봤지만 일부러 가려 놓은 것처럼 비현에 대해 찾을 수 있는 내용은 없었다.

결국 사도에게 도와 달라고 했지만 그의 대답은 세화가 기대한 것과는 달랐다.

'그 여인을 가만두지 못하겠다면 또 어찌하겠느냐?'

비현을 도려내야 한다는 세화의 외침에 사도는 고개를 저었다.

그녀를 황후로 세우려 사도가 치열하게 물밑 작업을 하고 있다는 것 정도는 알고 있었다. 그러니 더더욱 비현을 도윤의 곁에 둘수 없었다. 그녀가 황후가 되어야 가문의 기반이 탄탄해지고 권세를 쥘 수 있는 것이 아닌가!

자칫 그 여인이 큰 화근이 될 수 있었다.

'그 여인은 이 아비가 알아서 할 것이니 나서지 마라.'

아무것도 없는 평민 계집이 제가 오랫동안 꿈꾸었던 자리에 앉게 된다면?

생각만으로도 소름이 끼치고 손발이 떨렸다.

'그 꼴을 내가 보고만 있을 리가 없지 않은가?'

화근이 될 일은 뿌리를 내리기 전에 뜯어내라는 배움을 받았다. 비현의 위치는 도윤의 바로 곁, 정분이라는 것은 어느 순간 나는지도 모르는 채 이루어지는 일이었다.

"망할 것."

"세화 아가씨. 무슨 일이 있으십니까? 안색이 좋지 않습니다."

이를 가는 세화의 곁으로 다른 귀족 여인이 가까이 다가왔다. 서슬 퍼렇던 눈이 언제 그랬느냐는 듯이 미소로 부드럽게 휘었다.

"무슨 일이 있겠습니까?"

"혹 몸이라도 좋지 않으신가 싶었습니다. 이번에는 유난히 행렬이 길지 않습니까?"

"재상께서도 함께하시고, 좀처럼 참여하지 않는 운정공도 오셨으니 그만큼 관심이 몰리는 것이겠지요."

"사도께서는 어떠하십니까? 같이 오셨으면 좋았을 것인데, 몸이 좋지 않으시다니 아가씨의 걱정이 크시겠습니다."

당연히 올 줄 알았던 사도는 건강의 이유로 오지 않았다. 단 한 번도 빠진 적이 없었던 사도가 불참하자 다른 이들은 물론이고 세화조차 의문이 들었다. 하지만 사도의 의중을 알 수 있는 사람은 본인 외에는 없었다.

"심하지는 않으시니 곧 자리를 떨치고 일어나실 것입니다."

어느 정도 상대하자 다가왔던 여인이 다시 제자리로 돌아갔다.

재상을 상대하던 도윤이 이번에는 비현에게 말을 던졌는지 무표정했던 그녀의 얼굴이 붉게 달아올라 있었다.

도윤이 저리 오랫동안 관심을 가지는 사람은 없었다. 게다가 자신이 아닌 다른 여인에게 저런다는 것 자체가 세화는 절대 용납할수 없었다.

"아가씨. 말씀하신 물건이 준비되었다고 합니다."

굳어 있던 세화의 얼굴에 그제야 화색이 돌았다.

사도가 나서지 않으면 자신이 하면 그만이다. 이대로 두기에는둘의 저 분위기는 너무나도 위험했다.

❄❄*❄*

"유 호위님. 혹 괜찮으시면 저 좀 도와주세요."

마련된 숙소로 도윤이 들어가고, 뒷정리까지 완전히 끝내자 기다렸다는 듯이 세화가 다가왔다. 꼭 집어 도와 달라며 지목을 하니다른 핑계로 도망갈 수도 없었다.

하는 수 없이 세화의 짐을 들고 그녀를 따라 걸어갔다. 조금씩보이던 사람들이 하나, 둘 사라지고 단둘이 남자 세화가 비설을 향해 눈웃음을 지었다.

"유 호위께서는 최근 도는 소문을 들어 보셨나요?"

"소인 따위가 어찌 알겠습니까?"

"폐하의 곁에 사내의 복색으로 제 모습을 가린 여인이 있다 하더군요. 폐하께서 그 여인을 총애하여 황후의 자리에 올리려 한다는소문이 있답니다."

비설이 저도 모르게 손에 들고 있던 물건을 떨어뜨릴 뻔했다. 터질 듯이 뛰는 심장을 억누르며 비설이 최대한 침착했다.

황궁에서 걸릴 일은 하지 않았다. 여인인 것을 들킬 뻔한 것도 놀랄 일이었지만, 황후라니 생각조차도 무서운 일이었다.

"소인은 알지 못하는 일입니다. 다른 이에게 물어보심이 어떠하신지요?"

"글쎄요. 다른 사람은 몰라도 유 호위는 아실 거라고 생각하는데요?"

"무슨 의도로 그런 말씀을 하시는지 모르겠습니다만 아가씨께서 말씀하신 일은 끝냈으니 이만 돌아가겠습니다."

가져온 짐을 내려놓고는 비설이 몸을 돌렸다.

생각할수록 괘씸하고 화가 치밀었다. 제가 그 소문의 당사자라는 것을 알고 있으면서도 발뺌이라니 분노로 몸이 떨렸다. 저런 식으로 도윤도 흔들어 댔을 터, 이대로 그냥 둘 수는 없었다.

"운정공이 널 많이 아끼더구나."

노려보는 비설을 향해 세화가 우아한 걸음걸이로 다가왔다. 자신이 그녀의 비밀을 알고 있다는 것을 알리면서 허튼 생각 따위는 하지 말라는 경고를 해 놓아야 이후에 있을 참사를 막을 수 있었다.

"어찌 그리 매정하게 운정공의 은혜를 배신한 것이냐? 내 네가 그리 은혜를 모르는 것인지는 이번에야 알게 되었구나."

운형이 이야기를 했을까? 운형이 그럴 일도 없었지만, 설령 그렇게 말했다 한들 세화에게 사실을 말할 필요는 없다. 세화가 어떻게 알게 되었는지는 알 수 없었지만, 제 스스로 인정할 정도로 비설은 쉽지 않았다.

"무슨 이야기를 듣고 이러시는지 소인은 알 수 없지만, 모르는 것을 안다며 거짓을 말씀드릴 수는 없습니다. 허락해 주신다면 소인은 이만 가 보겠습니다."

"어쩌다가 네가 황궁까지 오게 되었는지 궁금해지더구나."

딱딱해지는 비설의 표정을 보며 세화가 입꼬리를 올렸다. 어차피 저 입으로 사실을 말할 거라고는 생각하지 않았다. 전부 제가 가진 것처럼 자신만만해하는 저 오만한 표정을 부숴 버리고 싶을 뿐이었다.

자신이 가져야 할 당연한 미래, 갑작스럽게 굴러 들어온 건방진 계집이 차지하게 두지 않을 것이다.

"내가 네 과거를 이용하게 만들지 말렴."

"……."

"물론 넌 무슨 소리인지 모르겠다고 답하겠지만 말이다."

비설의 답을 기다리지도 않은 채, 세화가 몸을 돌려 안으로 들어갔다.

✻✻✻

고요했던 숲에 몰이꾼의 소리가 울렸다. 몰이꾼의 소리에 놀란 숲의 동물들이 뛰는 소리를 따라 귀족이 탄 말이 달렸다.

바람을 가르며 누군가의 활에서 화살이 쏴지자 놀란 동물이 달음박질을 치며 달렸다.

"하앗!"

사냥감을 따라 말을 채근하는 귀족들의 외침이 숲을 채우고 가장 선두의 도윤이 아주 귀찮은 표정으로 활시위를 놓았다.

바람을 가르며 날아든 화살이 움츠려 있던 사슴의 등을 스치고 나무에 박혔다. 도윤에 이어 운형의 화살이 정확히 사슴의 목을 꿰뚫었다.

"명중이오!"

쏘는 족족 맞지 않는 도윤과는 달리 운형의 활은 백발백중이었
다. 운형이 쏘는 화살이 도망치는 동물의 목을 꿰뚫을 때마다 주변
의 탄성을 자아냈다.

사냥하는 도윤과 귀족의 주변을 지키던 비설이 거칠게 고개를
저었다. 잊어버리려 했지만, 세화가 마지막에 남겼던 말이 내내 그
녀를 괴롭혔다. 그녀의 과거를 이용한다. 하필 그 말을 꺼낸 사람
이 세화라는 게 신경 쓰였다.

"아!"

운형의 짧은 탄성을 듣는 순간 상념은 멈추었다. 사람의 비명이
들리고, 당황한 운형의 얼굴이 창백해졌다.

운형의 화살이 향하는 곳으로 고개를 돌린 비설이 숨을 삼켰다.
하얗게 질린 내관에게 향하는 화살을 보는 순간 비설이 움직였다.

세화의 말에 정신을 놓지 않았다면 충분히 막을 수 있는 화살이
었지만, 뒤늦게 움직였던 터라 화살은 내관의 바로 앞까지 다가가
있었다.

검을 뽑는 대신 몸이 굳은 내관을 비설이 힘껏 밀었다.

비설의 힘에 밀린 내관은 화살을 완전히 피했지만, 정작 제대로
피하지 못한 비설의 목에 작은 실금이 생겼다.

"비현아!"

놀란 운형이 비설에게 다가가는데, 그보다도 먼저 도윤이 운형
과 비설 사이를 끼어들었다.

"죄송합니다."

"상처 제대로 보여."

가라앉는 목소리에 담긴 살기에 정신이 번쩍 들었다. 눈매는 웃고 있었지만, 굳어 있는 입매나 잡은 손에 들어간 힘이 평소와는 달랐다.

"괜찮습니다."

"너 평소와 달라."

"……."

"정신 똑바로 차려."

연도윤에게 타인의 시선은 아무것도 아니다. 지금 남복도 그녀가 원하기에 들어주고 있을 뿐, 수가 틀리는 순간 배려나 자비 따위 사라질 것이 분명했다. 지금부터라도 제대로 하지 못하면 도윤에게 그대로 끌려갈 것 같았다.

"비현아! 괜찮은 것이냐?"

창백한 얼굴로 운형이 다가오자 싸늘했던 표정은 원래대로 돌아와 있었다. 도윤의 눈치를 보던 비설이 쓰러질 것 같은 운형을 향해 몸을 숙였다.

"방심했습니다. 괜찮습니다."

"운정공의 활은 신궁이로군. 짐은 영 재능이 없어."

태연한 말에 긴장했던 분위기가 단숨에 풀렸다. 싸늘하게 가라앉았던 분위기가 사라지고 귀족들 사이에서 웃음이 터져 나왔다.

분위기를 정리한 도윤이 비설의 상처를 조용히 응시했다. 그 시선이 너무나도 서슬 퍼레서 자신도 모르게 목의 상처를 손으로 가렸다. 화살에 조금 베였다고 생각한 상처에서 생각보다도 피가 많이 흘러내렸다.

"다시 시작하자."

감사하다는 내관의 인사를 적당히 받은 비설이 움직였다. 지금은 세화의 말에 정신을 놓고 있을 때가 아니었다.

도윤을 따라 귀족들이 움직이고 멈췄던 사냥이 다시 시작되었다.

"정말 괜찮은 것이냐?"

다가온 운형에게 걱정하지 마시라는 듯이 미소를 지은 비설이 도윤을 향해 움직였다.

"명중이오!"

그사이 누군가의 화살에 도망가던 사냥감이 쓰러지자 환호성이 터져 나왔다. 그 모습을 보던 비설의 뒤로 낯선 기척이 느껴졌다.

"아! 폐……."

"쉿!"

그의 말에 비설이 자신도 모르게 숨을 삼켰다. 사냥한 귀족에게 말을 건네느라 모든 이들의 시선이 쏠린 사이, 도윤이 상처가 나 있는 비설의 목에 하얀 수건을 감았다.

"그리 심하지 않습니다."

"그건 짐이 판단할 문제지."

"물렸을 때와 그다지 차이가 없습니다. 아프지도 않고, 그러니……."

"짐이 직접 만든 상처와 분명 다른 상처지. 그리고 벌써 잊었나?"

"네?"

"다른 놈에게 다치지 말라고 말이야."

웃고 있는 얼굴에서 두려움을 느끼기는 또 처음이었다.

내관의 목숨을 지키기 위해 저지른 일이 아니었으면 도윤이 어떻게 나섰을지 생각하는 것만으로도 오한이 느껴졌다.

"거슬리니까 상처 제대로 가려."

제 할 말만 하고 말에 오른 도윤을 보던 비설이 말문이 막힌 듯 눈을 깜박였다. 저 무시무시한 말이 걱정으로 들리다니, 연도윤에 게 당해도 너무 당한 듯싶었다.

예전이었다면 뭐 저런 인사가 다 있느냐며 화를 냈겠지만, 지금 은 화가 나기보단 왠지 조심하라는 위로를 받는 기분이었다.

언제나 그녀 혼자 감당하고 버텨 냈었던 일이었건만, 어느 순간 부터 그녀에게 작은 일이라도 생기면 그녀 자신보다도 도윤이 더 먼저 다가왔다.

별것도 아닌 일에도 마음이 흔들렸다.

비설의 손이 도윤이 묶어 준 손수건에 닿았다. 사내에게 이런 식 으로 걱정과 관심을 받아 보기는 처음이었다. 살벌하기는 했지만 싫지는 않았다.

한편 도윤을 신경 쓰느라 모르고 있었지만, 그런 둘을 먼발치서 지켜보던 세화는 분노에 몸을 떨었다. 화사하게 꾸민 겉모습과는 달리 두 사람을 노려보던 세화의 눈에는 살기가 가득했다.

그리고 그런 세화를 운형이 지켜보고 있었다.

사냥이 끝난 후, 곧이어 연회가 열릴 예정이었다. 그러나 몸이 곤하다며 도윤이 곧바로 침소로 돌아가면서 연회는 없었던 일이 되었다.

여기까지가 모두가 아는 도윤의 공식적인 일정이었다.

"또 왜 여기까지 오셨습니까?"

주변 순찰까지 끝내고 잠시 눈을 붙이러 온 비설이 불편한 자신 의 침소에 떡하니 누워 있는 도윤을 보며 미간을 좁혔다.

눈만 빼꼼 내민 채, 침상에 누워 있던 도윤이 자리에서 일어났다. 이불을 걷어 내자 도윤에게서 약 냄새가 훅 밀려왔다.

"다치셨습니까?"

약 냄새에 비설이 놀라 도윤에게 다가왔다. 혹 사냥을 하는 중에 쓸리기라도 한 것일까? 생각보다도 심한 약 냄새에 심장이 빠르게 뛰었다.

"다쳤지."

"그럼 태의를 부르시지. 왜 이곳에 계시는 것입니까? 당장에라도 불러오겠습니……."

"네가 다쳤지."

"네?"

"네가 다쳤잖아."

종종 사람의 말문을 완벽히 막히게 하는 사내라는 건 알았지만, 이제는 막히게 하는 것도 모자라 온몸을 송두리째 휘두르는 이였다.

상처가 따끔거리기는 했지만 워낙 다치는 일에 익숙했던 터라 잊고 있었다. 도리어 그녀를 더 흔들었던 것은 상처보다도 그 상처를 감쌌던 도윤의 손수건이었다.

고개를 살짝 돌려 도윤을 보니 그의 옆에 작은 함이 놓여 있었다. 그녀는 잊고 있었던 일을 그는 잊지 않았는지 비설의 침소까지 약을 들고 온 듯했다.

"가까이 와."

예전이었다면 괜찮으니 저 스스로 할 터이니 나가 달라는 말부터 했을 것이다. 그런데 지금만큼은 머릿속에서 맴도는 말이 입 밖으로 나오지 않았다. 입으로 조금의 말이라도 내뱉는 순간 터질 듯이 뛰는 심장 소리가 도윤에게 들릴 것 같았다.

몇 걸음 다가간 것도 잠시 비설이 다시 멈추었다. 예전에는 꺼려서 다가가지 못했는데, 지금은 그를 향한 감정을 들킬까 겁이 나다가갈 수 없었다.

"아무튼 넌 손이 두 번 간다니까."

가까이 다가온 도윤이 비설을 붙잡고 침상으로 끌고 왔다. 말문을 막은 채 아무 말도 못 하는 비설을 자신의 앞에 앉힌 도윤이 함을 열고 병을 꺼냈다.

운형의 화살에 빗맞았던 상처에 약을 바른 천이 닿았다.

"연회는 일부러 하지 않으신 것입니까?"

"사냥도 지겨운데 연회까지 귀찮아서."

그게 아니라는 것 정도는 물어보지 않아도 알 수 있었다. 연회를 열면 호위인 비설은 상처에도 불구하고 연회장을 지켜야 했기에 치료는 더더욱 늦어질 것이었다.

무척이나 도윤스러운 불친절한 배려였다. 예전에는 화부터 치밀배려가 지금은 또 미소부터 나왔다. 약초가 사라지자마자 이어서 닿는 약의 차가움에 비설이 몸을 떨었다.

"가만히 있어."

이러고 상처를 치료받으니 예전에 운형에게 치료를 받았던 기억이 떠올랐다. 그때의 도윤은 운형의 흔적 따위 하나도 용납하지 않겠다며 용포로 약을 닦아 냈었다.

문득 떠오른 기억에 불쑥 장난기가 생겨났다.

"소인이 상처의 약을 전부 닦아 내면 어찌하실 것입니까?"

뼈 있는 물음에 도윤이 실소를 터트렸다. 지루하고 귀찮은 사냥에서 이런 재미는 반갑기까지 했다.

"네가 그렇게 말하니 나도 예전 기억이 하나 떠오르는데 말이지."

"……."

"예전에 나에게서 도망가려 했던 호위가 있어서 손발에 족쇄를 채웠었는데 말이지."

시작도 못 해 보고 끝이 났다.

한숨을 내쉰 비설이 얌전히 목을 맡겼다. 치료를 전부 끝내고, 붕대로 상처까지 단단하게 묶은 도윤이 피가 묻은 손을 천으로 닦아 냈다. 할 일을 전부 끝낸 도윤이 침소에 벌러덩 다시 누웠다.

"거듭 말씀드리지만, 여기 침상은 상당히 좁습니다. 폐하."

"황궁에서도 좁다고 짐을 쫓아냈잖아?"

처음이 힘들 뿐이라는 말처럼 첫날 이후로 도윤은 정말로 별의별 핑계를 대며 비설의 침소로 밀고 들어왔다.

쫓아냈다고 해 봤자 다섯 번도 성공하지 못한 일이었다. 비설이 아무리 쫓아내려 해도 침상에 누운 도윤은 꿈쩍도 하지 않았고, 결국 침상의 끝에서 쪽잠을 자기 일쑤였다.

'그래 봤자 잠들면 폐하의 품이었지만.'

아무리 그래도 사내와 같은 침상에서, 그것도 품에 안겨서 잠이 드니 비설이 남장을 하고 있어도 제정신으로 받아들이기에는 너무나도 힘든 일이었다.

"저도 사람인데 잠은 자야 하지 않겠습니까?"

"짐의 품에서 잘만 자던데……."

"혈을 찍지 않으셨습니까!"

아무리 비설이 뛰어난 무인이어도 도윤과는 견줄 수 없었다. 그런 그가 작정하고 비설의 혈을 찍는데 어찌 반항하며 도망칠 수 있

403

었겠는가!

"절대 안 됩니다! 침소로 돌아가시란 말입니다!"

사냥과 행사에 몸의 피로가 쌓일 대로 쌓여 있었다. 하물며 황궁과는 달리 이곳은 보는 눈도 많았고 들킬 위험도 컸다.

"침소는 좁고 침상은 더 좁습니다. 오늘은 제발 돌아가세요."

혼자 눕기에도 좁은 곳에 자신보다 체격이 큰 도윤이 누워 버리니 그녀는 잘 곳조차 없었다.

"짐이 크면 큰 거지."

간곡히 말했는데도 저 미친 자는 조금도 듣지 않았다. 계속 내쉬는 건 한숨이요, 느는 것은 걱정뿐이었다.

못 말리겠다는 듯이 고개를 젓는 비설을 보던 도윤이 그녀의 손을 만지작거리며 눈을 감았다.

"1년에 한 번인데도 못 할 짓이네."

그저 기분 탓일 수도 있었지만 지금의 도윤은 툴툴대는 것으로 보였다. 설마 연도윤이 그럴까 싶다가도 눈을 감고 구시렁거리는 모습이 영락없이 하기 싫은 일을 억지로 하는 어린아이였다.

"지금 투정 부리시는 것입니까?"

"투정 부리는 거면 받아 주게?"

"한번 들어 보겠습니다."

자신을 바라보는 시선을 느끼며 도윤이 눈을 게슴츠레 떴다. 화를 내거나 말을 자르던 비설이 지금은 그의 말을 기다리고 있었다.

"온전히 제 삶을 사는 애들을 화살로 죽이는 건 그렇지 않나? 사람은 뚫린 입이라도 있어서 말이라도 하지만 동물은 아니란 말이지. 그렇다고 맹수도 아니고, 눈매도 선한 것들을 죽이자니 영 내키지 않는단 말이다."

도윤의 투정을 듣다 보면 느끼는 기분이었지만, 도윤은 강하거나 가진 것이 많은 이들에게는 강했지만, 약한 자에게는 한없이 약했다.

　원하는 것을 이루기 위해서 귀족의 목숨을 거두는 일은 아무것도 아니라고 하면서 눈매가 선해서 사냥이 내키지 않는다니, 참으로 그다운 묘한 생각이었다.

　"폐하께서 그리 동물을 아끼시는지 몰랐습니다."

　"이유도 없는 개죽음이 싫을 뿐이지."

　"목숨에 경중은 없다고 생각합니다. 다만 개죽음이 아니라는 말씀에는 공감합니다."

　투정을 들어 준다 해 놓고는 또 저리 가르침을 주었다. 검을 붕붕 휘두르는 무시무시한 황궁 호위 주제에 하는 짓은 착한 웅묘였다.

　'저러니 오지 말래도 오는 거지.'

　침상에 앉아 있는 비설을 당긴 도윤이 품에 그녀를 안았다. 도윤은 물론이고 비설까지 품에 안자 작은 침상이 가득 채워졌다.

　좁다며 툴툴대는 비설의 정수리에 턱을 기댄 도윤이 편한 숨을 내쉬었다.

　도윤의 등을 손으로 감싸려던 비설의 손이 허공에서 멈추었다. 한번 틈을 주기 시작하니 그녀도 모르는 사이에 점점 더 욕심이 생겼다.

　그의 체온에서는 비현이 느껴졌다. 예전에는 알지 못했던 사실을 자각하게 되자 피하기보다는 좀 더 그에게 다가가고 싶었다.

　"오라버니와 숨바꼭질을 하면 언제나 소인이 졌었습니다. 아무리 꼭꼭 숨어도 오라버니는 절 누구보다도 잘 찾아내셨습니다. 다른 일은 언제든지 져 주시던 오라버니가 숨바꼭질만큼은 언제나

이기셨었죠."

도윤을 보던 비설이 외면하듯 허공으로 시선을 돌렸다.

"가문이 멸문되었던 그날에도 오라버니와 숨바꼭질을 했습니다. 그날 처음 오라버니에게서 이겼습니다. 그리고 그날 이후로 오라버니를 꿈에서조차 만나지 못했습니다. 그런데 최근 꿈에 오라버니가 나왔더군요."

이 상황에서 이런 말을 꺼내도 될지 알 수 없었다. 하지만 도윤의 품에서 떠오르는 사람은 비현뿐이었다.

"꿈에 나타나서 뭐라고 했는가?"

"이제 숨바꼭질은 안 해도 된다고 하셨습니다."

그저 꿈이라며 무시할 줄 알았던 도윤이 물음을 던지자 비설이 눈을 감았다.

품에 안겨 있는 비설에게서 느껴지는 떨림이 도윤의 마음을 짓눌렀다. 내색할 생각 따위 없다. 이미 저질러진 일이고, 그녀를 곁에 두기로 한 이상 결국 도윤이 감당해야 할 책임이었다.

"비현은 착하니까."

그러니 하나뿐인 동생이 황제에게 속앓이하면서 혼란스러워하는 모습을 보고 싶지는 않았을 것이다. 착한 얼굴로 다 받아 줄 것처럼 행동했어도 도윤이 아는 비현은 아닌 일에는 절대로 움직이지 않는 고집불통이었다.

"좋은 오라버니셨습니다."

감은 눈에 물기가 옅게 서렸다. 감정을 가라앉히려 비설이 차분히 숨을 내쉬었지만, 쉽지 않은지 입술을 질끈 깨물었다.

"이런 상황에서는 또 어찌해야 하나."

억지로 울음을 참는 비설을 보던 도윤의 눈이 부드럽게 휘었다.

강할 때는 한없이 강해도 약할 때는 또 누구보다도 여리고 약했다. 감은 눈에 그렁그렁 맺혀 있는 눈물에 입술을 가져가니 짭짤한 맛이 느껴졌다.

"울지 마. 내 어여쁘신 호위님."

도윤의 말에 얼굴을 붉히면서도 한번 터진 눈물이 좀처럼 가라앉지 않았다. 그 모습이 또 미치도록 고우니 시선을 뗄 수 없었다. 다른 여인에게서는 전혀 느낄 수 없는 욕망을 그녀에게만 느끼니 더더욱 놓을 수가 없다.

'난 운이 좋아.'

울먹이는 비설에게는 미안했지만, 도윤은 그런 그녀에게 빠져 아무것도 보이지 않았다. 비설에게서 느끼는 감정이 너무나도 생소해서 질리지 않았다. 지독히도 좋은 감이 도윤에게 속삭였다.

이 여인을 가져야 한다고.

주저가 사라진 자리, 채우는 감정은 끝을 알 수 없는 욕망과 허기였다. 비설을 달래듯 품에 안았지만, 도윤의 눈은 완전히 달라 있었다.

❋❋❋

일주일 내내 이어질 사냥은 갑작스럽게 내리는 비로 중단되었다. 한두 방울씩 내리던 비는 어느새 굵게 변해서 바닥을 촉촉하게 적셨다. 몸이 무거워지는 날씨에 집무실에 늘어져 있던 도윤을 찾아온 사람은 운형이었다.

어느새 둘 사이에 작은 술상이 차려졌다.

"비가 오니 술맛도 각별하군. 한잔하지 그러나?"

도윤의 잔을 채울 뿐, 운형은 잔조차 받지 않았다. 도윤의 말에 운형이 몸을 숙였다.

"죄인이 어찌 술을 마실 수 있겠습니까?"

"짐에게 지은 죄가 아니니 마음에 짐을 둘 이유가 없다."

"폐하."

"네 아버지의 죄를 네가 짊어지지 마라."

주저하던 운형이 잔을 들자 도윤이 술을 채웠다. 도윤이 잔을 비우고, 운형이 잔을 비웠다. 빗소리를 배경 삼아 잔과 잔이 비워지고, 오랜 정적을 깬 사람은 운형이었다.

"폐하. 소인 청이 하나 있습니다."

잔을 비우던 도윤의 손이 멈추었다. 도윤을 마주하던 운형이 몇 걸음 뒤로 물러나 몸을 숙였다. 어쩌면 마지막일지도 모르는 기회였다. 이대로 그냥 놓을 수 없다.

"엉킨 일을 되돌리고자 합니다. 도와주십시오."

"도와 달라?"

예상은 하고 있었지만 생각한 것보다도 더 술맛이 떨어지는 청이었다. 비설이 제 온몸과 마음으로 최선을 다했던 이가 운형이었으니, 운형 또한 비설의 그러한 호의가 단순한 충성이 아닌 연모라는 것을 알고 있었다.

운형은 부정할지 몰라도 운형이 비설에게 가진 감정을 누구보다도 잘 아는 도윤은 그 부정을 긍정할 생각 자체가 없었다.

"네가 말하는 엉킨 일의 시작은 비설이겠지. 짐이 알기로 그건 너의 결정이 아니라 그녀의 선택이라고 들었다."

도윤은 비설이 여인이라는 것은 물론이고 왜 황궁에 들어왔는지 전부 알고 있었다. 타인에게 조금의 관심도 없는 사내가 비설의 모든 것을 받아들이고 있었다.

도윤의 행동이 무슨 의미인지는 알았지만 운형은 절대 받아들일 수 없었다.

"비설은, 그 아이는 여리지만, 누구보다도 힘들게 살아왔습니다. 폐하의 큰 생각을 소인이 알지 못하지만, 그 힘든 삶에 더 많은 짐을 짊어지게 할 수는 없습니다."

"흐음. 너의 생각이 잘못된 건 아니지만, 네가 생각한 것보다도 비설은 약하지 않단다. 휩쓸리고 무너지려는 상황에서 살아남으려 중심을 지키려 하지."

"폐하."

"혹시 아는가? 연모일지?"

숨을 멈추고 있는지도 느끼지 못했다. 한계까지 참고 있던 숨이 간신히 쥐어짜듯 토해졌다.

언제나 도윤은 당당했다. 마치 세상의 모든 빛은 모두 그의 것이었던 것처럼 도윤에게는 약간의 그림자도 없었다. 힘들게 버텨 온 비설에게 도윤의 빛은 무엇보다도 매혹적이었을 것이다.

그렇기에 비설이 모르는 것도 있었다. 저 타오르는 빛에 휩쓸린다면 비설은 숨 막혀 죽을 것이다.

"폐하께서는 연모를 모르십니다."

"부정하지 않는다. 짐은 연모를 모르지. 그런데 너는 연모를 외면하고 있지 않은가?"

운형의 눈이 도윤에게서 그대로 멈추었다. 침착하려 했지만, 운형의 몸이 파르르 떨렸다.

어설픈 선을 긋고 동생으로 대하든 부하로 대하든 도윤이 상관할 문제는 아니었다. 하지만 선을 그은 상태에서 비설에게 영향력을 행사하려는 건 더는 놔둘 수만은 없었다.

'난 운이 좋아.'

운형이 먼저 시작했으니 도윤도 얼마든지 그 싸움에 나서 줄 수 있다.

"외면보다는 모르는 게 낫지. 최소한 배울 수 있다는 것이 아닌가?"

"그 아이에 대한 저의 감정은 연모가 아닙니다."

"그래서 세화의 앞에서 그 아이의 곁에 있는 내관에게 활을 쏘았느냐?"

도윤을 보던 운형이 결국 고개를 숙였다.

그저 불나비처럼 달려드는 비설을 막고자 함이었다. 제 말은 들리지 않을 것이나 세화와 사도의 무력이라면 꺾일 것이라 생각했다. 설령 꺾이지 않더라도 현실을 보이면 똑똑한 비설은 제 뜻을 알게 될 것이었다. 어설프게 하지도 못할 복수가 비설을 무너뜨리게 할 수 없었다.

하지만 그가 만들어 놓은 대로 움직인 도윤이 운형의 수를 읽었으리라고는 생각하지 못했다.

"알고 계시면서 소인이 원하는 대로 어찌하여 움직이셨습니까?"

비설이 다쳤으니까.

그 순간만큼은 운형의 수작도, 세화도 보이지 않았다. 저가 아끼는 것이 다쳐서 피를 흘리고 있었다. 비설의 상처를 제 눈으로 보고 확인하는 것이 그 순간 그가 할 수 있는 유일한 것이었다.

운형은 물었지만 도윤은 제 속마음을 보여 줄 생각 따위 없었다. 그의 생각과 본심을 볼 수 있는 사람은 한 명이면 충분했다.

"폐하께서 잘못 알고 계십니다."

거듭되는 부정에 운형이 미소 지었다. 제 것이라며 억지를 부리는 것보다는 부정이 나았다.

"그래도 비설은 내어 줄 수 없단다. 제 발로 걸어온 그 아이를 왜 짐이 돌려보내겠느냐?"

"폐하."

"지금의 배움이 짐에게는 제법 즐거움의 연속이란다. 그러니 더는 말을 꺼내지도 말고 그 아이를 흔들지 마라. 짐의 사람이고 짐의 여인이다."

저 뒤틀린 성격이 이미 비설을 담아 버렸다.

연모를 배운다는 말을 하는 사내가 무슨 진심을 말하겠는가? 연도윤이라는 사내의 곁에 있기에는 비설은 너무나도 약하고 여렸다.

"폐하의 욕심이 비설을 죽일 것입니다."

"그것 아는가?"

"……."

"나서지 않고 조용히 있으면 비설이 위험해지는 일은 없을 것이다."

대화는 시작도 해 보지 못하고 끝나 있었다. 비설을 보내 달라는 말을 꺼내자마자 나서지 말라는 답이 나왔다.

굴복한 운형이 인사를 끝낸 후 자리를 떠났다. 잔을 비우던 도윤이 미간을 찌푸렸다. 조금 전까지도 괜찮았던 술맛이 그악하게도 썼다.

✸✸✸

꽤 많은 술을 마셨음에도 취기조차 돌지 않았다. 운형이 나간 후

411

술상을 물린 도윤이 밖으로 나왔다. 불쾌했던 기분이 찬바람을 만나자 조금이나마 나아졌다.

"웅묘에게 가 볼까?"

평소에는 주저 없었을 행동이 지금은 쉽지 않았다.

이런 기분으로 비설을 마주하면 자신도 어찌 나설지 알 수 없었다. 순간의 충동으로 부서뜨린다면 오랫동안 들인 공이 한순간에 무너질 것이다.

강제로 취하는 것보다 하나씩, 전부 손아귀에 움켜쥐었을 때의 즐거움은 남달랐다.

"오라버니."

길을 걷던 도윤이 미간을 찌푸렸다. 폐하가 아니라 오라버니라는 호칭이 유난히 거슬렸다. 일어나지도 않은 일을 걱정하는 건 그답지 않았지만 깊은 밤에 세화와의 만남은 반기려야 반길 수 없었다.

"세화야."

"늦은 밤 죄송합니다."

입고 있는 옷이 유난히 얇았다. 바람이라도 불면 긴 치맛자락이 나풀거리면서 하얀 다리가 보였다. 새하얀 장옷 사이로 비치는 속살 또한 너무나도 목적이 드러나는 옷차림이었다.

"어서 침소로 돌아가는 것이 좋겠다."

"오라버니께…… 아니 폐하께 말씀드릴 것이 있습니다."

아무리 생각해도 이대로 묻게 할 수는 없다. 비설과 지지부진한 대립을 하느니 도윤에게 직접 던져 상황을 만드는 편이 훨씬 효과적이었다. 눈을 벗어난 죄인을 도윤은 절대 용서하지 않는다.

"폐하께서 아끼시는 유 호위가 실은 몇 년 전에 황명으로 멸문되었던 가문에서 살아남은 죄인입니다. 그가 폐하의 목숨을 노리고 있습니다."

"으음. 그러한가?"

세화가 생각했던 도윤의 반응은 저렇지 않았다. 놀란 기색은커녕 재미있다는 듯이 입꼬리조차 올리고 있었다.

"알고 계셨습니까?"

모든 것을 알고 있으면서도 비설을 데리고 있었다. 파문을 던지려 했건만, 도리어 당한 사람은 그녀였다.

"소녀가 생각하는 그것입니까?"

"흐음. 짐이 그 물음에 대답해야 하느냐?"

"고작 하급 귀족에, 멸문까지 당한 집안의 죄인인 계집입니다! 폐하께서 어찌 그런 죄인을 곁에 두실 수 있단 말씀입니까!"

도윤의 입가에 감돌던 미소가 사라졌지만, 세화는 멈추지 않았다. 비설이라는 존재는 도윤에게 독이 될 터였다.

"버리셔야 합니다."

"유 호위를 말이냐?"

"폐하의 안위를 걱정하여 말씀드리는 충언이옵니다. 이 사실을 귀족들이 알게 되면 그 후환을 어찌 감내하시려 하십니까?"

"마치 네가 그 후환을 만들겠다는 선언으로 들리는구나."

도윤의 지금 표정을 비설이 보았다면 전력으로 도망가거나 잘못했다며 몸을 숙였을 것이다.

살기만 없을 뿐, 도윤의 눈에는 흔하게 자리 잡았던 거짓된 감정조차 보이지 않았다. 끔찍할 만큼 위험한 상황이었지만, 세화는 그를 알지 못했다.

"세화야. 그래서 옷에 그런 요망한 장난질을 한 것이냐?"

그녀가 입은 얇은 옷은 고름만 풀면 그대로 벗겨질 것이었다. 속살이 그대로 보이는 옷에서 나는 희미한 향은 도윤이 아는 한 최음 제임이 분명했다.

황후라는 여지를 주지 않으니 다른 수를 쓸 생각이었지만, 안타깝게도 그러기에는 그 수가 너무나도 천했다.

"내 동생이 오늘은 감정이 많이 격해진 듯하니 이만 쉬어라."

"오늘 소녀에게 답을 주지 않으시면 유 호위에 대해서 알리겠습니다."

"알리거라."

"네?"

"너 혼자만은 어려울 테니 사도의 도움을 받거라. 물론 사도는 원치 않겠지만, 잘 설득해서 꼭 공론화를 시켜라."

"……어찌하여…… 왜?"

"그래야 저 고집쟁이가 복수하려는 마음을 버리고 짐의 곁에 있지 않겠느냐?"

진심이다.

도윤은 비설을 황후로 세울 생각이었다.

"설령 짐이 네 옷에 바른 약의 영향을 받더라도 널 안을 생각은 없단다."

"그럼 그것은 안으시겠다는 말씀입니까?"

"그것?"

표정이 없던 얼굴에 비릿한 미소가 생겼다.

사람이 본모습을 드러내는 일은 어렵지 않았다. 비설처럼 도발하거나 세화처럼 무시하거나 운형처럼 사실로 공격을 하거나. 언제나 경험하는 일이지만, 도윤이 지금까지 본 본모습은 비설보다는 세화 같은 모습이 훨씬 많았다.

"내 동생은 입이 참 고약하구나."

"그것을 정녕 황후나 후궁에 올리실 것입니까?"

"그래서 짐의 인생이 즐거워진다면야……."

"폐하!"

"짐이 좀 많이 고단하구나."

더는 이 피곤한 대화를 이어 갈 생각 따위 없다. 운형만으로도 쓸쓸한 상황에서 세화까지 완전히 망쳐 버렸다. 생각할수록 오늘 일에 화가 치밀고 짜증이 났다.

"그리고 세화야."

세화에게 다가간 도윤이 세화의 팔을 붙잡았다. 얇은 옷으로 적나라하게 세화의 피부가 느껴졌지만, 일말의 흥분조차도 밀려오지 않았다.

"네가 여론을 만들기 전에 짐이 그 원인을 먼저 없앨 수도 있단다."

밀려오던 세화의 분노가 찬물을 끼얹은 것처럼 가라앉았다.

죽을 것이다. 잘못 행동하면 비설이 당하기 전에 도윤이 세화를 먼저 죽일 것이었다.

뒤늦게 도망가려 했지만, 도윤에게 잡힌 터라 한 걸음도 뒤로 갈 수 없었다.

"폐, 폐하?"

"만약 네가 짐이라면 말이다. 어찌하겠느냐?"

옅게 시작되었던 떨림이 이제는 눈에 보일 정도로 커졌다. 도망가려 발버둥 쳤지만 빠져나갈 수 없었던 세화가 힘없이 바닥에 주저앉았다.

벌벌 떠는 세화를 도윤이 차분히 노려보았다.

"네가 이렇게 나섰다는 것은 사도도 알고 있다는 것이겠지. 알고 있으면서도 사도가 가만히 있다는 것은 조용히 넘길 생각일 것이니, 눈치 좋은 너만 제대로 행동하면 되겠구나."

호기롭게 시작했지만, 도윤을 흔들기는커녕 돌이킬 수 없게 미움만 받게 되었다. 시선조차 주지 않은 채 도윤이 사라지자 세화의 눈에서 맑은 눈물이 투툭 떨어졌다.

"그것 때문에……."

오랫동안 준비했던 세화의 꿈과 계획이 물거품처럼 사라졌다. 그것도 모자라 목표였던 도윤의 미움만 사게 되었다. 처음 볼 때부터 마음에 들지 않던 계집이었다.

'이렇게 놓을 수 없어.'

공포에 머리가 굳었지만 어떻게든 생각을 해야 한다.

이대로 끝낼 수 없다. 무슨 방법이 있을 것이다.

한기와 공포에 몸을 떨면서 세화는 좀처럼 자리에서 일어나지 못했다.

✳✳✳

새벽 해가 떠오르자 약속이라도 한 것처럼 비설이 눈을 떴다. 몸의 피로를 밀어내듯 기지개를 켜며 일어난 비설이 희미하게 보이는 도윤에 숨을 삼켰다.

이 시간에 이 사내는 왜 여기에 당연한 듯이 들어와 자는 그녀를 보고 있는가?

"기왕이면 기척은 내고 오십시오."

"그럼 네가 깨잖아."

대수롭지 않은 대답이었지만, 목소리가 무겁고 낮았다. 낯선 목소리에 비설이 매무새를 다듬고는 침상에서 내려왔다.

자고 일어나 몰골이 엉망인 게 마음에 걸렸지만 주저하기에는 도윤의 분위기가 마음에 걸렸다.

"안 좋은 일이라도 있으셨습니까?"

"그래 보여?"

도윤과 거리를 두고 있던 비설이 천천히 다가왔다. 비설의 손이 얼굴로 다가오자 도윤이 먼저 손을 내밀어 자신의 뺨에 그녀의 손을 갖다 댔다.

따뜻하고 손과는 다르게 비설은 호위복을 입은 그대로였다. 답답하지도 않은지 여인의 선이 보일 만한 부분에는 여지없이 붕대로 단단히 감고 있었다. 답답한 것을 참지 못하는 도윤과는 달리 비설은 무척이나 잘 참았다.

'그것을 황후로 만드실 생각이십니까?'

"그것도 나쁘지 않지."

"네?"

"가까이 와."

여태 피했던 것과는 달리 최근의 비설은 도윤에게 곧잘 자신을 보였다. 비설을 곁에 두는 일은 기껍다 못해 즐거웠지만 그녀를 황후로 세우기에는 아직 시기가 일렀다.

'무슨 일이라도 있는가?'

도윤의 침묵이 무척이나 마음에 걸렸다. 무슨 일인지 궁금하면서도 왜인지 물어보기가 겁이 났다. 자신이 연관이 되어 있는 일이라면, 정해진 것이라고는 하나도 없는 상황에서 그녀는 대답할 자신이 없었다.

사람의 마음은 시시각각 변했다.

죽여 버리고 싶은 사내가 이제는 너무나도 신경 쓰였다.

"주무시지 못하셨으면 제 침상에서 잠깐 눈이라도 붙이시겠습니까?"

비설이 세화처럼 달려들었다면, 도윤은 다른 선택을 했을 것이다. 바로 앞에 있는데도 허기는 가라앉기보다는 그를 더욱 충동질했다. 비설을 좀 더 당기자 도윤의 무릎에 어영부영 안겼다.

작지만 맑은 눈이 놀람과 당황으로 흔들렸다. 붕대와 옷으로 가려져 있어도 완전히 막을 수는 없었는지 상대의 체온이 느껴졌다.

"짜증이 나지, 졸립지는 않네."

잠시 고민하던 비설이 도윤을 안았다. 이렇게 다가가는 일이 비설에게는 쉽지 않았지만, 조금이나마 달래 주고 싶었다.

비설이 이끄는 대로 얼굴을 묻은 도윤이 편안한 숨을 내쉬었다. 세화의 몸에서 맡았던 최음제가 이제야 그를 흔드는지 제 스스로 다가온 비설의 체향에 걷잡을 수 없는 충동이 느껴졌다. 때가 되지 않았다는 것을 알면서도 허기와 욕망은 점점 더 그의 목을 졸랐다.

"같이 갈 곳이 있어."

운형은 물론이고 귀족의 얼굴 따위 보고 싶지 않았다.

아침 해가 떠오르기 직전, 두 필의 말이 밖을 나왔다.

❊❊❊

곧바로 출발하는 도윤을 따라 나오느라 비설이 챙겨 온 것은 검한 자루뿐이었다.

새삼 느끼지만 황제라는 지위에도 불구하고 도윤은 훅 잘 떠났다. 직위를 외면하는 것은 아니었지만 도윤에게서는 황제라는 무거운 책임은 보이지 않았다.

"아!"

도윤을 따라 말을 움직이던 비설의 눈이 파르르 떨렸다.

그가 이끄는 곳은 그녀가 알고 있던 곳이었다. 비설의 말이 멈추자 앞서가던 도윤도 멈추었다.

"왜 이곳입니까?"

일곱 살의 기억이 고스란히 남은 곳이었다.

❊ ❊ ❊

운형에게 거둬진 이후로 마음이 약해질지도 모른다는 걱정에 저택이 있는 방향은 제대로 보지도 않았었다. 멀지 않은 곳에 낡은 문이 보였지만, 차마 다가갈 마음조차 먹지 못했다.

"여기까지 왔는데 보는 게 낫지 않은가?"

"보지 않는 게 좋겠습니다."

"가자."

먼저 말에서 내린 도윤이 비설에게 손을 내밀었다.

마음만 먹었으면 몇 번이든지 보러 갈 수 있었지만, 비설은 그러지 않았다. 모든 복수가 끝난 후, 돌아가려고 했었다. 그때까지는 묘지가 엉망이 되어도 어쩔 수 없다고 생각했었다. 그녀에게 지워진 책임이 전부 끝나는 그날, 집으로 되돌아가 남은 삶을 가족의 곁에서 보내려 했었다.

도윤을 마음에 담으면서 복수를 하겠다는 결심이 희미해지기는
했지만, 아직 그녀는 가족의 무덤을 마주 볼 자신이 없었다.

"멸문되던 날 이후로 한 번도 가지 않았습니다. 갈 수 없습니
다."

"네가 안 간다면 억지로라도 데려갈 것이다."

어떻게든 데리고 들어가겠다는 도윤을 보며 비설이 하는 수 없
이 그의 손을 붙잡았다.

굳게 닫혀 있던 문이 열리고, 비설의 손을 잡은 도윤이 안으로
들어갔다.

"아……."

피비린내가 진동하고 쳐다보기도 끔찍하게 훼손된 시신들이 널
브러져 있었지만, 무섭다는 생각은 들지 않았다. 손 가죽이 벗겨
지고 지문이 닳도록 땅을 파고 묻었지만 아픈 것도 느끼지 못했었
다. 자신이 봐도 엉망진창이었던 곳에서 윤천의 손을 잡고 나왔다.

그게 비설의 기억에 남아 있는 마지막 모습이었다.

"누가……."

엉망진창일 줄 알았던 곳이 너무나도 잘 정리되어 있었다. 엉망
으로 쌓아 올렸던 묘지에 비석 또한 세워져 있었다.

윤천과 운형을 떠올렸던 비설이 고개를 저었다. 윤천은 시종처
럼 부리는 이에게 그렇게 할 정도로 배려가 있는 이가 아니었고,
운형은 비설의 과거까지 감싸는 이는 아니었다.

이런 생각을 할 수 있는 사람은…….

"오랜만에 왔다."

비설의 손을 놓은 도윤이 제집 드나들듯이 저택 안을 걸어갔다.
이미 집 안의 구조를 잘 아는 것처럼 행동하는 도윤을 비설이 지켜

보았다.

저택 안쪽에 있는 가족이 묻혀 있는 묘 앞에 선 도윤이 가져온 술을 부었다.

"보고 싶었을 사람도 데리고 왔으니 서운하다고 뭐라고 하지는 말고."

술을 전부 부은 도윤이 합장을 하고 눈을 감았다. 황제인 그가 고개를 숙이고 망자의 명복을 빌고 있었다.

"왜 여기 오셨습니까?"

"가깝잖아. 술이라도 따라 줘야지."

"……."

"오랫동안 발길을 끊었던 귀한 동생도 보여 주면 좋을 것 같았고 말이지."

"폐하셨습니까?"

"시신도 내가 거두려 했었지. 그랬는데 이미 누군가가 거두었더군. 내가 할 수 있는 최선은 종종 이리 찾아와서 술이나 주고 가는 것이었지. 시신을 거둔 사람이 내 웅묘였단 건 생각하지도 못하고 말이야."

피가 끓어오르고 화가 솟았다. 도윤이 묘지를 관리해 줬다는 감사함보다도 이 모든 일의 원인이 도윤이었다는 사실을 다시 느끼면서 분노가 더 격해졌다.

연도윤만 아니었다면.

가문이 멸문되지만 않았더라면.

이 모든 시작은 결국 황제인 그 때문이었다.

"억지로 참지 마."

담담한 눈이 비설에게 아무렇지도 않게 말했다.

그녀의 삶은 그날 이후로 고통이자 희생이었다. 입 닥치라는 말조차 나오지 않았다. 억지로 누르고 참아 내던 상처가 다시 벌어졌다.

숨을 내쉬는 것조차도 소리를 내버리면 억지로 붙잡고 있는 중심 따위 완전히 무너져 내릴 것 같았다.

"차라리 화를 내."

"……."

"안 되겠으면 때리든가."

짝!

말이 끝나는 것과 동시에 날카로운 소리가 울리며 도윤의 왼쪽 뺨이 화끈거렸다. 또 한 번 짝! 소리가 나며 도윤의 오른쪽 뺨이 붉게 달아올랐다.

눈에 보일 정도로 파르르 몸이 떨리더니만 눈가에 아슬아슬하게 매달려 있던 눈물이 떨어져 내렸다.

종종 홀로 이곳에 오기는 했지만, 이번만큼은 그녀를 데리고 와야 했다. 쉽게 마음을 열지 않는 비설을 흔들 방법으로 이만한 것이 없었다. 억지로 봉합한 상처를 터트려서라도 가지고 싶어졌다.

더 많은 이들의 눈이 비설에게 향하기 전에 온전히 제 손아귀에 넣을 수 있는 가장 빠른 방법이었다.

짝!

"전부 당신 때문이야."

"알아."

"당신만 아니었어도 나한테 이런 일은 안 일어났어."

"어쩔 수 없었다."

"왜 나야?"

차라리 힘만 아는 탐욕스러운 권력자였다면 죽이는 데 주저하지 않았을 것이다. 가문을 멸문시킨 황제가 죽이면 끝날 것이라 생각했던 복수는 원흉을 알아 가면 알아 갈수록 점점 더 그녀를 고통스럽게 했다.

"……."

"왜 우리 가족이 당해야 해? 왜 내 오라버니가 그렇게 죽어야 했냐고!"

속에 남아 있던 상처를 모두 드러내듯 비설이 고함을 토해 냈다.

인정하고 싶지 않았지만 인정할 수밖에 없었다.

연도윤을 죽일 수 없다.

모든 이유를 떠나 그녀가 그를 죽일 수 없었다.

"당신 때문에 난 전부 잃었어! 당신 때문에!"

주저하는 마음에 남아 있는 복수까지도 완전히 도려내듯이 도윤이 비설을 안았다. 발작하듯 울음을 터트리는 비설의 손톱이 도윤의 목을 긁고 옷을 붙잡고 뜯었지만 그저 발악일 뿐이었다.

"내 잘못이다."

"당신 탓이야! 당신 때문에!"

"전부를 보상하지는 못하겠지만, 하나씩 돌려줄 테니……."

"이거 놔!"

"이제 그만 내 여인으로 있어."

이루지 못할 복수에 대한 미련까지도 모두 밀어내듯이 울음을 터트리는 비설을 도윤이 달래고 또 달랬다. 그리하여 자신만을 봐 주기를, 그녀의 삶에 연도윤이라는 사내 말고는 없다는 것을 받아들이기를 바라고 또 바랐다.

멈춘 줄 알았던 비가 또 한 방울씩 떨어졌다.

곧 그치기를 바랐던 것과는 달리 한번 떨어지기 시작한 비는 끝도 없이 쏟아졌다. 미처 비를 피할 곳이 없었기에 도윤이나 비설이나 완전히 젖어 버렸다.

"다 왔다!"

10년 만에 온 곳이라 길을 거의 기억하지 못하는 비설과는 달리 도윤은 능숙하게 저택을 빠져나와 원하는 목적지에 도착했다.

도착한 곳을 뿌듯하게 바라보는 도윤과는 달리 비설은 웃음조차 나오지 않았다.

"폐하. 돌아가셔야 하지 않겠습니까?"

"이 꼴로?"

황제인 그가 비에 젖은 몰골로 돌아가는 상황을 만들 수는 없긴 했지만, 그래도 여기는 아닌 것 같다.

"진정 여기에 들어가시려는 것입니까?"

"들어가자."

커다란 저택 곳곳에 매달려 있는 홍등이 빗속에서도 환하게 불을 밝히고 있었다. 이 지역에서 가장 큰 기루인지 닫혀 있는 저택에서도 사내와 여인의 웃음소리가 크게 울렸다.

쫄딱 젖은 황제가 다짜고짜 가야 할 곳이 있다며 안내한 곳은 바로, 기루였다. 서문의 국경에 들어왔을 때만큼 기함할 일이었다.

"폐, 아니 단주!"

"단주님! 어서 오세요!"

비설이 그를 잡기도 전에 마중 나온 기녀들이 도윤의 양옆과 앞뒤로 우르르 붙었다. 기녀들의 엄청난 기세에 비설이 뒤로 밀렸다.

"왜 이제야 오셨습니까? 기다리다가 쓰러지는 줄 알았습니다."

"그렇다고 하기엔 혈색이 너무나도 좋구나."

"여전히 짓궂으십니다! 이리 소녀를 곤혹스럽게 하시니 재미나십니까?"

주거니 받거니 하며 들어가는 걸음이 너무나도 화기애애했다. 저 분위기에 끼고 싶은 생각은 절대 없었지만 그렇다고 도윤을 혼자 기루에 둘 수는 없었다.

"단주님!"

기루의 주인으로 보이는 여인이 도윤을 보며 한걸음에 달려왔다.

"오랜만에 오셨습니다!"

"내가 없어도 알아서 잘 돌아가니 걱정이 없다."

"머무실 곳을 마련해 놓았습니다. 들어가시지요. 호위님도 이리 오시지요."

괜찮다는 말을 하기도 전에 그녀에게로 우르르 기녀들이 몰려들었다. 기루는 물론이고 기녀까지 처음인 비설이 당황한 사이 그녀의 양팔을 붙잡은 여인들이 기루 안으로 끌고 들어갔다.

"음."

"최근 기루에 드나드는 귀족이 늘었습니다. 최대한 확인하여 만든 명단입니다."

루주에게 받아 든 명단을 도윤이 느릿한 눈으로 살폈다. 예상하고 있었지만, 눈으로 확인하니 웃음조차 나오지 않았다. 심지어 명단의 맨 앞엔 최근 도윤이 찾던 무기의 흐름까지 나와 있었다.

"기루에서 종종 선물이라며 무기가 담긴 함이 넘겨지기도 했습니다. 지시를 해 놓은 기녀들이 물음을 던졌으나 그 물음에는 답을 하지 않았다고 합니다.”

“사도의 사람들이지만 정작 주인공인 사도가 없군.”

“몇 번 자리를 하셨지만, 사도가 계실 때는 관련된 대화는 전혀 나오지 않았다고 합니다.”

“머리가 진짜 머리는 아닐 수도 있다는 거군. 아니면 어떻게든 머리가 나서지 않으려고 하는 것일 수도 있겠군.”

“그리고…… 이것은 그들의 옷에 새겨져 있던 문양이라고 합니다.”

주를 상징하는 용의 목에 검이 박혀 있는 것이었다.

주의 황제인 도윤의 목을 이렇게 꿰뚫겠다는 것인가? 무척이나 오만하고 대담한 문양이었다. 쉽게 죽어 줄 생각도 없지만 황제인 그의 목에 검을 대 보지도 못했으면서도 노골적으로 행동하는 이들이 우습기까지 했다.

“좀 더 주시해라. 당장 나서 봤자 꼬리만 건들게 될 터, 머리를 잡을 수 있게 지켜봐라.”

“그리하겠습니다. 폐하.”

“유모였을 때가 편했을 것인데, 짐이 너에게 큰 짐을 짊어지게 했다. 힘들면 언제든지 말하라.”

도윤의 말에 루주가 미소를 지으며 몸을 숙였다.

황궁의 상궁으로 어린 도윤을 키우며 삶을 살았고, 도윤에게 도움이 필요해지자 누구보다도 먼저 하겠노라며 나선 것도 그녀였다.

“아직 기력이 있어 기껍기까지 합니다. 폐하께서는 걱정하지 않으셔도 됩니다. 아, 그리고…….”

“음?”

"그 호위님이 여인이신지라……."

술을 마시려던 도윤의 손이 멈추었다.

혹 자신이 잘못한 것이 아닐까? 하지만 이미 비설의 성별을 확인한 기녀들이 재미있겠다며 달려든 뒤였다.

마침 문밖으로 똑똑 두드리는 소리가 들려오자 앉아 있던 루주가 자리에서 일어났다. 도윤에게 고개를 숙인 루주가 닫혀 있던 문을 열었다.

"아! 저기!"

드물게 당황한 비설이 몸을 돌렸지만, 이미 문은 굳게 닫혀 있었다. 무엇이 그리 재미난지 도망가는 발걸음과 함께 웃음소리가 들려왔다. 설마 하는 마음으로 눈을 돌리자 도윤의 놀란 얼굴이 보였다.

길게 늘어뜨린 치마도, 얼굴을 완전히 뒤덮은 분내도 전부 어색했다. 하물며 길게 푼 머리카락은 무겁게 어깨에 늘어지기까지 했다.

지금까지 있었던 수많은 위기 중에 지금이 가장 크게 느껴졌다.

"그럼 소인은 이만 물러나겠습니다."

루주가 나가려는 틈으로 비설이 빠져나가려 했지만 기녀들만큼이나 루주도 쉽지 않은 사람인지 본인만 쏙 빠져나갔다.

"세상에."

굳게 닫힌 문을 보던 비설이 숨을 길게 내쉬었다.

암담한 눈이 입고 있는 분홍색의 비단옷을 천천히 바라보았다. 여인의 옷이라니, 손에 검을 잡은 이후로는 단 한 번도 입지 않았다.

오랜만에 입은 비단옷의 감촉은 보드라운 게 아니라 무서우리만큼 불편하고 피가 말랐다.

"폐하. 이게…… 그러니까."

"그게 뭐?"

고운 몸의 태와 얼굴을 가지고 있는 것은 알았지만 막상 직접 마주하니 눈을 뗄 수 없었다. 길게 늘여진 치마를 불편해하는 모습조차도 갓 피어난 꽃처럼 고왔다.

몸에 얼굴을 묻고 체향을 맡으면 꽃향이 날 것처럼 비설의 미모는 꾸민 만큼이나 빛이 났다.

"분명 옷만 주면 소인이 알아서 입겠다고 했는데 말입니다."

움직일 때마다 살짝살짝 비치는 얇은 옷이 미치도록 불편하고 신경 쓰였다. 숨을 내쉬고 들이마실 때마다 조금씩 보이는 피부에 입술이 말랐다.

도윤이 앉아 있으니 그나마 다행이었지만 언제 다가올지 알 수 없다. 그 전에 이 문제의 문을 열고 되돌아가야 한다!

"소인. 옷만 갈아입고 오겠습니다."

도대체 문에 무슨 짓을 했는지 아무리 힘으로 밀고 당겨도 꿈쩍도 하지 않았다. 반대편에 지키는 사람도 없는데 왜 이 문이 열리지 않는 것인가!

"그 문 여는 게 쉽지 않을걸. 그래 봬도 내가 직접 보낸 사람이거든."

"……저 기녀들이 말입니까?"

"응."

연도윤의 영향력은 어디까지인지 이제는 기가 막히다 못해 무섭기까지 했다. 저 마수가 어디까지 뻗쳐 있는지 가늠조차 되지 않았다.

"오늘 참."

"뭐?"

"아닙니다. 혼잣말이었습니다."

하루는 너무나도 길었고, 별의별 모습을 다 보여 주는 날이었다. 도윤의 품에서 분노를 터트린 것이 오전이었건만, 이제는 여인의 옷을 입고 한방에 같이 있었다.

그의 품에서 어린아이처럼 울음을 터트린 것만으로도 얼굴이 화끈거리고 그냥 꿈이었기를 바랐지만, 현실은 그저 부끄러운 기억일 뿐이었다.

연도윤을 완전히 피할 수는 없겠지만, 최소한 지금은 어떻게든 도망가서 혼자 있고 싶었다.

"저 문, 내가 열라고 하기 전까지는 절대 안 열릴 거야."

절대 문을 열라는 말을 하지 않겠다는 소리로 들리는 것은 그녀만의 생각일지도 모른다. 잠깐의 분위기에 휩쓸려 도윤을 따라 나온 것이 큰 실수였다.

"이 옷도 폐하께서 노리신 것입니까?"

"음. 노린 건 아니지만 이곳의 루주는 실력만큼이나 눈치도 좋거든. 덕분에 몇 번이나 구명받았었지."

한숨을 내쉬는 비설을 보며 도윤이 웃음을 삼켰다.

워낙 태가 고운 것을 알았기에 기대를 한 것도 있었지만, 그가 생각한 것보다도 더 비설의 모습에서 시선을 뗄 수 없다.

"어차피 안 열리는데 앉아 있는 게 낫지 않겠어?"

온종일 그에게 휘둘렸는데 또다시 잡아 잡수라는 마음으로 그에게 갈 수 없다. 그렇다고 피하자니 도윤이 알아서 다가올 것이다.

결국 그녀의 선에서 가능한 만큼만 다가간 비설이 꼿꼿이 허리를 세우고 앉았다. 비단옷을 입고 있어도 비설의 자리는 호위일 때와 별반 차이가 없었다.

그녀다운 행동에 도윤이 고개를 저으며 창밖으로 시선을 돌리자 비설 또한 눈을 창으로 향했다. 조금은 기세가 꺾일 것 같았던 비가 끝도 없이 쏟아졌다.

"비가 그쳐야 움직일 텐데요."

"때가 되면 알아서 그치겠지."

"다들 걱정할 것입니다."

"알아서 기다리겠지."

걱정스럽게 창밖을 바라보는 비설을 도윤이 물끄러미 바라보았다.

길게 늘어뜨린 머리카락은 만지면 녹을 듯 부드러울 것 같았다. 얇은 비단옷으로 가린 작은 몸이 옅게 떨렸다. 머리를 말리고 옷을 갈아입어도 추위가 가시지는 않았을 터, 어차피 쏟아지는 비로 발이 완전히 묶인 후였다.

"여기까지 온 거 가까이 와."

걱정스럽게 보던 비설의 눈에 힘이 들어갔다.

참으로 경계심이 무척이나 많은 아가씨였다. 한두 번도 아니고 어차피 저리 안 와도 자신이 그녀에게 간다는 것을 알면서도 한 번은 꼭 손이 가게 했다.

"아까 그 여인이 다시 오기라도 하면!"

"감히?"

우문에 현답이 나왔다. 황제가 쉬는 침소에 어느 누가 문을 열고 들어온다는 말인가? 하물며 직접 도윤이 뽑은 사람이라면 더 훤했다.

어영부영 다가오니 답답한 도윤이 먼저 비설을 품에 안았다. 아니라고 하면서도 안겨 있는 몸이 추위에 오들오들 떨고 있었다. 그의 체온을 나눠 주듯 비설을 눕힌 옆자리에 도윤이 누웠다.

"폐하."

"이러고 있으니 나른하네."

그녀의 몸에 찰싹 붙어서는 늘어지는 숨을 내쉬는 모습이 영락없는 고양이였다. 만지면 기분 좋은 소리를 낼 것 같다.

연도윤과 엮이면서 본의 아니게 사내와 이리 한 침상에 눕는 일이 종종 일어났다.

"폐하."

"음?"

"소인과 약조 하나만 해 주십시오."

나른하게 누워 있던 도윤이 비설을 향해 감았던 눈을 떴다.

아직 그녀도 연모를 제대로 하지는 못했다.

운형의 감정은 일방적이었고, 도윤이 주는 감정은 어색했다. 이기적인 선택이었지만 처음이자 마지막으로 비설은 자신을 위해 짊어졌던 책임을 외면했다.

"제 가문과 저와 연관된 일에 더는 거짓말을 하지는 말아 주십시오."

"음."

"폐하의 큰 그림을 소인 따위가 어찌 알겠느냐마는 그 그림에 또다시 제 오라비가, 제가 연관이 되는 일이라면 미리 알려 주십시오. 그리 약조만 해 주신다면 폐하께서 말씀하시는 연모라는 것

431

을…… 저도 해 볼까 합니다."

조심스럽게 나오는 말에 심장이 떨렸다.

원하고 또 원했지만 얻지 못했던 감정이 드디어 제 손에 들어왔다. 조건이 붙는 연모였지만, 비설의 성격을 생각하면 이 정도면 큰 성과였다.

"이리 품 안에 있는 채로 이러면 곤란한데. 진짜 설레잖아."

남은 큰맘을 먹고 꺼낸 말이었지만 도윤은 또 아무것도 아니라는 듯이 저리 답했다. 제대로 답하라며 소리를 높이려는 순간 도윤이 비설의 허리에 팔을 감고 얼굴을 묻었다.

"그럴게."

"약조하셨습니다."

"응."

도윤의 약조에 비설이 떨리던 숨을 길게 몰아쉬었다. 비설의 품에 얼굴을 묻은 채 도윤이 나른한 숨을 내쉬었다.

"선물은 언제나 기분이 좋아."

도윤이 좋아하니 비설의 입가에도 미소가 생겼다. 그녀에게 맞아 붉게 부어오른 뺨을 보던 비설이 조심스럽게 도윤의 뺨을 감쌌다. 비설의 손길을 느끼며 도윤이 기분 좋은 숨을 내쉬었다.

혼란도 좋았지만, 빗소리를 배경 삼아 함께 있는 이런 때도 좋았다.

그새 잠이 든 도윤을 비설의 손이 오랫동안 어루만졌다.

❋❋❋

비가 그치면 바로 돌아갈 줄 알았던 도윤은 그 후에도 며칠 더 기루에 머물렀다.

그 덕분에 본의 아니게 비설 또한 기루에서 머물게 되었다. 기녀와 대화를 나누는 것도, 기루에서 머무는 것도 처음이었지만, 새로운 경험인지라 생각보다 재미있었다.

"비가 그친 지 사흘이 넘었습니다."

모처럼 서책을 보던 도윤이 무슨 소리냐는 듯이 턱을 괴고 비설을 바라보았다.

연한 색의 비단이 어울리니 하늘색으로 입혀도 되냐는 기녀의 물음이 문득 떠올랐다. 제법 고울 것으로 생각해 마음대로 하라고 허락했더니 비설은 정말 하늘색 비단옷을 입고 나타났다. 그녀는 분홍색보다도 하늘색이 더 어울렸다.

"그러게."

"제 호위복이 아무리 젖어 있었대도 이젠 충분히 말랐을 거라고 생각합니다."

"그렇겠지?"

"그런데 왜 자꾸 이런 비단옷을 입히시는 것입니까!"

비설의 항명에도 도윤은 미소를 지을 뿐 모르쇠였다.

속이 부글부글 끓고 열불이 터졌지만 아쉬운 사람은 도윤이 아니라 비설이기에 치미는 분노를 참아 냈다.

긴 치마는 다리에 엉기고, 길게 늘여뜨린 머리카락은 움직일 때마다 치렁치렁하게 어깨에 달라붙었다.

첫날에야 어영부영 입을 것이 없다 하니 비단옷을 입었지만, 아무리 기다려도 기다리는 옷은 나오지 않고 졸지에 평생 입을 비단옷을 이번에 다 입게 될 것 같은 불길한 기분만 내내 들었다.

"이리 와."

기대도 안 했지만, 역시나 회피하는 답에 비설이 한숨을 내쉬었다. 어차피 반항해도 도윤이 올 것이니 차라리 그냥 가는 게 맞았다.

일정 거리를 두고 정자세로 앉았던 비설의 옆으로 서책을 가져온 도윤이 몸을 기댔다. 싫다는 사람 툭하면 안더니만, 이제는 의자의 등받이라도 되라는 것인가!

"폐하."

"딱 맞네."

"비가 그치면 당장 돌아가신다고 하셨습니다."

"지금 돌아가면 또 사냥을 해야 하거든. 짐이 며칠만 더 버티면 무고한 생명이 죽을 일은 없지 않겠느냐? 그리고 지금이 아니면 또 언제 이렇게 놀아 보겠느냐?"

말과는 달리 도윤이 기루에 있는 동안 몇몇이 찾아왔다. 비설이 여인인 것을 들키면 안 되었기에 손님이 오면 그녀가 알아서 자리를 피했다.

모습을 드러낼 수 없어서 답답한데, 한번 만들어진 자리는 무슨 이야기가 나오는지 더 궁금하게 할 정도로 길게 이어졌다.

"흐음."

그녀의 직위가 정치와는 상관없는 호위였지만 그럼에도 종종 도윤이 하는 일이 궁금해질 때가 있었다.

그녀가 뭐라고 하든 상관없이 몸을 기댄 채 도윤이 다시 서책을 펼쳤다.

"이건……."

서책에 꽂혀 있던 문양을 우연히 보게 된 비설이 눈을 좁혔다.

"아는 것이냐?"

부정하듯 고개를 저은 것도 잠시, 비설이 도윤의 서책에 있던 문양을 집어 들었다. 말없이 문양을 보던 비설이 도윤에게 손에 들고 있던 것을 넘겼다.

"확신은 못 하겠습니다."

예전의 그녀였다면 모른다며 부정했을 것이다. 좀 더 채근하면 답을 들을 수 있겠지만 지금은 그녀의 소소한 변화가 주는 즐거움이 우선이었다.

서책을 다시 덮은 도윤이 비설의 허리를 붙잡고는 벌러덩 누웠다. 다리에 누운 도윤에 비설의 몸이 굳은 것도 잠시, 조심스러운 손이 도윤의 뺨을 감쌌다.

"역시 어색하네요."

무슨 소리냐는 듯이 도윤이 그녀를 바라보았다.

그가 물끄러미 바라보면 입이 마르고 심장이 떨렸다. 타인을 보는 이 사내의 눈이 어떤지 알기에 저 시선의 차이가 그녀를 떨리게 했다.

"마음을 먹기는 했지만 연모를 해 보기는 처음이라서 말입니다. 많이 어색하고 부족합니다."

"흐음. 나보다는 낫네."

도윤에게는 처음인 이 순간이 생각한 것보다도 나쁘지 않았다. 수줍게 보여 주는 표정도 좋았고, 살짝 오른 홍조도 모두 도윤만의 것이었다.

비설의 급한 마음은 알았지만, 도윤은 이 좋은 순간을 고작 나라의 행사 따위와 바꾸고 싶지 않았다.

"돌아가면 혼란일 것이다. 곧 갈 테니 너무 재촉하지 마."

그의 말이 틀린 것은 아니었기에 반문하는 대신 도윤의 손을 붙잡았다. 연모를 속삭이는 간드러진 목소리나 상대를 유혹하는 달

435

금한 목소리는 없었지만, 손을 잡고 담담하게 대화를 이어 가는 것만으로도 충분했다.

며칠 후, 도윤을 따라 비설이 황궁으로 돌아왔다.

운형의 물음이 이어지고, 세화의 표독스러운 태도는 이어졌지만, 언제나처럼 비설은 잘 넘기고 참아 냈다.

'연모가 계산으로 되는 건 아니지 않은가?'

그녀의 연모는 여전히 어색하고 부족했지만, 그럼에도 도윤과는 함께할 신뢰가 조금씩 생겨났다.

정해진 것은 없었지만, 그래도 지금의 상황도 괜찮다는 생각이 천천히 들기 시작했다.

十章. 숨 막히도록

규한이 다가오자 비설이 몸을 숙였다.

언제나 그렇듯 말없이 나타난 그는 예를 갖춘 비설을 응시했다. 따로 일을 맡았는지 알 수는 없었지만, 최근 규한을 보는 일이 쉽지 않았다.

"폐하께서 기다리네."

"지금 가 보겠습니다."

"그리고……."

평소였으면 할 말만 하고 보냈을 규한이 비설을 붙잡자 규정전으로 돌렸던 몸을 다시 돌렸다. 말없는 이가 평소보다 더 뜸을 들이자 비설이 고개를 갸웃했다.

최근 부딪힐 일이 없었던 것을 생각하면 규한에게 한 소리 들을 짓은 하지 않았다. 그나마 마음에 걸리는 일이라고는 도윤이었지만, 내시감 외에는 아는 사람도 없었다.

"편하게 말씀하십시오."

"폐하께서는 우리의 주군이시니 충성을 맹세하는 것은 당연하지만 틀리다고 생각한 일에 모든 것을 걸 필요는 없네."

"네?"

"판단을 잘해야 한다는 것이네."

지금까지 보아 온 규한과는 사뭇 달랐다. 무슨 일이 있었기에 저런 말을 꺼내는지 알 수 없었지만, 틀린 말은 아니었기에 비설이 다시 몸을 숙였다.

"조심하겠습니다."

비설의 답을 들은 규한이 용건이 끝났는지 주저 없이 반대 방향으로 몸을 돌렸다.

규한이 사라진 후, 규정전으로 가려는 그녀가 만난 사람은 또 오랜만에 보는 채현이었다.

"혹 두 분이 같이 다니십니까?"

"음? 무슨 소리인가?"

"녹의군장님을 뵙자마자 부군장님을 뵈니 드는 생각입니다."

여전한 입담에 채현이 웃음을 터트렸다. 비설에 대해 많은 것을 알지는 못했지만 종종 저리 나오는 모습이 여인임에도 불구하고 상대하기 편했다.

"부군장님께서는 어디 가시는 길이십니까?"

"음. 내 일은 끝났네. 자네 덕분에 말이지."

"네?"

"난 요즘 무척이나 행복하다네."

얼굴에 노골적으로 보이는 표정에 비설이 눈썹을 꿈틀댔다. 연도윤이라는 사내에게 내내 당하다 보니 본의 아니게 눈에 들어오

438

는 게 있었다. 저런 표정으로 꺼내는 말은 대부분 비설에게 심각하게 안 좋았다.

"폐하께서 자네를 곁에 두니 딴짓하기 딱 좋거든."

속을 확 뒤집거나 열불이 터지는 일 중의 하나였건만, 이번 경우에는 둘 다였다.

채현의 시간이 딴짓을 할 정도로 남아도는 동안, 비설은 하루가 어떻게 가는지 모를 정도로 바빴다. 그 원인의 9할은 다른 사람도 아닌 도윤이었다.

"약 올리십니까?"

"응."

"딱 한 대만 힘껏 쳐도 되겠습니까?"

극과 극의 사람을 연이어 만나니 느는 것은 의문이고 치미는 것은 분노였다.

비설의 엄포에도 채현은 무엇이 그리도 즐거운지 내내 허허실실이었다. 한 대 친다고 맞아 줄 인간도 아니었기에 비설이 주먹을 쥐는 대신 고개를 저었다.

"그러다가 황궁 호위에서 잘리십니다."

"음. 나는 기반이 단단해서 말이지. 삶이 심심하신 폐하께서는 일을 저지르는 날 쉽게 자르지는 못하실걸세."

너무 당당하게 말하니 반박할 말도 생각나지 않았다.

당해 낼 수 없다는 듯이 고개를 저은 비설을 물끄러미 보던 채현이 주변을 빠르게 살폈다.

"가장 안정적일 때가 흔들릴 때지. 그때 중심을 잘 잡으면 휩쓸리지 않을 것이네."

"무슨 소리입니까?"

"그냥…… 자네를 주변에서 영 가만두지를 못하는 거 같아서 말이야."

"그 안에 부군장님도 있으신 것 같습니다."

한 방 날리는 대답에도 채현은 조금의 흔들림도 없었다. 저기서 더 물어봤자 채현은 제 할 말은 끝났다며 말을 끝낼 이였다.

"조금 쉽게 이야기 해 주시면 안 되겠습니까?"

뒤늦게 속마음을 꺼냈지만 그 말을 들어줄 채현은 이미 사라진 후였다. 혼자 하소연을 해 봤자 상황이 달라질 것도 아니기에 비설이 규정전으로 다시 걸음을 옮겼다.

비설이 도착했을 때는 규정전에 있다는 도윤은 사라진 후였다. 규정전 내관의 말을 듣고 찾아간 곳은 황궁의 전경이 한꺼번에 보이는 궁 앞이었다.

어린 궁녀부터 나이 든 내관이 부지런히 걸어가는 모습까지 도윤의 눈은 하나도 놓치지 않았다. 그러고 보면 도윤은 스스로 만든 혼란에서 빠져나오면 홀로 시간을 보내는 일이 자주였다.

"부르셨습니까?"

정면을 향했던 눈이 비설을 향하자 기다렸다는 듯이 내시감이 내관과 궁녀를 뒤로 물렸다. 멀찍이 거리를 두고 떨어진 내시감을 제외한 내관과 궁녀가 모두 물러난 다음에나 도윤이 가까이 오라며 손짓했다.

"심심하지 않나?"

"네?"

날은 날인 듯싶다. 만나는 사내 셋이 서로 말이라도 맞춘 것처럼 의뭉스럽게 물음을 던지니 이제는 무슨 의도인지 고민하는 것도 힘들 지경이었다.

답을 알 수 없는 대답은 안 하면 그만, 비설이 다가오자 도윤이 빙긋 입꼬리를 올렸다.

참 보기 좋은 미소이지만, 무척이나 무서운 미소이기도 했다.

"황궁이 편안하니 호위가 할 일도 없지 않나?"

"그건 폐하만의 생각이실 수 있습니다."

아무래도 이 황궁에서, 특히 비설과 주변의 사람 중에서 가장 바쁜 사람은 자신인 것이 분명했다. 잊지 않고 오는 숙제에, 황궁 호위로서 해야 할 일에, 주기적으로 올려야 하는 문서에 아무리 비설이 부지런해도 상황은 힘들었다.

"당장 숙제만 좀 줄여 주셔도 전 너무나도 편안해질 듯합니다만."

"얼마 없잖아?"

울컥 화를 내려던 비설이 내시감의 시선을 느끼고는 억지로 미소를 지었다.

이 힘든 상황의 원흉이 누구인데 저리 태연하게 답한단 말인가. 황궁 호위 일만 했다면 충분히 했을 일이었지만, 근본적인 문제는 분명 다른 것이었다.

"제 방은 폐하의 침소가 아니란 말입니다."

지친 몸을 이끌고 침소에 와도 도윤이 먼저 와서 냉큼 누워 있으니 일찍 잠들 수도 없었다. 침상이 넓다느니 침소에 혼자 자기 무섭다는 말을 계속해 댔으니 차라리 얌전히 잠이나 들었으면 자신은 숙제라도 했을 것이다.

심심하다며 다가오는 것도 모자라 춥다며 툭하면 비설을 안고 잠드니 쌓이는 것은 숙제요, 느는 것은 도윤이 보내는 새 책이었다.

"세상에 별의별 책이 다 있다는 것을 폐하 덕분에 알게 되었습니다."

비설의 말이 계속될수록 도윤의 입가에 즐거운 미소가 생겼다. 그가 즐거우면 자신도 기분이 좋았지만, 그녀 자체가 놀림감이 되어서 그를 즐겁게 해 주고 싶지는 않았다. 솔직히 저렇게 웃을 때의 도윤은 한 대 꽉 쥐어박고 싶었다.

"혹 심심해서 부르신 것입니까?"

"심심하니까 보고 싶고, 보고 싶은 김에 마침 좋은 기회도 왔고 말이지."

"네?"

"서문의 재미없는 축제는 봤고, 이제는 주의 축제도 봐야지. 저녁에 사람을 보낼 테니 따라 나오거라. 그런데……."

이번에는 무슨 수작을 하려고 저리 말을 흐리는 것일까?

할 말이 있으면 어서 하라는 듯이 비설이 다가온 순간 도윤이 그녀를 자신의 품으로 끌었다. 훅 밀려오는 체온에 숨이 막힐 것 같다. 서둘러 빠져나오려 도윤의 어깨를 붙잡았지만, 도리어 비설의 손을 붙잡은 그가 손바닥에 입술을 맞추었다.

"누가 보면 어쩌려고 이러십니까!"

다급히 말하던 비설이 떨어져 있는 내시감을 연신 흘깃거렸다. 무엇이 그렇게 무서워서 눈치를 보는지 모르겠다.

"황제가 남색에 취했다는 소문이 돌겠지. 기왕 소문이 난 김에 제대로 하자."

익숙한 예감이 언제나 그렇듯 경고를 보냈다.

적당히 하라고 해도 이미 도윤은 재미가 들린 후였다.

442

왁자지껄한 목소리만큼이나 화려한 옷매무새의 사람들이 거리를 가득 채웠다. 도성의 사람이 전부 다 모인 것처럼 복잡한 가운데 비설이 도윤을 향해 눈을 좁혔다.

"폐하."

"잘 어울린다."

내관 한 명만 대동한 채 나온 도윤은 불편한 비설과는 달리 너무나도 편안했다. 새삼 느끼는 것이지만 용포를 입었을 때나 벗었을 때나 황제로서의 그는 그다지 차이가 없었다.

미소는 여유로웠지만, 분위기는 범접하기 어려웠다. 만났을 때부터 다가가면 안 된다며 머리에 경고가 울렸던 사내를 어쩌다가 마음에 담게 되었는지 다시 생각해도 모를 일이었다.

"진짜 이러다가 걸리면 어찌하려 하십니까?"

또 비단 치마였다. 다른 건 참을 만했지만, 다리에 감기는 비단의 미끄러지는 듯한 감촉은 적응이 되지 않았다.

"생각보다도 잘 어울리겠다."

조금 전에 어울린다고 했었던 말과는 조금은 다른 어조였다. 눈을 좁히며 말뜻을 이해하려 했던 비설이 고개를 저었다. 저 사내의 말을 이해하려 머리를 쓰니 그냥 물어보는 게 몇 배는 편했다.

"무엇이 어울리신다는 것입니까?"

"오늘 입은 녹색도 제법 잘 어울리니 붉은 비단도 잘 어울리지 않겠느냐?"

어지간한 일에는 무뎌졌다고 생각했건만, 이번만큼은 표정 관리가 되지 않았다.

아무리 여인들의 복색이 화려한 주었어도, 도윤이 말하는 붉은 비단을 입을 수 있는 사람은 하나뿐이었다.

혼인은 전혀 생각하지 않았다.

도윤의 큰 그림을 알지는 못하지만, 연모조차 믿지 않은 그 또한 혼인을 생각했을 리는 없다고 믿었다. 그저 농담이다. 마음을 열고 그에게 다가가기는 했지만, 그 이상을 꿈꾸거나 바라지는 않았다.

비설이 그 자리에 굳은 듯이 멈춰 서자 도윤이 손을 내밀었다.

"아!"

수많은 사람들은 보이지 않았다.

그저 보이는 사람은 손을 내민 도윤뿐이었다. 아직 준비도 되지 않은 상황에 저 손은 무슨 의미라고 생각해야 할지 당혹스러웠다.

"내 웅묘가 이렇지."

도윤이 손을 내밀자 뒤에서 대기하던 내관이 들고 있던 것을 옆으로 가져왔다. 내관이 가져온 것을 집어 든 도윤이 비설의 머리에 씌우자 환했던 배경이 순간 얇은 천에 가려졌다.

어깨까지 길게 늘여지는 너울을 도윤이 깔끔하게 정돈해 주었다.

"이제는 다른 사람의 눈을 좀 덜 걱정해도 되겠지."

"……."

"지금의 일은 지금부터. 앞으로의 일은 나중에 걱정하면 될 터, 나는 여인과 이렇게 다녀 보기는 처음이란다."

"……."

"나름 긴장 중인데 처음 좀 잘 받아 주면 안 되겠느냐?"

전혀 긴장하지 않은 얼굴로 저렇게 말하니 전혀 와닿지 않았다. 정해지지 않은 미래도, 앞으로 그와 있을 일도 결국은 도윤의 말대로 나중에 걱정하면 될 것이다.

"우리도 좋은 구경 하러 가 보자."

도윤의 손을 붙잡자마자 비설을 자신의 옆으로 끌어왔다. 거리를 두고 시선을 마주할 때와 바로 앞에 와 있을 때는 전혀 달랐다.

안 그럴 것 같은 사내가 작정하고 달려드니 치미는 열기에 먼저 타 버릴 것 같았다.

"곱다."

결말을 알 수 없는 이 감정에 욕심이 생겼다.

운형에게 자신은 어울리지 않는다고 생각했기에 연모를 품기만 했을 뿐, 내색조차 하지 않았었다. 그런데 도윤은 운형의 조건과는 비교조차 할 수 없는 절대적인 위치에 있는 자였다.

'내가 받아서는 안 되는 감정일지도 모른다.'

도윤이 주는 연모가 얼마나 위험한 것인지는 비설이 더 잘 알고 있었다. 그걸 알면서도 지금만큼은 이성보다는 감정이 더 앞세워졌다.

'잠깐이라도, 찰나라도 상관없다.'

일곱 살 이후로 내내 사내로 살아온 그녀에게 이런 욕심은 너무나도 낯설었다. 이기적이고 제멋대로일지도 모른다. 일방적으로 오는 감정에 설레어 잘못된 생각을 하는지도 알 수 없었다.

그럼에도 불구하고…… 처음이자 마지막으로.

지금만큼은 도윤에게 여인으로 보이고 싶었다.

❋❋❋

축제 분위기는 서문과 확실히 달랐다.

평민도 있었지만, 귀족으로 보이는 이들도 제법 많았다. 광대의 공연을 보며 지르는 탄성과 웃음이 거리를 가득 메우고, 기회를 잡아 한몫 챙기려는 상인들의 호객 행위에 몇 걸음 가기도 전에 발이 잡히기도 했다.

거리를 두고 따라오던 내관까지도 사라진 후, 비설이 주변의 기척을 살폈다.

"이렇게 다니셔도 됩니까?"

"뭐가?"

"언제나 호위 없이 다니시지 않습니까?"

"너도 있고, 나도 있고."

어리석은 물음에 현명한 답이었다. 틀린 말도 아니었고, 비설은 몰라도 도윤을 해코지할 사람은 없었다. 그러는 사이 도성을 가로지르는 강을 건너는 다리 앞에 도착한 도윤이 뒤따라오던 비설을 향해 몸을 돌렸다.

"자. 아가씨. 가실까요?"

"소인도 건널 줄 압니다."

"알고는 있는데 분위기 좀 맞춰 보지?"

무슨 소리냐는 듯이 비설이 눈을 좁혔다. 그녀에게 알려 주듯 도윤이 턱으로 다른 방향을 슥 가리켰다.

도윤이 가리키는 방향으로 고개를 돌린 비설의 얼굴이 붉게 달아올랐다. 정인과 함께 가는 여인의 얼굴이 행복으로 가득 찼다. 비설보다도 화려한 옷도 옷이었지만, 여인을 돋보이게 하는 것은 간드러진 목소리였다.

단단한 돌다리가 무엇이 그렇게도 무서운지 사내의 팔을 꼭 잡은 채 무섭다며 눈을 질끈 감기까지 했다.

"이 정도 인원으로 무너질 돌다리도 아닌데 말입니다."

하물며 이렇게 사람이 많은 곳에서 주목을 받고 싶은 생각은 조금도 없다.

"다들 얼마든지 건널 수 있는 다리야. 그저 이 기회에 정분도 쌓아 보고 친밀해지자는 것 아닌가?"

"전 혼자 건널 수 있습니다."

의도된 여인의 소란은 있지만, 그래도 조금은, 아주 약간이라도 비설이 자신에게 저렇게 안겼으면 하는 바람도 있었다.

그나마 도윤의 손을 얌전히 붙잡고 걷고 있으니 지금만큼은 이정도 선에서 만족해야 할 듯싶었다.

"아!"

먼 거리에서 다리를 보기는 했지만, 이렇게 직접 건너 보기는 또 처음이었다. 비설의 세상은 운형의 궁과 황궁이 전부였고 그 외의 곳을 다닌 것은 도윤과 함께하면서부터였다.

단단한 돌다리이니 별일은 없을 거라 생각했건만, 막상 다리에 올라오니 바람이 불 때마다 흔들리는 것 같았다. 아무렇지도 않다는 듯이 말해 놓고는 이제 와서 흔들리는 게 불안하다고는 죽어도할 수 없다.

"무너질 돌다리가 아니라며?"

문제는 혼자만의 고민으로 두기에는 연도윤이라는 사내는 너무나도 눈치가 좋았다. 좀 모르는 척해 줬으면 했건만 저 사내는 그녀의 바람과는 언제나 반대로 움직였다.

"내 여인이 이런 건 자신이 없나 보네."

뭐라고 말하려는 순간 다리에서 진동이 좀 더 세게 느껴졌다. 단단한 돌다리가 무너질 거라고는 절대 생각하지 않는다. 그래도 흔들리니 왠지 모르게 긴장이 되는 것도 사실이다.

"사람의 힘으로 어쩔 수 없는 일은 겁이 납니다."

다리에서 아래의 강을 내려다보는 비설의 눈이 옅게 떨렸다. 아니라고 했지만, 도윤을 붙잡고 있는 손에서도 떨림이 느껴졌다. 고작 이런 거로 무섭다고 보고 있으니 왠지 웃음이 터져 나왔다.

"아앗!"

비설의 손을 확 잡아끄니 비틀거리던 여체가 도윤의 품에 안겼다. 시선이 마주하는 순간 놀란 비설과는 달리 도윤의 눈매는 부드럽게 휘었다.

"다른 여인처럼 못 한다더니만 잘하기만 하네."

제힘으로 당겨 안아 놓고서는 비설이 알아서 안긴 것처럼 말하고 있었다. 그의 체온에 심장이 떨리고 마음이 흔들리기도 전에 이번만큼은 열이 확 뻗쳤다.

도윤의 품에서 빠져나온 비설이 터질 듯이 붉어진 얼굴로 치맛자락을 붙잡았다. 긴 치마를 붙잡자마자 비설의 발이 도윤의 정강이를 향해 힘껏 발길질을 했다.

"위험하지 않느냐!"

당장에라도 정강이를 차일 것 같았던 도윤이 몸을 비틀어 공격을 피했다. 연도윤을 향한 연모를 속삭일 때는 속삭이더라도 반드시 오늘만큼은 저 인간의 정강이라도 한 대 후려쳐야 시원한 기분이 들 것 같았다.

방향을 바꾼 도윤을 향해 비설이 다시 발을 뻗었지만, 능숙하게 피한 도윤이 비설의 허리에 팔을 감았다.

"그 정도로는 어림도 없단다."

"언제나 폐하께서 제멋대로 하지 않으십니까?"

"음. 네가 잘 받아 주잖아."

"안 받을 수 없게 만드시지 않습니……."

"비설아."

"……."

"유 호위라며 꼬박꼬박 불러 주는 것도 이제는 귀찮네."

말문이 막히게 하는 데는 기가 막혔다.

이번만큼은 그러지 말라며 말할 수 없었다.

사내 옷을 입은 내내 그녀는 비설이 아니라 비현이었다. 운형이야 비설이라 불러 주기는 했지만, 마음을 연 사내에게서 저런 식으로 불러 보기는 또 처음이었다.

"팔…… 풀어 주십시오."

"그것도 귀찮고."

성격은 모가 날 대로 나서 사람이 부탁하는 말은 단 한 번도 제대로 들어줄 것 같지 않은 사내가 왜 이리 좋은지 알 수 없었다.

자신만 내내 손해를 보는 기분에 비설이 도윤을 흘기듯 보았지만, 정작 당사자는 다른 곳을 보고 있었다.

"아! 시작되었다."

도윤에게 안긴 채, 비설이 다리 밑으로 고개를 내렸다.

다리 아래로 작은 배가 천천히 물살을 가르며 나타났다. 색색의 등으로 장식을 한 배에 탄 사람들이 다리와 밖에 있는 이들을 향해 바구니에 들어 있는 물건을 힘껏 던졌다. 긴 호선을 그리며 날아오는 물건을 받으려 손을 뻗었다.

"아!"

날아드는 물건을 멍하니 보고 있던 비설과는 달리 자신에게 날아오는 것을 도윤이 잡아냈다. 손에 잡힌 물건을 흘깃 본 도윤이 비설에게 그것을 건넸다. 가까이 가져가는 것만으로도 달금한 향이 나는 천도복숭아였다.

손에 가득 담기는 붉은빛의 그것이 보는 것만으로도 맛있어 보였다. 자신도 모르게 도윤에게 받은 천도복숭아를 감쌌다.

"1년 중에 물의 기운이 가장 강한 날이라더군."

"네?"

"물의 가호를 받은 뱃사공이 던지는 것을 받으면 한 해의 복을 다 받는다고 하더군."

"그 사실을 믿으십니까?"

"안 믿어서 손해 볼 것도 없지 않은가?"

복을 준다는데 안 믿을 것도 없었다. 하물며 이렇게 고운 천도복숭아는 처음 보았다. 두 손으로 꼭 쥔 채로 다시 향을 맡은 비설의 입가가 부드럽게 휘었다.

"안 먹어?"

평화는 짧고 도윤은 감수성의 '감' 자도 제대로 즐기지 못하는 미친 자였다. 복이라며 줄 때는 언제고 먹으라니, 이 고운 천도복숭아를 또 어찌 먹는다는 말인가?

비설이 두 손으로 천도복숭아를 감쌌다.

"그래도 복인데 어찌 먹는단 말입니까?"

"그러다가 좋게 받은 복 다 썩는다."

혼자 미쳤으면 좋으련만, 도윤은 꼭 분위기 파괴를 비설과 함께 하려 했다. 조금은 간직하며 추억이라도 새기고 싶었지만, 지금 이 복숭아를 먹지 않으면 복이 썩는다며 도윤이 먹어치울 참이었다.

아사삭.

복숭아는 딱딱했지만, 무척이나 달았다. 아사삭 소리를 한 번 더

450

깨물자 천도복숭아에서 나온 과즙이 손가락에 묻어 나왔다. 약간은 말랐던 입술이 복숭아의 과즙에 촉촉해졌다.

도윤은 애초 먹을 생각이 없었지만, 막상 비설이 맛있게 먹는 모습이 보니 입맛이 돌았다.

"야박하게 혼자 먹네."

복숭아의 단맛에 기분이 좋아졌던 것도 잠시 도윤의 말에 비설이 눈을 좁혔다.

"저에게 주셨으니 이건 제 복이지 않습니까?"

"아. 그래서 독식하시게?"

"……."

"내 호위는 엄청 욕심이 많았네."

줄 때는 언제고 이제는 또 달라고 하였다. 아무리 그래도 먹은 걸 주자니 내키지 않았지만, 이미 작정하고 복숭아와 비설을 보는 도윤은 그녀의 말 따위 귓구멍에도 쑤셔 넣지 않을 기세였다.

하는 수 없이 두 입을 먹은 천도복숭아를 도윤에게 내밀자 도윤이 얼굴을 숙이고 복숭아를 베어 물었다.

아삭.

복숭아를 베어 먹은 도윤이 비설의 손을 붙잡았다.

"아! 폐……."

터지려는 비명을 비설이 손으로 입을 막았다. 저 미친 자가 복숭아를 먹으라고 했지 자신의 손가락을 먹으라고 했는가!

손가락을 빼려 했지만 그녀의 손을 단단히 붙잡은 도윤이 손가락에 묻은 복숭아 과즙을 하나도 남김없이 핥고 빨았다.

저 사내는 자신을 죽일 셈인 게 분명하다. 사람도 많은 곳에서 숨 한 번 제대로 내쉴 수 없었다. 숨을 쉬지 못해 얼굴이 하얗게 질

렸지만, 도윤은 손을 놔주기는커녕 과즙이 전부 사라진 손가락을
다시 빨았다.

"저, 저, 저, 저, 저……."

"달아."

"그러니까…… 과, 과일만 드시면 되지 않습니까!"

부끄러움과 열기가 정수리까지 가득 찬 다음에나 막혔던 입이
간신히 열렸다. 이쯤 되면 귀족에게 걸리는 일을 걱정할 때가 아니
라 이 상황, 그러니까 무슨 복숭아 대신 손가락을 과일 삼아 빨아
먹는 이 사내부터 말려야 했다.

"흐읏!"

비설의 다급한 말에 대답하는 대신 검지를 깨물었다.

멀지 않은 과거에 봤었던 진지한 눈빛이 그에게 다시 스며들었
다. 장난기라고는 전혀 남아 있지 않은 눈빛이 비설의 온몸을 옥죄
고 숨 막히게 했다.

맹수에게 잡힌 초식동물 같은 상황이었지만, 모순되게도 이 상
황에서 도망치고 싶은 생각은 들지 않았다.

"여기는 더 달 거 같아."

손을 붙잡은 채로 도윤이 비설의 입술로 다가왔다. 젖은 입술 위
에 뜨거운 숨이 먼저 닿았다. 입술에 닿는 숨에 적응하기 전에 숨
소리와는 비교도 할 수 없는 열기가 입술에 닿았다. 입술에 묻어
있던 복숭아 과즙이 사라져도, 닿은 입술은 떨어지는 대신 더 밀착
해 왔다.

닫혀 있던 입술이 열리고, 숨이 엉켰다. 누구의 복숭아인지 모를
향이 입안을 가득 채웠다. 허기를 채우듯 달큼한 타액을 한입에 삼
킨 도윤이 과즙이 남은 입술을 한입에 머금었다. 이를 세워 입술을

452

살짝 깨물자 힘겹게 나오는 숨이 얼굴에 닿았다.

도윤의 기세에 비설의 몸이 난간으로 밀리자 동시에 허리에 감은 팔이 그녀를 그에게 끌어왔다.

수많은 사람도, 다리의 떨림도 더는 느껴지지 않았다. 그녀를 지배하는 건 맹수처럼 그녀를 먹어치우고 있는 사내의 기운뿐이었다.

❋❋❋

"죄송합니다. 운정공."

"괜찮다. 천천히 가라."

마차 안에 있던 운형이 닫았던 창을 열었다.

도성에 축제가 있을 것이라고는 생각하지 못하고 나온 것이 실수였다. 급하게 용무를 마치고 서둘러 움직였지만, 이미 도성은 축제를 즐기러 나온 사람들로 가득 차 있었다. 수선스러운 것을 싫어하는 운형이 열었던 창을 닫으려 했다.

"멈추어라!"

운형의 고함에 마부가 다급히 말을 멈추었다.

반쯤 열린 너울 사이로 보이는 모습뿐이었지만 분명 비설이었다. 그런 비설 앞에 있는 사람은 용포만 입지 않았을 뿐, 도윤이었다.

정상적인 감정이 없는 사내의 연모를 배우겠다는 말을 운형은 믿지 않았다. 설령 연모를 하게 되더라도 어울리지 않기에 오래가지 않을 것이라 믿었었다.

그런 운형의 생각을 비웃기라도 하는 것처럼 눈앞에 보이는 둘은 너무나도 잘 어울리는 한 쌍이었다.

'짐의 사람이고, 짐의 여인이다.'

인연이 닿아서 데리고 있었던 아이였다. 작은 몸으로 살아 내겠다며 아등바등 매달리는 모습이 안타깝고 애잔하여 곁에 두고 마음을 주었을 뿐이다.

그의 곁에서 아이는 배워 나가고, 강해졌고 중심을 잡게 되었다. 비설의 변화에 즐거워하고 변하지 않는 비설의 성정에 안심하며 더욱 깊은 신뢰를 주었다.

그런데 검을 잡고 사내들과 싸우면서 제 손의 먼지와 상처조차 제대로 추스르지 못하던 그 아이가 어느새 사내와 마주하며 미소를 짓고 있었다.

'너는 연모를 외면하지.'

도윤이 생각하는 것과 운형의 감정은 다르다. 그렇기에 도윤의 생각은 잘못되었다며 부정할 수 있었다. 가여운 삶을 힘들게 버텨 낸 비설을 가벼운 마음으로 흔드는 것만큼은 절대 해서는 안 된다고 생각했었다.

"폐하께서는 널 어찌 흔든 것이냐?"

운형이 믿지 않고 외면한 사이, 도윤은 어느새 비설의 바로 앞까지 와 있었다. 그리고 마냥 어리고 지켜 줘야 할 아이였던 비설은 여인의 얼굴로 도윤을 마주하고 있었다.

"연모가 아니었다."

아직 운형에게는 해야 할 일이 있었다.

평생을 바라 왔던 꿈이 앞에 있었다. 이런 중요한 상황에서 도윤의 말에 흔들릴 이유도 없었고, 비설을 보며 당황할 이유도 없었다.

"분명 아니었다."

도윤과 함께 있는 비설은 더는 운형의 곁에 있던 그 아이가 아니었다. 운형이 그토록 보고 싶었던 비설의 표정을 도윤이 대신 보고 있었다. 비설이 저 미소를 보여 줄 사람은 다른 사내가 아니라 자신이었다.

"연모였다."

제 감정이 아닌 줄 알았다. 그렇기에 깨달은 순간 밀려오는 허기와 충격에 숨이 막히고 눈앞이 하얬다. 차라리 끝까지 외면할 수 있었다면 이런 끔찍한 감정에 휩쓸리지 않았을 것이다.

"운정공."

비설을 보는 운형의 곁으로 시종이 다가왔다. 하얗게 질린 주군을 걱정스럽게 보던 그가 깊게 고개를 숙였다.

"사도께서 저택에 와 계신다고 합니다."

"……."

"마차를 다른 곳으로 돌릴까요?"

"그대로 가자."

의외의 대답에 놀란 시종이 고개를 든 것도 잠시, 멈췄던 마차가 천천히 출발하였다. 더는 다른 사람들도, 심지어 도윤조차 보이지 않았다. 그 자리를 완전히 지나갈 때까지 운형의 시선이 닿아 있던 사람은 도윤을 보며 흔들리는 비설이었다.

"무슨 일이십니까?"

사도를 마주하는 운형은 언제나 사도와는 말을 섞을 이유가 없다며 돌아가라는 말을 했었다. 그랬던 그가 무슨 일이냐는 말을 먼저 꺼냈다.

원인이 무엇인지는 알지 못했으나 운형의 미묘한 변화를 사도는 감지했다.

"운정공. 마음속 깊이 타오르는 불은 숨기기 어렵습니다. 가라앉히려 애쓰지만 한번 타오르면 진정이 되지 않기 때문이지요."

영악한 늙은이답게 사도는 운형의 변화를 바로 감지했다. 비설을 본 이후부터, 그 비설이 바라보던 도윤과 비설을 보던 도윤의 눈을 마주한 뒤부터 분노와 상실감은 사라지지 않았다.

연모였다.

비설을 향한 감정을 깨달았어도 달라지는 것은 없었다.

이대로 손아귀에서 놓아야 하는가?

"나의 분노와 사도의 숨은 의도가 연결이라도 되어 있습니까?"

운형이 수를 던지자 사도의 머릿속이 복잡하게 움직였다. 하늘은 언제나 자신에게 먼저 기회를 주었다. 준비를 하고 온 사도에게 하늘은 운형이라는 문을 열어 주었다.

"들어와라."

말이 끝나기가 무섭게 문이 열리며 쟁반을 손에 든 시종이 안으로 들어왔다.

사도와 운형의 앞에 같은 찻잔이 놓였지만, 운형의 찻잔에는 갈색의 차가, 사도의 차에는 연한 녹차가 따라졌다.

"예전 선제께서 즐기시던 차입니다. 폐하께서는 드시지 않았지만, 지금까지 황제의 자리에 앉은 이들만이 마실 수 있는 차이지요. 운정공은 이 차를 드실 권리가 있지 않으십니까?"

운형의 시선이 앞에 놓인 차로 향했다.

사도가 말하지 않아도 앞에 놓인 차가 무엇인지는 그가 더 잘 알았다. 윤천이 반역을 일으킨 그날도 그는 부인이 건네는 이 차를 마시고 반역의 검을 높이 들어 올렸다.

"지금 나에게 역모를 꾀하자 하는가."

적의를 담은 운형의 물음에 사도가 크게 웃음을 터트렸다. 한참 동안 박장대소를 터트리던 사도가 자신의 찻잔을 단숨에 비웠다.

"소인에게는 욕심이 있습니다. 그 욕심이 상대와 협력하여 얻을 수 있는 것이라면 적어도 소인 웃으면서 그 앞에 무릎을 꿇을 수 있습니다. 하지만 작금의 폐하께서는 협력의 대가로 소인과 귀족의 목숨을 위태롭게 하고 있지요."

도윤의 감사로 귀족의 삼분지 일이 옷을 벗거나 죄인의 신분이 되었다. 그들을 지키려 했지만 감사의 검 끝이 향한 사람은 사도였다.

자신의 직위와 힘을 지키기 위해서는 그들을 지키는 게 아니라 버리는 것이 맞았다. 살을 베는 기분으로 버린 이들이 사라진 자리에 채워진 이들은 도윤이 오랫동안 준비시켰던 하급 귀족이었다.

"운정공의 그 아이. 십여 년 전에 멸문된 유가의 여식이 아닙니까?"

"이미 알아보고 오신 걸음이지 않습니까?"

"만약 그 아이라면 폐하의 유일한 흠이 될 수도 있음이지요."

"내가 그 모습을 두고 볼 거라 생각하는 것이오?"

제 모습을 보일 듯 말 듯 운형이 사도의 말에 확실한 대답을 주지 않았다.

그렇다고 여기서 물러날 사도가 아니었다. 하늘은 기회를 주었고, 그 기회를 움켜잡을 사람은 자신이었다.

"폐하께서는 선제 폐하보다도 황태후마마를 더 닮으셨던 분입니다. 황태후마마의 성정을 생각하신다면 그분께 검을 들이대는 게 생각하는 것보다도 더 힘든 일이 되겠지요. 그러니 운정공께서 도와주셔야겠습니다."

"……."

"폐하의 자리에 운정공이 앉으시게 될지. 그게 아니면 세력이 꺾인 폐하께서 저희들에게 몸을 숙이게 될지는 아무도 모르는 일입니다. 그저 이대로 귀족과 대립만 하시려는 폐하께 조금은 귀족의 힘을 보여 드리고 싶을 뿐입니다."

"내가 사도께서 원하시는 대로 할 거라 생각하십니까?"

"그래야 운정공께서 아끼시는 그 아이가 살게 될 테니까요."

무릎 위에 올려놓았던 운정의 주먹이 꿈틀댔다. 사도를 만나기 전까지 보았던 모습이 좀처럼 지워지지 않았다.

"분명 그 아이는 절대 건들면 안 된다고 했습니다."

"세화에게 폐하께서 직접 말씀하셨다고 합니다. 그 아이를 황후로 세우겠다고 말이지요. 아직도 그 유비설이라는 여인이 공의 아이로 있다고 믿고 계십니까?"

운형의 약점을 사도가 파고들었다. 도윤의 곁에 있는 비설은 운형이 있는 방향을 단 한 번도 바라보지 않았다.

연모라는 감정을 깨닫자마자 알게 된 사실은 사도가 간파한 것과 같았다.

비설은 더는 운형을 보지 않았다.

"유비현이 실은 유비설이란 여인이고, 폐하께서 총애하신다는 사실을 귀족이 알게 된다면 굳이 소인이 나서지 않아도 그들이 움직일 것입니다. 운정공께서 도와주지 않으신다면 그저 저희들은 가장 효율적인 공격 방법을 찾아야겠지요."

"날 겁박하고자 하는 것입니까?"

"설득하고자 함입니다."

숨을 내쉬는 것조차도 쉽지 않은 팽팽한 분위기가 이어졌다. 탁자에 놓인 차에서 나오던 김은 완전히 사라졌지만, 운형은 물론이고 사도조차 서로를 노려볼 뿐 다른 곳에 시선을 두지 않았다.

'이 감정이 연모라면.'

이룰 방법은 하나뿐이었다. 이 선택의 끝이 어떻게 될지는 알 수 없었지만 하나는 확실했다. 도윤의 앞에서 그런 미소를 짓는 비설을 두 번 다시 보고 싶지 않았다.

운형이 앞에 놓인 차를 단숨에 들이켰다.

운형의 선택에 사도가 깊이 몸을 숙였다.

"저희의 선두에 서 주십시오. 운정공."

❋❋❋

새벽 해가 떠오르는 이른 시간에 내관이 부지런히 궁을 가로질렀다. 해가 완전히 뜨기 전에 빗질하지 않으면 크게 혼이 날 것이다. 하물며 그의 담당인 내관은 잠도 없는지 아무리 일찍 일어나서 달려가도, 꼭 먼저 와서 그를 혼낼 궁리만 해 댔었다. 혼나는 것도 하루 이틀이지, 오늘만큼은 조용히 넘어가고 싶었다.

"죄송합니다! 늦었습니다!"

고개를 푹 숙인 채 들어간 내관이 코를 찌르는 악취에 눈을 찌푸렸다.

"음?"

문 앞에서 멈칫했던 내관이 손으로 코를 막았다. 고민하던 내관이 조심스럽게 안으로 들어갔다. 들어가면 들어갈수록 역겨운 냄새가 더 진해졌다. 손발이 떨리고, 입이 바짝바짝 말랐다. 물러날 수도 없기에 어쩔 수 없이 더 안으로 들어갔다.

"아아악!"

늦은 그를 혼내야 할 내관이 피 웅덩이 위에 쓰러져 있었다. 천장을 향해 뜨고 있는 눈동자를 본 순간 내관이 자리에 주저앉았다.

끔찍하게 난자된 내관의 시신의 몸과 머리에 반듯하게 쓰여 있는 문서가 한 장씩 놓여 있었다.

"사, 살, 살려 주세요!"

뒷걸음질 치던 내관이 비명을 지르며 도망쳤다.

도성에 남아 있는 축제의 여운은 황제의 자질과 주의 미래를 통탄한다는 벽서가 걸리면서 싸늘하게 식었다.

"황제의 기행이 계속되니 나라의 미래가 불안하고 주의 오랜 역사가 흔들리고 있으니 통탄할 일이다…… 폐하께서는 또 웃으면서 넘어가셨겠군."

"도리어 벽서를 가져온 재상께서 더 언성을 세우셨습니다. 서둘러 수습해야 한다는 조언을 하셨지만 사도께서도 아시다시피 폐하께서는……."

"괜찮다고 넘어가셨겠지. 이번에는 폐하께서 무모한 짓을 하셨구나. 마지막 기회였을지도 모르는 일인데 말이다."

사도의 웃음에 채현이 입을 굳게 다물었다.

채현의 반응에도 상관없이 술잔을 비우던 사도의 입가가 올라갔다. 만족스러운 결과가 이루어졌을 때 사도가 짓는 표정이 나왔다. 이번 일은 사도가 생각했던 대로 흘러갈 것이다.

"굳건했던 주가 이제야 움직이려는 것 같구나. 잘했다."

오랫동안 준비했던 판이었다. 완성될 때까지 방심할 수 없었지만, 도윤의 목을 움켜쥘 상황은 만들어졌다.

비설이라는 계집이 아니어도 운형은 이미 도윤의 눈 밖에 나 있었다. 한번 틀어진 이를 도윤은 다시 보지 않았다. 운형이 도윤의 목줄만 잡으면 끝날 터, 이후에는 사도의 세상이었다.

"채현아."

"말씀하십시오."

"누가 황제가 되어도 이상하지 않았던 시기가 바로 얼마 전이었다."

어지간한 일에도 태연했던 채현의 눈이 처음으로 커졌다. 지금 사도가 꺼낸 말이 무슨 의미를 담고 있는 것인지 알고 있을까?

"소인의 무엇을 믿고 그런 말씀을 하십니까?"

"말하겠느냐? 그러기에는 네가 나에게 넘긴 정보가 너무나도 많지."

"그렇긴 합니다만."

"그리고 말은 증좌가 없단다. 증인은 어떤 증인이냐에 따라 달라지는 것이고 말이지. 너에게 증좌를 준 기억은 없고, 증인으로서의 넌 신뢰가 없으니 내가 걱정할 일은 없을 것 같구나."

운형이 도윤을 잡아도, 잡지 못해도 운형은 죽을 것이다.

그때 살아남은 이를 사도가 집어삼키면 그만, 몇 번이고 했었던 일을 또 하지 못하리라는 법은 없었다.

"이번 일이 잘 끝나면 그만큼 대가를 얻을 것이니 너는 조용히
있어라."

채현의 얼굴을 외면하며 사도가 다디단 술을 한꺼번에 비웠다.

＊＊＊

이제는 침소로 도윤이 와도 놀랍지도 않았다. 평소처럼 폐하의
침소로 돌아가시라 해야 했지만 차마 오늘만큼은 그럴 수 없었다.

벽서의 내용은 도윤의 폐위를 주장하며 한층 더 노골적으로 변
해 갔고, 세 명이었던 희생자는 벌써 다섯을 넘어가고 있었다.

지금이 기회라는 것처럼 도윤의 꼬투리를 잡은 귀족들은 연일
그에게 자중하라며 매섭게 몰아가고 있었다.

"흐음."

비설의 손이 도윤의 이마에 닿자 편안한 숨이 흘러나왔다. 도윤
이 웃으면 비설도 웃게 되었고, 도윤이 힘들어하면 그녀 또한 마음
이 묵직하게 내려앉았다.

조심스럽게 시작한 연모는 평생을 생각했던 그녀의 세상을 완전
히 바꾸었다. 비설을 보던 도윤의 눈매가 부드럽게 휘었다.

"괜찮으십니까?"

"글쎄."

힘들면 힘든 것이고, 힘들지 않으면 않은 것이지 저 애매한 대답
은 또 무엇이란 말인가? 비설이 미간을 좁히자 도윤이 그녀의 품
에 얼굴을 묻었다.

숨을 깊게 들이마시자 그녀의 체향이 옷에서 맡아졌다. 아직 잠

이 완전히 깨지 않았기도 하고, 조금만 더 이대로 있고 싶었다.

"어떻게 대답을 해야 내 딱딱한 웅묘에게 귀염을 받을 수 있을지 고민 중이야."

말은 저렇게 던졌어도 이번만큼은 쉽지 않은지 도윤의 표정이 여전히 복잡했다.

사람이 살해당하고, 황제를 노골적으로 비방하는 벽서가 돌고 있음에도 원흉을 잡자는 이야기보다 황제가 권력을 잡아 귀족을 압박하니 이런 일이 생기는 것이라는 억지 주장에 힘이 실리고 있었다.

가진 자와는 철저히 싸움을, 평민에게는 더 많은 자비를 주겠다는 도윤의 생각과는 다른 이들이 너무 많았다.

"대답 안 하셔도 되니 편하게 쉬십시오."

"내 여인은 착하기도 하지."

도윤의 입에서 종종 나오는 여인이라는 단어에 얼굴이 붉어졌지만, 싫지는 않았다.

비설의 손이 도윤의 머리카락을 쓸어내리자 나른한 고양이가 몸을 웅크리듯 비설에게 몸을 맡긴 도윤이 눈을 감고 그녀에게 밀착했다.

"아무 이야기나 해 봐."

도윤의 말에 비설이 곰곰이 생각을 되짚었다. 예전에는 오라버니 이야기라도 떠올랐지만, 지금은 마땅히 할 이야기가 없었다.

"폐하의 이야기를 해 주십시오."

"왜? 말해 봤자 나에게 아무 이득도 없는데?"

"폐하께서 말씀하시는 동안은 제가 곁을 지킬 테니까요."

무척이나 약은 수였지만, 나쁘지 않은 제안이었다. 돌처럼 딱딱한 모습만 보여 주던 웅묘는 종종 단둘이 있을 때 저런 모습으로 그를 홀리게 했다.

"주나라는 땅만 있을 뿐 힘은 없어서 주변국에는 뜯어먹기에 딱 좋은 나라였지. 몇 번째인지 알 수 없는 내 앞의 황제들은 주변의 나라에 몸을 숙여 자비를 얻어 내는 데 더 익숙했고, 그건 내 아버지도 마찬가지였고 말이지."

"……."

"쌓이는 것은 열등감과 분노였으니 해소하는 방법은 사치와 향락이었지. 그러니 누가 권좌에 앉아도 달라지는 것은 없었고 말이야. 어마마마의 유일한 아들이었어도 내 앞에는 후궁이 낳은 황자들이 있었고, 뭐 그들에게도 권좌는 꽤 맛있는 먹잇감이었어."

도윤의 이야기는 담담하고 단순했지만, 그 안에 담긴 무게는 절대 가볍지 않았다. 가벼운 어조로 꺼냈지만 단 한 마디도 놓칠 것이 없었다.

도윤은 자신의 과거를 꺼낼 사람이 절대 아니었다. 그런 그가 직접 들려주는 과거라면 어쩌면 비설이 처음일 것이다.

"폐하께서도 권좌를 욕심내셨을 것이 아닙니까?"

"다른 사람의 앞에 몸을 숙이고 자비를 구하며 살기에는 난 그리 참을성이 좋은 황태자가 아니라서 말이지. 그리고 내 앞의 형제들에게 권좌를 넘겨주자니 전부 멍청한 이들이라 날 눈엣가시처럼 여겨 죽이려 했지."

"그래서 전부 죽이셨습니까?"

"내 어머니는 먼저 걸어온 싸움은 응하되 확실히 짓밟아서 다시는 후환이 되지 않게 해야 한다고 가르치셨지. 아버지와는 좀 다른 분이라서 말이야."

도윤에게 선제는 어리석은 이였지만, 태후를 말할 때는 확실히 다른 분위기였다. 이미 죽은 사람이 어떤지는 알 수 없었지만, 도윤에게서 왠지 그녀의 모습이 겹쳐 보이는 기분이었다.

"이제 다시 졸립네."

말을 끝낸 도윤이 비설의 몸에 얼굴을 묻었다. 더는 말하기 싫다는 우회적인 표현에 더 묻는 대신 비설이 도윤의 얼굴을 어루만졌다.

내내 쌓여 있던 피로가 그녀의 손길에 천천히 사라졌다.

이대로 잠들면 꿈도 꾸지 않고 깊게 잠들 수 있을 것 같다. 누구에게 온몸을 맡기고 잠든 적은 없었지만, 그래도 이 여인의 곁이라면 잠시나마 전부 내려놓고 잠들 수 있을 것 같았다.

도윤이 손을 뻗자 비설이 그 손을 붙잡았다. 그녀가 주는 체온에 도윤이 처음으로 자신을 완전히 내려놓았다.

"후우."

도윤이 완전히 잠든 후에나 비설이 애써 참았던 숨을 내쉬었다. 이렇게 잠든 그를 보는 것은 또 처음이었다. 얌전한 강아지처럼 몸을 맡기는 도윤의 머리카락을 비설이 오랫동안 어루만졌다.

손에 감기는 감촉도 좋았고, 편안하게 내쉬는 숨소리도 듣기 좋았다. 불쑥불쑥 던지는 말도 안 되는 말에 울컥 화가 나기는 했어도 또 이리 곁에 있어 줄 때면 이상하리만큼 마음이 놓이고 편안해졌다.

"음?"

도윤의 몸에 이불을 덮어 준 비설이 그가 보다가 놔둔 서류에 눈을 돌렸다. 이리저리 늘어놓은 문서에 쓰여 있는 것은 약초에 관한 내용이었다.

「……줄기에 독이 있어 말려서 차로 마시면 토혈을 하거나 기가 약해져 병자처럼 창백해지고 기력이 부족하게 되지만 독은 몸에 축적되지 않고 빠져나가기에 사흘만 몸을 보양하면 원래대로 돌아올 수 있다.」

생각 없이 읽어 내려가던 비설의 눈이 그 문장에서 멈추었다. 생각에 빠진 눈이 손에 들고 있는 문서를 다시 차분히 읽기 시작했다.

❈ ❈ ❈

감았던 눈을 뜨니 맨 처음 비설이 눈에 가득 들어왔다.

도윤이 불편하게 잘지도 모른다는 것 때문인지 침상의 끝에 기댄 채 쪽잠을 자고 있었다.

물끄러미 비설을 보던 도윤이 손가락을 들어 비설의 얼굴선을 따라 움직였다. 조용하고 평온한 것보다는 혼란 속에서 이득을 얻는 것을 더 좋아하는 그였지만, 이런 시간도 나쁘지 않았다.

비설을 곁에 둔 이후부터 처음 겪는 일들이 그다지 싫지 않았다.

"폐하."

채현의 목소리가 들리자 잠들어 있던 비설의 눈이 옅게 움직였다. 보드라운 뺨을 만지던 도윤이 비설의 혈을 짚었다. 정신을 놓은 비설이 힘없이 늘어지자 도윤이 품으로 그녀를 끌어왔다.

소리 없이 내쉬는 작은 숨이 얼굴을 간질였다. 품에 안겨 있는 작은 여체에서 느껴지는 따뜻함에 도윤의 눈매가 부드럽게 휘었다.

그사이 방 안으로 들어온 채현이 몸을 숙였다.

"사도가 움직였습니다."

침상에 누워 있던 도윤이 몸을 일으켰다. 한숨이 나오도록 느릿느릿하게 움직였지만 숨을 쉬는 것조차 허락을 받아야 할 것처럼 압도적인 분위기였다.

무슨 생각을 하는지 전혀 알 수 없는 시선이 채현을 향하자 그도 모르게 숨을 삼켰다.

그가 상대하는 수많은 사람 중 가장 쉽지 않은 사내가 연도윤이었다.

저 사내가 무슨 생각을 하는지 알 사람이 몇 명이나 될까? 하물며 여인으로 곁에 머무는 비설조차 알지 못할 거라 생각했다.

"이제야 내 손에 들어왔거늘 알고 보니 내 여인이 미끼였군."

지금까지 나서지 않던 사도가 작정하고 움직이기 시작했다. 이길 수 있다는 확신이 들었으니 운형을 건드렸을 것이고, 그 수에 운형이 넘어갔을 것이다.

사도의 수야 생각했던 것이니 놀라울 것도 없었다.

다만 운형의 변화는 예상한 것만큼이나 불쾌했다.

"어찌할까요?"

"평화에 편안해진 여우를 끌어내야지."

사도에게 기회였던 것처럼 도윤에게도 이번 일은 기회였다. 목에 걸린 가시처럼 귀찮게 남아 있는 이들을 확실히 도려낼 수 있다면 지금의 고생은 충분히 할 만했다.

다만 비설이 겪게 될 후폭풍이 문제라면 문제였다.

"유 호위의 성격으로는 그냥 넘어가지 않을 것입니다."

"내 웅묘는 무섭거든."

상황을 끌어내기 위한 미끼였고, 그 사실을 알면서도 할 수 있는 것이 아무것도 없다는 것을 깨닫는 순간 비설이 보일 반응이 신경 쓰였지만 그뿐이었다.

도윤이 만든 굳건한 기반에서 비설은 누리게 될 터, 도윤에게는 그만한 힘이 있었다.

***

평온한 호수에 작은 돌덩이가 파문을 만드는 것처럼 혼란은 빠르게 찾아왔다.

"유 호위님."

내관의 모습에 비설이 눈을 좁혔다. 수많은 이들이 황궁에 있었지만, 눈앞의 내관이 사도의 사람이라는 것을 모르는 이는 없었다. 평온함이 이어지는 상황에서 사도의 사람과 마찰을 일으키고 싶지는 않았다.

"무슨 일이십니까?"

"아버지께서 어떻게 돌아가셨는지 아십니까?"

순간이었지만 비설의 눈이 흔들렸다.

한순간도 잊지 않았지만 잠깐이나마 마음에 묻었던 과거가 다시 물 위로 올라왔다. 물음을 던진 사람이 사도의 사람이 아니었다면 비설은 평정을 잃고 흔들렸을 것이다.

"들을 이유가 없으니 듣지 않겠다. 물러나라."

"상황을 전부 아실 기회를 이대로 묻으시는 것입니까?"

"신뢰가 없는 자의 말을 믿을 수 없기 때문이다. 보지 않은 것으로 할 터이니 돌아가라."

황궁에는 수많은 자가 있었고, 이런 수에 흔들리기에는 사도나 세화에게 당한 일이 너무나도 많았다.

과거는 그녀에게 상처이자 평생을 품고 살아야 할 귀한 기억이었다. 그것을 세화나 사도가 휘두르게 하지 않을 것이다.

"작은 가문의 멸문을 확인하러 왜 황족인 형원공께서 직접 찾아오셨다고 생각하십니까?"

"말을 조심해라."

비설을 보던 내관이 품에 있던 종이를 꺼내 펼쳐 보였다. 종이에는 비설의 가문 문양이 새겨져 있는 함이 세세하게 그려져 있었다. 아무것도 몰랐다면 그냥 지나쳤을 것이나 그녀의 아버지가 가장 귀하게 여긴 함이라는 것을 아는 비설은 그냥 넘길 수 없었다.

"사도께서 가시고 계십니다. 정확하게는 형원공 연윤천이 무너졌을 때 사도께서 가져오신 물건입니다. 물론 열지는 못하셨지요."

"……."

"저희가 아는 것이라고는 서신은 운정공이, 함은 사도께서 가지고 계신다는 것입니다. 사도를 믿지 못하신다면 운정공은 어떠하십니까?"

마음을 굳건히 먹어도 파문은 또 다시 그녀의 발을 붙잡았다. 한 걸음 힘겹게 내딛던 비설이 어지러운지 몸을 잠시 비틀거렸다.

떨리는 손을 다잡듯 힘껏 주먹을 쥐었다. 그리고 그녀에게서 떨어진 곳에 지난밤 도윤과 비설을 지켜보던 이가 바라보고 있었다.

✻✻✻

'아버지의 일을 숨기신 게 있으십니까?'

비설의 물음에 도윤은 고개를 저었다.

그런 일 따위 없다며 무슨 일이냐며 되묻는 도윤에게 비설은 더는 묻지 못했다. 셀 수도 없을 만큼 많은 과거를 떠올려보고 생각했지만, 그녀가 아는 것은 없었다.

"운정공께서는 안에 계십니까?"

사도의 말은 믿을 수 없었지만, 의존할 사람은 운형뿐이었다.

시종을 따라 안으로 들어가니 기다리고 있었다는 듯이 운형이 자리에 앉아 있었다. 이 상황에서 의미 없는 미사여구는 필요 없었다. 확인할 일이 있었고, 그걸 답해 줄 사람은 운형뿐이었다.

"아버지의 함은 사도가 가지고 있었습니다. 사도는 서신은 공께서 가지고 계시다고 하더군요. 그의 말이 틀리다고 말씀해 주십시오."

차분하고 담담했지만 실제로는 그렇게 보일 뿐이었다. 운형이 선두에 나서면 최선을 다하겠다는 말의 의미는 결국 이런 것이었다.

"네가 폐하의 손을 붙잡지 않게 해야 했다. 그랬어야 사도가 널 건들지 않았을 테니 말이다."

"이건 폐하와 저의 문제가 아닙니다. 그저 제 과거에 대한 문제일 뿐입니다."

비설의 어조에서 조금의 주저도 없었다. 마치 부모의 복수를 하겠다며 처음 검을 잡았었던 그때처럼 비설은 화를 내면서도 차분했다.

더는 숨길 수 없었던 운형이 들고 있던 서신을 비설에게 내밀었다. 떨리는 눈으로 서신을 보던 비설이 무거운 손을 억지로 뻗었다.

"비설아."

서신에 닿은 비설의 손을 운형이 붙잡았다. 도윤에게 보여 주었던 미소는 더는 없었다. 외면하고 싶어도 이제는 그럴 수 없었다.

"난 네가 이 서신을 보지 않았으면 싶다. 너에게 분명 상처가 될 서신이란다. 네 말대로 과거이니 그냥 넘어갈 수도 있지 않으냐?"

"운정공. 저의 문제는 그날 유일하게 살아남은 주제에 그때의 일이 왜 일어났는지 아무것도 모른다는 것입니다. 그러니 보게 해 주십시오."

더는 비설을 막을 수 없었다. 운형이 손을 떼자 비설이 피와 얼룩으로 엉망인 서신을 펼쳐 읽기 시작했다.

비설의 아버지가 서신을 보낸 사람은 운천이었다.

황명을 받아 일을 처리하던 중 문제가 생겼고, 황제에게 목숨을 구명해 달라고 매달렸으나 거절을 당했고, 가족이라도 살려 달라며 운천에게 부탁했지만 그마저도 황제에게 발각이 되어 살 방법이 없으니 자신은 자진할 것이며, 아이들만이라도 거두어 달라는 내용이었다.

길지 않은 서신에 연거푸 쓰여 있는 내용은 황제로부터 가족을 구해 달라는 것이었다.

서신을 들고 있던 손이 파르르 떨리고, 입안이 바짝바짝 말랐다. 서신의 모서리를 조심스럽게 만지던 비설이 외면하듯 눈을 감았다.

"이건 제가 가져가겠습니다."

핏기라고는 하나도 없는 비설은 당장 정신을 놓고 쓰러져도 이상하지 않을 것 같았다. 이대로 그녀를 보낼 수 없다.

자리에서 일어난 운형이 비틀거리며 나가려는 비설을 붙잡았다. 더는 비설은 운형을 보지 않지만 그는 그녀를 그대로 둘 수 없었다.

사도가 비설에게 어디까지 이야기했는지는 알 수 없어도 더는 도윤에게 비설이 흔들려서 무너지게 할 수 없다.

"어디를 가는지 모르지만 같이 가자."

"혼자 할 수 있습니다. 더는 공께 폐를 끼칠 수 없습니다."

"무엇이 폐라는 것이냐!"

나가려는 비설을 잡아당긴 운형이 그녀를 품에 안았다.

가까이에 있는 것만으로도 따뜻했던 비설이 오늘만큼은 너무나도 차가웠다. 확인하고자 할수록 상처는 더욱 깊숙이 그녀를 찌르고 상처 입힐 것이다.

"이만 돌아가자."

"확인할 것이 있습니다. 놓아주십시오."

웃으면서 거절을 했을 비설이 지금은 너무나도 담담한 말투로 운형을 밀어냈다. 그렇기에 더 불안하고 위험했다.

"지금이라도 돌아가자. 이후의 일은 내가 어떻게든 할 것이니 돌아가자."

"운정공께서는……."

"……."

"공께서는 더는 숨기시는 게 없으신지요?"

짧은 적막이 흘렀다. 비설의 눈을 마주하는 운형이 숨을 내쉴 생각조차 하지 못했다. 복잡한 생각이 밀물처럼 밀려왔다가 썰물처럼 빠져나갔다.

"없단다."

운형을 마주하던 비설이 옅은 미소를 지었다. 도윤만큼이나 속내를 보이지 않던 운형이 지금만큼은 보였다. 왜 하필 지금 보이는

472

지는 모르겠지만, 그것까지 생각하기에는 비설은 충분히 힘들었다.

자신의 가문은, 가족은 왜 죽어야 했는가?

사도는 왜 이제 와서 그 문제를 그녀에게 알려 주는가?

누구도 제대로 알려 주지 않는다면 그녀가 직접 하나씩 다 물어보면 될 일이었다.

"가 보겠습니다."

가족이 전부 혼자 남았었던 그날처럼, 운형의 품에서 빠져나온 비설이 홀로 사도의 저택으로 향했다.

❀❀❀

자신에게 온 비설을 본 사도가 입꼬리를 올렸다. 비설이 운형을 찾아갔다는 보고를 들었을 때부터 사도는 기다리고 있었다.

왜 비설을 끌어들였냐며 운형은 분노할지 모르겠지만, 사도가 약속한 것은 비설의 목숨이지 그 외의 것은 아니었다. 누군가는 도윤의 목을 쳐야 했고, 유가의 여식이 살아 있다면 그 이상 좋은 검은 없었다.

비설의 앞에 사도가 가지고 있던 함을 꺼냈다.

"네 아버지는 직위는 낮았지만, 황태후마마를 가장 가까이 모셨다. 뛰어난 이라 심중을 가장 잘 읽는다며 네 아버지를 최측근으로 두었다. 그렇기에 황태후마마만이 아셨던 폐하의 비밀을 아는 유일한 이가 네 아버지였다."

"약점이 무엇입니까?"

"알지 못한다. 너에게 보냈던 시종이 말했다시피 난 이 함을 열

지 못했고, 서신은 보지 못했다. 서신을 본 네가 나에게 묻는다는
건 서신에는 별 내용이 없었다는 것이겠지."

"……."

"자세히는 알지 못하나 폐하의 기반을 흔드는 내용이라고 했었
다. 폐하께서는 약점을 지키려고 하셨고, 귀족들은 알려고 했으니
대립은 당연할 터, 다만 폐하께서 나섰다면 네 아비는 충분히 목숨
을 구제받을 수 있는 상황이었다."

"결국 폐하의 약점을 잡으려 귀족들이 내 아버지를 공격했다는
이야기로 들립니다."

살아남아 사내의 복색으로 자신을 가렸어도 여인은 여인이라 생
각했던 사도가 비설을 보며 눈을 좁혔다.

휩쓸려서 감정적으로 해결할 상황에서조차 차분했다. 저런 여인
에게 세 치 혀로 거짓을 말하는 것은 역효과만 날 뿐이다.

"귀족은 제 손으로 키운 사병을 지키려 했고, 폐하께서는 귀족의
사병을 황병으로 삼키시려 할 때였다. 사병을 내놓지 않으면 반역
으로 목이 떨어질 것이고, 내놓자니 기반을 내놓는 것과 마찬가지
였으니 대립은 치열했다. 그런 시기에 폐하의 약점을 가진 네 아버
지라는 존재가 얼마나 특별했겠느냐? 하지만!"

"……."

"그를 죽인 건 귀족이 아니라 폐하셨다. 귀족들에게 허를 찔리신
폐하께서 귀족의 사병을 황병으로 거두지 않겠다는 말씀만 하셨더
라면 일은 거기서 끝날 것이었다. 그렇게 하시는 대신 폐하께서는
본인에게 생겼던 문제를 네 아버지에게 넘겼다."

자신의 가문과는 전혀 상관없는 일로 그녀의 아버지는, 가족은
목숨을 잃었다. 가족만이라도 구하려 했던 아버지는 윤천에게 도

와 달라고 했지만, 그보다도 먼저 죄의 대가를 받았다. 너무나도 막연한 이야기라 와닿지 않았다.

특별히 죽어야 했던 이유가 있었다면 조금은 덜 억울하지 않았을까?

"네 아버지가 모든 책임을 지고 목숨을 내놓았으니 더는 귀족도 나설 수 없었다. 사병은 황군이 되었고, 폐하께서는 절대적인 권력을 손에 넣으셨지."

어쩔 수 없었다는 도윤의 목소리가 머릿속을 스쳐 갔다.

지금까지 그녀의 아버지가 도윤을 위해 희생했다고 생각했었다. 만약 그게 아니라면, 그 희생이 어쩔 수 없이 이루어진 것이라면.

"판단은 네가 할 몫이지만, 그때의 일로 이득을 본 사람은 사병을 빼앗긴 귀족도, 널 거둔 운정공도 아닌 폐하셨다. 한 가지 더 알려 주자면 네 아버지의 죽음도 자살이라고 확정 짓기는 어려운 면이 있었다."

"그건 또 무슨 말씀입니까?"

"네 아버지가 형원공에게 접촉했다는 것 정도는 나도 알고 있다. 하지만 폐하의 약점을 알고 있는 그를 나도 만나지 않을 수 없었지. 다만 내 쪽에서 한발 늦었던 터라 죽은 네 아버지를 구할 수 없었다. 다만 죽은 네 아버지의 옆에 누가 있었는지 정도는 알 수 있었지."

"……."

"죽은 네 아버지의 곁에 있던 사람은 현 녹의군 군장이다."

담담하려 했던 비설이 처음으로 흔들렸다.

그녀의 앞에 놓았던 함을 사도가 다시 가져왔다.

"내가 해야 할 이야기는 다 했으니 이제는 폐하께 들어야겠군."

475

비설이 품에 넣어 놓았던 것을 꺼내 사도에게 내밀었다. 예전에 기루에 있을 때 도윤이 보았었던 문양이 종이에 그려져 있었다.

"사도와 연관이 되어 있는 문양입니까?"

"글쎄. 모르겠군."

아니라는 말 대신 모르겠다는 말이 나왔다. 주를 공개적으로 모욕하는 문양이니 반역죄를 얻고 싶지 않으면 인정할 리가 없었다.

사도에게 들을 거라고는 생각하지 않았다. 누구에게 무슨 말을 들었든 결국 판단할 사람은 자신뿐이었다.

이럴 때 비현이 있었다면 얼마나 좋았을까? 누구에게도 의존할 수 없는 현실이 너무나도 힘들고 고통스러웠다.

"이만 가 보겠습니다."

"복수해야 하지 않느냐?"

무슨 소리냐는 듯이 비설이 사도를 노려보았다.

하지만 정작 말을 던진 그는 태연했다.

"나한테는 큰 꿈이 있단다. 너와 내가 상대해야 할 사내가 같은 존재라면 서로 손을 잡지 않을 이유가 없지 않으냐? 황제가 황제답지 않다면 결국 신하가 바른 선택을 해야 하겠지."

도윤은 물론이고 운형도 믿지 않는다.

결국 믿을 사람은 자신뿐이다. 이용해야 한다면 얼마든지 이용할 것이다.

"내 아버지처럼 내가 모든 것을 떠안고 죽으라는 말씀입니까?"

"네가 네 가족을 생각한다면, 그들의 억울함을 잊지 않았다면 당연히 그리해야 하는 것이 아니냐? 설령 그걸로 모든 것을 내려놓기 힘들다면 조건을 몇 가지를 더 걸어 주마."

"……"

“네가 살아남는다면 네 목숨 하나는 내 얼마든지 구해 주마. 그리고 내 손에 있는 네 아버지의 함도 네 것이 될 것이다.”

그녀에게 먼저 다가온 이들은 언제나 목적이 있었다.

도윤을 죽일 수 없다는 생각에 내려놓았던 현실은 다시 비설의 앞에 드리워졌다.

“네가 연도윤을 죽여라.”

❀❀❀

“여우가 미끼를 물었고, 규한이 사라졌습니다.”

채현의 보고를 듣던 도윤에게서는 약간의 변화도 없었다.

사도가 접근한 이후로 비설은 말도 없이 사라졌다. 평소였다면 데려오라는 명령을 내렸겠지만, 보고를 듣는 내내 도윤은 비설에 관한 어떠한 명령도 내리지 않고 있었다.

“내 웅묘가 화가 단단히 났겠군.”

“어떻게 조치할까요?”

“내 웅묘를 어찌하려고?”

“이대로는 위험합니다.”

상대적으로 도윤의 실력이 뛰어날 뿐, 비설의 실력도 무시할 순 없었다. 모든 상황을 배제하고 움직인다면 비설의 속도를 따라올 사람은 황궁 호위 중에서도 몇 없었다.

기척을 죽이고 속도로 움직인다면 도윤에게 가장 날카로운 공격을 할 사람은 비설이었다.

“네가 무슨 짓을 하든 조금도 관심이 없지만 내 웅묘는 안 된단다. 아무리 좋은 검도 주인의 손을 베면 쓸모가 없지.”

차라리 살기를 드러내며 압박을 했다면 잘못했다며 고개를 숙이는 것으로 회피했을 것이다. 그저 해보라는 듯이 툭 던지니 지독히도 두려웠다.

채현이 어떠한 수로 공격한들 도윤은 눈 하나 깜짝하지 않은 채 공격을 되받아칠 것이다.

"이만 물러나라."

"그럼 이번에도 제 판단으로 해도 되는 것입니까?"

"네 마음대로 하면 되지. 언제부터 허락을 받았다고 이러는 것이냐? 대신 언제나 대가는 목숨이지."

몸을 숙인 채현이 기척 없이 물러났다.

몰래 붙여 놓았던 흑의까지도 모두 따돌린 비설은 완전히 자취를 감추었다. 워낙 꼼꼼한 성격이니 하나씩 찾아보고 살피고 있을 터, 억눌러 놓았던 상처는 다시 제 모습을 드러내 비설을 흔들어 댈 것이다.

"내 웅묘가 여우굴에서 여우를 꺼내긴 했는데……."

여우의 목줄을 쥐기도 전에 비설이 먼저 무너질지도 모른다. 그녀에게 과거가 어떤 것인지 알고 있었지만, 이 좋은 기회를 고작 연심 하나로 놓을 수는 없었다.

여인을 연모하는 사내이기 전에 그는 황제였다.

강하고 단단한 비설이니 이번 일도 잘 받아들여 떨쳐 낼 것이다.

十一章. 꽃잎이 짓밟히다

톡톡.

세화의 손가락이 일정하게 톡톡 탁자를 두드렸다.

무슨 생각을 그리도 집중해서 하는지 시종이 가까이 오는지도 알지 못하고 있었다.

"아가씨."

"……."

"아가씨!"

시종의 외침에 놀란 세화가 그제야 고개를 돌렸다. 날이 바짝 선 세화의 시선에 시종이 몸을 숙이고는 가져온 차를 내려놓았다.

차를 잠시 보았지만, 마실 기분조차 들지 않았다.

'네가 살아남는다면 네 목숨 하나는 내 얼마든지 구해 주마.'

아버지와 비설이 나누는 대화를 몰래 듣던 세화는 자신의 귀를 의심했다. 도윤을 죽인다니, 실수도 이런 실수가 없었다. 죽어야 할 사람은 도윤이 아니라 눈엣가시 같은 비설이었다.

"그럴 일은 없겠지만."

도윤의 실력을 못 믿는 것은 아니었으나 사도도 만만치 않았다. 제 목적을 위해서라면 황제든, 누구든 상관없이 손을 잡거나 배신을 할 이가 사도였다.

도윤이 죽는다면 빈자리에 오를 사람이라고는 운형밖에 없었다.

"끔찍해."

운형의 눈을 떠올린 세화가 몸을 떨었다. 몸이 약할 뿐, 세화를 보는 공격적인 눈이나 비틀린 성격을 떠올리자 불쾌함까지 밀려왔다.

외척이 되기 위해 꾸준히 물밑 작업을 하는 사도였으니 만약 도윤이 죽는다면 세화는 운형과 혼인을 해야 한다.

이 상황을 정리할 방법은 하나뿐, 어차피 증좌만 남지 않으면 문제가 될 일은 없었다.

"누구 없느냐?"

세화의 부름에 대기하던 시종이 안으로 들어왔다. 사도는 사도의 정리를 하겠지만 세화의 일은 세화가 직접 정리할 것이다.

연도윤의 황후가 되는 것은 기꺼우나 연운형의 황후가 되는 일만큼은 사양한다. 고작 그런 병자의 황후가 되기 위해 지금까지 버텨 낸 것이 절대 아니었다.

사도의 말대로 비설이 연도윤을 죽이기 위한 최상의 검이라면, 그 검을 부러뜨리면 될 일이었다.

"유모를 데려와라. 아버지께 들키면 절대 안 될 것이다!"

세화의 명령을 받은 시종이 부지런히 방 밖을 나갔다.

운형은 물론이고 도윤까지도 귀하게 여기는 비설이니 그것만 죽이면 주는 다시 평화로울 것이다.

❋

흔적도 없이 사라진 비설이 돌아온 것은 일주일이 지난 후였다. 아침부터 흐렸던 날씨는 저녁이 되자 한 방울씩 비가 내리기 시작했다. 조금씩 떨어지던 빗방울이 빗줄기로 바뀌고, 곧 폭우로 바뀌었다.

말도 없이 사라졌는데도 불구하고 누구도 비설에게 물음을 던지거나 책임을 묻지 않았다.

"다 젖었네."

마치 좀 전까지 만났던 사람처럼 비설의 침상에서 그는 미소 짓고 있었다.

비설의 머리카락에 맺혀 있던 빗방울이 뚝 떨어졌다. 다른 이유가 있었을 것이라며 어떻게든 그 증좌를 찾으려 했지만, 달라지는 것은 없었다. 결국 물어볼 사람은 도윤밖에 없었다.

"저는 왜 황궁으로 들어왔을까요?"

"나를 만날 인연이었나 보지."

"폐하와 전 아니었어요."

잠시라도 이런 상황도 좋다고 생각했던 것은 철저히 잘못된 판단이었다. 어쩌면 운형보다도 더 무모한 관계였을지도 모른다. 그가 주는 모든 것이 좋아서 마음의 문을 연 것이 실수였다.

"폐하께는 여쭤보고 싶지 않았습니다."

다른 사람에게 듣는 말에는 흔들리지 않을 자신이 있었지만 도

481

윤의 말에는 그럴 자신이 없었다.

이 상황 자체가 누군가의 음모로 조작되었으면 싶었다. 하지만 흔적을 찾아 들었던 답은 그녀가 가졌던 약간의 기대마저 산산조각 냈다.

가장 마지막까지 미루고 싶었던 소소한 바람을 비설은 내려놓을 수밖에 없었다.

"주의 귀족들은 가문이 키운 사병으로 황제보다도 더 큰 권력을 휘둘렀다. 권좌에 앉아 있기만 했던 내 선제들은 그들이 주는 재물에 현혹되어 꼭두각시로 살면서도 제 주제를 몰랐었지. 너에게도 말했지만 난 그렇게 휘둘리며 살기는 싫었다."

비설이 도윤에게 한 걸음씩 걸어갈수록 젖어 있는 옷에서 빗물이 똑똑 떨어졌다.

한기가 온몸으로 밀려왔지만, 춥다는 생각조차 들지 않았다. 평생을 붙잡고 있던 고통을 내려놓은 것이 잘못이었을까? 마음의 고통에서 조금은 벗어났다고 생각한 순간 그녀가 놓았던 과거가 다시 상처가 되었다.

"짐의 목적은 사병을 완전히 빼앗는 것이었지만, 귀족에게는 황후와 후궁의 자리를 주는 대신 사병을 황병으로도 같이 인정해 주겠다는 말로 그들의 찬성을 끌어내려고 했었다. 그런데 짐이 부리던 녀석 중 하나가 짐의 계획을 전부 터트렸지. 지난번에 네가 본 문양을 몸에 새긴 놈이었다. 그때 뿌리를 전부 뽑았다고 생각했는데 말이다."

더 이상 다가오지 못하는 비설에게 도윤이 먼저 다가왔다. 갈라지고 마른 입술에 핏기라고는 전혀 없었다. 사시나무처럼 몸이 떨려도 도윤을 보는 눈에는 약간의 변화조차 없었다.

"일을 터트린 놈은 잡았지만 이미 죽어 있었고, 누군가는 책임을 짊어지고 죽어야 하는 상황에서 나선 것이 네 아버지였다. 황제의 편이 아니라 귀족의 편에서 이 상황을 수습하고 사라져야 할 사람이 필요했지."

사도에게 들었던 내용이었지만 도윤의 말은 미묘하게 달랐다. 말을 끼어드는 대신 계속해 보라는 듯이 시선을 보냈다.

"황제가 날 소홀히 여겨 이번 일을 준비했다. 이번 일은 성공하지 못했지만, 황제가 숨기고자 하는 약점을 내가 알고 있으니 사병을 빼앗으려 하는 황제의 계획을 저지할 수 있을 것이니 목숨을 거둬 달라고 했을 것이다. 그리고 그런 네 아버지를 반역으로 죽이는 것이 내가 해야 할 일이었지. 그렇게 네 아버지와 내가 정한 일이었다."

"폐하의 약점이 무엇입니까?"

대답하기 어려운 물음을 던졌을 때의 도윤은 미소를 짓거나 화제를 돌리는 것으로 회피했었다.

"짐에게도 지켜야 할 게 있어."

스스로를 칭하는 말이 '나'에서 '짐'으로 바뀌었다. 안 된다는 말만 하지 않았을 뿐, 명백한 거절이었다.

주먹을 쥐는 것으로 손의 떨림을 억지로 억눌렀다. 분명 연모를 시작하기 전에 그녀가 말했던 최소한의 조건이었다.

도윤이 그녀를 정인으로 받아들였다면, 지금까지 그녀에게 보여 줬던 모든 행동이 거짓이 아니었다면 그는 그녀와의 약조를 단칼에 거절하지 말았어야 했다.

"약조를 잊으셨습니까?"

"그걸 잊을 수는 없지. 그래도 안 되는 건 안 돼."

"폐하께서 보여 주실 수 있는 최소한의 신뢰입니다."

"짐은 황제거든."

화조차 나지 않았다.

인정하고 싶지는 않았지만 그래도 기대한 것도 없지 않아 있었다. 자신이 도윤을 정인으로 받아들여 최선을 다했던 것처럼, 도윤도 비설을 그러한 존재로 생각해 줬기를 바랐다.

그럴 수 없다는 것을 알고 있으면서도 말이었다.

연도윤은 제 목을 쥐고 흔들 약점은 말하지 않는다. 이 상황에서 너무나도 화가 나는 것은 방향을 못 잡는 자신이었다.

"왜 폐하였을까요?"

비설의 눈에 고여 있던 눈물이 얼굴을 타고 바닥에 툭 떨어졌다. 비설을 보는 도윤이 손을 뻗었지만, 그보다도 먼저 비설이 한 걸음 뒤로 물러났다.

저 사내를 증오한다.

최소한의 신뢰도 지키지 않는 그가 원망스럽다. 최선을 다한 연모의 끝이 너무나도 빨리 보였다.

저 사내를 연모한다.

그가 감당하는 권좌의 책임이 어떠한지 알기에 그가 한 선택이 얼마나 고통스러운 것인지 이해할 수 있었다.

이 사내를 자신의 삶에서 도려내야 한다. 처음 검을 잡았던 것처럼, 돌아올 수 없는 상황에서 남아 있는 미련 따위 버려야 했다.

"최소한의 신뢰조차 주실 수 없다면 다른 하나는 반드시 저한테 주세요."

"무엇을 말하는 거지?"

"폐하요."

"……."

"저한테 폐하를 주세요."

이성적인 판단을 하기에는 너무나도 지쳐 있었다.

무모하고 어리석은 선택일 수도 있었지만 이제는 그런 생각조차 비설에게는 사치로 느껴졌다.

멀어졌던 거리를 좁힌 비설이 도윤을 향해 손을 뻗었다.

얼음장처럼 차가웠던 손에 도윤의 열기가 닿았다. 태연하고 침착했던 연도윤이 지금만큼은 복잡한 눈으로 그녀를 보고 있었다.

"황후도, 후궁도, 연모도 필요 없다고 했던 당신. 당신을 나한테 주세요."

도윤에게 다가간 비설이 환한 미소를 지었다.

맞닿은 침의에서 느껴지는 도윤의 체온과 체향에 비설이 남아 있던 이성을 그대로 놓았다. 흔들리던 눈동자가 가라앉는 순간 차가운 입술에 더운 입술이 맞닿았다.

맞닿은 입술에서부터 올라온 열기가 차가운 몸을 휘감았다. 허리를 감싸고 등을 당겨 자신에게로 끌어당기는 도윤을 향해 비설이 그의 목에 팔을 감았다.

도윤과의 입맞춤은 처음은 아니었지만, 이런 식으로 몰아붙이는 것은 그녀에게는 처음이었다.

숨결이 엉키고 맞닿은 입술에 열기가 쌓여 갔다. 타액을 삼키고 다시 빨아들이는 그의 기세에 혀뿌리가 뽑힐 것처럼 아릿했다. 거침없이 밀어붙이는 그에게 휩쓸려 숨을 쉬는 것조차 잊어버리고 있었다.

추위에 핏기조차 희미했던 얼굴이 쓰러질 것처럼 하얗게 질린

다음에나 도윤은 입술을 떼었다.

"숨 쉬어."

열기에 낮게 가라앉은 말에도 입 밖으로 숨이 토해지지 않았다. 물리고 빨린 입술과 혀가 얼얼하고 아팠다. 힘겨워하는 그녀를 보던 도윤이 다시 붉게 부은 입술을 삼켰다. 그에게 붙잡힌 팔이 아팠지만 아무리 움직여도 작은 틈조차 없었다.

"숨 쉬라고."

그의 말뜻을 알면서도 목이 막힌 것처럼 숨을 내쉴 수 없었다. 조금이라도 숨을 내쉬는 순간 온몸을 가득 채운 열기가 그녀를 집어삼킬 것 같았다. 당장에라도 쓰러질 것처럼 파리해진 비설이 고개를 저었다.

열기로 가득 찬 눈으로 그녀를 바라보던 도윤이 가는 목을 향해 얼굴을 숙였다. 더운 입술의 촉감이 느껴졌던 것도 찰나, 뜨거운 숨이 목에 닿았다.

"아!"

그의 이가 그녀의 목을 잘끈 깨물자 고개를 뒤로 젖힌 비설이 참았던 숨을 힘껏 토해 냈다. 도윤의 어깨를 붙잡았던 손에 힘이 빠졌다.

집요하리만큼 목에 이를 박은 도윤이 거듭 그녀의 목을 깨물었다.

"하아."

거듭 깨문 목에서 가늘게 피가 흘러내리자 열기에 뜨거워진 혀가 거듭 목의 상처를 핥고 빨았다. 힘이 빠져 무너지려는 비설의 허리를 붙잡은 도윤이 벽에 그녀를 억지로 세웠다.

태울 듯이 노려보는 시선에 숨이 막혔다. 먼저 달라고 말한 사람은 비설이었지만, 비설의 답을 듣자마자 도윤은 그녀를 몰아붙였다.

가쁜 숨을 내쉬는 비설을 보던 도윤이 촉촉하게 젖어 더 붉어진 입술에 입을 맞추었다. 도윤의 기세에 비설이 몸을 뒤로 뺐지만, 그녀의 작은 반항은 등 뒤에 단단히 서 있는 벽에 완전히 막힌 후였다.

"후회 안 해?"

도윤의 물음에 비설이 고개를 저었다.

비설의 대답에 도윤이 입꼬리를 올렸다.

비설을 벽으로 몰아붙인 그가 젖은 옷을 전부 벗어 냈다. 놀란 비설이 몸을 떨었던 것도 찰나 작은 손이 도윤의 옷을 벗겨 냈다.

몇 겹으로 여며 입었음에도 서로의 몸에 있던 옷이 벗겨지는 것은 한순간이었다.

"아!"

짧은 신음을 터트린 비설의 양손이 그에게 붙잡혔다. 그녀의 손목을 붙잡아 머리 위로 올린 도윤이 한숨이 나오도록 느릿하게 비설의 나신을 바라보았다.

"폐하."

"곱다."

그의 응묘는 빠른 선택만큼이나 무척이나 솔직했다. 그저 곱다는 말 한 마디에 붉게 달아올랐다.

잡힐 듯 말 듯 거리를 두던 비설이 제 손아귀에 들어왔다. 이 좋은 기회를 어설프게 버릴 생각 따위 없다.

얼굴을 가린 젖은 머리카락을 옆으로 옮긴 도윤이 붉게 달아오른 얼굴에 짧게 입술을 맞추었다. 상처가 남은 목을 어루만지던 손길이 아래로 내려와 부드러운 곡선의 어깨를 감쌌다. 아직 물기가 남아 있는 어깨가 유난히 차가웠다.

거듭 뺨에 입을 맞추었던 열기에 가득 찬 입술이 작은 여체의 어깨에 닿았다. 미쳐 버릴 만큼 입술에 닿는 감촉이 좋았다.

"하아."

말할 기운조차 없는지 벽에 몸을 간신히 맡긴 비설이 힘든 숨을 토해 냈다. 하얗게 질려 있던 몸에 점점 붉은 기가 감돌았다.

어깨를 깨물었던 입술이 작게 패인 쇄골에 닿았다. 보기 좋은 만큼 입술에 닿는 촉감도 미치도록 좋았다. 어깨를 감쌌던 손이 매끄러운 등을 천천히 어루만졌다.

"흐웃."

열기로 가득 찬 비설의 몸에 도윤의 손이 닿자 꽃물이 다시 피어올랐다. 도윤의 어깨에 팔을 감은 비설이 남은 힘을 쥐어짜 간신히 매달렸다. 척추를 타고 내려오던 손이 보드라운 엉덩이를 감쌌다.

온몸에 빠르게 열기가 치미는 것과는 달리 도윤의 손길은 한숨이 나오도록 천천히, 그리고 집요하게 그녀의 몸에 자신을 새겼다.

"침상에……."

숨이 막히도록 차오른 열기에 끊임없이 그가 자신의 흔적을 남겼다. 다리를 어루만지는 더운 손길에 비설이 반사적으로 몸을 움찔거렸다.

"안 들려."

"폐하. 흐웃."

허벅지를 어루만질 때마다 종종 은밀한 곳에 손이 닿았다. 낯선 감각에 부끄러워진 비설이 울상을 지었지만, 그 반응이 즐기듯 도윤은 좀 더 집요하게 애무하는 손길을 멈추지 않았다.

그에게 매달리듯 위태롭게 서 있는 비설의 어깨에 얼굴을 묻었다. 훅 밀려드는 체향이 아슬아슬하게 붙잡고 있는 그의 인내를 흔들었다. 열기라고는 전혀 없던 몸이 따뜻해졌다.

숨을 내쉬고 들이마실 때마다 보드라운 가슴이 오르락내리락했다. 한입 가득 빨아들이고 깨물고 싶을 만큼 탐스러웠다.

"복숭아가 내 앞에 있었네."

무슨 소리냐는 듯이 도윤을 보는 순간 그의 시선을 마주하고는 숨을 삼켰다. 허벅지를 어루만지던 손길이 다시 매끄러운 등을 어루만지자 비설이 숨을 삼켰다.

비설의 손목을 한 손으로 붙잡은 도윤이 환하게 드러나 있는 가슴을 감쌌다. 움켜쥐자 보드라운 가슴이 그의 손아귀에 담뿍 담겼다. 가슴을 애무하고 어루만지자, 자극을 받은 유실이 단단해졌다.

손가락으로 단단한 유실을 비트니 낮은 신음이 입 밖으로 흘러나왔다.

"흐읏."

"고작 손에 잡히는 과일과는 비교가 되지를 않네."

"그런 말은 좀!"

"깨물면 얼마나 달금할지 기대돼."

낮게 속삭이는 말에 비설의 온몸에 소름이 돋았다. 저 스스로 그에게 안겼지만, 생전 처음 겪는 일에 대한 두려움과 흥분에 머릿속은 점점 더 엉망이 되었다.

비설을 보며 입꼬리를 올린 도윤이 그녀의 가슴으로 얼굴을 숙였다. 보드라운 가슴에 입술을 맞추자 몸의 떨림이 입술에서 느껴졌다. 녹아들 것처럼 매끄러운 가슴살을 입안에 넣고 빨아들이자 체향이 코끝에 훅 밀려왔다. 손가락에 자극받은 유실이 단단해지자 말캉한 입술이 유륜을 따라 움직였다.

"하아."

아슬아슬하게 벽에 몸을 기댄 비설이 입술을 깨물었다. 입술과 목에 닿았던 열기가 사그라지기도 전에 가슴 위로 불덩이가 내려앉았다. 유륜을 희롱하던 혀가 단단한 유실을 휘감았다. 당과를 빨아들이듯 유실을 혀로 굴리고 빨아들이자 깨문 입술 사이로 신음이 흘러나왔다.

처음 들어 보는 질척이는 소리에 숨이 막혔다. 어떻게든 몸을 움직이고 싶었지만, 단단히 붙잡힌 몸이 발버둥을 쳐도 빠져나올 수 없었다.

도윤을 보던 눈에 물기가 젖어 들고 숨을 몰아 내쉬어도 온몸의 열기는 조금도 빠져나가지 않았다.

"흐읏."

비설이 눈을 질끈 감자 맺혀 있던 눈물이 얼굴을 타고 흘러내렸다. 작은 경련이 스쳐 지나간 후, 비설이 힘없이 도윤의 몸에 자신을 기댔다. 작은 절정에 가쁜 숨을 내쉬는 비설의 이마에 입술을 맞추었다.

"하아. 하아."

"혼자 즐거우면 안 되지."

그의 몸에 완전히 기댄 비설을 도윤이 안았다. 보드라운 여체에 억누르던 허기가 점점 더 짙어졌다. 침상에 비설을 눕히자 간신히 자신을 추스른 비설이 가는 팔로 가슴을 가렸다.

"부질없는 짓을……."

팔을 잡고 머리 위로 올리자 소담한 가슴이 다시 제 모습을 드러냈다. 얼굴에 묻은 눈물을 쓸어 담으니 달콤한 몸과는 달리 짭짤했다.

490

작은 여체에서 나는 맛을 하나씩 알아 갈수록 다잡고 있던 인내가 점점 흐트러졌다. 복숭아를 깨물듯 가슴에 이를 세워 깨물고 긁으니 짙은 상흔이 생겼다.

"그때 먹었던 복숭아보다 더 달고 고우니 자꾸 물어 버리고 싶잖아."

"그, 그만!"

"밤은 길어."

그리고 오늘 밤이 아니더라도 이제는 얼마든지 그가 원할 때마다 이 여인을 가질 수 있다.

가슴 위에 붉게 나 있는 상처에 입술을 맞추었다. 도윤이 더하지 않아도 비설의 온몸에는 흉터로 남은 상처가 너무나도 많았지만 그럼에도 자꾸 그녀의 몸에 자신을 새기고 싶었다.

그녀의 평생에 사내라고는 자신밖에 없는 것처럼, 이기적이고 뒤틀린 욕심이 그의 뒤틀린 감정에 더해졌다.

가슴골에 얼굴을 묻으며 도윤을 숨을 깊게 들이마셨다. 그녀만이 줄 수 있는 체향이 미치도록 좋았다. 보드라운 가슴을 희롱하던 손이 허리를 향하고 오므리고 있던 다리를 어루만졌다.

매끈한 다리에서 약하게 느껴지는 떨림이 손으로 느껴지자 도윤의 초조함이 극에 달했다. 다리를 붙잡아 벌린 도윤이 제 분신을 젖은 여성에 갖다 댔다. 미끄러운 애액이 분신에 묻고, 수풀 안을 파고든 분신을 천천히 여성에 묻었다.

"흐읏…… 하악."

그녀의 몸에 그를 처음으로 새기는 순간, 힘없이 늘어져 있던 비설의 몸에 단단하게 힘이 들어갔다.

미간을 찌푸린 비설이 다급하게 다리를 오므리려 했지만, 이미 그 상황까지도 예상한 도윤이 잡은 허벅지에 힘을 주었다. 도윤의 힘에 밀린 다리가 더 벌려졌지만, 고통은 더욱 심해졌다.

"폐하…… 잠시만."

"원래 처음이 아파."

"하지만…… 흐읏."

아직 반도 안 들어간 상황에서 비설이 아프다며 신음을 흘렸다. 혀로 모조리 삼킨 눈물이 다시 눈에 맺혔는지 얼굴을 타고 또르르 맑은 물이 흘러내렸다.

고통스러워하는 비설에게는 미안하지만 도윤은 터져 나오려는 욕지거리를 참느라 죽을 맛이었다. 여린 곳을 침범하는 것을 밀어내듯 여린 살은 분신을 힘껏 조이고 있었다. 본능적인 행동이었지만, 그녀의 거부가 그에게는 미칠 것 같은 매혹이었다.

바둥거리는 허리를 붙잡은 도윤이 힘으로 그녀의 몸에 자신을 묻었다. 한꺼번에 밀려드는 고통에 비설이 얼굴을 뒤로 젖혔다.

"하아. 하아."

조금이라도 통증을 덜어 보려 숨을 가쁘게 내쉬었지만, 통증은 더욱 짙어져 숨을 내쉬는 것조차도 힘들었다.

"……아파요."

쥐어짜듯 힘겹게 말을 이었지만, 안타깝게도 도윤은 그녀에게 자신을 묻고 있는 것만으로도 미칠 것 같았다.

힘들어하는 비설을 달래듯 허리를 어루만진 그가 신음을 터트리는 입술을 덮었다.

"흐윽."

"나아질 거다."

"하아."

도윤의 속삭임에도 비설이 고개를 저었다.

그녀를 달래듯 허리와 등을 부드럽게 어루만지던 도윤이 움직이자마자 비설의 몸에 다시 힘이 들어갔다. 이 미련하리만큼 정직한 여인은 도윤이 움직일 때마다 제 모습을 거침없이 드러냈다. 아릿하게 채우던 그가 다시 움직이자 긴장을 풀었던 여체에 힘이 들어갔다.

"미안."

그녀의 변화를 눈치채듯 도윤이 귓가에 속삭였다. 무슨 말이냐며 물어보려는 순간 그가 다시 비설의 안을 가득 채웠다. 온몸을 휩쓰는 고통에 비명조차 나오지 않았다.

도윤을 진정시키려 어깨를 붙잡았지만, 그의 움직임은 가라앉기보다는 더욱 거칠어졌다.

"하웃."

힘겨운 신음을 쥐어짜듯 터트리는 것 외에 그녀가 할 수 있는 일은 없었다. 생전 처음 들려오는 살과 살이 부딪치는 소리에 비설이 질끈 눈을 감았다. 몸을 꿰뚫은 듯한 고통은 사라졌지만, 여전히 여성을 밀고 들어오는 분신은 버거웠다. 분신이 빠져나가면서 느꼈던 안도는 다시 밀고 들어오는 그의 기세에 다시 힘이 들어갔다.

"흐읍."

버거운 건 여전했지만, 끝나지 않을 것 같은 통증이 조금씩 다르게 바뀌기 시작했다. 비명을 참듯 짧게 터트리던 신음이 점점 다르게 변해 가자 그녀의 반응을 보던 도윤이 자신을 완전히 내려놓았다.

배려라고는 전혀 없는 움직임에 휩쓸리면서 애무 때와는 완전히 다른 열기와 열망이 온몸에 가득 차올랐다.

숨을 내쉬고 신음을 터트려도 가라앉지 않는 상황에서 비설의 눈에 보이는 것은 도윤의 단단한 어깨였다.

그에게 자신을 밀착한 비설이 있는 힘껏 그의 어깨를 깨물었다. 어깨에 상처가 나면서 흘러나오는 피가 비릿했지만, 도윤은 비설을 밀어내는 대신 더 깊이 자신을 묻었다.

"제대로 물어."

"하윽."

신음을 흘리던 비설이 다시 도윤의 어깨를 물었다. 온몸을 집어삼키는 쾌락에 속수무책으로 무너져 내렸다. 보이는 것이라고는 안고 있는 서로뿐이었다. 이대로 녹아 버려도 모를 것 같은 순간이 빠르게 치밀었다.

서로의 몸에 자신을 몇 번이나 묻고 또 묻어도 허기는 더욱 깊어졌다. 서로의 숨이 엉키고 상대의 몸에 자신을 새기기를 수없이 반복하며 절정을 이루는 순간 도윤이 짧은 신음을 터트렸다.

"하앗."

익숙하지 않은 감각에 비설이 입술을 깨물었다. 온몸의 힘이 폭발하듯 빠져나간 자리에 옅은 떨림만이 계속되었다.

품에 안겨 있는 비설에게 깊게 입술을 맞춘 도윤이 그녀의 몸을 확인하듯 땀에 젖은 몸을 어루만졌다. 자신을 바라보는 정염에 가득 찬 눈을 바라보던 비설의 눈에 다시 물기가 차올랐다.

하나가 된 순간은 고통스러웠지만 그만큼 행복했다. 이 순간이 너무나도 좋았지만, 안타깝게도 더는 욕심내면 안 되는 것이었다.

"울지 마."

비설의 눈에 흐르는 눈물을 마시던 도윤이 위로하듯 속삭였다. 그의 목소리가, 그의 체온이 그가 주는 모든 것이 좋았다.

그에게 전부를 맡기듯 비설이 힘껏 안자 맞닿아 있던 그의 미간이 다시 꿈틀거렸다.

"이렇게 다 주려고 하면 곤란한데."

힘껏 안고 있던 도윤의 몸에 다시 힘이 들어가자 비설이 환하게 미소 지었다.

이후가 어떻게 되든 지금만큼은 연도윤은 그녀의 것이었다. 괜찮다는 듯이 그녀가 먼저 도윤의 입술에 입을 맞추자 도윤이 다시 그녀에게 다가왔다.

눈을 뜨자마자 보이는 것은 방의 천장이었고, 비어 있는 옆자리에서 느껴지는 것은 한기였다. 새벽까지 같이 있었던 여인의 잠자리에 손을 갖다 대니 사라진 여인만큼이나 차갑게 느껴졌다.

몸을 일으키자 덮고 있던 이불이 미끄러지듯 내려갔다.

"후우."

나른한 숨을 길게 내쉬고 들이마시자 남아 있는 비설의 체향이 코끝을 간질였다.

밤이 새도록 품에서 놓아주지 않았던 여인은 제가 지녔던 흔적까지 전부 지우고는 사라졌다. 하룻밤의 꿈이라고 하기에는 지난밤의 여운이 아직도 몸에 남아 있었다.

도윤의 손이 지난밤에 남은 상처에 닿았다. 약하게 딱지가 오른 상처가 손끝으로 느껴지자 무표정했던 그의 얼굴에 살기가 드리워졌다.

"내 생각대로 일은 진행되어 가는데 말이다."

상처를 감싼 도윤의 손에 힘이 들어가자 상처가 터지며 피가 주르륵 흘러내렸다. 벌어진 상처가 제법 컸지만 통증조차 느껴지지 않았다.

치미는 허기도 채웠고, 비설은 저 스스로 그에게 안겼다. 도윤을 견제만 할 뿐, 나서지 않던 귀족도 약속이라도 한 것처럼 제 모습을 드러내기 시작했다.

이번 기회만 잘 살리면 전부를 끌어내 무릎을 꿇게 할 수 있다.

"여우를 끌어내야지."

몇 번이나 흔적을 잡았지만 약 올리듯 남긴 찌꺼기 같은 결과는 여우의 꼬리털일 뿐이었다. 그랬던 여우가 저 스스로 움직여서 판을 만들고 있었다.

이번이 아니면 여우를 잡기 전에 자신의 목이 먼저 물릴 것이다.

"짜증이 나네."

분명 좋은 상황인데도 치밀어 오른 분노가 가라앉기는커녕 점점 더 그 크기를 키워 갔다. 비설을 미끼로 쓴 것은 인정하지만, 그녀가 전부 감당할 이유는 없었다.

과거의 상처가 비설에게 얼마나 큰지는 알고 있었지만, 굳이 이번 일에 과거를 전부 끌어올 필요는 없었다. 과거를 마주하는 것이 고통이었다면 도윤에게 도와 달라는 말만 했으면 일은 어렵지 않았다.

'내 웅묘가 그럴 성격은 아니라는 것은 알지만.'

그녀의 아버지 덕분에 도윤은 귀족에게서 사병을 빼앗고 더욱 탄탄한 권좌를 만들 수 있었다. 황제로서 누구든 그의 목에 검을 겨누어도 웃으면서 상대할 수 있는 만큼의 힘과 권력을 얻었다.

어쩔 수 없이 놓아야 하는 상황이었다면 하는 수 없이 결정했겠지만, 이 경우는 분명 달랐다. 도윤이 비설이 손을 놓지 않은 상황에서 비설이 먼저 도윤의 손을 놓았다.

그 누구도 자신이 붙잡은 손을 먼저 놓을 수는 없다. 손을 놓을지 버릴지를 판단할 사람은 세상에서 자신 한 명뿐이었다.

'내가 잘못 판단한 것일까?'

머릿속을 스치는 생각에 도윤이 불쾌한 듯 입꼬리를 올렸다.

그의 삶에 실수라고는 단 한 번도 없었다. 지금 힘든 일이야 곧 해결될 것이고 비설은 제자리로 돌아오게 될 것이다. 비설은 힘들었던 과거를 보상받게 될 것이고, 도윤은 언제나 그랬듯이 전부를 가지게 될 것이다.

❉ ❉ ❉

가장 상석의 운형을 중심으로 귀족들이 길게 줄을 서 있었다.

"우리들의 힘으로 권좌에 오르신 폐하께서 최근 우리에게 적의를 드러내고 계시오."

사도의 말에 곳곳에서 귀족들의 언성이 높아졌다. 목소리를 높이는 귀족들을 보던 비설이 상석의 운형을 보았다.

사도까지는 생각했지만, 저 모임에 운형이 있을 줄은 상상조차 하지 못했다. 서로의 의견을 듣기 위해 자리를 마련했다고 했지만 저 모습은 대전에서 봤었던 모습과 똑같았다.

"다만 이번 기회는 반역이라고 생각하면 안 되오. 폐하께 귀족의 힘을 보여 주자는 것입니다! 폐하께서 절대적인 힘을 가지고 있다한들 그 기반은 바로 우리라는 것을 상기시켜 드리고자 함이오."

사도의 말이 끝나는 것과 동시에 자리를 지키던 이들이 연신 사도의 이름을 불렀다.

분명 가장 상석에 앉은 이는 운형이었지만 자리를 휘어잡은 사람은 사도였다. 흥분한 이들을 진정시킨 사도가 운형을 지그시 바라보았다.

"선두에는 운정공이 서실 것이니 그대들은 신호를 기다렸다가 공을 최대한 지원해 주시면 되오. 이번 일은 위험하지만 성공만 한다면 다시 한번 폐하에게서 우리의 권리를 찾아오게 될 것이오."

모두의 눈이 운형과 사도를 향했다. 마치 새로운 황제가 권좌에 오른 것처럼 분위기는 점점 더 무르익었다.

그들의 모습을 비설이 하나씩 눈에 담았다.

가진 자끼리의 대립은 언제나 이렇게 되는 것일까? 그들의 대립에 평민이나 나라는 없었다.

"권좌에 앉아 계신다 한들 그 의무를 제대로 해내지 못하신다면 언제든지 바뀔 수 있다는 것을 이번 기회에 확실히 알려 드립시다!"

성공리에 모임이 끝나고 자리를 떠나는 이들의 얼굴에 연신 만족스러운 미소가 떠올라 있었다.

그들이 하는 일 자체가 반역이라는 생각은 없는 것일까?

생각에 생각을 이어서 하던 비설이 쓰게 미소 지었다.

그들을 비판할 자격 따위 그녀에게는 없다. 황제에게 권력을 빼앗으려는 저들이나 황제인 도윤을 죽이려는 자신이나 똑같은 이들일 뿐이었다.

"사도께서 자리를 마련하셨습니다."

떠나는 귀족을 보던 비설에게 시종이 다가왔다. 그들을 보던 비설이 가까이 느껴지는 시선에 고개를 돌렸다.

어느새 다가온 운형이 비설을 보며 고개를 저었다. 운형이 말하고자 하는 건 알았지만, 이미 비설은 선택한 후였다.

"사도를 만난 후 인사드리겠습니다. 운정공."

운형을 밀어낸 비설이 시종을 따라 걸어갔다. 한두 명씩 보이던 사람들이 사라지고, 불빛조차 희미한 복도를 한참을 걸어 굳게 닫힌 문 앞에 섰다.

"모셔 왔습니다."

말을 끝낸 시종이 문을 열고는 뒷걸음질로 사라졌다. 홀로 남은
복도에서 고민하던 비설이 방 안으로 들어갔다.

"한잔하겠느냐?"

준비된 주안상에 앉아 있던 사도가 비설에게 술을 권했다. 그녀
의 자리에 놓인 술잔을 보던 비설이 마시지 않겠다는 듯이 고개를
저었다.

도윤에게 적의를 드러내는 것까지는 같이하겠지만, 뜻을 같이할
생각 따위 없다.

"사도께서 말하는 그 선두에 서겠습니다. 연도윤의 목을 벨 수
있을지는 모르겠지만 최선을 다해 봐야겠지요. 그 전에 사도께서
도 하나는 소인에게 내주셔야겠습니다."

당차게 들어오는 요구에 사도가 입꼬리를 올렸다. 저 껍질은 여
인이었지만, 행동은 세화나 다른 여인들과는 달랐다. 하지만 그래
봤자 결국 검만 잘 쓰는 무식한 여인일 뿐이다.

"무엇을 원하느냐?"

비설의 손이 목을 묶은 검은 천을 감쌌다. 두꺼운 옷으로 제 몸
을 가렸지만, 그가 남긴 흔적이 사라지는 것은 아니었다.

그녀가 있고 싶었던 곳은 욕심과 욕망이 엉망으로 날뛰는 이곳
이 아니라 도윤의 곁이었다. 이제는 그럴 수 없다는 것을 알면서도
새롭게 생긴 욕심은 그녀를 흔들었다.

흔들리는 비설의 머릿속에 아버지가 지나가고, 비현의 시신이
스쳐 갔다. 제 목숨을 버려 가며 지킨 도윤은 그들을 위해 아무것
도 하지 않았다.

"녹의군 군장이었던 조규한을 사도께서 데리고 계신다는 걸 알고 있습니다. 저에게 내주시지요."

❊❊❊

"공. 차를 가져왔습니다."

방 안으로 들어온 시종이 들고 온 차를 운형의 앞에 내려놓았다.

차를 마시면 비릿한 맛이 밀려오고 이후에는 혀가 마비될 것 같은 쓴맛이 오랫동안 남았다. 처음에는 한 모금도 제대로 마시지 못하고 토해 냈던 것이 언제부터인가 그 역한 맛에 익숙해져 있었다.

1년만 마시면 될 줄 알았던 차가 3년이 지나고 십여 년이 지나도록 마시고 있었다. 곧 내려놓을 줄 알았던 마음의 짐은 흐르는 시간만큼이나 더 무겁게 운형을 눌렀다.

"더는 차를 들이지 마라."

"네?"

"이제 그만 마셔도 될 것 같구나."

운형의 선언에 시종이 믿을 수 없다는 듯이 눈을 좁혔다.

운형이 가장 오랫동안 자주 마시는 차였다. 최소 사흘에 한 번은 반드시 마시는 차였다. 다른 것은 몰라도 저 차를 빠뜨리거나 제때 들여놓지 않으면 시종장에게 크게 혼나기 일쑤였다.

"다른 차를 내오거라."

"그리하겠습니다."

운형의 명령에 다시 찻주전자와 잔을 든 시종이 뒷걸음질로 밖을 나갔다.

다시 조용해진 방에서 운형이 탁자를 손가락으로 두드렸다. 어느 때보다도 조용히 일은 진행되고 있었다. 도윤을 공격할 날짜가 잡히고, 일을 진행할 병사들이 뽑혔다. 계획이 세워지고 참여할 귀족의 명단이 마련되었다.

모든 것이 완벽하게 진행되고 있었다.

이 상황의 가장 큰 문제는 선두가 운형으로 되어 있다는 것이었다.

"말이 좋아 귀족의 힘을 보여 준다는 것이지. 결국은 역모겠지."

성공한다면 운형을 꼭두각시로 세운 사도가 권력을 잡을 것이고, 실패해도 운형만 책임질 뿐 사도는 잃을 것이 없었다.

'이대로라면 모든 책임을 짊어지고 죽을 사람은 나뿐이다.'

상황을 되돌릴 수는 없더라도 최소한 방법을 찾아내야 했다. 사도에게 이용당하기 위해 지금까지 몸을 숙이며 기회를 기다린 것이 아니다.

"공. 유 호위께서 기다리고 계십니다."

"들게 하여라."

문이 열리고 온몸을 가린 비설이 방 안으로 들어왔다. 언제나 보여 줬던 옅은 미소조차 없었다. 핏기라고는 전혀 없는 얼굴에 드리워진 무표정이 그녀가 무슨 생각을 하는지 전혀 알 수 없게 했다. 당장 주저앉아도 이상하지 않을 상태로 비설은 운형을 향해 머리를 숙였다.

"부르셨습니까?"

"……괜찮은 것이냐?"

"괜찮지 않은 일이 또 무엇이 있겠습니까?"

무척이나 침착하고 조용했지만, 비설의 눈은 맨 처음 운형이 마주했었던 불안감이 엿보였다.

일어난 운형이 비설을 향해 손을 뻗었다.

"저는 정말 괜찮습니다. 운정공."

운형의 손이 닿기 직전에 비설이 뒤로 몸을 뺐다. 손을 뻗는 시늉만 해도 먼저 다가왔었던 비설이 이제는 운형을 피했다.

비설의 중심이 바뀌었다.

운형을 보며 운형만을 따르던 비설이 그의 곁에 있으면서도 생각하는 이는 다른 이를 향하고 있었다.

"폐하를 연모하는 것이냐?"

잠깐의 정적이 평생의 것처럼 오랫동안 이어졌다. 말없이 운형을 보던 비설이 말도 안 된다는 듯이 미소를 지었다.

"가족의 원수입니다. 그런 자를 연모라니 우스운 일이지요."

비설은 거짓말을 잘하지 못했다. 표정을 숨기지도 못했고, 설령 표정을 숨겨서 말해도 얼마 지나지 않아 본인이 무안한 듯 속마음을 드러내니 거짓을 말하느니 말을 돌리거나 외면을 했었다.

그랬던 비설이 운형의 눈을 보며 거짓을 말했다.

거리를 벌렸던 비설을 붙잡은 운형이 목을 단단히 묶었던 천을 풀었다. 미끄러지듯 천이 풀어지면서 나오는 잇자국에 운형이 눈을 감았다.

"폐하께서는 널 너무나도 험하게 대하시는구나."

운형의 앞에 있었지만, 비설의 머릿속을 채운 사람은 도윤이었다. 이미 선택한 일이면서도 머릿속에서는 같은 의문이 계속 맴돌았다.

"왜 연도윤은 제 손으로 없애고 버렸던 가문의 딸인 저에게 먼저 다가왔을까요?"

"비설아."

"저는 아무 가치도 없는데요."

도윤을 떠난 후, 사도에게 제 발을 찾아온 내내 비설이 찾고자 했던 답이었다. 지금의 상황이야 연모였다며 넘어갈 수 있었지만, 도윤은 비설이 황궁에 들어왔을 때부터 먼저 관심을 줬던 이였다.

도윤에게 흔들리던 상황에서 빠져나오니 생각하지 못했던 물음이 비설을 놔주지 않았다.

도윤은 왜 비설에게 먼저 다가왔을까? 이유가 있어 다가왔다 해도 연모를 믿지 않던 그가 왜 비설을 곁에 두게 되었을까?

"폐하의 생각을 너나 내가 어찌 알겠느냐? 그저 잠시 흔들렸을 뿐이다. 이번 일만 잘 넘기면 돌아가자."

"운정공. 충분히 강해졌다고 생각했는데 전 아직 약한 것 같습니다."

떠올리지 않겠다며 마음먹어도 머릿속을 가득 채우는 사람은 또 도윤이었다. 이제 더는 돌아갈 수 없다는 것을 알면서도 미련은 끊임없이 그녀의 전부를 붙잡았다.

마음은 마음일 뿐, 이제는 현실을 받아들여야 할 시간이었다.

"운정공. 새 차를 가져왔습니다."

문이 열리고, 안으로 들어온 시종이 운형의 앞에 새로 가져온 차를 내려놓았다. 시종이 가져온 차를 비설이 물끄러미 보았다.

"항상 드시던 차가 아닙니다."

"몇 년을 똑같은 차를 마시니 이제는 질리더구나. 다른 차를 가져오라고 하였다."

운형의 말에도 비설의 눈이 놓인 차를 말없이 바라보았다. 딱딱하게 굳은 비설을 보던 운형이 먼저 자리에 앉았다.

"마침 좋은 차가 들어왔단다. 힘들었을 테니 차라도 같이 하자구나."

"아닙니다. 이만 가 보겠습니다."

운형에게 몸을 숙인 비설이 조용히 방 밖을 나갔다.

사도의 움직임만큼이나 비설의 변화가 신경 쓰였다. 비설을 붙잡고 있었던 중심이 사라졌다. 잘못 행동하면 지금까지 세워 놓은 기반이 완전히 무너질 수 있다.

차가 식는 것도 상관없이 운형의 머리가 바쁘게 굴러갔다.

❋ ❋ ❋

"폐, 폐하."

황궁의 분위기는 점점 더 안 좋게 흘러갔다. 규정전 바로 앞에 널브러진 시신을 보는 도윤의 눈이 가라앉았다.

일이 커지는 것을 두려워한 재상과 내시감이 황궁 안팎에서 분위기를 틀어쥐고 있었지만, 한 번도 아니고 거듭 일어나는 상황에서 소문은 점점 더해 갈 수밖에 없었다.

"곳곳의 쥐와 벌레가 나의 황궁을 더럽히고 있군."

도윤의 독설에 내시감이 어두운 얼굴을 가리듯 깊게 몸을 숙였다. 도윤에게 억눌러 있던 귀족들은 이번이 기회라는 듯이 매섭게 도윤을 몰아갔다.

"황제가 덕이 없어 반역이 일어날 징조이니 하늘에 죄송하다는 제를 지내라고 했던가?"

"송구하옵니다. 폐하."

"사람이 죽었는데 하늘에 사과를 하라? 저들이 하늘인 것처럼 짐에게 명령하는군."

싸늘하게 식은 분위기에 내시감이 마른 입술을 깨물었다.

규한이 종적을 감추고 비설이 사라졌다. 종종 명령을 받으러 왔

504

었던 채현조차 자취를 감추니 황궁의 묵직한 분위기와는 다르게 도윤의 주변은 어느 때보다도 조용했다.

문제는 저 상태가 평화로운 상태의 정적이 아니라 터지기 직전의 상황이라는 것이었다. 차라리 비설이라도 옆에 있었다면 안심이 되었겠지만, 안타깝게도 이번 일의 원인 중 하나는 그 비설이었다.

"시신을 잘 수습하거라."

"그리하겠사옵니다. 폐하."

내시감의 명령에 발 빠르게 달려온 내관들이 시신을 치우고 흔적을 없앴다. 점점 사라지는 흔적을 보던 도윤의 눈이 파르르 떨렸다.

간신히 억눌렀던 허기를 비설로 채웠지만, 만족은 그때뿐이었다. 자신조차 몰랐던 허기와 갈증은 시간이 지나갈수록 도윤의 이성을 더욱 흔들어 댔다.

감정이 격해져도 지금은 참고 기다려야 한다. 아직 그가 원하는 만큼 일은 진행되지 않았다. 좀 더 상황을 뒤집어야 한다. 그들에게 도윤의 목이 제 손아귀에 있다는 확신을 심어 줘야 했다.

"폐하. 차라리 명현공께 부탁을 하심이 어떠하신지요?"

명현공이라는 말에 도윤이 입꼬리를 올렸다.

서문이 절반으로 나뉘며, 빼앗아 온 그 절반을 서문의 이헌에게 떠넘기듯이 명현공이라는 자리를 주고 다스리게 하였다.

"이제 겨우 죽림으로 돌아온 놈을 부르라는 것이냐? 박하기는."

"폐하."

"기다리는 것도 지겹구나."

꽉 문 잇새로 나오는 소리에 내시감이 고개를 숙였다. 싸늘한 살기에 내시감은 물론이고 주변을 지키던 내관과 궁녀 또한 주저앉으며 몸을 떨었다.

주변의 반응에도 상관없이 고민하던 도윤이 입꼬리를 비틀며 웃었다.

"하긴…… 내가 기다릴 이유가 없지."

"폐하."

"하늘의 제를 지낼지 어찌할지는 모르겠지만 황궁의 문을 보름간 열겠다."

"폐하! 그 어찌……."

"날 보고 싶다 하니 준비를 해 줘야지."

갈증과 허기를 채워 줄 사람이 하나뿐이라면 데려오면 그만이었다.

그녀를 데리고 올 가장 빠른 방법은 미처 하지 못했던 일을 하라며 꾀어내는 것이었다. 연도윤에게 인내와 배려는 어울리지 않는다.

마음에 안 들면 치우면 그만일 뿐, 이미 만들어진 판에 쓸데없는 시간 소모는 필요 없었다.

❀❀❀

'죽여서는 안 된다.'

사도가 마련해 준 장소로 걸어가는 비설의 표정이 유난히 차가웠다. 마주하게 된다면 손발이 떨리고, 두려움에 마주하는 것도 고통이라 생각했었다.

막상 마주하게 되니 생각한 것보다도 침착했다.

"오셨습니까?"

인사를 받으며 들어온 비설의 눈에 제일 먼저 들어온 것은 이리저리 맞아 상처투성이로 묶여 있는 규한이었다.

그녀의 아버지가 자진할 때 옆에 있었다는 사내.

사도를 믿을 수 없어 따로 알아본 결과, 규한은 그날 비설의 저택에 있었다.

"단둘이 있고 싶습니다."

비설의 말 한마디에 기다렸다는 듯이 규한을 둘러싸고 있던 이들이 문밖으로 사라졌다.

모두가 나간 후, 단둘이 남자 비설이 쓰러져 있는 규한의 앞에 섰다.

이런 곳에서 규한을 마주할 줄은 생각도 못 했다.

"만약 제 주변을 누군가가 지켜보고 있다면 그 사람은 규한이 아니라 채현이라고 생각했습니다."

힘겹게 몸을 일으킨 규한이 피가 섞인 기침을 짧게 토해 냈다. 땅바닥에 앉아 자신을 추스른 규한에게서는 조금의 흔들림도 없었다.

긴 숨을 몰아 내쉰 규한이 비설을 마주했다.

"채현은 그저 저가 가고 싶은 대로 움직이는 버러지 같은 놈이지. 충의나 신뢰 따위 모르는 살인귀 놈과 나를 똑같다고 말하다니 불쾌하다."

황궁에 들어왔을 때의 비설은 그저 과거를 알아내고, 황제인 도윤에게 그 대가를 받아 내는 것만을 생각했다. 그 상황에서 만난 규한과 채현은 그저 잠깐 머물 호위군의 사내들일 뿐이었다.

"제가 왜 왔는지 아실 것입니다."

비설의 물음에 규한이 입을 굳게 다물었다. 잠시 고민하듯 바닥을 노려보던 규한이 이윽고 숨을 길게 몰아쉬었다.

"난 신의대로 했을 뿐이다. 지금까지 살아온 내내 후회할 일은 하지 않았다."

그녀의 아버지를 죽였다는 말 대신에 신의대로 했다는 말이 나왔다. 그를 지켜보던 비설이 그의 앞에 한쪽 무릎을 꿇고 앉았다.

예전의 그녀였다면 규한이 꺼내는 말을 이해하지 못하거나 거짓없이 믿었을 것이다.

생각할수록 우스운 일이다.

그녀조차 알지 못했던 사이, 도윤의 곁을 지키면서 그녀 혼자서는 배울 수 없었던 것을 배웠다. 도윤의 생각을 읽으려 노력하고, 그의 심중을 파악하려 행동했었던 것이 이 순간 빛을 발했다.

"당신이 어떤 말로 회피하셔도 상관없습니다. 충의와 신뢰를 말하셔도 난 당신을 믿지는 않으니까요. 하지만!"

비설의 손에서 빛이 나자마자 팔의 옷자락이 반쯤 떨어졌다. 늘어진 옷 사이로 보이는 문양에 규한이 당황한 듯 비설을 노려보았다.

손에 든 단검을 내려놓은 비설이 규한의 옷자락을 잡아 뜯었다. 도윤에게서 봤었던 문양이 규한의 팔에 선명하게 새겨져 있었다. 최대한 감정을 숨기려 했던 규한과는 달리 비설은 어느 때보다도 침착했다.

"이, 이보게!"

다시 단검을 잡은 비설이 반대편의 옷자락도 잘라 냈다. 처음 봤었던 문양은 도윤과 함께 보았던 것이지만, 반대편의 문양은 비설도 처음 보는 것이었다.

현재 주를 상징하는 문양이 비상하듯 날아오르는 용이었다면, 규한의 팔에 새겨진 것은 정면을 보며 똬리를 틀고 있는 문양이었다.

"당신이 내 아버지를 죽였든 죽이지 않았든 상관없습니다. 중요한 것은 내 가족이 모두 죽은 일에 당신과 당신이 신의를 지키는 이가 관여가 되어 있다는 것이겠지요."

파르르 떠는 규한을 보던 비설이 잡은 단검을 힘껏 붙잡았다. 이대로 규한의 목을 베어 버리고 싶다. 결국 자신의 가문은 귀족과 황제 사이에서 끼여 있다가 개죽음을 당했을 뿐이다. 고작 규한 하나의 목숨을 거두어 봤자 과거의 대가를 치르기에는 너무나도 부족했다.

"당신을 죽이는 일은 어렵지 않으나."

"네 감히!"

"황제를 죽이는 일은 어렵습니다. 당신에게도, 나에게도 가장 어려운 사람은 연도윤입니다. 당신과의 마무리는 연도윤을 죽인 이후에 하겠습니다."

비설의 단검이 규한을 묶고 있는 밧줄을 풀어냈다. 비설을 노려보던 규한이 몸을 일으켰다. 비틀거리며 비설을 지나친 규한이 문을 열고 밖으로 나갔다.

혼자 남은 방에서 비설이 허공을 말없이 노려보았다.

두둑.

얼굴에서 느껴지는 이질감에 비설이 뺨에 손끝을 갖다 댔다. 눈물이라는 것이 이리도 자주 흐르는지 전에는 알지 못했다. 수없이 괜찮다고 마음먹으면서도 연이어 일어나는 일에 그녀는 무력했다.

가장 힘든 연도윤만 죽인다면 이후의 일은 얼마든지 이겨 낼 수 있었다. 괜찮을 것이다. 언제나 그렇듯 또 잘 이겨 내서 앞으로 나갈 수 있을 것이다.

"망할."

터지는 눈물을 가리듯 비설이 손으로 눈을 가렸다.

목에 남아 있는 잇자국이 너무나도 아팠다.

황궁에서 오백 보 떨어진 곳에 서 있던 비설이 입을 가리고 있던
검은 복면을 아래로 내렸다.

긴장을 풀듯이 길게 내쉬는 숨이 밤바람을 만나 하얗게 흘러나
왔다. 저를 죽일 판을 만들려는 귀족들의 행동을 비웃듯 문을 활짝
열어 놓고 제 목숨을 가져가라는 듯이 버티고 있었다.

"기회는 한 번이다. 연도윤을 죽이는 대로 황궁을 이탈한다."

이번 일을 주도하는 대장이라는 사람을 비설은 말없이 보았다. 분
명 운형의 병력을 필두로 사도의 세력이 참가한다는 말을 들었다.

그녀가 전부 알겠느냐마는 황궁을 들어가는 병력의 모습이 이상
했다. 사도의 병력까지는 알지 못했지만, 분명 운형의 병력은 그녀
가 알고 있는 것과는 달랐다.

병력을 훑던 비설이 규한을 발견하고는 눈을 좁혔다.

지금은 그에게 신경 쓸 때가 아니다.

"진격하라!"

여기에 있는 사람 중 살아올 사람은 거의 없을 것이다. 불에 들어
가는 장작처럼 귀족의 권력을 위해 목숨을 태워 버릴 이들이었다.

'나도 다를 바는 없지.'

마음에 남아 있던 미련은 내려놓았다. 여기까지 온 것도 그녀의
선택이었고, 이후의 일도 결국은 그녀가 해야 할 결심이었다.

복면을 올린 비설이 황궁으로 들어가는 자객의 사이를 파고들었
다. 황궁을 비웠다는 말대로 도윤이 있는 규정전까지 황병은 물론
이고 내관이나 궁녀의 모습조차 보이지 않았다.

"연도윤을 찾아라!"

"일부러 찾아 주겠다니 고맙기도 하지."

도윤의 목소리에 자객의 움직임이 멈추었다. 소리를 찾아 헤매는 다른 이들과는 달리 비설의 눈이 어느 한 곳에 멈추었다.

용포 대신 암행에 나갔었던 그 날처럼 흑의를 입은 도윤이 자객들의 앞으로 천천히 걸어왔다.

"어서 와."

초조와 불안으로 뛰던 심장이 눈을 마주하는 순간 놀랍도록 평안하게 가라앉았다. 마치 자객을 향해 인사하는 듯 보였으나 그가 보는 사람은 비설뿐이었다.

저 시선은 진심이다. 비설의 적의도, 그를 완전히 포위하듯 둘러싸고 서 있는 자객들도 도윤은 전혀 신경 쓰지 않았다.

처음 자객을 볼 때부터 입꼬리를 올리며 말을 건넬 때까지 도윤이 보는 사람은 비설뿐이었다.

"닫아라."

도윤의 명령과 동시에 열려 있던 문이 닫혔다. 문을 닫으며 들어온 흑의가 무기를 꺼내 자객을 겨누었다. 아무리 뛰어난 흑의여도 규정전에 몰려든 자객만 오십이 넘었다.

옷에 묻은 먼지를 툭툭 털어 낸 도윤이 적의를 드러내는 자객을 천천히 훑어보았다.

"네 녀석들이 날 죽이든지 다치게 하든지 해야 황궁 너머에서 기다리는 이들이 얼씨구나 하면서 달려들겠지. 내가 마음이라도 고왔으면 그리해 줬을 것이나 심성이 그리 착하지 않아서 말이다. 노력해 보렴."

도윤의 말이 끝나자마자 자객이 일사불란하게 도윤을 향해 달려들었다.

규정전의 계단을 한 번에 넘은 자객이 도윤을 향해 무기를 휘둘렀다. 도윤의 머리에 자객의 검 끝이 닿기 직전, 도윤의 손에서 빛이 반사되었다.

"퀵!"

빛은 짧았고, 피는 한꺼번에 터져 나왔다.

몸의 상처에서 터져 나오는 피를 보는 자객의 눈이 경악으로 물들었다. 반항조차 제대로 하지 못한 채 도윤의 앞에 쓰러졌다.

무심한 듯 들고 있던 검에 묻은 피를 도윤이 툭툭 털어 냈다.

"검을 쓰는 게 귀찮을 뿐, 못 쓰지는 않는단다."

도윤의 공격에 자객 사이에 틈이 생기자 그 사이를 흑의가 끼어들었다. 바로 목을 노리는 흑의의 매서운 검에 규한이 비틀거렸다.

그가 지금까지 알던 흑의들과는 완전히 달랐다. 수는 몇 되지 않았지만 검을 휘두를 때마다 자객이 속수무책으로 쓰러졌다.

"아악!"

자객을 단칼에 베어 버린 흑의가 비설을 향해 다시 검을 휘둘렀다.

살이 베이는 감촉 대신 날카로운 소리가 들렸다. 당연히 들어갈 줄 알았던 공격이 막혔지만, 흐트러지는 대신 검의 방향을 바꾸어 비설을 공격해 왔다.

"윽!"

목으로 바로 다가오는 검을 막은 비설이 입술을 깨물었다. 힘에서는 사내를 이길 방법은 없다. 하지만 속도에서 비설은 언제나 그들보다 위였다.

막은 검을 비끼듯 피한 비설이 사내의 다리를 발판 삼아 몸 위로 올라탔다.

잡았던 검의 방향을 바꾼 비설이 주저 없이 흑의의 목에 검을 꿰뚫었다. 숨이 끊어진 흑의의 몸이 바닥에 닿기도 전에 비설이 다시 움직였다.

연도윤을 죽이려면 흑의부터 제거해야 한다. 최대한 한 명이라도 더 살려서 연도윤에게 달려들게 해야 했다.

"감히!"

바로 앞까지 나타난 비설이 검을 휘두르자 몸을 틀어 검을 피한 흑의가 이를 갈았다.

흑의의 앞에서 검을 다잡은 비설이 규한을 향해 눈을 돌렸다. 비설의 판단을 알아차린 규한이 도윤이 아니라 흑의를 향해 방향을 바꾸었다.

"어디서 한눈을 파는 것이냐!"

강하게 밀려오는 공격에 비설이 몸을 굴렀다. 찰나의 틈도 없이 다시 밀려드는 검을 지켜보던 비설이 검을 세웠다.

검과 검이 부딪치는 소리가 나는 것과 동시에 비설의 손이 검을 비틀었다. 검이 밀리고, 중심을 잃은 사내의 목을 그녀의 검이 베었다.

흑의가 무너지자 일방적으로 밀리던 상황에 다시 균형이 맞춰졌다.

우왕좌왕하던 이들의 절반이 흑의에게 향하자 비설의 방향이 흑의에게서 도윤으로 바뀌었다. 도윤의 시선이 흑의에 향했지만 상관없다. 그녀의 수 따위 도윤은 전부 읽고 있을 것이다. 그보다 더 앞을 바라보거나 그와 같은 곳을 보겠다는 욕심은 이미 버렸다.

"가족의 복수."

일곱 살 이후로 한 걸음도 더 나아가지 못했다. 한 번은 부딪쳐야 할 사내, 그에게서 차마 받지 못했던 대가를 받을 할 기회였다.

"어디를 가려는 것이…… 컥!"

정면을 막는 흑의를 향해 몸을 날린 비설이 검을 휘둘렀다. 흑의가 검을 휘두르기도 전에 비설의 검이 어깨를 길게 베었다. 휘청거리는 호위의 목에 단검을 박은 비설이 검을 다잡았다.

도윤이 목표라는 것을 보여 주듯 산더미처럼 쌓인 시신에서 흐르는 피가 주변을 붉게 물들었다. 그의 온몸이 피로 물들어 있었지만, 상처는 보이지 않았다.

마치 황제였던 도윤을 처음 만났던 그날이 이 순간 겹쳐 보였다. 그때는 다가가는 것조차도 엄두가 나지 않았던 사내가 바로 눈앞에 있었다.

앞을 막는 자객도, 흑의도 보이지 않았다.

그녀가 할 수 있는 가장 빠른 움직임으로 도윤과의 거리를 좁혔다.

"연도윤은 내가 죽일 것이…… 컥!"

어설프게 길을 막은 자객을 찌른 비설이 도윤의 바로 옆까지 다가갔다. 제 손에 죽은 자객을 밀어낸 도윤이 비설과 눈을 마주쳤다.

'실패다!'

도윤과 시선을 마주한 시점에서 이미 비설의 행동은 전부 읽혔다. 그럼에도 이대로 물러날 수 없다.

비설의 검이 도윤의 심장을 정확히 노리고 들어갔다.

'아!'

도윤에게 비설의 검 따위 아무것도 아니다. 비설의 검이 매서워도 도윤은 웃으면서 검을 막고 그녀에게 치명상을 입힐 수 있었다.

"왜……."

하지만 당연히 막힐 줄 알았던 검은 정확히 도윤의 심장을 향했다.

자신의 심장으로 밀려드는 검을 보면서도 도윤은 웃었다. 그의 표정을 마주한 순간 비설이 입술에 피가 배어 나오도록 깨물며 몸을 비틀었다.

"아……."

최대로 몸을 비틀었지만 도윤의 어깨에 검이 박혔다. 눈을 엷게 꿈틀거릴 뿐, 도윤의 미소는 사라지지 않았다.

도윤의 상처를 보는 비설의 눈이 파르르 떨렸다. 검을 힘껏 쥐고 있던 손이 떨렸다.

"왜…… 왜 안 막았어?"

어깨의 상처를 꼭 제 것이 아닌 것처럼 보던 도윤이 그녀만 들릴 만큼 작은 소리로 말을 꺼냈다.

시간이 멈추고 공간이 희미해졌다.

온통 검정색으로 보이는 세상에서 비설을 사로잡은 것은 도윤의 어깨에서 흘러내리는 붉은 피와 들릴락 말락 희미하게 들려오는 그의 숨소리뿐이었다.

"연도윤!"

나락으로 떨어지려는 그녀의 신경을 붙잡은 사람은 도윤의 부상을 발견하고 달려드는 규한이었다.

"황제가 검에 찔렸다!"

"반드시 죽여야 한다!"

도윤의 어깨에서 흐르는 피에 규한의 눈에 광채가 돌았다. 좀처럼 빈틈을 주지 않던 연도윤이 어깨에 상처를 입었다. 연도윤을 죽일 수 있는 처음이자 마지막 기회일지도 모른다.

도윤을 찌른 비설이 검을 빼자 규한이 양손으로 검을 붙잡았다. 기회는 딱 한 번, 이대로 연도윤을 내려치면 오랜 염원이 이루어진다.

"죽어라!"

규한이 도윤을 향해 검을 내려쳤다.

챙!

"감, 감히."

"크윽!"

"네가 감히 배신하겠다는 것이냐!"

규한이 내려치는 검을 온 힘으로 받아 낸 비설이 검을 비껴 내며 밀어냈다. 동시에 도윤에게 무기를 휘두르는 자객의 목을 그대로 베었다.

"이놈!"

"내 선택이다."

"은혜를 입어 놓고 그딴 말이 나오느냐!"

규한이 온몸으로 밀자 중심을 잃은 그녀가 계단을 굴렀다. 정신을 추스를 틈도 없이 몸을 일으키자 도윤을 노렸던 자객이 그녀를 향해 검을 겨누고 있었다.

"죽어!"

다가오는 무기를 피한 비설이 자객의 손목을 내려쳤다. 비명을 지르며 자객이 틈을 보이자 주저 없이 목에 주먹을 찔렀다.

떨어진 검을 쥔 비설이 검을 휘둘렀다. 그녀의 검에 몇몇이 쓰러지자 살아남은 자들이 그녀를 향해 밀려왔다.

자객의 목에 검을 찍은 것과 동시에 팔이 베인 비설이 비틀거렸다. 연이어 들어오는 공격을 비설이 몸을 굴리며 피했지만 얼굴과 다리에 미처 피하지 못한 상처가 늘어 갔다.

"황제를 죽여라!"

꽝음을 내며 닫힌 문이 열리고, 사도의 병력이 밀려왔다. 동시에 규정전 뒤로 황궁 호위들이 도윤을 에워쌌다.

"폐하를 지켜라!"

황제를 죽이려는 자와 지키려는 자로 규정전 앞은 엉망이 되었다. 상황을 생각할 겨를도 없이 적이라고 생각되는 자들이 밀려왔다.

귀가 얼얼한 소음이 일어났지만 비설의 머릿속을 채운 것은 왜 막지 않았느냐는 물음에 대한 도윤의 답뿐이었다.

'너잖아.'

네 검을 막을 생각도, 피할 생각도 없다는 의미에 더는 도윤에게 검을 겨눌 수 없었다. 지금에야말로 도윤을 죽일 유일한 기회였지만, 비설은 그렇게 할 수 없었다.

이렇게 연도윤을 죽일 수는 없다.

적어도 지금만큼은 그를 살려야 한다.

호위에게 둘러싸여 있으면서도 도윤의 검은 종종 제 목을 노리는 자객을 향했다. 한 치의 오차도 없이 도윤이 검을 휘두를 때마다 자객의 목이나 몸에서 피가 터져 나왔다.

"네 이놈!"

자객을 베며 도윤에게 가던 비설이 옆에서 느껴지는 짙은 살기에 몸을 굴렸다. 그녀가 있던 자리에 검을 찍은 규한이 핏줄이 터진 눈으로 노려보고 있었다.

"네가 받은 그 은혜를 원수로 갚다니! 고얀 것!"

"……."

"연도윤을 죽일 수 없다면 너의 목이라도 가져가겠다."

전력을 다해 규한이 달려들자 비설이 검을 다잡았다. 규한의 검이 닿자마자 비설이 비끼듯 검을 밀어냈다. 익숙한 공격에 입꼬리를 올린 규한이 틀어지는 방향에 맞춰 다시 검을 휘둘렀지만, 공격을 피한 비설이 다른 손에 들고 있던 단검을 꺼내 규한의 허벅지를 베었다.

"으윽!"

허벅지에서 피가 터져 나오고 규한의 움직임이 멈춘 찰나 비설의 검이 손목을 노렸다. 그녀의 검이 손목에 닿으려는 순간 규한의 손이 비설의 목을 틀어쥐었다.

"컥!"

"이 쥐새끼 같은 것!"

규한의 손가락이 목을 파고들었다. 발버둥을 쳤지만, 허공에 뜬 발이 아무리 버둥거려도 무의미했다.

핏줄이 터져 눈이 붉어지고, 핏기가 사라진 얼굴에 가쁘게 내쉬던 숨이 점점 더 희미해졌다.

"네놈이라도…… 컥!"

규한의 팔과 옆구리에서 뿜어져 나온 피가 비설의 얼굴을 적셨다. 허공에 떠 있던 비설의 몸이 순식간에 바닥에 처박혔다.

"아아악!"

"콜록콜록."

규한의 팔과 함께 바닥에 곤두박질친 비설이 힘겹게 몸을 일으켰다.

가쁘게 기침을 토해 내며 규한을 노려본 비설의 눈이 꿈틀거렸다. 언제부터 와 있었는지 채현이 눈을 찡그리며 옆구리를 찌른 검을 뽑았다.

"난 찌르기만 했는데 폐하께서는 팔을 베어 버리셨군."

"아악!"

비틀거리며 비설과 채현에게서 벗어난 규한이 바닥을 굴렀다.

채현을 보던 시선이 도윤을 향했다. 언제나 짓고 있던 여유로운 미소에 살기가 덧씌워져 있었다. 적을 죽이고, 살아남기 위해 검을 휘두르고 있었지만, 도윤의 앞에 쌓여 있는 시체는 압도적으로 많았다.

"퇴각하라!"

그저 도윤이 끼어든 것만으로도 상황은 완전히 기울어져 있었다.

비설과 채현을 노려보던 규한이 도윤을 발견하자마자 창백해졌다. 온전한 상황에서도 쉽지 않은 도윤에게 팔을 잘렸다.

"모두 도망쳐라!"

화가 치밀었지만, 이번 일은 실패였다. 터져 나오는 피를 손으로 막으며 규한이 규정전 밖으로 몸을 돌렸다.

도망가려는 자객과 그 자객을 잡으려는 흑의로 소란이 계속되었다. 도윤을 상처 입힌 비설을 잡으려 호위들이 달려왔지만, 도윤의 저지로 멈추었다.

"여우를 잡아와라."

도윤의 명령이 끝나는 것과 동시에 대기하던 호위들이 일사불란하게 규정전 밖으로 나갔다. 도윤과 비설을 복잡한 눈으로 보던 채현 또한 그들을 따라 나갔다.

빠져나가는 이들을 보던 비설이 힘겹게 몸을 추슬렀다. 규한의 검을 막으면서 베인 어깨에서 피가 흘렀지만 통증을 느낄 새도 없었다.

죄의 대가를 치르기 전에 마지막으로 확인해야 할 일이 있었다.

"이제 그만하지 그래?"

비설의 속마음을 꿰뚫어 보듯 도윤이 말을 걸었다.

그를 마주한 것만으로도 심장이 빠르게 뛰었다. 당연한 결과이기는 했지만, 저가 입힌 상처 말고는 다치지 않은 그를 보니 모순되게도 안심부터 되었다.

"이제 그만 봐도 되잖아."

마음대로 하라는 듯이 비설을 잡지 않았던 도윤이 처음으로 그녀를 붙잡았다. 이제 와서 후회하는 것도 우스웠지만, 차라리 아무것도 보지 않고 듣지 않았으면 더 좋았을 것 같았다.

그러기에는 이미 그녀는 너무나도 많은 것을 알아 버렸다.

"쿨럭."

고개를 저으려던 비설이 굵은 핏덩어리를 토해 냈다.

그녀의 피에 도윤이 바로 앞까지 다가왔다. 도윤이 비설을 부축하려 잡은 순간 그녀가 도윤의 옷자락을 붙잡았다.

"폐하!"

"모두 그대로 있어라!"

당장에라도 달려오려는 호위를 도윤이 막았다. 그사이 도윤의 귀에 비설이 낮게 속삭였다.

할 말을 끝낸 비설이 도윤을 말없이 바라보았다. 그에게서 보이지 않던 초조와 불안이 엿보였다. 연도윤에게 저런 표정이라니 어울리지 않는다.

"여기까지만 하자."

"괜찮을 것입니다."

주저앉고 싶을 때마다 그녀를 붙잡았던 문장을 힘겹게 꺼냈다.

도윤의 어깨에 나 있는 상처를 비설이 힘껏 붙잡았다. 신음을 터트리며 고통스러워하는 그를 밀어낸 비설이 황궁 밖으로 몸을 날렸다.

멀어져 가는 비설을 보던 도윤의 눈이 흔들렸다.

'제가 내린 결론이 당신과 같은 것이 아니었으면 좋겠습니다.'

도윤은 단 한 번도 자신의 결심에 후회한 적이 없었다. 비설을 미끼로 전부를 끌어낼 수 있다면 그만한 이득이 없다고 생각했다.

그의 생애에 처음으로 느끼는 불안이었다.

자신의 선택이 잘못되었다면.

그가 생각했던 가장 이상적인 그림이 시작부터 잘못 그려진 것이라면.

그래서 그가 꿈꾸는 완성이 실은 비설의 희생으로 끝나게 된다면.

"폐하. 이만 상처를 치료하심이……."

"호위들을 모아라."

비설의 말이 머릿속에서 사라지지 않았다. 어쩔 수 없는 희생이라고 생각한 일이 최악의 수였을지도 모른다.

막아야 했다.

✻✻✻

이미 살기에는 늦었지만, 이대로 생을 놓을 수 없었다.

굴욕적인 패배를 한 후부터 준비해 왔던 일이었다. 그때는 이룰 수 없었기에 어쩔 수 없이 연도윤 앞에 몸을 숙였지만, 이제 그에겐 대등하게 싸울 힘이 있었다.

"주군."

한 걸음, 또 한 걸음.

힘겨운 걸음을 옮기던 규한이 무릎을 꿇고 주저앉았다.

잘린 팔에서 흐르는 피가 바닥에 금세 웅덩이를 만들어 냈다. 온몸의 피가 완전히 빠진 것처럼 하얗게 질린 그가 앞에 서 있는 이를 향해 피가 묻은 이를 드러냈다.

여기까지 올 수 있어서 다행이다.

"실패……입니다."

쥐어짜듯 터트리는 규한의 말에도 그 앞에 서 있는 이는 조금도 미동이 없었다. 힘겨운 숨을 몰아쉬며 규한이 정신을 다잡았다.

"움직였던 이들은 전부 제거했습니다. 주군께서만 정리하신다면 모두 사도가 뒤집어쓸…… 쿨럭. 것입니다. 주군…… 아니 도련님. 사도의 함은 무사히…… 빼앗아 놓았습니다."

규한의 눈에 붉게 차오른 것이 피인지 눈물인지는 알 수 없었다. 눈에 가득 고인 피눈물이 얼굴을 타고 바닥에 흘렀다. 마지막까지 도움이 될 수 있어서 규한은 억울하지 않았다.

"반드시…… 권좌에 앉으시어…… 형원공의 바람을…… 대업을……."

규한은 끝내 말을 맺지 못했다. 눈을 감지도 못한 채 숨을 거둔 규한을 보던 이가 천천히 다가와 눈을 마저 감기었다.

핏기라고는 전혀 없었던 창백한 얼굴은 언제 그랬느냐는 듯이 건강한 혈색을 띠고 있었다. 몇 걸음 가지 못하고 비틀거렸던 병약하고 불안했던 이는 어디에도 없었다.

"내가 이루마."

"……."

"아버지와 너희들의 희생으로 버텨 왔으니 이제는 되찾아야지."

한쪽 무릎을 꿇은 채 규한을 보던 운형이 감정을 가라앉히듯 숨을 내쉬었다. 자신의 숙원이 실패했다는 것을 깨달은 순간, 윤천의 꿈은 운형의 것이 되었다.

"내 아이는 누구보다도 나에게 제일 먼저 왔었지."

몸이 좋지 않아 힘이라고는 전혀 없었던 목소리는 완전히 달라져 있었다.

안으로 들어온 비설이 죽어 있는 규한을 보았다.

"왜 운정공께서 이 사람 앞에 계십니까?"

"이 사내도 내 사람이었으니까."

비설의 팔에서 흐르는 피가 바닥에 뚝 떨어졌다. 상처투성이인 비설을 보던 운형의 눈이 부드럽게 휘었다.

"연도윤을 죽이지 못했더구나. 아버지의 말씀대로 내 아이는 마음이 너무나도 약하구나."

"……."

"연도윤은 네 검을 막지 않았을 터, 평생에 한 번 있을까 말까 한 기회를 왜 그렇게 날린 것이냐?"

손이 떨리고, 피가 식었다. 무언가 말을 꺼내고 싶었는데 목이 막힌 듯 말이 나오지 않았다.

기회를 잡은 사도가 주도하고, 운형이 끌려가는 상황이라고 믿었었다. 종종 보이는 의심에 몇 번이고 물어보고 싶은 것을 참았고, 행여 운형에게 피해가 갈지도 모른다는 걱정에 그녀가 할 수 있는 최대한으로 전부 떠안을 생각이었다.

"주의 용을 죽이고, 새로운 용을 세운다."

비설의 말에 운형의 눈이 옅게 떨렸다. 달라진 모습만큼이나 바뀐 행동에 비설의 입술이 떨렸다. 도윤만큼이나 운형이 보이지 않았던 이유를 이제 알게 되었다.

달라진 운형에게서 보이는 사람은 도윤이었다.

"처음에는 문양을 보고도 떠오르지 않았습니다. 너무 오래되었고, 이미 끝난 일이었으니까요. 그런데 문양을 보니 떠올랐습니다. 형원공께서 만드신 문양이었고, 그분께서 언제나 하신 말씀이시죠."

부정하는 대신 운형이 대견하다는 시선으로 비설을 보았다.

차라리 자신은 아니라며 부정을 하기를 바랐었다. 그녀가 잘못 알고 있노라고, 이 모든 게 사도가 꾸민 일이라는 대답을 듣고 싶었다.

"사도가 공을 끌어들인 것이 아니라 공께서 사도에게 기회를 주셨군요."

"권좌를 쟁취하기 위한 모든 시도가 물거품으로 돌아갔다는 것을 깨달은 순간, 아버지의 이루지 못한 꿈은 나의 책임이 되었단다."

"하지만 그때 운정공께서는 형원공을 막으셨습니다!"

"수많은 계획 중 하나였다. 가장 하고 싶지 않았지만 해야 할 일이었다. 아버지가 모든 것을 끌어안고 희생하시면 난 남은 자를 추슬러서 다시 기회를 잡는다. 내가 아버지께 받은 유언이었고, 내 평생의 숙원이 되었다. 규한은 그런 나를 위해 황궁에 들어갔고, 연도윤에게 충성했지."

"……"

"대의를 위한 작은 희생이었다."

운형이 너무나도 낯설었다. 지금까지 알고 있었던 운형과는 너무나도 달랐다.

간신히 버티고 있는 비설을 향해 운형이 걸어왔다. 팔에서 흐르는 피를 보던 운형이 품에서 손수건을 꺼내 상처를 감쌌다.

곧 운형의 손이 비설의 뺨을 감쌌다. 몸을 조심하라며, 너를 아끼는 자신을 걱정시키지 말라며 다가왔던 손은 완전히 변해 있었다.

몸의 고통은 느껴지지 않았지만 지금 비설을 부서뜨리고 있는 것은 정신이었다.

"네 아버지는 나와 아버지를 도와주지 않았지만, 너는…… 내가 아끼는 너는 날 도와줄 거라고 믿는다."

조금씩 벌어지던 틈이 점점 더 벌어졌다. 더 이상 새로운 것을 듣고 싶은 마음조차 들지 않았다. 그럼에도 운형을 말릴 수 없었다.

"아버지를…… 죽이셨습니까?"

"자진이었다. 연도윤의 말도 안 되는 광에 빠져든 네 아버지는 나와 손을 잡는 대신 모든 것을 내려놓았다. 함에 무엇이 들었는지는 모르지만 서신은 그저 내 아버지와 내 눈을 속이기 위한 것일 뿐이었다."

"……."

"아버지와 나의 호의를 네 아버지는 거부했다. 그의 선택으로 가문이 멸문되었고, 네가 그렇게 살아남게 된 것이다. 이것이 진실이고, 더는 거짓은 없단다."

"내 아버지가 그런 선택을 할 수밖에 없었던 이유가 형원공과 공이셨군요."

팔을 붙잡고 있는 운형의 손을 떼어 냈다. 그럴듯한 말로 진실을 꾸며 봤자 결국은 개죽음이었을 뿐이다.

"비설아."

도망가려는 비설을 운형이 붙잡았다. 붙잡힌 팔에서 느껴지는 떨림이 너무나도 컸다.

충격이고 받아들이기 힘든 것은 알고 있다. 하지만 운형에게는 검이 필요했고, 그의 생각을 이해하고 받아 줄 비설이 필요했다.

"이 모든 게 연도윤이 권좌에 있었기에 일어난 일이다."

"……."

"네 아버지의 희생으로 연도윤은 전부를 얻었지만, 그는 널 위해 아무것도 하지 않았다! 네 정체를 알면서도 그는 외면하려 했을 뿐, 대가를 치르지도 않았다. 하지만! 난 그러지 않을 것이다. 이 모든 게 어색하고 힘들겠지. 그렇지만 받아들여야 한다!"

"무엇을 말입니까?"

힘겹게 꺼낸 목소리는 비설이 듣기에도 이상했다. 지금 그녀에게는 이 상황 자체가 무언가가 단단히 잘못된 듯싶었다.

꿈이 아니다.

이런 끔찍한 상황은 꿈에서도 일어나서는 안 되었다.

"사도가 문을 열었으니 내가 그 안으로 들어가겠다. 나와 같이 그 안으로 가자꾸나."

"……."

"내 검이 되어 권좌에 앉을 수 있게 도와 다오. 내가 아는 연도윤은 절대 너에게 검을 겨누지 못할 것이다."

운형에게 오는 내내 비설은 하늘에게도 빌고, 죽은 가족에게도 빌고, 비현에게도 부탁했다.

자신이 깨달았던 것이 거짓이기를.

그저 잠깐의 착각이어서 웃으면서 넘어갈 수 있기를.

이제는 눈물조차 나오지 않았다.

"폐하께서는 여우를 잡으라고 하셨죠."

여우라는 말에 운형이 눈을 좁혔다. 그것도 찰나, 여우의 뜻을 깨달은 운형이 미간을 찌푸렸다.

운형의 변화를 본 비설이 치미는 구역질을 간신히 참아 냈다.

그를 죽이려는 비설의 공격에도 불구하고 도윤은 피하는 대신 어깨를 찔렸다.

자신을 생각해 주는 그의 행동에 비설은 복수를 내려놓았다. 그런데 이제는 모르고 싶어도 알 수밖에 없었다.

연도윤은 비설이 자신을 죽이지 못한다는 것을 알고 있었다.

"왜 연도윤은 절 쉽게 놓아줬을까요? 제가 운정공에게 갈 거라는 것을 알면서도 말이지요."

"무슨 말이냐?"

"처음 황궁에 들어온 저에게 연도윤은 왜 먼저 다가왔을까요?"

자신은 미끼였다.

적의를 드러내는 사도를 자극해서 움직이게 할 운형을 표면으로 꺼내기 위한 수단이었다. 운형의 욕심을 이용하고, 사도를 부추겨서 제 모습을 드러내게 하기 위해서 비설에게 그런 호의를 베푼 것이었다.

그것도 모르고 연모하고 마음속 깊이 그를 새겼다.

"멍청이같이……."

"연도윤에게 이용당한 거다. 딱 그 정도밖에 안 되는 사내란 말이다."

"그 입 좀 닥쳐."

처음 들어 보는 비설의 독설에 놀란 운형의 눈이 커졌다. 더는 괜찮을 것이라는 말을 할 수 없었다.

괜찮지 않다.

운형. 도윤.

결국 그들에게 이용당한 사람은 그녀였다.

한 명은 선한 얼굴로 그녀에게 거짓된 마음을 품게 했고, 다른 한 명은 연모로 그녀를 미끼처럼 사용했다.

"떠나겠습니다."

단호한 선언에 운형이 부정하듯 눈을 좁혔다. 지금까지는 하자는 대로 내버려 두었지만 이제는 아니다. 비설이 있어야 할 곳은 자신의 곁이었고, 그녀에게 선택권이 없었다. 몸을 돌리려는 비설을 운형이 붙잡았다.

"떠날 것입니다."

"보내지 않겠다. 뭐 하고 있는 것이냐!"

운형의 고함에 병사들이 하나둘 그녀와 운형의 주변을 둘러쌌다. 운형이 손을 놓자 병사들이 비설의 양팔을 단단하게 붙잡았다.

"방에 가둬라. 마음을 바꿀 때까지 물 한 모금도 줘서는 안 될 것이다."

"운정공!"

밖에서 들려오는 날카로운 소리에 운형이 멈칫한 사이, 굳게 닫혔던 문이 강제로 열렸다.

호위들이 안으로 몰아닥치고, 선두에서 선 채현의 검이 비설을 붙잡고 있던 병사에게 향했다. 쓰러진 병사를 밀어낸 채현이 방어하려는 비설의 혈을 짚어 쓰러뜨렸다.

"안 돼!"

운형의 고함이 들려왔지만, 가볍게 무시한 채현이 황궁의 호위와 운형의 병사들 사이에서 비설을 빼돌렸다.

❀❀❀

운형이 묶어 놓은 수건을 끊어 버린 채현이 새로운 붕대로 비설의 상처를 감쌌다. 의원의 손이 필요한 상처도 있었지만 그가 할 수 있는 최선은 이 정도였다.

"제가 의심했던 사람은 규한이 아니라 당신이었습니다."

차분한 말에 채현이 미소를 지었다. 그러고 보면 황궁에 온 이래, 어쩌면 처음부터 믿을 수 있었던 사람은 아무도 없었다.

"동물은 말이야. 자기보다 강한 상대를 만나면 싸우기보다는 도망치지. 세상 무서운 줄 모르던 살수가 진짜 맹수를 만나면 살려 달라며 몸을 숙이게 된다는 말이지."

"……."

"사도는 폐하를 죽이라며 날 호위로 보냈지만, 난 뭐 둘 사이를 왔다 갔다 하는 재미가 있었거든. 나한테는 지켜야 할 가족이 있었고, 사도와는 달리 폐하는 언제든지 내 목을 틀어쥘 수 있는 사람이니 몸을 숙일 수밖에."

채현을 보고 있으면서도 비설은 아무 말도 꺼내지 않았다. 여우굴에 숨어 있던 운형이 제 모습을 드러냈고, 도윤이 자신을 미끼로 이용했다는 것까지 전부 깨달은 비설은 생각보다도 담담했다.

문제는 그 담담함이 좋은 징조가 아니라 터지기 직전의 불안함이라는 것이 문제라면 문제였다.

"폐하께서는 몇 번이고 여우를 잡으려 했지만 언제나 손아귀에 남는 건 여우가 남기고 간 흔적, 아니면 필요 없다며 버린 찌꺼기들이었네."

"제가 처음부터 미끼였다는 건 알고 계셨습니까?"

"아니. 자네도 알다시피 폐하께서는 본심을 보이는 분이 아니시지 않은가? 다만 여우가 운정공이라는 것을 알게 된 시점부터 보이긴 하더군."

"……."

"운정공의 감정까지는 모르겠지만 자네를 향한 폐하의 감정은 연모셨네. 자네를 미끼로 운정공을 끌어내기는 했지만 폐하의 감정이 거짓으로 보이지는 않았네."

"왜 폐하의 편을 들어주십니까?"

"폐하께서는 내가 하고 싶은 대로 하라고 했거든. 그리고 난 규한을 좋아하지 않았으니까."

물에 젖은 솜처럼 몸이 유난히도 무거웠다.

악연도 이런 악연이 없었다. 도윤만 죽이면, 그리할 수만 있다면 과거의 짐에서 벗어날 수 있다고 생각했다. 그 안일한 생각을 비웃듯 운형이 제 모습을 드러냈고, 그런 운형을 보며 도윤은 오랫동안 잡지 못했던 여우를 붙잡겠다며 움직이고 있었다.

"저를 어떻게 하실 것입니까?"

"아무것도 안 해."

"무슨 말씀입니까?"

"이제 와서 누가 맞고 틀리고를 판단할 생각은 절대 없지만 말이야. 적어도 이 상황까지 만든 사람이 너라면 적어도 최소한의 결정은 스스로 내리는 게 좋을 것 같아서 말이야."

제힘으로 어쩔 수 없는 진실에 사람이 무너지는 모습은 그다지 보고 싶지 않다. 운형을 표면으로 끌어낸 것으로 비설이 해야 할 일은 끝났다.

"여기에 있으면 곧 사람이 올걸세. 상처를 치료받고 폐하의 곁에 머물게 되면 자네의 고난도 끝나겠지."

"……."

"미끼로 이용당했으니 이제는 그 대가를 받아야 하지 않겠나?"

채현의 말에도 비설은 미동조차 없었다.

잔잔한 강물을 마주하는 기분, 비록 언제 사라질 지 알 수 없을 정도로 희미했지만, 채현이 할 수 있는 최선은 이 정도였다.

"폐하께 사람을 보내겠네. 쉬고 있게."

채현이 사라지고, 홀로 남은 비설의 눈이 허공을 향했다.

도윤의 연모가 거짓은 아니었다는 말이 머리를 채웠다. 자신의 검이 되라며 같이 가자는 운형의 말까지 머릿속에서 함께 뒤섞였다.

그들에게 그녀 본인의 생각이나 바람은 아무것도 아니었을까?

평생을 꿈꾸었던 복수를 내려놓고 도윤과의 연모를 생각했을 때도, 이름을 버리고 자신을 버리고 검을 쥐었을 때도 비설은 그녀가 할 수 있는 최선으로 살아왔다.

그녀에게는 최선이었던 삶이 그들에게는 고작 제 이득을 위한 기회였을 뿐이었다.

그녀의 생애에 만들어진 두 개의 세상이 하루아침에 먼지처럼 사라졌다.

"황궁으로 돌아가면 내 고난이 끝나는가?"

똑똑하고 영악하다면, 그러니까 세화였다면 당연한 듯이 선택했을 삶이었다.

도윤이라면 비설은 상상도 하지 못할 힘과 삶을 주며 미끼로 이용한 보답을 할 것이다. 지금까지의 고생을 보답받듯 연모하는 도윤의 손을 잡고 전혀 다른 삶을 살게 될 것이다.

"그래서?"

비설의 입가에 조소가 생겨났다. 아직도 운형의 배신이 낯설었다. 아무런 욕심이 없어 보였던 그가 실제로는 권좌를 누구보다도 갈망하고 있었다.

비설을 아끼는 듯이 말했어도 결국 운형은 윤천과 다를 바가 없었다.

"지쳤어."

치열하게 부딪치고 다시 생기는 생각의 끝에서 비설이 전부 내려놓았다.

이제 이런 생각을 할 필요가 없다.

더는 붙잡을 감정도 이루어야 할 목표도 없었다.

앞으로 나아갈 이유가 없는데 무엇을 누린단 말인가.

비틀거리며 일어난 비설의 눈에는 아무것도 보이지 않았다.

잠시 후, 되돌아온 채현을 맞이한 건, 비설이 잠시 머무르면서 남은 핏자국뿐이었다.

❀ ❀ ❀

"운정공! 이 망할 자식!"

들고 있던 검을 내던지며 사도가 이를 갈았다.

암살은 실패였다. 계획대로 운정공에게 전부 떠넘기려 했지만, 황궁에 있던 이들의 보고가 심상치 않았다. 분명 운형이 직접 데리고 온 병력이었다.

그런데 어찌하여 황궁에서 죽은 이들에게서 사도의 표식이 있다
는 말인가!

"이대로라면 사도께서 모든 책임을 뒤집어쓰게 됩니다! 이미 황
제가 황궁을 나왔다고 합니다!"

"누가 이렇게 당할 줄 아느냐?"

이를 바드득 갈며 사도가 머리를 굴렸다.

도윤의 암살이 성공하든 실패하든 사도에게는 손해 볼 것이 없
는 문제였다. 성공했다면 운형까지 제거해서 권좌에 일사천리로
올라가면 될 일이었고, 설령 실패해도 운형의 목을 베면 끝날 문제
였다.

그런데 일이 틀어지기 시작했다.

"멍청한 것 같으니."

도윤이 부상을 입었지만, 그 부상을 입힌 비설이 끝에서 배신을
하였다. 도윤의 부상은 크지 않았고, 하물며 제대로 된 타격조차
입히지 못했다.

회심의 기회를 멍청하게 날린 상황에서 발톱을 감추고 있던 운
형이 제 모습을 드러냈다.

"이대로 죽을 수는 없다."

깊숙이 관여시켰다고 생각한 운형은 누구보다도 빠르게 제 흔적
을 지웠다. 사도 혼자만의 반란으로 일이 끝나기 전에 어떻게든 방
법을 찾아야 한다.

"아버지께서 너무 어렵게 생각하고 계신 것 같아요."

세화의 목소리에 무슨 말이냐는 듯이 사도가 미간을 좁혔다. 세
화의 눈짓에 사도의 옆에 있는 이들이 밖으로 나갔다. 둘만이 남자

세화가 가까이 다가갔다.

이미 일을 저질러 놓고 꺼내는 말이었지만, 자신이 있었다. 이 상황을 예상하고 준비한 것은 아니었지만, 지금에야말로 그녀의 바람과 사도의 문제를 해결할 절호의 기회였다.

"유일하게 폐하께 상처를 입힌 원흉. 심지어 그 원흉은 운정공이 직접 황궁으로 보낸 계집이죠."

고심하던 사도의 눈에 빛이 감돌았다.

사도의 변화에 세화가 바로 곁까지 다가왔다.

"그 계집을 죽이고, 그 계집과 연결이 된 운정공만 먼저 잡는다면, 운정공이 아무리 제 모습을 드러내고 버틴다 한들 무슨 수가 있겠습니까? 하물며 이득을 우선하시는 폐하시라면…… 언제든지 잡을 수 있는 저희보다는 골치 아픈 황족인 운정공을 먼저 잡는 것이 이득이라고 생각하실 것입니다."

"어쩌면 나와 운정공, 둘 다 잡으려 하실지도 모르지."

"아버지. 폐하께 형원공은 영원히 지워 버리고 싶은 가장 위협적인 검이지요. 만약 운정공이 형원공의 유지를 잇는다는 말이 돈다면 귀족 사이에서는 분명 다른 생각을 품는 이들이 생길 테니까요."

세화의 말이 이어질수록 지끈거렸던 두통이 사라지는 기분이었다. 아직 하늘은 그를 버리지 않았다.

대견하다는 듯이 바라보자 세화가 부끄러운 듯 고개를 숙였다.

"이미 사람을 시켜 그년의 뒤를 쫓게 했습니다. 다만 병력이 모자란 터라……."

"들어와라."

사도의 말이 끝나자마자 밖에 대기하던 이들이 안으로 들어왔다. 잘했다는 듯이 세화의 손등을 두어 번 두드려 준 사도가 자리에서 일어났다.

"유비현이라는…… 아니 유비설이라는 호위를 찾아라. 살아서 데려오지 않아도 된다. 다만 반드시 시체라도 가져와야 한다. 목을 베지 못한다면 죽을 각오를 해야 할 것이다."

사도의 허락이 떨어지자 세화의 눈에 빛이 나오는 듯했다. 드디어 눈엣가시 같았던 비설을 죽일 수 있다. 비설만 죽는다면 사도 또한 다시 일어날 기회를 얻을 수 있다.

"아버지. 저도 갈 수 있게 해 주세요."

반드시 그년이 죽는 모습을 봐야 했다. 비설에게 우롱당했던 과거를 보상받을 유일한 기회였다.

목이 잘린 비설의 머리에 침을 뱉어 줄 것이다.

✸✸✸

몸을 무겁게 하는 갑옷을 비설은 모두 벗었다. 발이 천근만근 무겁고 몸에 힘이라고는 하나도 없었다. 무언가를 더 해야 한다는 의욕조차 들지 않았다.

내내 생각하고 고민했지만 그녀의 머리를 채운 생각은 하나였다.

지쳤다.

머리카락을 단단하게 묶은 끈을 끊어 내자 긴 머리카락이 어깨를 넘어 등까지 흘러내렸다. 잡았던 검조차 올라가는 산에 던져 버렸다.

더는 검을 잡을 이유도, 누군가를 죽일 이유도 없었다. 악착같이 붙잡고 있었던 동기가, 바람이, 감정이 무너졌다.

‘오라버니. 왜 저를 살리셨습니까?’

비현의 선택을 비설은 처음으로 원망했다. 운형의 궁도, 황궁도 가고 싶지 않다.

이제 끝났다. 더는 아무것도 하고 싶지 않았다.

"찾았다!"

"여기다!"

가까이서 들리는 사내의 목소리에 비설이 고개를 돌렸다.

비설을 보는 사내들의 눈에 살기가 맴돌았다. 빠르게 비설의 주변을 둘러싼 이들이 각자의 무기를 꺼내 들었다. 목을 겨누는 검을 보던 비설이 무표정한 얼굴로 사내를 보았다.

비설을 노려보던 사내가 휘파람을 불자 비설의 주변으로 병사들이 몰려들었다.

"떠날 생각이었나 보지만, 너에게는 그리 편한 마무리는 어울리지 않을 것 같구나."

가라앉은 눈으로 사내를 보던 비설이 어느 한 곳을 향해 눈을 돌렸다. 병사들 사이로 길이 열리며 작은 가마가 나타났다. 가마를 내린 시종이 문을 들어 올리고, 이윽고 화려한 꽃신이 먼저 보였다.

시종의 부축을 받으며 나타난 세화가 비설을 보며 미소 지었다.

"혹시라도 널 보지 못할까 봐 내 무척이나 걱정을 많이 했단다."

"조용히 보내 주면 제 삶은 제가 정리하겠습니다. 아가씨까지 제 삶에 끼어드실 필요가 없습니다."

"네 소원이 그러하다면 더더욱 내 직접 네 삶에 끼어들어야겠구나. 나와 내 가문이 살기 위해서는 네 머리가 필요해서 말이다."

"소인의 머리 따위가 무슨 소용이 있겠습니까?"

"글쎄? 또 모르는 일이잖니? 네 목으로 우리가 살고, 운정공이 죽고, 폐하께서 타협을 하시게 될지?"

"……."

"황군도 널 찾고 있는지라 우리도 좀 급하단다. 뭐 하는 것이냐? 어서 저년의 목을 베어 버리지 않고!"

다가오는 사내들을 보던 비설이 고개를 숙였다.

전부 내려놓고 떠날 생각이었다. 운형과 도윤이 대립하는 한 이곳에는 있을 수 없었다. 흔적도 없이 사라져서 죽은 듯이 제 삶을 끝낼 마음이었다.

왜 그녀에게는 최소한의 자유도 용납하지 않는지 하늘이 원망스럽기까지 했다.

"죽여라!"

정면의 사내가 검을 들고 다가오는 순간 비설의 생각은 다시 멈추었다.

자신의 삶만큼은 그녀가 원하는 방향으로 살 것이다. 죽음 이후까지 세화에게 이용당하며 다른 사람들 사이에 끼어서 아무것도 못 하는 바보는 되고 싶지 않았다.

사내가 내지르는 검이 비설의 뺨을 베었지만, 동시에 그녀의 손이 사내의 목을 찍었다. 짧은 신음을 지르며 쓰러지는 사내의 손목을 발로 차자 잡고 있던 검이 호선을 그리며 빠져나왔다.

"막아!"

"아악!"

눈앞에 일어나는 참상에 세화가 몸을 뒤로 뺐다.

검에 베여도, 다쳐도 상관없는지 비설의 검이 끊임없이 춤을 추었다. 여전히 표정은 무표정했지만, 검을 휘두르는 비설은 어느 때보다도 빠르고, 침착했다.

"어서 죽여!"

뒷걸음질을 치며 검을 휘둘렀지만, 비설의 목에 닿기도 전에 막혔다. 검과 검이 대립하자 사내의 손이 허리춤의 단검을 꺼냈다.

어떻게든 죽이면 그만이다. 비설의 옆구리를 향해 단검이 파고들었다. 단검을 본 비설이 검을 비껴 내며 최대한 몸을 뒤로 뺐다. 간발의 차로 단검을 피한 비설이 주저 없이 힘껏 차 냈다.

단검이 호선을 그리며 날아가고, 단검의 방향에 있던 세화의 눈이 커졌다.

"아가씨!"

그림을 그리듯 날아간 단검이 세화의 얼굴을 찢고 바닥에 툭 떨어졌다.

"아……."

세화의 손가락이 이마에서 뺨으로 이어지는 상처에 닿았다. 통증이 느껴지기도 전에 베인 상처에서 피가 뿜어져 나왔다.

"아아악!"

"아가씨!"

"아파! 내 얼굴!"

세화가 발악할수록 상처는 점점 더 벌어졌다. 세화의 비명에 병사들의 움직임이 흐트러지자 비설이 피에 미끄러지는 검을 다잡았다. 시간을 끌수록 불리해지는 것은 그녀였다.

포위한 병사들 사이에서 틈을 발견한 비설이 검을 휘둘렀다.

"도망치려 한다! 어서 막아!"

"의원! 의원을 불러라! 아악!"

"아가씨!"

"나부터 살리란 말이다! 뭐 하는 것이야!"

얼굴을 베였을 때부터 세화에게 남은 정신은 없었다. 발작하듯 고함을 지르는 세화의 행동에 비설을 포위하던 이들이 점점 더 무너졌다.

그들에게서 힘겹게 빠져나온 비설이 지친 발을 간신히 채근했다. 흐트러진 것도 잠시, 곧 그녀를 뒤쫓을 것이다. 여기서 붙잡히면 죽는 것도 모자라 죽은 후에까지 농락당할 것이다.

"유 호위를 찾았다!"

자신을 쫓는 호위들을 따돌리며 산을 오르던 비설이 다른 방향에서 들리는 소리에 고개를 돌렸다. 처음 마주한 시선은 백색의 호위복이었다. 그를 선두로 다른 색의 호위복을 입은 이들이 보였다.

"유 호위를 지켜라!"

뒤늦게 비설을 쫓던 이들과 황제의 호위가 맞물렸다. 무기가 부딪치고 시체에서 나오는 피가 산을 물들였다.

자신이 무엇이라고 이렇게들 전부 달려드는가? 사도와 운형이나 도윤이나 왜 그녀를 가만히 두지 못해 이 참상을 만들어 낸다는 말인가!

눈물조차 나오지 않던 비설의 눈이 붉게 물들었다. 내내 나오지 않던 눈물이 피와 함께 흘러내렸다.

'그날 살았어야 했던 사람은 오라버니였던 것 같습니다.'

비현과의 숨바꼭질에서 이겨야 할 사람은 자신이 아니었다. 오라비 대신 살아남았기에 어떻게든 가문이 무너진 이유를 찾아내 복수를 하려 했지만 더는 그런 삶에 아무런 의미도 없었다.

악착같이 붙잡은 삶의 목적이 사라졌다.

떠날 것이다.

거미줄처럼 온몸을 옥죄고 있는 모든 것에서 도망칠 것이다.

"비설아!"

그때, 도망가던 비설의 걸음이 멈추었다.

그를 다시는 보고 싶지 않았지만, 생각과는 다르게 이미 그를 향해 몸은 돌아간 후였다.

"하아……."

자신도 모르게 나오는 무거운 숨이 열린 입 밖으로 힘없이 흘러나왔다.

도윤에게 익숙해져 있던 심장이 빠르게 뛰었지만, 그를 마주하는 비설의 머릿속은 어느 때보다도 차가웠다.

이제는 속마음을 숨길 이유도, 필요도 없다.

"지쳤어요."

비설이 뒷걸음질을 칠 때마다 도윤이 거리를 좁혔다.

온몸이 상처와 피로 엉망이었지만, 비설은 여전히 고왔다. 그러나 평소처럼 제멋대로 다가갈 수 없었다.

지쳤다는 짧은 말에 담긴 의미가 소름 끼치도록 무서웠다. 도윤의 생각했던 비설의 반응은 증오와 원망이었다. 저런 식으로 체념하고 포기하는 건 그의 계획 어디에도 없었다.

일이 잘못되어 가고 있었다.

"이리 오거라."

비설의 눈이 도윤이 내민 손을 물끄러미 보았다. 저 손을 잡는다 한들 무엇이 달라지겠는가?

그녀의 가문과 가족은 결국 정쟁에 의미 없이 사그라졌을 뿐이다. 발버둥을 치며 버텨 냈던 비설 또한 목적을 가진 자들에게 이용당했을 뿐이었다.

그런데 왜 돌아가는가?

"이제 새장 안 광대놀음은 하지 않으렵니다."

비설은 강하니 이번에도 잘 버티리라 생각했었다.

얼마나 안일하고 위험한 생각이었단 말인가? 악착같이 버티고 있었던 만큼 쥐고 있던 것을 모두 놓아 버리는 것은 절대 어려운 일이 아니었다.

"그러지 마라."

생각하고 또 계속 생각했다.

이대로 비설을 놓아 버리면 저 고집스러운 여인은 지금까지 붙잡았던 모든 것을 내려놓고 사라질 것이다. 어떻게 손에 넣은 여인인데 이대로 도망가게 둘 순 없다.

"네가 받아들일 때까지, 아니 안 받아들여도 된다. 우선 이 손부터 잡아라."

비설에게서 더는 어떤 욕심이나 감정은 보이지 않았다.

진심으로 모든 것을 놓았는지 도윤을 보던 시선조차 이젠 다른 곳을 바라보기 시작했다.

도윤이 한 걸음 다가오자 비설이 다시 물러났다. 뒷걸음질을 치던 비설의 발에 부딪힌 돌이 아득한 아래로 떨어지는 소리가 들렸다.

어느새 절벽 끝에 서 있게 된 비설을 보던 도윤이 걸음을 멈추었다.

"돌아가자."

힘들게 굴었던 만큼 더 많은 것을 줄 것이다. 그녀가 거부해도 넘치도록 줄 것이다. 지금까지 했었던 모든 일을 사과하듯 이제라도 보듬고 아껴 줄 것이다.

도윤이 비설에게 손을 다시 내밀었다. 비설이 밀어내고, 또 밀어내도 도윤이 다시 손을 내밀면 그만이었다.

"싫습니다."

수없이 많은 거절을 했었던 비설이었지만, 지금까지 했었던 거절과 지금은 완전히 달랐다.

"이번에는 폐하께서 물러나 주세요."

속으로 치미는 욕을 억지로 삼켰다.

손을 놓는 순간 미련 없이 떠날 생각이라는 것을 아는 사내가 미쳤다고 제 여인을 보내겠는가!

딱 한 번이면 충분하다.

"네 선택이 날 죽일 거라는 생각은 못 하는 것이냐?"

뒷걸음질 치던 비설이 그 순간 멈추었다. 감정이 보이지 않던 비설이 흔들리자 도윤이 자신을 더욱 다잡았다.

지금 비설을 흔들 유일한 방법은 결국 그녀의 약한 마음에 호소하는 것뿐이었다. 이 상황을 단순히 모면하기 위한 수작질로 보여도 도윤에게는 최선이었다.

도윤의 걸음이 비설에게로 한 걸음 더 다가갔다.

"네가 날 포기하는 순간 나 또한 전부를 놓게 될 것인데 그래도 상관없다는 것이냐?"

비설에게는 얼마든지 제 속마음을 보일 수 있다.

그리하여 그녀를 흔들 수만 있다면 앞으로 내내 그녀와는 모든 것을 함께할 수 있었다.

"짐을 버리지 마라."

흔들리던 비설이 굳은 듯 자리에서 멈추었다. 그사이 비설의 앞까지 도윤이 다가갔다. 흙과 상처로 엉망이 된 손을 향해 도윤이 손을 뻗었다.

눈에 보일 정도로 떠는 비설을 보던 도윤이 눈을 내렸다. 많은 시간이 필요하겠지만 이번만 잘 넘기면 얼마든지 감당할 수 있다. 그녀에게 새겨진 상처가 아물 때까지 함께하며 기다릴 것이다.

"마지막으로 딱 한 번만, 이번까지만 네 뜻을 굽혀 다오."

도윤의 말이 비설을 흔들었다.

더는 바라는 것 따위 없다고 생각하면서도 무너진다는 도윤의 말이 다시 그녀의 마음을 붙잡았다.

그저 상황을 모면하기 위한 속임수일 뿐이다.

"저는……."

그걸 알고 있으면서도 그의 표정이, 내밀고 있는 손에서 보이는 옅은 떨림이 자꾸 눈에 밟혔다.

'이제는 쉬어도 되지 않을까?'

모든 것을 놓으려는 마음 사이로 현실과 타협하라는 속삭임이 어둡게 밀려왔다.

너무나도 힘들고 고되었다. 다른 사람은 모르지만 그라면, 적어도 비설을 받아 주는 그라면 한 번만 더 믿어도 되지 않을까?

그저 쉬고 싶다. 그뿐이었다.

"아!"

답을 정하지 못한 채 도윤을 보던 비설의 눈이 커졌다.

그의 뒤에서 바람이 불어온다고 생각한 순간, 날카롭게 쏘아진 것이 바람을 찢고 바로 앞까지 날아왔다.

도윤과 그녀를 향해 날아오는 화살을 보는 순간 비설이 힘껏 도윤을 밀어냈다.

중심을 잃은 비설의 몸이 휘청거렸다.

"아……."

절벽 끝에 아슬아슬하게 서 있던 여체가 뒤로 훅 밀렸다. 비설의 어깨에 박힌 화살을 제대로 보기도 전에 비설의 몸이 절벽 아래로 순식간에 사라졌다.

자신의 오만함이 만들어 낸 결과가 이런 것이라면.

"아아악!"

"폐하! 아니 되옵니다!"

비명을 지르며 절벽을 향해 달려가려는 순간 뒤늦게 다가온 호위들이 도윤을 붙잡았다.

바닥에 남아 있는 비설의 피가 아직 마르지도 않았다.

비설을 붙잡았어야 했다.

"아직…… 안 죽었어."

그는 비설의 시신을 보지 못했다.

황제인 그에게서 그녀를 빼앗을 사람은 누구도 없다.

하늘이 비설을 빼앗아 가려 한다면 그가 다시 찾아오면 그뿐이었다.

"폐하!"

호위들을 떼어 낸 도윤이 비설이 떨어진 절벽으로 몸을 날렸다.

다음 권으로 이어집니다.